JULIET LANDON

La falsa amante

Editado por Harlequin Ibérica.
Una división de HarperCollins Ibérica, S.A.
Avenida de Burgos, 8B - Planta 18
28036 Madrid
www.harlequiniberica.com

© 2025 Harlequin Ibérica, una división de HarperCollins Ibérica, S.A.
N.º 89 - 5.11.25

© 2014 Juliet Landon
La falsa amante
Título original: Mistress Masquerade
Publicada originalmente por Harlequin Enterprises, Ltd.

© 2009 Sophia James
Mágico encuentro
Título original: Mistletoe Magic
Publicada originalmente por Harlequin Enterprises, Ltd.
Estos títulos fueron publicados originalmente en español en 2006 y 2014

I.S.B.N.: 979-13-7000-812-3
Depósito legal: M-18022-2025
Impreso en España por Liber Digital
Fecha impresión para Argentina: 4.5.26
Distribuidor exclusivo para España: LOGISTA
Distribuidores para Argentina: Interior, DGP, S.A. Pienovi 211 - Avellaneda
Cap. Fed./Buenos Aires y Gran Buenos Aires, VACCARO HNOS.

MIXTO
Papel | Apoyando la
silvicultura responsable
FSC™ C134275

Uno

Lord Benistone dejó el periódico de la mañana, se quitó las gafas y se quedó mirando el bote de mermelada.

Después miró a sus tres hijas.

—Pobre mujer desdichada —murmuró. A juzgar por su manera de hablar, dos de ellas sabían que probablemente estuviera pensando en su madre en aquel momento, no en la mujer que aparecía, una vez más, en el *Times*.

—¿Las necrológicas? —preguntó Annemarie, la mediana.

—No, mi amor —respondió su padre—. No son las necrológicas. Lady Emma Hamilton de nuevo. Otra subasta. No creo que le quede ya mucho que vender. Deberías ir, Annemarie.

—¿A una subasta? No creo, papá. Todo el mundo estará allí.

—Podría solicitar una visita privada para ti. Puedo enviarle una nota a Parke, de Christie's. Él lo permi-

3

tirá. Sé que te gustaría tener algo suyo, ¿verdad? Un recuerdo, como admiradora que eres.

Lo había malinterpretado. Las palabras sentidas no eran el punto fuerte de su padre.

—No es tanto admiración como compasión —respondió ella—, por el trato que ha recibido desde la muerte de lord Nelson. Con todos esos amigos adinerados y parientes codiciosos, y ninguno de ellos está dispuesto a ayudarla para que salde sus deudas. Debe de estar desesperada.

La opinión de su hermana pequeña, Marguerite, era de esperar, sobre todo en un asunto del que apenas sabía nada. A los dieciséis años y medio, Marguerite aún no había aprendido el arte de la discreción.

—Yo no malgastaré mi compasión con una mujer como esa —dijo mientras apartaba su desayuno, que apenas había probado—. Ella misma se lo ha buscado.

Su padre no se enfadaba con facilidad, pero aquello le molestó y miró a su hija pequeña con reprobación.

—Marguerite —dijo suavemente—, me gustaría que adquirieses la costumbre de pensar antes de hablar, antes de que sea demasiado tarde para convertirte en una dama. Para empezar, ninguna mujer se lo busca ella misma. Y para continuar… No importa. No lo comprenderías.

Incluso Marguerite supo entonces que estaba pensando en su madre.

Oriel, la hermana mayor, la miró de reojo y volvió a colocarle el plato delante con un dedo.

—Eso no es propio de una dama —dijo—. Y creo que debes disculparte.

—Lo siento, papá —susurró Marguerite—. He hablado apresuradamente.

—No pasa nada, hija —respondió él—. No pasa nada —el sol de la mañana se reflejó en su pelo gris cuando volvió a leer el anuncio de Christie's.

—Ve a echar un vistazo, Annemarie. No sé si habrá reservado para el final lo mejor o lo peor, pero puede que encuentres algo que llevarte a Brighton —a sus sesenta y ocho años, aún era un hombre guapo, a pesar de su falta de ejercicio.

—¿Qué estás buscando? —preguntó Oriel—. No pensaba que las cosas de lady Hamilton pudieran ser de tu gusto. Demasiado ostentosas, creo yo.

—No lo sé. Algo pequeño, supongo.

Annemarie vio el brillo divertido en la mirada de su padre al oír eso. Apenas quedaba un centímetro cuadrado en su casa de la calle Montague que no estuviese ocupado por su famosa colección de antigüedades, y sabía tan bien como ella que, enviándola a una subasta de Christie's en su lugar, satisfaría su curiosidad sin la tentación de comprar. Incluso las últimas piezas de lady Hamilton serían de calidad, aunque no cosas únicas, pues a lord Nelson y a ella los habían colmado de regalos procedentes de todos los rincones del mundo. Annemarie regresaría a su casa de Brighton al día siguiente, así que le parecía su última oportunidad de encontrar algo bonito. Algo pequeño.

Tan solo una hora más tarde, llegó a la calle Montague una nota en la que se le aseguraba a lord Benistone que el señor Parke, principal tasador de Christie's, estaría encantado de mostrarle a lady Annemarie Golding las adquisiciones más recientes.

De manera que, a media tarde, Annemarie no había escogido el objeto pequeño que pretendía, sino uno de los dos tocadores a juego fabricados por Chippendale, que ya no estaba muy de moda en la Regencia, pero que era exactamente lo que necesitaba para su dormitorio. Habría comprado también el otro, pero no necesitaba dos, como aparentemente habían necesitado lady Hamilton y lord Nelson. Las viudas como ella solo necesitaban una cosa de cada. Sin embargo, el generoso precio aliviaría las preocupaciones de la pobre dama más que cualquiera de las otras piezas que vendía, con excepción del otro tocador a juego, que el señor Parke le aseguró que vendería al menos por la misma cantidad. Aun así, dijo que no sabía de nadie que quisiera comprar los dos y se sentía aliviado de haberse quitado uno de encima tan deprisa.

Lo entregaron en la calle Montague aquel mismo día, y lord Benistone se agachó para examinar las delicadas incrustaciones, los preciosos tiradores de latón y los tonos suaves del revestimiento. Las puntas de sus dedos leían las superficies de madera como si fueran palabras.

—Haré que te lo embalen inmediatamente —le

dijo a su hija—, para que salga en el correo de la mañana. ¿Eso servirá?

—Gracias, papá —respondió Annemarie. Contempló el enorme salón, donde el tocador desencajaba entre tanto relieve blanco, tantas figuras de piedra, bustos romanos, urnas y placas. No tenía sentido insistir en que su padre fuese con ella a Brighton. Él jamás abandonaría su adorada colección, ni siquiera durante unos pocos días respirando el aire del mar, sobre todo ahora que toda Europa se dirigía hacia Londres para celebrar el final de la guerra. La posibilidad de conocer a otros anticuarios era demasiado buena como para dejarla escapar. Annemarie no podía culparlo, pues ella empleaba esa misma excusa para huir a Brighton, donde era improbable que se encontrara con alguien que conociera.

Había de admitir que la otra razón era que la preciosa casa de la calle Montague se había convertido más en un museo que en un hogar, y echaba de menos las habitaciones elegantes de su propia casa, donde no se veía invadida a cada paso por esculturas de proporciones enormes ni cuadros que cubrían cualquier superficie vertical. Se apoyaban incluso en los muebles, estaban en los dormitorios e impedían que las doncellas limpiaran y que el ama de llaves lo mantuviera todo organizado. Llevaban años sin recibir visitas, a no ser que fueran otros coleccionistas, en cuyo caso la conversación siempre era la misma. No les resultaba difícil entender por qué su madre se había marchado el año anterior, aunque su manera de irse era otra historia. Eso sería aún más difícil de entender, y Annemarie no pasaba un solo día sin sentir la herida que eso le había dejado.

Papá y sus hijas nunca hablaban de ello, pero ahora, a medida que se acercaba el día de la partida de Annemarie, era como si algo hubiese reabierto esa herida.

—Al tocador no le pasará nada —susurró él—, pero eres tú quien me preocupa, hija. A ti te ha afectado lo ocurrido más que a tus hermanas y, a los veinticuatro años, ya es hora de que encuentres a alguien que cuide de ti. Aislarte junto al mar no es la manera de proceder. Y cuando yo ya no... —soltó un sollozo quejumbroso al darse cuenta de aquello—. Debería haberlo visto venir.

Annemarie nunca le había visto así antes. Lo estrechó entre sus brazos y lo calmó con sonidos maternales. Sintió que temblaba como si una brisa fría le hubiese alterado. Después volvió a quedarse muy quieto y recuperó la compostura, decidido a no dejar ver lo mucho que le afectaba su pérdida. Su perdición había sido los asuntos del corazón. Eso y haber desviado la atención de manera desastrosa. Tal vez hubiera algo más de él en la joven Marguerite de lo que quería admitir.

Se apartó de su hija, se secó una lágrima con el nudillo y sonrió.

—Eres como ella —dijo acariciándole la mejilla—. No lo digo en el mal sentido. Me refiero al aspecto. Era así cuando la conocí; con el mismo pelo negro y brillante, la piel aterciopelada y esos ojos de amatista. Una criatura hermosa.

Annemarie sonrió. ¿Qué buen padre no consideraba que su hija fuese hermosa?

Más tarde intentó persuadir a Oriel.

—Ojalá vinieras conmigo —dijo mientras veían
a Marguerite desaparecer escaleras arriba, aún nerviosa tras el incidente del desayuno.

—Ojalá te quedaras aquí con nosotros —respondió Oriel mientras colocaba la mano en el brazo de
su hermana. En el piso de arriba se oyó un portazo y
ella puso los ojos en blanco en señal de desesperación.

—No pretende hacer daño, querida —dijo Annemarie.

—No tiene el suficiente sentido común como para
pretender algo —respondió Oriel—. Ese es el problema. Nunca sabemos qué va a decir o a hacer. Por
eso es mejor que me quede aquí para vigilarla. Además...

—Sí, lo sé. Tienes al coronel Harrow. Nunca te
apartaría de él solo para que me hicieras compañía.

Oriel se sonrojó y una sonrisa iluminó su rostro sereno como la luz del sol sobre el agua. Annemarie le
tomó la mano para contemplar el anillo de compromiso
de zafiros y diamantes. El coronel Harrow era afortu-
nado por haber ganado su amor, y por nada del mundo
Annemarie exigiría ser su prioridad, menos cuando la
pareja acababa de reencontrarse después de que él regresara de la Guerra Peninsular. El alivio de Oriel al
comprobar que estaba sano y salvo después de luchar

contra el ejército napoleónico había hecho que todos llorasen de alegría, sobre todo después de que el difunto marido de Annemarie no hubiese tenido tanta suerte. Oriel y William podrían disfrutar como pareja de las celebraciones que se prolongarían durante meses, si el Príncipe Regente encontraba fondos para financiarlas.

—No es solo eso —dijo Oriel mientras miraba también su anillo—. También es por papá. Él prefiere que una de nosotras se quede aquí para enseñarles a las visitas su colección, y Marguerite no le sirve de ayuda porque no sabe nada sobre arte. Al menos nosotras podemos distinguir el arte egipcio del asirio.

Annemarie se rio al pensar en la cultivada y planificada ignorancia de Marguerite, y no pudo evitar responder con cierta crueldad.

—Sí. Y, cuanto más se niegue a aprender, menos ayuda le pedirá. La muy condenada lo sabe perfectamente. Y papá también lo sabe. Debería ser más duro con ella.

—Lo ha sido durante el desayuno.

—Debería serlo con más frecuencia.

—Se fija en Cecily —dijo Oriel mientras pasaba el dedo por los rizos de la barba de un busto romano—. A este hace tiempo que no le quitan el polvo.

—Pobre Cecily. Es una santa.

Cecily, la prima viuda de su padre, visitaba su casa de Londres como miembro de la familia y al mismo tiempo mantenía su lujosa casa en Park Lane como refugio frente a las constantes visitas que acudían a ver el «museo» de su padre. Con frecuencia Marguerite se quedaba a pasar la noche con ella cuando necesitaban una carabina para algún evento nocturno, algo que les favorecía a todos por diversas razones. Cecily había patrocinado la puesta de largo de Marguerite el verano anterior y, ahora, se presentaba a desayunar en la calle Montague con la misma libertad con la que Marguerite se presentaba en su casa.

—Pero no deberías irte sola a Brighton —dijo Oriel—. Sabes que a papá no le gusta nada la idea. ¿Por qué no va Cecily contigo?

—No querría que lo hiciera —respondió Annemarie—. Prefiero que se quede donde esté Marguerite, yendo de fiesta en fiesta todos los días. Está decidida a ir al baile de lady Sindlesham esta noche, y papá no parece en absoluto preocupado. Necesitamos a Cecily aquí. En cualquier caso, querida, no estaré sola con una doncella y dos cocheros. No creo que me ocurra nada antes de llegar a la costa.

—Vas a convertirte en una ermitaña, Annemarie. Eso no puede ser bueno para ti.

—Es lo mejor —dijo ella sin dar mayor explicación.

—Piensa en todos los vestidos de noche. Ya sabes lo mucho que te gusta vestirte de gala.

—No, Oriel. Eso no me ayuda.

Pero era cierto. Vestir a la última moda siempre había sido una de sus debilidades, pero, sin la excitación que le causaba la admiración que provocaba, aquel ejercicio le parecía inútil, cuando las miradas que recibía iban cargadas de compasión y curiosidad por ver cómo estaba sobreviviendo al escándalo del año anterior. No estaba preparada para enfrentarse a eso. Todavía no.

Oriel le apretó el brazo como muestra de comprensión. Cuando su madre volviera a estar con ellas y Annemarie empezar a recuperar su lugar en la sociedad, el guapo coronel y ella fijarían la fecha de su boda. Era típico de ella no poner el broche a su felicidad hasta que todos los demás no fueran felices. Pero ninguna de las dos hermanas había dudado jamás que, algún día, su madre regresaría y sus vidas volverían a la normalidad.

Su hermana no disfrutaba haciéndolos esperar, pero era incapaz de encontrar otra salida.

El repartidor se tocó el ala del sombrero.

—Gracias, milord. Muy generoso, milord. A vuestro servicio —«qué hombre tan elegante», pensó para sus adentros mientras le veía desaparecer al doblar la esquina. Era bueno ganarse la simpatía de alguien así, pues ese hombre podría causarle un daño severo en caso contrario, a juzgar por aquellos hombros y aquel torso bien definido. Se guardó la moneda en el bolsillo y se golpeó la solapa de su chaqueta de terciopelo, en la que podía leerse «Christie's de Londres». Después se subió al furgón y se sentó junto a su compañero.

—Es así de fácil, Rookie —dijo con una sonrisa.

—Eres un chismoso —respondió Rookie mientras agitaba las riendas.

Al llegar a la entrada de la casa de subastas Christie's, el apuesto caballero se subió a su vehículo, un exquisito carruaje tirado por dos caballos, tomó las riendas y el látigo, le hizo un gesto con la cabeza a su mozo de cuadras y se alejó por la calle King en dirección norte, ajeno a la admiración que había despertado.

«La calle Montague», se dijo a sí mismo. Sería la casa de Benistone, claro, un coleccionista más conocido por sus antigüedades griegas y romanas que por los muebles. Una de las mejores colecciones de Londres, o eso creía el Príncipe Regente. Por desgracia, lord Benistone se había hecho famoso por la pérdida de su preciosa esposa, antigua cortesana, que se había fugado con el pretendiente de una de sus hijas el año anterior. Por entonces él estaba en la península con Wellington, así que no conocía los detalles. El anciano padre nunca se había relacionado mucho en sociedad, de modo que no sabía cómo serían las hijas, aunque sí había oído que una de ellas se parecía a la madre, lo cual explicaría por qué el asqueroso miope de Mytchett se había aprovechado de ella. Sentía curiosidad por conocerla.

En el número catorce de la calle Montague, el mayordomo de lord Benistone mostró sus disculpas. El señor no estaba en casa. Estaba al otro lado de la calle, en el Museo Británico. Le gustaba ir a echar un vistazo al menos una vez cada dos semanas. El hombre preguntó a lord Verne si querría regresar al día siguiente o dejar su tarjeta.

No. Lord Verne pensaba que podía lograr algo mejor, aunque no sería bueno mostrar su impaciencia. En el recibidor de mármol, plagado de obras de arte, había visto moverse un pedestal blanco en un rincón junto a la escalera. Probó suerte.

—Me preguntaba si la hija de lord Benistone estaría en casa. Aún no he tenido el placer de conocerla, pero su alteza el Príncipe Regente… ¡oh!

El pedestal se acercó a la luz muy lentamente y resultó ser una mujer alta con vestido blanco y piel de melocotón. Tenía el cuello largo y no llevaba joyas. Algunos mechones de pelo caían sobre sus hombros. El resto de la melena estaba recogido en un moño negro y caótico que obviamente había sido realizado sin un espejo delante.

En pocas ocasiones se quedaba lord Verne sin palabras, pues era un erudito conocido por su capacidad para manejar cualquier situación con eficiencia, pero aquella era una de esas ocasiones. Consciente de que su mirada descarada sería considerada como descortés si no emitía algún tipo de sonido en los próximos tres segundos, dejó escapar el aliento con cuidado de no silbar y dijo:

—¿Señorita Benistone? Espero que perdonéis mi intrusión.

Así que aquella podía ser la hija a la que habían dejado plantada. Si la madre se parecía a ella, ¿quién habría podido rechazarla? Sin embargo su mirada era fría y en todo momento se mantuvo alejada de él.

—No. No nos conocemos, señor. Soy lady Golding. La hija mediana de lord Benistone. ¿Y vos sois?

—Lord Verne. A vuestro servicio, milady.

—Entonces, en ausencia de alguien que nos presente, supongo que con eso bastará. Encantada —agachó la cabeza con la elegancia y la precisión que exigía el protocolo. Él hizo una reverencia también. No tenía intención de ser más descortés que ella. Lady Golding se ajustó el volante de una de sus muñecas y después juntó las manos por debajo del corpiño de su vestido.

El mayordomo hizo una reverencia, aceptó el sombrero y los guantes de lord Verne y los colocó en un rincón vacío de la mesa del recibidor, que estaba llena de libros. Después los condujo a la sala de estar, que se había convertido en un almacén de tesoros. Había poco espacio para maniobrar, pero lord Verne se sorprendió cuando el mayordomo dejó la puerta abierta sujetándola con un enorme pie de escayola antes de dejarlos a solas.

—Son escayolas del David de Miguel Ángel —dijo Annemarie al notar su interés—. Aquí está su nariz y una de sus manos —explicó antes de quitarle el polvo de un soplido—. ¿Puedo preguntar a qué habéis venido, milord? —preguntó sin sonreír.

Él decidió tentar su suerte un poco más.

—Sí —respondió mirando a su alrededor—. Sería difícil meterlo entero aquí sin tener que trocearlo en pedazos más pequeños, ¿verdad?

—Habéis mencionado al Príncipe Regente. ¿Por alguna razón? —preguntó ella, ignorando su intento de frivolidad. Obviamente no le gustaba tener que tratar con visitantes, incluso nobles, que se presentaban en su puerta sin entrada y esperaban una visita individual. Lo normal sería ceñirse a los días habituales de visita: lunes, miércoles y sábados—. ¿Acaso su alteza desea ver la colección?

Verne aceptó la derrota. Lady Golding no iba a derretirse.

—He mencionado al Príncipe Regente, milady, porque me ha encargado que encuentre algo.

Annemarie miró de reojo las pilas de libros, los jarrones y las partes del cuerpo que estaban esperando ser catalogadas.

—¿De verdad? ¿Y sabríais lo que es si lo vierais, milord?

Parecía que iba a tener que decirle que no estaba hablando con un ignorante. Siguió su mirada y respondió.

—Bueno, sabría que la mano a la que acabáis de quitarle el polvo es de Bernini, no de Miguel Ángel, igual que la nariz. También sabría que este cuenco de aquí es del siglo sexto antes de Cristo y que deberíais colocarlo en un lugar seguro. Es una pieza única. Y detrás tenéis un cuadro de El Greco, si no me equivoco.

—¡Así es! —respondió Annemarie secamente—. ¿Qué es lo que buscáis?

«Ahora estamos empatados, lady todopoderosa Golding».

—Un tocador de Chippendale. De roble, caoba y pino, principalmente.

—Como podéis ver, mi padre no colecciona muebles. Por eso no puedo pediros que os sentéis. Casi todas nuestras sillas se usan para… otras cosas.

—Sí, ya lo veo. Pero he sido informado de que hoy mismo han entregado un tocador de Chippendale en esta dirección, milady. Justo el día antes de la subasta de Hamilton.

Ella frunció el ceño.

—El señor Parke me prometió que…

—No ha sido Parke quien me ha dado la información —respondió él—. Ni siquiera he tenido que pedírsela. No hace falta acudir a la fuente para averiguar cosas.

—Estoy familiarizada con la organización Christie's, muchas gracias. Puedo imaginar cómo habéis logrado la información, pero perdéis vuestro tiempo, milord. Aquí no hay ningún tocador. ¿Dónde diablos íbamos a poner algo así?

—Su alteza se sentirá muy decepcionado. Ha ofrecido un buen precio por el mueble.

—Bueno, eso no es asunto mío. ¿Por qué lo desea tanto?

—El comprador del príncipe visitó la casa de subastas de Christie's a mediodía y descubrió que los dos tocadores ya no estaban juntos. Su alteza se quedó muy contrariado. Quiere los dos, y ahora solo tiene uno. Me ha enviado a buscar el otro.

Ella apartó la mirada con rabia y dejó claro que deseaba evitar admitir quién había adquirido el tocador. Verne advirtió su rubor y sintió compasión por aquella criatura arrebatadora que se escondía en aquella casa museo con un padre anciano y un corazón frío y lleno de amargura.

Como si la hubiera convocado el mayordomo, en

aquel momento apareció una mujer bien vestida de mediana edad. Entró desde el recibidor y los miró con una sonrisa. Solo con ver aquellos rizos rubios, su figura rolliza y sus mejillas sonrojadas, Verne supo que no era una de las hermanas.

—Cecily, querida —dijo Annemarie—, permite que te presente a lord Verne. La señora Cardew, milord. La prima de mi padre.

—Señora —en esa ocasión su reverencia tuvo como respuesta una sonrisa.

—Milord. ¿Esperabais encontrar a lord Benistone? Llega tarde.

—Esperaba encontrar a lord Benistone y cierto tocador, señora.

Annemarie frunció el ceño con descaro, pero no obtuvo ningún resultado. La señora Cardew prefirió que Verne no se marchara sin hablar un poco antes. Normalmente no era tan ciega a las señales de Annemarie.

—Ah, eso —dijo—. Qué pena, no lo habéis visto por poco. Acaban de llevárselo en el...

—Eso es lo que le he dicho a milord —se apresuró a decir Annemarie—. Que no está aquí.

—Se lo llevan a Brighton —continuó la señora Cardew alegremente—. Es para el uso personal de lady Golding.

—Y no está a la venta. Ahora, si me disculpáis, milord, tengo cosas que hacer.

—Ah, de modo que sí estaba aquí —dijo Verne, decidido a perseverar en vez de permitir que le echaran de mala manera, como parecía tener pensado lady Golding.

—Eso es bastante irrelevante, milord —dijo Annemarie con una mirada fulminante—. He dicho que no está a la venta. Naturalmente me horroriza que su alteza se sienta decepcionado. De hecho, puede que me pase una semana sin dormir. Espero que se recupere pronto y que encuentre alguna otra cosa sin la que no pueda vivir. Una herradura de diamantes, por ejemplo. O un pañuelo de oro. Pobre hombre. Con tanto dinero del que deshacerse.

—Annemarie, no debes decir esas cosas. Seguramente lord Verne y el príncipe sean buenos amigos.

—Sí. Imagino que deben de serlo si no tienen otra cosa que hacer que dar vueltas por Londres buscando cosas que no pueden tener.

Desconcertada por la frialdad de Annemarie, la señora Cardew respondió a unos ruidos en el recibidor que anunciaban la llegada del único que podría solucionar una situación difícil: el propio lord Benistone. De modo que salió a investigar.

Sin embargo lord Verne se colocó entre la puerta y lady Golding. No permitiría que tuviese ella la última palabra. La miró a los ojos y bajó la voz para que solo ella pudiera oírlo.

—Normalmente no busco cosas que no puedo tener, lady Golding. Cuando veo lo que deseo, voy detrás de ello. Y normalmente lo consigo.

No debía de quedarle duda de lo que quería decir, y no tenía nada que ver con el tocador. Ella lo entendió perfectamente.

—¿Ah, sí? ¿Con o sin permiso? —preguntó.

—De las dos formas —respondió él.

Annemarie tenía la lengua afilada, pero no lo suficiente para encontrar una respuesta inteligente antes de que regresaran los primos, se hicieran las presentaciones y todos dejaran claros sus intereses. Para lord Benistone siempre era un placer conocer a otro hombre que compartiera su pasión, y aquel hombre, que trabajaba en colaboración con el Príncipe Regente, tenía las mejores credenciales. Ambos habían oído hablar el uno del otro.

Annemarie se mantuvo al margen y tuvo que luchar contra la tentación de salir corriendo escaleras arriba y esconderse hasta que se hubiera marchado. Las palabras de lord Verne eran más una declaración de intenciones que un desafío. Después de casi un año, era lo último que necesitaba oír de boca de un hombre que quisiera caerle en gracia. Tal vez pensara que, después de aquella decepción tan pública, estuviese desesperada por recuperar su antiguo puesto en la alta sociedad, o que estuviera esperando a un caballero que acudiera a rescatar a una mujer triste y sola. Nada podía estar más lejos de la realidad. Annemarie no deseaba nada que un hombre pudiera ofrecerle. Además, aquel hombre era del círculo del Príncipe Regente y, a sus ojos, eso era tan imperdonable como el resto de sus cualidades.

¿Como el resto? ¿También su presencia atlética? Aquellos pantalones de ante que cubrían unos muslos musculosos, el chaleco a juego y una chaqueta que debía de ser un modelo de Weston, de la calle Old

Bond. Tenía el torso bien desarrollado. No llevaba encaje ni relleno, de eso estaba segura. El pañuelo del cuello, impecablemente colocado, los puños blancos, el alfiler con diamante y la cadena de oro proporcionaban el tipo de elegancia que defendía el señor Brummell. Nada que llamase la atención. Sin embargo, aquel caballero que marcaba tendencias no podía hablar sobre el físico y el encanto natural de un hombre, y ella había conocido a suficientes hombres como para saber cuándo uno se distinguía del resto. Su mirada larga y descarada le había dado a ella tiempo para hacer lo mismo y, aunque no aprobaba su actitud, la conclusión era que el suyo era el rostro más hermoso que había visto jamás.

También se había fijado en su crueldad, en sus ojos grises, en el movimiento desafiante de su cabeza al discutir con ella, decidido a no perder. Su pelo oscuro era una maraña de rizos que obviamente no había logrado domar, y tenía algunas canas que se mezclaban con el resto, como si fueran la espuma en el mar. Annemarie había visto sus uñas arregladas, el vello oscuro en el dorso de sus manos fuertes, un detalle inquietante que le recordaba lo peligroso que podía ser un hombre así.

Aun así había una idea que la tranquilizaba: no conseguiría su tocador a ningún precio, así que lo mejor sería que se marchara sin molestar y la dejase en paz. En cuanto a la intervención de Cecily, era uno de esos errores molestos, pero perdonables, resultado de su naturaleza amistosa y de su deseo por restablecer el contacto de Annemarie con la alta sociedad.

En esa ocasión, el entusiasmo de Cecily estuvo fuera de lugar cuando se sumó a la invitación de lord Benistone.

—Sí, por supuesto, milord. Deberíais cenar con nosotros. La señorita Marguerite y yo nos iremos más tarde al baile de lady Sindlesham, pero a lord Benistone le encanta enterarse de quién ha comprado qué. Annemarie, querida, ¿me permitirías ir a hablar con la cocinera? —la respuesta parecía superflua, porque Cecily ya estaba caminando hacia la puerta, lo que hizo que Verne se preguntara quién sería exactamente la señora de la casa, lady Golding o la señora Cardew.

La posición única de Cecily dentro de la familia hacía que de vez en cuando se produjeran ciertas anomalías. Su intención era buena, pero lo que más molestó a Annemarie fue la aceptación según la cual el tenaz lord Verne se aprovechó de la necesidad de su padre de conocer hombres como él con los que conversar. En un abrir y cerrar de ojos, ambos se fueron al santuario de lord Benistone, hablando sin parar como si se conocieran desde hacía años en vez de minutos. Su padre incluso le quitó importancia al hecho de que no fuera adecuadamente vestido para la cena.

—No importa, muchacho. Yo tampoco. No hay tiempo para eso. Aquí a nadie le importa. Ven y dime si su alteza tiene un bronce como este —se marcharon sin mirar atrás y Annemarie se sintió furiosa por su propia impotencia.

Había alguien a quien sí le importaba. A ella. Prefería que la gente se vistiera para la cena. ¿Para qué otra cosa iban a vestirse si no? No podía culpar a su

padre por pegarse a un hombre que estaba tan involucrado con los tesoros del Príncipe Regente, pero
ella sabía que aquel hombre había ido allí a buscar
algo que estaba seguro de que podía conseguir, de un
modo u otro. Y lord Benistone era un hombre muy
generoso y obediente, demasiado dispuesto a decir
que sí porque le costaba menos esfuerzo que decir
que no. Al decir que no, normalmente eran necesarias
más explicaciones.

Después de las tensas presentaciones, habría sido
ingenuo por parte de lord Verne esperar algo de lady
Golding que no fuera frialdad, que fue justo lo que
le ofreció, incluso aunque el protocolo exigiera que
se sentaran el uno junto al otro. Obviamente ella no
estaba dispuesta a esforzarse, pero nadie pareció
darse cuenta cuando la hermana pequeña estaba empeñada en esforzarse por las dos con su cháchara incesante.

Con su vestido blanco de gala, la joven dama estaba increíblemente guapa. En un año o dos sus rasgos
adquirirían una belleza más clásica, aunque jamás
sería tan asombrosa como su hermana. No poseía la
inteligencia ni la profundidad de lady Golding. Su
ansia por agradar le recordaba a Verne a un cachorro
que se excitaba en exceso cuando veía gente a su alrededor. Especialmente hombres. La hermana mayor,
la señorita Oriel Benistone, había salido a cenar aquella noche, así que no pudo seguir comparando a las
hermanas, pero el padre y su prima no paraban de ha-

blar, lo que hacía que el estudiado silencio de lady Golding resultara más llamativo. Incluso divertido. Hacía tiempo que Verne no se encontraba con una hostilidad tan tangible, y nunca por parte de una hermosa mujer. La situación resultaba intrigante, más aún cuando su objetivo era obtener resultados a toda costa.

Inevitablemente, acabaron hablando del polémico tocador que el príncipe quería para Carlton House, cuyas interminables obras se habían pasado del presupuesto hasta tal punto que el regente había tenido que pedirle al Parlamento dinero extra para terminarlas. La señorita Marguerite Benistone hizo la pregunta que su padre era demasiado educado para hacer.

—¿Acaso el príncipe no tiene suficiente dinero propio, lord Verne?

Verne le dirigió una sonrisa indulgente.

—Su alteza nunca tiene suficiente dinero. El Pabellón de Brighton es otro proyecto inacabado debido al coste de las mejoras y de la decoración.

—Por no mencionar —dijo Annemarie inesperadamente— lo que costará recibir a todos los monarcas de Europa este verano después de una guerra que ha dejado al país sin un penique. No me extraña que lady Hamilton tenga que vender sus pertenencias para sobrevivir. Todos tendremos que hacer lo mismo si su alteza insiste en cubrir los tejados de su Pabellón con cúpulas de la India.

—No os cae bien el príncipe, ya me doy cuenta —dijo Verne.

La señora Cardew se le adelantó antes de que Annemarie pudiera responder.

—Oh, pero pensad en todas esas celebraciones en los parques desde que Bonaparte fuese detenido. Pensad en los bailes, en los ejércitos que regresan. ¿Vos servisteis en el ejército del rey, milord?

—Hasta hace unos meses, señora. Estuve en la Guerra de la Península con el regimiento del príncipe de Gales —Verne sabía que eso solo serviría para confirmar la idea de lady Golding de que, siendo aliado del Príncipe Regente, debía de tener tan pocos principios como el resto. El regimiento de caballería número diez era conocido por el glamour, la riqueza, las mujeres, el alcohol y el comportamiento licencioso, entre otras cosas. Estaba seguro de que aquello no mejoraría la opinión que tenía de él. Se preguntó qué lugar ocuparía la señora Cardew en todo aquello. ¿Viviría allí con lord Benistone haciendo las veces de carabina, o no sería más que una prima servicial? ¿Merecería la pena ganarse su ayuda para obtener lo que deseaba?—. He descubierto que estudiar las antigüedades es mucho más seguro que perseguir a franceses furiosos.

—Oh —dijo Marguerite—, pero debéis de saber que todas las damas inglesas veneran a Napoleón Bonaparte, lord Verne. Ese rostro severo e intimidante debe de poner la piel de gallina… ¿qué? ¡Oh! —la mirada censuradora de su padre y la mano que la señora Cardew colocó sobre su brazo hicieron que Marguerite dejase la frase inacabada y dirigiese la mirada hacia el gesto de asombro de su hermana—. Oh… sí, claro. Perdona, Annemarie.

Con un ligero movimiento de cabeza, Annemarie le quitó importancia al comentario sin explicarle su importancia a lord Verne. Pero, durante las dos horas que había pasado con lord Benistone, Verne ya había descubierto que Annemarie era la viuda de sir Richard Golding, uno de los mejores oficiales de Wellington. Había muerto a manos de los franceses a principios de 1812. Llevaba casado menos de un año y todo el mundo le tenía por un hombre brillante, de modo que su muerte había supuesto una gran pérdida. El dolor de Annemarie debía de haber sido terrible, pero obviamente no lo suficiente para penetrar en la conciencia de su hermana pequeña.

Ansioso por tratar cualquier tema de interés mutuo, lord Benistone regresó al asunto de la compraventa.

—Volviendo al tocador que buscas, Verne. ¿Cuánto has dicho que está dispuesto a pagar su alteza?

—¡No, padre! —exclamó Annemarie antes de que Verne pudiera responder—. Me pertenece, ¿recuerdas? No está a la venta. A ningún precio. Si su alteza desea tener dos, podrá encargar que le hagan otro igual y, en cualquier caso, si tan poco dinero tiene, no debería querer comprar un mueble tan caro.

Su padre pareció sentirse culpable por la respuesta de su hija e hizo un gesto con la cuchara del postre.

—Bueno, ya lo ves, Verne. Si quieres conseguir el tocador, primero tendrás que conseguir a Annemarie —el silencio incómodo pareció durar una eternidad, hasta que continuó hablando para aliviar la tensión—. Hablaba en broma, claro. El tocador partirá hacia Brighton a primera hora de la mañana, igual que Annemarie. Su alteza tendrá que buscar otra cosa.

La intervención de la señora Cardew, que pretendía aliviar la tensión, no tuvo el efecto deseado.

—La otra residencia de lady Golding está en Brighton —le contó a Verne, que ya se había dado cuenta de eso hacía tiempo y, desde entonces, se preguntaba cómo era posible que nunca la hubiera visto por allí—. No le gusta el bullicio de Londres.

—Creo que no es necesario que te expliques por mí, Cecily, querida —dijo Annemarie—. Lord Verne tendrá cosas más importantes en las que pensar que el lugar donde yo decida pasar mi tiempo. ¿Podemos dejar el tema y hablar de otra cosa?

Pero la idea que tenía su padre de dejar un tema no era la misma que la suya.

—Mira, Annemarie. ¿Qué era lo que te decía hoy mismo sobre lo de viajar tú sola hasta allí? ¿Por qué no le pedimos a Verne que te acompañe, solo para que esté pendiente?

—¡No, padre! ¡En absoluto! Prefiero mi propia compañía, muchas gracias.

Lord Benistone suspiró, volvió a agitar su cuchara como si fuera una bandera blanca de rendición y después la hundió en su postre.

—No, claro que no —dijo— ¿En qué estoy pensando? Verne estará ocupado con los asuntos del príncipe de la mañana a la noche. Será una época ajetreada para ti, muchacho —se metió la cuchara en la boca y la conversación derivó hacia temas menos delicados, como la cuestión de alojar a todos los miembros de la realeza europea, algunos de los cuales preferían no hospedarse con el Príncipe Regente, cuyas comidas interminables los aburrían hasta la saciedad.

A Verne no le costaba nada ofrecerles a las damas chismes sobre la realeza y, aunque la mujer que más le interesaba se negaba a responder, el placer que obtenía sentado a su lado llevaba aquel ejercicio a un nivel diferente, sabiendo que estaba escuchándolo, incluyéndolo en sus pensamientos. Naturalmente estaría pensando que estaba haciéndose amigo de su padre para conseguir el tocador. Con su actitud defensiva, desconfiando de los hombres, estaría planeando cómo apartarlo de ella, cómo mantener la distancia, cómo reforzar el escudo que protegía su corazón magullado, el cual, después de una muerte y un abandono en cuestión de dos años, seguiría doliéndole.

Verne podría probar un acercamiento más relajado, pero eso requeriría más tiempo del que tenía. Luego estaba la otra manera, más arriesgada, pensada para inquietarla, para provocarla y que hiciera algo precipitado, algo que le recordara que era una mujer deseable. La decisión fue fácil de tomar.

Cuando terminó la cena, la señora Cardew y Marguerite se marcharon, y eso le dio a Verne la oportunidad de excusarse también. Se detuvo en el recibidor esperando poder hablar a solas con Annemarie, que había contemplado la partida de su padre con evidente desasosiego. La pregunta que le hizo estaba destinada a pillarla desprevenida, pero no tuvo mucho éxito.

—¿Seguís molesta conmigo, milady? ¿Por sentarme a la mesa llevando las botas o por querer cumplir la misión que me ha encargado el príncipe?

—Es evidente que habéis intentando tenazmente cumplir vuestra misión, milord. Me niego a especular sobre lo que dirá su alteza cuando regreséis con las manos vacías. Ese es vuestro problema, no el mío. En cuanto a las botas… —miró hacia abajo y contempló el destello de las velas sobre el cuero inmaculado—… supongo que debería dar gracias de que no estén cubiertas de barro.

—Vuestro padre me aseguró que no tenía importancia, milady.

—Mi padre le quitaría importancia a que un zorro se comiera su mejor gallina. Él cree que sus normas nos sirven a los demás. Nunca ha tenido que justificar nada de lo que hace, lo cual puede resultar adorable, aunque en algunas ocasiones no lo sea.

—Entonces os presento mis disculpas. Podría haber ido a cambiarme de ropa. Mi casa está en Bedford Square, a solo cinco minutos andando.

—¿Tan cerca? No lo sabía.

—¿O habríais insistido? Si yo hubiera sabido quién vivía a solo cinco minutos de mi casa, milady, habría venido a visitaros hace meses.

—¿Con qué excusa? ¿Con la de encontrar otra cosa sin la que su alteza no pueda vivir?

—No. Con esta.

Se acercó a ella tan deprisa que Annemarie no pudo hacer nada y, antes de que pudiera echarse hacia atrás, le agarró la manga con una mano, le colocó la otra en la nuca y le dio un beso íntimo que excedía los límites de cualquier despedida educada. Annemarie se quedó demasiado perpleja como para protestar o contraatacar. Levantó la mano para darle un empujón en el hombro, pero para entonces ya era demasiado tarde. Verne había aprovechado el momento justo. Se preparó para recibir el golpe que sin duda le asestaría en la cabeza, pero no se produjo. Batió las pestañas, se quedó con los ojos muy abiertos y se llevó la mano a la boca antes de girarse hacia las escaleras. Estuvo a punto de chocarse con el mayordomo, que se había acercado a devolverle el sombrero y los guantes antes de dejarle salir.

Dos

Lord Verne no exageraba al decirle a Annemarie que su casa de Bedford Square estaba a solo cinco minutos, pero, caminando con cierta urgencia, recorrió el camino en tres minutos y medio. Subió los escalones de dos en dos y dejó la chaqueta, los pantalones y el chaleco sobre la cama antes de que Samson, su ayuda de cámara, llegara para ayudarle. A Samson no le sorprendió que su señor deseara volver a salir de inmediato, en esa ocasión con ropa de etiqueta. Después de once años al servicio de lord Verne, el hombre se había acostumbrado ya a sus cambios de planes y a sus instrucciones imprecisas. Su señor iba a asistir a un baile, eso estaba claro, aunque apenas cruzaron una palabra.

Verne ya conocía la casa de lady Sindlesham en Mayfair. Aquella noche había sido transformada para los invitados de la realeza, y más gente, que tenían motivos para estar agradecidos de que el general Bonaparte estuviese al fin bajo custodia. Entre un murmullo general de diversos idiomas europeos, Verne hablaba con la anfitriona, saludaba a los dignatarios extranjeros y a sus esposas, que resplandecían bajo el brillo de las lámparas de araña, sin dejar de buscar con la mirada a su jefe, el príncipe de Gales, que había sido designado regente tres años atrás, durante la grave enfermedad de su padre. Se acercó a saludarlo. Intercambió unas palabras con él, recibió una palmadita en el hombro y volvió a marcharse, en esa ocasión para averiguar el paradero de la señora Cecily Cardew, con la que había cenado esa misma noche. Esperó a que la joven Marguerite Benistone se dejase arrastrar por un oficial prusiano de uniforme, se acercó a ella como por casualidad y, con una reverencia impecable, le tomó la mano.

—Señora Cardew, qué casualidad.

La sorpresa de la mujer era de esperar, pero la disimuló bien mientras contemplaba su atuendo, compuesto por un chaqué inmaculado, un chaleco blanco y unos pantalones que lady Golding hubiera preferido ver durante la cena.

—Lord Verne, acaba de irse. Mirad, allí está. Justo allí —señaló con un abanico de plumas hacia Marguerite y Verne se fijó en sus pendientes de diamantes, que casi le llegaban hasta los hombros.

—Preciosa —respondió—. ¿Queréis un vaso de ponche?

Ella supo entonces que aquel encuentro no era casual.

—Puede que sea peligroso, con tanta gente aquí. Supongo que conocerá a la mayoría, milord.

Verne la condujo hasta un asiento situado entre dos enormes cortinas. Al sentarse, ella inclinó la cabeza hacia él como si supiera la razón por la que había ido a buscarla después de hablar con el Príncipe Regente. Era un hombre en quien podía confiar, al fin, un aliado en su intento por llevar algo de luz a la vida sombría de Annemarie. A la señora Cardew apenas se le escapaba nada de lo que pasaba a su alrededor. Incluso en aquel momento, vigilaba todos los movimientos de Marguerite.

—A varias personas, pero no a la mayoría —respondió él—. A Sindy se le da muy bien esto, ¿verdad?

—Ha tenido mucha práctica —al darse cuenta de cómo podía sonar aquello, le dirigió una sonrisa traviesa—. No quería decir eso. Sindy y yo somos viejas amigas. Sus nietas tienen la edad de la señorita Marguerite. Salen juntas. Por eso ella tenía tantas ganas de venir.

—¿O se habría ido a Brighton con su hermana?

—Oh, lo dudo mucho, milord. Este año hay muchos acontecimientos en Londres. Marguerite nunca se perdería eso solo para hacer compañía a Annemarie. Es comprensible. El año pasado tuvo su puesta de largo y el objetivo de eso es hacer contactos, no esconderse…

—¿En Brighton? —sugirió Verne.

El suspiro de Cecily apenas se oyó por encima de la música.

—Vos no estabais cuando todo sucedió —respondió—, u os habríais enterado. Casi todo el mundo lo ha olvidado ya, después de un año, pero Annemarie cree haber quedado deshonrada. Para ella, en cierto modo, es como si siguiera ocurriendo.

Verne decidió agarrar el toro por los cuernos, porque no tenía mucho tiempo.

—Aparte de vos, señora —dijo—, no hay nadie a quien pueda preguntárselo, y soy consciente de que este no es ni el momento ni el lugar para hablar de esos asuntos, pero…

—Pero tal vez sea mejor oír cosas incómodas de primera mano en vez de creerse las historias que cuentan los demás. ¿No estáis de acuerdo? Al menos así tendréis todos los hechos antes de… bueno, iba a decir antes de comenzar las maniobras, pero eso suena demasiado militar. Puede que Annemarie no haya sido buena anfitriona esta noche, pero eso no significa que no le afectara vuestra presencia. Nunca le había visto usar el cuchillo equivocado para untarse la mantequilla en el pan.

—Eso no dice gran cosa, señora Cardew.

—Lo sé, pero también se notaba en los ojos. En los suyos y en los vuestros.

—Mmm —dijo él—. ¿Puedo preguntar entonces qué ocurrió?

—Por supuesto. Puede que ya sepáis que, en otra época, lady Benistone fue una hermosa cortesana. Mucho antes de vuestro tiempo, joven.

A sus treinta y dos años, Verne era capaz de reconocer los cumplidos de una mujer mayor.

—Había oído algunas cosas al respecto —respondió.

—Era veintidós años más joven que su marido.

Digo que era, pero, por supuesto, sigue siéndolo. No sabemos dónde está. Incluso vuestro jefe, antes de ser nombrado regente, la persiguió sin éxito. Lord Benistone le ofrecía un buen estilo de vida y al final accedió a casarse con él. El problema fue que… —dijo en voz baja.

—Por favor, no continuéis si preferís no hacerlo. Lo comprenderé.

—El problema fue que… bueno, ya habéis visto cómo están las cosas por allí. No es lugar para que vivan una mujer y sus tres hijas. Ella era una cortesana de primera categoría, así que podéis imaginar cómo se sentía. El coleccionismo era, y sigue siendo, la pasión de mi primo. No va a cambiar ahora. No le falta dinero. Siempre ha podido comprar cualquier cosa que deseara.

—Incluyendo a su esposa.

—Incluso a Esme Gerard. Y ella también lo amaba. Pero solo durante un tiempo. Él le dedica toda su atención a su colección y después se pregunta por qué ha perdido a la única mujer a la que ha amado. Todo el mundo se da cuenta menos él, aunque creo que ahora es más consciente de sus errores. Es un hombre encantador, pero sus prioridades están equivocadas.

—Es algo frecuente, señora.

—Por desgracia sí. Lady Golding… Annemarie… era viuda desde hacía un año cuando ocurrió. Aún lloraba la muerte de su marido y estaba siendo cortejada por un canalla con lengua de oro que le prometía el mundo.

—Sir Lionel Mytchett.

—Sí, ese mismo. Y, si su padre se hubiera tomado la molestia de investigarlo, habría visto lo que estaba pasando. ¡El muy sinvergüenza! Estaba jugando con sus emociones —Cecily volvió a bajar la voz—. La cortejó durante casi tres meses y le hizo pensar que iba a ofrecerle matrimonio.

—Entonces, ¿estaba enamorada de él?

Ella negó firmemente con la cabeza, pero la respuesta pareció menos segura.

—¿Quién sabe? Yo creo que había pasado muy poco tiempo desde lo de Richard. Probablemente Annemarie estuviera más enamorada de la idea de ser una mujer casada que del propio Mytchett. Yo me había ofrecido a celebrar el baile de puesta de largo de la señorita Marguerite en Park Lane. No podrían haberlo celebrado en la calle Montague, y ya había hecho lo mismo para la boda de Annemarie. Lo que ninguno de nosotros había advertido era la creciente atracción que Mytchett había desarrollado hacia lady Benistone, y lo que yo creo es que había visto en la madre algo que podría tener sin molestarse en casarse con la hija. No sé si entendéis lo que quiero decir.

Verne asintió. Mytchett era el típico que se aprovechaba de esa situación. Era una pena que lord Benistone no hubiese cuidado mejor de su familia.

—Annemarie —continuó Cecily— era una viuda de veintitrés años y Esme estaba tan ansiosa como ella por marcharse de la calle Montague y llevar una vida normal. Eso era lo que ambas deseaban, pero a él le resultó menos problemático llevarse a Esme que a Annemarie. Desaparecieron durante el baile de la señorita Marguerite. Mytchett sabía bien lo que estaba haciendo, pero dudo que Esme lo hubiera pensado bien. Es una criatura impulsiva, igual que lo era Annemarie antes de que eso ocurriera.

—Una pérdida doble —comentó Verne, viendo como Marguerite sonreía a su acompañante.

—Una pérdida triple, milord. Marido, prometido y madre. Se ha vuelto una mujer amargada. No permite que sus amigos se acerquen y no sale en absoluto. El rechazo es una cosa terrible. Convierte a personas encantadoras en vengativas.

—Está claro que, después de eso, no quiere saber nada de hombres.

—Eso me temo. Cualquiera que desee impresionar a Annemarie deberá ser muy paciente, y sin garantías de éxito. Pero, si queréis mi consejo al respecto, milord…

—Cualquier cosa que podáis decirme, señora Cardew.

—Entonces deberéis empezar por encontrar a la madre —lo dijo en voz tan baja que Verne tuvo que leerle los labios—. Dudo mucho que lady Benistone aguante mucho con esa sabandija, y no me sorprendería descubrir que ya le ha abandonado, aunque no puedo imaginar cómo sobrevivirá sin ayuda. A las mujeres como Esme no se les da bien eso. Y la familia está triste sin ella. Todos lo están.

De nuevo Verne centró su atención en la alegre figura de Marguerite, que tenía una sonrisa de felicidad y los brazos extendidos hacia su acompañante.

—Entonces, ¿no creéis que Lady Benistone regresaría sin que la invitaran? —preguntó.

La mirada que Cecily le dirigió de soslayo estaba cargada de paciencia, como si solo un hombre pudiera hacer semejante pregunta.

—El orgullo, milord. Eso también es una cosa terrible. Impide que las personas hagan lo que deben hacer y les hace hacer cosas que no deberían —la triste conclusión de Cecily quedó sin respuesta mientras sonaban las últimas notas de la canción—. Oh, el baile ha terminado. ¿Querríais bailar con ella antes de marcharos, milord? Sería un gran favor.

Obedientemente y sin vacilar, Verne se puso en pie, sabiendo que tendría que pagar por la ayuda que acababa de recibir.

—Por supuesto, señora. Será un placer.

—Y yo estaré encantada de recibiros en Park Lane, milord.

—Sois muy amable, señora Cardew. Aceptaré vuestra invitación.

Dos horas más tarde, estaba de vuelta en Bedford Square con la cabeza demasiado llena de información como para decirle mucho a Samson aparte de que viajarían a Brighton al día siguiente.

—Muy bien, milord. Al pabellón Marine, ¿verdad?

Gruñido.

—¿En el faetón o en el carruaje, milord?

—Oh, no hagas tantas preguntas estúpidas a estas horas de la noche. Lo decidiré por la mañana.

—Por supuesto, milord. Pero… ya sabéis… un baúl cabe mejor en el carruaje y el otro cabe en…

—Prepárame un baño. Necesito pensar.

—¿Ha sido un baile agradable?

Un gruñido muy expresivo advirtió a Samson de que había ido demasiado lejos y, como respondía siempre a cada capricho de su señor, se dio cuenta de que lo mejor sería prepararle el baño sin demora y en silencio.

Sumergido en el agua caliente a la luz de las velas, Verne observaba las burbujas de espuma e intentaba recopilar todos los acontecimientos del día hasta su baile con la señorita Marguerite Benistone, que en otras circunstancias le habría parecido un precio demasiado alto si no hubiera descubierto tantas cosas por boca de su carabina. Ya estaba más que cansado de la señorita Marguerite cuando su amigo George Brummell acudió al rescate. Había tenido que convencerlo para mantener a la muchacha ocupada y Verne había tenido que prometerle otro generoso préstamo. Las hijas de lady Benistone encajaban con lo que había oído de ellas, pero contar con la aprobación y la ayuda de la señora Cecily Cardew, miembro de la familia y madrina autoproclamada, le había dado la ventaja necesaria para perseguir al ángel justiciero al que le había robado un beso aquella noche.

A Cecily no le habría sorprendido demasiado saber que lady Benistone, la mujer de su primo, ya hubiera dejado a la sabandija con la que había desaparecido el año anterior durante el baile de puesta de largo de Marguerite, pues ya habían discutido de antemano lo que habían descubierto sobre su carácter y sobre sus motivos, pero no los planes que lady Benistone había trazado para evitar un desastre. O eso pensaba ella. Pero ni en sus sueños más oscuros Cecily hubiera podido imaginar las circunstancias en las que tendría lugar la huida pues, de haberlo imaginado, habría impedido que Esme tomara las riendas de la situación. A ojos de Cecily, Esme Benistone, con su experiencia con los hombres, sabía cuidar de sí misma y, aunque no fuera muy competente en cuestiones de finanzas, lo compensaba con creces con todo lo que sabía sobre los hombres. Incluso un soltero convencido como lord Benistone le había entregado hacía años su corazón, y ella el suyo, para sorpresa de todos.

El verano pasado, Esme Benistone había trazado un plan secreto para alejar a sir Lionel Mytchett de su hija. No había sido difícil convencer al joven idiota y codicioso de que le amaba una mujer madura y con dinero. Sus promesas le habían resultado fáciles de creer. Confiando en las experiencias pasadas, Esme había estado convencida de que podría mantenerlo en un estado de anticipación durante al menos una semana, mientras ella se ponía de acuerdo con el banco para hacerse con el dinero que en otra época había ganado, y que su generoso marido nunca había utilizado. Durante los años había acumulado unos intereses considerables. Sin embargo, tras el tercer intento de negociación con el banco, le dijeron que, aunque el dinero fuese legalmente suyo, no podría tener acceso a él sin el permiso de su marido; un contratiempo muy serio en sus planes que molestó a sir Lionel. A Esme no le sorprendió su rabia, pero no había imaginado las terribles repercusiones de su ira.

—¿Qué? —le había preguntado él cuando había regresado al lugar donde se alojaban—. ¿Qué quieres decir con que no has podido lograrlo? ¿Por qué no? Es tuyo, ¿verdad? ¿No es eso lo que me dijiste?

Lady Benistone suspiró. Aquello iba a resultar difícil. Llevaban juntos menos de una semana; días incómodos durante los cuales había utilizado todo su atractivo sexual para mantenerlo contento sin permitirle tener lo que pensaba que conseguiría sin apenas esfuerzo. Ahora tendría que seguir adelante con su plan. Era varios años mayor que él y no estaba acostumbrada a que le gritaran.

—Bajad la voz, por favor —respondió con frialdad mientras se quitaba el sombrero y la pelliza—. Os dije que podríamos usar mis fondos, sí, pero estaba equivocada. No podemos. En el banco, el señor Treen ha dejado claro que, sin el permiso escrito de lord Benistone, no podemos sacar el dinero. Tendremos que apañárnoslas sin él —incluso mientras pronunciaba aquellas palabras vacías, sabía que eso sería imposible, pues su intención desde el principio había sido pagarle para que se alejara y después regresar junto a su familia con lo que le parecía una razón convincente que explicara su extraño comportamiento. Y, si Elmer hubiera hecho caso a sus preocupaciones, nada de eso

41

habría sido necesario. Se habría deshecho de aquella criatura mentirosa como haría cualquier padre y Annemarie habría podido empezar de nuevo a reconstruir su vida con alguien que fuese digno de su amor.

—¿Apañárnoslas? —gritó él— ¿Cómo se supone que vamos a apañárnoslas? He confiado en ti y ahora me dices… ¡Santo Dios, mujer! Si lo hubiera sabido…

—No uséis ese lenguaje conmigo, sir Lionel. No lo toleraré. No tenéis idea de lo estúpido que parecéis cuando adoptáis ese comportamiento infantil. Os he soportado en este horrible lugar durante casi una semana y creo que no aguanto más. Sí, si hubierais sabido que no tenía acceso a mi dinero, no os habría interesado, ¿verdad? Os habríais quedado en terreno seguro con mi hija. Habéis vendido mis joyas y os habéis jugado los beneficios cuando ya podríamos estar en Francia. Os habéis quedado sin suerte demasiado deprisa para mi gusto.

Cualquiera habría entendido la facilidad con la que Annemarie se había enamorado de los atractivos gestos de Mytchett, de sus modales impecables, de su encanto, de su manera de vestir, de todas las cosas que decía poseer. Lord Benistone había estado demasiado preocupado como para realizar investigaciones que pudieran confirmar o desmentir lo que decía. Sin embargo, cuando se enfadaba, sir Lionel no resultaba nada atractivo, daba miedo, se mostraba amenazante, y Esme Benistone se dio cuenta demasiado tarde de que había revelado sus intenciones sin pretenderlo. Podría haberse fugado mientras él estuviera fuera. Pero ya no.

Vio como él iba poco a poco comprendiendo la situación. Incluso entonces ella no sabía cómo se desencadenaría todo. En ningún momento había anticipado el peligro en el que se encontraba. Siendo lady Benistone una aristócrata, le debían el máximo respeto. En esa ocasión, había calculado mal.

Muchas veces había intentado desde entonces olvidar lo que sucedió durante la siguiente media hora, pero sin conseguirlo. La violencia física no era algo que hubiera experimentado antes y, aunque el miedo le confirió más fuerza de lo normal, no fue suficiente para impedir que aquel ataque brutal llegase hasta las últimas y horrorosas consecuencias. Con una mano tapándole la boca, nadie podría oírla, y sintió una impotencia tan dolorosa que, cuando la soltó, el estómago se le rebeló también. Antes de que sir Lionel se marchara, le había dirigido unas palabras destinadas a herirla e insultarla tanto como su ataque. Le dijo que se aseguraría de que pagase el precio por haberle engañado, si no con dinero, entonces con vergüenza.

Cuando al fin se quedó sola, tardó un tiempo en recuperarse lo suficiente para ponerse en pie, dolorida, y encontrar la manera de lavarse. Ir arriba era imposible, y debía escapar deprisa antes de que él regresara. Así que, aún temblorosa y sollozando, se tapó la ropa rasgada con la pelliza, se recogió el pelo bajo el sombrero y se puso el velo. Con una lentitud dolorosa, abandonó la casa sin ser vista y se tambaleó hasta el final de la calle, donde al fin fue capaz de parar un cabriolé.

—A Manchester Square —le dijo al chófer.

—¿Os encontráis bien, señora? —preguntó él amablemente—. ¿Os duele la cabeza?

—No —susurró ella—, pero conducid con cuidado.

—Por supuesto, señora. Dejádmelo a mí. Subid.

Le costó un esfuerzo sobrehumano subir los peldaños del cabriolé, pero el amable chófer aguardó antes de ponerse en marcha y, al llegar a Manchester Square, se molestó en bajarse de su asiento para ayudarla a bajar. Fue entonces cuando Esme se desmayó en sus brazos, lo que llamó la atención de una doncella que estaba a punto de entrar en la mansión más cercana.

—Esa es lady Benistone, ¿verdad? —preguntó.

—No lo sé, señorita. Me dijo que la trajera aquí. Pero, si no me equivoco, esta es la casa del marqués de Hertford.

—Lo es —contestó la joven—. Por favor, metedla en casa, ¿de acuerdo?

Annemarie se dijo a sí misma que el beso de Verne no había significado nada en realidad, salvo el enfado de un hombre frustrado. Sí, eso era todo. El enfado y la necesidad de castigarla por su descortesía como anfitriona cuando debería haberle mostrado más respeto al invitado de su padre. En cuanto a la tontería de conseguir lo que deseaba... bueno... no eran más que las fanfarronadas de un soldado. Demasiados años en el ejército y poca oposición por parte de las mujeres. Ese era el problema con los hombres así. No merecía la pena disgustarse por eso.

Metió sus zapatillas en uno de los baúles de cuero, pero Evie suspiró y pacientemente volvió a sacarlas.

—Las llevará puestas, milady, así que no ha de guardarlas —le dijo—. ¿Por qué no me dejáis a mí las maletas? ¿Queréis que os traiga algo caliente de beber?

Annemarie se quedó mirando el sinfín de vestidos, zapatos, sábanas y pellizas de terciopelo y se sintió incapaz de hacer nada con todo aquello, indignada como estaba.

—Sí —respondió—. Se está haciendo tarde y no estoy siendo de gran ayuda, ¿verdad? —se dejó caer en el sillón y aprovechó la ausencia de Evie para volver a escuchar en su cabeza la respuesta de lord Verne. «No. Con esta». Volvió a sentir sus dedos en el brazo y en el cuello, impidiéndole escapar como podría haber hecho. Como debería haber hecho. Palabras como «grosero» o «sinvergüenza» se desdibujaban ante el recuerdo de aquel beso, y una vez más se encontró a sí misma haciendo comparaciones como si fuera una colegiala sin experiencia mientras apretaba un cojín contra su pecho.

Durante las seis horas que se tardaba en llegar a Brighton, sería falso decir que hubiese borrado de su cabeza el incidente, pues no tenía nada más con lo que entretenerse. Pero no era necesario que su padre temiera por ella, pues llevaba a su doncella, a dos co-

45

cheros y a los sirvientes consigo. Algunos de ellos llevarían los carruajes de vuelta a Londres. Tras varias paradas para cambiar de caballos y comer algo, al llegar la tarde ya estaban entre gaviotas y, para entonces, Annemarie ya había examinado el incidente desde todos los puntos de vista posibles. Sabiendo que su padre era capaz de contratar a alguien para que la escoltara aunque ella no quisiera, había buscado con la mirada a cualquier hombre que se pareciera a lord Verne, pero, por suerte, no tenía de qué preocuparse.

Ver su preciosa casa le levantó el ánimo aún más que el murmullo del viento y el inmenso mar azul grisáceo. Aquel lugar se lo había comprado lord Benistone a Richard y a ella como retiro, que ella había decidido mantener como segunda residencia. Demasiado cercana al Steyne para su gusto, había sido perfecta para Richard, al cual le gustaba estar siempre en medio de todo. Además estaba situada en la esquina de South Parade, con lo cual tenía buenas vistas desde los ventanales.

Annemarie llevaba razón al asegurar que Brighton estaba desierto durante las celebraciones de Londres; en los jardines situados entre la casa y el Pabellón Marine apenas había algunas mujeres con coloridos vestidos de muselina y algunos hombres de uniforme. A algunas puertas de distancia, el club Raggett parecía extrañamente tranquilo, y la biblioteca Donaldson, situada al otro lado de la calle, prácticamente estaba abandonada. A ella no le importó. Decidió pasarse por allí al día siguiente.

La cocinera, el ama de llaves y las doncellas llevaban ya tres días en la casa destapando los muebles, haciendo las camas y preparando comida, de modo que las habitaciones estaban bien aireadas, había flores en los jarrones, agua caliente y los suelos estaban bien barridos. Después del desorden de la calle Montague, la belleza sencilla de sus paredes, la delicadeza de sus muebles y los tejidos que reflejaban la luz del sol y el mar eran como un soplo de aire fresco que llenaba sus pulmones de libertad. Recorrió habitación tras habitación para reencontrarse con todos los detalles femeninos a los que su padre no habría prestado la menor atención. Tampoco Richard, si alguna vez los hubiera visto.

De pronto se dio cuenta de que el nuevo tocador sería demasiado grande para caber con holgura en su dormitorio, pero, tras varios reajustes, le encontró un hueco junto a la chimenea que podría servir y experimentó un ataque de rabia al recordar el comentario de su padre diciendo que lord Verne tendría que conseguirla a ella primero. Hasta que llegara el tocador, tendría muchas cosas con las que mantenerse ocupada, cosas que había dejado de hacer en Londres por miedo a encontrarse con alguien que la conociese. Era su compasión lo que no podía soportar. Era venganza lo que deseaba, no pena. Cualquier tipo de venganza serviría siempre y cuando fuese dolorosa.

Al día siguiente el tocador llegó antes de lo esperado y, después de pasar horas pillándose los dedos entre blasfemias y dudas, el mueble por fin encajó en el lugar que había previsto para él. Imaginó que las habitaciones de lady Hamilton en Merton Place debían de ser enormes para que pudieran caber fácilmente dos tocadores así. Pero aquella noche, cuando se quedó sola, sacó la llave de latón del cajetín y la insertó en la cerradura del cajón situada sobre el hueco para las rodillas, imaginando cómo lady Hamilton y su amante, lord Nelson, se habrían mirado en aquel mismo espejo. A cada lado del espejo estaban las partes que más le habían intrigado en Christie's; un laberinto de compartimentos en los que había tarros de cerámica, botellitas de cristal con tapas de plata, peines y cepillos hechos de marfil, espejos de mano y tijeras de plata, cajitas de madera y frascos de perfume que aún llevaban el aroma de las fragancias impregnado en el cristal. El Príncipe Regente tenía el otro tocador y, en general, ambos eran idénticos, salvo que aquel estaba hecho para una dama, razón por la que ella lo había escogido.

La obsesión por los recuerdos de lord Nelson se había apoderado del país en los años transcurridos desde su muerte en Trafalgar en 1805, e incluso después de nueve años había coleccionistas que pagarían muy bien por tener cualquiera de sus objetos personales, incluso una brocha de afeitar. Tal vez por eso el Príncipe Regente estuviese tan interesado en adquirir aquel mueble. O quizá tuviera más que ver con lady Hamilton, de quien en una ocasión había estado enamorado, incluso en vida de su amante y de su marido. Ninguno de los dos había aprobado la obsesión del príncipe aunque, desde sus fallecimientos, a lady Hamilton le había resultado necesario mantener buena relación con la familia real con la esperanza de obtener una ayuda económica que nunca llegó. La deslealtad del príncipe hacia sus amigos era tan conocida como su horroroso sentido de la moda.

A medida que caía la noche, Annemarie estaba sentada ante su nueva adquisición, abriendo las tapas, preguntándose cuál habría sido su contenido, maravillándose con los detalles. A un lado del centro había un agujero donde podía insertarse un alfiler de latón que sujetara el cajón inferior cuando la tapa estaba cerrada. Tras mirar dentro del cajón y encontrar solo un extraño guante y algunos rollos de seda vacíos para remendar, intentó cerrarlo antes de volver a colocar el alfiler en su lugar. Pero obviamente había tocado algo más, porque se negaba a cerrarse.

Se agachó para mirar en su interior, deslizó los dedos por dentro hasta tocar la parte trasera del cajón y poder sacarlo un poco más. Descubrió entonces que el panel trasero tenía bisagras. Podía abrirse y detrás se ocultaba un compartimento extra. Puso la cabeza al mismo nivel y advirtió unos fardos atados con cinta. Eran como pilas en miniatura de sábanas planchadas en el armario de la ropa blanca. Tan lisas y ordenadas que supo que debían de ser cartas. Presionó sobre una de las pilas y liberó la que se había enganchado en la madera de arriba.

Su primer instinto fue dejarlas donde estaban, porque no tenía derecho a leer lo que lord Nelson le había escrito a la mujer que amaba. Nadie lo tenía. Pero la curiosidad le hizo meter la mano y sacar uno de los fardos, después el otro, hasta tener ocho de ellos haciendo equilibrios sobre los tapones de plata. Desprendían aroma a papel viejo y a rosas. Al instante recordó una visita a Carlton House con Richard para conocer al príncipe de Gales cuando fue nombrado regente. Allí, aquel perfume empalagoso había hecho que le diera vueltas la cabeza. Después Richard le había contado que era el rapé del príncipe.

—No tiene buen gusto —le había dicho su marido—. Ni quiera para el rapé.

Ni siquiera entonces logró relacionarlo con aquellas cartas, pues estaba segura de la implicación de lord Nelson, sobre todo después del furor provocado semanas atrás, en abril exactamente, cuando las cartas personales que le había escrito a lady Hamilton habían sido publicadas por el Heraldo en forma de libro, lo que había causado un gran escándalo. La prensa se hizo eco de todos los detalles de su pasión y contribuyó al escarnio de la mujer que, según la mayoría, había vendido las cartas para saldar sus deudas. Pocos creían su palabra de que se las había robado un supuesto amigo que estaba escribiendo la biografía de Nelson, a petición suya. Aquellos que la conocían mejor estaban convencidos de su inocencia, aunque pocos se habían apresurado a defenderla, y muchos menos el influyente Príncipe Regente, que decía adorarla y regularmente se aprovechaba de su generosa hospitalidad. Si aquellas cartas eran más de lo mismo, lady Hamilton las había mantenido escondidas de los sirvientes malintencionados y después se había olvidado de ellas en alguna de sus mudanzas. Era una mujer muy desafortunada, pensó Annemarie mientras le daba la vuelta a uno de los fardos para ver la parte de atrás. Estaba sellado con una pequeña corona, como hacían los aristócratas. Había sido entregado en mano. No tenía sello ni dirección. Solo el nombre. *Lady Emma Hamilton*.

Pasó un pulgar por los bordes doblados y rígidos y se recordó a sí misma que las cartas podían ser perfectamente inocentes y no merecería la pena devolverlas, aunque el perfume rancio le sugería una explicación bien diferente. Así que desató el lazo gastado, desdobló la primera carta, le dio la vuelta y leyó el saludo. Después deslizó la mirada hasta el final de la página y leyó unas palabras que jamás deberían hacerse públicas. *Siempre tuyo, con todo mi amor... el principito*.

Annemarie se llevó la mano a los labios sin atreverse a creer lo que estaba leyendo. El principito era como llamaban sus amigos íntimos al Príncipe Regente.

Eran cartas que le había escrito a Emma Hamilton.

Privadas. Escandalosas. De un valor incalculable.

La importancia de aquel descubrimiento daba miedo y, a la vez, resultaba excitante mientras, una por una, Annemarie iba leyendo las docenas de cartas íntimas de amor, todas del mismo tamaño, con el mismo papel, la misma tinta, la misma letra y las mismas palabras de cariño en la firma: *amado, amigo eterno, adorado sirviente, siempre tuyo, principito*. Los encabezamientos eran igual de extravagantes.

Queridísima musa. *Mi querida Perséfone. Espíritu celestial*, y cosas por el estilo. Palabras repetitivas y poco originales que despertaban su furia al contemplar de nuevo a un amante cuyas palabras floridas no estaban a la altura de sus acciones, cuyas promesas resultaban vacías y sin valor. Lady Hamilton ya debía de haberse dado cuenta de que las cartas se habían perdido, de que alguien las encontraría, las leería y podría utilizarlas para ensuciar su nombre más aún. Sabría que, si se hacían públicas como las cartas de Nelson, quedaría excluida de la vida de la realeza para siempre, sin poder contar con su ayuda.

Empezó a doblarlas de nuevo y a formar fardos con ellas. Al mismo tiempo pensaba que sin duda sería el Príncipe Regente quien quedaría como un villano si aquello salía a la luz alguna vez. A pesar de sus declaraciones de amor eterno y amistad, todo el mundo sabía que se había negado a ofrecerle ayuda desde la muerte de lord Nelson, incluso se había negado a pedirle al Parlamento que le concediera una pensión, utilizando como excusa que nunca había llegado a ser legalmente la esposa de Nelson. Tras haber abusado de su amistad y de haber ignorado su vulnerabilidad, no le había ofrecido nada a cambio. Probablemente se convirtiese en el hazmerreír de toda la nación justo cuando estaría acogiendo a todos los líderes europeos durante el verano. Si unas cartas así fuesen de dominio público, ¿qué probabilidades tendría de que el Parlamento le concediera más fondos para sus proyectos, sus banquetes y sus caprichos? Prácticamente ninguna. No era de extrañar que hubiese enviado a un amigo de confianza a recuperar el tocador donde estaban guardadas sus cartas, cuya existencia podía seguir siendo un misterio para el comprador. Es decir, ella.

Era fácil entender cómo habría sabido el príncipe dónde guardaba lady Hamilton su correspondencia. *El Heraldo* había publicado en ocasiones con cierta malicia que, durante sus fiestas salvajes que duraban días enteros, los invitados tenían acceso a todas las habitaciones en cualquier momento. A todos los efectos, el príncipe y ella no habían sido amantes, pero él conocería su dormitorio como cualquiera de sus amigos, y allí podría charlar con ella, flirtear y beber. Sin duda estaría al corriente de su famosa desorganización, de sus abundantes regalos y de su generosidad. ¿Por qué si no habría enviado a lord Verne con tanta rapidez a encontrar el otro tocador y a comprarlo a cualquier precio tras descubrir que el otro no era el que deseaba? ¿Y por qué si no lord Verne se habría pegado a su padre como una sanguijuela hasta poder ganarse la simpatía de su hija? Ese era el plan. Estaba segura de ello. La única manera de librar al querido principito del escándalo absoluto. Ya había dado el primer paso y ella, sin saberlo, se había alejado unos cien kilómetros. Otra razón más para que estuviese enfadado.

El sentimiento de poder que experimentó al descubrir aquello era difícil de expresar. La certeza casi sensual de que la venganza estaba literalmente en sus manos. En cualquier momento podría causarle un enorme daño a aquel heredero inmaduro e irresponsable de cincuenta y dos años, sin moral ni principios; un hombre que podía darle la espalda a la mujer a la que decía adorar. Representaba todo lo que Annemarie despreciaba en un hombre y sería el blanco perfecto de su castigo. Al mismo tiempo, podía darle a lady Hamilton lo que obtuviera por las cartas y otorgarle así algo de dignidad para su jubilación, para ayudarlas a su hija y a ella a encontrar una nueva vida lejos de su avariciosa familia. Resultaría irónico devolverle en dinero lo que el príncipe le había quitado en apoyo. Se dejó caer sobre su cama riéndose llena de euforia con aquella sensación de control, deseando haber descubierto aquello en Londres en vez de allí, pues entonces podría habérselas llevado directamente a un editor para llegar a un acuerdo sin retrasarse mucho.

Más tarde, en la tranquilidad de la noche, tras escuchar el rumor lejano de la marea creciente, Annemarie se levantó y, tras echarse un chal sobre los hombros, se sentó frente al tocador, donde los fardos de cartas representaban una amenaza silenciosa hasta que pudiera escoger el momento en el que soltar el gato entre las palomas. La luz de la luna llena se reflejaba en las paredes cubiertas de damascos de seda. Aquella quietud blanca parecía sugerirle una opción más segura y menos contenciosa que implicaría cederle la responsabilidad a quien le correspondía por derecho; a la propia lady Hamilton. Annemarie debía entregárselas y explicarse. Que hiciera con ellas lo que deseara, porque, si le habían echado la culpa del último escándalo a ella, sin duda podrían volver a hacerlo si se publicaban las cartas. Parte de la culpa iría a parar a su alteza real, pero habría otros dispuestos a arruinar aún más la reputación de lady Hamilton. ¿Y para qué? La probabilidad de librarse alguna vez de los escándalos sería mínima. Annemarie debía dejar a un lado sus propios motivos egoístas. La decisión no podía tomarla ella.

Sacó su viejo baúl de viaje, que habían vaciado recientemente, metió dentro las cartas y decidió llevarlas a Londres lo antes posible. El señor Parke, de Christie's, conocería el paradero de lady Hamilton. Volvió a meterse en la cama pensando en el absurdo comentario de su padre sobre tener que conseguirla a ella primero, y se preguntó cuánto tiempo tardaría en ver a lord Verne allí, en Brighton, decidido a cumplir la sórdida misión que le había encomendado su señor. Por alguna razón, aquel desafío le alteró el sueño y no pudo dormirse hasta que no empezó a oír los graznidos de las primeras gaviotas.

Annemarie había estado por última vez en Brighton el otoño anterior, y desde entonces la primavera había tardado en llegar después de un invierno largo y mucho peor de lo que nadie hubiera podido imaginar. Estando ya en junio, los jardines que rodeaban el Steyne estaban empezando a recuperarse, e interminables obras del Pabellón Marine del príncipe aún estaban sin acabar, principalmente por la falta de fondos y porque cambiaba de opinión cada vez que lo veía.

Todavía mostraba los mismos andamios y seguían trabajando allí los mismos obreros, que tenían tiempo de sobra para quedarse mirando a cualquier mujer que pasase por allí. Tras el pabellón, la cúpula de estilo indio, que había sido objeto de sus críticas, se alzaba como una media cebolla resplandeciente sobre los establos del príncipe. Allí guardaban los caballos de carreras y de viaje del regente, y el coste total del edificio habría servido para dar de comer a todos los hambrientos e indigentes de Londres durante el resto de sus vidas. Por no hablar de sus descontentos trabajadores, que no recibían salario alguno.

Annemarie paseó por los jardines y exploró nuevos caminos en dirección a la cúpula, sin poder evitar admirarla por sus proporciones perfectas y por su fantástica mezcla de estilos gótico y oriental. Tal era la extravagancia del hombre que algún día sería rey. El mismo hombre que había expresado en cartas sus sentimientos extravagantes a una mujer a la que ahora ignoraba. Como si fuera una herida abierta, la necesidad de causar el mismo dolor resurgió en su interior, antes de que pudiera contenerla y obligarse a ser racional. Ella nunca le había hecho daño a nadie de manera consciente. ¿Podría empezar ahora y disfrutar realmente de la experiencia?

«Sí, puedo. Solo necesito una oportunidad. Muéstrame cómo hacerlo», pensó.

Un zorzal moteado atrapó una lombriz a escasos metros de sus zapatos rojos, pero salió volando asustado al oír un grito detrás de ella.

—¡Eh! Aquí no se puede estar, milady. Es propiedad privada —un hombre corpulento que agitaba un mapa con la mano corría hacia ella tan deprisa que parecía como si fuese a echársela al hombro y huir con ella.

—El pasado septiembre no era propiedad privada —respondió Annemarie sin moverse—. ¿Cómo va a saberlo alguien? ¿Quién lo ha comprado?

—El príncipe de Gales —dijo el hombre—. Para sus jardines. Y tendréis que regresar por donde habéis venido.

—No haré tal cosa. Saldré por ese camino —Annemarie se giró hacia los establos. Pero ya no se enfrentaba sola a la autoridad, pues vio que se acercaba hacia ella con pasos largos un hombre alto al que reconoció de inmediato. Salía del arco central del edificio. A juzgar por sus pantalones marrones y su látigo, debía de estar montando a caballo y, aunque sus ojos quedaban ensombrecidos bajo el ala del sombrero, miró con rabia al entrometido encargado.

—Milord… —dijo el hombre—, esta mujer…

Verne se detuvo junto a Annemarie.

—Lady Golding es mi invitada —respondió—. Volved al trabajo, señor Beamish.

—Sí, milord. Os pido perdón, milady —el señor Beamish asintió con la cabeza y se alejó por donde había llegado. Annemarie se quedó entonces a solas con el hombre que, desde la noche anterior, sabía que aparecería.

Y ahora que había aparecido, no sabía si sentirse satisfecha por sus predicciones o molesta por tener que intentar librarse de él una vez más. Lo cual, teniendo en cuenta que ella era la intrusa, podría tener sus complicaciones. Dadas las circunstancias, le pareció algo superfluo responder a lord Verne con lo primero que le viniera a la cabeza.

—¿Qué estáis haciendo aquí? —supo antes de terminar la frase que habría sido más educado por su parte darle las gracias.

Él no pareció sorprenderse, como si ella fuera un terrier cuyo mal genio fuese inherente a la raza.

—Si no os importa dar un paseo conmigo, milady, os contaré qué estoy haciendo aquí —dijo, incapaz de ocultar en su mirada la admiración que sentía por su elegante belleza. Llevaba una pelliza de seda de color verde y rojo sobre un ligero vestido de muselina, cuyo dobladillo hacía que pareciera como si estuviese caminando sobre la espuma del mar. Su sombrero también era de seda roja y verde, con una enorme peonía artificial de color blanco enganchada a la parte de atrás, de donde caían lazos verdes y rojos. Sus guantes rojos, sus zapatos rojos y su bolso verde demostraban que, incluso estando sola, vestir a la moda era algo importante para ella. Comparada con otras mujeres, parecía tener una clase propia.

Annemarie no obedeció de inmediato, aunque habría sido lo más evidente.

—No creo que quiera pasear con vos, milord. Solo he venido a… —hizo una pausa. ¿Por qué iba a contárselo?

Pero, como si lo hubiera hecho, él se volvió para contemplar el exótico edificio de los establos.

—Sí, es un lugar muy bonito, ¿verdad? La cúpula

es toda de cristal. Un milagro de la ingeniería. El interior es aún mejor. Venid. Os lo enseñaré.

—No se permite la entrada al público.

—Yo no soy público. Y vos tampoco —la manera de decirlo le dejó sin aire en los pulmones y otorgó un significado extra a sus palabras.

—Lord Verne —dijo ella tras recomponerse—, la última vez que nos vimos, fuisteis…

—Fui poco caballeroso. Sí, lo sé. ¿Empezamos de nuevo? Y, esta vez, con total corrección, vestiré adecuadamente. Tenéis mi palabra.

—No me refería a vuestra manera de vestir, milord —quería decirle: «Marchaos y dejadme en paz. No sé cómo enfrentarme a este tipo de peligro porque sé por qué estáis aquí y este encuentro no es tan accidental como parece. Deseáis lo que yo tengo y ambos fingimos no saber nada al respecto».

—Entonces solo pido una oportunidad para redimirme, lady Golding. Permitidme al menos eso. Tengo ahí dentro mi carruaje. Ambos estamos a vuestro servicio, si me hacéis el honor.

—¿Qué estáis haciendo aquí? No recuerdo oíros decir nada sobre una visita a Brighton. Si tiene algo que ver conmigo, entonces creo que deberíais entender que he venido aquí sola con mis recuerdos. Obligarme a ser amable con desconocidos con los que no tengo nada en común probablemente cause en mí el efecto contrario al que tenéis en mente. Por favor, no dejéis que nuestro encuentro os impida hacer lo que hayáis venido a hacer aquí. Estoy segura de que el Príncipe Regente os necesitará junto a él en un momento tan ajetreado.

—¿Y qué es lo que tengo en mente, lady Golding? —preguntó él.

Sin duda él sabría que se había quedado mirando su boca en más de una ocasión mientras hablaba, recordando lo que había sentido cuando la había besado, preguntándose qué estaría perdiéndose al rechazar su amistad. Sin embargo no sabría si había encontrado lo que estaba buscando o no, y probablemente no aceptase un «no» por respuesta hasta no saberlo. Tendría que convencerla de que estaba interesado en ella y ella se vería obligada a fingir que era por su propio bien, y no por el bien de la misión. No se sentía halagada en absoluto. ¿Por qué iba a ponérselo fácil?

—Pues lo mismo que tiene en mente el resto del regimiento de caballería número diez, milord —respondió con desprecio—. Todo el mundo sabe lo que buscan y aún no he visto nada que sugiera que vos sois diferente.

Su bonita sonrisa no sirvió para aplacar sus miedos en ese sentido, pues le demostraba que sus pensamientos habían llegado a un terreno peligroso que las damas normalmente se cuidaban de evitar.

—Bueno, para empezar —dijo él—, me separé del regimiento hace meses y, para continuar, siempre hay excepciones que confirman la regla.

—Y supongo que vos sois una de esas excepciones.

—Desde luego, o no estaría ahora al servicio del príncipe.

—Y el príncipe os ha contratado para comprar un

mueble que la dueña no tiene intención de vender. ¿No estáis perdiendo vuestro tiempo, lord Verne?

La señora Cardew le había advertido que tendría que ser paciente.

—Lady Golding —dijo amablemente—, me encuentro en un jardín a pleno sol frente a un edificio fabuloso, con el graznido de las gaviotas y el rumor lejano del mar en los oídos, hablando con la mujer más adorable que he visto en toda mi vida, y vos me preguntáis si estoy perdiendo el tiempo. Bueno, si esto es perder el tiempo, lo único que puedo decir es que ojalá lo hubiera perdido hace años. Ahora, ¿podemos olvidarnos del encaprichamiento del príncipe por los muebles caros y centrarnos en asuntos más interesantes? Después, si queréis, podemos ir a la biblioteca Donaldson y tomar una taza de café, seguida de un paseo en carruaje. ¿Sabéis conducir?

—Antes lo hacía.

—Bien. Entonces encontraremos algo aquí para que practiquéis, ¿de acuerdo? —el ofreció el brazo y, dado que acababa de decir algo que había hecho que estuviera a punto de ponerse a llorar, Annemarie colocó los dedos sobre su manga azul. Sintió la suavidad del tejido y el brazo firme que había debajo. Era como si supiera lo que había hecho y su discurso sobre la decoración, los materiales y los adornos del interior del edificio fuese su manera de hacer tiempo hasta que ella recuperase la voz.

Habría sido una pena renunciar a ver aquel lugar solo para demostrar que no deseaba su compañía. Y, a pesar de sus reservas, y sin saber cómo manejar una situación tan incómoda, Annemarie no pudo encontrar nada en su actitud que empeorase las cosas. No mencionaron ni una sola vez el tocador ni el verdadero motivo por el que estaba en Brighton, pues empezaba a parecer que lord Verne tenía varias buenas razones para estar allí, una de las cuales era supervisar los cuadros y los adornos que añadirían a la colección del príncipe en el Pabellón Marine. Le contó que le habían permitido usar una de las suites, que normalmente ocupaba el secretario privado del príncipe. Su familiaridad con los empleados del palacio y de los establos significaba que tenía acceso a todas las comodidades.

A nadie le habría dejado indiferente el lugar donde vivían los caballos del príncipe. Se parecía a un palacio moro más que a un establo, pensó Annemarie. Sobre sus cabezas, la cúpula de cristal llenaba el lugar con la luz del sol, que se reflejaba en una fuente central donde los mozos de cuadra llenaban sus cubos. Los caballos, algunos todavía cubiertos con los colores reales, entraban y salían a través de los arcos en forma de abanico. En la galería superior se encontraban las habitaciones de los mozos, situadas detrás de una fachada dorada.

—Y por aquí —dijo Verne con una sonrisa al ver su expresión de asombro—, se accede a la zona de equitación. Allí se adiestran los caballos y también hacemos competiciones. El príncipe es un jinete excelente. Siempre lo ha sido.

—Entonces, ¿lo admiráis?

—Hay muchas cosas admirables en él, pero es tan humano como el resto de nosotros.

Annemarie pensaba que el futuro monarca no tenía por qué intentar ser tan humano como el resto, pero por el momento decidió dejar el tema. Con otro estilo, la zona de equitación era igual de impresionante que los establos, incluso más espaciosa, pero cubierta de madera para amortiguar los sonidos. Los cascos de los caballos resonaban sobre una gruesa capa de serrín mientras los instructores daban órdenes a los jinetes, muchos de los cuales vestían con el uniforme de los Húsares del príncipe. No cabía duda de que lord Verne los conocía, pues los hombres se llevaban las manos a la frente a su paso. Obviamente contaba con el favor del príncipe.

—¿Aquí es donde vos entrenabais? —preguntó Annemarie.

—No. Este lugar se levantó cuando yo estaba en Portugal con Wellington.

—Entonces conoceríais a mi difunto marido —sabía que era un comentario innecesario para recordarle de nuevo su pasado.

—Oí hablar de él —respondió Verne—. Todo el mundo oía hablar de él. Tenía muy buena fama.

—Sí.

«Otra barrera levantada», pensó él. «Bueno, puedo lidiar con eso, lady Golding. He domado a caballos muy difíciles y puedo domaros a vos también».

Uno de los instructores uniformados se acercó para saludarlos montado en su obediente caballo gris. Parecía encantado de ver a Verne allí, pero también interesado por su elegante acompañante. Verne se la presentó.

—Lady Golding, permitid que os presente a un viejo amigo mío, lord Bockington.

El oficial de pelo rubio hizo una reverencia desde su silla y sonrió con aprobación. Después le dirigió una sonrisa a su amigo y ella sospechó que estaría recibiendo un mensaje cifrado para no decir lo que habría dicho de no haberse tratado de la viuda de sir Richard Golding.

—Es un honor, milady. Siempre intentamos esforzarnos al máximo cuando tenemos un público especial.

—Entonces observaré con atención —respondió ella con otra sonrisa.

—Observad esto, pues —dijo él—. A ver si notas diferencia desde la semana pasada, Verne. Este joven caballo aprende rápido. Tiene mucho potencial —se alejó trotando hacia un extremo de la arena y tiró de las riendas suavemente antes de ejecutar un baile diagonal a lo largo del lugar. Annemarie nunca había presenciado aquellas prácticas.

—¿Estuvisteis aquí la semana pasada? —preguntó sin apartar la mirada del caballo.

—Y la anterior. Y la anterior a esa también —respondió Verne—. Ha mejorado mucho. La semana pasada estuvo a punto de caerse sobre sí mismo.

—Oh. Entiendo.

—Bien —dijo él sin indicar exactamente a qué se refería—. ¿Queréis ver los carruajes ya que estamos aquí? Tiene algunos faetones asombrosos, y mi propio carruaje es…

—Lord Verne —dijo Annemarie tras detenerse al

entrar en la cochera donde guardaban los carruajes. La idea de volver a conducir resultaba muy atractiva, en Brighton, donde nadie le prestaría atención. Pero no con aquel hombre, no mientras siguiese utilizándola de manera tan flagrante para conseguir su objetivo. Estaba harta de que la utilizaran y ya no era tan inocente como para no darse cuenta de cuando sucedía. Aunque lord Verne fuese a Brighton todas las semanas, ella no estaba obligada a jugar al gato y al ratón con él. La había besado y aquel día le hacía un cumplido extravagante y buscaba su compañía. Sería mejor que tuviera cuidado, pues aquellas eran las primeras señales de algo que debía evitar a toda costa. Y además iba un paso por delante de él, cosa de la que probablemente ya se hubiera dado cuenta.

—¿Milady? —dijo él, parado a su lado.

—Lord Verne, creo que ahora estamos igualados.

—Explicaos, os lo ruego —se quitó el sombrero de castor, metió los guantes dentro y los dejó en el asiento del carruaje más cercano—. ¿De qué estáis hablando?

—Fui maleducada con vos cuando estaba enfadada y vos contraatacasteis siendo maleducado conmigo cuando estabais enfadado. Ahora ambos nos hemos redimido, como dijisteis que deseabais hacer. Podéis iros y seguir con lo que tengáis que hacer aquí, y yo haré lo mismo. Sola. Muchas gracias por enseñarme los establos. ¿Estas puertas dan a North Street? —ya había visto las preguntas en su mirada. ¿Enfadado? ¿Yo? ¿Cuándo?

—¿Cuándo me enfadé yo con vos, milady? Recordádmelo.

Annemarie tendría que haberse quedado callada. Había abierto un debate y ahora tendría que negarse a explicar más.

—No importa —susurró—. Si no lo recordáis, entonces ¿por qué debería hacerlo yo? Por favor, ¿por dónde está la salida?

Verne negó con la cabeza, intentó disimular su sonrisa con un nudillo y se colocó frente a ella para levantarle la barbilla y poder ver sus ojos color violeta, enmarcados por unas largas pestañas negras.

—¿Pensabais que estaba enfadado cuando os besé? —preguntó—. ¿De verdad?

Annemarie intentó apartarse, avergonzada por haberle mostrado tan claramente lo que estaba pensando. Eran pensàmientos secretos que no debían compartirse. Pero ahora tenía la espalda contra la pared, las manos de lord Verne a cada lado de su cabeza, y temía que fuese a repetirlo.

—¡Ya que lo preguntáis, sí! ¿Para qué si no…?

—¿Para qué? ¿Para humillaros?

—Sí —susurró ella—. Fue imperdonable, milord. No permitiré que me utilicéis de ese modo.

—Si eso fue lo que creísteis, entonces sí que fue imperdonable por mi parte y en absoluto lo que pretendía. Jamás utilizaría esos medios para humillar a una mujer.

—Entonces, si es así, no digáis más. Nos olvidaremos de ello.

—Espero que no —murmuró él.

—Me gustaría volver a casa, por favor.

—Tranquila, milady. Os llevaré a casa, pero no es

necesario salir corriendo como una yegua asustada —agachó la cabeza hacia ella y Annemarie se vio obligada a observar su boca, a oír sus palabras, que sonaban como las que habría utilizado con un caballo nervioso. Tranquilas. Reconfortantes. Palabras de admiración sobre su clase, su exclusividad, su elegancia y su nobleza, que requería la mano de un hombre, no de un anciano ni de un crío. Ella habría podido ofenderse por aquella opinión demasiado personal, pero no lo hizo, pues algo en su interior hizo que se quedara quieta, escuchando, como si por fin estuviese oyendo la verdad por primera vez.

—Vamos, preciosa —susurró él ofreciéndole el brazo.

Annemarie colocó de nuevo los dedos sobre su manga azul, caminó con él hacia la puerta y parpadeó al ver la luz del sol.

Tres

Annemarie decidió que reprenderse a sí misma era algo bueno, siempre y cuando hubiese alguien que escuchase la reprimenda. Pero ahora, asediada por las voces de la razón y de la sinrazón, hacía oídos sordos a sus perlas de sabiduría. Sumado a eso estaban otras palabras más profundas que resonaban en su memoria; palabras provocativas que los hombres utilizaban para referirse a los caballos purasangre y, en privado, también a las mujeres. Debería haberse sentido insultada, asqueada, pero no era el caso. Lord Verne no había vuelto a besarla, pero se sentía como si lo hubiese hecho.

Verne había hecho referencia a su difunto marido de la manera más impertinente. Había dicho que necesitaba la mano de un hombre, no de un anciano ni de un crío; una opinión muy arriesgada que solo un hombre como él se atrevería a expresarle a la viuda del teniente general sir Richard Golding. Como aparentemente había anticipado él, ella no había reaccionado en absoluto, salvo que en su mente algo se había liberado, como una polilla al salir de un baúl de ropa vieja; palabras que pensaba, pero que nunca usaba. Ahora, con una taza de té y un bollo, recostada en la *chaise longue* mientras la lluvia golpeaba contra las ventanas, miró a un lado de la chimenea, donde colgaba el retrato de su difunto marido.

Ante un extraño podría haber pasado por su padre. Igual que lady Benistone se había casado con un hombre mucho mayor que ella, por casualidad Annemarie había hecho lo mismo, creyéndose todo lo que le habían dicho de que la riqueza, la seguridad y el estatus en la sociedad eran todo lo que una mujer tenía derecho a esperar. Por entonces se dejaba influir con más facilidad. Como regalo de bodas, Richard le había entregado un retrato de sí mismo; un cuadro de marco ovalado que mostraba a un soldado de pelo cano cuya mirada impetuosa se dirigía hacia la izquierda. Las patillas canosas se clavaban como sables en sus mejillas y, sobre la chaqueta roja llevaba cordones negros, botones de oro, insignias, lazos y estrellas. Con frecuencia le había contado a Annemarie lo que era: el ejército había sido su vida y también su muerte.

De manera inocente, ella se había visto a sí misma como otra condecoración más, como una medalla, como otra conquista más de la que presumir. En los diez meses que había durado su matrimonio, había aceptado que para eso estaban las esposas de los soldados, además de para darles un heredero.

Después de ser lady Golding durante menos de un año, un año entero de luto le había parecido exce-

sivo cuando apenas habían tenido tiempo para cono-
cerse el uno al otro, y además varios de esos meses
los habían pasado separados. Richard se lo había
contado todo sobre él y sobre sus asombrosos logros,
le había hablado de su puesto al servicio del vizconde
Wellington y de la alta estima en que le tenían sus
propios hombres, pero en lo referente a conocer a su
joven esposa había dado por hecho que no había
mucho que saber, ni siquiera en la cama. Dado que
ella tampoco sabía mucho sobre sí misma, en ese terreno, sus sensaciones de decepción se habían convertido en un alivio culpable al cesar aquella parte de
sus deberes como esposa; aquellos gemidos noctur-
nos, los movimientos bruscos, las instrucciones furiosas que hacían que se sintiera del todo inadecuada.
Ella, que solo deseaba cariño y aprecio, había sentido
en ocasiones que, si su marido hubiera podido llevar
las espuelas en la cama, las habría usado.

De modo que, siendo una viuda joven, al verse halagada por un hombre atractivo cuyas palabras eran tan
suaves como una brisa perfumada, Annemarie se había
permitido absorber sus atenciones como una esponja
seca que estuviera esperando la marea, sin importarle
en qué dirección viniera ni lo que trajera consigo. Olvidó las advertencias de su madre y de Cecily. Lo único
que le importaba era oír palabras de estima y de seducción, palabras que Richard nunca había pronunciado,
pero que fluían de la lengua de sir Lionel como si fueran miel.

Con los recuerdos incómodos que aún la perse-
guían, Annemarie nunca había permitido tener mucha

intimidad y, para ser sincera, sir Lionel nunca había insistido. Decía que ya habría tiempo suficiente para eso. Se habían besado, solo un poco, y ella creía que podría acostumbrarse con la práctica y en las condiciones adecuadas, y con otros muchos requisitos que ahora se daba cuenta de que eran completamente irrelevantes.

Viéndolo con perspectiva, se daba cuenta de que no era tanto sir Lionel y sus palabras los que la habían seducido, sino el contraste. La juventud contra la edad. La diversión contra la pomposidad. La irreverencia contra las normas, y el interés en ella como persona en comparación con los requisitos obsesivos de un marido soldado.

Desde que tenía la casa de Brighton para ella sola, lo había cambiado casi todo: el papel de las paredes y las alfombras, las cortinas y los muebles. El retrato lo conservaba para recordar no volver a permitir que un hombre controlara su vida, que nada era tan satisfactorio como ser capaz de hacerse cargo de sus propios asuntos.

Mientras se terminaba el té y el bollo con mermelada de fresa, Annemarie volvió a oír aquellas palabras que no eran ni rudas ni seductoras a la manera tradicional. La mano de un hombre, no la de un anciano ni la de un crío. ¿Qué podría ser más excitante viniendo de alguien que debía de haber conocido a sir Richard Golding mejor de lo que decía? ¿Y qué cosas sabría sobre sir Lionel Mytchett? Hizo sonar la campana y decidió que ya era hora de ponerse en marcha antes de que perdiera el control de la situación. Debía llevar las cartas a Londres de inmediato y librarse de ellas para siempre. De ellas y del hombre.

Tal vez porque más gente de lo normal abandonaba Brighton para ir a las celebraciones de Londres, al señor Ash, el marido del ama de llaves, le costó trabajo encontrar una diligencia con postillones que estuvieran dispuestos a hacer todo el camino bajo la lluvia torrencial.

—Pero puede que mañana no llueva, Ash —le dijo Annemarie con esperanza.

—Lloverá, milady —contestó él con decisión mientras dejaba charcos de agua en el suelo de la entrada—. Ellos también saben que lloverá. Lo he intentado en los cuatro establos y solo uno tenía algo que ofrecer; un viejo carruaje destartalado con solo dos caballos.

Aquel no iba a ser el viaje rápido de ida y vuelta que Annemarie había previsto.

No era de extrañar que los Ash se mostraran confusos por su determinación por pasar seis o siete horas por caminos embarrados, pero no tenía elección ni podía permitirse esperar, pues tampoco sabía cuánto tardaría en encontrar a lady Hamilton. Además no quería que su padre se enterase de su misión. Lord Verne la había llevado directamente a casa sin necesitar ninguna indicación y ella sabía que aquel primer encuentro en Brighton no sería el último. La próxima vez que se vieran, podría poner fin a su interés fingido diciéndole que ya no tenía lo que el Príncipe Regente deseaba.

Con el primer bandazo que dio la diligencia sobre el barro, Annemarie vio su optimismo puesto a prueba mientras la lluvia caía con fuerza sobre la lona del techo, que ya tenía una gotera en una esquina. Por la ventana delantera veían claramente a los dos caballos y al postillón que iba montado en uno de ellos, ataviado con un abrigo empapado y un sombrero negro del que caían chorros de agua con cada bote. Los caballos tampoco parecían muy contentos, pero lo que más preocupaba a Annemarie era el estado del carruaje, que crujía sobre unas carreteras embarradas después de horas de lluvia. Una de las puertas se abría cuando las ruedas entraban en un surco del camino, además había una ventana que no se mantenía levantada y hubo que atascarla con un guante. Los dos baúles iban pegados a sus pies; de lo contrario habrían podido caerse antes de que el carruaje llegara a la pendiente que conducía hacia Reigate.

Algunos cocheros preferían una ruta alternativa a aquella pendiente inclinada, así que las pasajeras no se sorprendieron cuando el carruaje se detuvo, se inclinó peligrosamente, después se fue hacia atrás y se estrelló contra los arbustos, arrastrando consigo a los agotados caballos. La inclinación del vehículo empeoró de pronto e hizo que se amontonaran en un rincón del asiento. El suelo estaba inclinado como si fuera una pared y el canalón interior rociaba agua sobre sus cabezas con gran precisión.

La imperturbable doncella explicó la situación.

—Hemos perdido el eje trasero —dijo mientras se recolocaba el sombrero y se secaba el agua de los ojos—. Además hemos perdido una rueda. No llegaremos a Reigate y mucho menos a Londres.

El postillón debía encargarse primero de los caballos, que de pronto habían encontrado la energía suficiente para revolverse y patalear, de manera que resultaba imposible desengancharlos del vehículo. Pero, mientras ambas pasajeras observaban la situación, hubo gente que se acercó a ayudar a sujetarles la cabeza a los caballos hasta que fueron liberados. Después descubrieron que la puerta que no se mantenía cerrada ahora no podía abrirse, a pesar de todos sus esfuerzos. A juzgar por aquella respuesta inmediata, resultó evidente que la ayuda debía de andar cerca.

Quizá resultara poco caritativo por su parte permitir que las sospechas sustituyeran a los agradecimientos en aquella situación tan crítica, pero ¿cómo si no podría haber interpretado Annemarie la aparición de la persona a la que pretendía privar del premio que ambos deseaban? El premio que ella llevaba en su baúl y que ambos fingían que no existía. Aquello era algo que no había anticipado y que, pensándolo bien, debería haber hecho. Le dio una patada con rabia a la puerta al mismo tiempo que una mano tiraba desde fuera.

—Lord Verne —dijo ella—, ¿habéis desarrollado la costumbre de ayudarme en situaciones difíciles? ¿O esto no es más que una coincidencia? —incluso con el agua resbalándole por la cara, era arrebatadoramente guapo. Tenía el abrigo empapado por la lluvia y era evidente que había ido montado a caballo.

—Lo hablaremos más tarde, si no os importa —gritó él por encima del rugido de la lluvia y del relincho de los caballos—. Este trasto va a volcar en cualquier momento. Callaos y salid. Después corred hacia el carruaje que hay detrás. ¡Vamos! No empecemos a discutir sobre el tema. Dadme la mano —Annemarie agarró su preciado equipaje con una mano y le dio a él la otra, sabiendo que tendría algo que objetar.

—¡Dejad eso! —le ordenó lord Verne—. Yo me encargaré de los baúles. Dejad salir a vuestra doncella.

Si hubiera pensado que podría ocurrir aquello, habría hecho como hacían las esposas de los contrabandistas y se habría guardado las cosas de valor en el corpiño. Pero estaba decidida a no soltar la maleta, por tanto estaba dejándole claro, como si lo hubiera dicho en voz alta, que allí se encontraban las famosas cartas y que quería llevarlas a Londres, incluso en aquel carruaje destartalado y con los cielos abriéndose sobre sus cabezas. Al ver cómo miraba la maleta que llevaba en la mano, no le cupo duda de que sabía lo que se proponía. Ni siquiera él pudo disimular la certeza de su mirada.

—Son cosas de valor —dijo ella mientras salía por la puerta con la maleta bajo el brazo—. Las llevo a Christie's. Puedo sola, gracias —como excusa podría sonar ridícula, pero no se le ocurrió otra cosa, aunque dificultó su salida del carruaje y debió de poner a prueba la paciencia de Verne. Él no dijo nada, la sacó por la estrecha puerta, la tomó en brazos junto con la maleta y la dejó en el suelo, donde el barro estuvo a punto de tragarse uno de sus zapatos y le hizo perder el equilibrio. Se precipitó hacia delante y habría caído de cara de no ser porque él le rodeó el cuerpo con sus brazos.

—Dadme esto a mí mientras volvéis a poneros el zapato —dijo él—. Vamos, no voy a salir huyendo con ello.

—Lo siento —murmuró ella mientras le entregaba la maleta—. No pretendía…

Incapaz de saber si Verne entornó los párpados por la lluvia o porque estaba aguantando la risa, a Annemarie le dio un vuelco el corazón en aquel momento, y tuvo que relegar al fondo de su mente la fugaz idea de que se alegraba de verlo. Era la última persona a la que deseaba ver.

El precioso carruaje al que Annemarie y su doncella fueron trasladas como si fueran las supervivientes de un naufragio no se parecía en nada a la destartalada diligencia de antes. Enseguida quedó claro que era uno de los carruajes del Príncipe Regente que Annemarie había visto el día anterior; todo en él resultaba cómodo y de calidad, desde la tapicería de terciopelo verde del interior hasta los cuatro caballos que aguardaban fuera pacientemente bajo la lluvia. Tenía el doble de espacio y el interior enmoquetado era como un capullo suntuoso en el que podían escucharse hablar sin necesidad de gritar. Cuando el carruaje empezó a moverse, Annemarie se asomó a la ventana y vio que lord Verne se montaba en su caballo.

—Entonces, ¿para quién ha traído este carruaje? —preguntó—. ¿Y qué está haciendo aquí?

El equipaje iba ahora bien sujeto en una repisa sobre sus cabezas y, durante los casi dos kilómetros que quedaban hasta Reigate, Annemarie tuvo que elaborar otro plan de acción, pues ahora no solo había perdido su vehículo privado, sino también la discreción que era fundamental para el éxito de su misión. Cualquier plan que se le ocurriera tendría que incluir a lord Verne, le gustara o no.

El Cisne de Reigate había alojado a los invitados del Príncipe Regente en muchas otras ocasiones, y el dueño, que quizá hubiera relegado a las ocupantes de una diligencia destartalada a cualquier cuartucho trasero, no dudo en asignarle a la dama de lord Verne el mejor dormitorio, donde un joven ya se encontraba encendiendo el fuego en la chimenea. Annemarie le había susurrado a lord Verne sus objeciones al entrar en el patio del El Cisne, pero este había respondido secamente.

—Esto no es lo que tenía planeado, milord —le dijo mientras mantenía la maleta apartada de su pelliza empapada—. Pensaba seguir mi camino después de cambiar los caballos. No puedo retrasarme.

Los pasajeros de la diligencia de línea habían empezado a entrar. Estaban mojados, doloridos y hambrientos. El callejón olía a lana y a cuero, y lord Verne respondió colocándole un brazo en la espalda para que siguiera andando.

—Sí, lo discutiremos cuando nos hayamos secado, ¿de acuerdo? —le dijo—. ¿Habéis comido desde que salisteis de casa?

—No, pensaba…

—Entonces venid a mi salón privado cuando estéis lista. He pedido que me sirvan la comida. Podéis cerrar con llave vuestra habitación. Vuestros objetos de valor estarán a salvo mientras comemos.

Mientras seguían al posadero escaleras arriba, Annemarie no pudo objetar más antes de que Evie y ella fueran conducidas hasta la mejor estancia, que olía a pino y que estaba amueblada de forma acogedora. Tras asegurarles que El Cisne estaba a su servicio, las dejaron a las dos a solas para que se recuperaran de la experiencia.

En la habitación de al lado, el ayuda de cámara de lord Verne advirtió la satisfacción de su señor. Por fin, tras muchas especulaciones, había conocido al objeto de su interés.

—Hasta ahora, todo va bien, milord —se aventuró a decir mientras sujetaba una camisa limpia frente al fuego—. Como un reloj, diría yo.

Verne no respondió. La suerte había tenido algo que ver. Para empezar, el clima. Uno de los cocheros de los establos reales había estado presente en uno de los establos cuando Ash, que había tenido varios empleos en Brighton antes de que le contratara el difunto marido de lady Golding, había intentado alquilar una diligencia. El cochero se había compadecido de él, le había oído alquilar el vehículo para su señora para la mañana siguiente y después, como la había visto con él aquel mismo día, había ido a contárselo. Por ello había recibido una generosa recompensa y el agradecimiento de lord Verne. A partir de ahí, había sido cuestión de sentido común darse cuenta de que la dama estaba actuando con su habitual impetuosidad, de la que ya le habían advertido, ya fuera para alejarse de él o para visitar la capital por algún asunto importante. Y, dado que habían alquilado la diligencia durante dos o tres días, parecía que se trataba de la segunda posibilidad, que había quedado confirmada hacía una hora al ver su maleta llena de «objetos de valor» y su determinación de no separarse de ella.

Para Verne, la explicación más probable era que hubiese descubierto las controvertidas cartas privadas del Príncipe Regente, las hubiese metido en aquella maleta vieja de cuero y estuviese decidida a que algún editor con arrestos las publicara. Recordaba perfectamente que lady Golding había criticado con vehemencia los derroches del príncipe, diciendo lo injusto que resultaba que lady Hamilton tuviera que vender sus pertenencias para poder sobrevivir. Sería propio de ella vender las cartas por una exorbitante suma de dinero que después le entregaría a lady Hamilton, porque ella no desearía beneficiarse de la venta. En absoluto.

¿En absoluto?

—Salvo que… —murmuró en voz alta.

—¿Sí, milord? —preguntó Samson con las cejas arqueadas.

El desprecio que lady Golding sentía por el regente, y que apenas se molestaba en disimular, sería sin duda otra buena razón por la que querer desacreditarlo, convertirlo en un hazmerreír y en objeto de burlas sobre sus últimas pasiones y sus amores poco duraderos. Según la señora Cardew incluso había tratado de tentar a lady Benistone. Esa sería una buena razón para que lady Golding vendiera las cartas, ganara algo de dinero para la desdichada destinataria y dejase en evidencia a su alteza frente a toda Europa, que aquel verano se paseaba por la capital a su costa. Ella lo veía como algo justificado, como una especie de castigo por el daño que había sufrido a manos de los hombres.

Verne se había abstenido de decirle lo que había oído sobre su difunto marido; que la alta estima en que le tenían sus superiores no concordaba con las opiniones de aquellos que se encontraban por debajo de él, y que se quejaban de su actitud abusiva y cruel. Si su actitud como marido de una hermosa y sensible joven se parecía en algo a su reputación como teniente general, entonces lady Golding debía de haberlo pasado mal y no sería de extrañar que se mostrara desconfiada. Sobre todo después del breve, aunque devastador, episodio con Mytchett. ¿Por qué nadie le habría advertido? ¿En qué estaría pensando lord Benistone?

Esperó a que Samson le hubiera anudado la corbata y después llamó su atención. Quería que se reuniese con Evie, la doncella de lady Golding. Una atractiva joven.

—Desde luego que lo es, milord. ¿Queréis que… me haga su amigo?

—No quiero que la ataques sexualmente. No. Sé lo que entiendes tú por amigo.

—¡Milord! —exclamó Samson como si se hubiera ofendido.

—¡No me vengas con «milord»! Tú escúchame. Esto es lo que tienes que hacer.

Le dio instrucciones detalladas para aprovecharse de las experiencias de juventud de Samson en la zona de peor fama de Londres, de la que Verne le había rescatado hacía tiempo.

Las predicciones de Ash sobre el mal tiempo del viaje resultaron ser ciertas, pues era última hora de la tarde, el cielo estaba oscureciendo de forma ominosa y Annemarie debería haber agradecido tener un lugar donde cobijarse, cuando muchos otros viajeros no tenían más remedio que continuar. No esperaba influir en lo más mínimo en los planes de lord Verne, pero estaba decidida a intentarlo pues, cuanto más tiempo se quedara allí con las cartas, de las que sabía que él estaba al corriente, más difícil le resultaría mantenerlas a salvo. Al fin y al cabo, tendría que salir de vez en cuando de la habitación y no podía llevar la maleta allí donde fuera. Al no tener una naturaleza particularmente astuta, no se le había ocurrido sacar las cartas de la maleta y guardarlas en otra parte, cosa que habría hecho cualquiera más acostumbrado a ese tipo de situaciones. Siempre y cuando estuvieran allí guardadas, ni siquiera Evie se encontraría con ellas.

—Has de bajar y traer una bandeja con comida en cuanto me haya ido —le dijo a Evie—, pero cierra con llave cuando salgas y después cuando regreses.

—Sí, milady —respondió Evie mirando con el ceño fruncido la bota manchada de barro que tenía en la mano—. ¿Hay malas compañías por aquí?

—Nunca se sabe —dijo Annemarie mirándose al espejo, y prefirió no dar explicaciones sobre la mala compañía que la esperaba en el piso de abajo, pensando que a lord Verne no le impresionaría su inapropiado atuendo para la cena.

Cuando bajó, le preguntó al atento posadero sobre la posibilidad de conseguir un vehículo que pudiera llevarla a Londres aquella noche. Las noticias fueron catastróficas. Había habido un derrumbe en Reigate Hill que había bloqueado el camino, razón por la que los pasajeros de la diligencia de línea seguían allí en vez de haber continuado su camino. Nada ni nadie podría transitar el camino hasta que no estuviera despejado, según le dijo. Sería mejor quedarse allí por el momento.

—Ah, milord, justo estaba diciéndole a…

—Sí, Hitchcock —dijo lord Verne, que había aparecido entre los huéspedes—. Acabo de enterarme de la noticia. Malo para los viajeros, bueno para los posaderos, ¿verdad? Lady Golding y yo cenaremos en cuanto sea posible, por favor.

—Enseguida, milord. Milady —le hizo una reverencia y se marchó preguntándose pro qué lady Golding estaría tan ansiosa por marcharse sola en mitad de una tormenta.

Lejos de no dejarse impresionar por el aspecto de Annemarie, Verne apenas podía quitarle los ojos de encima, pues la pelliza morada no había dejado intuir el bonito vestido malva que llevaba debajo; con mangas largas de encaje, un escote bajo y un corpiño diminuto que ella había intentado disimular con un chal de cachemir. En el dobladillo de la falda aún tenía manchas de barro, pero apenas se veían en el salón iluminado por las velas. Llevaba el pelo recogido y sujeto con un pañuelo de hilos de plata. Al igual que la primera vez que la viera, el efecto resultante era de un descuido sensacional debido en parte a su extraordinaria belleza y a su manera de moverse, como si fuera una gacela. También dio por hecho que debía de llevar poca ropa en su maleta.

Era la primera vez que Annemarie le veía con traje de noche, y la retahíla de comentarios agudos que tenía preparada se esfumó en la agradable atmósfera del acogedor salón, con el fuego encendido, la mesa puesta correctamente y la asombrosa elegancia de lord Verne.

—Lord Verne —dijo—, debo daros las gracias por…

—¿Queréis sentaros, milady? ¿Una copa de jerez o de vino de Madeira?

—Sí, gracias. Decía que…

—¿Os encontráis a gusto en vuestra habitación? ¿Os habíais alojado aquí antes?

Annemarie aceptó la copa con un suspiro.

—No vais a permitirme daros las gracias, ¿verdad? Dejadme decirlo de otro modo, milord. ¿Por qué me habéis seguido desde Brighton con un carruaje vacío perteneciente a su alteza real?

Los pantalones blancos que llevaba parecían rosas con la luz del fuego cuando se sentó frente a ella en un sillón de orejas como el suyo. Dejó su copa sobre la mesita situada al lado y le sonrió con indulgencia.

—Estáis convencida de que os he seguido, ¿verdad? Bueno, en cierto modo, así ha sido, pero solo porque salí al mismo tiempo que vos. Voy a devolver el carruaje del príncipe y hoy es el día en que normalmente salgo de Brighton. Lo hago casi todas las semanas. Pensé que os lo había dicho —pensó que, dadas las circunstancias, no tendría nada de malo estirar la verdad un poco más de lo normal.

—¿Y preferís mojaros en vez de ir montado en el carruaje?

—Necesito mi caballo para regresar y no tengo intención de circular con mi carruaje por unos caminos que parecen el lecho de un río. Ha sido una suerte que nos encontráramos con vos en ese momento, de lo contrario…

—Sí. Así es. Y ahora estoy atrapada aquí hasta que despejen el camino, que no es lo que había planeado. Tengo que llegar a Londres con cierta urgencia —su explicación sobre devolver el carruaje no resultaba convincente. El caballo podía haber ido detrás mientras él se quedaba dentro del vehículo.

—Igual que todos —respondió él—, pero al

menos ahora tenéis un lugar en el que alojaros hasta mañana. Entonces os llevaré por caminos secundarios y podremos estar allí antes de mediodía si salimos temprano. ¿Eso os parece bien? El cochero conoce las rutas alternativas como la palma de su mano.

—Sí, muchas gracias.

—Pero… —dijo él al advertir las dudas en su voz.

Annemarie ladeó la copa de vino para ver la luz reflejada en ella, negó con la cabeza y aceptó lo inevitable con evidente reticencia.

—Pero a mí me parece, milord, que todos nuestros encuentros casuales hasta ahora han acabado conmigo obligada a hacer algo que no deseo hacer especialmente. Está volviéndose todo un poco predecible, ¿no os parece? Tal vez, cuando lleguemos a Londres, debamos hacer un mayor esfuerzo por esquivarnos. Yo, desde luego, así lo haré.

—Nada de eso —respondió él—. No puedo estar de acuerdo. Qué sugerencia tan absurda.

«Hasta que consigáis lo que deseáis, milord. Entonces desapareceréis sin dejar rastro».

—Oh, sí, el tocador. Claro. Casi me había olvidado del tocador. Presentadle mis disculpas a su alteza, por favor, y decidle lo bien que queda en mi habitación.

Su sonrisa ante su sarcasmo resultó comprensiva y le produjo escalofríos por la espalda a pesar del fuego de la chimenea. No le hacía falta provocarle con referencias al tocador, pero su demonio interior le decía que le tomara el pelo, que le tentara y que después se apartara, dándole a probar a aquella arrogante criatura su propia medicina. Sin embargo ese demonio interior no le había recordado que la arrogante criatura era un experto en ese tipo de cosas, mientras que ella no tenía experiencia alguna.

—Podéis estar segura de que le entregaré vuestro mensaje, palabra por palabra —dijo él—. ¿Y tan urgente es lo que tenéis que hacer en Christie's, milady?

—Es un asunto privado —respondió ella—. Nada de lo que nadie necesite enterarse.

—Solo lo pregunto porque podría llevaros directamente allí o a la calle Montague. Lo que prefiráis.

—Ninguna de las dos cosas. Me quedaré en Park Lane con la señora Cardew. Tengo buenas razones para no querer que mi padre sepa que estoy en la ciudad. Querría saber lo que voy a vender, a quién, por cuánto, ese tipo de cosas. Es mejor que no lo sepa.

—Exacto. Los padres pueden ser demasiado curiosos, aunque su intención sea buena, ¿verdad?

Annemarie se quedó mirándolo.

—¿Vos también tenéis padres?

Verne estuvo a punto de derramar el jerez de su copa antes de que lograra colocarla sobre la mesa. Después, con un nudo en la garganta, logró responder.

—Oh… por supuesto… eso creo… en alguna parte.

—Oh, cielos. Os pido perdón. Claro que tenéis. Solo quería decir que… —se llevó una mano a la frente y culpó de su falta de educación al día, al calor, al jerez y a la ansiedad del momento. Se libró de tener que explicarse gracias a la llegada de la cena, que los camareros sirvieron plato tras plato. De pronto Annemarie se dio cuenta de que lo último que había comido había sido un desayuno rápido, de que tenía mucha hambre y de que, como invitada de lord Verne, tenía la obligación de ser educada. Se dijo a sí misma que no tenía por qué temer el cambio de planes porque aún tenía las cartas y se disponía a devolvérselas a su dueña. Aquello era solo un contratiempo. Nada más. Lord Verne no podría hacer nada al respecto.

Lord Verne resultó ser un anfitrión mucho más amable de lo que lo había sido ella algunas noches atrás. Mientras disfrutaba con los deliciosos manjares, Annemarie intentó enmendar su metedura de pata preguntándole sobre su familia, sabiendo que a los hombres les encantaba hablar de sí mismos. Sin embargo pronto descubrió que, al contrario que sir Richard, aquel hombre era mucho más reservado con respecto a su vida privada, y lo único que pudo averiguar al principio sin parecer demasiado curiosa fue que era el hijo mayor del marqués de Simonstoke, cerca de Salisbury, y que tenía tres hermanas, una de las cuales tenía tres niños pequeños. Le sorprendió darse cuenta de que deseaba saber mucho más. Deseaba que siguiera hablando, observar su cara sin que se le notara. «El pelo se le ondula por encima de las orejas. ¿Con cuántas mujeres habrá hecho el amor? ¿Tendrá amantes?». Se quedó callada, preguntándose cómo averiguar cosas sobre su trabajo para el príncipe, cosa que podría haber logrado noches atrás si no hubiera estado tan enfadada. Lord Verne había dejado los cubiertos en el plato y se había recostado en su asiento. Colocó una mano sobre el mantel blanco y con el dedo índice empezó a tocar la base de su copa, a acariciarla lentamente. «Como si fuera piel… mi piel…», pensó ella.

—¿Y vuestro trabajo para el Príncipe Regente? Creo que sir Richard nunca tuvo muy buena opinión sobre sus gustos —se arrepintió al instante de decir aquello. Esconderse tras la desaprobación de un difunto era una cobardía. Debería aprender a formarse sus propias opiniones sobre esas cosas.

Él respondió a aquel comentario desafortunado sin sonreír.

—Y, salvo por una excepción, su alteza tampoco tenía en alta estima los gustos de vuestro difunto marido, milady —antes de que Annemarie pudiera entender a qué excepción se refería, él se apresuró a defender a su jefe—. ¿Lo conocéis?

—Lo vi una vez en Carlton House, cuando fue nombrado regente, hace tres años. No fue una experiencia agradable.

—Bueno, en ese caso visteis a un hombre muy distinto a como era en su juventud. Yo lo conocí cuando era un muchacho, y no podría haber sido más amable y generoso conmigo, cuando tenía cosas más importantes que hacer. Cuando oyó que estaba interesado, me mostró sus cuadros y sus porcelanas, y me explicó cómo reconocer a los autores. Y puedo deciros que poco tienen de malo sus gustos artísticos.

Si se viste de manera extravagante, es por su naturaleza. No finge ser lo que no es. U os gusta o no os gusta.

—Dijisteis que además era un gran jinete.

—Lo es. Uno de los mejores y más conocidos. Y, antes de que me digáis que los caballos cuestan una fortuna, estoy de acuerdo, es así. Él solo desea lo mejor, pero yo no puedo despreciar a un hombre por eso. A mí me pasa lo mismo.

—Razón por la cual, imagino, presumís de ir detrás de lo que deseáis hasta hacerlo vuestro. Una buena idea, milord, pero poco realista, además de que cause dolor de corazón innecesario.

—Me alegra que recordéis mis palabras. Tenedlas en mente.

—Lo haré. Vuestra lealtad a su alteza es encomiable, pero nunca he pensado que la afición por las cosas caras de la vida le de a uno permiso para ignorar su deber como marido y como padre. O como futuro rey.

Era evidente para los dos que, cuando Annemarie pronunció esas palabras, alentada por la comida y por el vino, tenía en la cabeza a su propio padre, además del al Príncipe Regente. El silencio de Verne hizo que aquella crítica no encontrara desafío posible, así que apartó la mirada y se entretuvo recolocándose el chal sobre los hombros para ocultar su piel aterciopelada. La conversación se había centrado en ella, justo lo que deseaba evitar. Tal vez no debiera haber mencionado al príncipe cuando hacía poco había descubierto un material que podría causarle mucho daño.

—Deduzco entonces, milady, que disfrutaríais viendo humillados a los malos maridos. ¿Tenéis algo concreto en mente?

Era un terreno peligroso. Demasiado peligroso como para adentrarse en él a esas horas de la noche. Si seguía hablando, acabaría por confirmar lo que él ya sospechaba.

—Quería preguntaros sobre vuestro trabajo, milord, no sobre las cualidades del príncipe, o su falta de cualidades.

Verne aceptó su retirada con un movimiento de cabeza, y con lo que a Annemarie le pareció que era una disimulada sonrisa de satisfacción, y le pasó una fuente con tartaletas de fruta.

—¿Queréis probar una? —preguntó—. Os las recomiendo.

—Gracias. Al menos vuestra opinión sobre las tartaletas de fruta debe de ser de fiar.

Concentrada en el primer bocado, Annemarie no vio su reacción, pero oyó aquella risa profunda como respuesta a su comentario, y el resto de la cena transcurrió en términos amistosos.

Antes de que recogieran la mesa y de que llevaran las copas de vino de nuevo a los sillones que había junto al fuego, Annemarie sintió que sucumbía a la compañía de Verne. Si al menos sus intenciones no hubieran sido tan opuestas. Verne tenía el tipo de inteligencia que ella admiraba, pero ¿cómo interpretaría él sus limitados conocimientos y su escasa experiencia?

Sus modales eran impecables, pero ¿cómo podría ella pasar por alto el comportamiento inmoral por el que era famoso su antiguo regimiento? ¿Sería la excepción que aseguraba ser? Era leal, pero quizá su lealtad estuviese puesta en el lugar equivocado. O quizá demostrara que prefería ver las fortalezas en vez de las debilidades, incluso cuando estas eran serias. Su magnetismo personal no podía negarse, pero ¿cuál sería su historial con las mujeres? Para su sorpresa, había probado sus encantos con ella y había tenido cierto éxito.

Obviamente tenía práctica y era un hombre seguro de sí mismo, seguro de que conseguiría lo que deseaba y de que después se marcharía sin mirar atrás, pero a ella le habría encantado llamarle mentiroso, pues el comentario sobre humillar a los malos maridos tenía justo que ver con lo que ella pretendía hacer con las cartas. Estaba intentando descubrir la verdad, claro, y ella podría mantenerle así incluso después de haberle devuelto las cartas a lady Hamilton.

Sentada de nuevo cómodamente junto a la chimenea, el agotamiento amenazaba con apagar la hostilidad de la conversación; un agotamiento que su anfitrión advirtió sin duda cuando comenzó a bostezar y empezaron a pesarle los párpados.

En otras circunstancias, Verne nunca se habría aprovechado de la debilidad de una mujer. Pero ya había decidido hacía tiempo que aquella situación requería algo mucho más dramático, algo que le causara impresión además del rescate, del alojamiento, de la comida y de la compañía; algo que sacudiera los cimientos de su desprecio hacia los hombres, sobre el que construía sus opiniones. Tal vez estuviese luchando contra el cansancio, pero a él se le daba bien juzgar a las mujeres y, aunque apenas sabía cuáles eran sus problemas particulares, sí sabía que no sería su memoria la que sufriría por la mañana, sino su conciencia, y por tanto su actitud hacia él. Eso tenía que cambiar, porque no se había dejado engañar por sus intentos por ser educada durante la cena, y tampoco creía que fuese tan inmune a él como fingía ser. Había un interés ahí que le habría gustado mantener oculto, un interés que la propia señora Cardew había advertido, al igual que él.

—¿Cuánto tiempo pensáis quedaros en Londres? —le preguntó.

Annemarie parpadeó y recuperó su desconfianza con gran esfuerzo. ¿Era algo que debiera decirle?

—No mucho —respondió—. Primero tengo que encontrar a alguien —Annemarie no fue consciente de su súbito interés ni de su propia indiscreción.

—¿A lady Benistone? —preguntó él.

Ella frunció el ceño, lo miró y asintió como si hubiera descubierto un pensamiento secreto.

—¿Qué sabéis vos sobre lady Benistone? —preguntó ella—. Estabais fuera del país.

—Sí, y ahora he vuelto.

—Ya es hora de que me retire —con una velocidad asombrosa, se levantó del sillón, se giró hacia la puerta y se pisó el chal con un pie.

Verne la atrapó mientras caía y golpeaba la mesita, lo que hizo que la copa vacía cayera al suelo. La su-

jetó con fuerza contra su pecho hasta que pudo desenredarse los pies. Pero, aunque se agarró a él para
no caer, estaba cansada y afectada por la mención de
aquel tema doloroso, por el hecho de que se le hubieran enredado los pies con el chal y por intentar contener los rescoldos culpables de una atracción física
que se había jurado no volver a mostrar nunca. Su
compostura habitual la abandonó junto con la poca
energía que le quedaba mientras intentaba zafarse de
su abrazo. Demasiado cansada incluso para rogarle
que la soltara, sintió la presión de sus brazos rodeán-
dola, la presión de sus muslos y, después, sin saber
cómo ocurrió, el calor de su boca devorándola, silen-
ciando cualquier pensamiento que pudiera haber en
su cabeza.

Las advertencias se evaporaron. La resistencia se
convirtió en conformidad y, mientras todas sus objeciones se perdían en los rincones más profundos de
su mente, Annemarie se dejó llevar por un torrente
de felicidad que su cuerpo ansiaba, pero que nunca
había experimentado. Ninguno de los besos que
había experimentado o imaginado podía compararse
con aquellos segundos en los que no tenía que hacer
nada salvo saborear su cercanía y dejar que le mostrara a qué se refería cuando decía «la mano de un
hombre». El beso de un hombre, no de un anciano ni
de un muchacho. Agotada como estaba, sin experiencia y consumida aún por una hostilidad latente, Annemarie se dio cuenta de la diferencia.

Verne había sabido que, al menos durante los primeros segundos, ella no tendría energía ni motiva-

93

ción suficientes como para protestar, pero no podía haber imaginado aquella predisposición tan inesperada. Tampoco había previsto que aquel roce de sus labios pudiera amenazar con privarle de todo su autocontrol, con no tener en cuenta su inexperiencia. Tal vez fuera viuda, pero probablemente supiera poco sobre el sexo más allá de lo que hubiese aprendido con dos encuentros breves y desastrosos. Aun así, en sus brazos, se mostraba relajada por el cansancio y por el deseo contenido que ninguno de los dos había logrado ocultar. ¿Qué hombre se resistiría a la tentación de prolongar la experiencia para posponer las recriminaciones del día siguiente?

Verne sintió que su cuerpo se arqueaba y que ella le acariciaba la oreja con la mano, lo que le permitió seguir bebiendo de aquellos labios que había estado observando toda la noche, aun sabiendo que, en cualquier momento, podría salir huyendo, como había estado a punto de hacer segundos antes. Con mucho cuidado deslizó la boca sobre la piel sedosa de su cuello, hundió la mano en su melena para sujetarla ahí y siguió besándole el hombro y el cuello hasta llegar a sus pechos.

Ella soltó un gemido y se sujetó la mandíbula para ahogarlo. Con aquel gesto indicaba que allí se ocultaba un demonio lo suficientemente oscuro como para romper el hechizo. Él le cerró los ojos asustados con susurros y besos.

—Calla, preciosa. Quédate quieta —le dio un último beso en los labios y se apartó lo suficiente para mantenerla ahí. Esperaba una explosión de temperamento por su parte cuando recuperase el sentido común.

Pero esa explosión no se produjo. Solo hubo palabras de reproche sin apenas aliento.

—Esta no es la manera, milord —murmuró—. No hay necesidad de…

—¿No hay necesidad de qué?

—De tomaros tanta molestia por conseguir lo que deseáis. Me seguís hacia Londres. Cenáis conmigo. Y ahora… esto. No permitiré que se me compre… de esta forma.

—¿Creéis que yo he organizado la lluvia y el derrumbamiento? Me otorgáis más influencia de la que merezco, milady. Esto no estaba planeado, igual que no lo estaba que vos cayerais contra mí, pero, si me aprovecho de la situación, ¿quién me culparía?

—Yo lo haría. Casi todo el mundo lo haría. No es la manera en que un caballero se comporta con una dama, y tampoco es la manera de tener acceso al tocador.

—Al infierno con el tocador —respondió él con brusquedad—. Eso es lo último en lo que pienso cuando estoy aquí con vos en mis brazos, creedme.

El descaro de sus palabras hizo que se sonrojara y apartara la mirada con rabia.

—Ojalá pudiera creérmelo —susurró ella.

—¿De verdad? ¿Aún creéis que esto es porque quiero persuadiros? ¿Creéis que no tengo en cuenta vuestra inteligencia hasta el punto de pensar que seríais víctima de un truco tan bajo? ¿Que usaría este tipo de coacción para haceros cambiar de opinión sobre un mueble? ¡Santo dios, mujer! ¿Qué tipo de hombre creéis que soy? ¿Un canalla, como Mytchett?

—No le metáis a él en esto, por favor.

—Será un placer. Pero responded a mi pregunta.

—¡No puedo! —exclamó ella, retorciéndose de nuevo contra su cuerpo—. Lo único que sé es que tenéis unas órdenes y por eso estáis aquí, ¿verdad? ¿Cómo voy a saber yo qué tipo de hombre sois, milord? Debéis de haber oído ya las opiniones tan sólidas que tengo a ese respecto.

—Sí, lo he oído. Dejad de forcejear y escuchadme.

—¡Soltadme!

—No. Escuchad. Esto no es lo que creéis.

—Jamás me convenceréis de eso, milord. Si yo no tuviera algo que os han dicho que debéis conseguir a cualquier precio, no mostraríais más interés en la escandalosa hija de lord Benistone que en cualquier otra viuda. Os sugiero que regreséis con alguna de vuestras amantes de Londres… o de donde sea… y que permitáis que ella os haga olvidar. No soy tan cabeza hueca como para no darme cuenta de cuándo me están utilizando. En un año he aprendido algunas cosas.

—Os equivocáis en dos cosas —dijo él, aprisionándola contra la pared, aunque ahora tenía su cara agarrada con una mano mientras con el pulgar le acariciaba la barbilla y los labios. Con la otra mano le sujetaba la muñeca y la mantenía pegada a su hombro—. ¿Queréis que os diga en qué?

—No.

—Para empezar, tras descubrir el pasado fin de

semana la existencia de la escandalosa hija de lord Benistone, poseerla se ha convertido en algo mucho más importante para mí que cualquier cosa que ella pueda poseer. Cuando dije que iba detrás de lo que deseaba hasta hacerlo mío, sabíais que me refería a vos. ¿Verdad?

—No.

—Pequeña mentirosa —contestó él con una sonrisa, mientras deslizaba de nuevo el pulgar sobre su piel—. Aquel beso, por cierto, no pretendía enfadaros, sino demostraros que hablo en serio. Os deseo, lady Annemarie Golding.

—¡Eso es ridículo! —exclamó ella—. Absolutamente...

Verne le colocó el pulgar en los labios para silenciar sus protestas.

—Para continuar, no tengo una amante en Londres ni en ninguna otra parte y, aunque la tuviera, no lograría hacer que me olvidara de nada. Llevo pensando en vos desde que nos conocimos, mi solitaria y escandalosa belleza, y pienso llevaros de vuelta a la sociedad para demostraros lo que os estabais perdiendo.

—Sé lo que me estaba perdiendo —respondió ella.

—No, no lo sabéis —su manera de decirlo, mirándola fijamente a los ojos con gran intensidad, le dejó claro a lo que se refería.

—Lord Verne, el hecho de que mis padres tuvieran una relación poco ortodoxa antes de su matrimonio no significa que fuesen a aceptar que sus hijas hicieran lo mismo. Además, no quiero saber nada más de los hombres. He decidido tomar el control absoluto de mi vida. Yo sola. Creéis que necesito ayuda, pero no es así. Puedo apañármelas sola.

—¿Como habéis hecho hoy?

—Habría conseguido apañármelas de un modo u otro.

—¿Y ha sido mejor hacerlo a mi manera? ¿O a la vuestra?

—Más seguro y posiblemente más cómodo —respondió ella, ignorando la ambigüedad.

—Más seguro —repitió él suavemente—. De modo que vais a ir con seguridad el resto de vuestra vida, milady, y a permitir que una mala experiencia condicione vuestra opinión sobre la humanidad en general. Una mujer de vuestro calibre no debería esconderse del mundo, en caso de que…

—¡Lo entiendo! ¡Así que soy una cobarde! ¿Es eso lo que estáis diciendo? ¡Soltadme ya!

Verne estaba preparado para aquel ataque de rabia provocado por sus acusaciones, así que la abrazó con más fuerza y volvió a besarla para demostrarle de nuevo lo que se estaba perdiendo, quisiera o no admitirlo. Bajo sus labios persuasivos ella dejó escapar un gemido al sentir que su mano se deslizaba desde el pecho hasta su muslo. Aquellas caricias íntimas e indecentes hacían que creciese en su interior la confusión por aquellos placeres culpables. Aunque sabía que cualquier mujer bien educada se habría resistido con todas sus fuerzas, ella dejó que sucediera y abandonó sus labios a los de él durante aquella dulce distracción de los sentidos. Sus ganas de escandalizarse se evaporaron y no dejaron nada salvo el profundo arrebato del deseo, salvo la sensación de ser única y valiosa, no el objeto de deseo de un hombre, lo cual siempre había enturbiado sus experiencias pasadas. Se quedó muy quieta otra vez, esperando la próxima caricia, el siguiente beso, su aroma embriagador, el sabor de su piel y la suavidad de su pelo.

Habían llegado demasiado lejos. Sus palabras sobre querer tomar el control de su vida no significaban nada. Verne debía de saber incluso entonces que podía cambiar todo aquello. También sabía cómo ser cortés incluso habiendo vencido.

—No os dejaré marchar —le susurró contra la mejilla—. Pero no tomaremos más decisiones por ahora. Volveremos a hablar mañana. Necesitáis dormir.

—No dormiré.

—Lo haréis. Yo os llevaré arriba. Vamos, agarraos a mi brazo.

—Lord Verne —dijo ella llevándose la mano a los labios.

—¿Milady? —respondió él con una sonrisa al ver aquel gesto.

—Me habéis puesto en una situación comprometida. Ha sido muy injusto por vuestra parte.

—Milady, solo vos y yo sabemos lo que ha pasado entre nosotros. Para el resto del mundo, nos hemos encontrado en el camino y hemos cenado juntos. Nada más. Dormimos en habitaciones separadas y mañana os ofreceré ir en mi carruaje mientras yo voy montado a caballo. ¿Qué puede haber más correcto que eso? Sea cual sea el acuerdo al que lleguemos por la mañana, será el resultado de una conversación amistosa llevada a cabo durante el desayuno, aunque debería advertiros que yo ya estoy decidido. Me atrevería a decir que a vos todavía os queda un poco más.

Annemarie no sabía sobre qué trataría esa supuesta conversación amistosa, porque lord Verne no había dicho nada más específico que el hecho de que la deseara, lo que ella interpretaba como que deseaba lo que tenía, a pesar de que lo negara. Sin embargo, su necesidad de dormir era mayor que su necesidad de comprender, así que le permitió colocarle la mano en el brazo mientras abría la puerta y juntos salían al pasillo.

Pero, cuando regresaba a su habitación, Verne recordó el consejo de la señora Cardew; si deseaba hacer progresos con Annemarie, primero debía encontrar a la madre. Mejor que eso sería ayudar a Annemarie a encontrarla. Y, para eso, ella debía atreverse a volver a salir en sociedad, con él. ¿Qué otra razón necesitaba para mantenerse junto a ella, como le había dicho que haría?

Cuatro

Al amanecer, en el Cisne de Reigate ya se preparaban para empezar el día. La habitación de Annemarie daba al este, la lluvia había cesado y las nubes se habían dispersado para permitir pasar a los rayos del sol. Ella volvió a meterse en la cama y observó a Evie moverse en silencio por la habitación mientras reflexionaba sobre los acontecimientos de la noche anterior, examinando detenidamente cada palabra, cada gesto, cada mirada y cada caricia. Se aferraba desesperadamente a su plan original de librarse de las cartas y regresar a Brighton sin mayor dilación, y al principio se negaba a pensar en una alternativa, diciéndose a sí misma que lo que había ocurrido era que un hombre se había aprovechado de la situación, ni más ni menos. ¿Qué hacía que lord Verne fuese diferente al resto?

Tal vez no debería haberse hecho a sí misma una pregunta que era tan fácil de responder. Las diferencias eran imposibles de ignorar y, cuanto más pensaba en ellas, más fuertes se volvían las advertencias de su cabeza. «Recuerda lo que pasó hace un año», le decían. «No permitas que vuelva a ocurrir. Lo que buscas es venganza, no palabras sensuales sobre el deseo y la posesión, por muy dulces que sean los besos que las acompañan. No pierdas el control», le decían. «Si es demasiado agradable como para renunciar a ello tan pronto, ¿por qué no usarlo a tu favor en vez de al suyo? Provócale. Veamos qué pretende con esos métodos tan persuasivos. Sugiérele un compromiso real, algo más serio que un simple flirteo. Haz que trabaje duramente para lograr su objetivo. Las cartas».

Cada vez le resultaba más irresistible la tentación no de ahuyentarlo, sino de mantenerlo pendiente, imaginándose cómo, cuándo y dónde se habría deshecho de las cartas; por cuánto dinero y con qué objetivo. Naturalmente Verne pensaría que su intención sería la de desacreditar al Príncipe Regente. Que pensara lo que quisiera. Al fin y al cabo, había parte de verdad en ello. Probablemente ya hubiera deducido que el motivo de su visita a Christie's sería el de averiguar dónde vivía lady Hamilton para poder darle el dinero que obtuviera por las cartas. Que pensara lo que quisiera. Le haría mantenerse a su alrededor, lograría que su deseo fingido se convirtiera en realidad y después cortaría todo contacto. Le diría que las cartas habían desaparecido. Le heriría en su orgullo igual que le habían herido a ella el suyo. Le haría sufrir.

Se aseguraba a sí misma que no se dejaba influir en lo más mínimo por el cosquilleo que había empezado a sentir en el cuello cuando pensaba en él. En absoluto. La excitación que había experimentado en sus brazos la noche anterior no tenía nada que ver con cualquier deseo de repetir la experiencia, ni siquiera de ir más lejos. Podía controlar todo aquello. Cierto, hasta el momento no lo había hecho, pero podría cuando tuviera una estrategia. Al fin y al cabo, si sus padres habían sido amantes, ella también podría tener un amante y, aunque la noche anterior hubiera sugerido que sus padres no aceptarían una relación poco ortodoxa, estaba bastante segura de que su padre no la juzgaría y de que lady Benistone probablemente nunca lo supiera.

Estaba menos segura de la reacción de los demás; de Cecily, de Oriel y de su prometido, de Marguerite… pero decidió que no podía condicionar su vida a sus preocupaciones cuando tenía ante sí una oportunidad como aquella. La aprovecharía. Sería una tonta de no hacerlo.

Sonrió, se levantó de la cama y envió a Evie a buscar agua caliente. Cuando se quedó sola, sacó la maleta de debajo del lavamanos, echó un vistazo a la cerradura y volvió a guardarla. Aquel día llevaría a Londres las cartas de su alteza en uno de sus carruajes más cómodos. Y ahora, con razón, estaba a punto de proponer tener una relación con un hombre al que, tan solo el día anterior, le había pedido que la dejara en paz. Aquella contradicción de mensajes le provocaba mariposas en el estómago.

Aquellas mariposas seguían revoloteando cuando Annemarie entró en la sala del desayuno una hora más tarde y encontró a lord Verne tomando una taza de café antes de que llegara la comida. Iba vestido de manera inmaculada con una chaqueta marrón, unos pantalones de montar de ante y una camisa blanca, que llevaba bajo su chaleco de rayas. Annemarie pensó que rara vez había visto a un hombre tan bien vestido a esas horas tan tempranas, cuando casi todos los hombres de su clase seguirían en la cama. Su padre se habría levantado hacía horas, pero él era una excepción en todos los sentidos.

Aceptó la mano que le ofreció y el roce de sus labios sobre los nudillos, lo que le permitió contemplar más de cerca las ondulaciones de su pelo y el bronceado de sus mejillas. Cuando volvió a incorporarse, no pudo evitar preguntarse lo mucho que disfrutaría engañando a un hombre como él y, al mismo tiempo, impidiéndole hacer lo que le habían enviado a hacer. ¿Aceptaría su súbito cambio de actitud sin dudar de ella? ¿Se creería que sus besos la habrían vuelto sumisa y dócil? Tendría que ir con cuidado para convencerle de que era sincera.

—Buenos días, milord. Teníais razón. Sí que he dormido —pensó que aquella iba a ser la conversación más extraña de toda su vida—. Creo que ya estaba medio dormida antes de… antes de…

—Antes de cerrar los ojos. Sí, sin duda estabais medio dormida —admitió él entre risas—. Espero sin embargo que vuestra memoria siga intacta. Sería una pena que nuestra conversación no hubiese servido para nada. ¿Queréis café?

—Gracias. ¿Habéis pedido el desayuno?

—Sí. Es mejor pedirlo pronto. Los pasajeros de la diligencia han tenido que quedarse a pasar la noche. A saber dónde habrán dormido —le ofreció una silla, después le sirvió café en su taza y, al ver sus manos fuertes manipulando la cafetera, Annemarie recordó sus caricias la noche anterior.

Por la ventana se veían los tejados brillantes por el sol y el agua de la lluvia.

—No tardaremos nada en llegar —comentó él alegremente—. Puede que ya hayan despejado el camino del desprendimiento, pero nosotros iremos hacia el oeste. ¿Estáis segura de que deseáis ir a Park Lane y no a la calle Montague?

—Sí, pero he estado pensando.

—¿Sobre nuestra conversación?

Antes de que Annemarie pudiera continuar, llegó el desayuno y empezaron a servirlo sobre el mantel blanco. Pero, mientras lord Verne se servía huevos, beicon y trozos de pan caliente, ella supo que estaría esperando una respuesta, y ya no había vuelta atrás.

—Sobre algo que dijisteis.

Él aguardó con el cuchillo y el tenedor preparados. Aquello no le resultaba fácil.

—Bien —dijo—. Así que os acordáis.

—Sobre… oh, cielos… esto es tan inapropiado… Sobre lo que dijisteis sobre desearme.

—Ah.

—¿Os importaría… explicaros un poco más? ¿Teníais algo especial en mente? ¿O no era más que lo que sentíais en ese momento? No me sorprenderé si os explicáis, milord. No soy una chica inocente.

Verne dejó los cubiertos y se quedó mirándola con atención.

—Creedme —dijo suavemente—, no lo dije a la ligera, llevado por la pasión del momento. No me expliqué más porque no deseaba alarmaros. ¿Creíais que no estaba siendo sincero?

—Se me había pasado por la cabeza —admitió ella mientras levantaba la tapa de un bote de mermelada para mirar en su interior—. Es difícil saberlo, ¿verdad?

—Entiendo que penséis así. ¿Vos teníais algo especial en mente?

«Sí, tengo en mente ser vuestra amante, milord». No. No podía decir eso. Él sospecharía de inmediato. Hostilidad un día y amistad al día siguiente. No. Era inconcebible.

—Expresasteis vuestro deseo de ayudarme a volver a la sociedad, milord —explicó mirando su plato—. Y supongo que... bueno, he estado pensando que tal vez no sea tan malo dejar que me... que me vean con alguien como vos. Lo cual, claro está, haría que la gente hablase. Así que entonces pensé que, si estaba dispuesta a dar un paso más, podría sugerir estar más... algo más unida a vos.

—¿Más unida que una amiga, queréis decir? ¿Más bien como una amante?

Por fin la palabra había salido a la luz, como un peso que se hubiera quitado de los hombros. Se sirvió una cucharada de miel sobre su tostada, dio un mordisco y asintió con la cabeza.

—Mmm —murmuró.

Verne dejó el beicon y los huevos sin tocar mientras se acariciaba el labio inferior con el nudillo, imaginando lo mucho que le habría costado a Annemarie hacer esa sugerencia después de su reciente antagonismo. Fuera cual fuera el juego al que estuviese jugando, poco tenía que ver con su deseo de recuperar su lugar en la sociedad, de eso estaba seguro. Tampoco tendría que ver con un súbito cambio en sus sentimientos hacia él, a pesar de haber participado de sus besos la noche anterior, pues su antipatía hacia los hombres no era algo que pudiera borrar con unas horas de reflexión nocturna. Debía de haber algo más, algo que tuviese que ver con él personalmente. O con el Príncipe Regente. O con esas malditas cartas. O con las tres cosas.

—Lo siento —susurró ella—. No digáis nada más. Pensé que vos estaríais…

Él estiró la mano por encima de la mesa para evitar que se retractara.

—¡No, por favor! Me he quedado… algo sorprendido, nada más. Y encantado, por supuesto. No tengo ningún problema con eso. Ninguno en absoluto. Se me ocurren muchas ventajas, una de las cuales implicaría que ya no tendríais obligaciones en la calle Montague, y eso os daría la oportunidad de hacer las cosas que solíais hacer. En mi compañía. Protegida. Yo nunca he pensado que la amante de un hombre deba permanecer escondida, ni que el hombre deba ignorarla en público como si hubiese algo de vergonzoso en la relación. Además, tengo mis propias razones para desear tener una alianza como la que proponéis.

—¿Más razones de las habituales, queréis decir?

Él sonrió, convencido de que estarían pensando más o menos lo mismo.

—Sí, más de las habituales, aunque no negaré el placer que ambos experimentaremos con eso. Se trata de todos los actos sociales a los que estoy obligado a asistir. Igual que vos, deseo una acompañante regular de la que pueda sentirme orgulloso, una mujer a la que poder admirar por más de una razón y que ya tenga un determinado estatus en la sociedad. Una amante hermosa e inteligente sería ideal, aunque el acuerdo no dure más allá de este verano.

—Bueno, gracias por admirarme por más de una razón. Es muy gratificante, milord. Y por hacer que parezca que este acuerdo os beneficia a vos tanto como a mí. Habría imaginado que podíais tener a cualquier mujer soltera del país, sobre todo estando tan cerca del Príncipe Regente, que garantizaría la asistencia a cualquier evento importante. Pero yo tengo poca experiencia en ese tipo de cosas. Lo de ser amante, quiero decir. Imagino que hay que marcar ciertos… requisitos para evitar malentendidos. ¿Es eso lo que se hace?

A juzgar por cómo hablaba, a Verne le dio la impresión de que ya había pensado detalladamente sobre el tema, pues hablaba de ello con frialdad, decidida a convencerlo de que no había afectado en absoluto a sus sentimientos y de que aquello era un acuerdo de negocios orientado a conseguirle un objetivo concreto, no necesariamente uno de los que había mencionado ya. Por tanto, Verne estaba preparado para una lista muy precisa de beneficios que pondrían a prueba su dedicación y su bolsillo. Era una mujer adinerada; esperaría que él estuviese a su misma altura, o que pudiese superarla.

—Milady, no creo que haya nada que podáis pedirme y a lo que yo pueda oponerme, a no ser, claro, que queráis mulas blancas que tiren de vuestro carruaje, o bañaros en leche de burra dos veces al día. Con tantos extranjeros en la ciudad, podría ser un poco difícil de conseguir. Necesitaréis una casa en Londres, naturalmente. Eso se sobreentiende. Con un establo para vuestros caballos. ¿Una casa en Mayfair, quizá?

—Mayfair… sí… sería perfecto. Está cerca de mi padre y de mis hermanas, y también de la señora Cardew.

—Y cerca de mí.

—Sí, de vos también. Me gustaría vivir allí de forma permanente, no utilizar la casa solo para… para los trabajos. Eso no serviría en absoluto para mi propósito.

Verne quiso preguntarle cuál era exactamente su propósito, pero ella le había ofrecido una razón perfectamente aceptable que tendría que ser suficiente hasta que lograra descubrir más, y no pensaba mirarle el diente a un caballo regalado cuando ella ya le había ofrecido más de lo que habría podido imaginar. Si tenía algún motivo oculto, tendría que esperar a que se descubriera.

—Lo comprendo —respondió—. Una casa de vuestra propiedad en Londres sería mucho más conveniente para vos, ¿verdad? No querría privar a vuestro padre de vuestra compañía, pero os alegraréis de tener más espacio, estoy seguro.

—Aun así, me siento un poco egoísta por dejar a mis hermanas solas sin mi ayuda. No conocéis a mi hermana mayor, ¿verdad? Está prometida al coronel Harrow. Se os está enfriando el desayuno.

—¿Harrow? ¿Del Regimiento de los Catorce Dragones? ¿De verdad? Bueno —dijo mientras agarraba de nuevo los cubiertos—, quizá necesitemos los dos relacionarnos un poco más en sociedad. Me parece que estoy anticuado. Nos lo pasaremos bien juntos, milady.

Annemarie experimentó un gran alivio al ver que había entendido su proposición sin necesidad de tener que explicarse más. No podría haberse explicado mejor sin revelar parte de la mentira, sin hablarle del dolor, del orgullo herido y de la pérdida, sobre todo la de su madre traidora, de la cual no tenía por qué saber más de lo que ya sabía. Y ahora, por primera vez, empezó a pensar que, al volver a entrar en contacto con la alta sociedad, quizá supiera algo sobre el paradero de lady Benistone, alguna pista que sus hermanas no hubieran logrado descubrir. Si Oriel y Marguerite necesitaban una explicación convincente para su comportamiento poco habitual, aquella serviría igual que cualquier otra. Tampoco estaría lejos de la verdad porque, si su padre no se animaba a buscarla él mismo, entonces lo haría ella. Hasta que no hiciera las averiguaciones pertinentes, Annemarie no podría saber si lady Benistone había regresado a su antiguo modo de vida, si estaría pasando un mal momento o si estaría feliz con su amante.

Recordó los ojos tristes y violetas de su madre, llenos de arrepentimiento, aquella boca hermosa y temblorosa, el brillo de sus mejillas humedecidas por las lágrimas. Como si fuera una premonición, y sin previo aviso, Annemarie soltó un gemido demasiado ruidoso como para evitar que se oyera. Se llevó la mano a la frente y Verne se acercó a ella de inmediato. La levantó de la silla y la estrechó contra su pecho como si supiera cuál era el problema sin necesidad de que se lo contara.

—Lo sé —le susurró contra su pelo—. Lo sé. No pasa nada. Resulta antinatural poneros en mis manos, ¿verdad? Tranquila, no intentéis negarlo. Sé lo que os pasa, pero, sean cuales sean vuestras razones, yo cumpliré con mi parte del trato. No seré irracional ni desleal. Y me vestiré adecuadamente para la cena todas las noches.

Ella respiró e inhaló el aroma fresco de su piel.

—Ya os he dicho cuáles son mis razones —murmuró.

—Algunas de ellas sí. Pero, cuando una mujer como vos se ofrece a un hombre del que ha estado intentando librarse desde que se conocieron, este tendría que ser muy ingenuo para no sospechar que haya algún motivo oculto, ¿no os parece? Y yo no tengo reputación de idiota.

—No. Eso ya lo sé. Lo siento. Es demasiado complicado. Son demasiadas cosas.

—No me sorprende. Creo que os han ocurrido muchas cosas. Bueno, puede que no estemos de acuerdo en todo, pero, por mucho que desaprobéis mi conducta, al menos hay algo en lo que nuestros gustos coinciden. Cosa que vos habéis apreciado, de lo contrario no habríais sugerido tener una relación conmigo. Ni en un millón de años. ¿No es cierto, preciosa?

—No, supongo que no —susurró ella.

Su beso fue suave y tierno, más como una recompensa por todo lo que le había ofrecido y por lo que él había ganado. Ninguno de los dos era ajeno a su interés compartido, y tampoco veían razón para fingir lo contrario cuando la situación tenía tantas ventajas. Pero Annemarie ya había empezado a darse cuenta de que la venganza de su plan tendía a debilitarse en las ocasiones en las que tenía contacto físico con aquel hombre asombroso. Tendría que encargarse de ese problema y volvería a sucederse el desastre, pues lord Verne había insinuado cierta inconsistencia al decir «aunque el acuerdo no dure más allá de este verano». No podría haber dejado más claro ni aunque hubiera dicho «aunque no dure más que el tiempo que necesite para conseguir esas cartas». Se apartó de sus brazos y se preguntó cuál de los dos sería el mentiroso y cuál el engañado.

—Se os quedará frío el desayuno, milord.

—No hay de qué preocuparse —respondió él mientras la ayudaba a sentarse de nuevo en su silla—. Hace solo unos meses me alegraba de poder desayunar. Vos deberíais comer algo más que una tostada, aunque podremos parar a comer algo por el camino. ¿Tenéis prisa por regresar?

—Ya no. En un carruaje tan cómodo, disfrutaré del resto del viaje.

—Me alegra oírlo. Pero tenemos muchas cosas de las que hablar y no quiero daros tiempo para que cambiéis de opinión.

—No cambiaré de opinión, salvo con lo de decirle a mi padre que estoy en la ciudad. Ahora hará falta decírselo, ¿no es cierto?

Para cuando Annemarie regresó a su habitación después de desayunar, las mariposas estaban revoloteando de manera distinta, de un modo que le llegaba hasta las piernas e hizo que tuviera que sentarse abruptamente en la cama para pensarlo bien. Rara vez había tomado una decisión impulsiva de tanta magnitud. ¿Sería un rasgo común que compartía con su madre? ¿La impulsividad habría conducido a lady Benistone a una situación de la que no podía salir? ¿Le pasaría lo mismo a ella? ¿Se arrepentiría de aquello hasta el fin de sus días? ¿Su amargura seguiría siendo tan potente como para disfrutar viendo la humillación de un hombre que no estaba haciendo más que lo que le pedía su jefe? ¿Sería esa la verdadera razón o estaría dejándose influir por otros factores también? La idea de vivir en su propia casa de Londres y de dejarse ver del brazo de aquel noble en particular haría que la gente dejase de hablar del escándalo relacionado con la viuda de sir Richard Golding y que todos empezaran a chismorrear con envidia, no con pena. Imaginaba que sus allegados opondrían resistencia, pero tendría que superarlo. ¿No eran ellos los que, durante meses, habían intentado convencerla para rehacer su vida?

—Sí, pero no de este modo —dijo Cecily más tarde aquel mismo día.

—¿Su amante? —preguntó Oriel intentando disimular el horror que sentía—. ¿Has tenido que llegar tan lejos? ¿No podíais ser... amigos?

—No, querida —respondió Annemarie—. ¿Por qué crees que he preferido quedarme aquí, en Park Lane, en vez de en casa? No podría haber invitado a lord Verne allí como amigo mío, sabiendo que papá lo agarraría de las solapas y se lo llevaría a ver sus últimas adquisiciones. Lo que necesito es una casa propia. Lord Verne lo comprende.

Había descubierto que era un hombre muy comprensivo. Apenas había tenido que explicarle lo desesperada que estaba por alejarse de la calle Montague, que le traía tan malos recuerdos. Recordando la conversación que habían mantenido durante la comida, mientras descansaban los caballos, él mismo había enumerado los sirvientes que necesitaría: una cocinera, un mayordomo y un ama de llaves, así como los subalternos habituales.

Decía que tendría que ser una casa con habitaciones lo suficientemente grandes para que pudiera recibir visitas, y que estuviera lo suficientemente vacía al principio para que pudiera elegir los muebles, que irían a comprar juntos.

Podría perfeccionar sus habilidades de conducción en la ciudad y en Hyde Park, y además sería su acompañante en los eventos a los que estaba obligado a asistir. Parecía que esa iba a ser parte del trato y Annemarie no veía razón para quejarse, dado que aquello también le serviría a ella. También había accedido a acompañarlo en sus viajes para comprar arte, y también a Brighton, y además ser una buena anfitriona para aquellos coleccionistas a los que quisiera comprarles algo. Siendo la hija de lord Benistone, uno de los mayores benefactores del Museo Británico, sería todo un incentivo, según le decía él.

Habían pospuesto la conversación sobre el dinero que le concedería para llevar la casa y para sus gastos personales, pero, dado que el aspecto económico del acuerdo no tenía tanta importancia para ella, decidió no pedirle más detalles.

—Me alegra oírlo —dijo Cecily.

A Annemarie le alivió pensar que Cecily estaba más perpleja que escandalizada, aunque en realidad Cecily estuviera más desconcertada por la increíble velocidad que por el acuerdo en sí. Le preguntó a Annemarie si había considerado cómo afectaría aquello a la situación de Oriel.

Antes de que Annemarie pudiera responder, Oriel salió en defensa de su hermana.

—Oh, no, Cecily. Eso es injusto. Por supuesto que lo ha pensado, pero una no puede usar excusas de ese tipo para seguir siempre anclada en una situación. Me alegra que Annemarie haya aceptado la oferta de lord Verne. Puede que sea algo precipitado, pero no podría haber sucedido en un momento mejor, y no nos afectará a William y a mí en lo más mínimo. No hasta que él no deje el ejército, y dice que puede que eso no ocurra hasta dentro de un año. Estoy deseando conocer al hombre valiente que ha conseguido sacar a Annemarie de su escondite. Estoy segura de que me gustará, si a ella le gusta lo suficiente como para acceder a ser su amante.

—Gracias, querida —dijo Annemarie, y se dio cuenta de la equivocación en las palabras de su hermana—. Esperaba que lo comprendieras —no se atrevió a corregir la suposición de Oriel de que había sido el propio Verne quien se lo había sugerido.

—Yo también lo comprendo —dijo Cecily—. Claro que lo comprendo. ¿Acaso no preferiría cualquiera vivir en su propia casa con un amante, en vez de…? ¡Oh, cielos! Qué torpeza por mi parte.

—No pasa nada —dijo Annemarie, abrazó a Cecily y la tranquilizó acariciándole el hombro—. No digas más. Parece un poco como si la historia se repitiese, ¿verdad? Pero no es así. Hay más de lo que se ve a simple vista.

—Oh —dijeron al unísono—. ¿Más? Cuéntanoslo.

Qué tonta había sido al revelar sus secretos. Era el producto de la compasión.

Volvieron a sentarse en el sofá y se alisaron la falda esperando ansiosas saber más.

«¿Qué importa?», pensó Annemarie. «No les parecerá bien, pero no puedo guardármelo dentro para siempre».

—No quiero que Marguerite lo sepa —dijo—. Ni papá.

—¿Que eres la amante de lord Verne? ¿Cómo...?

—No me refiero a eso. De eso tendrán que enterarse. Me refiero a... esto —acercó la maleta, que estaba junto a su silla.

—Me preguntaba por qué insistías en traer eso aquí —comentó Cecily—. ¿Qué tiene eso que ver con... lo otro?

De manera que empezó por la compra del tocador, la alarmante visita de lord Verne con sus intenciones y el descubrimiento de las cartas en Brighton, y les contó todo lo que creía que necesitaban saber, porque, para entonces, ya había quedado claro que, sin la ayuda de alguien de confianza, deshacerse de las cartas iba a traerle demasiadas complicaciones. Lord Verne había dejado claro de manera muy elegante que pensaba pasar gran parte de su tiempo en su compañía. Su margen de oportunidades ya estaba disminuyendo.

La maleta se convirtió enseguida en objeto de fascinación.

—¿Ahí dentro? —preguntó Cecily—. Por eso no te separas de ella. Santo cielo, Annemarie, eso es dinamita. ¿Qué vas a hacer con ellas? ¿Vas a devolverlas? ¿Por eso has vuelto a Londres tan rápido?

Escucharon atentamente mientras les contaba sus opciones, aunque se abstuvo de mencionar cómo tenía pensado acabar su plan, porque sabía que no la apoyarían y aquello podría hacer que no le prestaran su ayuda. Cecily y Oriel le ofrecieron solo unas pocas alternativas poco realistas, pero estuvieron de acuerdo en que debía devolver las cartas a lady Hamilton lo antes posible. Entendieron también que mantener a lord Verne con la incógnita sería divertido, hasta que le apeteciese contárselo. Además dijeron que no haría ningún daño darle un buen susto a su alteza real con algo tan potencialmente peligroso como un puñado de cartas íntimas a una mujer abandonada de cuya amistad había abusado. Le preguntaron si podrían leer una. Solo una.

Annemarie frunció el ceño.

—No, queridas —respondió—. Son privadas y personales. No debemos fisgonear.

—¿Acaso tú no las has leído? —quiso saber Cecily.

—Solo algunas, para ver si todas eran iguales. Son bastante ridículas, viniendo de un hombre supuestamente tan inteligente.

—Yo se las entregaré a lady Hamilton —se ofreció Cecily—. Sé dónde está.

—¿Lo sabes? Yo pensaba preguntarle al señor Parke, de Christie's, que es donde compré el tocador.

—No es necesario. Lleva más de un año viviendo en la prisión para deudores.

—Oh, pobre mujer —dijo Oriel.

—Con su hija Horatia. Dudo que alguna vez la dejen libre —Annemarie sintió un vuelco en el corazón al oír las palabras de Cecily. Una mujer abandonada y su hija de doce años confinadas en una prisión de deudores, después de haber perdido no solo a su amante y a sus amigos, sino además toda esperanza, mientras que ella se debatía sobre dónde instalarse para curar sus heridas y vengarse de un hombre que ni siquiera estaba implicado en el asunto.

—¿De verdad? —preguntó—. ¿Irías de verdad a un sitio así?

—Claro. Puedo entrar. Otros lo hacen. Por supuesto que iré.

—Gracias, Cecily. Recuérdame que te dé la llave antes de irte.

—Dámela ahora, querida. Después podrías ir arriba a cambiarte. Debes de estar cansada. Me alegra que hayas venido aquí. ¿Cuándo empezarás a buscar casa?

—Mañana —respondió Annemarie mientras buscaba en las profundidades de su bolso y sacaba la diminuta llave—. Ha sido muy amable por tu parte dejar que me quedara. Ahora tendré tiempo de ir a comprar ropa. He dejado casi todas mis cosas en Brighton.

—Yo iré contigo —se ofreció Oriel mientras caminaba hacia la puerta—. Sabes que no hay nada que me guste más que eso. ¿Después de desayunar?

—Sí. Pero ¿qué pasa con Marguerite? ¿Está en casa?

—Se ha quedado en casa de los Sindlesham. Van a llevarla a ver los fuegos artificiales en el parque. Venid a cenar con papá, con William y conmigo. Será una buena oportunidad de contarle lo que ocurre sin que nuestra hermanita interrumpa. Os esperamos a las siete, ¿de acuerdo?

—Allí estaremos —respondió Annemarie dándole un abrazo a su hermana.

Pero, cuando Oriel se hubo marchado, la perspicaz Cecily pareció necesitar más información sobre algunos puntos. Le colocó una mano en la cintura y la condujo hacia la maleta.

—Así que lord Verne piensa que las cartas siguen en el tocador, ¿verdad? —preguntó.

—Eh… ¿Por qué lo preguntas?

—Porque, querida ingenua, cualquier mujer que insista en sacar su propio equipaje de un carruaje como ese, como has hecho tú, está diciéndole al mundo que no puede confiarle a nadie lo que hay dentro. Si lord Verne no lo ha deducido ya, entonces no es el hombre que creía que era.

—Le dije que tenía objetos de valor que quería llevar a Christie's.

—Sí, querida. Él trata con objetos de valor casi todos los días de la semana. ¿Sabías que es el hijo mayor de Simonstoke? Esa familia tiene más dinero que la del príncipe. Tiene propiedades distribuidas por todas partes.

—Cecily, puede que en efecto él piense que he descubierto las cartas. Por eso quiero quitármelas de encima lo antes posible, y además quiero que le lleves algo de dinero a esa pobre mujer. No quiero imaginármela sin un penique en un lugar así. Se merece algo mejor. Aunque, claro, se fue con el marido de otra mujer, ¿verdad?

Cecily asintió con la cabeza.

—¿Y sigues pensando en hacerle creer a Verne que aún las tienes, incluso cuando ya hayan sido devueltas? ¿Es realmente para evitar que su alteza real pueda dormir por las noches, o hay algo más detrás?

—Oh, cielos. ¿No he logrado convencerte, Cecily?

—No has logrado engañarme del todo, querida. Y no creo que Verne sea tan ingenuo.

—Las tornas han cambiado. Solo tiene interés en mí por las cartas. Después, dejará de preocuparse por mí y no me halaga que piense que no lo sé.

—Así que piensas tenerlo engañado. ¿Es eso?

—Sí. Eso es.

—Entonces imagino que no querrás que te aconseje sobre los posibles peligros.

—He pensado en los peligros, querida. Sé lo que estoy haciendo. ¿Cuándo podrás ir a visitar a lady Hamilton?

—Iré mañana mientras tú sales con Oriel. ¿Te parece bien?

Annemarie sacó un puñado de billetes de su bolso.

—Esto es lo que iba a usar para el viaje —le explicó mientras le entregaba el dinero a Cecily—. ¿Se lo darás de mi parte?

—Eso es mucho —respondió Cecily, aunque lo aceptó con evidente reticencia.

—Para ella no será mucho. Ahora voy a subir a cambiarme. Vigila la maleta, ¿de acuerdo? Guárdala en algún lugar muy seguro mientras estemos fuera esta noche.

—Puedes estar segura de que lo haré, querida. Encontrarás todo lo que necesites en la habitación china. Pediré que tengan preparado el carruaje para antes de las siete, ¿de acuerdo?

«Bien hecho», se dijo Cecily a sí misma mientras Annemarie desaparecía escaleras arriba. «Desde luego, no pierdes el tiempo». Abrió la mano y sonrió al ver la llave antes de volver a cerrarla.

Al regresar a la calle Montague, Oriel descubrió que su prometido estaba con su padre hablando sobre una colección de antigüedades que el Museo Británico había comprado en 1805, que se decía que ahora costaba menos de las veinte mil libras que habían pagado por ella.

—De hecho, la mía es bastante superior —estaba diciendo lord Benistone—. Ah, Oriel, querida —añadió al ver a su hija mayor—. Deberíamos pedirle al coronel Harrow que cene con nosotros.

—Ya lo hemos hecho, papá —respondió ella, y le dirigió una sonrisa a su hermoso William—. Y tengo una sorpresa para ti. Annemarie y Cecily cenarán también con nosotros.

Lord Benistone entornó los párpados y le dirigió a su hija una mirada de suspicacia que a ella le resultó más divertida que alarmante.

—¿Por qué no está en Brighton? ¿Qué sucede?

—Lord Verne la ha traído de vuelta. Se ha producido un… giro en los acontecimientos —Oriel se quitó los guantes y el sombrero sin dejar de sonreír.

—¡Oh! ¿De verdad? ¿Y vas a contarme de qué se trata?

—No, papá. Dejaremos que eso lo haga la propia Annemarie.

—En ese caso, Verne debería estar aquí cuando lo haga, dado que supongo que a él también le concierne. Invítale a cenar y así podremos oír la historia por ambas partes.

Le tembló la sonrisa, y no encontró apoyo en el silencio de William.

—¿No sería mejor que pudiera contártelo sin…?

—No. Si se trata de otra de las decisiones impulsivas de Annemarie, prefiero saberlo antes de que sea demasiado tarde.

—¿Demasiado tarde para qué, papá?

—Para detenerla. ¿Dónde está?

—En casa de Cecily. Pensaba que…

—¡Ja! Pensaba que yo haría demasiadas preguntas. Tiene razón. Eso haré.

—Papá, Annemarie es viuda, ya lo sabes.

—¡Exacto! Debería saber lo que hace —llamó con el dedo al sirviente que estaba de pie en silencio al otro lado del recibidor, después garabateó un mensaje en una de las tarjetas que había en la mesa y la colocó en su mano enguantada—. Lord Verne. Bedford Square.

—¿Crees que podrás vestirte para la cena, papá, dado que tendremos invitados? —preguntó Oriel sin muchas esperanzas.

Lord Benistone la miró por encima de sus gafas con el ceño fruncido. Observó un ligero asentimiento de cabeza por parte de su futuro yerno y soltó un gruñido incoherente.

—Solo si tengo tiempo —murmuró.

—Me alegra que Verne venga a cenar —dijo el

coronel Harrow—. Hemos coincidido algunas veces. Tenía buena reputación en España. Es un tipo sobresaliente. Me alegrará volver a verlo.

—Si ha logrado despertar el interés de Annemarie, debe de serlo —respondió Oriel—. Será mejor que vaya a hablar con la cocinera. Te veré en la terraza interior, querido.

Conociendo a lord Benistone como lo conocían, Annemarie, Oriel y Cecily no se dejaron engañar del todo por su preocupación sobre el nuevo acuerdo, que pareció aceptar después de hacer varias preguntas cuyas respuestas probablemente ya sabía. Admitió a regañadientes que no había otro hombre al que hubiese podido considerar como acompañante de Annemarie, aunque no explicó cómo habría podido evitarlo cuando su último pretendiente había sido un desastre. Aunque tuviera alguna reserva sobre la naturaleza poco convencional de la relación, imaginó que ya eran los dos lo suficientemente mayores como para saber lo que estaban haciendo, lo cual quería decir que no sería quien se opusiera cuando él había hecho lo mismo en el pasado. Pero las mujeres seguían mostrándose escépticas; su padre habría mostrado menos interés en los detalles si el coronel Harrow no hubiera estado allí como observador. Sin embargo sorprendió a todos cuando le preguntaron hasta qué punto tendría que ayudar Annemarie a enseñar su colección a las visitas.

—Oh, no hay por qué preocuparse —respondió alegremente—. Ya me he encargado de eso.

—¿De verdad, Elmer? —le preguntó Cecily—. ¿Cómo?

—He contratado ayuda, querida —dijo él con una sonrisa traviesa—. Y, antes de que preguntes dónde, te diré que están al otro lado de la calle. El Museo Británico. Enviarán a tres hombres en nuestros días de apertura para ayudar con las visitas extra y con la catalogación. Últimamente no han hecho más que venir visitantes —miró con alegría a sus hijas antes de continuar—. Así que no os necesitaré a ninguna de las dos. Oriel, querida, quedas libre de toda responsabilidad. También me enviarán a algunos de sus limpiadores. ¿Qué os parece eso?

Tras un momento de silencio, les pareció demasiado bueno para ser cierto.

—Entonces, ¿vas a expandirte, papá? —quiso saber Oriel.

—Mmm, no exactamente, querida. ¿No es la hora del pudin?

Incapaces de sonsacarle más información sobre el tema, ellas dieron por hecho que, en parte por voluntad propia y en parte por voluntad de su padre, dejarían libre su lugar en el número catorce de la calle Montague en favor de la colección de arte. Y, aunque Annemarie se sintiera aliviada al ver que su padre aceptaba su plan de volver a dejarse ver en sociedad, no estaba tan convencida con la idea de no tener más responsabilidades en casa.

—Tampoco es que quisiera estar aquí tres veces por semana —le dijo a lord Verne mientras este se preparaba para acompañarlas a Cecily y a ella de vuelta a Park Lane—, pero empieza a parecer como si estuviese esperando a que yo desapareciera para conseguir toda esa ayuda. ¿Por qué no lo había hecho antes? ¿Por qué ahora tiene que catalogarlo todo? Y la limpieza. ¿Qué hubiera ocurrido si yo no hubiera decidido… vivir… en otra parte?

—¿Ser mi amante? Habríais regresado de Brighton y os habríais encontrado con una estatua de Adonis a tamaño real en vuestra cama —respondió él dándole la mano—. O peor aún, uno de esos centauros libidinosos. Como indirecta para que os mudarais.

Ella intentó no reírse, pero no lo logró.

—Ahora estáis siendo vulgar —le dijo.

—Así que habéis oído hablar de los centauros, ¿verdad?

—Ya es suficiente, gracias. Menos mal que habéis podido venir con tan poca antelación. Mi padre quería que volvierais a ver al coronel Harrow. Se alegraba de veros.

Verne había llegado unos minutos tarde, pues había tenido que ir a visitar a su alteza real en Carlton House, pero no sabía que, en su ausencia, el coronel había estado alabando sus proezas con el ejército de Wellington en España el año anterior. El regimiento de los Catorce Dragones del coronel Harrow y el regimiento de los Diez Húsares habían unido sus fuerzas para la batalla de Vitoria justo un año antes, cuando la valentía y el coraje de Jacques Verne habían sido el tema de conversación en las tiendas de los oficiales durante meses. El propio vizconde Wellington había ido a visitarlo en el hospital de campaña y había alabado sus intentos por salvar a un grupo de mujeres francesas que huían con el emperador José de las atrocidades cometidas por hombres de su propio bando.

La diligencia del emperador, de más de tres mil carruajes, se extendía más de veinte kilómetros e iba cargada de antigüedades y obras de arte que el rey de España, hermano de Napoleón, se había llevado de Valladolid. En ella viajaban familias, oficiales y mujeres aterrorizadas. Al interceptarla, la masacre fue indescriptible, el saqueo una vergüenza para el ejército británico; se perdieron cinco millones y medio de francos de oro, incontables tesoros, joyas y muebles. Herido de gravedad, Verne había luchado personalmente contra los soldados de su propio bando para proteger a las mujeres que sacaban a rastras de sus carruajes. Finalmente la batalla de Vitoria había sido un éxito, pero con un coste terrible, incluyendo la furia de Wellington. Verne había vuelto a casa para recuperarse, y había regresado a la capital después de pasar meses convaleciente en la casa de campo de sus padres.

Sentada con la boca abierta, Annemarie se había fijado en la admiración de su familia mientras el coronel Harrow alababa el coraje del hombre al que ella pensaba humillar. Había protegido a un grupo de mujeres indefensas, francesas, no inglesas, de unos soldados enfurecidos que las habrían destrozado para quedarse con sus pertenencias; unos soldados para los que una sola joya representaba más de lo que podían ganar en toda su vida. Al contrario que su difunto marido, cuya muerte había sido su única lesión, Verne no le había dicho una sola palabra sobre sus hazañas, mientras que ella le había etiquetado con el típico comportamiento que se asociaba a los de su regimiento.

Aparte de sugerir que tal vez fuese una excepción, cosa que ella había elegido no creer, Verne estaba permitiéndole descubrir por sí misma qué tipo de hombre era. El descubrimiento no ayudó mucho a sus planes de venganza y, cuando finalmente llegó y se disculpó por la tardanza, Annemarie ya había empezado a verlo más como a un protector que como a un depredador.

—Yo también me he alegrado de ver a Harrow —respondió él—. Es un buen hombre. Perfecto para vuestra hermana. Deberían ser nuestros primeros invitados, junto con la señora Cardew. ¿Qué os parece?

—Celebraremos una cena. Con vuestros amigos y con los míos.

—Esa es mi chica —contestó él riéndose—. Ya se os está contagiando el espíritu. ¿Invitamos a vuestro padre?

—Si se viste como se ha vestido esta noche, entonces sí —dijo ella. Lord Benistone había estado a la altura de las circunstancias y le había dado más trabajo a su ayuda de cámara que en los últimos años.

—La última vez que os di un beso de buenas noches en este recibidor —dijo Verne mirando a su alrededor—, nos observaban varias ninfas eróticas desde sus pedestales. ¿Creéis que tendremos más privacidad esta vez, antes de que aparezcan los demás?

Al empezar aquel día, Annemarie habría encontrado alguna excusa para no hacerlo, pero, tras pasar una velada entera con él, disfrutando de sus palabras, de sus elegantes modales y de su atractivo, el hielo que recubría su corazón había empezado a derretirse lo suficiente para dejarle entrar. Para su sorpresa, lo atrajo hacia la puerta del salón donde habían hablado por primera vez y, cuando estuvieron a oscuras, se volvió hacia él mientras cerraba la puerta suavemente.

—En esta ocasión no está la mano del David —murmuró él.

—Cuidado con ese valioso jarrón griego —respondió ella mientras levantaba los brazos para rodearlo con ellos.

Para ser una mujer que había demostrado poco interés, la manera en la que Annemarie se entregó a sus besos podría haber convencido a cualquiera menos astuto que Verne. Él había advertido el cambio en su comportamiento durante la velada, pero ni por un momento creía que ese cambio se hubiera producido de manera natural. No en una mujer como ella. No tan deprisa. No tan fácilmente. De modo que, cuando arqueó el cuerpo contra el suyo, cuando le rodeó el cuello con los brazos, él sintió la aprensión y la curiosidad, y le hubiera gustado saber más sobre ese cambio y sobre sus razones. Estaba herida y era vulnerable, y al mismo tiempo estaba dispuesta a venderse por una causa u otra.

En esa ocasión no estaba cansada ni adormecida por el vino, y era plenamente consciente de cada parte de su cuerpo que se rozaba contra ella, desde las rodillas hasta la nariz. Notó sus manos fuertes en la espalda, advirtió el sabor embriagador de sus labios, cálidos y persuasivos, que la incitaban a responder. Podría haberse apartado fácilmente cuando le rodeó la cara con las manos y empezó a cubrirle de besos los párpados, las mejillas, la barbilla y la boca. Pero no se apartó. En su lugar sonrió ante las caricias de un hombre que, con su sable, podía hacer huir a un grupo de hombres sedientos de sangre. Y eso estando herido de gravedad.

—Eso es nuevo para vos, ¿verdad, querida? —preguntó él sin soltarla.

—Todo es nuevo —respondió ella riéndose.

—Entonces será para mí un placer enseñároslo.

—¿Tenéis mucha experiencia, milord? —preguntó Annemarie agarrándole las muñecas.

—Esa es una pregunta que las amantes y las esposas no deben hacer. Si uno dice que no, eso implica cierta contención que podría no ser del todo verdad. Y, si uno dice que sí…

—Implica cierta intemperancia que podría no…

—Así es. ¿Tanto os importa?

—No, milord. Sabía la respuesta antes de hacer la pregunta.

Annemarie no pudo ver su sonrisa antes de que volviera a besarla, pero sintió la energía de aquel gesto, como si su respuesta le hubiera gustado. Pero, en vez de considerarlo arrogante, pensó en las lecciones que la esperaban entre sus brazos y en el placer que obtendría aprendiendo de él. No supo cuánto tiempo permanecieron enredados en la oscuridad de la habitación, pero, cuando regresaron al recibidor, le temblaban las piernas y había empezado a notar un extraño dolor entre los muslos provocado por el deseo.

Cinco

Desde el principio, Cecily no había aprobado del todo la hostilidad descarada de Annemarie hacia lord Verne. Ahora que sabía el motivo de aquel cambio tan abrupto en su comportamiento, tampoco podía aprobar eso. Desconfiar de los hombres era una cosa, pero aquel era un juego peligroso al que jugar con un hombre de su calibre, además de algo engañoso, dado que había demostrado ser todo un caballero con las mujeres. Cecily había observado con consternación como Annemarie respondía a él durante la velada, y se preguntaba en qué medida aquello tendría que ver con los elogios del coronel Harrow y en qué medida con lo ocurrido en Brighton.

¿Sería Annemarie tan buena actriz, o su corazón estaría ablandándose a pesar de todas sus objeciones? Cecily la conocía bien y no la creía capaz de insistir en sus intentos por romperle el corazón a un hombre pensando que así el suyo se curaría. Annemarie nunca había sido vengativa. No sería capaz de hacerlo y, además, Verne no se lo merecía.

Pensando en aquello mientras se preparaba para irse a dormir, se le ocurrió que lo lógico sería seguir colaborando con Verne. ¿Tal vez hacerle saber dónde habían ido a parar las cartas? ¿Solo para que fuera un paso por delante en vez de por detrás? Él sabría cómo manejar esa información, qué hacer después, seguir o no con aquella extraña relación que estaba destinada a no llegar a ninguna parte.

Cecily decidió echar un vistazo, solo para asegurarse.

Colocó la maleta a sus pies, abrió la cerradura y levantó la tapa de cuero lo suficiente para meter una mano. Pero, en vez de notar los bordes del papel doblado, sus dedos se encontraron con algo suave. Soltó un grito, sacó la mano, abrió la maleta del todo y se quedó mirando con incredulidad el cojín que allí había.

—Por supuesto —susurró—. Debería haberlo imaginado. Él no necesita mi ayuda. Ya las tiene en su poder. Un paso por detrás, ya. ¿Acaso es eso posible, Cecily? —sacó el cojín de la maleta; era un bonito objeto de seda rodeado de terciopelo azul y con borlas en cada esquina. Pero ¿para quién? ¿El dueño lo echaría en falta? De las cartas no había ni rastro. Dejó el cojín junto a ella sobre la cama y dio un respingo al oír que llamaban a la puerta.

—¿Quién es? —preguntó mientras empujaba la maleta con las piernas.

—Yo, señora. Evie —la puerta se abrió lo suficiente para que Evie asomara la cabeza—. Siento molestaros, señora, pero milady quería saber si…

—Entra y cierra la puerta.

—Sí, señora.

Normalmente Cecily no se andaba con rodeos sin ningún motivo.

Acarició el cojín para dirigir hacia él la atención de Evie, y vio con satisfacción cómo la muchacha se quedaba mirándolo sorprendida.

—¿De dónde ha salido esto? —le preguntó—. Parece que lo reconoces, Evie.

Cecily la llamó con el dedo, Evie se acercó y examinó el cojín detenidamente, dándole la vuelta como si quisiera asegurarse.

—Sí, señora. Había dos como este en el asiento de la ventana.

—¿Dónde?

Evie se quedó mirándola con los ojos muy abiertos.

—En… en el Cisne, señora. En la habitación de lady Golding. Anoche. Donde nos alojamos.

—¿Sí? ¿Y quién más había en la habitación? Contigo, quiero decir.

—Eh… nadie… —volvió a mirar el cojín como si este pudiera contradecir sus palabras.

—¿Evie?

La joven doncella acarició el cojín, se le sonrojaron las mejillas y se le llenaron de lágrimas los ojos al ver que habían descubierto una mentira que no podía mantener.

—Por el amor de Dios, no llores —dijo Cecily—, o tu señora querrá saber por qué. ¿Para qué has venido?

—A por un botón de perla para reemplazar a uno que falta.

—Ahí, en el cajón. También hay aguja e hilo. Ve a coser el botón y, antes de que vuelvas a tu habitación, regresa aquí conmigo. Tenemos que hablar. Y no me mires así, muchacha. No voy a hacer que te despidan.

—Sí, señora. Gracias, señora —murmuró Evie antes de desaparecer.

Veinte minutos más tarde regresó y le contó el resto de la historia.

—Era el ayuda de cámara de lord Verne, señora. Samson. Vino a la habitación para preguntar si quería bajar a cenar. Lord Verne le había dicho que había que vigilar unos objetos de valor y se ofreció a quedarse allí mientras yo bajaba a por una bandeja. Es un joven extraordinario, señor. Muy noble.

—Estoy segura de que sí, Evie. Así que bajaste y le dejaste en la habitación.

Evie asintió y volvió a quedarse mirando el cojín.

—No pensé que…

—¿No pensaste qué? ¿Que no podría forzar la cerradura de una maleta? Casi todos los ayudas de cámara pueden forzar una cerradura con facilidad, muchacha. Y muchas otras cosas. No serían de mucha ayuda si no supieran hacerlo,

—Oh, señora, esto es terrible. ¿Qué dirá milady cuando descubra que sus objetos de valor han desaparecido?

—Déjamelo a mí. Deduzco entonces que el señor Samson y tú cenasteis juntos, ¿verdad?

—Sí, señora. Yo subí la cena para los dos. Tardé mucho en conseguirla, porque había muchos pasajeros de la diligencia que tuvieron que quedarse a pasar la noche. Cuando terminamos, él se llevó la bandeja. Fue muy educado. Nunca hubiera pensado que fuese un ladrón. Un joven tan correcto, señora.

—Y con unos dedos muy ágiles, Evie. Escúchame. No creo ni por un momento que le haya dicho a lord Verne que se llevó algo de la maleta, así que tú tampoco debes decir nada. Lady Golding me ha pedido a mí que me encargue y eso haré. Ahora no hagas nada, salvo desconfiar de los jóvenes educados que se ofrecen a hacerte un favor. ¿Solo cenasteis juntos, Evie?

Evie no fingió no entender lo que quería decir, pues para entonces era capaz de creer lo peor de Samson, a pesar de la velada tan agradable que habían pasado juntos.

—Solo cenamos, señora. Nada más. Sé dónde poner el límite.

—Bien. Lo que hay que hacer ahora es devolver esto a su lugar, o en la posada de El Cisne pensarán que es lady Golding la ladrona, y que les ha robado sus mejores cojines.

—Lo entiendo —respondió Cecily—. Lady Golding no se habrá dado cuenta, así que siempre puedo volver a dejarlo ahí si volvemos a pasar por la posada. Buenas noches y gracias, señora —añadió colocándose el cojín bajo el brazo—. Siento mucho todo esto. No volveré a ser tan confiada.

—Buenas noches, Evie —Cecily se quedó mirando al techo cuando la puerta se cerró—. ¿Y ahora qué?

No era cierto que Verne no quisiera saber nada más de Annemarie cuando tuviera las cartas en su poder. Se había hecho con ellas y después había decidido convertirla en su amante. El Príncipe Regente respiraría ahora aliviado, y ya no era de extrañar que Verne hubiera llegado tarde a la cena. Misión cumplida.

Cecily no era la única que tenía dudas sobre sus planes. Desde aquella mañana, cuando lo sugiriera por primera vez, Annemarie había tenido tiempo suficiente para valorar lo acertado de convertirse en la amante de un hombre al que apenas conocía. Semejante posición estaba cargada de peligro, incluso aunque hubiese tomado la decisión tras meditarlo largamente, lo cual no era el caso. Pero ahora se sentía como si hubiese sido manipulada y la única culpable fuese ella misma. Las amantes no eran algo poco común, y tampoco vivían especialmente marginadas, pero nunca había sido una de sus ambiciones en la vida. ¿Qué posibilidades tendría de casarse cuando terminase aquella aventura? ¿Estaría devaluándose a sí misma al hacerlo? ¿Merecería la pena el esfuerzo? ¿Y el riesgo?

Más tarde, tras regresar a Park Lane, vio que las probabilidades de cambiar de opinión se volvían más remotas después de la aprobación de su padre, la cual sospechaba que no habría sido tan directa si este no hubiera visto ya a lord Verne como a un anticuario y coleccionista más con el que poder hablar. Ni siquiera le había sugerido que lo pensara más detenidamente. ¿No se suponía que los padres debían proteger a sus hijas? ¿Sugerirles alternativas? La prolongada despedida de Verne tampoco le había dejado mucho tiempo para pensar. Por segunda vez, y sin la excusa del cansancio, se había dejado llevar por sus besos. Peor aún, había estado pensando en los anteriores durante la cena.

No era de extrañar que Verne desconfiara de su cambio de actitud cuando ni ella misma sabía qué parte era mentira y qué parte era verdad. Tenía la sensación de que todo avanzaba demasiado deprisa.

Sin embargo el problema de deshacerse de las cartas ya estaba prácticamente resuelto. Lo único que tenía que hacer era evitar que Verne supiera si las tenía o qué había hecho con ellas. Obviamente sus intentos por mantenerse junto a ella para averiguarlo serían su única preocupación. De modo que, cuando llegó después del desayuno con una calesa de dos caballos para acompañar a las dos hermanas de compras, Annemarie lo interpretó como un juego al que jugarían ambos.

Regresaron a Park Lane a tiempo para comer después de pasar varias horas comprando.

—Oh, Cecily, no puedes imaginar qué telas. Y el encaje. Y las pieles. Qué sedas. He comprado *barège* para hacer una falda, y una seda de color violeta para una chaqueta a juego —dijo Annemarie mientras rebuscaba entre los paquetes—. El metro a un chelín y tres peniques. Y tenían satén a cuatro chelines. Pero necesito algo para esta tarde. Tal vez pueda pedirle a tu doncella que vaya con Evie a la calle Montague para traer algunos de mis vestidos de allí. Tardarán algunos días en tener listas las nuevas prendas.

—Por supuesto. No puedes seguir usando los vestidos de Marguerite como hiciste anoche.

—Le he comprado unos zapatos de satén para darle las gracias. Y esto, querida Cecily, es para ti —la sombrerera estaba llena de capas de papel para proteger el sombrero de encaje blanco y flores de seda perfecto para la melena rubia de Cecily; era exclusivo, caro y de lo más extravagante—. Para que lo lleves al teatro con tu chal de Chantilly.

—Oh, querida, no era necesario que me dieses las gracias. Sabes que siempre eres bienvenida aquí.

—No solo por eso —dijo Annemarie—. Por lo de esta mañana también. ¿La has visto?

Con toda la excitación provocada por las compras, Cecily pensaba que se habría olvidado de lady Hamilton.

—Sí, la he visto —respondió mientras se probaba el sombrero frente al espejo.

—¿Y? ¿Le ha hecho ilusión?

Cecily se sentó a su lado.

—Átamelo. ¿El lazo ha de quedar por este lado? Sí, le ha sorprendido y le ha hecho ilusión. Quiere que sepas lo agradecida que te está por tu consideración. De hecho, te ha enviado una nota. Aquí la tienes. Ha dicho que la disculpara por la brevedad, pero me ha dado la impresión de que estaba preparándose para volver a mudarse.

—Entonces, ¿van a dejarla salir?

—Eso parece. No me lo ha dicho y no he querido preguntar, pero ha estado a punto de echarse a llorar cuando le he dado el dinero. Apenas podía creérselo.

—Pobre mujer. Entonces, asunto resuelto, ¿verdad?

—Desde luego. Ya puedes olvidarte del tema.

La nota era breve y no decía nada de las cartas, pero Annemarie imaginó que no sería de extrañar si tenía prisa por marcharse. Por otra parte, era más seguro no tratar esos temas. Su alivio por haber recuperado las cartas sin duda sería tan grande como el de la propia Annemarie.

Se quedó pensativa durante unos instantes. Había disfrutado mucho de la mañana de compras con Oriel y con lord Verne, el cual parecía saber lo que le gustaba sin necesidad de que se lo dijera. Se había sentido muy tranquila cada vez que sus amigos le saludaban, o cuando sus conocidos la veían y sonreían al volver a verla en la ciudad. Y le había costado un gran esfuerzo recordarse a sí misma que no necesitaba a un hombre en su vida cuando la compañía de lord Verne había supuesto semejante cambio de ánimo para ella.

Así que ahora, cuando estaba a punto de darle la razón a Cecily y admitir que podía olvidarse del asunto por fin, la parte más oscura de su memoria le hizo recordar sus heridas, mantenerlas abiertas y no permitir que el placer de una mañana de compras las cicatrizara.

Cecily se dio cuenta de su reticencia antes de responder.

—Vas a olvidarte del tema, querida, ¿verdad? —preguntó mientras se ponía en pie para volver a mirarse al espejo—. No vas a seguir con la idea de la venganza, ¿verdad? El interés de Verne es real. ¿No te das cuenta?

—Cecily, seguir con la idea de la venganza, como tú lo llamas, es el objetivo principal. Por eso he accedido a ser su amante, ¿no? Cuanto más se comprometa, mejor. Y cuanto más sufra su alteza real, más pensaré que merece la pena.

—Tú no eres así, Annemarie. No eres así en absoluto —dijo Cecily—. He vuelto a dejar la maleta vacía en tu habitación. Pronto volverás a necesitarlo.

—Así es, querida. Verne va a llevarme a ver una casa esta tarde.

—¿Tan pronto? ¿Dónde? ¿Te lo ha dicho?

—No ha querido decírmelo, pero espero que no esté lejos de aquí.

Además podría pasear con él por el parque. Los días que tenía por delante le parecían llenos de posibilidades, de color, de promesas y de objetivos.

Sin embargo, la señora Cecily Cardew no compartía el optimismo de Annemarie, pues consideraba que su faceta vengativa iba dirigida a herir justamente al hombre que menos lo merecía. Convencida de que Annemarie no habría accedido a ser la amante de Verne a no ser que sintiera algo por él, ¿cómo era posible de que ahora pretendiese usarlo de manera tan despiadada? A él, un hombre del que ella misma podría haberse enamorado treinta años antes. ¿Debería advertirle? ¿O tal vez él ya hubiese sospechado que tenía algún motivo oculto? Claro que lo habría hecho. Aquel hombre no era ningún tonto que fuese a dejarse engañar por una hermosa joven con el corazón magullado como Annemarie Golding.

Habrían podido ir andando a la casa de la calle Curzon de no haber resultado mucho más divertido llegar en el bonito carruaje que lord Verne había llevado desde Bedford Square. Ubicada en la parte final de Park Lane que circulaba casi en paralelo con Piccadilly, aquella casa de fachada blanca resultaba elegante y discreta. Tenía cuatro plantas y se hallaba detrás de una verja de hierro forjado de color negro y dorado. A Annemarie aquella casa le parecía perfecta, incluso mejor que la casa que él había mencionado en la calle Upper Brook.

Se convenció más aún cuando entraron en el recibidor; era un espacio amplio y elegante, decorado en color albaricoque y blanco, con una escalera tan delicada como una tela de araña. La estrecha fachada era engañosa, pues las habitaciones que salían del recibidor eran grandes, de techos altos. El salón, situado a uno de los lados, tenía enormes ventanales a ambos extremos, uno de los cuales daba a un jardín privado inundado por el sol de la tarde.

—Más allá están los establos —dijo Verne—. Caben tres caballos y un faetón. La casa acaba de quedar libre y ha sido redecorada recientemente.

—Puedo oler la pintura —susurró ella—. Me gusta el papel de las paredes. Y los suelos de roble también. Sería una pena cubrirlos. Quizá podamos poner una pequeña alfombra turca en el centro.

—¿Queréis ver las demás habitaciones? Es por aquí. El comedor y la sala del desayuno. Hay un pequeño estudio donde podréis hacer vuestras cuentas y escribir cartas. Las cocinas están abajo.

El eco de sus pasos se oía en las habitaciones vacías, pero en su imaginación Annemarie veía lo que antes solo había visto en sueños; un lugar propio cerca de Cecily y de su padre, donde podría estar a solas o con esos viejos amigos a los que había evitado durante tanto tiempo. Allí podría ser la señora de su casa, igual que en Brighton, pero con las demás comodidades de las que había prescindido durante un año y sin los intrusos en forma de estatuas de mármol que inundaban la casa de su padre. Ser la amante de aquel hombre al mismo tiempo sería un pequeño precio por tantos beneficios. Tal vez tuviera que ceder. Tal vez tuviera que hacer que durase más de lo planeado.

En el piso de arriba, el amplio rellano conducía a varios dormitorios y vestidores equipados con los últimos servicios.

—Es como un pequeño palacio —murmuró ella con una sonrisa mirándose en uno de los espejos.

—¿Os gusta? ¿Servirá? ¿Queréis ver la otra casa que he encontrado?

—No. Quiero decir… sí. Sí me gusta. No necesito ver más casas. Esto es todo lo que necesito. Gracias. ¿Es cara? —sabía que debía de serlo.

—Ya os lo he dicho —respondió él—. Elijo solo lo mejor.

Annemarie no esperaba que se lo dijera. La pregunta era poco apropiada.

Había dos palomas posadas en el alféizar de la ventana. La hembra no parecía dejarse impresionar por el pavoneo del macho.

—Qué tontería —susurró ella.

—Está intentando ganarse su afecto —dijo Verne.

—Hay que tener cuidado con los hombres que intentan ganarse tu afecto con demasiado interés.

Verne la agarró por los hombros cuando la hembra salió volando. Deslizó las manos hasta sus codos y siguió bajando hasta estrecharle las manos.

—Lo sé —contestó—. Habéis disfrutado de nuestras peleas tanto como yo, preciosa. Espero que haya más. Pero recordad que yo llevo las riendas.

—Nada de mulas blancas, entonces.

—Nada de mulas blancas. No seré un hazmerreir.

—No hablaba en serio, milord.

—Yo sí —dijo él mientras le daba la vuelta con destreza.

Annemarie supo entonces por el brillo de acero en su mirada que había empezado a entender algunos de sus motivos. Su pregunta sobre el precio de la casa había sido un error y le había dejado ver lo que estaba pensando. Salvo que ahora había empezado a importarle menos que al principio.

—Tal vez debamos echar un vistazo a la otra casa —dijo ella—. Quizá esta sea demasiado grande. De verdad… no me importaría.

La besó antes de responder, para tranquilizarla, para aliviar su conciencia.

La gran variedad de sus besos resultaba sorprendente. Un tipo de beso para cada ocasión o estado de ánimo.

—Demasiado tarde —le dijo antes de darle un beso en la punta de la nariz—. Vuestras hermanas y vos lleváis demasiado tiempo incómodas. Puedo ofrecerle a una de ellas algo de espacio. Dejémoslo ahí —volvió a besarla, con ansia, como si los besos fueran más fáciles que las explicaciones—. Ahora, aun a riesgo de parecer que intento ganar vuestro afecto con demasiado interés, ¿qué os parece si vamos a conducir por Hyde Park? Ya casi es la hora del desfile militar del príncipe.

Annemarie aceptó su brazo.

—Ha pasado mucho tiempo —dijo mirando la borla que colgaba de su bolso—. Un año entero.

—Y la sociedad tiene muy poca memoria —respondió él—. No habréis de responder a ninguna pregunta. Solo sonreír. Eso es lo único que hace falta. Todo el mundo se fijará en los soldados y en los invitados del príncipe.

—Sí, por supuesto —Annemarie oyó sus propias palabras y supo que debía ponerle las cosas más difíciles, poner a prueba su determinación como había planeado desde el principio. Cuando estuviera instalada allí, él pensaría que tendría fácil acceso a las cartas, y tendría que hacer que siguiera pensando así hasta encontrar el momento de decirle que, en esa ocasión, realmente estaba perdiendo el tiempo, el dinero y el esfuerzo. Por alguna razón, la idea no le proporcionaba tanta satisfacción como algunos días atrás.

«No seré un hazmerreír, había dicho». Sus palabras habían supuesto un desafío para el plan de venganza de Annemarie y le habían provocado un escalofrío por los brazos. Probablemente lord Verne ya hubiese comprendido mejor el escándalo en el que había estado involucrada la hermosa mujer de lord Benistone y, como consecuencia, también su hija, y sin duda pensaría, igual que muchos otros hombres, que sería él quien acudiría a rescatarla. Seguramente pensaría que, con un poco de persuasión, le abriría su corazón, que se le curarían las heridas y el orgullo.

Pero eso no sucedería mientras su madre siguiera desaparecida y todos la echaran de menos. Para que su corazón se curase, tendría que saber que su madre era feliz y que estaba a salvo, y la manera de descubrirlo era volver a aparecer en sociedad y buscar. Su padre era demasiado orgulloso para intentarlo. Dependía enteramente de ella. Un año era demasiado tiempo para ambos, y la intervención de lord Verne le había proporcionado el modo de solucionar varios problemas al mismo tiempo.

Se frotó los brazos, deseó que el precio de la venganza no estuviese más allá de sus medios y que el interés de Verne en las valiosas cartas no se desvaneciese demasiado pronto. ¿Habría empezado a desvanecerse ya? Desde su llegada no había vuelto a preguntarle por su supuesta visita a Christie's con la maleta. ¿Debería refrescarle la memoria solo para poder averiguarlo?

Cuando el carruaje de Verne llegó al parque, el desfile militar ya había empezado y todos los huecos estaban ocupados por tropas uniformadas, reyes, zares y príncipes, generales y oficiales de estado. Para Annemarie era como si todo Londres hubiera salido con sus mejores galas a presenciar el evento, a saludar a todos los que llevaban uniforme salvo al propio Príncipe Regente, cuya impopularidad debía de haberles quedado ya clara a sus ilustres invitados. Todos sus movimientos iban acompañados de insultos y de abucheos y, aunque Annemarie entendía las razones tan bien como cualquiera, le entristecía ver al pobre hombre humillado públicamente en el que se suponía que debía de ser un día de celebración. Tanto su padre como el Parlamento le habían prohibido tomar parte activa en la ofensiva contra Napoleón. Ahora, en su intento por darles las gracias a los generales que habían organizado a los ejércitos vencedores, los únicos agradecimientos que recibía él personalmente se referían a su exceso de hospitalidad.

Verne miró a Annemarie y vio que se había llevado la mano enguantada a la boca y que tenía el ceño fruncido.

—¿Os sorprende, milady? —le preguntó—. Pensé que…

—¿Que qué? —respondió ella—. ¿Que me alegraría de ver cómo lo insultan en público, sin poder hacer nada? ¿Por qué nadie se pone de su parte? Les está dando un buen espectáculo. ¿Qué más podría hacer?

De hecho, para entretener a los londinenses, el Príncipe Regente podría haber hecho poco más, cuando todos los parques estaban llenos de casetas y de estructuras de todo tipo, desde puentes hasta pagodas, templos y torres, recreaciones de las batallas y fuegos artificiales. El aire olía a humo y a comida, y el ruido había hecho que incluso las vacas salieran huyendo hacia pastos más verdes, privando a la población de su leche. Los críticos se quejaban de que las lavanderas estaban descuidando sus tareas y de que el gasto de aquellas extravagancias diarias no lo pagaba su alteza real, igual que ocurría con sus inmensos banquetes.

—Pero vos sois una de sus críticas más duras, ¿no es cierto?

—Lo soy, sí. Pero no creo que humillar al pobre hombre delante de sus invitados sea lo correcto. Uno puede expresar su descontento, pero esto es otra cosa. Vámonos. Ya he visto suficiente.

Verne no dio la orden a los caballos de inmediato, sino que observó desde la distancia cómo el príncipe, su amigo, intentaba ignorar la hostilidad de la multitud y fingir que los vítores eran tanto para él como para el general Blücher, el favorito de todos. Daba pena ver la sonrisa forzada en la cara del príncipe, porque Verne sabía que no se atrevía a ir a ningún sitio público él solo por miedo a que le atacara la población.

—¿Querríais volver a verlo? —le preguntó a Annemarie.

Su respuesta se produjo tras varios segundos de vacilación.

—Sí. Sí, querría. Esto es insoportable. Vos sabíais que sería así, ¿verdad?

—Siempre es así. Él sabe a lo que se expone.

—Aun así ha preparado semanas enteras de celebraciones. Debe de ser horrible para él.

—Así es. No lo soporta, pero tiene coraje, eso es cierto.

Annemarie podría haber respondido con menos alabanzas, pero su compasión hacia el príncipe y el comportamiento grosero de la multitud hicieron que no pronunciara palabras de censura que, hasta el momento, eran las únicas que le venían a la cabeza.

Antes de que pudiera cuestionarse aquella inesperada compasión, el príncipe, que había estado escudriñando los carruajes en busca de una cara amiga, se fijó de pronto en el carruaje de Verne. Annemarie se fijó en que Verne se tocaba el ala del sombrero para saludarle y vio que el príncipe miraba a su acompañante, ella misma. Le dedicó entonces una sonrisa tan explícita en sus esperanzas de recibir una respuesta que ella no pudo evitar responder, a pesar de sus reservas anteriores. Tocarse el sombrero y sonreír no le costó nada, pero el alivio que vio en la cara del príncipe le hizo sentir que, para él, había sido de gran valor.

El desfile real continuó y Verne dio la vuelta a los caballos para marcharse de allí.

—Eso ha estado muy bien, milady —murmuró—. No lo olvidará.

—Por lo que he oído —respondió ella mientras saludaba con la mano a una conocida—, su alteza se olvida de esas cosas con gran facilidad, pero recuerda los insultos durante años. Espero que estéis preparado para que os ignore cuando dejéis de serle útil.

Verne sonrió al oír su cinismo.

—Intentaré recordar vuestra advertencia, milady. ¿Creéis que dejaré de serle útil dentro de poco?

—No —respondió ella—. No sería tan imprudente. Estoy segura de que lo sabréis al mismo tiempo que yo.

Podrían haber estado hablando de su propia relación y no del apoyo del príncipe, pero Annemarie había empezado a ver las cosas de manera diferente y no quería que dejase de serle útil en un futuro cercano. Se había mantenido escondida durante tanto tiempo que el recuerdo de pasear en carruajes resplandecientes había quedado sepultado bajo la amargura, y no había hecho falta más que una mañana de compras, la visita a una casa y un paseo por el parque para levantarle el ánimo y hacerle olvidar las cosas más oscuras. No solo eso, sino que además se había sorprendido a sí misma con aquella actitud compasiva hacia una persona que, aunque siguiese siendo un personaje triste, no recibía ningún tipo de alabanza por intentar complacer. Daba igual la cantidad de veces que Annemarie hubiera querido echarle al príncipe una buena reprimenda, porque le resultaba imposible disfrutar de la humillación pública a la que el regente estaba siendo sometido. No imaginaba que pudiera importarle tanto.

Pensara lo que pensara Verne de la súbita compasión de Annemarie hacia el vilipendiado príncipe, que sospechaba que sería tan inesperada para ella como lo era para él mismo, supo instintivamente que no debía insistir para que le diese una explicación. Alejó el carruaje de la multitud hasta un lugar más tranquilo donde ella pudiera conducir con más seguridad. Le entregó las riendas con una ligera reticencia, teniendo en cuenta que había pasado un año entero. Sin embargo no hacía falta que se preocupara pues, en cuanto ella agarró las riendas y golpeó con el látigo se dio cuenta de que todo lo que había aprendido sobre cómo conducir un carruaje acababa de regresar a su cabeza. No tuvo la necesidad de darle ningún consejo, así que se recostó en su asiento y se limitó a admirar otra más de las cualidades de aquella mujer tan compleja.

Como Annemarie sospechaba, él había conocido a muchas mujeres, pero no había amado a ninguna de ellas, pues se cansaba demasiado deprisa de su predictibilidad y de la facilidad del cortejo que, para un hombre como él, representaba la mitad del interés. Aquella hermosa criatura había permitido que la atraparan, casi, con la intención de causar daño, y Verne sabía perfectamente a quién quería herir con más fuerza. Sobre todo después de la traición que había sufrido. Su plan ahora era jugar al mismo juego, pero hacer que lo disfrutara demasiado como para ponerle fin. Cuanto antes le demostrara lo mucho que le quedaba por aprender, más posibilidades tendría de hacerle cambiar de opinión; cosa que, como acababa de demostrar, no era en absoluto imposible. Lo que debía averiguar sin falta era si Annemarie había descubierto o no el robo de las cartas, o si estaría fingiendo no haberlo hecho. Y para eso decidió pedirle ayuda a la señora Cardew.

—Deteneos al final, por favor —le dijo—. ¿Teníais vuestro propio carruaje con caballos, milady? ¿O los alquilabais?

—Tenía un faetón y dos caballos —respondió ella mientras detenía a los caballos gradualmente—. Nunca antes había conducido un carruaje como este.

—¿Habláis en serio?

Había vuelto a sorprenderle. Sentada allí con su atuendo de montar, con su sombrero de piel y una boa de plumas colgándole de un hombro, actuaba como si manejar un carruaje de aquellas características por el parque no requiriese ninguna habilidad especial, cosa que él sabía que no era cierta.

Annemarie lo miró y vio la mezcla de admiración y de preocupación en su mirada antes de que pudiera disimularlo.

—Muy en serio —respondió—. Ahora no me conformaré con menos de un carruaje como este. Se ven muchas más cosas desde esta altura.

Esperaba que pusiera reparos a gastar tanto dinero, pero no esperaba en absoluto que le hiciese ilusión la idea de gastarse cientos de libras en un vehículo como el suyo, al menos ciento cincuenta libras al año en el mantenimiento de un caballo, sin incluir el salario del mozo de cuadras y su uniforme. Un caballo para que ella pudiera montar supondría un gasto extra, dos veces más que el carruaje si tenían en cuenta el pienso, los cuidados y el precio de los arreos. El trasfondo mercenario de aquellos requisitos empezó a remorderle la conciencia, y tuvo que hacer un esfuerzo por no contradecirse cuando él le quitó las riendas sin inmutarse y dijo:

—Claro que sí. He visto un par de caballos moteados que serían perfectos. Os llevaré a verlos, ahora que me he convencido de que sois capaz de manejarlos. En cuanto al faetón de paseo, me parece mucho más adecuado para una dama que un carruaje. Iremos a ver a mi fabricante.

—Lo que deseéis —dijo ella mientras le devolvía el látigo—. Pero no hay prisa. Tal vez pueda conducir el vuestro hasta entonces.

—Desde luego, siempre que yo vaya con vos.

Estaba demasiado concentrado conduciendo el vehículo entre dos grupos de transeúntes como para darse cuenta de la ligera sonrisa que se asomó a sus labios e iluminó sus ojos. Annemarie pensó en cómo, solo unos pocos días antes, se habría enfadado con aquella respuesta tan arrogante. Ahora, sin embargo, sentía que las cosas iban según el plan y que la presencia de Jacques Verne a su lado no era tan desagradable como al principio.

Aunque las tensiones parecieran haberse aliviado como resultado del entendimiento sobre los asuntos materiales, ninguno de los dos se había olvidado de los motivos reales que se ocultaban detrás de aquel nuevo acuerdo. Cada uno de ellos tenía algo que el otro deseaba; en el caso de él, las cartas; en el caso de ella, su adoración y todas las ataduras que iban con ella. En cualquier caso, ninguno de los asistentes al teatro en Covent Garden aquella noche habría sospechado nada extraño de aquella atractiva pareja, salvo sus ganas de disfrutar de su compañía.

Evie, la doncella de Annemarie, había llevado esa tarde un cargamento de vestidos desde la calle Montague hasta Park Lane para retocarlos con las telas que habían comprado aquella misma mañana. Al llegar la noche, había convertido un sobrevestido blanco de satén con rayas en una bonita creación al confeccionar un vestido interior de color azul plateado con volantes en el dobladillo, que dejaba ver los nuevos zapatos de satén azul. El escote era igual que el dobladillo, con delicados volantes atados a los hombros con cintas de seda, dejando al descubierto los brazos de Annemarie. Con sus guantes blancos de encaje parecía que hubiese sumergido los brazos en espuma. Llevaba el pelo recogido con cintas de plata, con algunos mechones sueltos que le caían desde lo alto de la cabeza. Las únicas joyas que llevaba eran unos pendientes de diamantes y perlas que acentuaban su cuello de cisne. Verne no podía dejar de mirarla, igual que les pasaba a muchos de los asistentes.

Verne tenía en el teatro un palco al que había invitado a la señora Cardew, a Oriel y al coronel Harrow. Tras escapar del gentío del salón del piso de abajo, donde varios amigos habían reconocido y saludado a Annemarie como si nada en particular hubiese ocurrido, el pequeño grupo se acomodó en sus asientos sin darse cuenta del interés que despertaban. Annemarie habría deseado llamar menos la atención, pero no iba a quejarse cuando el objetivo de su plan era dejarse ver con su nuevo e influyente amante, amigo personal del Príncipe Regente, nada menos. De vuelta en la alta sociedad, ella exhibía su recuperación como si lo ocurrido un año atrás no hubiera tenido un efecto duradero. En apariencia. Bajo esa apariencia las cosas eran bien distintas, pero ¿quién iba a saberlo, salvo quizá su querida Cecily?

—Mira allí —le dijo Oriel al oído—. A la izquierda —a varios palcos de distancia, unos rostros jóvenes se asomaban al balcón. Llevaban vestidos claros que acentuaban con sus abanicos en movimiento. Tras ellas se arremolinaban algunas figuras más maduras y un grupo de hombres jóvenes. El pequeño palco parecía estar lleno—. Es Marguerite, ¿verdad? Está con los Sindlesham.

—Es verdad —respondió Annemarie, y oyó el grito de Marguerite cuando esta reconoció a sus hermanas. El saludo que les dirigió fue cualquier cosa menos discreto—. Viene hacia acá.

Las hermanas mayores se sintieron algo molestas y sobresaltadas, aunque Cecily se mantuvo tranquila y se echó a un lado para dejar entrar a las jóvenes en el reducido palco.

Al parecer, las tres hijas de los Sindlesham habían ido no para presenciar la extraña aparición de lady

Golding, sino para poder ver de cerca al atractivo lord Verne. Él las saludó con elegancia aunque, al ver que Marguerite saludaba de manera efusiva a sus hermanas, se dio cuenta de que aquel exceso de alegría iba destinado a impresionarlo a él indirectamente. Sin embargo el corazón le dio un vuelco cuando Marguerite no tardó en rememorar la última vez que se habían visto, como si sus amigas necesitaran que se lo recordara.

—Fue un baile maravilloso —les dijo a Annemarie y a Oriel—. Juraría que lord Verne y yo eclipsamos a las demás parejas de la pista. Como si llevásemos años bailando juntos. ¿Dónde? Pues en el baile de lady Sindlesham —continuó, imparable, moviendo sus rizos castaños de un lado a otro—. Deberías haber estado allí, Annemarie. No teníamos ni idea de que estuvieras preparada para volver a dejarte ver en sociedad después de…

—Gracias, Marguerite —dijo Cecily colocándole una mano en el brazo a la joven—. Pero mira, se está abriendo el telón. Deberíais regresar a vuestro palco. Nos veremos en el descanso, ¿de acuerdo?

—Oh, sí. Después volveré a casa con vosotras.

—¿De verdad? Bueno, gracias por hacérmelo saber, querida.

—Lo habría hecho, Cecily, pero no he tenido ni un momento para pensar.

—A mí me parece —murmuró Cecily cuando las jóvenes abandonaban el palco— que has tenido mucho tiempo para pensar. Pequeña descarada —miró de reojo a Annemarie y vio el daño que le habían causado las palabras de su hermana. Deseó entonces haber encontrado el momento adecuado para darle la información antes de que lo hiciera la imprudente de su hermana pequeña. Pero era demasiado tarde. La expresión de Annemarie le puso la piel de gallina.

Ni siquiera la propia Annemarie podría haber explicado por qué aquellas palabras pronunciadas al final de un día tan satisfactorio le habían afectado de manera tan profunda e irracional. Fue como si, en un instante, todos sus pensamientos inseguros, todos sus celos y el dolor de la pérdida atravesaran la barrera tras la cual habían estado aguardando, esperando para volver a atormentarla a pesar de estar convencida de que, en esa ocasión, tenía el control de la situación. Vio cómo sus planes se desintegraban y cómo los sentimientos que empezaba a desarrollar hacia Verne quedaban expuestos y desgarrados.

Sí, era una reacción exagerada, pero tal era la delicadeza de la nueva situación que incluso el más mínimo obstáculo bastaba para rasgar los lazos frágiles e inconsistentes que habían empezado a formarse, lazos que solo ella rompería llegado el momento. Así que Verne había bailado con Marguerite después de pasar la velada en su casa, después de besarla. Y Cecily debía de saberlo también, porque había asistido al baile de los Sindlesham y no había dicho nada al respecto. Si no era una conspiración, entonces ¿qué era?

Al ver el dolor en la mirada de Annemarie, Verne se maldijo a sí mismo por no haberlo visto venir, por no poner freno a la cháchara infantil de Marguerite, y no fue capaz de explicar que el baile había sido solo una manera de agradecerle su ayuda a la señora Cardew. Cuando comenzó la función, aunque el público siguiera murmurando, le dio la mano a Annemarie para tranquilizarla. Pero ella la apartó y, tras agarrarle la muñeca, le habría plantado la mano con fuerza en la rodilla si él no se hubiera resistido a tiempo. Verne supo entonces que tendría que esforzarse por arreglar las cosas.

Seis

Asombrada por el dolor de los celos, a Annemarie no le importaba la imagen que daría al marcharse justo cuando la obra acababa de empezar.

Lo principal en su cabeza, además de estar a solas, era la idea de ver a Marguerite en Park Lane y tener que soportar más detalles de su velada juntos, o estrangularla.

Sintió una mano en el brazo al levantarse.

—No, querida —dijo Cecily—. No debes hacerlo. Quédate. No es nada. Puedo explicarlo.

—Me marcho. Suéltame. No puedo quedarme.

—Yo la llevaré a casa —dijo lord Verne al advertir la determinación en su voz—. Sería lo mejor. Enviaré el carruaje de vuelta a buscaros, señora.

—No quiero que me llevéis a casa —respondió Annemarie—. Prefiero estar sola —pero Verne le había pasado un brazo por los hombros y, como la gente ya se había dado cuenta de que se marchaban, Annemarie decidió aguantarse la diatriba hasta haber salido del palco.

—Ahora no —dijo Verne—. Aquí no. Vamos. Debéis aguantar un poco más.

—Por el amor de Dios, dejadme en paz —contestó Annemarie mientras caminaba furiosa por delante de él—. No quiero tener nada que ver con vos, milord.

—Demasiado tarde —murmuró él.

Pero, sin montar una escena, se vio obligada a soportar la compañía de Verne durante todo el camino hasta Park Lane en su calesa, sentada en silencio, con los ojos llenos de lágrimas en las que se reflejaba el movimiento de fuera. Verne se dio cuenta de que estaba temblando por el esfuerzo que le suponía contener el enfado, pero estaba seguro de que podría explicarse cuando pudieran hablar tranquilos.

Se equivocaba. Annemarie se volvió hacia él con la cara blanca y la voz rota por la emoción.

—Perdéis el tiempo, milord. No quiero saber lo que tenéis que decir y no tengo nada que deciros, salvo que desearía que no nos hubiéramos conocido nunca. Si deseáis flirtear con mi hermana pequeña, adelante. Debería haber imaginado que podríais poner en práctica esa táctica para conseguir lo que deseabais. Qué pena que la mayor esté pillada, o también habríais probado suerte con ella. No me sigáis. Me voy a mi habitación.

—Annemarie, escúchame, por favor. No fue así en absoluto.

Ella se negó a escuchar. Antes de que Verne hubiera dicho unas pocas palabras, ya casi había llegado al final de las escaleras, así que no le quedó más remedio que meterse en la biblioteca y esperar a que regresaran los demás. De haber estado en su propio hogar, habría ido detrás de ella. En casa de Annemarie, habría hecho lo mismo. Pero allí eran invitados en casa de la señora Cardew y no estaba dispuesto a comportarse de manera inapropiada.

Sabiendo que no debía hacer preguntas, Evie se limitó a recoger la ropa que voló sobre la cama, pero se sintió incapaz de hacer nada para ayudar a su señora cuando esta se dejó caer en un sillón de terciopelo, se tapó la cara con las manos y comenzó a llorar con los mismos sollozos que la doncella le había oído un año atrás. Fue entonces cuando Evie había sospechado del profundo dolor de Annemarie y del intenso deseo que había aparecido demasiado pronto y de manera inesperada. Más que ninguna otra persona, ella había visto el cambio de actitud en su señora, el brillo de sus mejillas, que no solo tenía que ver con su regreso a la vida social de Londres, sino también con el hombre que iba con ella y demandaba su atención. Evie estaba ya segura de que lady Golding se había enamorado profundamente y de que lord Verne sería el responsable de aquel último tormento. Se preguntó si tendría que ver con el robo del contenido de la maleta.

Evie no había tardado en llegar a la conclusión de que, dado que no faltaban objetos de valor entre la colección de joyas de lady Golding, y teniendo en cuenta que la maleta habría pesado mucho más de haber transportado esos objetos, aquel ayuda de cámara con lengua de plata debía de haber robado algo de lo que lady Golding no se atrevía a hablar, ni siquiera con su doncella de confianza. Recordó las órdenes de la señora Cardew de no decir nada y decidió que aquel no era el momento de hacer preguntas. No hasta no poder hablar a solas con el señor Samson, quien probablemente no hubiera sufrido nunca la humillación de verse atacado por la doncella de una dama enojada. Hasta ahora.

La espera de Verne en la biblioteca no se prolongó tanto como había esperado, pues ningún miembro del grupo había disfrutado de la sobreactuación del señor Keane en el papel del mercader de Venecia, y menos después de la abrupta salida de Annemarie. Tampoco Marguerite pareció muy arrepentida por excusarse ante su anfitriona, dado que albergaba la esperanza de poder ir a un baile de máscaras en vez de al teatro. Sin embargo, cuando le pidió a Cecily que la llevase a dicha fiesta, Oriel y ella le echaron la reprimenda más severa que había recibido en meses.

—¡Siéntate, señorita! Y no digas una palabra hasta que lleguemos a Park Lane.

—¡E incluso entonces puede que hayas dicho demasiado!

Verne se puso en pie cuando entraron en la biblioteca.

—Señora, espero que no os importe que…

—En absoluto, milord. Se trata de un asunto muy triste. ¿Dónde está Annemarie? ¿Arriba?

—No quiere hablar del tema. Temo que haya malinterpretado la situación.

—Gracias a Marguerite —dijo Oriel con rabia—. Sí, querido —le dijo a su prometido al ver que le ponía una mano en el brazo—. Sé que es de mala educación criticar a mi hermana delante de la gente, pero creo que ya es hora de que empiece a entender cómo su comportamiento afecta a los sentimientos de otras personas. Tu falta de respeto en estos momentos —añadió volviéndose hacia su hermana— no es nada comparado con el dolor que le has causado a Annemarie con tus comentarios. ¿Acaso no sabes lo que es la discreción?

—No sabía que… —se defendió Marguerite, se sonrojó y miró a lord Verne con actitud suplicante.

—¿Por qué crees que estábamos todos en el palco de lord Verne? ¿Eso no te dijo nada? No, no respondas. Es evidente que no.

—Lo… lo siento, milord. Subiré y se lo explicaré.

—Ni se te ocurra ir a… —comenzó Oriel, dispuesta a seguir reprendiendo a su hermana.

Pero Cecily se apresuró a intervenir.

—Ahora no, Marguerite. Mañana. Ahora vete arriba.

—Sí. Gracias —contestó Marguerite con el labio tembloroso antes de escapar de allí.

El coronel nunca había visto a su dulce Oriel tan furiosa y aquella le resultó una faceta interesante de su carácter. Sin embargo, cuando abrió la boca para hablar, nadie le escuchó.

—A esa niña —continuó Oriel cuando la puerta se cerró— hay que controlarla de cerca. Su estúpido comportamiento está empezando a avergonzarnos a todos.

—Quizá estés siendo demasiado dura, querida —dijo Cecily—. Estoy segura de que, si hubiera sabido cómo estaban las cosas entre Annemarie y lord Verne, no habría…

—Ella sabe lo vulnerable que está Annemarie —explicó Oriel, negándose a ceder—. Si se molestara en pensar en alguien que no fuera ella misma, claro.

—Señora Cardew —dijo Verne—, me preguntaba si tendría vuestro permiso para subir a ver a Annemarie. Si me permitiera explicarme, quizá podría reparar el daño.

—Dadas las circunstancias, milord, no puedo negarme. Pero ya habéis visto con vuestros propios ojos lo frágiles que son sus sentimientos y, conociéndola como la conozco, me sorprendería que quisiera veros. Pero podéis intentarlo.

Oriel también tenía sus dudas, pero mostró algo de esperanza.

—No lo hará —le dijo a Verne—, pero no dejéis que eso os desanime, milord. Cecily y yo hablaremos con ella cuando esté más tranquila. Ahora mismo no ve las cosas con claridad.

—Gracias, señorita Benistone. No me rendiré, os lo aseguro.

Cuando Verne intentó entrar en la habitación de Annemarie, se encontró con la negativa que Oriel y Cecily habían anticipado.

La puerta permaneció cerrada a pesar de sus intentos por explicarse.

Cuando al fin regresó a la biblioteca, Cecily estaba sola esperando para consolarlo.

—Venid y sentaos, milord. ¿Un poco de brandy? No desesperéis —le dijo al ver la tensión en su rostro—. Podríamos incluso utilizar este momento para compartir lo que sabemos sobre las cartas, ¿no os parece? Así evitaremos más malentendidos.

A lord Verne no le tembló la mano cuando aceptó la copa de brandy.

—Oh —dijo tras dar el primer trago—. De modo que han sido descubiertas. Me preguntaba qué habría pasado. Eso podría ayudar a explicarlo todo.

—Bueno. Sí y no —dijo Cecily. Sin dejar de vigilar la puerta, le dio a Verne la información que este le pidió, y le aseguró que la reacción de Annemarie a los comentarios de su hermana no tenía que ver con las cartas directamente, sino con el hecho de que desconfiaba de sus motivos en lo referente a ella—. Sigue creyendo que lo único que deseáis son las cartas.

—Entonces se equivoca. No deseo las cartas. Ya las tengo.

—Sí. ¿Creéis entonces que sería mejor que ella lo supiera?

—No. Creo que no —respondió él—. Creo que es mejor que lady Golding siga creyendo que están a salvo donde ella quiere que estén, junto a lady Hamilton. No me importa en absoluto que quiera pensar que sigo esperando a que se deshaga de ellas. Es un juego al que ella ha elegido jugar por sus propias razones y yo no pienso ponerle fin aún. Deberá intentar hacerlo ella a su manera, a su ritmo.

Cecily estuvo tentada de decirle algo más, algo sobre la naturaleza precisa del juego al que su adorada Annemarie estaba jugando. Un juego perverso de venganza en el cual él saldría malherido, pero Annemarie más aún. Sin embargo no podía contarle aquello. Albergaba la esperanza de que Verne fuese lo suficientemente listo como para averiguarlo y apartarse antes de recibir el golpe. Era una pena. Ella lo apreciaba y lo admiraba.

—Entonces, ¿no creéis que haya acabado ya? —le preguntó.

—Santo cielo, señora, en absoluto. Por poco que me guste verla triste y enfadada, eso me da una idea de qué lugar ocupo yo en todo esto.

—Un lugar muy en el fondo, diría yo.

Verne sonrió ante su pesimismo.

Al contrario. Cuando termine el juego, me atrevería a decir que seremos todos demasiado viejos para recordar de qué se trataba.

—¿De verdad? ¿Tanto durará?

—Así es, señora. Ahora, ¿podría seguir abusando de vuestra sabiduría y preguntaros qué creéis que hará lady Golding en el futuro inmediato?

—Esperad aquí, milord —respondió ella poniéndose en pie—. Iré a ver qué puedo averiguar.

—¿Querrá veros?

—Oh, sí. A mí sí —se detuvo junto a la puerta—. Por cierto, milord, esta mañana he descubierto algo. Lady Hamilton ha abandonado la prisión de los deudores y ha desaparecido con su hija. ¿No es interesante?

—Entonces la generosidad de lady Golding ha llegado justo a tiempo.

—Seguro que eso ha ayudado.

Aunque no era tan lujoso como el carruaje del príncipe, el carruaje de Cecily servía para el mismo propósito; trasladar a Annemarie y a su doncella hasta Brighton. A los repetidos intentos por convencerla de que no huyera de Londres en plena noche había respondido con la obcecación típica de una joven despechada que no veía nada más que su propia infelicidad. Había aceptado hasta cierto punto las razones que Cecily tenía para no haberle dicho nada del baile con Marguerite, dado que la presencia de lord Verne allí aquella noche se había debido a su deseo de hablar con el príncipe, que sabía que estaría allí.

Naturalmente, no le había quedado más remedio que ponerse un traje de noche para la ocasión, pero habría estado encantado de marcharse inmediatamente después si Cecily no le hubiera pedido que bailara con Marguerite. Si hubiera sospechado que la estúpida muchacha tergiversaría los hechos después, jamás hubiera hecho tal cosa. En cuanto a la idea de que pudiera haber algo más que eso, Annemarie se equivocaba por completo.

En su confusión actual, ella le encontraba el sentido a la situación, pero emocionalmente no deseaba encontrárselo. Verne había bailado con Marguerite. Había sido su acompañante, se había dejado ver con ella, le había sonreído y le había dado un arma con la que destrozar la poca confianza que Annemarie tenía en sí misma. Y la única manera de enfrentarse al dolor sería regresar a la oscuridad. ¿Cómo había podido dejarse convencer de lo contrario?

Se olvidaría de la casa de la calle Curzon.

Se olvidaría de la cama imaginaria, de sus brazos, de sus besos.

Se olvidaría de las palabras cariñosas que le había dedicado.

Se olvidaría de todo.

A esas alturas, las lágrimas habían dejado paso a una furia fría y entumecida que preocupaba a Evie tanto como los horribles sollozos de la noche anterior.

—Estamos llegando a Reigate —dijo—. Milady, dejad que os baje el velo. Allí nadie se dará cuenta. Entraré y reservaré una habitación privada mientras cambian los caballos. Y podremos desayunar. Dejádmelo a mí. ¿Preparada?

Al no haberle oído decir una sola palabra desde que salieran de Park Lane, tampoco esperaba oírla en ese momento, pero su señora pareció aceptar su plan al permitirle hacerse cargo de todo. La doncella aceptó sin dudar que la habitación ya estuviera preparada para ellas, como habían acordado.

—¿Como había acordado quién? —preguntó Annemarie con el ceño fruncido.

—No lo sé, milady. La señora Cardew, quizá —respondió Evie.

No quisieron discutir más sobre el tema, así que siguieron al posadero hasta la acogedora habitación que, inundada por la luz del sol, parecía muy cambiada desde su última visita. Pero, antes de que Evie pudiera pedir que les llevaran una bandeja con comida, el señor Hitchcock ya había salido de la estancia con un educado «milady, milord» que hizo que Annemarie se diera la vuelta y viese al hombre que, hasta ese momento no había hecho un solo movimiento que pudiera delatar su presencia.

—¡Vos! ¡Esto es intolerable!

Annemarie se dirigió hacia la puerta, pero Verne llegó primero y le cortó el paso.

—Sí, lo sé. Pero ¿podríais tolerarlo el tiempo suficiente para escucharme? —preguntó.

—Voy de camino a Brighton, milord, con la intención de evitar justamente eso —respondió ella con la voz temblorosa por las horas de llanto—. Ahora, apartad de mi camino, por favor, y dejadme pasar. Ya os dije anoche que no deseo vuestra compañía, y nada ha cambiado.

—Milady —susurró Evie—, ¿debería…?

—Sí, vete a ver si los caballos están preparados. Tenemos que marcharnos de aquí inmediatamente.

Evie hizo una reverencia y logró salir por un lateral de la puerta que Annemarie sabía que a ella no se le permitiría usar. E incluso entonces, tras haber reflexionado sobre su mentira y sobre su deslealtad, Annemarie experimentó un torrente de deseo mientras se miraban, ambos con la misma determinación, pero no con la misma energía necesaria para ganar una pelea. Ella apenas había dormido. Ahora, la aparición inesperada de aquel que se había colado en sus pensamientos más oscuros le parecía casi una burla, algo que le recordaba todo aquello que se arriesgaba a perder. Se suponía que iba a utilizarlo sin piedad para recuperar su orgullo. Él podría haberla ayudado a encontrar a su madre. Y, pese a todo, ya había empezado a apoderarse de su corazón. Tendría que arrebatárselo antes de que fuera demasiado tarde.

—Lord Verne —dijo con toda la energía que pudo poner en su voz—, imagino quién os ha informado de mi decisión de viajar, pero os aseguro que, sean cuales sean vuestros planes, no afectarán a los míos. Nada de lo que digáis me impedirá seguir mi camino hacia Brighton.

—Bien. Entonces, cuando hayamos desayunado, continuaremos.

—¿Continuaremos?

—Sí, hacia Brighton. Eso es lo que habéis dicho, ¿verdad?

—Así es, milord. Pero sola. No iré a ninguna parte con vos.

—En eso no puedo estar de acuerdo —respondió él—. Recordad que sois mi amante y las amantes siempre intentan complacer a sus hombres. ¿No lo sabíais? Iremos juntos hasta Brighton.

—Os equivocáis. Permitid que os recuerde yo otro pequeño detalle, milord. No soy vuestra amante y vos no controláis mis movimientos. Fue un error.

No encajaríamos. De hecho, nunca encajamos. Además, como la señora Cardew y vos parecéis llevaros tan bien, sin duda os habrá dicho que podéis dejar de buscar lo que llevaba en mi maleta. El contenido le ha sido devuelto a su propietaria, como probablemente ya sepáis, así que ni el príncipe ni vos tenéis que preocuparos más por eso. De modo que ya no hay razón alguna para que sigáis fingiendo interés en mis asuntos. Tampoco hace falta que sigáis ocultándome el flirteo que tenéis con mi hermana pequeña. Una pena que no descubriera antes vuestra estrategia. Me habría ahorrado…

Se apartó de él para ocultar el dolor en sus ojos, provocado más por las imágenes que por los hechos. Cecily ya se lo había explicado. Seguir dudando era una manera de justificar su reacción exagerada, y desconfiar de él significaría olvidarse del cariño y de todas las cualidades positivas que le había atribuido hasta el momento.

Llamaron a la puerta y, acto seguido, entraron con bandejas de comida los sirvientes, que probablemente notaron la tensión que vibraba entre aquel hombre alto y poderoso y aquella dama delicada que seguía llevando el velo, después incluso de varios minutos. Colocaron los platos en la mesa y se retiraron discretamente, intentando captar alguna palabra antes de que la puerta se cerrase.

Sin embargo no hubo ninguna palabra. En su lugar, Verne agarró la pelliza de Annemarie por los hombros y la deslizó por sus brazos sin encontrar la más mínima resistencia.

—Sentémonos, querida, y lo discutiremos tomando café —dijo mientras le quitaba la prenda—. ¿Y el sombrero? No podéis desayunar con el velo puesto —antes de que ella pudiera protestar, le soltó la horquilla que le sujetaba el sombrero al pelo y dejó al descubierto sus párpados hinchados, sus mejillas pálidas, su nariz sonrojada y sus labios temblorosos. Sintió también el cansancio en sus hombros—. Oh, mi dulce criatura —susurró—. ¿A qué se debe todo esto?

Ella apartó la cabeza para no ver la compasión en su mirada, pues sabía que eso echaría abajo toda su determinación.

—No —respondió—. No intentéis convencerme. Ya he tomado una decisión. Es irrevocable.

—Irrevocable —repitió él mientras le apartaba un mechón de pelo de los ojos—. ¿Por qué no dejarlo durante un rato y sentarnos a desayunar? Supongo que no comisteis nada antes de salir, ¿verdad? Vamos. Es muy pronto para discutir, estoy de acuerdo.

Annemarie no lograba entender aquel tono conciliador, pero sabía que Verne no aceptaría su negativa. Sin embargo, no encontró nada más que decir cuando él la giró en dirección a la mesa, donde el aroma del pan, del beicon, de las salchichas y de los huevos le recordó que hacía más de doce horas que no comía nada. Verne ignoró sus débiles protestas mientras le daba de comer poco a poco e iba viendo cómo la comida desaparecía en su boca. Hacía años que Annemarie no experimentaba aquella ternura tan personal y particular. Desde su infancia, de hecho.

—No creo que… —murmuró ella mientras veía

cómo le partía el beicon—… que esto sea lo que hace la gente cuando está a punto de separarse, ¿verdad? —en ese momento se vio obligada a abrir la boca al encontrarse frente a ella el tenedor—. Bueno, al menos no es la experiencia que yo he tenido.

—Según mi experiencia, querida —respondió él mientras comía—, nunca ha habido una sola ocasión en la que me importara separarme de una mujer, hasta ahora. Y mucho menos hasta el punto de darle de comer aun a riesgo de que se me enfriara mi propio desayuno. Puedo decir que vos, lady Golding, sois la excepción en todos los sentidos y que no tengo intención de separarme de vos pese a cualquier razón que me ofrezcáis. Y mucho menos por las patéticas razones que me habéis ofrecido hasta ahora. Probad el pan frito. Está delicioso. Podéis agarrarlo con los dedos si queréis. Solo por esta vez.

Con una resignación que rozaba el absurdo, Annemarie hizo lo que le decía y saboreó el pan. Durante unos segundos habría sido difícil imaginar que las cosas no iban bien.

—Bueno, milord —dijo al fin—, supongo que debo sentirme halagada por ser una excepción en vuestra vida. Pero, ¿de verdad pretendéis decirme que nunca os ha entristecido separaros de una mujer?

—No durante más de media hora. Normalmente me sentía aliviado. Y, antes de que volváis a hablar de vuestra hermana pequeña, milady, permitid que os diga que, si no me lo hubiera pedido la señora Cardew, nada en el mundo me habría convencido para bailar con ella. Debo decir que me sentí tremendamente aliviado cuando acabó el baile, pues jamás había visto unas sonrisas tan afectadas. Y dejad que os diga además, ya que estoy, que tuve que prometerle una generosa suma de dinero a mi amigo Brummell para que ocupase mi lugar mientras yo escapaba. Ese no es el proceder de un hombre con una estrategia, ya sea una estrategia amorosa o mercenaria.

Sin necesidad de decirlo, Annemarie se vio obligada a admitir que la manera en que había huido de su hermana no tenía nada que ver con la valentía que había mostrado hacia las mujeres francesas en Vitoria. Aquella comparación hizo que todo resultase más creíble. Y más humano. Le vio rebañar el plato con un trozo de pan, después dejó los cubiertos juntos y se recostó en su asiento.

—¿Adónde ha ido vuestra doncella? —preguntó—. ¿No querrá desayunar?

—Está siendo diplomática —respondió Annemarie—. Ya encontrará algo.

—Espero que así sea —convino él, pensando que probablemente Evie encontraría también a su ayuda de cámara.

—Lord Verne, hay algo que deberíais entender antes de que vayamos más lejos.

—Os escucho.

—Sí. Sobre…

—Sobre mi intención de no separarme de vos.

—Entre otras razones. Sí.

—¿Habéis descubierto otra razón?

—Si seguís interrumpiéndome…

—¿Perderéis el hilo de vuestra argumentación?

Eso será fácil, teniendo en cuenta que vuestra argumentación carece de peso. Pero adelante.

—Mi argumentación es tan fuerte como al principio, milord. Y, aunque agradezco vuestra hospitalidad…

—No hay de qué.

—Estoy convencida de que nuestro anterior acuerdo no puede continuar. Me temo que tendréis que replanteároslo.

—Volver a huir no servirá de nada, milady. No podéis resolver este tipo de problema huyendo de él, ignorándolo.

—Viniendo de vos, me parece curioso, ¿no? ¿No acabáis de decirme que huisteis del baile de lady Sindlesham?

—No es lo mismo. En ese caso no había acuerdo ni compromiso alguno. Entre nosotros sí lo hay. Escuchad, querida —se inclinó sobre la mesa y estiró los brazos hacia ella—. Puedo entender tu cambio de actitud. Me lo esperaba. Eres como un potrillo asustado por su propia imaginación, dispuesto a salir corriendo hacia casa.

—¡No es mi imaginación! —exclamó ella—. He visto los obstáculos.

No podía decirle que, al verlo después de una noche interminable de anhelo, celos y desesperación, veía un obstáculo con el que no había contado; cuanto más tiempo permitiese que durase aquella relación, más daño se causaría a sí misma, mucho más que a él. Él podría abandonarla sin mirar atrás, a pesar de haberla catalogado como una excepción, y ella se quedaría sola con el sabor agridulce de la venganza y con el corazón roto nuevamente. Aquello no podría compararse con el resto de pérdidas que había sufrido. El afecto que pudiera sentir por Richard se había esfumado enseguida y el encaprichamiento con Mytchett resultaba insignificante frente a las emociones abrumadoras que había empezado a sentir hacia aquel hombre que insistía en que no la dejaría marchar. ¿No había oído eso ya en alguna parte? ¿No era lo que decían todos los hombres? Sería mejor ponerle fin cuanto antes.

—Si os referís a que nos vieran juntos ayer —dijo él—, eso sin duda le da más credibilidad a mi argumento que al vuestro. Cierto, la sociedad sacará sus propias conclusiones sobre eso y sobre nuestra salida del teatro, pero separarnos ahora solo serviría para alimentar las bocas de los que buscan escándalos. A ellos no les importa en absoluto que una mujer tenga un amante, incluso aunque sea inesperado, pero tendréis que soportar comentarios hirientes por parte de vuestros semejantes cuando vean que no sois capaz de aguantar más de veinticuatro horas. ¿Estáis preparada para eso? ¿Lo estará la señorita Benistone? ¿Y vuestro padre? ¿Se merece otro escándalo?

Hasta oír sus preguntas retóricas, Annemarie pensaba que los cotilleos de la sociedad serían algo que acabaría olvidándose con el tiempo. Una vez más. Pero ahora oía en su voz un argumento diferente que no tenía tanto que ver con el hecho de desearla, de necesitarla, sino con cómo la verían los demás. Nunca hubiera pensado que a Verne pudiera importarle eso.

—¿Y a vos, milord? ¿Es eso lo que os preocupa?

—¿A mí? —él sonrió y negó con la cabeza—. En absoluto. Cualquiera que se relacione por el motivo que sea con su alteza real es mejor que no le dé demasiada importancia a los escándalos. El escándalo le persigue. Pocos de sus amigos son inmunes, aunque sea por asociación.

—Entonces, si vuestro orgullo no está en juego —dijo Annemarie—, y ahora que no podéis conseguir lo que el príncipe os había pedido, ¿por qué os preocupa tanto lo que me suceda a mí? Supongo que seréis famoso por conseguir a cualquier mujer que deseáis, de hecho insinuasteis algo similar cuando nos conocimos, pero no esperaréis que os ayude con eso, ¿verdad? Si vuestros amigos se burlan por vuestro fracaso, no es asunto mío. Sé que ayer estaba encantada con la idea de tener mi propia casa en Londres, y a alguien que me acompañara. No era mentira. Disfrutaba con ello. Pero, después de lo que ha ocurrido, podéis ver que es arriesgado estar a mi lado. Al fin y al cabo, puede que no esté preparada para... para tener una relación cercana con vos, milord.

Verne se inclinó más hacia delante y habló despacio, como si quisiera que entendiera a la perfección lo que estaba a punto de decir.

—Yo creo, milady, que me estáis ofreciendo una vía de escape que no tengo intención de usar. No pienso ponéroslo fácil. Pero os recordaré algo que dije ayer mismo. Yo llevo las riendas. Y no permitiré que os riáis de mí. Que un hombre pierda a una mujer a la que se ha propuesto conseguir solo por un malentendido tan absurdo como este podría sugerir que las intenciones de dicha mujer no eran honestas desde el principio. ¿Es esa la impresión que deseáis dar?

—Así que al final es cuestión de apariencias. ¿Cómo podéis negarlo?

—Es cuestión de apariencias para vos, no para mí. ¿Podríais soportarlo? ¿Merecería la pena perder la oportunidad de encontrar a lady Benistone, de recuperar amigos perdidos, de ser la señora de vuestra propia casa, de tener a un hombre de verdad en vuestra cama enseñándoos lo que es hacer el amor de verdad? Voy a hacerme cargo de ti, Annemarie. No aceptaré más tus razones. Eres mi amante y pasaremos los días juntos, como acordamos, porque tú me necesitas y yo te necesito. Eso es todo. El resultado ya se verá.

Annemarie ya debía haber estado preparada para aquellas palabras descaradas, pero, aunque se le sonrojaron las mejillas, no pudo quejarse porque la tratase como a una colegiala. Había descubierto sus debilidades, incluso aquella que creía oculta a sus ojos: anhelaba sus brazos, su control, su compañía, cosas que aseguraba no desear. Verne no se lo había creído. Sabía exactamente lo que deseaba.

Los ruidos del exterior de la habitación se colaban en el silencio que se hizo entre ellos. Mientras Annemarie contemplaba la mesa en busca de algún argumento más, Verne seguía mirándola a la cara, esperando ver su aceptación cansada y el suspiro de la derrota. Sabía que tenía demasiado que perder como para rechazar todas las ventajas que él le ofrecía. Era una mujer apasionada, dolida y aún vulnerable, y Verne sabía lo poco que hacía falta para que reaccionara a la más mínima duda sobre su sinceridad. Él sabía que Marguerite no actuaba con maldad, pero, cuanto antes le encontraran un marido, mejor para todos.

—¿Nos vamos? —le preguntó.

Annemarie suspiró y asintió ligeramente con la cabeza.

—¿A Brighton?

—A Brighton, milady. Dos o tres días, quizá, solo para demostrar que lo habíamos planeado. Después regresaremos a Londres. Tenemos que estar allí para un evento, pero para entonces ya estaréis en la casa. Están preparándola en estos momentos.

Ella lo miró a los ojos con sorpresa e indignación.

—¡Sois un hombre arrogante e insoportable! —exclamó con desprecio—. Están preparándola, ¿verdad? ¿No vais demasiado deprisa, milord? ¿No se os ha ocurrido pensar que pudiera cambiar de opinión? —se había medio levantado de la silla, furiosa por su risa y por su arrogancia, aunque a la vez halagada por su determinación a mantenerla como amante y a no sufrir más contratiempos.

Verne le agarró la muñeca por encima de la mesa para evitar que huyera y, antes de que pudiera protestar, la estrechó entre sus brazos.

—Tranquila, mi hermosa potrilla —dijo mientras le sujetaba las muñecas a la espalda—. ¡Tranquila! ¿Creíais que os dejaría escapar tan fácilmente? Nunca me creo a una mujer que dice que nunca cambiará de opinión.

—Al final acabaréis creyéndola —contestó ella—. Os alegraréis de ello, ¡salvaje!

Si pensaba que Verne iba a contradecir sus palabras, se equivocaba, porque simplemente sonrió al ver su impotencia.

—Entonces ya solucionaremos eso cuando se presente el problema, ¿de acuerdo? Mientras tanto, os merecéis una recompensa —contestó antes de agachar la cabeza para besarla.

Tras todas aquellas horas de angustia en las cuales pensaba que nunca volvería a abrazarla, que nunca volvería a sentir sus besos, el calor de sus labios fue como un manto que cubría aquel mundo íntimo en el que las sensaciones escapaban de su control. Al primer contacto, el deseo se encendió como una antorcha, las llamas crecieron cada vez más hasta que, con las manos libres, se aferraron el uno al otro y se acariciaron como si quisieran recuperar el tiempo perdido. Ella gimió cuando le agarró el pecho y se lo acarició a través del corpiño de seda como si fuera su propia piel.

—Esta noche —le susurró con voz rasgada—, iré a vuestra habitación. Sin excusas.

Annemarie no tenía por qué aceptar, pero el corazón le dio un vuelco.

—Mi sombrero… mi pelliza… debemos irnos. No, ya no más, milord. Mi carruaje estará listo.

—Vuestro carruaje, querida, ya va de vuelta a Londres.

—¿Qué?

—Viajaréis con vuestra doncella en el carruaje del

príncipe, como la otra vez. Esa es la recompensa de la que hablaba —a juzgar por la cara de asombro de Annemarie, su inocencia fingida no había tenido mucho éxito—. Bueno, ¿a qué creíais que me refería?

—Sois insufrible, milord. ¿Dónde habéis metido la horquilla del sombrero?

Evie, que intentaba mantenerse apartada de los pasajeros que pasaban dando gritos, se alegró de ver que su señora salía mucho más tranquila de lo que había entrado.

Su propio comportamiento, sin embargo, hizo que Annemarie se quedara mirando sus mejillas sonroja-das y sus ojos vidriosos, que indicaban que estaba enfadada o con fiebre.

—¿Te encuentras bien? —le preguntó—. ¿Has podido comer algo?

—Sí, milady.

—¿Sí a qué?

—A ambas cosas, gracias. Pero no sé qué ha sido del carruaje. El mozo de cuadra me ha dicho que había vuelto a Londres, así que…

—Así es. Iremos en el carruaje que ha traído lord Verne. Pero, ¿no estabas aquí para hablar con el co-chero de la señora Cardew antes de que se marchara?

—No, milady. Estaba… en… otra parte.

—Oh, entiendo. Bueno, no importa. ¿Nos vamos?

Para Annemarie, el hipo de Evie explicaba sobra-damente su rubor aunque, si hubiera visto a Samson, el ayuda de cámara de lord Verne que estaba en la sombra a pocos metros de distancia, habría observado que su cara estaba roja solo por un lado, y con la marca evidente de cuatro dedos que iban desde la sien hasta la barbilla.

—¿Qué te ha pasado? —preguntó su señor.

—Os lo explicaré más tarde, milord, si no os importa —respondió Samson mirando con resentimiento hacia la doncella de la dama.

Verne asintió.

—Tú recorrerás el resto del camino en el asiento de fuera con Levens. Yo iré sentado con el cochero.

Aquella orden no sirvió para aliviar el descontento de Samson. El joven mozo de cuadras de Verne y el ayuda de cámara nunca se habían llevado bien.

—¿No puede él ir sentado con el cochero?

—¿Preferirías ir andando?

—No, milord. Desde luego que no. Pero tampoco quiero que ese joven descarado empiece a hacerme preguntas impertinentes.

—Entonces deberías haber esquivado el golpe, ¿no crees?

—Ya os dije que tendríamos problemas, milord —dijo Samson llevándose la mano a la mejilla.

—Sí, lo dijiste. No sé cómo podía vivir antes sin tus sabios consejos. Se te sientas a su izquierda, no lo verá. Vamos, muchacho, no tenemos todo el día.

Sintiéndose molesta y a la vez aliviada sabiendo cómo Verne entendía a las mujeres, Annemarie se entregó a lo inevitable y trató de disfrutar el resto del viaje como se había propuesto. Al reflexionar sobre el hecho de que se había comprometido a ser su amante, se perdonó a sí misma por verse obligada a cambiar sus planes porque, para empezar, tenía una buena razón para ello y, para continuar, porque aquello había tenido como resultado un satisfactorio intercambio de opiniones. Además todo eso había logrado que su primera noche juntos como amantes la pasaran lejos de las especulaciones de amigos y familiares. Era algo de lo que se alegraba.

La señora Ash, el ama de llaves, y la señora Cookson no se sorprendieron mucho con el regreso de su señora, dado que había planeado estar fuera dos o tres días, como así había sucedido. Lo que sí les sorprendió fue el precioso carruaje con el escudo del Príncipe Regente y el resplandeciente cochero sentado en una cabina cubierta de terciopelo. La señora Ash también se quedó desconcertada al ver que la relación entre lady Golding y lord Verne hubiese evolucionado tanto en tan poco tiempo, hasta el punto de permitir que aquella misma noche hicieran planes juntos.

—Y lord Verne cenará aquí —le dijo Annemarie—. A las siete. Los dos. Decídselo a la señora Cookson, por favor.

—Oh —respondió la señora Ash—. Solos los dos.

—Sí. Eso es, señora Ash. Sé lo que estoy haciendo.

—Oh… oh, por supuesto, milady. No pretendía sugerir que…

—Y a lord Verne le gusta tomar el desayuno caliente.

—Desde luego, milady —la señora Ash ya empezaba a comprender, y pensó que tendría que colocar toallas extra en la habitación de la señora, así como algunos percheros grandes—. ¿El ayuda de cámara de lord Verne se quedará, milady?

—Probablemente no, señora Ash. A Evie no le cae muy bien.

—Oh, entiendo. De acuerdo entonces —más sorprendida por aquella información que por el resto, la señora Ash se fue a contarles las noticias a su marido y a la cocinera mientras Annemarie subía a cambiarse y a ponerse un vestido de paseo. Había pedido visitar el Pabellón Real después de comer, para lo que sería apropiado un vestido con más estilo.

Pero, ya fuera como resultado de haberse librado de la angustia de las últimas horas, o porque lord Verne le hubiese expresado claramente sus intenciones para esa noche, Annemarie fue incapaz de prestarle al Pabellón Real la atención que merecía. En cualquier otro momento tanta magnificencia le habría parecido asombrosa. Verne la llevaba de la mano, y la detuvo en mitad de un salón vacío al ver las sombras de sufrimiento que quedaban en torno a sus ojos.

—¿Queréis que vayamos a algún lugar más cómodo? —le preguntó—. Se me ocurren cosas mejores que hacer, querida.

Ella pensó que quería llevarla a casa.

—Lo siento. Sí que quería ver las mejoras. Pero en otra ocasión, quizá.

—Por aquí —a través de un laberinto de pasillos vacíos y de antesalas llenas de escaleras de pintor y cubos, Verne la condujo hacia el ala oeste, donde se encontraban los aposentos reales y las moquetas del suelo amortiguaban sus pasos—. La suite privada del príncipe —anunció—. Su estudio. Y aquí es donde se aloja su secretario personal cuando están en Brighton. Yo me alojo aquí cuando ellos están en Londres —abrió una puerta y entraron en una habitación verde, dorada y blanca con ventanas en tres de las cuatro paredes—. Esta es una de las habitaciones de la torre, igual que la de arriba —explicó mientras cerraba la puerta—. ¿Os apetece verla, milady?

Annemarie debería haber mostrado cierta reticencia a la invitación de visitar el dormitorio de un caballero, pero estar sin carabina en su salón era algo que solo una amante podría arriesgarse a hacer, y además el cansancio hacía que le resultase difícil discutir. Demasiado cansada para dar explicaciones, se apoyó contra la pared y cerró los ojos.

—No, gracias —susurró enigmáticamente.

En cualquier caso, lo que Verne necesitaba era algún tipo de explicación para evitar más malentendidos. Pensaba que lo sabía, pero además deseaba que el problema saliera a la luz. Sabiendo que no debía ser frívolo, la agarró suavemente por la cintura, la acercó a él y deslizó una mano hacia su cuello.

—¿Qué sucede? —le preguntó—. ¿Qué es lo que no deseáis ver, querida? ¿Podéis decírmelo? —le desató los lazos del sombrero y se lo quitó con suavidad.

—Antes solía tener los ojos cerrados —respondió ella—. No quería ver… nada. No quería sentir nada tampoco. Pero no era así.

—¿Él os hizo daño? —Verne podía imaginar que la legendaria impaciencia de su difunto marido y sus artes manipuladoras podrían haber logrado que Annemarie rechazase el sexo para siempre. Se sabía que sir Richard prefería a las rameras experimentadas que seguían al ejército, no a mujeres inocentes como su esposa. Aun así, Verne había descubierto por sí mismo que, en las manos adecuadas, el fuego de su pasión aún esperaba reavivarse de nuevo.

—Nunca aprendí a disfrutarlo con él. Siempre tenía prisa. Ni siquiera se tomaba el tiempo para quitar la ropa.

—¿Para quitárosla a vos? ¿O para desnudarse él?

—Oh, él nunca me desnudaba —respondió ella—. Normalmente yo estaba dormida cuando se metía en la cama. Se quitaba la chaqueta y las botas, nada más. Nunca he visto a un hombre desnudo. Ni siquiera a él. Creo que debía de estar loca al sugerir que vos y yo fuésemos amantes, milord. Aun así creo que podría hacerlo con vos. Nunca me habían besado como me habéis besado vos. Estoy dispuesta a intentarlo de nuevo si… si vos… tal vez…

—Lo sé. Iremos con calma, querida. La manera en que lo hacíais antes no es como debería hacerse. Yo nunca haré nada que os asuste. Solo decidme lo que deseáis.

—No sé realmente lo que deseo. Nunca me han dado a elegir. Tendréis que enseñármelo —al fin abrió sus preciosos ojos, que brillaban con las lágrimas contenidas, y Annemarie pudo ver la preocupación en los suyos, además del deseo. No había sido su intención contarle todo aquello, pues deseaba que creyera en su seguridad en sí misma, no en sus miedos.

—Por lo que he visto —respondió él—, hay poco que no sepáis ya. Todo está aquí, esperando el momento adecuado. Pero quiero que nuestra primera vez sea especial para vos y no creo que uno de estos sofás estrechos sea el mejor lugar para empezar. Dejad que os lleve a mi cama. Nadie nos molestará allí.

Cuando la tomó en brazos, Annemarie supo que había revelado demasiado sobre sí misma y que la docilidad no era parte de su plan. Su seducción debería haber durado más. Ahora, tras el drama de las últimas veinticuatro horas, Verne sabría que sus sentimientos hacia él se habían intensificado. Y después de aquello… ¿qué sucedería?

El dormitorio estaba parcialmente iluminado por la luz del sol, aunque Annemarie se fijó en pocos detalles cuando Verne la dejó suavemente sobre la colcha y ella palpó la suavidad de la tela con los dedos como si fuera un último vínculo con la realidad. Se preguntó si debería desnudarse, pero Verne ya había decidido qué hacer. Se sentó a sus pies para quitarle los zapatos, después empezó a acariciarle los tobillos, las pantorrillas y las rodillas con tanta suavidad que, antes de que se diese cuenta, ya le había quitado las medias. No se detuvo ahí, y Annemarie soltó un suspiro de placer y sorpresa al ver como agachaba la cabeza y empezaba a besarle la cara interna del muslo. Su otra pierna recibió las mismas atenciones, pero con mayor descaro, pues al mismo tiempo deslizaba sus manos cálidas más allá de la liga que le quedaba puesta. Antes de aquella experiencia, las piernas no eran más que un apéndice del que deshacerse sin mayor complicación. Pero, con las atenciones de Verne, se convirtieron en la fuente de un deseo que nunca antes había experimentado.

Verne se incorporó para contemplar el avance de sus manos sobre sus muslos y sus pantorrillas. Obtenía el mismo placer que ella acariciándola.

—Lo sabía —murmuró—. Lo sabía.

—¿Saber qué?

—Que debajo de esos vestidos habría dos piernas preciosas tan largas como mi cama. No puedo creerme que él nunca se molestara en mirar. Eres increíble.

Sin zapatos ni medias, Annemarie se sentía liberada, casi lasciva, y, aunque hubiese hecho alusión al marido del que quería que se olvidase, la descripción irreverente que había hecho de sus piernas le hizo liberarse de las tensiones del día y sonreír.

—Y apuesto a que tú tampoco te habías fijado nunca en ellas, ¿verdad? —preguntó él, recordando la elegancia de sus movimientos y de sus vestidos.

—Solo para ponerme las medias —admitió ella—, y para mantenerme en pie.

—Vaya —como si fuera una yegua a la que estuviese examinando antes de decidirse a comprarla, Verne deslizó una mano por su pierna desde la ingle hasta los dedos del pie. Después se levantó y comenzó a desabrocharse la chaqueta con una sonrisa en los labios.

Annemarie observó aquel gesto con más placer del que hubiera creído posible, pues ella también se había preguntado a veces qué habría debajo de aquella chaqueta y de aquellos pantalones ajustados. La luz que entraba por las ventanas iluminó su torso y los músculos de su espalda cuando dejó caer la camisa al suelo; aquella piel suave ligeramente bronceada por el sol de España, los hombros fuertes, el torso poderoso y su cintura estrecha eran algo mucho más hermoso de lo que había imaginado, en su ignorancia. Normalmente ocultas tras el frac, sus nalgas le resultaban una zona especialmente fascinante, tan distintas a las de una mujer, y mucho más firmes que las nalgas flácidas cuyo peso había temido en otro tiempo. Cuando se volvió hacia ella, esos mismos recuerdos no pudieron evitar comparar aquella criatura fuerte y viril con las pesadillas del pasado.

Antes de que pudiera seguir observándolo, se tumbó junto a ella sobre la cama y la estrechó entre sus brazos. Sus bocas se encontraron con pasión, con ansia, como si hasta el más breve de los preliminares fuese demasiado largo. Verne estaba exultante. Para ser una mujer que no había querido ver nada, había respondido como esperaba, dejando a un lado sus inhibiciones. Aunque esperaba encontrarse con más obstáculos, su cuerpo suave y sus manos descaradas indicaban que su curiosidad superaría a cualquier miedo latente, como de hecho ya estaba sucediendo.

Mientras exploraba con las puntas de los dedos las ondulaciones de sus hombros y de su espalda, ella notaba que aumentaban las sensaciones provocadas por sus labios, que succionaban y mordisqueaban los suyos. Sintió que ya no había vuelta atrás, y apenas fue consciente de cómo él le desabrochaba el vestido por la espalda y lo deslizaba suavemente sobre sus hombros y sus caderas. Al entrar en aquella nueva fase de intimidad, Annemarie fue medio consciente de que su cuerpo desnudo estaba siendo calentado por su piel, lo que le provocó escalofríos de placer mientras se movían el uno en brazos del otro, devorándose sin palabras.

Aprisionada entre sus brazos, se entregó por completo a aquella nueva experiencia. Sintió que le agarraba un pecho con la mano y se lo acariciaba. Cuando deslizó la palma sobre el pezón, experimentó un exquisito cosquilleo que le llegó hasta sus partes más íntimas, lo que la pilló por sorpresa. Con un gemido inesperado, apartó la boca de él y le colocó una mano en la barbilla.

Verne esperó sin decir nada, sabiendo que aquello podría haberle traído malos recuerdos de experiencias pasadas. Después siguió acariciándola y añadió otro tipo de estimulación que sabía que no habría formado parte de experiencias anteriores. Empezó a cubrirle la piel con besos húmedos hasta que llegó con la boca al pezón. Lo acarició con la lengua y con los labios y sintió que Annemarie le clavaba las uñas en la espalda. Al oír su respiración entrecortada, supo que sus miedos estaban siendo reemplazados por el éxtasis.

Siempre intrigado por aquella asombrosa mujer, Verne pronto se dio cuenta de que aquella ocasión no iba a ser una excepción. Había prometido ir despacio en oposición a las prisas de su desconsiderado marido, pero ahora empezaba a notar que lo que Annemarie necesitaba no era tanto unos preliminares largos, sino un amante que la tratase con delicadeza y consideración, con destreza y con afecto. Además le había hecho sonreír, cosa que apostaría a que sir Richard nunca había logrado. Había conseguido superar algunas de sus objeciones y algunos de sus miedos, y ya había adquirido un nivel de deseo que él no había imaginado, aunque su comportamiento anterior quizás debiera haberle preparado. Oscilando siempre entre la certeza y la duda, aquella dama no siempre era fácil de predecir.

No se arrepintió de ir despacio, pues ella le devolvía cada caricia con una versión propia, disfrutando de su desnudez tanto como él disfrutaba de la de ella, buscando sin avergonzarse sensaciones con las manos, con los labios y con las plantas de los pies. Al mismo tiempo le proporcionaba acceso total a las partes más ocultas de su cuerpo, demostrándole con sus temblores que su mente y su cuerpo habían decidido separarse durante aquellos momentos de felicidad. Para Verne fue como una revelación que no había podido anticipar, pues imaginaba que su seducción se vería interrumpida de vez en cuando con una mano insegura.

Pero eso no ocurrió. Sus caricias gentiles y tranquilas, alentadas al principio por suspiros de placer, pronto se convirtieron en algo más enérgico, cuando ella hundió los dedos en su pelo y empezó a darle unos besos salvajes que nada tenían de inocentes. Verne no necesitó más invitación y, a juzgar por el desenfreno de su cuerpo, tampoco creyó necesario preguntarle si estaba preparada. Le puso una mano en la espalda, la colocó bajo su cuerpo y vio cómo ella lo miraba fijamente a los ojos, recordándole que en aquel punto debía ir con cuidado para superar el dolor que no se olvidaba tan fácilmente. Mientras se miraban, Verne buscó en su mirada cualquier señal que pudiera indicar que estaba siendo egoísta y que no estaba priorizando su disfrute.

Pero no vio ninguna señal. Así que aceptó su invitación silenciosa y la penetró sin esfuerzo. Ella batió las pestañas y soltó un suspiro que, en su opinión, era una mezcla de alivio y de placer. Verne siguió mirándola a la cara en busca de cualquier muestra de incomodidad, pero enseguida vio que sus suspiros se convertían en gemidos, vio cómo empezaba a girar la cabeza de un lado a otro sin dejar de acariciarlo de una manera muy íntima a la que probablemente no estuviese acostumbrada.

Annemarie empezó a murmurar de manera incomprensible; sonidos de placer mezclados con tonos guturales más profundos a medida que las llamas de su pasión escapaban a su control. En aquel momento Verne se olvidó de su determinación de ir despacio, pues ella le llevaba ventaja y, con su cuerpo, le alentaba a satisfacer un deseo que crecía con rapidez. Aquello era lo que había deseado desde su primer encuentro, verla retorciéndose de placer bajo su cuerpo, rogándole que la llevase sin demora a un lugar en el que probablemente no hubiera estado nunca. Si se olvidaba de todo lo que le había ocurrido hasta aquel momento, aquello lo recordaría siempre.

Recordando aquellos momentos, como hizo en varias ocasiones, Annemarie fue incapaz de comparar la experiencia con nada de lo que la vida le hubiera ofrecido hasta entonces; intentar compararlo con lo que le había ofrecido sir Richard era absurdo. Nunca había entendido por qué su difunto marido siempre multiplicaba sus esfuerzos al final del acto amoroso. Ahora lo entendía. Recordaba la sensación indescriptible de verse sobrepasada por los espasmos de placer, de dejarse llevar por la fuerza de su amante hasta llegar juntos a aquel lugar de éxtasis, mientras sus gemidos se mezclaban en la distancia. Recordaba su poder y su energía, los cuales, en vez de hacer que se sintiera magullada y cansada, hicieron que se sintiera saciada, temblorosa y feliz. Recordaba también sus palabras sin aliento, mientras ella seguía preguntándose qué había pasado, e incluso sabiendo instintivamente por qué nunca antes le había ocurrido.

Él tenía la cabeza hundida en su cuello y la alfombra había acabado en el suelo.

—Creo —murmuró— que eres la mujer más deseable y maravillosa que he conocido nunca. Eres de una especie única, preciosa. Creo que te meteré en una jaula.

—No —respondió ella, aunque con una sonrisa—. Eso no estaría bien. Acabo de quedar en libertad, milord.

Verne giró la cabeza hacia ella. Annemarie sintió un vuelco en el corazón al verlo, al contemplar el triunfo en sus ojos, al notar el calor que inundaba su cuerpo. ¿Podría hacerle daño conscientemente después de aquello, después de haberle descubierto aquellas cotas de placer? ¿Acaso no acababa de unirla a él, de enjaularla, si no en su corazón, al menos en su cama? ¿Era verdaderamente libre, o desearía cada vez más y más de él?

—¿Has quedado en libertad? —repitió él apoyándose en un codo para mirarla—. ¿Ahora mismo, quieres decir?

Probablemente él supiera que acababa de perder el equilibrio en su vida, que ahora tendría que reconsiderar su independencia como mujer y como su amante. Lo que probablemente no supiera era que, después de aquello, tal vez lo necesitara más de lo que había imaginado y más de lo que él la necesitaría a ella, a pesar de todos sus cumplidos. Entonces, ¿quién necesitaría estar en una jaula? ¿Ella o él?

—Sí —respondió—. Ahora mismo. Pero no temáis, milord. No tengo pensado volver a escapar —le acarició la mejilla con suavidad y pasó los dedos por el pelo que tenía alrededor de las orejas antes de acercar su cabeza para darle un beso que sellara sus palabras.

Le alivió descubrir que Verne no pensaba dejarle tomar la decisión a ella.

—Deja que te recuerde, amante mía —dijo tras levantar la cabeza—, que en anteriores ocasiones no se te permitía escapar, y tampoco podrás escapar en el futuro. Pero gracias por aceptarlo. Eso me facilita las cosas.

—¿Por no tener que construir una jaula? —preguntó ella en tono de broma, pues notaba una profundidad que prefería no examinar.

En vez de responder a su pregunta, Verne volvió a besarla, sospechando que ella ya sabía que la jaula estaba construida y que acababa de entrar en ella.

Siete

Annemarie se dijo a sí misma que la conversación sobre las jaulas no era algo que tomarse demasiado en serio. Los hombres decían ese tipo de cosas y Verne probablemente les hubiese dicho lo mismo a otras mujeres después de hacer el amor. Tendría muchos cumplidos similares, siendo un hombre con tanta experiencia. Aun así, parecía más que satisfecho con su limitado repertorio, pues había vuelto a hacerle el amor antes de quedarse los dos dormidos durante una hora. Después se habían vestido sin apenas cruzar palabra y habían paseado de la mano por el Steyne para ir a tomar el té a casa de ella.

La visita de Samson, el ayuda de cámara de Verne, no se había debido solo a su señor. Además de entregarle su traje de noche y su maleta de viaje, tenía otro asunto más personal relacionado con Evie, la doncella de la señora.

Sabía que, a no ser que hiciera las paces con ella, nunca sería bien recibido allí. Con eso en mente, intentó ser de lo más simpático con la señora Ash, sabiendo que ella podría hacer cambiar de opinión a la joven.

Con la esperanza de satisfacer su propia curiosidad sobre el asunto, la señora Ash no perdió el tiempo al decirle que pensaba que era un joven encantador. Quince minutos después de que el ayuda de cámara se marchara, el ama de llaves fue a contárselo a Evie y le preguntó si había ocurrido algo.

—Es demasiado directo, nada más —respondió la doncella, recordando los dos incidentes en Reigate, uno de los cuales acaecido pocas horas antes.

En cuanto había visto el paquete en forma de cojín bajo el brazo de Evie, Samson había sabido que había llegado el momento de dar una explicación. Aunque había intentado esconderse detrás de algunos huéspedes de la posada, Evie no tenía intención de dejarle escapar.

—No os importó quién pudiera meterse en problemas, ¿verdad? ¡Ladrón! Y os hicisteis pasar por mi amigo. ¡Esto es por todos los problemas que habéis causado! —la bofetada que le dio estuvo a punto de tirarlo contra la barandilla, y la situación empeoró cuando varios hombres de los allí presentes se giraron para mirar.

—¡Oh! —exclamó él—. Tranquila, señorita. Puedo explicarlo con sinceridad.

—¿Sinceridad? —había respondido Evie—. ¡Vos no sabéis lo que es eso!

Samson se llevó la mano a la mejilla para enfriársela.

—Entonces dadme la oportunidad. Apartémonos de la muchedumbre y os lo explicaré.

—Podéis empezar por explicarme qué había en esa maleta que fuese de tanto valor como para querer robarlo…

—¡Shh! Callad, señorita Evie —le dolía aquella acusación. Él se había limitado a cumplir órdenes—. Me dijeron que dentro había objetos de valor, nada más. Y sentía curiosidad. Así que, mientras estabais abajo, abrí la maleta para ver qué era.

—¿Y?

—No mucho. Solo un puñado de cartas dirigidas a lady algo. No pude leerlo bien con esa luz. Bueno, pensé que serían interesantes para lord Verne, así que las saqué y metí el cojín en su lugar.

—¿Qué interés iba a tener lord Verne en un puñado de cartas?

—Bueno, no sé. Pensé que tal vez fueran del marido de lady Golding… ya sabéis… sir Richard…

—¡Claro que lo sé!

—Dirigidas a su amante, o a alguien.

—¿Su qué? ¿Qué amante?

—Oh, vamos, señorita Evie. Pensaba que todo el mundo lo sabía.

—Para vos soy la señorita Ballard. Y no, no todo el mundo lo sabía, señor Samson. Para empezar yo no lo sabía, y tampoco lady Golding. Y no vayáis por ahí contando eso o de lo contrario…

—Sí, claro. No es necesario enfadarse. Tal vez esté equivocado.

—Desde luego os equivocasteis al llevaros lo que no os pertenece. Así que le entregasteis las cartas a lord Verne, ¿verdad? ¿Y qué ha hecho con ellas?

—No lo sé, señorita Ballard. Puede que las haya quemado. Yo no tengo ni idea —eso era cierto. Lo único que había hecho era sacar lo que había en la maleta, como le habían ordenado, meter algo en su lugar y volver a cerrarla. Sus días como ladrón habían quedado atrás y le resultaba extraño encontrarse a una de sus víctimas y tener que explicarse.

—¡Entonces podréis deshaceros de esto! —había dicho Evie entregándole el paquete—. Y, si la habitación está cerrada, sin duda sabréis cómo entrar, ¿verdad?

Tras ese encuentro, Samson había tenido más éxito a la hora de esquivar a Evie, pero sus palabras se habían quedado grabadas en su cabeza y habían reforzado una sospecha que había albergado durante años sobre el comportamiento de sir Richard. ¿Tenía una amante? ¿Le enviaba cartas? ¿Las habría recuperado antes de morir para evitar un chantaje?

—Señora Ash —dijo Evie mientras colgaba en el armario el último vestido de Annemarie—. ¿Sir Richard tenía… una amante?

La reticencia a la hora de responder confirmó las sospechas. La señora Ash se quedó mirando por la ventana y suspiró.

—Sí —respondió—. Pensé que lo sabías.

—No —dijo Evie. Se sentó al borde de la cama y se quedó mirando a las gaviotas que se veían a través de la ventana—. No lo sabía. Lady Golding tampoco lo sabe, ¿verdad?

—Nunca dijimos nada —dijo la señora Ash—. La pobre mujer no tenía necesidad de saberlo. Ya tenía bastante con lo suyo. Y después, cuando se desató el escándalo después de su muerte, nos pareció que lo mejor sería mantenerlo en secreto. Es un poco incómodo que esa mujer viviera aquí, en Brighton, donde tanto disfruta lady Golding.

—¿Aquí? ¡Oh, no!

—Sir Richard solía venir aquí sin ella algunas noches. Nos decía que estaría en el club Raggett, pero el señor Ash sabía perfectamente que no estaba allí. Supongo que lady Golding pensaba que estaría de servicio. Nunca reconoció que le hubiéramos descubierto. El señor Ash está al corriente de todo lo que pasa en Brighton. Iba a una de esas casas de la calle Arlington. Una casa privada, no un burdel. No sé nada más. Pero ya se acabó. No se lo dirás, ¿verdad?

—No. Desde luego que no, señora Ash.

—Pero sospechabas algo. ¿Por qué me lo has preguntado?

—Oh, me gustaría que volviera a casarse en vez de ser la amante de un hombre.

—¿Eso es lady Golding? ¿La amante de lord Verne?

—Sí. De momento tendremos que acostumbrarnos a eso, señora Ash.

—Bueno, lord Verne tendrá que acostumbrarse también a su… Oh, en realidad no debería decir nada al respecto. Espero que ella sepa lo que está haciendo.

Evie se puso en pie.

—Mmm —dijo—. Yo también lo espero —cerró con cuidado la puerta del armario. La suposición de Samson de que las cartas podían ir dirigidas a la amante de sir Richard no era más que eso. Una suposición. Podría haberse equivocado, pero, si era cierto, entonces lady Golding habría sufrido otro duro golpe en uno de sus momentos más bajos. Por otra parte parecía una casualidad desconcertante. ¿Dónde habían estado las cartas desde la muerte de sir Richard? ¿Allí, en Brighton?

Evie creía conocer cada rincón de las habitaciones de su señora. La idea de que lord Verne tuviese en su poder material comprometido le resultaba inquietante, sobre todo cuando, en otros aspectos, había resultado ser todo un caballero, no como el anterior canalla que le había destrozado el corazón a su señora. Fueran lo que fueran esas cartas, comprometidas o no, lord Verne no tenía derecho a quedárselas, y ahora tanto la señora Cardew como ella misma habían contribuido a mentir a lady Golding, haciéndole creer que se habían deshecho de ellas. Si supiera por dónde empezar a investigar.

Más tarde, aquel mismo día, mientras lady Golding y lord Verne exploraban el Pabellón Real, Evie se fue a dar un paseo por Marine Parade. En la biblioteca Donaldson había descubierto que la calle Arlington estaba por allí cerca. Habían pasado dos años desde la muerte de sir Richard, en enero de 1812, tiempo suficiente para que los ocupantes de la casa se hubieran mudado. Pero, al examinar la lista de socios de la biblioteca, Evie había descubierto el apellido de Mytchett. Era una conexión que no había esperado. ¿Una pariente de sir Lionel Mytchett? ¿La amante del difunto sir Richard Golding?

En cuanto llegó a la casa, se dio cuenta de que la mujer debía de estar pasando dificultades económicas; la pintura de la puerta estaba descascarillada, los escalones estaban llenos de suciedad y el picaporte estaba sin pulir. Después de llamar a la puerta, advirtió que una cortina se agitaba ligeramente a uno de los lados. Tras llamar por tercera vez, la puerta se abrió y allí apareció una mujer con cara de cansancio que obviamente esperaba la visita de un acreedor, no de un amigo.

—¿Sí? Si venís de parte de Scott y Wildings, decidles que pagaré el viernes —dijo antes de disponerse a cerrar la puerta.

Evie levantó una mano para impedírselo.

—¡No! No soy de Scott y Wildings. Se trata de una visita privada. Personal. Quería ver a la señorita... o señora Mytchett —tras haber visto otra cara a la altura de la rodilla de la mujer, Evie reconsideró el tratamiento que debía darle—. ¿Es aquí donde vive?

—¿Quién lo pregunta?

La mentira nunca había sido su punto fuerte. Además, tampoco esperaba conseguir mucho más fingiendo ser alguien que no era.

—No os asustéis —dijo—. Soy la señorita Ballard, doncella de lady Golding. ¿Podría hablar un momento con la señora Mytchett? En privado.

Unos ojos marrones la miraron de arriba abajo antes de que el niño se escondiese detrás de las faldas de su madre. A decir verdad, Evie no habría sabido decir si era un hijo o una hija, porque el pelo revuelto que le cubría la cara podría haber pertenecido a ambos. La mujer abrió la puerta del todo con cierta reticencia.

—Me lo estaba preguntando —murmuró—. Vete de aquí, Richie —le dijo a su hijo.

—¿Os lo preguntabais? —dijo Evie mientras entraba en la casa.

—Sí. Me preguntaba cuánto tardaría en ocurrir algo así. Es con él con quien querréis hablar, no conmigo, señorita Ballard.

—¿Vos sois la señora Mytchett?

—Lo soy.

La luz disminuyó considerablemente cuando la puerta se cerró, y Evie experimentó cierta claustrofobia cuando el niño empezó a gimotear para que lo levantaran en brazos. La madre obedeció y se resintió con el esfuerzo. Después condujo a su invitada hasta una habitación que, en otra época, habría sido bonita, pero que ahora necesitaba unas cuantas reformas. Mirando a la señora Mytchett, Evie estimó que no debía de haber cumplido aún los treinta; tenía buen cuerpo, pero aquel vestido de muselina no le sentaba bien. No había doncella por ninguna parte, pero sí una pila de ropa de algodón doblada en la mesita que había junto a una máquina de coser.

Evie se acomodó en una vieja silla desvencijada y observó sus rasgos regulares y la desafortunada mueca de su boca. Su piel con manchas y aquellos párpados enrojecidos le habían robado cualquier brillo de juventud que en otra época hubiera podido tener, pero Evie imaginó que, antes de tener a su hijo, la señora Mytchett habría podido atraer a cualquier hombre con facilidad.

—Os pido perdón por la intrusión —dijo—. Tal vez deba decir que lady Golding no me ha enviado aquí para interrogaros. He venido por voluntad propia. Ella no sabe nada y no pienso decírselo, porque...

—¿Porque no sabía que su marido tenía una amante? ¿Es eso? —preguntó la señora Mytchett mientras sentaba al niño en su rodilla—. Bueno, yo sabía que sería cuestión de tiempo que se enterase. No hay muchos secretos en un lugar tan pequeño como Brighton, señorita Ballard.

—No, supongo que no. Pero, al decir ahora que debería hablar con él, ¿os referíais a vuestro marido? ¿Debería llamaros lady Mytchett?

—No. Mi difunto marido servía en el regimiento de sir Richard. Murió poco después de casarnos. Era el hermano de sir Lionel —casi sonrió al ver la sorpresa de Evie—. Sir Lionel Mytchett es mi cuñado y, no, antes de que saquéis conclusiones precipitadas, no somos amantes. Él se queda aquí cuando quiere marcharse de Londres, cuando las cosas se le complican, ya sabéis. Es decir, cuando se queda sin dinero. Sirvo para algo —añadió con un tono tranquilo cargado de amargura antes de darle un beso al niño en la coronilla—. ¿Verdad, Richie, cariño?

—¿Cuántos años tiene? —preguntó Evie.

—Casi cuatro. Sabe hablar cuando quiere. En eso se parece a su padre.

—¿Sir Richard?

—Sí. Pero no se acuerda de él —miró a su alrededor como si ella también estuviera luchando por recordarlo—. Entonces no era así.

—Perdonad que os lo pregunte, pero ¿cómo era? ¿Sir Richard era generoso?

—Será mejor que lo sepáis. La casa me la dejó mi marido, así que sir Richard no tuvo que gastarse dinero. De hecho, le iba bastante bien teniendo una casa que le había comprado el padre de su esposa y otra aquí que me pertenecía a mí. Pagaba cosas cuando venía a visitarme, y supongo que podría decirse que yo llevaba un buen estilo de vida, pero nunca me sacaba a ninguna parte y yo no tenía suficiente para ahorrar. No era excesivamente generoso. Para él las mujeres eran mercancías, pero, sin ese apoyo, a mí me habría ido mucho peor. Sobre todo cuando nació este.

—Pero, cuando murió sir Richard, imagino que os dejó dinero a ambos.

—No. No lo hizo. Ni un penique. Bueno, eso habría sido como admitir que existíamos, ¿no? Y eso nunca podría ser. Después de aquello, ya no existimos, señorita Ballard. Empecé a coser porque puedo hacerlo en casa, pero en esa época fue muy duro, os lo aseguro, teniendo que cuidar de su hijo. Y mi cuñado sacándome el dinero como si yo fuera una mina de oro.

—¿Sir Lionel no os ha ayudado en absoluto, con todos los contactos que tiene?

—Tenía un plan. Supongo que pensaba que estaba

ayudando. Pensaba que, si hubiera tenido dinero, él habría podido hacerse cargo de mis finanzas. Vivir aquí no le cuesta nada. Cuando se dio cuenta de que no conseguiría más ayuda para pagar sus caballos, sus mujeres y sus deudas, decidió seducir a la viuda de sir Richard, como él me había seducido a mí. Así, si lograba que lady Golding se casara con él, tendría acceso a su dinero. Parecéis sorprendida, señorita Ballard. ¿Creíais que mi cuñado amaba a lady Golding?

—No lo sé —contestó Evie con un suspiro—. Pero creo que a mi señora le importaba.

—Sí, bueno. Eso se le da bien a Lionel. Las tiene comiendo de su mano. Siento mucho que la cosa acabara así, pero al menos ella puede estar triste con comodidades, ¿verdad? Por lo que he oído, parece ser una dama muy agradable.

—Lo es —susurró Evie—. Es la mejor señora que se pueda tener. Pero, ¿habéis dicho que sir Richard os sedujo, señora Mytchett?

Por primera vez, su anfitriona sonrió.

—¡Dios, señorita Ballard! ¿Creíais que era una profesional? ¡No! Era una joven viuda con el corazón roto. Mi marido fue enviado a Portugal. Cuando murió, sir Richard vino a ver si yo estaba bien. Ahí fue cuando empezó. Ahí es cuando empiezan este tipo de cosas, ¿verdad? Cuando una mujer busca reemplazar algo que ha perdido. Debí de ser el objetivo más fácil del mundo. Joven. Sola. Ingenua. Halagada por las atenciones de un oficial de alto rango. Ni siquiera sabía que las amantes normalmente pidieran una pensión. Dinero para llevar la casa, para gastos personales. Ese tipo de cosas.

Lionel decía que debería haberlo desplumado mientras tuve la oportunidad.

Evie estuvo a punto de compadecerse de ella, de decirle lo mucho que lo sentía antes de darse cuenta de que, aunque fuese cierto, no sería apropiado. Su señora también había sufrido mucho, pero lo que la señora Mytchett le había dicho sobre su cuñado era una historia cruel que no habría podido imaginar, algo planeado con tanta sangre fría que solo pudo dar las gracias a la providencia de que su señora no supiera nada. Nunca lo sabría.

Pero el plan había salido mal. ¿Qué sabría de eso la señora Mytchett?

—Lady Golding logró escapar por poco de las manos de vuestro cuñado, aunque estuvo a punto de romperle el corazón. ¿Sabíais que cambió de opinión y se fugó con la madre de lady Golding?

La señora Mytchett le apartó a su hijo el pelo de la cara para darle un beso en la frente.

—Sí —respondió—. Lo leí en el periódico, pero lo único que me dijo cuando vino en Navidad fue que necesitaba más dinero porque las joyas que lady Benistone se había llevado no serían suficientes.

—¿Y vos no pudisteis ayudarle?

La señora Mytchett arqueó las cejas y se quedó contemplando el desastre de la habitación.

—¿Qué os parece, señorita Ballard? Me siento aquí y coso hasta que me sangran los dedos. Me quedo dormida encima del trabajo. Ya no puedo más.

—Lo siento. Ha sido muy desconsiderado por mi parte. No merecéis un cuñado así. Entonces, ¿no te-

néis idea de dónde pueden estar viviendo lady Benistone y él?

—Ni idea. No me mantiene informada.

—¿Sir Richard os escribió alguna vez, señora
Mytchett?

—¡Cielos, no! Decía que nunca se sabe lo que una
mujer puede hacer con unas cartas, así que nunca se
arriesgó. Tampoco habría sabido qué decir. Hablaba,
sí. Pero no escribía. ¿Para qué habéis venido, señorita
Ballard? ¿Para preguntarme si sabía dónde podría
estar lady Benistone? Me temo que no puedo ayudaros. Si tuviera alguna idea, os lo diría. No tengo nada
que perder.

De modo que las cartas que tenía lord Verne no
se las había escrito sir Richard a nadie, y su amante
tampoco tenía un título, además de señora. Si la opinión que Evie tenía antes sobre sir Lionel Mytchett
ya era mala, después de saber como había planeado
engañar a lady Golding no podía ser peor.

Cualquier esperanza que pudiera albergar de tener
noticias sobre lady Benistone se desvaneció como un
fantasma con la luz del sol mientras regresaba caminando hasta South Parade, donde, desde lo alto de las
escaleras, vio llegar a lady Golding y a lord Verne.
Antes de su acalorada conversación con Samson, veía
a lord Verne como un hombre amable, sobre todo teniendo en cuenta sus relaciones con la realeza. Ahora,
sin embargo, tras enterarse de que se había apoderado
de las cartas privadas de su señora, empezaba a tener
dudas sobre sus intenciones. Deseaba estar equivocada, pues jamás había conocido a un hombre con

unos modales tan impecables. Sin duda era de los mejores, aunque su ayuda de cámara tuviese los dedos muy largos.

Mientras tomaban el té aquella tarde, Annemarie y lord Verne estaban sentados frente a frente a una mesa de palisandro colocada junto al ventanal. Tenían una mano entrelazada por encima del mantel y sus miradas a veces se encontraban antes de seguir contemplando los carruajes y a los transeúntes. Para ella todo había cambiado, como si hubiera sabido que sería así, y la percepción que Verne tenía del asunto era otro punto a su favor; no fanfarroneaba ni se avergonzaba.

—Jacques —susurró mirándolo a los ojos.

—¿Mmm?

—No me hables nunca de las otras, ¿de acuerdo? No quiero saberlo.

Verne no fingió no haberla entendido. Desde el comienzo de aquella relación, ella había adquirido cierta seguridad en sí misma que, en menos de un día, se había desintegrado en una tormenta de celos desproporcionados. Ahora parecía estar anticipando otra complicación que probablemente hubiera salido a la luz después de hacer el amor aquella tarde. Estaba comparándose a sí misma, no a él.

—Cariño —le dijo—, ya que lo preguntas, no tengo recuerdo de ninguna otra más que de la que estaba entre mis brazos hace una hora. Nunca antes había tenido una amante, nunca había deseado tener una. Ya te dije que ninguna mujer había despertado mi interés el tiempo suficiente como para querer tenerla a mi lado. Hasta ahora. No me canso de ti.

—Apenas sabes nada sobre mí —protestó ella.

—Escúchame —le dijo Verne—. Por si lo has olvidado, parte de nuestro acuerdo era volver a salir en sociedad con la intención de localizar a lady Benistone, ¿verdad?

Ella asintió.

—Entonces intentemos no echarnos obstáculos encima antes de haber empezado, ¿de acuerdo? Cuando la hayamos encontrado, entonces podrás mostrarme lo difícil que puedes ser y yo te mostraré que puedo manejarte. Veremos quién gana. ¿Trato hecho?

—Trato hecho —respondió ella con una sonrisa—. ¿Más té?

—Bien —respondió él levantando su taza—. Entonces nada de comparaciones. Eres incomparable, tanto en la cama como fuera de ella. Otra taza, por favor.

Era lo que necesitaba escuchar, justo mientras se daba cuenta de que lo amaba, igual que antes, cuando la había sacado de sus profundidades y la había devuelto sana y salva a la orilla. Aunque él fingió no darse cuenta, la tetera de plata temblaba un poco mientras le servía la taza.

Antes de que pudiera saber más de ella, Verne se vio asediado por preguntas sobre sí mismo, sobre sus viajes por el extranjero y el tiempo que había pasado en el ejército del vizconde Wellington, sobre su interés por el arte y la época clásica, sobre su trabajo para el Príncipe Regente. Con cierta vergüenza Annemarie recordó cómo le había corregido con la mano de escayola. Había subestimado sus conocimientos, que ahora se daba cuenta de que excedían a los suyos. En general ella sabía lo que era cada cosa, pero él sabía su historia y su procedencia con todo detalle. Y, aunque no hubiese hablado antes sobre los intereses de su padre, con Verne era como si aquello cobrara vida mientras relataba las historias de sus viajes en busca de cualquier cosa que se le hubiera antojado a su alteza, para cambiar después de opinión u olvidarse por completo de que lo deseaba.

¿Aquella veleidad se aplicaría también al tocador? Ahora que las cartas le habían sido devueltas a lady Hamilton, ¿perderían el interés tanto el príncipe como su sirviente? Esperó con cierta inquietud la reacción de Verne cuando entraron en su dormitorio para vestirse para la cena. Pensaba que le pediría examinarlo, después de haber hablado tanto del tema. Pero Evie estaba allí para ayudar a su señora mientras Verne se sentaba en la *chaise longue* para hablar como si fueran amigos íntimos desde hacía tiempo. Y, si en algún momento miró de reojo el tocador, Annemarie no se dio cuenta.

Más tarde, sin embargo, cuando regresaron a la habitación iluminada por las velas después de que Evie hubiera terminado con sus tareas, Verne se sentó en el baúl de madera que había a los pies de la cama y apoyó los brazos en los muslos. La superficie del tocador brillaba como si fuese satén bajo el candelabro de plata.

—Así que es este —dijo él—. Muy buena elección. Es una pieza muy bien hecha.

Vestida con su *negligé* de encaje de color marfil, Annemarie fue a sentarse junto a él.

—Sí, yo también lo creo, pero espera a ver lo que hay debajo de la tapa. Esa parte es la mejor.

Levantó la parte central y dejó al descubierto el espejo y los diferentes botes de cristal y plata, los utensilios y los compartimentos de madera, que aún no había tenido tiempo de llenar con sus propios perfumes. Juntos admiraron los diferentes frascos e intentaron identificar los aromas mientras la luz iluminaba la piel de Annemarie y su pelo suelto. Relajada y más tranquila de lo que había estado en días, no vio razón para ocultarle la existencia del lugar donde habían estado las cartas.

Sacó el cajín y quitó el cerrojo para abrir el espacio oculto en la parte trasera. Después le invitó a meter la mano.

—Hay bastante espacio, ¿ves?

—¡Ah! —exclamó él tras una pausa—. Así que es ahí donde las escondió. Qué mujer más olvidadiza —añadió mientras metía el brazo hasta el codo.

—Tendría cosas más importantes en las que pensar —respondió Annemarie—. Como una manera de pagar sus facturas, por ejemplo.

Verne sacó la mano con una pequeña caja plana de cuero azul.

—Me pregunto qué podrá ser esto. ¿Tú sabías algo?

—No. En realidad no. No busqué nada más.

—Bueno —dijo Verne colocándola sobre su rodilla—. Creo que deberías abrirla. Si son joyas del principito, valdrán una fortuna. Era muy generoso con sus regalos cuando todavía estaba enamorado —acercó un poco más el candelabro.

Annemarie acercó la caja a la luz, abrió la tapa y parpadeó al ver el brillo de las joyas que no habían visto la luz del sol en años; un broche, pendientes, pulseras, un anillo, un peine y un collar de perlas, amatistas y diamantes. Impreso en la parte interior de la tapa estaba el sello en oro de Rundell y Bridge, Ludgate Hill, Londres.

—Su joyería favorita —dijo Verne—. Efectivamente, vale una fortuna.

—Si se hubiera acordado, eso habría resuelto parte de sus problemas.

—¿Querrías ponértelas?

—No. No son de mi estilo. Demasiado brillantes. Además, no son mías.

—Las compraste con el tocador.

—Fue un error. Habrá que devolverlas —de pronto sonrió—. ¡Claro! Se las devolveremos al príncipe. Ya no puede tener las cartas, así que tal vez esto le anime un poco.

—Yo creo que sería como echar sal en una herida —respondió Verne—. Además, ya se habrá olvidado de ellas. ¿Por qué recordárselo? Podrías ponértelas por separado. O de dos en dos —le quitó la caja, la dejó sobre el tocador, sacó el collar y lo colocó sobre su cuello—. No. Date la vuelta.

Annemarie hizo lo que le pedía y le dio la espalda, pero, en vez de ponérselo en el cuello, Verne se lo colocó sobre la frente, de manera que una perla quedara colgando entre sus cejas y las amatistas y los diamantes rodearan su melena negra, como si fuera la diadema de una reina exótica de oriente.

—Eso es —murmuró volviéndola hacia él—. Este es más tu estilo. Pero espera, esto no pega —le quitó la *negligé* de los hombros y dejó que cayera hasta su cintura. Le agarró después el pelo y se lo extendió sobre los hombros y sobre los pechos, mientras ella permanecía sentada, sin moverse, tan quieta como una modelo que estuviera posando para el artista—. Ahora dame tus pies.

—¿Mis pies?

—Levántalos —ordenó él. Agarró las pulseras y se las puso en los tobillos—. Perfecto. Quedarán mejor ahí que en los brazos rollizos de Emma Hamilton.

A lo largo de la cena, había habido momentos en los que Annemarie se había preguntado cómo instigaría Verne el acto amoroso en su casa en vez de en su propio apartamento. ¿Se mostraría cohibido por el retrato de sir Richard, o incómodo por la ausencia de su ayuda de cámara? ¿Se saltaría los preliminares, que tan importantes eran para su disfrute, o cada vez estaría especialmente diseñada para hacerle desear más y más?

—No creo que el joyero real ni el cliente tuvieran esto en mente —dijo mientras veía como se desnudaba—. ¿Crees que las joyas entorpecerán el acto amoroso o lo mejorarán?

Completamente desnudo, Verne la puso en pie con sus manos cálidas en los codos.

—Pronto lo averiguaremos —respondió con voz rasgada.

Annemarie no tenía por qué preocuparse sobre su memoria, porque las primeras muestras de su amor comenzaron cuando aún estaban de pie, pegados el uno al otro, mientras sus manos acariciaban cada contorno del que habían estado privados desde el anterior encuentro; cada caricia encendía su deseo y aumentaba la necesidad que sentían el uno por el otro. Entre los besos se oían palabras de cariño, la mayoría de las cuales Annemarie no había oído antes en ese contexto; «criatura soberbia… cautivadora… belleza deslumbrante… fascinante… mujer mal llevada». Palabras que hacían que se sintiese única, exclusiva y deseada.

De nuevo intentaron irrumpir en su felicidad pensamientos sobre las razones que había detrás de aquella relación, pensamientos que tenían que ver con las palabras «mal llevada», que sin duda se referían a su hostilidad inicial y a su necesidad de castigo. Pero la habilidad de Verne era tal que pocos pensamientos sobrevivieron más de unos pocos segundos bajo sus caricias, que le provocaban escalofríos que llegaban a lugares a los que nadie había accedido antes que él.

La tendió sobre las sábanas de lino y se tumbó encima de ella; la luz de las velas se reflejaba en su cuerpo musculoso, que no se parecía en nada a los ejemplos de mármol de la colección de su padre. El físico de Verne era firme y sustancial, poderoso, soberbio. Solo aquello era suficiente para excitar a Annemarie hasta cotas que le impedían pensar en nada que no fuera ser poseída por aquel hombre de sangre caliente cuya inteligencia era tan robusta como el resto de su cuerpo. Era un hombre completo, perfecto para ella en todos los aspectos, imponiéndose sobre ella el punto justo y permitiéndole hacer lo que creía que deseaba.

Sus cuerpos se fusionaron entre caricias lentas y deliciosas que provocaron gemidos de placer. Él los interpretó como una señal para llegar más lejos que antes con sus manos y con sus labios, sabiendo que tenían toda la noche a su disposición. El tiempo fue pasando mientras Verne le enseñaba cosas sobre sí misma que jamás había sospechado, lugares tiernos de su cuerpo que respondían como el fuego a sus caricias y le derretían los muslos, haciendo que abriera las piernas.

—Ahora… —susurró ella—. No puedo esperar más. ¡Ahora, Jacques!

—¿Quieres que te haga esperar, preciosa? —preguntó él—. ¿Te hago rogar?

—Ya te lo estoy rogando —respondió Annemarie—. Sufro por sentirte dentro.

No siguió atormentándola más. Prescindió de las caricias estimulantes que ya habían logrado su objetivo y las sustituyó por su miembro erecto, que amenazaba con rebelarse contra su disciplina. Y, aunque en esa ocasión la penetración fue menos dulce que antes, era lo que Annemarie deseaba, porque ahora confiaba en sus motivos como nunca había confiado en los de su difunto marido. Gimió cuando la penetró y tiró de su cabeza para besarlo, para asegurarle que había interpretado bien sus deseos, que no tenía por qué controlar la fuerza de sus ingles.

—Haz que dure… oh… haz que dure —se contradijo a sí misma.

—Oh, mi amor… no puedo. Te deseo demasiado… ¡perdóname! —Verne no pudo ver su risa. Había esperado demasiado sus plegarias y ahora se vio superado por el deseo, que le llevó hacia el abismo sin saber si ella le había seguido el ritmo o no.

Pero sí lo había hecho. Una vez más, la había conducido hasta el abismo desde el que ella había saltado mientras su cuerpo vibraba con cada sacudida. Aún palpitante, su cuerpo regresó a la tierra y lo agarró por los hombros para susurrarle palabras que expresaran su euforia. No le habló de las dos palabras que le había oído decir en mitad de la pasión, pues, si se las hubiera tomado al pie de la letra, habrían podido ser un indicador de los sentimientos que tenía hacia ella. ¿Se le habrían escapado? ¿Habría estado guardándose ese sentimiento por miedo a parecer presuntuoso? ¿Estaría empezando a sentir por ella lo que ella ya no podía seguir ignorando? Y, de ser así, ¿dónde iba a acabar aquel juego tan peligroso? ¿Quién terminaría con el corazón roto?

El collar de amatistas hacía tiempo que se le había enredado en el pelo a Annemarie, aunque no había interferido con el siguiente acto amoroso, ni con el siguiente, al amanecer. Mientras la luz empezaba a filtrarse por las cortinas, hubo risas y protestas mientras le desenredaba las joyas.

—¡Estate quieta!

—¡Ah! Sigue enganchado.

—Espera. Voy a tener que volver a besarte.

—No, viene Evie con el té. ¡Tápate!

—¿Por qué? ¿Nunca ha visto…?

—Shh. ¡Suéltame! ¿Cómo voy a explicar esto? —Annemarie se agarró un mechón de pelo negro con brillantes enredados en la punta.

Al final no hicieron falta explicaciones. Lo que Evie se encontró fue a su señora desnuda sentada con las piernas cruzadas y de espaldas a lord Verne, que parecía estar ocupado desenredándole unas joyas del pelo.

Tras pasar dos días en compañía de Verne, Annemarie se arrepintió de que no pudieran ser más. Entre paseos por la orilla y por el campo, durante los cuales podían usar los carruajes y los caballos del príncipe, visitaban tiendas, bibliotecas y salones de té. Y por fin pudo ver las reformas del Pabellón real, tan opulento que salió con sensación de embriaguez por el estilo exagerado de su alteza. Parecía tipificar la complejidad de su naturaleza; un hombre de contrastes y contradicciones, un hombre que podía gastarse miles de libras en regalos para sus amantes, pero ignorarlas cuando más necesitaban su ayuda.

Caminaron hacia los establos, donde les habían preparado uno de los carruajes. Annemarie fue a hablar con los caballos y a Verne le llamó la atención la aparición de su amigo lord Bockington, que le había mostrado los progresos de su caballo durante su primera visita.

—Hay algo que puede que os interese saber —dijo el joven en voz baja.

—Cuéntame —respondió Verne mientras caminaba con él hacia la parte trasera del vehículo.

—Bueno, la última vez que nos vimos, me quedé cautivado por la belleza de lady Golding. Y supongo que se me quedó en la cabeza durante algún tiempo.

—Por supuesto. Continúa.

—Así que intenté recordar cuándo había visto por última vez a una mujer con su apariencia, y entonces lo supe. Fue el verano pasado en Londres. La mujer que vi era como una versión mayor de lady Golding. Sin duda una pariente. Se parecía mucho a ella.

—¿Iba sola?

—No. Iba acompañada del marqués de Hertford. Lo recuerdo bien.

—¿Hertford? ¿Estás seguro, Bock?

—Desde luego. Estaba ayudándola a subir a su carruaje frente a su casa en Manchester Square cuando yo pasé por delante. No sé si la marquesa iba con ellos o no. Puede que ya estuviera dentro del carruaje. No miré. No tenía razón para hacerlo.

—Por supuesto que no. ¿Era un carruaje de viaje?

—Cuatro caballos y… sí… ahora que lo pienso, llevaban baúles en la parte de atrás. En ese momento no lo pensé más. Pensé simplemente que lord Hertford siempre logra llevar consigo a una mujer hermosa, vaya donde vaya.

—Y, si fueras tan directo como él, tú también lo lograrías, Bock. Aunque fueras tan feo como un demonio, cosa que no eres —sin tener que decirlo, Verne supo que la referencia a la apariencia de lord Hertford se entendería perfectamente. Entre sus amigos era conocido como «Arenque Rojo» por su pelo pelirrojo y por sus patillas.

—Gracias por decírmelo —le dijo a su amigo—. Puede que me resulte útil —asintió cuando lord Bockington hizo una reverencia y se dio la vuelta para marcharse—. ¿Milady, estáis lista para irnos?

Annemarie interpretó su silencio como concentración mientras conducía el carruaje entre el tráfico de Brighton, pero pronto empezó a resultar evidente que estaba preocupado por algo.

—Estás muy callado —le dijo ella.

—Estaba pensando que este será nuestro último día aquí. Debemos partir hacia Londres mañana temprano.

Annemarie creyó advertir cierto tono de anticipación en su voz.

Ocho

Verne le dio un beso en la frente, que yacía sobre su hombro.

—Incorpórate, preciosa. Pronto estaremos en la ciudad.

Annemarie se apartó de sus brazos, se quitó el pelo de la cara y bostezó mientras aceptaba el sombrero arrugado que le ofrecía.

—Debe de ser por el aire del mar —murmuró ella.

Él sonrió ante aquella excusa y se le ocurrieron otras razones, pero, mientras ella dormía en el carruaje, había tenido tiempo de pensar en todo lo que le había contado lord Bockington el día anterior. Aunque cualquier noticia podía considerarse como algo bueno, esperaba que su joven amigo estuviera equivocado.

De todos los hombres con los que podría estar involucrada una mujer de alto estatus, el segundo marqués de Hertford no era el ideal, no por su apariencia inusual ni por su innegable riqueza, que podían atraer a mujeres de todos los estratos sociales, sino por su reputación de seductor con el que ninguna mujer estaba a salvo. Al parecer la edad no era ningún obstáculo para él, aunque era sabido que prefería a las mujeres casadas, a juzgar por la cantidad de hijos ilegítimos que había engendrado y que habían entrado a formar parte de la familia del marido en cuestión. Era un riesgo que las mujeres parecían dispuestas a correr, aunque se arrepintieran de su crueldad absoluta. Hertford recibía al menos ochenta mil libras al año, de modo que podía permitirse vivir muy bien, malcriar a su esposa y a su hijo, apostar y hacerse un hueco en el círculo exclusivo de los amigos del Príncipe Regente.

Sin embargo aquello no era lo único que ambos hombres tenían en común, pues lady Hertford también había sido íntima del príncipe durante muchos años; tan íntima que la prensa insinuaba que habían sido amantes, aunque su relación fuese de una naturaleza más cerebral y estuviese más allá del interés de los periodistas que estaban dispuestos a desacreditarlos. Lady Hertford, una mujer formidable con gran presencia, se negaba a dejarse avergonzar por aquello, igual que no se avergonzaba de su marido. Teniendo una posición de influencia con el príncipe, y por tanto con el resto de la sociedad, se mantenía fielmente a su lado, y se deshacía de sus rivales con aquella actitud generosa y benevolente de aprobación que él siempre había deseado de sus padres.

Lord Verne y los Hertford se conocían desde hacía muchos años pues, igual que el príncipe, el marqués era un hombre polifacético de gran inteligencia al que merecía la pena mantener como amigo, aunque solo fuera por su habilidad para conversar sobre un sinfín de temas. Siendo gran aficionado a la pintura, sabía más de arte que cualquier persona que Verne hubiera conocido. Por esa razón trabajaban juntos en la colección del príncipe. Compraban y vendían objetos para su nueva casa de retiro en Brighton y para Carlton House, la enorme mansión que poseía en el centro de Londres. El dinero que se gastaba en aquellas dos residencias era lo que a Annemarie le parecía escandaloso, pero era lo que Verne y Hertford le ayudaban a hacer.

Aunque las intenciones de lord Hertford hacia las mujeres rara vez fueran inocentes, Verne podía entender que, si lady Benistone se había separado de sir Lionel Mytchett, cualquier puerto en mitad de una tormenta pudiera ser preferible a quedarse totalmente sola. De un modo u otro, Verne pensaba hacer averiguaciones en cuanto llegaran a la calle Curzon, cosa que hicieron poco después.

Lady Benistone había escogido a sus protectores aquel fatídico día basándose en una amistad que había comenzado en los primeros años de sus matrimonios con hombres muy diferentes cuyo apoyo emocional no había estado a la altura de los beneficios materiales que les ofrecían sin gran esfuerzo. Además de con lady Hertford y con la prima de lord Benistone, la señora Cardew, Esme no había hablado con nadie más sobre el vacío de su matrimonio, en el que se sentía desatendida en beneficio de los otros intereses de Elmer, que no prestaba atención alguna a los asuntos familiares. A veces se preguntaba si se habría preocupado más por la familia si le hubiera dado hijos en vez de hijas. Sabía que era algo que ocurría con frecuencia, pero su pasión inicial por ella había sido tan intensa que le había hecho creer que duraría más.

De modo que a lady Hertford no le sorprendió que la querida amiga a la que llevaron a su casa aquella noche hubiera escogido la compasión y la comprensión en las que podía confiar, en vez de arriesgarse a regresar a algo con lo que no podía contar.

Además de todo aquello, en mitad del trauma que estaba viviendo, Esme sabía que ella misma se lo había buscado al intentar ser más lista que un canalla que se ganaba la vida siendo más listo que los demás. Habría sido incapaz de darle una explicación a su familia. Lady Hertford no esperaba tanto.

Enterada como estaba de la huida de Esme en mitad del baile de puesta de largo de su hija pequeña, a lady Hertford no se le ocurrió sugerir que su amiga regresara a casa, ni pensó en informar a la familia sobre su paradero. Eso sería algo que tendría que decidir la propia Esme cuando estuviera preparada. Mientras tanto, manteniendo su presencia en secreto para todos salvo para el marqués y sus empleados, lady Hertford trataba a su invitada como una madre, consolándola, sin culparla por su estupidez, porque sabía que no habría servido de nada. Estar casada con un hombre como Hertford, amigo íntimo del Príncipe Regente, le había enseñado muchas cosas sobre los caprichos del comportamiento humano.

Sin embargo lady Benistone sufrió una recaída en su recuperación tan solo dos meses más tarde, al descubrir algo horrible.

—Pensé que de nuevo se me había vuelto a retrasar el periodo —le dijo tras recuperarse de las náuseas. Se sentó al borde de la cama, vestida con el camisón y bañada por la luz del sol de la mañana, que le hacía daño en los ojos—. Pero no es así, Isabella. Esta vez no. No con estas náuseas. Oh, cielos, ¿qué voy a hacer?

Aquella era una pregunta que lady Hertford ya se había hecho a sí misma. Incluso lo había discutido con su marido, quien, como era de esperar, había visto las posibles complicaciones antes que ellas.

—Llévala a Ragley —le había dicho él—, si al final sucede lo peor. Al menos allí estará a salvo.

Y había sucedido lo peor.

—Tenemos Ragley Hall —le dijo Isabella a su angustiada amiga—. Puedes tener el bebé allí y encontraremos a alguien que lo adopte. Una buena mujer. Hay muchas, si sabes dónde buscar.

Una vez más, Esme se sintió invadida por la culpa y por los remordimientos, pero el razonamiento de Isabella era más lógico de lo que había imaginado pues, mientras se quedara en Londres, más riesgo corría de que un vengativo sir Lionel descubriera su paradero, o tal vez su familia. Incluso el Príncipe Regente, que en otra época la había deseado como amante y cuyo afecto era poco menos que fugaz. Era un riesgo que Isabella no estaba dispuesta a correr. Se mostró persuasiva y Esme supo sin preguntarlo que en Ragley Hall recibiría más atenciones de las que había recibido en años. Warwickshire, uno de los bonitos condados interiores, era un lugar tranquilo y Ragley Hall un palacio impresionante.

Lord Hertford fue todo un caballero con ella, la acompañó en su mejor carruaje con baúles llenos de ropa y todo lo necesario para su comodidad, incluso durante los largos meses de reposo que tenía por delante. Esme siempre se había sentido a salvo con él, pues en su juventud habían sido amantes, poco tiempo y en secreto, y ahora eran buenos amigos. Él se había enfadado mucho con lord Benistone por permitir que le ocurriera aquella catástrofe a su preciosa esposa.

—Si hubiera recibido el apoyo necesario —se había quejado a su esposa—, no se habría visto obligada a seguir hacia delante con su ridículo plan. Ese joven canalla iba a hacer una oferta por la hija... ¿cómo se llama?

—Annemarie. Lady Golding.

—Eso es. En el baile de la hija pequeña, ¿puedes creerlo? Y ni siquiera entonces lord Benistone tuvo tiempo de escuchar. Le tengo mucho respeto como coleccionista, pero si le hubiera prestado la misma atención a sus mujeres que a sus estatuas...

—Creo que no deberíamos hablar más del tema —dijo Isabella.

—Bueno, tal vez tengas razón. Normalmente la tienes. Todos tenemos nuestras debilidades.

—Sí, querido. Y nuestras fortalezas. Pero Esme no debería encontrarse en una situación delicada en estos momentos.

—Estará bien en Ragley —respondió Hertford—. Conseguiremos que el doctor Willetts esté allí cuando se ponga de parto. Has logrado que el principito no se entere de esto, ¿verdad?

—No he dicho una palabra —dijo Isabella—. Está demasiado preocupado por las inminentes celebraciones como para pensar en otra cosa. Pobrecillo.

Cuando llegó a la casa de la calle Curzon, Annemarie vio que se había tomado demasiado en serio la broma de Verne cuando este había insinuado que todo estaría listo para entrar a vivir de inmediato. Indignada más que decepcionada, vio que, aunque el personal estaba preparado, los muebles y demás complementos no lo estaban. Verne le dijo que, si quería pasar allí la noche, tendría que ir a comprar una cama y algo con lo que cubrirla.

—Cosa que soy muy capaz de hacer —respondió ella altivamente—. Nunca me ha resultado difícil tomar ese tipo de decisiones, sobre todo cuando me dejan en paz para hacerlo.

—Y así será —dijo él mientras ella entraba en el comedor—. Debo marcharme hasta está noche. Su alteza me espera. Te enviaré la calesa dentro de una hora para que te dé tiempo a hacer una lista. ¿Te parece bien?

—Perfectamente, gracias. Habrá un poco de caos

cuando regreses, pero al menos tendrás algo sobre lo que sentarte.

Verne se echó a un lado para dejar pasar a dos hombres que llevaban un baúl y vio la excitación en los ojos de Annemarie ante la tarea que tenía entre manos.

—Y algo en lo que tumbarme también, espero. Que eso sea tu prioridad. Adiós, querida.

No hubo tiempo de preguntarle si aquella clase de conversación era típica entre los amantes, pero pudo imaginarse qué tipo de respuesta le habría dado. Nunca la dejaba sin palabras.

Para cuando lord Verne regresó aquella tarde, el caos que le había prometido estaba en su máximo apogeo. Varios repartidores se encontraban desenvolviendo mesas y sillas mientras Annemarie ordenaba con los brazos el lugar exacto que ocuparían los muebles.

—Bueno —le dijo Verne dándole la mano—. Esto es impresionante. Es sorprendente que hayas hecho todo esto tú sola.

—Yo sola no. La señora Cardew y mi hermana han venido conmigo. Están arriba, preparando el dormitorio. Mejor no subas. Lo verás luego. Mira allí, tenemos sofás a juego y sillones.

—¿Y con qué hacen juego?

—Eh… con las cortinas, cuando lleguen. Ah, y la alfombra. Oriental. Te gustará. En tonos dorados y rosas. Muy femenina —se fijó en la sorpresa de su mirada—. Bueno, pero no demasiado femenina.

—¿Tenemos tenedores y cuchillos?

—Por supuesto. Y una vajilla. He invitado a la familia a cenar mañana. A nuestra nueva cocinera no le ha importado en absoluto.

Verne se dejó caer en uno de los sofás y extendió el brazo sobre el respaldo.

—Me alegra oírlo. Pero puede que a ti sí te importe cuando te diga que estamos invitados a Carlton House mañana para ver al príncipe. Y, antes de que preguntes si se puede posponer, la respuesta es no. Era parte de nuestro acuerdo —le recordó él en voz baja para que nadie más pudiera oírlo—. Y además querías verlo, ¿no? ¿Pensabas que sería cuando quisieras tú, querida? Eso sería como esperar un milagro.

Annemarie se sentó a su lado en el borde del sofá y negó con la cabeza.

—No —respondió—. En realidad no. Pero no importa, me las apañaré. Me hubiera gustado tener tiempo, nada más. Solo es la familia. Supongo que tendré que acostumbrarme.

—¿A qué? ¿A adaptarte?

—Sí. A adaptarme. No debo fracasar ante el primer obstáculo, ¿verdad?

—Esa es mi chica guapa —susurró él mientras le cubría la mano—. El príncipe está deseando verte y yo estoy deseando presumir de ti. Se acuerda de ti.

Annemarie sonrió al ver sus manos juntas. Era un gesto íntimo que rara vez se hacía ante los sirvientes, pero a Verne no le importaba.

—¿Y de mi madre? ¿Se acuerda también de ella?

—Así es. Pero no le llevaremos las joyas. No sería apropiado. Dejaremos los comentarios sobre el tocador y su contenido para otro momento, a no ser que él saque el tema. Ya se ha olvidado de la idea de quedarse con el tuyo.

—¿Quieres decir desde que me deshice del contenido?

—Sí, ahora se siente más a salvo. Lady Hamilton y su hija se fueron a Calais una noche mientras nosotros estábamos en Brighton. Ha escapado de sus acreedores y probablemente no volvamos a verla.

«Llevándose las cartas consigo», pensó ella. «Se acabaron las especulaciones sobre lo que podría hacer con ellas. Desde Francia, probablemente nada. Fin de un episodio».

—Bueno —dijo ella con un suspiro—. Entonces se acabó esa historia.

—¿Se acabó? —preguntó Verne observándola—. ¿De verdad? ¿Ya te has vengado, o quieres más?

Annemarie sintió que los ojos se le llenaban de lágrimas. El muy astuto había metido el dedo en la herida al hacer referencia al origen de su plan, y no sabía qué responder.

—Perdóname —dijo él incorporándose—. Has tenido un día muy ajetreado, querida. Vamos a ir paso a paso, ¿de acuerdo? Venga, muéstrame el piso de arriba antes de cenar. ¿Ha llegado mi ayuda de cámara?

Aliviada por el cambio de tema, Annemarie se puso en pie con él.

—Hace media hora. Evie y él por fin se hablan.

—Me alegra oírlo. Me pregunto qué habrá pasado.

—Será una cuestión de lealtad, supongo.

Aun así, a cada paso que Annemarie daba hacia aquella nueva situación doméstica, se daba cuenta de que iban cumpliéndose sus anhelos más privados, hasta el punto de pensar que, si llegaba el momento en que mostrara sus cartas y se alejara de él cuando más la necesitara, su mundo se derrumbaría con más crueldad que el de él. Verne tenía otras cosas a las que recurrir en busca de apoyo, un mundo en el que ella solo sería un accesorio, no una parte significativa.

Tan devastador como la pérdida de aquella recién estrenada independencia sería renunciar a momentos como aquel. Estaban envueltos en sus batas en una casa llena de sombras y de sonidos extraños, disfrutando de una cena fría sobre una caja cubierta por una sábana en cuyo interior se hallaba la nueva lámpara de araña de Pellatt y Green's. No parecía algo demasiado romántico, salvo para una mujer como Annemarie, que siempre se había vestido para la cena y que, en el transcurso de una semana, había empezado a hacer cualquier cosa que fuese necesaria para complacerle, y para disfrutarlo también. Pero, mientras cenaban en silencio, Annemarie sintió que su corazón estaba traicionándola, y que ya era demasiado tarde para evitar el daño.

Se miraron a los ojos y se rieron de sí mismos.

—No puedes creer que estés haciendo esto, ¿verdad? —dijo él.

Annemarie se chupó los dedos haciendo ruido y su mirada traviesa reflejó lo absurdo de todo aquello.

—No se lo digas a mi padre —respondió—, o no tendré argumentos la próxima vez.

Habían decidido cenar en lo que después sería la sala de estar, donde los sirvientes habían servido la cena con discreción mientras el señor y la señora visitaban el dormitorio y el cuarto de baño de arriba.

—Haremos que pulan el suelo de roble —le dijo Annemarie—. Y pondremos una preciosa alfombra Axminster en tonos crema y azul. Ya la he encargado.

—Y a mí me gustará —añadió él.

—Sí te gustará —respondió ella entrelazando el brazo con el suyo—. ¿Verdad? —no se resistió cuando él la estrechó entre sus brazos para demostrarle en qué había estado pensando desde que subieran al piso de arriba—. He intentado complacerte —murmuró entre besos.

—¿Complacerme? —preguntó él—. Dios mío, mujer, claro que me complaces… —la tomó en brazos y la tendió sobre la cama antes de tumbarse encima.

Las prendas de ropa fueron amontonándose en el suelo mientras sus pieles se encontraban y se acariciaban, mientras sus manos exploraban las curvas como si fuera la primera vez. Los suspiros de placer eran interrumpidos por besos apasionados que recorrían sus cuerpos y provocaban todo tipo de reacciones.

Maravillada aún por la novedad de la experiencia, Annemarie disfrutaba de la destreza amatoria de Verne mientras él descubría también la naturaleza única de su cuerpo, que le hacía sentir como si hubiese encontrado un tesoro muy valioso. Que una criatura semejante hubiera sufrido el desprecio y la traición en tan poco tiempo le daba más razones para ofrecerle lo mejor que pudiera, con la esperanza de que su corazón lastimado se recuperase y pudiera aceptarlo como parte esencial de su futuro. Sus lágrimas le habían demostrado lo cerca que estaba de entenderla y lo alterada que estaba por la agitación emocional a la que él había aludido antes. Pero, con gran habilidad, ayudó a que se olvidara de eso.

Tras pasar largo rato susurrándose palabras de cariño, el hambre les recordó que, si no aparecían pronto en el piso de abajo, la cena regresaría a la cocina. Así que se pusieron las batas y, riéndose como niños descalzos, se sentaron sobre cajas de cartón para cenar por primera vez en la calle Curzon y para beber champán en copas de vino. Todo resultaba más agradable porque se alejaba de las preciadas convenciones de Annemarie.

—No —dijo Verne—. No le diré nada a tu padre mañana, pero te lo recordaré durante algún tiempo.

La cita en Carlton House no era hasta después de mediodía, pero la casa de la calle Curzon ya estaba llena de repartidores y de ayudantes que habían ido a colgar la lámpara de araña. Evie había ido a Park

Lane y estaba llenando los nuevos armarios con vestidos apropiados para una cita con la realeza. Por el bien de Verne, tendría que lucir sus mejores galas, ser elegante y dejarse impresionar por lo que viera en Carlton House, porque él tenía fe en su capacidad para encandilar a su anfitrión; de lo contrario no se habría arriesgado a organizar el encuentro.

En cualquier caso, teniendo en cuenta lo que ella pensaba sobre la extravagancia del príncipe, a Verne le parecería un milagro si lograba ocultar todos sus sentimientos, que se verían puestos a prueba, sobre todo mientras ascendían por la enorme escalera que conducía hacia la antesala. Parecía absorber con la mirada aquella profusión de azul y dorado, pero no dijo nada hasta que él comentó:

—Estás impresionante.

—Gracias. Estoy intentando pensar en algo igual de halagador que decir sobre todo esto, pero grandeza y opulencia me parecen inadecuadas, ¿no crees? Además de poco originales.

—No te esfuerces demasiado —dijo él mientras los lacayos abrían las puertas dobles situadas al otro extremo de la habitación—. Verás que resulta muy fácil hablar con él. Oh, aquí viene.

Los encuentros anteriores, uno de ellos acaecido dos años antes y el otro más reciente, le habían advertido de lo que se encontraría, sin embargo los casi cincuenta y tres años de autocomplacencia del príncipe no resultaron tan aparentes cuando se acercó. Parecía más un hombre afable que el monarca petulante y artrítico que había imaginado. De cerca se dio cuenta de que en otra época habría sido un hombre guapo y de que se enorgullecía de su apariencia.

—Oh, al fin has traído a la dama para que me vea, Verne —dijo con una sonrisa mientras le estrechaba las manos a Annemarie. La acercó hacia él y le dio un beso en cada mejilla—. Ya era hora. Decidme, lady Golding, ¿cómo está lord Benistone? ¿Sigue guardando todos esos tesoros que yo quería conseguir?

—Está bien, alteza, gracias —Annemarie esperaba que su mala memoria no le llevase a hacer preguntas más difíciles de responder. Pero tras él había aparecido otra figura, una guapa mujer de mediana edad que, a juzgar por su sonrisa maternal, demostraba que el príncipe y ella estaban a gusto juntos. Por el vestido verde de satén, las joyas a juego, el pelo gris y los labios rojos, cualquiera habría podido confundirla con su esposa, aunque Annemarie sabía que no lo era. Saludó a lord Verne con una sonrisa y después la miró a ella, aunque la temida pregunta ya estaba en proceso.

—¿Y lady Benistone también? Os parecéis mucho a ella. Es asombroso, ¿verdad, Isabella? —le preguntó el príncipe a su acompañante—. Te acuerdas de Esme Benistone, ¿verdad? ¿No fuisteis buenas amigas en otra época?

Isabella, marquesa de Hertford, ignoró la pregunta agitando una mano.

—Lady Golding —dijo amablemente—, nos alegra volver a veros. Sobre todo con nuestro buen amigo lord Verne. Jacques, querido, has de traer a lady Golding a nuestra casa algún día. Lord Hertford deseaba que vieras el último cargamento que ha traído del continente antes de que su alteza lo vea. Vaya dos —continuó colocándole una mano en el brazo a Annemarie—. Son hombres de confianza. No permiten que su alteza vea nada antes que ellos por si acaso…

—Mi gusto es impecable —protestó el príncipe riéndose—. Tal vez un poco más ecléctico que el suyo. Me encanta el estilo chino, ¿a vos no, lady Golding? Pero esperad a ver mi… venid… por aquí…

Tras evitar la crisis, lady Hertford le guiñó un ojo a Annemarie mientras el príncipe les hacía cruzar las puertas y centraba su atención fugaz en asuntos menos delicados.

Ella le hizo varias preguntas, algunas relacionadas con su pasión por el arte, y sus respuestas revelaban que aquella era una manera de encontrarle sentido a su vida después de que le hubieran arrebatado todas las responsabilidades que iban asociadas a su cargo. Bajo la ostentación y el exceso, Annemarie reconoció su necesidad de admiración y de aprobación, como un niño que necesitara el consuelo de los juguetes en lugar del amor.

Advirtió que estuvo a punto de echarse a llorar al admitir lo poco que estaba disfrutando de las celebraciones y cómo recordaba su sonrisa en el parque. Annemarie consideró entonces que no tenía sentido abochornarlo más, vengarse de un hombre que había perdido el rumbo. Verne había acertado al no llevar las joyas. De un modo u otro, el príncipe era humillado a diario por sus propios deseos y, sin saber cómo solucionarlo, incapaz de aceptar consejos, intentaba ignorar aquello a lo que otros hombres habrían hecho frente, consolándose en su lugar con sus propias ideas de gratificación.

Annemarie contribuyó como pudo a la conversación y le sorprendió la cantidad de cosas que entendió sin haberlo esperado, sin ni siquiera haberlo deseado. ¿No estaba ella haciendo algo muy similar en menor escala? ¿No estaba regocijándose al gastarse el dinero de otra persona en ella? ¿Y no había estado intentando ignorar a su conciencia y a su corazón solo para causarle dolor al hombre que estaba dispuesto a apoyarla, fueran cuales fueran sus razones? ¿Acaso esas razones importaban ya? ¿No sería igual, en esencia, a lo que el príncipe estaba haciendo con lady Emma Hamilton, a la que había asegurado amar?

¿Había perdido ella también el rumbo?

—No puedo admirarlo, no —le dijo a Verne cuando regresaban a la calle Curzon—, pero creo que empiezo a comprenderlo un poco más. Y algunas cosas incluso podrían llegar a gustarme, aunque su actitud derrochadora no sea una de ellas. Por cierto, eso es algo de lo que tú y yo tenemos que hablar.

—¿De los derroches del príncipe?

—No. De los míos. De los nuestros.

—No me habrás oído quejarme. Aún.

—No llegaremos a ese punto.

—Entonces dejémoslo hasta después del fin de semana, ¿de acuerdo? Lady Hertford nos ha invitado a ir a Ragley Hall.

—Oh, cielos. ¿Cuándo? ¿No será este fin de semana?

—Me temo que sí. Hert tiene algunas compras que quiere que vea.

—¿No puede esperar? La casa apenas está amueblada. Y, antes de que me digas que esto formaba parte del trato, permite que te recuerde que la balanza ya está bastante inclinada a tu favor. Dos días de compras y una visita fugaz al teatro no van a ayudarme mucho, ¿verdad?

—Acostúmbrate a ello, Annemarie —respondió él—. Habrá veces en las que ambos estemos obligados a ayudar al otro, con ciertos inconvenientes. No puede ser de otro modo, ¿verdad? Aceptaste las condiciones y hoy has hecho que me sienta orgulloso. No irás a echarte atrás al segundo obstáculo, ¿verdad?

—¿He hecho que te sintieras orgulloso? ¿De verdad?

—Mucho. ¿No te has fijado la de veces que el secretario privado del príncipe ha entrado para recordarle que tenía otra cita después? Ha llegado por lo menos una hora tarde, gracias a ti. Casi nunca le había visto tan interesado durante tanto tiempo. Incluso Isabella se ha dado cuenta.

—¿Se ha sentido molesta?

—En absoluto. Ella desea el placer de tu compañía. Y su alteza también. ¿Eso no es suficiente para perder un día o dos poniendo en orden la casa?

—Sí, por supuesto. Lo siento, no volveré a quejarme.

—Ven aquí —el dijo él en el carruaje mientras la acurrucaba contra su cuerpo—. Sé lo importante que es para ti tenerlo todo como quieres, pero hay tiempo de sobra, cariño. Y la visita fugaz al teatro te recuerdo que fue cosa tuya, no mía. Aunque yo tampoco tenía muchas ganas de ver a Keane haciendo de Shylock. Qué sobreactuado.

Ella apoyó la cabeza en su hombro y sonrió al ver cómo había logrado darle la vuelta a su enfado y a su egoísmo. Incluso el Príncipe Regente compaginaba el placer con el deber.

—Creo que he disfrutado hablando con el príncipe. Está muy bien informado, ¿verdad? Y es inteligente. Y sabe mantener una buena conversación.

—Por eso disfruto trabajando para él.

—Y además no ha mencionado nada sobre el tocador.

—Ya te dije que se habría olvidado del asunto.

A pesar de que Verne se lo había mencionado en una ocasión, Annemarie no había sido plenamente consciente de lo intensamente que trabajaban lord Hertford y él en la colección de arte del príncipe. Tampoco se había dado cuenta de lo implicada que estaría cuando le dijo que necesitaba a una mujer de clase alta que le acompañase en las ocasiones especiales. Erróneamente había dado por hecho que esas salidas en sociedad la beneficiarían a ella a la hora de buscar a su madre, y pasando el fin de semana en Ragley Hall, en Warwickshire, evidentemente no iba a conseguir eso. Era un tiempo que no podía permitirse, pero le alegraba reencontrarse con lady Hertford, que había sido una de las amigas más cercanas de su madre.

En la superficie, ambas parecían tener poco en común, salvo el favor del Príncipe Regente y su lugar resultante en la alta sociedad. Pero lady Hertford nunca había gozado de buenas críticas, pues muchos la consideraban demasiado influyente, demasiado dominante, demasiado adinerada, demasiado virtuosa y moralista. Y, al saberse que le leía regularmente pasajes de la Biblia al príncipe, a muchos les había parecido ridículo más que beneficioso. Pero, tras hablar con él aquel día, Annemarie había podido apreciar sus gustos literarios y no veía razón por la que debiera rechazar lo que la Biblia le ofrecía.

De modo que, aunque la inminente visita a la residencia de campo de los Hertford fuese a quitarle mucho tiempo, Annemarie esperaba que el reencuentro con la antigua amiga de su madre pudiera proporcionarle información útil. Además de eso, el inesperado placer que había empezado a sentir complaciendo a su amante era capaz de eclipsar cualquier contratiempo.

Cuando regresaron a casa, los empleados estaban ocupados con los preparativos para la primera cena familiar en la calle Curzon. El personal estaba tan ansioso por demostrar su experiencia como Annemarie lo estaba por impresionar. Los invitados apenas advirtieron los escasos detalles que faltaban, pues la comida estuvo compuesta de exquisiteces que la cocinera de la calle Montague rara vez preparaba. Empanadas de venado y pichones cocidos, pato asado a la naranja, alcachofas con patatas, champiñones rellenos con salsa de anchoa y escalopes de liebre, aquello último especialmente preparado para lord Benistone. Se había vestido formalmente para la ocasión y Annemarie no fue la única que comentó lo elegante y alegre que parecía. Tampoco fue la única en advertir lo inusualmente callada que estaba su hermana Marguerite.

—¿Qué le sucede? —le preguntó a Cecily—. ¿Se encuentra mal?

—Lleva muy callada desde mediodía. ¿Te ha dado las gracias por los zapatos?

—Sí, pero solo cuando le he preguntado si le gustaban. ¿Crees que sigue disgustada por el episodio del teatro?

—No creo, querida. No excesivamente. Tal vez Oriel sepa algo.

Pero Oriel no lo sabía y solo pudo sugerir que tal vez su hermana pequeña hubiera preferido salir con sus amigas aquella noche. Por otra parte, su falta de apetito podría significar que estaba incubando algo.

Era más de medianoche cuando llegaron los carruajes, y Cecily, Oriel y el coronel Harrow, que no querían tener a Marguerite despierta más tiempo, fueron los primeros en marcharse a Park Lane. Tras despedirse de ellos, el sirviente más joven le entregó a lord Benistone un trozo de papel doblado que había descubierto bajo la silla de la señorita Marguerite. Iba a llevárselo directamente a su señora, pero, como lord

Benistone se lo quitó antes de que pudiera hacerlo, no tuvo elección.

—Me aseguraré de que lo reciba por la mañana —dijo lord Benistone mientras se lo guardaba en el bolsillo de la chaqueta—. Buenas noches, querida —le dijo a su hija antes darle un beso en la mejilla—. Una velada maravillosa. Gracias. Y a ti también, Verne. Ha sido espléndido. Espero que la visita a casa de los Hertford vaya bien mañana. Y ya me contarás qué es lo que ha comprado. Seguro que es de buena calidad, aunque ese hombre nunca me ha caído bien. Aun así es amigo tuyo, así que mantendré la boca cerrada, pero mantén a mi hija alejada de él.

Verne se apresuró a tranquilizarlo.

—Estará bien protegida, milord.

—Sí, claro que sí. No quería decir que... Oh, en fin, buenas noches a los dos.

Sin embargo, cuando ya había partido de vuelta hacia su casa, la idea de que no solo Annemarie podía necesitar protección, sino también Marguerite, le había hecho asomarse por la ventanilla para decirle al cochero que cambiara de dirección. Como consecuencia, llegó a casa de su prima en Park Lane poco después de que Marguerite se retirase apresuradamente a su habitación.

Sonriendo por la preocupación de su padre, Annemarie y Verne se volvieron hacia la escalera.

—¿Cómo piensas evitar exactamente que el marqués de Hertford me ponga las garras encima, si está decidido a salirse con la suya? —le preguntó a Verne—. Según creo, mujeres mejores que yo le han encontrado irresistible.

—Para ser una mujer con tanta resistencia a los hombres —respondió él mientras la agarraba del brazo para subir el primer escalón—, tu mente a veces da unos giros de lo más asombrosos. Aquí estoy yo, persiguiéndote por todas partes y haciendo saltos mortales para despertar tu interés, cuando lo único que habría hecho falta es una reputación como la de Hertford y una melena como un puñado de zanahorias. Veo que he seguido una táctica equivocada. ¿En qué he fallado?

—Bueno —dijo ella mientras subían la escalera—, el pelo no tiene nada de malo. Me gustan tus canas. Me resultan intrigantes. Y tampoco tiene nada de malo tu reputación. El hecho de que no sea tan celebrada como la de lord Hertford probablemente se daba a que te lleva veinte años de ventaja. Además tiene un hijo, ¿verdad? Un hijo muy perverso.

—Así es. También tiene… bueno… digamos que tiene otros. ¿Podría suponer eso una atracción añadida? ¿Que haya demostrado su virilidad tantas veces? Por desgracia yo no puedo presumir de eso. Todavía.

—Quizá sea porque no te has entregado a la tarea con el mismo entusiasmo. Hablar de ello es una cosa, pero no hay nada tan convincente como la práctica, o eso creo yo. ¿No estás de acuerdo?

—No podría estar más de acuerdo. Pero, ¿me estás diciendo que estabas pensando en esto durante toda la cena mientras yo, y probablemente el resto de invitados, creía que estarías pensando en asuntos más recatados como el exorbitante precio de la última vajilla del señor Wedgwood?

Annemarie le acarició la oreja como tantas veces había deseado hacer mientras hablaban de cosas cotidianas.

—Creo que estoy diciéndote que llevo pensando en eso casi todo el día. Miraba tu boca mientras comías y deseaba sentirla en mí. Miraba tus manos y deseaba sentirlas también. Explorándome. Deseaba tu atención. Toda tu atención. Tus sonrisas y tus carcajadas profundas. Deseaba sentir tu cabeza en mis brazos, contra mi pecho… —se imaginó la escena y la voz se le entrecortó—. Y… oh, Jacques… No sé… qué haría sin… sin ti.

En la escalera en penumbra, él le rodeó la cara con ambas manos y la miró fijamente a los ojos.

—¿Qué sucede, cariño? ¿Por qué dices eso? ¿Por qué ibas a tener que estar sin mí? Acabamos de empezar. Y, si hubiera logrado leerte mejor el pensamiento, te habría llevado a la cama en mitad de la cena. Nuestros invitados lo habrían entendido y, si no, tampoco importaría. A la tercera vez habrían empezado a hacerlo.

—¡Oh, Jacques… de verdad!

—Entonces, ¿a qué viene esta extraña conversación?

—No lo sé —contestó ella con un susurro—. Es la

sensación de que… no puede durar. Las cosas no duran mucho conmigo, Jacques. Y no espero que esto dure tampoco. Soy demasiado feliz. Y temo que, cuanto más te desee, antes me abandones.

—Oh, no, cariño. No. En eso te equivocas. No pienso ir a ninguna parte y, además, esas premoniciones que tienes sobre nuestro futuro están basadas en malas experiencias y es mejor ignorarlas. Si pensabas que me había olvidado de que hemos de buscar a lady Benistone, no es verdad. Allá donde voy, estoy siempre atento, recopilando información igual que hago para el príncipe. Tengo contactos en todas partes. La encontraremos. En cuanto a Hertford, somos amigos desde hace años y sabe que no debe insinuarse a ninguna mujer que esté bajo mi protección. Ahora, ¿dónde estábamos? Ah, sí, ya me acuerdo —antes de que ella pudiera responder, le pasó un brazo por debajo de las rodillas y la tomó en brazos para llevarla a su habitación.

Alentado por la atípica declaración de Annemarie, aunque también preocupado por sus dudas, Verne se mostró aún más receptivo que de costumbre a su necesidad de consuelo. La desnudó suavemente mientras le decía palabras cariñosas, de cuya sinceridad ella no tenía razón para dudar. Y pensar en lo que se habría perdido si aquella estatua blanca en el recibidor de su padre no hubiera elegido moverse aquel día.

Pero Annemarie apenas oyó el final de la frivolidad porque, para entonces, bañada por el lujo de sus cumplidos, le instaba a seguir explorando su cuerpo, se abría a él como si las palabras hubiesen sido la llave. Llevada por sus manos descaradas, sus fuegos comenzaron a encenderse y a exigir todas sus energías para avivarlos hasta que por fin la penetró y los condujo a ambos a una nueva cota de felicidad. Allí, en lo que parecía ser una pequeña cápsula de éxtasis sin tiempo, el resto del mundo no existía. Verne usó todo su autocontrol e intentó hacer que durase como ella le había rogado, pero su deseo era tan grande como el de ella y no pudo contenerse más. La cápsula estalló demasiado pronto y los condujo a un vacío exultante donde el tiempo volvió a detenerse. Se quedaron con los brazos entrelazados, sus cuerpos acurrucados.

—¡Oh… amor! —murmuró Annemarie antes de quedarse dormida.

Verne sonrió contra su pelo, satisfecho al haber podido oír la palabra que ningún otro hombre le había oído decir, incluso aunque tal vez no fuera consciente de haberla dicho.

Nueve

—Elmer, querido —dijo Cecily con sorpresa ante la inesperada aparición de su primo—. ¿Has venido a tomar una copa?

Lord Benistone sacó la nota doblada del bolsillo.

—No —contestó—. He venido a enseñarte esto. Estaba debajo de la silla de Marguerite. Cuando se dé cuenta de que ha desaparecido, se enfadará más de lo que estaba antes.

—¿Por qué iba a enfadarse? ¿La has leído?

—Aún no. Pero, ¿qué hace recibiendo cartas, Cecily? ¿Tú sabías algo?

—Tiene casi diecisiete años, querido —respondió Cecily mientras le conducía hacia el salón, donde se encontraban Oriel y el coronel, que se sobresaltaron al oír su voz—. No va pegada a mí igual que no va pegada a ti.

—Ese ha sido uno de los problemas. ¿Quieres leerla?

—¿Es la correspondencia personal de Marguerite, papá? —preguntó Oriel—. ¿Deberías hacerlo?

—Si es algo que le causa pesar, entonces sí, debería —respondió su padre antes de sentarse en un sillón junto al fuego y abrir la nota.

—¿No estaréis sacando conclusiones precipitadas, milord? —preguntó el coronel Harrow en un intento por proteger la intimidad de Marguerite. Pero fue demasiado tarde.

Se hizo un silencio incómodo mientras lord Benistone comenzaba a leer, aunque no pudo terminarla antes de que empezara a temblarle la mano y dejara caer el papel arrugado sobre su rodilla.

—Es... ¡de él! —susurró—. ¡Ese maldito cobarde!

—¿Quién, papá?

El coronel Harrow se levantó, le quitó la nota a lord Benistone y se la entregó a Cecily, quien pudo verificar lo que ya sospechaban.

—¡Mytchett! —exclamó ella—. ¿Qué diablos hace escribiendo a Marguerite?

—Y qué se propone ella —respondió lord Benistone—. Tal vez debas leerla en voz alta, Cecily, y entonces tal vez tengamos una respuesta.

Sin embargo Cecily no pudo leerla palabra por palabra, aunque les hizo un resumen de las partes más relevantes.

—Quiere que se reúna con él, Elmer.

—¡Apuesto a que sí! Por encima de mi cadáver.

—Sí, mañana por la noche en los jardines de Vauxhall, durante los fuegos artificiales, si desea... ver a su madre... la llevará...

—¿Dónde?

—No lo dice. A las once. ¡Pero sabemos que ese hombre es un mentiroso!

Un sollozo agudo procedente de la puerta alertó a todos de la presencia de Marguerite, que se lanzó sobre Cecily y le arrebató la carta.

—¡No, no! No deberías haber hecho eso, Cecily. Tú menos que nadie. ¡Es algo privado! ¿Cómo has podido? Esto es horrible.

Pero Oriel atrapó a su disgustada hermana antes de que pudiera escapar y la sujetó con fuerza mientras el coronel Harrow cerraba la puerta.

—Tranquila, querida. Tranquila. No puedes guardarte esto. Somos responsables de tu seguridad, cariño, y ese hombre tan horrible no habla en serio. ¿Cómo podrías pensarlo después de lo que le ocurrió a Annemarie? No es de fiar. Ya lo sabes.

Hasta que no se sentó entre Oriel y Cecily, los sollozos de Marguerite hicieron que le resultase imposible dar una explicación.

—Quería ser yo la que trajera a mamá de vuelta —dijo al fin—. Todos pensáis que… —frunció el ceño mientras trataba de expresar sus intenciones, sabiendo que nadie lo aprobaría.

—¿Qué, cariño? —le instó Cecily—. ¿Qué pensamos? Vamos, puedes decírnoslo. Esto es serio. ¿No quieres compartirlo con nosotros?

—Que no me ha importado que mamá no esté aquí… y no es cierto. No paro de hacer cosas mal… sin saber por qué… ni qué… y sí que me importa.

—Claro que sabemos que te importa, niña idiota —fue la respuesta molesta de su padre, que ignoró el ceño fruncido de los demás.

Oriel no lo dejó pasar.

—Papá —dijo con severidad—, si pudieras pensar en Marguerite como en una joven en vez de como en una niña idiota, eso quizá ayudaría. Puede que no entiendas plenamente por qué se siente así, pero Cecily y yo entendemos que quiera contribuir, incluso poniéndose en peligro al hacerlo. Sus motivos son encomiables, aunque algo imprudentes. Marguerite, ¿cómo te ha llegado esta carta?

—Fue entregada a mano esta mañana, mientras estabais fuera. No sé quién la trajo. No he hablado con él, ni siquiera lo he visto. Es la verdad, Oriel.

—Te creemos, cariño —dijo Cecily—. Entonces, ¿cómo ha…?

—Si lees el resto de la carta, verás que estaba en el teatro cuando nosotros estuvimos allí, y vio a Annemarie con lord Verne, así que sabe ha vuelto a salir en sociedad. Allí también me vio a mí.

—¿Así que te escribe a ti?

—Bueno, no iba a escribirle a ella, ¿verdad? Ni a papá. Así que me ha pedido reunirme con él mañana durante los fuegos artificiales porque da por hecho que yo iré. Promete llevarme a ver a mamá. Debe de saber dónde está.

—¿Y tú le crees? ¿A un hombre así?

Cuando sus buenas intenciones quedaron hechas pedazos ante sus ojos, Marguerite volvió a echarse a llorar.

—¿Qué otra opción hay? —preguntó entre sollozos—. ¡Quiero que vuelva! No me importa cómo.

—Sí, querida —dijo Cecily—. No es de extrañar que lleves todo el día preocupada con esto en la cabeza. ¿Le has respondido?

—No podía, no hay remite. Supongo que cree que…

—Que te tragarás su absurda historia —dijo lord Benistone—. Escúchame, Marguerite. Cuando un canalla se comporta como lo ha hecho él, renuncia a su derecho de que le crean. Si supiera dónde está mamá, cosa que dudo, me habría enviado una carta a mí directamente. Pero se trata de un rescate. Se trata de dinero, querida. Siempre ha sido una cuestión de dinero, desde el principio.

—Pensaba que podría ser yo quien la trajese de vuelta, papá.

—Bueno, entonces, como debo empezar a tratar a mi niña pequeña como a una joven dama, creo que deberías ser tú quien se reuniera con él.

—¡Elmer! —gritó Cecily—. ¿Qué estás diciendo?

—Estoy diciendo, Cec, que Marguerite puede ir a la cita.

—Sola no, imagino.

—Claro que sola no. Iremos todos.

—¿Puedo ir yo también, milord? —preguntó el coronel Harrow—. Puedo ser útil.

Lord Benistone se levantó del sillón como si todo estuviese zanjado.

—Desde luego, William. Ahora eres de la familia.

Cecily aún no se había recuperado de la sorpresa.

—¿Qué pasa con Annemarie y con lord Verne? ¿No deberían saberlo?

—La verdad es que no, Cecily. Mañana se marchan a Warwickshire. ¿Qué sentido tiene preocuparles cuando no es necesario? Podremos hacernos cargo de esto nosotros. Además, es asunto de Marguerite, ¿verdad, jovencita?

—Sí, papá. Gracias.

—Entonces acordaremos los detalles mañana. No más lágrimas por hoy.

—Elmer —dijo Cecily cuando Marguerite se hubo marchado—, ¿crees que esto es apropiado?

—Sí, Cec, lo creo. Sé perfectamente lo que trama ese bastardo y llevo un año esperando la oportunidad de atraparlo. Si son fuegos artificiales lo que quiere, eso es lo que tendrá.

La reputación de los jardines de Vauxhall como lugar seguro en el que pasar una velada había sufrido en los últimos años y ahora, aunque aún había muchas atracciones de las que disfrutar, con frecuencia había algún tumulto que estropeaba la tranquilidad, la música y la bebida. Por esa razón, y también por los miles de personas que irían a contemplar los fuegos artificiales, ni Cecily ni lord Benistone habían querido que Marguerite fuera. Él había accedido después de que Oriel y el coronel Harrow se ofrecieran a quedarse a su lado toda la noche. Tras revisar los planes, la compañía ahora incluía a Cecily, a lord Benistone y a tres de sus ayudantes. Distribuidos en dos carruajes, partieron hacia Vauxhall entre la multitud, y los caballos tuvieron que detenerse varias veces antes de llegar hasta las puertas.

Sin embargo, al bajarse del carruaje, tuvieron que gritar para hacerse oír por encima del ruido.

—Esto es imposible —gritó Oriel, aferrada al brazo del coronel—. Nos van a pisotear hasta matarnos. ¿Cómo vamos a encontrarlo?

—Mencionó la estatua de Milton —respondió su prometido—, situada en las colinas que dan al río. Tal vez haya menos gente allí.

Se abrieron paso a empujones y codazos entre la multitud ruidosa y recorrieron lentamente las avenidas, pasando frente a templos, pabellones, galerías y casetas en las que se vendían regalos. Las pistas de baile vibraban al ritmo de las orquestas, y el aroma de la comida que vendían en los puestos se mezclaba con el olor de los cuerpos sudorosos y la cerveza.

Cecily se quejó sobre la idea de tener que comprar unas entradas muy caras para encontrarse con un villano como Mytchett. Decía que no era lo que ella entendía por una ganga. ¿Por qué no habría podido encontrarse con Marguerite en un lugar más civilizado?

—La multitud hará que sea difícil de seguir —respondió lord Benistone—. Si la vio en el teatro con sus amigas, dará por hecho que estará aquí con ellas también, sin nadie que pueda cuidar de ella como es debido. Mantenla junto a ti, Cecily. Que no se aleje.

Eso no ocurriría. Marguerite había querido ir solo con Oriel y con el coronel como carabinas, pero por entonces no había tenido idea del peligro potencial que supondrían los alborotadores. Le habían permitido formar parte de aquel plan y estaba decidida a ser ella la que encontrara a Mytchett, aunque ya no pensara que fuese a conducirla directamente hasta su madre. Se mantuvo allí cerca, protegida por los tres guardaespaldas, mirando hacia todas partes.

Tras pasar frente a la orquesta y la fuente, llegaron por fin a las colinas; un espacio abierto de naturaleza salvaje con el río al fondo, donde habían construido grutas, cuevas, cataratas y estatuas de mármol entre las coníferas para representar un paisaje idílico.

—Mantened los ojos bien abiertos —les dijo lord Benistone—. Pronto empezarán los fuegos y es entonces cuando aparecerá, cuando todo el mundo esté distraído. Marguerite, solo te buscará a ti, no a nosotros. Ve hacia él, pero no te acerques demasiado. Nosotros le rodearemos. Cecily, Oriel y tú quedaos junto a este árbol con William.

Sin dejar de murmurar, Cecily pensaba que las probabilidades de encontrar a Mytchett entre tanta gente serían mínimas, pero no había contado con la tenacidad de Marguerite.

—¡Ahí! —gritó la joven tirando del brazo de su padre—. ¡Mira, papá! Ahí, junto a la estatua de Milton. Está apoyado en ella. ¿Lo ves?

—¿Estás segura? ¿Es él? No distingo su cara.

Marguerite estaba convencida.

—Sí, estoy segura. Voy a… no… suéltame. Voy a hablar con él —antes de que su padre pudiera cambiar de opinión sobre su seguridad, se abrió paso entre la multitud hacia la figura de aquel hombre cuya chaqueta oscura se camuflaba a la perfección con la estatua. En ese mismo instante, comenzaron a brotar los fuegos artificiales desde una torre situada al otro extremo de los jardines. Acompañada de los gritos de la gente, se produjo la primera explosión y, en efecto, todos dirigieron su atención hacia el cielo.

Sin temor, Marguerite se detuvo a escasos metros del joven antes de que este pudiera apartarse de la fuente para saludarla.

—¡No! —le gritó—. No os acerquéis. Decidme dónde está mi madre.

Su atractivo era evidente, incluso en aquella situación tan extraña; alto, con buen cuerpo y una sonrisa resplandeciente cuando la reconoció. Su voz también era la misma. Aterciopelada y pausada. La misma voz que había encandilado a Annemarie.

—Señorita Marguerite —dijo ofreciéndole una mano—. Os llevaré con ella. Sé lo mucho que os ha echado de menos. Venid. Menos mal que habéis llegado a tiempo. ¿Dónde están vuestras amigas? Les habéis dado esquinazo, ¿verdad?

La gente gritaba y aplaudía a su alrededor, pero Marguerite estaba concentrada en su misión.

—¡Quedaos ahí! Decidme dónde está. Dadme su dirección. Podemos… puedo encontrarla.

Mytchett miró de un lado a otro, escudriñando la multitud.

—¿Podemos? ¿Con quién habéis venido? ¡Venid conmigo, deprisa! Os llevaré hasta ella —insistió acercándose más para tocarla. Su voz tenía cierto tono de desesperación.

Pero de entre la multitud surgió una mano de acero que agarró a Mytchett del codo y le dio la vuelta con una fuerza que le pilló desprevenido. Al pensar que sería algún alborotador, se retorció con rabia y empujó a algunos de los asistentes. Al mismo tiempo, Marguerite advirtió la presencia de uno de los hombres de su padre junto a ella, ofreciéndole el brazo.

—Será mejor que regreséis, señorita Benistone. Lord Benistone se encargará de esto —dijo el guardaespaldas—. Dejémoselo a él. No está solo.

Miró entre la multitud y vio que los otros dos ayudantes de su padre se habían puesto a ambos lados de Mytchett para evitar que escapara. Su padre estaba por fin cara a cara con el hombre que había arruinado sus vidas hacía un año. Dadas las circunstancias, habría sido poco realista esperar que lord Benistone mantuviese la compostura después de haber luchado durante tanto tiempo para aceptar la ausencia de su esposa. Ver a Mytchett y escuchar la oferta que le hacía a Marguerite despertaron en él una respuesta primitiva que nadie había presenciado en años.

—¿Dónde está? —el sonido de su voz pudo oírse por encima de los gritos de la gente, que se quedó contemplándolos con sorpresa, atenta ante la posibilidad de una pelea.

Mytchett pareció encogerse con aquella pregunta.

—Yo… eh… no lo sé, milord —respondió, aunque sus palabras apenas importaban—. Yo quería… eh…

—Sí, maldito canalla, pensabas que era el momento de ponerle las manos encima a mi hija pequeña, ¿verdad? No satisfecho con el daño que has causado ya, pensabas pedirme un rescate por ella, ¿verdad? ¿Cuánto ibas a pedir? ¿Diez mil libras? ¿Veinte mil?

Mytchett, que no se esperaba aquel ataque verbal, intentó alejarse de la furia de lord Benistone.

—No… no, señor. Milord, puedo explicarme —pero no pudo escapar gracias a los dos ayudantes de lord Benistone y a la multitud, cuyo interés había empezado a crecer, e incluso había empezado a ponerse de lado del anciano, cuyo coraje admiraban. Ajenos a los fuegos artificiales sobre sus cabezas, todos empezaron a rodearlos.

Sin embargo ninguno esperaba la respuesta de lord Benistone a la negativa de Mytchett. Agarró el látigo que le lanzó uno de sus hombres y lo hizo restallar entre ellos. Incluso Cecily se había olvidado de que su primo en su juventud era un gran jinete. Después, antes de que Mytchett pudiera verlo venir, lanzó el látigo contra su cara con un chasquido estremecedor que le hizo gritar y le produjo una herida desde la frente hasta la barbilla. Mytchett se dobló hacia delante y se cubrió la herida con las manos.

El guardaespaldas de Marguerite se volvió más insistente.

—Vamos, señorita Marguerite, por favor. Id con vuestra hermana. Esto no va a ser agradable —la alejó con firmeza hacia el árbol, donde Cecily intentó protegerla de aquella escena.

—No debería haberle permitido venir —le dijo furiosa a Oriel—. Este no es el tipo de espectáculo que debería presenciar una joven.

—Ya es una mujer, Cecily, querida —respondió Oriel—. Más vale que sepa que estas cosas ocurren. Papá sabía lo que hacía.

—Aun así no lo apruebo.

En cualquier caso, con aprobación o sin ella, los

cinco presenciaron como lord Benistone alzaba de nuevo el látigo para golpear a Mytchett en la espalda, en las piernas, en los brazos y en la cabeza. Retenido por sus ayudantes y por la multitud, solo pudo doblarse para protegerse de los latigazos, que le hicieron girones la chaqueta y le cubrieron la cara y las manos de sangre. Gritando de dolor, se tambaleó a ciegas para intentar esquivar el siguiente golpe, hasta que el coronel Harrow se acercó y le agarró la muñeca a lord Benistone.

—¡Ya es suficiente, milord! Suficiente… Por favor, parad. Ya ha captado el mensaje y vos estáis cansado. Venid conmigo —el coronel Harrow le dio la vuelta y lo acompañó de vuelta con su grupo, que ya no prestaba atención alguna a sir Lionel Mytchett.

La multitud no había tenido suficiente. Había corrido la sangre y querían más. Sin dejar de gritar, salieron corriendo tras el hombre aterrorizado, que se tambaleaba con la esperanza de desaparecer. Pero, cegado y consumido por el dolor, se dirigió hacia el reflejo de los fuegos artificiales sobre la superficie del río Támesis, se precipitó por la orilla y cayó al agua, que le arrastró como una mala hierba con la corriente nocturna. La gente, que seguía sin estar satisfecha, lo siguió hasta el agua. Cuando ya no pudieron ver ni alcanzar a su presa, regresaron a la orilla, riéndose por lo divertido de la situación mientras la superficie del río se agitaba una última vez bajo los destellos coloridos de los fuegos artificiales.

Diez

Cuando llegaron a Ragley Hall, Annemarie ya
había recibido información suficiente sobre qué esperar de los adinerados Hertford. La marquesa bajó los
escalones de piedra con un vestido malva de raso y
satén con un escote muy bajo, y empezó a saludarlos
con la mano antes de que el carruaje se detuviese. El
sirviente abrió la puerta y desplegó la escalerilla
frente a una mansión mucho más grande que Carlton
House, y también más elegante. Annemarie no era
ajena a la majestuosidad y a la opulencia, pero aquella
mansión ancestral era una de las más impresionantes
que había visto jamás. Si Annemarie se había preguntado qué podrían tener en común lady Hertford y su
marido, enseguida se dio cuenta de que, mientras que
él sabía qué tesoros comprar, ella sabía exactamente
cómo sacarles el máximo partido sin convertir la casa
en un museo.

El marqués no tardó en unirse a su esposa. Debía
de sacarle unos quince años, pero conservaba el estilo
y la elegancia, y aún podía presumir de tener una

densa melena pelirroja con sus correspondientes patillas. La ostentación y el exceso en todas sus formas eran algo que le salía con más naturalidad que la contención, y sin duda le confería más personalidad de la que habría tenido de otro modo, pues no era un hombre particularmente guapo. Para compensar aquello, tenía unos modales impecables.

—Así que esto es lo que hace falta para traerte aquí, Verne —dijo muy seriamente—. Si lo hubiera sabido —como si quisiera tranquilizar a Annemarie después de la reprimenda, se volvió hacia ella con una sonrisa y compartió la broma—. Milady —añadió estrechándole la mano—, ahora entiendo por qué ha esperado tanto. Nuestro amigo Jacques es un hombre muy refinado. Ahora le perdono.

Un recibimiento normal no le habría gustado más. Como le había dicho Verne, era un hombre bastante simpático. Mientras entraban en el salón principal, Annemarie recordó los comentarios desagradables que había dejado caer su padre ocasionalmente sobre las escapadas adúlteras del marqués, pero su reciente encuentro con el Príncipe Regente le había enseñado que lo mejor era juzgar a las personas por una misma.

La maternal lady Hertford entrelazó el brazo con el suyo.

—Habréis tenido un viaje muy largo, querida. Debéis de estar cansada. Os llevaré a vuestra habitación y haré que os suban algo de beber. Vuestra doncella llegó anoche con el ayuda de cámara de Jacques, así que estará todo listo. Normalmente cenamos a las siete. Hay tiempo suficiente para relajarse.

Para su tranquilidad, les habían asignado habitaciones contiguas conectadas por una puerta, reconociendo así la relación que había entre ellos. Verne ya le había asegurado que los Hertford no se escandalizarían en absoluto. Sin embargo, era ya muy tarde cuando pudieron hacer uso de aquella comodidad esa noche, después de pasar horas hablando y admirando las diversas obras de arte que, según les dijeron, eran solo una mínima parte de lo que había en la casa. Abrazados el uno al otro, Verne y ella habían dormido entre sábanas de seda bajo un dosel amarillo bordado con botones de oro, dientes de león y narcisos.

Se habían despertado solo una vez de madrugada para hacer el amor y volver a dormirse hasta que Evie había descorrido las cortinas.

Desde las ventanas de la habitación se veía el precioso paisaje compuesto de lagos y árboles que se extendía sin fin bajo la ligera niebla matutina de Warwickshire.

Verne abrió una de las hojas de la ventana y le pasó un brazo a Annemarie por los hombros.

—¿Te gustaría ir a montar a caballo esta mañana? Hert tiene un buen establo. Supongo que… —se detuvo al ver la expresión de Annemarie—. ¿Qué? ¿Qué sucede?

—Allí, mira… junto a aquel grupo de árboles. Montados a caballo. ¿Lo ves?

—Sí, parece que Hert ya ha salido.

—Va con una mujer, Jacques. Y no es lady Hertford. No dijeron que tuvieran otra invitada. No tendrá una amante aquí, ¿verdad? Lady Hertford no lo permitiría.

—Ni hablar —le aseguró Verne apartándola de la ventana—. Vamos a vestirnos para bajar a desayunar. Tengo hambre.

Annemarie se mostraba reacia a moverse.

—Sí, pero ¿quién es?

—Pronto lo averiguaremos. Nos reuniremos con ellos cuando hayamos desayunado —se fue a su habitación y cerró la puerta. Ella se quedó con la impresión de que sabía quién era la invitada, pero no quería decírselo.

—¿Tú sabes quién es, Evie?

—No, milady. Yo no he visto a nadie más. Tampoco hay más doncellas.

—Qué raro.

Tras el desayuno, durante el cual su anfitriona no estuvo presente, salieron a montar con lord Hertford por los prados. Annemarie aprovechó para sacar el tema de los invitados con la esperanza de que su anfitrión le diese alguna explicación. Pero se mostró tan evasivo como Verne y dijo solo que la dama estaba recuperándose de una ligera indisposición y prefería no tener compañía. Que tal vez la conocieran más adelante, si ella quería.

Annemarie tuvo que conformarse con eso e intentó olvidarse de ello mientras visitaban el resto de la casa y los retratos familiares pintados por sir Joshua Reynolds.

Por la noche, después de una grandiosa cena y de una agradable conversación, lady Hertford y Annemarie dejaron a los hombres bebiendo oporto mientras ellas tomaban el té en uno de los salones y ojeaban antiguos libros de contabilidad de la finca. Annemarie no había alcanzado el nivel de confianza necesario como para preguntar abiertamente por la invitada misteriosa, pero se sintió aliviada cuando la marquesa hizo sonar la campanilla, le susurró algo a su sirviente y después le dijo que le había pedido a la otra invitada que se reuniera con ellas, al fin.

—Puede que os sorprenda verla aquí —dijo, ajena al año de angustia que había pasado Annemarie.

La puerta se abrió para permitir entrar a una mujer alta y elegante cuya identidad era imposible confundir.

—Lady Benistone, milady —dijo el sirviente con una reverencia.

Viéndolo con perspectiva, a Annemarie le hubiera gustado que la hubieran advertido, o que le hubieran dado la opción de elegir dónde y cómo encontrarse. Sin embargo, de aquel modo su mente no solo tuvo que sobreponerse a la sorpresa de ver a su madre después de un año, sino además aceptar el cambio en aquella mujer que recordaba como una flor madura y hermosa, con curvas sugerentes y llena de buena salud. La mujer seguía siendo la misma, y la belleza también, pero ahora se le notaban los meses de tristeza y de preocupación, convirtiéndola en una sombra de ojos tristes y mejillas sin brillo.

Se sentía reticente, insegura del recibimiento que obtendría, temiendo ser rechazada. Su voz suave reflejó esa ansiedad.

—Annemarie —murmuró—. Querida… ¡oh, querida! —extendió los brazos y rezó para que su hija quisiera acercarse a ella.

Con un sollozo, Annemarie se puso en pie con la cara pálida.

—Mamá… ¡Mamá! —susurró—. Eres tú. Dime que no estoy soñando.

—Soy yo, cariño. Perdóname. Abrázame… oh, abrázame.

La separaban solo unos pocos pasos de los brazos maternales que Annemarie había anhelado, incluso mientras intentaba comprender la traición, el abandono y la falta de comunicación; un año de rabia y de tristeza que, en las últimas semanas, habían dado paso a la necesidad de saber que su madre estaba sana y salva. Y ahora eso no parecía ser suficiente. Mientras la abrazaba, quiso recibir explicaciones que justificaran su terrible dolor. Quería saber también lo mucho que había sufrido su madre, porque era evidente que había sufrido, y hacerla consciente del daño que había causado por sucumbir a la admiración de un hombre más joven. Porque esa era la razón. La admiración de él y el poder que ella seguía teniendo para atraer a un hombre y alejarlo de una mujer más joven. Y ahora su madre estaba bajo la protección de un hombre mayor, un mujeriego cuyas faltas, en opinión de Annemarie, superaban a sus atributos. ¿Cómo había podido su madre rebajarse tanto? Otra vez.

Se aferró a ella y lloró con la cara hundida en su cuello, que aún desprendía aquel olor familiar a rosas.

—¿Por qué? —preguntó—. ¿Por qué lo hiciste?

Mientras le acariciaba cariñosamente la espalda a su hija, lady Benistone no sabía por dónde empezar.

—Es una larga historia, cariño. No es lo que piensas.

—¿Qué se supone que debo pensar, mamá, si estás aquí con…? —no podía decir lo que pensaba delante de lady Hertford.

—Calla, cariño. No llores. Por favor, no llores más. Puedo contártelo todo y empezarás a entenderlo mejor. Pero cuéntame cosas de los demás… las niñas… y papá. ¿Están todos bien? Ansío saber cosas de ellos. ¿Podemos sentarnos a hablar?

Annemarie no podía negarle a su madre aquello, aunque una parte de ella, la parte herida, se preguntaba si aquella preocupación sería auténtica o si habría nacido recientemente con su conciencia. Lady Hertford debió de sospechar su cinismo.

—Ese sería un buen comienzo, queridas —dijo colocándole una mano en el hombro a Annemarie—. Le he contado a vuestra madre todo lo que sé, pero eso no es mucho. Necesita oírlo de vuestra boca. Sed amable con ella. Lo ha pasado mal. Tal vez debiera haberos advertido.

De modo que se sentaron juntas, con las manos

entrelazadas, y compartieron un pañuelo mientras Annemarie iba contándole las últimas noticias. Le dijo que su padre estaba experimentando un cambio inexplicable que le hacía comportarse como un adolescente enamorado. Cuando añadió con convicción que necesitaba recuperar a su esposa, lady Benistone se echó a llorar con más fuerza.

—No puedo —dijo negando con la cabeza—. ¿No lo ves? No puedo regresar, Annemarie.

—¿Por qué no? ¿Es por cómo está la casa? ¿Sigue molestándote?

—No. ¡Oh, no! No es eso. Volvería a vivir a cualquier sitio con tu padre, si me atreviese. Pero, después de lo ocurrido, ¿cómo iba a mirarlo a la cara? Ahora soy una vergüenza. He arrastrado su apellido por el fango y he hecho que la sociedad se compadezca de él. Y de mi familia también. Él siempre ha sido muy bueno conmigo. ¿Cómo puedo regresar ahora, como si nada hubiese ocurrido?

Las preguntas quedaron sin respuesta cuando regresaron los hombres, aunque ninguno pareció sorprendido al ver sus caras humedecidas por las lágrimas. Obsesionada con el protocolo, la marquesa insistió en presentar a lord Verne y a lady Benistone, quien de lo contrario no habría sabido quién era. Ella se disculpó por aparecer en aquel momento, pero Verne le dijo que estaba encantado de conocer a la madre de su amante. Y, si a lady Benistone le sorprendió que dijera que aquello satisfacía una de sus ambiciones, decidió no investigar más, cuando había otras preguntas más importantes que hacer.

Annemarie soportó la presión, aún convencida de que la prioridad era librar a su madre de las garras de lord Hertford, aunque no quería decir nada que pudiera insultar a sus anfitriones.

—Marguerite te necesita, mamá —le dijo—. Necesita tu influencia. Cecily ha sido una carabina excelente, pero ya sabes cómo es Marguerite. Tan testaruda. Y nuestra querida Oriel no quiere poner fecha a su boda hasta que las cosas no vuelvan a la normalidad. Debes dejar a un lado tus miedos, mamá. Papá llora por ti. No lo soporto. Recientemente ha vendido parte de la colección al Museo Británico, pero no nos dice por qué. Me pregunto si tiene intención de vender la casa.

—No es posible —respondió lady Benistone—. Han ocurrido demasiadas cosas. No creo que me acepte.

Annemarie miró con el ceño fruncido al marqués, que estaba sentado relajadamente en su sillón siguiendo la conversación con interés, como si no fuera responsable de nada. Aquel hombre era inhumano, pensaba ella, convencida de su culpabilidad. Verne acudió al rescate para que las explicaciones pudieran reemplazar a las inminentes acusaciones. Le estrechó la mano a Annemarie, la colocó sobre su rodilla y se la apretó con fuerza para demostrarle su apoyo.

—Lady Benistone —dijo—, creo que a vuestra hija le ayudaría conocer las circunstancias que os llevaron a tomar la decisión de abandonar a vuestra familia. Si preferís que yo salga de la habitación…

—No, lord Verne, por favor. No sabéis lo agradecida que os estoy por el apoyo que le habéis mostrado a Annemarie. Isabella me ha dicho que habéis cuidado de ella y creo que todos merecéis saber lo que ocurrió y cómo.

—Yo sé lo que ocurrió —dijo Annemarie—. Estaba allí, mamá.

—Sí —convino lord Verne—, pero suele haber dos versiones de la misma historia. Creo que deberías escuchar la versión de tu madre.

—Lo siento, mamá. Por favor, continúa.

Revivir los recuerdos del incidente que había intentado olvidar resultó tan doloroso que, en ocasiones, lady Benistone tuvo que detenerse para recuperarse. Sabía que tendría que dar explicaciones y que Annemarie volvería a sentirse dolida, pero los Hertford, la doncella y el médico eran los únicos que sabían que había dado a luz a un hijo muerto a los ocho meses. Habían ocultado bien el embarazo y habían explicado la enfermedad resultante como «un problema común en mujeres de cierta edad». Dijeron que nadie más tendría por qué saberlo y ella decidió ahorrarle esa parte de la historia a su hija.

En cualquier caso, a Annemarie le esperaba aún otra noticia sorprendente que su madre sabía que debía darle ella misma. Tenía que ver con el motivo por el cual Mytchett estaba tan desesperado por hacerse con la herencia que Annemarie había recibido de su difunto marido, como castigo por haber dejado a una amante, su cuñada, y a su hijo sin un penique con el que vivir.

—Si él hubiera querido dejarles algo, lo habrías

visto en su testamento, querida —le dijo su madre—. Y obviamente quería que nunca lo descubrieses.

—¿Mytchett? —preguntó Annemarie, horrorizada—. ¿La señora Mytchett?

—La viuda del hermano de sir Lionel. Cecily y yo lo descubrimos.

—¿Y por qué no me lo dijiste, mamá?

—¿Justo antes del baile de Marguerite, cariño? ¿Cómo iba a hacer eso? Pensé que lo mejor sería que la atención se centrase en tu hermana y no en la tristeza causada por el escándalo de tu difunto marido. ¿Podrías haberlo ocultado? Lo dudo. Yo tenía que evitar que Mytchett se te declarase, porque sé que habrías aceptado su proposición llevada por la excitación del momento, aunque después te hubieses arrepentido —no añadió, aunque podría haberlo hecho, que no habría sido necesario tomar cartas en el asunto si hubiera contado con la atención de Elmer. Para entonces prácticamente habían dejado de hablar de cualquier cosa, y menos de asuntos personales o domésticos, aunque ella lo hubiese intentado—. Pensé que estaba haciendo lo correcto —susurró entre lágrimas—, pero ahora me doy cuenta de que mi plan tenía fallos desde el principio. Al final acabamos todos heridos, ¿verdad? Perdóname. He echado de menos a tu padre y sus excentricidades, y nunca he dejado de quererlo.

A Annemarie se le puso el vello de punta cuando su madre le relató el mismo plan descabellado de hacer que un hombre se comprometiera para después abandonarlo, cosa que ella también había planeado hacer, salvo que Verne no era ningún villano ni había hecho nada para recibir ese tratamiento. Y no sería dinero lo que le faltaría, sino su amor incondicional, algo mucho más valioso y único. Qué curioso que su estrategia hubiera sido tan similar, y más curioso aún que estuvieran destinadas a fracasar. La noticia de que sir Richard tenía una amante fue toda una sorpresa, aunque no tanto como lo hubiera sido si su matrimonio hubiera sido tan dulce como su relación con Verne. Eso habría sido insoportable.

—No llores, mamá —dijo sin dejar de llorar tampoco—. Por favor, no llores. Si lo hubiéramos sabido… ¿No podías enviarnos un mensaje?

—Estuve enferma durante semanas, cariño, y me sentía terriblemente avergonzada. Le rogué a Isabella que no dijera dónde estaba hasta que hubiera tenido tiempo para recuperarme. Sabía lo que pensaríais papá y tú, que no me importaban mis seres queridos, que había echado a perder el gran día de Marguerite y que te había arrebatado al hombre al que amabas.

—No lo amaba, mamá. Entonces no sabía lo que era el amor.

En ese momento intervino lady Hertford—. Quería que supierais que estaba a salvo, querida, pero debía respetar su deseo. Sabía que llegaría el momento.

Lady Benistone miró con cariño a su amiga.

—Francis y ella han sido buenas samaritanas —dijo—. No podrían haberme cuidado mejor.

Verne recibió la noticia de que Annemarie ya sabía lo que era el amor con gran alegría. Por un lado le daba pena que hubiera hecho falta tanto sufrimiento en una familia para dejar claro lo que su corazón deseaba. Pero así era como aparecía el amor.

—Lady Hertford —dijo—, ¿no podríais asegurarle a lady Benistone que su familia la recibiría con los brazos abiertos igual que lo ha hecho su hija? Hert y vos le habéis mostrado vuestra amabilidad, la habéis cuidado y la habéis traído aquí para que esté a salvo. Mytchett ya no tendrá interés en ella.

—Lord Verne —dijo lady Benistone—, sé que vuestra intención es buena, pero ya he abusado bastante de la generosidad de mi familia. Ha pasado demasiado tiempo como para esperar que me perdonen. He causado demasiado dolor con mi comportamiento estúpido. La gente habla. El escándalo tardará años en acallarse. En cuanto a eso de que sir Lionel dejará pasar el tema... bueno... no lo hará. Es una cuestión de orgullo. Seguirá molestando y no quiero que mi marido siga siendo humillado. Ragley Hall es un lugar seguro. Londres no lo es.

En lo último Annemarie estaba de acuerdo. Ragley Hall era un lugar seguro y los Hertford eran personas de confianza. Ya no podía pensar que el marqués pretendiese nada con su madre. Por desgracia, ella era culpable de haber juzgado erróneamente a casi todos los implicados en aquella triste historia. Había descubierto que sus padres se adoraban y que había hecho falta que pasara aquello para recordárselo.

La conversación se prolongó largo rato, con muchas cosas que contar, malentendidos que explicar, daños que curar. Al final, cuando los bostezos hicieron que resultara difícil seguir la conversación, se fueron todos a sus habitaciones, aunque Annemarie había descubierto demasiadas cosas como para poder conciliar el sueño. En cuanto Samson y Evie se retiraron, comenzó una serie de preguntas que pronto empezaron a sonar más como protestas.

—Tú sabías que mi madre estaba aquí, ¿verdad? Lo sabías antes de que viniéramos. Lady Hertford te lo dijo, ¿verdad? Y había prometido no traicionar la confianza de mi madre. Podrías habérmelo dicho para ahorrarme la sorpresa, ¿no crees?

—Lady Hertford —dijo Verne, tumbado medio desnudo en un extremo de la cama— prometió no contárselo a tu familia. Y no lo hizo. Me lo contó a mí en su lugar. ¿Y qué habrías hecho tú si te lo hubiera contado antes? Habrías ido corriendo a contárselo todo a tu familia, ¿verdad?

—Claro que sí. Ellos…

—Que es justamente lo que lady Benistone deseaba evitar. Así que… —se agachó para esquivar un zapato que salió volando hacia su cabeza.

—¡Así que no seas tan lógico! —exclamó ella—. No puedo soportar cuando te pones lógico a estas horas de la noche. Supongo que también sabías lo de la amante, ¿verdad? No me mientas.

—No iba a mentir. Sí, lo sabía —agarró el zapato que le había lanzado y se quedó mirándolo. No parecía estar tomándose su pregunta muy en serio—. No sé cómo puedes ponerte esto en los pies. Parece un…

—Ya me lo imaginaba —el segundo zapato voló

y también lo atrapó—. Y podrías dejar los zapatos en paz mientras te hablo.

Verne dejó los zapatos en el suelo y, sin previo aviso, atravesó la habitación, la tomó en brazos como si no pesara nada y cayó con ella en uno de los sillones. Habiendo dejado atrapado uno de sus brazos detrás de él, le agarró la otra mano antes de que ella pudiera usarla como palanca.

—Bueno, ya es suficiente, preciosa. Estás triste y enfadada, y tienes derecho a estarlo. Pero no conmigo. ¡Estate quieta!

Vestida solo con un camisón de seda, con el pelo suelto tapándole la cara humedecida por las lágrimas, Annemarie intentó luchar contra la severidad de aquella orden, pues pensaba que le habría resultado más agradable un hombre en el que llorar que un razonamiento lógico. Pero estaba atrapada entre sus brazos y las lágrimas de impotencia y de alivio resbalaban por su barbilla. Finalmente hundió la cara en su pecho como había querido hacer durante toda la noche, y murmuró cosas que no había podido decir antes.

—Pobre… pobre mamá… Ha sufrido mucho… y no lo sabíamos. Y todo… por mi culpa… No está bien… tan delgada y tan triste. Debemos hacer que vuelva a casa, Jacques. Nos necesita y nosotros a ella.

—Necesitará tiempo para hacerse a la idea, cariño. Esto es igual de impactante para ella que para ti, recuerda. No creo que supiera desde hace mucho que veníamos.

—Me siento tan… tan estúpida —susurró Annemarie—. ¿Por qué no pude…?

—¿Qué?

—¿Por qué no pude darme cuenta de que sir Lionel era un canalla en busca de dinero? Y sir Richard. ¿En qué diablos estaba yo pensando para no darme cuenta de que…? Oh, Jacques, he sido una ingenua. Y todo el mundo riéndose de mi estupidez. Y mamá y Cecily no me lo decían porque pensaban que estaba enamorada y no podría soportar la verdad. Y no era cierto. Solo deseaba estar casada, con una casa, con hijos y…

—Tranquila. No llores más. Deja de castigarte. Me atrevería a decir que casi todas las mujeres desean esas cosas sin saber lo que es el amor. Y la mayoría de los hombres también. Pero, si ha hecho falta que pasara todo esto para demostrarte lo que se siente, entonces no ha sido en vano, ¿verdad? ¿Ahora sabes lo que se siente?

Ella asintió bajo su barbilla y Verne sintió el calor de sus labios en su piel cuando le dio un beso en el torso.

—Bien —susurró—. Entonces tranquila.

—¿Cómo descubriste lo de la señora Mytchett?

—Es lo que se habla en los cuarteles. Los soldados tienen poco que hacer salvo cotillear, y su marido era uno de ellos. Me entero de lo que pasa.

—Ojalá me lo hubieras dicho.

—En aquel momento no era necesario que lo supieras. No habría ayudado mucho a mi causa difamar a tu difunto marido. Tu madre tenía razones para decírtelo. Yo no.

—¿Qué causa?

—Hacerte mía, preciosa. ¿Qué si no? —respondió él apartándole el pelo de la cara—. Ya te lo dije la primera vez que nos vimos, pero no me escuchaste.

—Sí te escuché, pero pensé que estabas fanfarroneando. Viniste a por el tocador.

Su suspiro hizo que Annemarie se apartara de su pecho para mirarlo, pero, al ver la sonrisa en sus labios, volvió a acurrucarse.

—No hay nada que pueda hacer, ¿verdad? —dijo él—. Tendré que destrozar el maldito tocador con un hacha para que deje de ser un problema. ¿Podemos dejar claro aquí y ahora, querida, que después de aquel primer encuentro decidí que ibas a ser mía y que el tocador no era más que una excusa para mantenerme cerca de ti? Y, si quieres más explicaciones, te diré que aquel mismo día pensé que el título de lady Verne te quedaría mejor que el de lady Golding. Desde ese momento he estado locamente enamorado de ti. De verdad. ¿Podemos ya olvidarnos del tocador y de lo que contiene? Dios… no estarás llorando otra vez, ¿verdad?

—Oh, Jacques —respondió ella incorporándose—. No. No estoy llorando. Pero esto no tenía que ocurrir y ahora mi plan no va a funcionar.

—Ah, el plan. ¿Quieres contármelo?

—No es un plan muy bonito.

—Ya me lo imagino. Cuéntamelo de todos modos. Prometo no cooperar.

—No. Supongo que esperaba que no lo hicieras. No pretendía enamorarme de ti y…

—Nadie pretende enamorarse, cariño.

—No, ya lo sé. Pero yo pretendía no enamorarme de ti.

—Entiendo.

—Y ahora lo he hecho. Así que no puedo abandonarte, que es lo que pensaba hacer, sin hacerme daño a mí misma. Y se suponía que tú no debíais enamorarte de mí hasta transcurridos unos meses.

—¿Meses? —preguntó él, sorprendido—. ¿Tanto tiempo?

—Sí. Para entonces ya tendríamos la casa montada y tú habrías invertido mucho dinero en ella y en mí. Te habrías enfadado y te habrías sentido dolido, y yo habría cumplido mi venganza.

—¿Y ese era el plan? ¿Decir adiós y regresar a la calle Montague o a tu casa de Brighton?

—Bueno… sí.

—Tu madre y tú os parecéis más de lo que pensaba. Debo decir, mi amor, que, como plan, es un poco ridículo. Bastante alocado, de hecho. ¿Fue lo mejor que se te pudo ocurrir? ¿Eh? —volvió a estrecharla entre sus brazos y la besó hasta que ella intentó zafarse.

—No va a funcionar, ¿verdad? —preguntó Annemarie tocándose los labios con los dedos—. ¿De verdad deseas que sea tu esposa en vez de tu amante, Jacques?

—¿Cómo puedes dudarlo, cariño? Tu plan no tenía probabilidades de éxito. Y, en cuanto a la necesidad de venganza, creo que tendrás que olvidarte de eso. No puedes castigar a toda la humanidad por los pecados de otras personas. Lo hecho, hecho está y uno ha de llevarlo como una experiencia más. Yo acepté lo de ser amantes porque desde el principio me di cuenta de qué se trataba. Después de todas tus reticencias, era evidente que querías que me comprometiera y que tuviera expectativas altas para después abandonarme. También me di cuenta de tus celos, cariño. Eso me indicó muchas más cosas.

—Me siento avergonzada, Jacques. Pensaba que el amor sería dulce y cómodo, pero puede ser doloroso, ¿verdad? Nunca antes había sentido estos celos. Era mucho peor que ver cómo mi madre se marchaba con ese hombre. Con aquello me sentí humillada, pero no era nada comparado con la desesperación que sentí tras el incidente del teatro. Y entonces supe que te adoraba. No me dejes nunca, Jacques. Por favor. No me lo tengas en cuenta. Deseo ser tu esposa, pero no te merezco.

—¡Mi tigresa! —deslizó la mano por debajo de su camisón, le agarró un pecho y se inclinó para volver a besarla y borrar sus dudas sobre quién merecía más a quién. Rodeada por los brazos de su amante, el pesado manto de miedo e incertidumbre que ya había comenzado a disiparse se esfumó como una niebla invernal y dejó libre su corazón. Sin saber cómo ni cuándo podría reajustar sus planes para el futuro, había mantenido su amor por él oculto al no estar segura de sus sentimientos hacia ella. Pero ahora sus dudas habían volado. Verne la amaba, la deseaba y le sería fiel. De eso sí estaba segura. Había estado esperando a que capitulara, y no podía culparle después de tanta resistencia. Su tigresa, la había llamado.

Aun así, Verne se abstuvo de bromear con ella sobre su resistencia anterior, porque sabía cuáles eran sus razones y además tenían cosas más divertidas que hacer. Aquella noche le hizo el amor despacio, con cuidado, satisfaciendo todas sus necesidades. No alcanzó un clímax tan intenso como los anteriores, pero él supo por sus suspiros y sus caricias que su placer no se vio mermado, pues tenían incontables años de amor por delante. Les venció el sueño antes de que pudieran abordar la lista de temas de los que debían hablar, la mayoría de los cuales tenían que ver con su madre y con su regreso junto a la familia que tanto la necesitaba. Pero las últimas palabras antes de dormirse fueron de una naturaleza mucho más personal, y mucho más valiosas después de haber estado contenidas en otras ocasiones. El sueño de Annemarie fue como un consuelo para ella después de su estupidez, mientras que el sueño de Verne fue más como una recompensa por su tenacidad y su seguridad en sí mismo.

Pasaron el último día en Ragley Hall hablando con lady Benistone para convencerla de que tenía un cariñoso recibimiento en la calle Montague, aunque Annemarie fue incapaz de asegurarle hasta qué punto habrían cambiado las condiciones en casa como para hacer que se sintiese más cómoda que antes. Pero, como tenían que contarse todo lo sucedido durante un año, el día pasó deprisa y llegó el desayuno del lunes por la mañana, la última vez que comerían juntas durante algún tiempo. Ninguna de las dos sabía cuánto.

Igual que lord Benistone, lord Hertford era adicto a leer el *Times* durante el desayuno. Nadie podría esperar que mantuviese una conversación a esas horas, ni siquiera con invitados delante. Sin embargo, de vez en cuando comentaba noticias que consideraba que debía compartir.

—Oh, escuchad esto —dijo desde detrás de las páginas del periódico.

Annemarie intercambió una mirada con su madre y sonrió.

—¿Milord? —preguntó educadamente.

—Cuatro personas muertas —respondió él—. ¡Es horrible!

—¿Dónde ha sucedido? —preguntó Verne mientras rebañaba con el pan la yema de su huevo.

—El los jardines de Vauxhall. El sábado por la noche. Durante los fuegos artificiales. El último intento del principito por entretener a las masas. Bueno, al parecer no esperaban que se presentaran miles de personas. Se produjeron colisiones. Las condiciones eran peligrosas. Carruajes estrellados. Ropa hecha girones. Dos mujeres quedaron aplastadas contra las barreras. Un hombre se quemó con los fuegos y murió por las quemaduras. Y otro se cayó al río. ¡Oh! ¿Qué es esto? Santo cielo, Verne. No vas a creértelo —el marqués dejó caer el periódico sobre su plato vacío y dejó ver su cara pálida—. Tal vez sea mejor… —la preocupación de su mirada indicaba que tal vez las damas prefirieran marcharse en vez de oír los detalles.

—¿De qué se trata, Francis? —preguntó lady Benistone—. No me voy a horrorizar y tampoco Annemarie. Léenoslo, por favor.

—Yo creo que sí —respondió el marqués mientras levantaba de nuevo el periódico—. Se ha encontrado un cuerpo río abajo. Lo han identificado y se trata de sir Lionel Mytchett, conocido jugador y miembro del Club White's. Bueno, en eso se equivocan. Fue expulsado el año pasado. El cuerpo presentaba diversos cortes, según pone aquí. Se cayó al río y se ahogó. No hubo testigos. Así que no volveremos a saber nada de él. No puedo decir que me entristezca.

Al no obtener respuesta de los demás comensales, lord Hertford bajó de nuevo el periódico para mirar a sus invitados antes de doblarlo y dejarlo a un lado. Lady Benistone estaba en brazos de su hija, que le acariciaba la espalda con una mano. Después, sin separarse, abandonaron la estancia.

—¿No hubo testigos? —preguntó Verne con el ceño fruncido—. ¿En Vauxhall?

—Eso es lo que pone.

—¡Tonterías! ¿Qué crees tú?

—Yo creo que esto hace que el problema del regreso de Esme a Londres sea menos complicado. ¿No estás de acuerdo?

—Será inminente, Francis. Haré lo posible para que ocurra.

—Así que Benistone está vendiendo su colección, ¿no?

—Aún tengo que averiguarlo. Últimamente no se sabe bien qué está haciendo. No puedo imaginar lo que hará cuando se entere de que ella ha estado bajo tu techo durante unos meses. Espero que no saque la misma conclusión que Annemarie.

Aquella idea hizo que el marqués se carcajeara durante largo rato, aprovechando que su esposa no estaba presente, y concluyera sugiriendo de manera frívola que tal vez tuviera que buscarse un escondite.

Once

Por alguna razón que Evie y Samson desconocían, su señor y su señora se retrasaron en Ragley Hall, mientras que ellos habían sido enviados a Londres a primera hora de la mañana para ponerse en contacto con la familia de lady Golding e invitarlos a ir a la calle Curzon sin demora. Tanto Evie como Samson sabían de qué se trataba. Habían encontrado a lady Benistone. De modo que, con las bolsas de cuero y las cajas apiladas en el carruaje, con los baúles encima y en la parte trasera, les habían ordenado que cambiaran los caballos cuantas veces les fuera necesario con tal de llegar a Londres antes de la cena. A Evie había empezado a gustarle de nuevo el señor Samson después de pasar todo el día en su compañía. Le alegró descubrir que la opinión inicial que tenía del joven era la correcta.

La opinión que Samson tenía de la señorita Evie Ballard, a pesar de su accidentado encuentro en la posada, era mucho más básica que la de ella. Para él, era una mujer increíble con el temperamento de una gata salvaje, con unos ojos que brillaban como un relámpago, un cuerpo de escándalo y unos labios carnosos hechos para besar. En resumen, había hecho que mereciese la pena tener que viajar sentado con el arrogante mozo de cuadras e inventarse una mentira que explicara la huella de la mano en su mejilla. Para cuando finalizara el viaje desde Ragley Hall hasta Londres, Samson estaba bastante seguro de que podría convertir esa mentira en realidad.

Desde entonces, se había referido a ella como «señorita Ballard», pero ahora, sin ninguna razón aparente, había respondido al nombre de «Evie».

—Sugiero que llevemos primero el equipaje de lady Golding a la calle Curzon —explicó—. Después yo iré a la calle Montague y a Park Lane antes de llevar las cosas de lord Verne a Bedford Square.

—Salvo su maleta de noche —respondió Evie—. Supongo que se quedará en…

—No ha pasado una sola noche en casa desde…

—Desde Brighton —habían cambiado los caballos por tercera vez y se encontraban en la última etapa del viaje. Llevaban comida fría en el carruaje para ahorrar tiempo. Evie se sacudió las migas de la falda y dobló su servilleta para guardarla.

Samson le pasó la botella de agua y adoptó una expresión de impotencia.

—¿Dónde va esto? —preguntó.

—Aquí —respondió ella con fastidio, se inclinó hacia delante para guardarla en una de las bolsas y, cuando volvió a recostarse, Samson le había rodeado la cintura con el brazo para acercarla a él.

—Esto está mejor —comentó él.

Evie vaciló un instante, pero se relajó a su lado.

El carruaje siguió avanzando hacia Londres y se detuvo solo en los peajes o para dejar pasar a alguna diligencia más grande. Evie se desabrochó las cintas del sombrero y se lo quitó para que su melena oscura acariciase la mejilla de Samson.

—Bien —susurró él—. Muy bien.

A varios kilómetros por detrás de Evie y de Samson, los ocupantes del otro carruaje, más lujoso, se mostraron igualmente dispuestos a hablar del pasado, teniendo en cuenta las revelaciones recientes, y después recorrieron unos kilómetros más acurrucados en silencio. Aunque no le cabía duda de que la familia se alegraría enormemente al saber que su madre estaba a salvo, a Annemarie le preocupaba principalmente que siguiese sin sentirse cómoda en la calle Montague, como le ocurría antes. Aunque en apariencia la desaparición de su madre hubiese sido por un motivo poco egoísta, también había en ello un elemento de desesperación que se desprendía de años de abandono por parte del hombre al que adoraba, como sabían las mujeres de la familia. Su insistencia de usar la casa como museo, donde los visitantes eran más importantes que su esposa y que sus hijas, había contribuido a que lady Benistone diera por hecho que su marido no la echaría de menos. Eso les había contado la noche anterior. Sin la ayuda de lord Benistone, aquel plan era lo mejor que se le había ocurrido, aunque no hubiese sido muy inteligente por su parte. A Annemarie le costaba imaginar una expresión de alegría en la cara de su madre cuando regresara a la calle Montague después de los recientes cambios de su padre, fueran cuales fueran. Ella no había tenido ocasión de ir a verlos, y los demás tampoco habían tenido ganas.

La noticia de la muerte de sir Lionel Mytchett había sido una sorpresa tanto para la madre como para la hija, no un motivo de celebración. Tendrían que acostumbrarse al hecho de que no estuviese allí. Decían que, en ocasiones, en su mente ningún tipo de muerte les parecía demasiado dolorosa para él. Ahora, sin embargo, su alivio estaba teñido de cierta tristeza al pensar que la muerte de alguien pudiera ser tan ignominiosa. Una caída al río. Qué manera más solitaria de morir.

Verne estaba pensando en asuntos bien distintos. Cortes en el cuerpo, había dicho el *Times*. Para él, eso solo significaba una cosa. Latigazos. En público. ¿Por parte de quién? ¿Otro marido engañado, más reciente que Benistone? ¿O el propio Benistone? Probablemente la familia ya hubiese leído también la noticia. La inminente reunión en la calle Curzon prometía ser interesante.

Mientras bebía brandy en una de las nuevas copas de Annemarie, lord Benistone ya había decidido que la reunión en la calle Curzon sería para hablar de la noticia que el *Times* había publicado aquella mañana.

Por supuesto, tendría que explicarle a Annemarie su participación en la tragedia, si eso era de lo que se trataba, y esperar que su hija comprendiera sus razones para abandonar los jardines de Vauxhall de inmediato. Dadas las circunstancias, habría resultado casi imposible encontrar testigos dispuestos a describir lo ocurrido sin delatarse ellos al mismo tiempo. Aunque él tampoco estaba dispuesto a ofrecer ninguna información. Si Esme también había leído la noticia, se preguntaba en qué afectaría eso a sus decisiones sobre el futuro. Suspiró y dio otro trago al brandy.

—Elmer, querido —dijo Cecily, entrando en el comedor como si el esfuerzo de responder al mensaje de Annemarie le hubiese resultado algo inconveniente—. Me pregunto de qué se tratará que no pueda esperar a mañana. ¿Qué tendremos que hablar? Si acabábamos de terminar de cenar. ¿Tú has cenado ya?

—No.

—Entonces no deberías estar bebiendo con el estómago…

—Déjalo en paz, Cecily —respondió Oriel—. Hola, papá. ¿Estás bien? —le dio un beso en cada mejilla con una sonrisa y se quedó observando su rostro en busca de algún síntoma de cansancio. Marguerite entró después, abrazó a su padre sin decir nada, pero aquel abrazo dijo más que todo lo que había dicho en un año. Lord Benistone se dio cuenta de que su hija pequeña había dormido mal, tenía los párpados hinchados por el llanto, pero sus ojos azules mostraban una nueva sabiduría. Había podido echar un vistazo a un mundo de hombres y eso la había asustado y había hecho que se tranquilizara porque, como le había dicho el ayudante de su padre, no resultaba agradable ver a su apacible padre en un papel tan vengativo. Nunca le había creído capaz de algo así. Tampoco había visto a un hombre gritar, ni a una multitud pidiendo la sangre de un hombre al que no conocían. ¿También le habrían tirado al río?

Annemarie y lord Verne no tardaron en llegar, y sus noticias se vieron retrasadas por abrazos, apretones de manos y preguntas sobre quién había leído qué y cómo les había afectado.

—Más de lo que podrías imaginar, querida —respondió Cecily mientras agarraba una galleta de mantequilla de una fuente—. Nosotros estábamos allí, en los jardines de Vauxhall. Elmer te lo contará.

—¿Cómo? ¿Todos? —preguntó Annemarie.

—Sí, todos —respondió su padre—. Estaba a punto de explicarme, gracias, Cecily. Fue nuestra Marguerite la que lo planeó todo. Es la auténtica heroína.

Todos centraron la atención en Marguerite, pero la joven tenía la atención puesta en la alfombra y, tras una pausa, quedó claro que no iba a aprovechar la situación para explicar lo sucedido. De modo que Cecily y Oriel le dieron una explicación detallada de lo que había sucedido las dos noches anteriores, y añadieron que solo ellos, los tres ayudantes de lord Benistone y una multitud de alborotadores sabían qué papel había desempeñado su padre en las heridas de Mytchett, que al parecer había intentado lavarse en el río. Le dijeron que no les parecía algo muy inteligente por su parte. Sin embargo, según dijo Cecily, nadie hubiera esperado que ellos le ayudaran, así que habían huido de allí sin saber qué había sido de él. Les había llevado casi el mismo tiempo volver a casa que llegar hasta los jardines. Ella había perdido un zapato y el pobre Elmer estaba agotado después de mostrar toda su rabia.

Annemarie imaginó que Marguerite debía de haberse quedado horrorizada tras presenciar aquella brutalidad, por merecida que fuera. ¿En qué estaba pensando su padre para permitirle verlo? ¿Sería otro ejemplo de la ceguera que le afectaba en lo referente a su familia? ¿Siempre antepondría sus propias necesidades? En un súbito ataque maternal, se arrodilló frente a Marguerite, la estrechó entre sus brazos y sintió la relajación de su cuerpo en vez de la resistencia que había esperado.

—Oh, querida… debió de ser horrible para ti… Siento que haya acabado así.

—No, no lo sientas, Annemarie. De verdad. No fue así. Yo deseaba estar allí. Deseaba hacer mi parte. Papá sabía lo mucho que deseaba redimirme.

—¿Redimirte por qué, cariño?

—Por todas las veces en las que no me he comportado como una dama —susurró la joven—, y he dicho cosas malas sin pensar.

—Oh, querida. Eso ya ha pasado. Pero no deberías haber visto lo que viste.

—No me ha hecho daño, Annemarie. Papá sabía lo que estaba haciendo. Estábamos bien protegidas y lo que vi puede que no haga que mamá regrese, pero ha hecho que esté orgullosa de mi padre —estiró un brazo y le estrechó la mano a su padre.

—Eres muy valiente —dijo Annemarie—, y mamá estará orgullosa de ti.

Hubo algo en su manera de decir «estará» que hizo que lord Benistone se quedara mirándola y viera su sonrisa, radiante como el sol que emergía de detrás de una nube.

—¿Estará, Annemarie?

—Sí, papá. Lord Verne y yo la hemos encontrado. Sana y salva.

—Pero, si habéis estado en Ragley Hall —miró entonces a Verne para que se lo confirmara—. ¿Verdad?

—Sí, milord —respondió Verne—. Lady Benistone está allí. La marquesa de Hertford lleva cuidándola desde el año pasado —Verne pensó que no habría manera fácil de decir aquello salvo omitiendo el nombre del marqués.

—¿De verdad? —preguntó lord Benistone—. ¿Y cómo de a salvo está? ¿Al cuidado de los Hertford? Sí, bueno, puedo imaginarme lo que significa eso —se puso en pie y le soltó la mano a Marguerite.

—Está a salvo, milord —insistió Verne, y miró a Annemarie para que le ayudara.

—Papá —dijo ella—, ¿acaso no te alegras?

Se había puesto pálido y, para disimular su sorpresa tenía las manos en la cara y le temblaban los nudillos.

—Sí —contestó con un gemido—, pero no me esperaba esto. Dejar que me engañaran dos veces…

—¡Papá! ¡Para! Escucha. ¡Por favor, escucha!

Pero lord Benistone no estaba escuchando.

—¡Le daré una paliza a ese libertino pelirrojo! —gritó—. Le azotaré con el látigo como hice con...

—Papá, por favor, no me estás escuchando. Te equivocas. Mamá no te ha sido infiel en ningún aspecto, y lord Hertford tampoco ha actuado de manera deshonrosa con ella. Por favor, siéntate y deja que Jacques y yo te contemos lo ocurrido. Vamos, papá. Estás cansado y disgustado, no saques conclusiones equivocadas. Siéntate mientras yo te sirvo otro brandy. Y, por el amor de Dios, come algo. ¿No has comido nada desde ayer?

Las preguntas quedaron sin responder porque las otras tres mujeres le abrazaron para consolarlo y calmar la furia que, desde el incidente en Vauxhall, no se había disipado del todo. Cuando salió de entre sus brazos, lord Benistone tenía lágrimas en los ojos.

—¿Va a volver con nosotros? —preguntó—. Cuéntanos lo ocurrido. ¿Dónde ha estado todo este tiempo?

Entre Annemarie y lord Verne les contaron cómo y por qué el plan de su madre había fracasado, incluyendo cómo interpretaba la propia lady Benistone su incompetencia, sin culpar directamente a su marido, aunque su expresión demostraba lo mucho que sufría.

—Es culpa mía —murmuró más de una vez—. Es todo culpa mía. Prefirió irse con Hertford antes que volver conmigo. ¡Una lástima!

—Era a lady Hertford a la que necesitaba —dijo Annemarie—. Su vieja amiga. Estaba avergonzada. Aún lo está. No cree que tú quieras aceptarla.

—¿No querer aceptarla? —preguntó lord Benistone—. ¿Cómo puede pensar una cosa así?

—Muy fácil, milord —dijo Verne—, después de lo que le ocurrió. Mytchett se aseguró de avergonzarla y ahora no cree que merezca ser perdonada por ello.

—¡Santo cielo! No se trata de mi perdón. Debe regresar a casa con nosotros. Este es su lugar. Cuanto más tiempo permanezca lejos, más se hablará del asunto. Soy yo el que necesita que me perdone. Yo. La he tratado de manera vergonzosa. Imaginad lo que debe de ser llegar hasta esos extremos para proteger a su hija cuando yo podría haberlo hecho con dos palabras. Pienso ir yo mismo allí y exigirle…

—Papá —dijo Marguerite—, ¿no crees que será mejor pedir que exigir? ¿Rogarle? ¿Decirle lo mucho que la quieres y la echas de menos? ¿Que en el futuro le prestarás más atención, quizá? Y darles las gracias a los Hertford por haber cuidado de ella. Tendrás que aceptar su hospitalidad, recuerda, a no ser que te quedes a pasar la noche en la posada local.

—Entonces iré contigo, jovencita. Con esa diplomacia, evitarás que pierda los estribos —dado que ninguno había visto a lord Benistone alzar la voz antes de darle latigazos a sir Lionel Mytchett, la excusa sonaba inverosímil, aunque estuvieron a favor de que Marguerite acompañara a su padre en aquella misión tan delicada. Su transformación se hacía patente al concederle el papel de diplomática cuando, tan solo unos días atrás, ella habría sido su última opción.

—Sí, papá. Iré contigo. La traeremos con nosotros.

—Pero no hasta que comas algo, Elmer —dijo Cecily al ver llegar las fuentes de comida—. Vamos, hay suficiente para dar de comer a un ejército.

—Pero no estoy vestido para la cena —respondió lord Benistone mirando de reojo a Annemarie—. Y Verne tampoco.

—Papá —dijo Oriel—. Que sea la última vez.

Con el tema del regreso de lady Benistone, el drama de los jardines de Vauxhall quedó en un segundo plano mientras conversaban y cenaban. Sin embargo, para Annemarie, la violencia de su padre hacia sir Lionel Mytchett era la respuesta más inusual que podría haber imaginado cuando, durante todo un año, su actitud había sido más lastimera que vengativa. Lo cual le hizo ser consciente, una vez más, de que había malinterpretado sus sentimientos al respecto y de que su padre se había visto profundamente afectado. Antes de que Oriel, Cecily y Marguerite regresaran a Park Lane, consiguió hablar tranquilamente con ellas mientras su padre hablaba con lord Verne.

—Habrá que hacer algo con la casa de la calle Montague —les dijo—. No podemos permitir que mamá la vea tal como está, ¿verdad?

—Bueno, ¿y cómo está? —preguntó Cecily—. ¿Has pasado por allí últimamente?

—No. He estado ocupada aquí, y tú también. Y después los cuatro días en Warwickshire.

—Pues, mientras papá y yo estamos fuera, ¿por qué no vas a ver si puedes hacer que sea habitable? —preguntó Marguerite—. Al menos prepara dos o tres habitaciones para que puedan usarse. Y las cocinas. No habrá comida. Nunca la hay. Y supongo que mamá tampoco traerá mucho equipaje, salvo lo que le haya proporcionado lady Hertford.

—Eso era lo que yo pensaba —dijo Oriel—. Deberíamos ir en cuanto os marchéis para ver qué hace falta. ¿Cecily?

—Desde luego, querida. Sé que vuestro padre ha sacado algunas cosas, pero no mucho. No me atrevo ni a imaginar lo que habrá dejado atrás. Iremos. Si logra convencer a vuestra madre para que regrese, las cosas tendrán que cambiar.

—Yo la convenceré —dijo Marguerite—. Volverá.

Oriel abrazó a su hermana.

—Claro que lo harás, cariño. Claro que volverá.

A Verne no le sorprendía tanto como a Annemarie el castigo despiadado que lord Benistone le había infligido a sir Lionel. Tampoco le sorprendía tanto como a ella que el padre que había permitido que su matrimonio se deteriorase tanto hubiese encontrado ahora la energía y la motivación para luchar.

—Es como si hubiera estado pensando en ello todo este tiempo —dijo ella—, para ver cuánto tiempo podía soportarlo.

—Algunos hombres tardan más que otros en darse

cuenta de lo que deben hacer, cariño —en la tranquilidad de su dormitorio, rodaron el uno hacia el otro
entre las sábanas para buscar el calor de sus brazos y
de su piel.

—No crees que las autoridades empiecen a hacer
preguntas sobre lo que ocurrió esa noche, ¿verdad?
—le preguntó Annemarie mientras se acurrucaba a
su lado.

—Supongo que harán todo lo posible, pero yo no
me preocuparía si fuera tú. Para empezar, sir Lionel
fue encontrado lejos de Vauxhall, así que no tienen
manera de saber exactamente dónde se cayó. Para
continuar, aunque creyeran que había estado en Vauxhall, nunca encontrarán a ningún testigo en una multitud así. Todos estaban viendo los fuegos artificiales,
¿no? No creo que tu padre corra peligro de ser inte-
rrogado. Dirán que fue una muerte accidental. Como
las demás.

—Mamá no podía creérselo. La muerte de sir Lionel, quiero decir.

—Pues espera a que sepa el papel que desempeñó
tu padre. Apostaría a que nunca ha visto esa faceta
de él.

—Creo que al menos cuatro miembros de la familia Benistone han revelado una faceta nueva últimamente. ¿No te parece?

Verne deslizó una mano sobre la piel sedosa de
sus nalgas.

—¿Crees que habrá otra faceta nueva que revelar
en esta Benistone en particular? ¿O ya lo he visto
todo?

Ella deslizó la planta del pie por su pierna.

—No me importa que sigas investigando —susurró—, solo para asegurarte. Si voy a ser la nueva lady Verne, es justo que sepas estas cosas antes de comprometerte.

—Cariño —respondió él incorporándose para apoyarse en un codo—, me comprometí el primer día, incluso antes de que dejaras de atacarme. Nada ha cambiado. Ni cambiará.

A pesar de la hora, del cansancio y de las emociones de los últimos días, su encuentro amoroso llegó a un nuevo nivel de éxtasis aquella noche, pues Annemarie había resuelto muchos de sus dilemas personales, como si nunca hubiera habido una buena razón para que estuvieran allí. Libre de la venganza debilitadora que le había quitado la ilusión por la vida y había mantenido a sus amigos alejados, se daba cuenta de lo absurdos e innecesarios que habían sido sus planes, además de injustos. Verne representaba todo lo que siempre había deseado y ahora podía decírselo con palabras de amor y con la entrega de su cuerpo. Después de una generosidad tan absoluta, no podría haber dudado ni por un momento de la autenticidad de su amor por él, apasionado y libre al fin de los obstáculos que ella misma se había impuesto.

Aún quedaban muchas cosas por hacer en la calle Curzon, para lo cual Annemarie había esperado tener tiempo entre las compras, los viajes, las exposiciones, las cenas, el teatro y los bailes. Pero ahora parecía que iba a tener que pasar dos o tres días más en la casa familiar de la calle Montague para restablecer un poco el orden antes de que regresara lady Benistone, aunque no le importaba el esfuerzo necesario para lograrlo. Acompañada de Evie y de dos doncellas más, llegó a la puerta recién pintada al mismo tiempo que Cecily y Oriel.

En el interior de su antiguo hogar, Annemarie se quedó tan asombrada como las demás mientras deambulaban por las habitaciones, admirando el espacio y la luz, los bonitos colores, los muebles elegantes, los cojines suntuosos, las superficies abrillantadas que no se habían visto en años y elementos decorativos que, hasta entonces, habían permanecido ocultos. La amplitud resultaba casi abrumadora después del ambiente claustrofóbico de antes. La habitación de sus padres había sido transformada en un bonito refugio blanco con cortinas, encaje, lino, brocados y seda, como una página en blanco en un diario esperando a ser escrita. En una mesa baja junto a la ventana había un jarrón con rosas de color albaricoque, blanco y crema. Annemarie supo que aquello debía de haberlo preparado su padre, porque eran los colores favoritos de su madre.

Sintió un nudo en la garganta, miró a su hermana y vio que ella tenía lágrimas en los ojos.

—Oh, Oriel —susurró—. Nunca pensé que haría algo así.

—Lo ha hecho por mamá —contestó Oriel con voz temblorosa—. Quizá pensaba que, si por fin hacía algo, algo le ocurriría a él también.

—Y así ha sido —convino Cecily—, ¿verdad? ¿Le habíais visto alguna vez tan lleno de energía? Es como si, al despejar su casa, hubiera despejado su mente al mismo tiempo. Nunca pensé que pudiera darle una paliza a un joven como lo hizo. Y ha amenazado con hacerle lo mismo a lord Hertford. Sí que le importa.

—No sabíamos hasta qué extremos llegaría para demostrarlo. Será mejor que volvamos a casa. Aquí no tenemos nada que hacer.

—¿Más flores? —preguntó Oriel—. A ella le gusta que haya flores por todas partes.

—¿Vamos a ver si necesitan algo en la cocina? —preguntó Cecily.

—¿Solo para supervisar los menús? Bueno, alguien tiene que hacerlo —respondió Annemarie.

Al final se quedaron toda la mañana revisándolo todo y ocupándose de los detalles más personales: el jabón, las perchas del armario, las joyas de su madre que había que abrillantar, su tipo de té favorito, su juego de té de porcelana china, sus partituras en el piano. Echaron un vistazo también a la habitación de Marguerite, que no la había ocupado desde hacía tiempo y que ahora tenía una bonita alfombra Wilton y cortinas a juego.

Se fueron las tres juntas a comprarle una nueva colcha blanca de satén, un *negligé* rosa y zapatillas a juego, así como toallas nuevas con la M bordada y con mariposas rosas que parecían representar un momento fugaz en su corta vida.

—En Brighton —dijo Annemarie— conocí a un

joven oficial de caballería muy guapo. Creo que le pediré a Verne que le invite a venir a Londres. No me extrañaría que se fijara en nuestra nueva Marguerite.

Cecily no estaba tan segura.

—No creo que lord Verne esté de acuerdo con ese plan —dijo mientras se ponía los guantes. En eso, sin embargo, se equivocaba.

—Ya está aquí —dijo Verne aquella noche.

—¿Cómo? ¿En Londres?

—En Londres. ¿Le invitamos a cenar con nosotros? Le debo un favor.

—Por supuesto, si crees que consideraría un favor cenar con nosotros. Podría invitar también a la familia —añadió ella con una despreocupación bien estudiada—, para que charlara con Marguerite. Eso sería un favor para mí.

—Pequeña manipuladora —respondió él con una sonrisa—. Crees que podrían llevarse bien, ¿verdad? Bueno, yo también lo creo. Bock es un chico muy sensato. Será mejor para ella que esos remilgados con los que estaba en el teatro. Él lleva tiempo ya por el mundo.

—Y con eso quieres decir que sabe mucho de mujeres —dijo Annemarie. Intentó apartarse de su lado, pero su brazo se lo impidió al recostarla de nuevo sobre los cojines del sofá.

—¿Tienes algún problema con eso? ¿Con que los hombres sepan de mujeres? —preguntó Verne.

—No.

—Bien.

Annemarie recordó que la propia experiencia de Verne le había resultado molesta, le había hecho tener miedo y decidir que ella sería la excepción que confirmase su regla, fuese cual fuese. Al mismo tiempo, era absurdo negar que su arrogancia le había resultado excitante e intrigante, aunque aparentase lo contrario. Y, aunque nunca había deseado saber los detalles de sus conquistas, había algo seductor en un hombre que «llevaba tiempo ya por el mundo», algo que le hacía desear ser la última, la mejor, la más difícil de atrapar. El premio.

—Qué arrogante —murmuró antes de que la besara y despertase el deseo en todo su cuerpo.

—Seguro de mí mismo —respondió Verne—. Tenía que serlo, de lo contrario no habría podido acercarme a ti, ¿verdad? Sabía que serías difícil. Volátil. Luchadora. Pero el esfuerzo ha merecido la pena.

—¿Esfuerzo? ¿Qué esfuerzo? —preguntó ella, anticipando su respuesta. Había imaginado que la tomaría en brazos y la llevaría al piso de arriba, pero no que acabaría tumbada en el sofá, rodeándole con las piernas y con la cabeza en el apoyabrazos, sin poder escapar. Mientras se retorcía bajo su cuerpo, sus movimientos sirvieron para alimentar su desafío, para saltarse los preliminares y dirigirse hacia el esfuerzo del que ella acababa de burlarse.

Sin decir palabra, Verne le sujetó ambos brazos con una mano y con la otra encontró el camino más rápido hasta los pliegues húmedos de entre sus muslos. Sus besos le dejaron sin habla mientras la estimulaba con sus dedos, preparándola hasta el último momento antes de penetrarla. Le soltó las manos solo después de alcanzar el clímax. Fue entonces cuando se le pasó por la cabeza lo mucho que ella había sufrido en otra época el sexo impulsivo a manos de su difunto marido, y lo mucho que había aprendido desde entonces del amor en todas sus formas, gracias a él. No se lo recordó, pues aquel momento era demasiado delicado para eso.

Después de tres días sin saber nada de lord Benistone, no les quedó más remedio que esperar con paciencia y terminar los preparativos de última hora sin alterar los cambios que él había hecho ya. Por mutuo acuerdo, Annemarie, lord Verne, Cecily, Oriel y el coronel Harrow se reunieron en el número dieciocho de la calle Montague a primera hora de la tarde pensando que, si regresaban, lo harían sobre esa hora.

Su predicción fue increíblemente acertada pues, cuando el reloj del abuelo dio las cinco en el recibidor, se oyeron los cascos y las ruedas sobre los adoquines antes de detenerse frente a la puerta. El señor Quibly habría querido tener a todo el personal preparado para recibir a sus señores, pero le habían convencido de que lady Benistone preferiría encontrarse a solas con los miembros más cercanos de su familia. Fue Marguerite la primera en salir con una sonrisa de felicidad. Se echó a un lado para permitirles ver cómo lord Benistone prácticamente bajaba en brazos a su esposa hasta la acera, sonriendo como un recién casado.

Aunque habían pensado reservar los abrazos y los llantos para la privacidad de la casa, no pudieron esperar y, para cuando entraron, alrededor de la puerta se había formado una pequeña multitud de viandantes que aplaudían educadamente el regreso de lady Benistone. Inevitablemente las lágrimas se juntaron con el llanto, con el alivio y con la sorpresa provocada por los cambios de lord Benistone, que fueron una sorpresa tanto para Marguerite como para su madre, que apenas reconoció el salón cuando entró.

—Cuánto espacio… y la luz… Oh, y ahí está mi pequeño perro de porcelana. Y mis partituras también. ¡Oh, esto es… Oh, Elmer! —sin reservas, le rodeó el cuello a su marido con los brazos y lloró—. No lo merezco. Eres demasiado amable, mi amor.

—Claro que lo mereces —respondió él abrazándola con fuerza—. Debería haber hecho esto hace años, cariño. Debería haberme dado cuenta de lo que ocurría.

—Pero todos tus tesoros. ¿Qué harás sin ellos? Significaban mucho para ti.

—No tanto como mi esposa y mis hijas. Era como si os estuviera perdiendo a todas a la vez. Ni siquiera nuestra querida Cecily venía a visitarnos tan a menudo como antes. Y te echaba mucho de menos. Pensé que ya era hora de crecer, así que Marguerite y yo lo hemos hecho juntos, ¿verdad, querida? —extendió el brazo y le estrechó la mano a su hija pequeña—. Hemos tenido tiempo para hablar. Los viajes son buenos para eso. No podíamos escapar. Y ahora nuestra preciosa Oriel puede casarse con William, y Annemarie… bueno, ¿quién sabe lo que hará Annemarie?

—¡Papá! ¡Eso no es justo!

Verne acudió en su ayuda rodeándole la cintura con un brazo y riéndose al ver su confusión.

—Con el debido respeto, milord, sí que sabemos lo que hará lady Golding. Se casará conmigo.

—Bodas en la calle Montague —dijo lord Benistone—. Me gusta cómo suena eso. Pero quizá debamos hacer un baile antes, dado que el último evento no fue todo lo satisfactorio que debería haber sido. Volveremos a hacerlo, esta vez adecuadamente. Cecily nos ayudará, por supuesto —se volvió hacia Marguerite y sonrió—. ¿Ya estás contenta?

Con una cocinera más joven e innovadora que había reemplazado a la anterior, cuyo cansancio había empezado a notarse, la cena en la calle Montague aquella noche fue especial en todos los aspectos, desde el menú cuidadamente preparado con los platos favoritos de lady Benistone hasta la disposición de la mesa y el atuendo inmaculado de los comensales. Había tantos pensamientos que expresar, tanto de lo que hablar, noticias que intercambiar, planes sobre el futuro, que era ya tarde cuando los miembros de la familia se separaron, más felices de lo que lo habían sido en demasiado tiempo.

Juntas hasta el último momento, Annemarie y su madre habían llegado al punto de conversación íntima que se producía después de un exceso de felicidad, de buena compañía y de vino. Conversaciones que habrían quedado medio olvidadas al día siguiente y que habría que volver a repetir. El Príncipe Regente siempre suponía un tema de conversación interesante, aunque a lady Benistone le conmovió y le sorprendió que hubiera preguntado por ella.

—Después de todos estos años —dijo riéndose—. Tal vez sea hora de que lo vea con sus propios ojos, querida. Lady Hertford me contó que… No, tal vez no deba decirlo. No es asunto nuestro a quién le escribiera cartas, ¿verdad?

—¿A quién le escribía, mamá? ¿A alguien a quien conocemos?

—Ahora ya ha recuperado sus cartas. Y menos mal. ¿Podéis imaginar el escándalo si se hubieran hecho públicas, como sucedió con las de lord Nelson en abril? Pobrecillo. Habría sido su fin —le apretó el brazo a Annemarie—. ¿No recuerdas el furor que causó aquello?

—¿Las cartas a Emma Hamilton, quieres decir?

—Por supuesto. Ha sido muy indiscreta. Pero no digas nada, por favor. Isabella solo me lo dijo para hacerme sonreír.

—¿Y sonreíste, mamá?

—Bueno, sí. Pero no tanto como el principito, supongo. Buenas noches, cariño.

Se abrazaron y, al mirar por cncima del hombro de su madre, Annemarie vio que Verne estaba lo suficientemente cerca para oír lo que habían dicho, y que en su cara se reflejaba toda la preocupación que ella podía esperar. Se quedó mirándolo sin poder creer lo que acababa de oír, después se dio la vuelta y sintió que su buen humor se disipaba. A pesar de todo lo que había hecho para ayudar, de todo lo que había perdido y ganado, de todo aquello en lo que había creído y los amigos en los que había confiado, su plan no había servido para nada. Sin ella saberlo. Hasta ahora.

—¡Cecily! —gritó desde el otro lado del recibidor—. No te vayas todavía. Necesito hablar con...

Pero Verne se colocó ante ella y adivinó sus intenciones.

—No —le dijo suavemente—. Ahora no. Deja que se vaya. Te lo explicaré. Por favor, Annemarie —su ruego fue suficiente para evitar el enfrentamiento que se habría producido antes de que Cecily se marchara.

—Necesitaba hablar con ella —dijo Annemarie, furiosa—. Es importante.

—Sí. Lo sé. Lo discutiremos en privado.

—¿Discutirlo? Tendremos que hacer algo más que eso. Necesito algunas respuestas.

Verne siempre había albergado la esperanza de que con el tiempo las cartas se olvidaran, o al menos dejaran de estar en la lista de cosas importantes de Annemarie. Pero se daba cuenta de que aún era demasiado pronto para ese tipo de milagro, y de que algún día tendría que inventarse una historia convincente que exonerase a Cecily de toda culpa. Después de la ayuda que le había prestado, no podía permitir que eso ocurriera. Si las mentiras eran algo malo, entonces proteger a una amiga sería una buena excusa.

De vuelta en la calle Curzon, se preparó para el primer discurso de Annemarie en cuanto la puerta del dormitorio se cerró tras ellos.

—Fue Cecily, ¿verdad? —comenzó Annemarie—. Se las di a ella. Confié en ella, pero ella abrió mi maleta y te las dio para que se las devolvieras al príncipe. Y durante todo este tiempo me has hecho creer que estaba haciéndole un favor a esa pobre mujer al devolverle algo que era de su propiedad. Riéndote de mí… los dos… ¿cómo has podido hacer eso? ¿En qué otras cosas me has mentido? No… déjame adivinar.

Se quitó los pendientes mientras daba vueltas por la habitación, y estaba a punto de seguir con otra serie de suposiciones cuando sintió los dedos de Evie desabrochándole el corpiño del vestido.

—Será mejor que nos dejes a solas, Evie —dijo mientras se apartaba—. Puedo sola.

Evie había pretendido permanecer invisible todo el tiempo que fuera posible, pero no podía permitir que su señora siguiera lanzando acusaciones en la dirección equivocada, aunque aquello le costara su puesto.

—Milady —susurró evitando mirar a lord Verne—, por favor, ¿puedo hablar? Yo puedo explicar lo sucedido.

—Evie —dijo lord Verne—, creo que será mejor que hagas lo que te dice lady Golding.

—Pero no fue culpa de la señora Cardew, milady. Por favor, dejad que os lo cuente. Fue todo culpa mía.

—¿Tuya, Evie? ¿Qué tienes tú que ver con todo esto? Sin duda fue…

—No, milady. Solo había un cojín en la maleta cuando la señora Cardew la sacó aquella tarde. No sé dónde se suponía que debía llevarla, pero sé que no estaba llena de cartas. Debió de llevarse una buena sorpresa al abrirla. Era un cojín azul de la posada. Pesaba más o menos lo mismo.

Annemarie se sentó en la cama con el corpiño a medio quitar, miró la cara angustiada de Evie y después la expresión de resignación e incredulidad de Verne. Obviamente esa no era la historia que él había estado a punto de contarle.

—¿Qué quieres decir exactamente, Evie? —le preguntó a su doncella—. ¿Abriste tú mi maleta?

—Yo no, milady. Pero alguien lo hizo. ¿Recordáis que la posada estaba llena de pasajeros de la diligencia? Yo tuve que bajar a por mi cena y tuve que esperar bastante. Y creo que alguien entró y tuvo acceso a la maleta mientras estaba fuera, milady, porque cuando regresé estaba abierto. Aquella noche estabais demasiado cansada y disgustada como para molestaros con aquel problema, así que metí dentro el cojín. Dijisteis que dentro había joyas y supe que tarde o temprano descubriríais el robo, pero pensé que sería mejor no decir nada hasta el día siguiente —los ojos de Evie se llenaron de lágrimas mientras sacaba un pañuelo del bolsillo de su delantal—. Pero entonces no pude.

—¿Y volviste a cerrar la maleta? —preguntó Annemarie—. ¿Cómo?

—La cerradura no estaba rota, milady. Quien fuera, sabía lo que hacía. Utilicé la llave para volver a cerrarla. Os lo habría contado, pero no me pareció que se diese el momento adecuado.

—Entonces, ¿no sabes dónde fueron a parar las cartas, Evie? —preguntó Verne.

—Yo no vi ninguna carta, milord. Lady Golding me dijo que eran joyas. Y después la señora Cardew iba a llevarla a alguna parte, pero ya no volvió a decirse nada sobre el tema, así que di por hecho que la señora Cardew había solucionado el problema.

—Sí, más o menos. ¿Crees que uno de los huéspedes robó lo que había dentro?

—Debe de ser eso, milord.

—Entonces —dijo Annemarie—, me pregunto cómo recuperó el príncipe el contenido de la maleta.

Evie miró a lord Verne mientras hacía lo posible por disimular sus dudas.

—Imagino, milady, que quien se las llevó las envió. Tal vez hubiera una recompensa.

—Sí. Seguro que la había. De hecho, me parece bastante probable.

—Yo también creo que será eso —dijo Verne—. Evie tuvo mucho cuidado de…

—Gracias, Evie. Creo que ahora deberías irte. Se está haciendo tarde.

—Gracias, milady. No culparéis a la señora Cardew, ¿verdad?

—En absoluto, Evie. Jamás había oído un esfuerzo tan coordinado por librar a la señora Cardew de toda responsabilidad en este asunto. Es casi demasiado bueno para ser cierto. Buenas noches, Evie.

—Buenas noches, milady. Milord.

Verne vio cómo se cerraba la puerta, negó con la cabeza y se preguntó si la historia de Evie habría empeorado las cosas. Sospechaba que sí, sobre todo porque la historia sobre cómo el príncipe habría recuperado las cartas sonaba poco plausible. Un grito procedente de la cama le hizo levantar la cabeza. Annemarie se había tumbado boca abajo y estaba llorando sobre las sábanas.

—Cariño… oh, mi amor. No… no llores. Deja que te lo explique.

—Tú también no —murmuró ella—. No puedo soportarlo.

—¿Qué? —le puso una mano en la espalda para calmar sus convulsiones—. ¿No puedes soportar qué? Ella quería proteger a Cecily, nada más. Sabía que no la creerías.

Cuando Annemarie se dio la vuelta y lo miró, él vio que apenas podía hablar por la risa, que el llanto se mezclaba con las carcajadas. Era como si una barrera invisible hubiera desaparecido y hubiera dejado atrás un vacío, algo sin sustancia, sin significado ni importancia. Mientras que la ridícula explicación de Evie estaba destinada a excusarlos a todos menos a sí misma, Annemarie había podido recomponer en su cabeza la noche que habían pasado en la posada de El Cisne en Reigate, cuando todo era confuso y emocionalmente inestable. Recordó que no se había preocupado por la comodidad personal de su doncella, que siempre le había importado. No le había preguntado por su cena, simplemente la había dejado encargada de sus «objetos de valor», y la pobre y obediente Evie había tenido que apañárselas sola o buscar a alguien dispuesto a ayudarla. La respuesta era evidente. El joven con el que había discutido, del que después se había encariñado y al que ahora protegía a toda costa. El ayuda de cámara de Verne, que seguía las órdenes de su señor, quien a su vez seguía las órdenes del príncipe. Qué absurdo. Qué comedia.

—Evie protegiéndote a ti… y a Samson… tú protegiendo a Cecily… Cecily protegiéndome a mí y yo protegiendo a… lady Hamilton. ¡Oh, Jacques! Me sorprende que pudierais saber quién estaba protegiendo a quién. Nunca había oído algo tan tonto en toda mi vida —se incorporó sobre la cama y le rodeó el cuello con los brazos—. ¿Podemos olvidarnos ya de esto, por favor?

—¡Cariño, mi amor! ¿Quieres decir que no te importa que el príncipe haya recuperado las cartas? ¿De verdad?

—Ya no me importa, cariño. Deseaba hacerle daño, pero ya no. Deseaba ayudar a lady Hamilton, pero ya era demasiado tarde, ¿verdad? Ella iba a marcharse.

—Cecily dice que le enviaste dinero.

—Al menos sé que eso sí lo recibió. Le habrá servido de algo.

—Pero no culpes a Cecily de nada. Ella tampoco llegó a ver las cartas. Cuando salimos de Reigate yo ya las tenía. Es una amiga muy leal.

—Y ahora yo estoy protegiendo a quien no es

leal, ¿verdad? Al príncipe que menos lo merece. Podría haberle arruinado la vida. Pero me alegra que me lo impidieses.

—¿De verdad, cariño? ¿Me perdonas? Tenía que hacer algo drástico.

—Lo sé. Tal vez, si vas a quitarte la ropa sin tu ayuda de cámara, podamos hacer algo drástico juntos antes de dormir. ¿Sí? —levantó la cara para que le diese un beso, que fue más dulce aún sabiendo que, a pesar de todos sus esfuerzos, era él quien llevaba las riendas. Un hombre por encima de los demás hombres. Un hombre al que amaría para siempre.

Minutos más tarde, Verne salió de su vestidor atándose el cinturón de su bata de seda, que no ocultaba sus piernas ni su torso.

—¿Y bien? —preguntó—. ¿Estabas esperándome? Annemarie se pegó el *negligé* a los pechos.

—No —respondió mientras agarraba un cepillo para el pelo—. Estoy esperando a un educado caballero que me invite con deferencia a pasar una hora o dos conversando con él. Pero me temo que la vida está llena de pequeñas decepciones.

—¿De verdad, preciosa? —preguntó él quitándole el cepillo antes de que empezara a usarlo—. Entonces tendrás que conformarte conmigo hasta que él aparezca, ¿verdad? —se sentó tras ella a horcajadas sobre el taburete y le agarró un mechón de pelo para cepillarlo suavemente—. ¿Y de qué quieres conversar con él?

—No lo entenderías.

—Ponme a prueba.

—No. Tiene que ver con unas joyas que poseo.

—¿Amatistas y diamantes, por casualidad?

—Podría ser.

—¿Quieres que te las ajusten?

—No. Quiero dárselas a alguien.

—Ya te lo dije. No creo que a él le gustara el gesto.

—Yo pensaba en ella, no en él.

—¿Sé quién es?

—Al parecer sabías quién era antes que yo. Debe de necesitar dinero. Tiene un niño pequeño. Los niños son caros. No tiene a nadie que la proteja, que yo sepa. A ella le vendrían mejor que a mí las joyas. Deben de valer una fortuna.

—Muy encomiable, cariño —respondió él sin dejar de cepillarle el pelo—, pero ¿se te ha ocurrido pensar que, si la señora Mytchett las llevara a un joyero, le preguntarían cómo las ha conseguido? Creo que le costaría encontrar una respuesta convincente.

—Entonces será mejor que las venda yo.

—Mejor aún, deja que las devuelva a Rundell y Bridges. Nos harán un buen precio y se alegrarán de volver a verlas. Nadie preguntará nada.

—¿Estás de acuerdo con que sería algo bueno para ayudarla?

—Algo excelente. Generoso. Caritativo.

—La han tratado mal, pero espero que no lo interprete como caridad.

—Entonces ¿cómo?

—Como una recompensa. No le deseo ningún mal. No hace falta que sepa de quién proviene el dinero. De hecho, prefiero que no lo sepa.

—Pero puede que lo sospeche.

—No veo por qué. Merece la pena intentarlo.

Verne dejó de cepillarle el pelo, la rodeó con los brazos y le acarició el cuello con la nariz.

—Desde luego que la merece —dijo—. ¿Sigues esperando a que aparezca ese caballero tan educado?

—Demasiado tarde —murmuró ella—. Quizá tenga que conformarme contigo después de todo.

—Entonces ven a la cama —dijo Verne mientras le quitaba el *negligé* de seda—. Ya hemos conversado bastante por una noche. ¿No estás de acuerdo?

—Mmm —respondió Annemarie, y echó la cabeza hacia atrás para recibir sus besos.

En su dormitorio blanco, Esme Benistone también estaba utilizando a su marido como doncella, tarea que estaba llevando más tiempo del habitual porque no podía parar de examinar todos los detalles de la habitación.

—Esta cosa —dijo lord Benistone refiriéndose a su corsé— no va a soltarse si no te estás quieta y permites que te lo desate.

—Querido, puedo desabrochármelo por delante. ¿No lo sabías?

—¿Cómo voy a saber eso? —preguntó él.

Esme se volvió para mirarlo.

—No lo digas, amor. Tenemos que ponernos al día, ¿verdad? Será como en los viejos tiempos, cuando empezábamos a descubrir cosas el uno del otro.

—Y nos encantaba lo que descubríamos.

—Yo nunca he dejado de quererte, Elmer. Deseaba tu amor.

—Oh, querida, nunca lo has perdido. He sido un tonto. Por favor, perdóname.

—Ambos lo hemos sido. Ven a la cama. Quiero tus brazos, tu calor, tu amor. El resto vendrá con el tiempo. ¿Me concederás algo de tiempo, mi amor?

—Todo el tiempo del mundo. No volveré a perderte. Ven, cariño.

Con todo lo que ocurrió ese verano, el baile de los Benistone fue un evento exclusivo al que solo fueron invitados familiares y amigos cercanos para celebrar la restauración de una generación dividida. Para los Hertford fue la oportunidad perfecta de volver a ver a la familia de Verne de Salisbury; los marqueses de Simonstoke, sus hijos pequeños, Robbie y Christopher, y su hija mayor, su marido y los hijos de estos. Todos se alegraban de saber que, por fin, Jacques había encontrado a una mujer por la que había tenido que esforzarse más de lo habitual. El escándalo ligado a su madre y a ella no hizo sino aumentar su fascinación, sobre todo en el caso de los dos jóvenes cuyo interés en la hermana pequeña de lady Golding provocó cierta rivalidad con lord Bockington.

Bock ya llevaba cierta ventaja por haber estado presente en varias cenas familiares durante las semanas anteriores, y desde entonces iba a visitar a Marguerite casi a diario, con la aprobación de sus padres, para llevarla a pasear, con o sin Cecily. Para entonces

Marguerite ya sentía un gran afecto por el apuesto oficial de caballería, que ahora comprendía el valor de la información que le había dado a lord Verne. Enamorado ya de la hermosa Marguerite, le resultaba cautivadora aquella mezcla de inocencia y delicadeza que había empezado a apreciarse y que, de manera natural, la muchacha estaba aprendiendo a cultivar como uno de sus atractivos.

—Apenas puedo creer lo mucho que ha cambiado —dijo Verne mientras dejaba el látigo y los guantes de montar—. Dice cosas con sentido. Dentro de un año o dos, será toda una mujer.

Mientras se quitaba el velo y el sombrero de montar, a Annemarie le vino a la cabeza el terrible episodio del teatro y recordó lo lejos que había llegado ella también cuando algo tan insignificante como las palabras infantiles de Marguerite había hecho que se enfermara de celos. Ahora, en cambio, aceptó los halagos de Verne hacia su hermana sin preocuparse. Le dio la mano y lo condujo hacia la sala de estar, pensando en cómo había cambiado su suerte y en lo orgullosa que se había sentido cabalgando junto a él en el parque.

—¿Te he dicho recientemente…? —preguntó después de cerrar la puerta y colocar una mano sobre la solapa de su chaqueta.

—No —respondió él automáticamente—. ¿Qué?

—Que te quiero. Te adoro. ¿Hay algún grado más por encima de eso?

—Si lo hay, cariño —dijo Verne agarrándole la cintura con las manos—, no necesito oírlo. El amor y la adoración servirán, gracias. Es más de lo que esperaba y mucho más de lo que merezco.

—Oh… —ella sonrió y recorrió su mandíbula con el pulgar—… nadie ha dicho nada de merecer. Probablemente no lo merezcas, pero ahí está. Incondicional. Libre. Todo tuyo.

—Toda mía —susurró él—. Mi preciosa y escandalosa mujer —añadió antes de besarla con una pasión que demostraba lo permanente que se había vuelto su amor.

—Y aún hay más.

A Annemarie no le hizo falta explicar más, porque su manera de decirlo fue la única pista que necesitaba. Verne deslizó una mano entre ellos y la colocó justo por debajo de su cintura.

—¿De verdad? —preguntó—. ¿Estás segura?

—Bastante segura, sí.

—Oh, cariño… ¡mi maravillosa criatura!

La abrazó con ternura. Era el tesoro más único y exquisito que había encontrado en todos sus viajes.

Epílogo

El verano de 1814, según indica la historia, estuvo plagado de eventos para celebrar la derrota de Napoleón, aunque nadie en aquella época creía que alguna vez escaparía de Elba para organizar otro ejército en 1815. En parte, Annemarie había confiado en las celebraciones para poder encontrar a su madre, convencida de que, entre la multitud, lograría verla. El descontento con el Príncipe Regente y su impopularidad no son ninguna exageración, y elegí compadecerme de él en vez de burlarme, pues sus desapegados padres contribuyeron a que se convirtiera en un hombre irresponsable. La transformación de Annemarie se debió en parte al hecho de haber encontrado en él lo opuesto de lo que había esperado.

Su amigo, el marqués de Hertford, era en muchos aspectos igual, llevaba una vida disipada mientras disfrutaba y apreciaba el arte; Ragley Hall, en Warwickshire, está actualmente abierto al público, aún lleno de tesoros que sin duda Annemarie habría visto. La casa de los Hertford en Londres se conoce como

Manchester House, aunque Carlton House fue derribada, después de todo el dinero que se había invertido en ella. El pabellón de Brighton sigue ahí y ha sido remodelado recientemente.

La calle Montague se encuentra detrás del Museo Británico, que entonces era un simple instituto, lugar que albergaba varias colecciones, incluyendo la de lord Towney y la biblioteca de Jorge III, padre del Príncipe Regente. En 1814, el Museo Británico no era el lugar organizado y próspero que yo he descrito en la historia. Solo se permitía entrar al público en días concretos y en número limitado, y sus guías no eran tan cultos como lo son hoy en día. Sin embargo le venía bien a mi historia describirlo como un organismo ansioso por adquirir los tesoros de lord Benistone que, algunos años más tarde, habría merecido realmente.

Lady Emma Hamilton pasó algunos años en diversas cárceles de deudores tras la muerte de su protector, lord Nelson, en 1805. La historia de la publicación de las cartas que le escribía es cierta, aunque fuera despreciada por ello. Pero no creo que fuese responsable de la catástrofe, solo de no haberlas guardado con más cuidado. No consta que el Príncipe Regente le escribiera carta alguna a lady Hamilton; me lo he inventado porque podría ser una posibilidad. Tras la muerte del príncipe, se encontraron miles de regalos, joyas, cartas y mechones de pelo entre sus pertenencias, la mayoría de los cuales fueron destruidos.

El uno de julio de 1814, lady Emma Hamilton y su hija Horatia escaparon en barco a Calais. Emma murió en la pobreza en enero del año siguiente aquejada de una enfermedad.

El matrimonio de lord y lady Verne se produjo el mismo día que el de su hermana mayor con el coronel Harrow, aunque el hijo de Annemarie nació solo un mes antes que el de Oriel. Los Verne tuvieron dos hijos más.

Marguerite y lord Bockington se casaron al año siguiente el día que ella cumplía dieciocho años. Para entonces, el escándalo que rodeaba a los Benistone había quedado eclipsado por la Batalla de Waterloo y todas sus repercusiones.

SOPHIA JAMES
Mágico encuentro

Nota de la autora

La Navidad es un tiempo de familia, risas y alegría, un tiempo en que todas las cosas buenas del mundo parecen juntarse en un crescendo de felicidad.

¿Pero qué sucede cuando la gente se queda sin familia o cuando los secretos que arrostran pegados a la piel les privan de la capacidad de disfrutar del azaroso caos que con frecuencia significa la Navidad?

En esta historia he querido dibujar dos personajes extremadamente solitarios y añadir niños, mascotas, color y villancicos. He querido ver si la magia de estas fiestas poseía su propio poder y si un beso robado bajo una rama de muérdago podía cambiar dos vidas para siempre.

Me gustaría dedicar este libro a mi amiga Jane, cuya elegancia y estilo inspiraron el personaje de Lillian.

Prólogo

Lucas Clairmont encontró la carta por casualidad, envuelta en un paño de terciopelo y oculta en el hueco que había detrás de la fuente de la capilla familiar.

Una carta de amor remitida a su esposa por un hombre al que apenas había conocido y que le había hecho buscar el banco que tenía detrás y sentarse en él.

De golpe.

Sabía que su matrimonio había sido, en el mejor de los casos, una unión poco convencional, pero lo inesperado fue la traición que traslucían los últimos renglones de la misiva. Las tierras de su tío eran mencionadas en relación con la intención de la Compañía de Gas de Baltimore de desarrollar su negocio. Luc sacudió la cabeza. Sabía que Stuart Clairmont no había tenido la menor idea de aquellos planes y que sus tierras, compradas a precio muy barato por el amante de Elizabeth, habían sido vendidas por una fortuna apenas unos meses después.

El dolor y la culpa teñían la emoción más dura de la furia. ¡Jesús! Stuart había muerto arruinado y amargado.

—Encuentra a ese canalla, Luc —había pronunciado en los últimos momentos de su vida— y mátalo.

En aquel entonces Luc había considerado la orden exagerada, pero en ese instante, con la evidencia de la otra verdad en la mano…

Arrugó el papel, que escapó de entre sus dedos para caer al frío suelo de piedra, con sus palabras escritas burlándose todavía de él a través del tiempo.

Su matrimonio había sido una farsa, todo apariencia y sin sustancia alguna, pero el amor que había profesado a su tío nunca había flaqueado.

Meneando la cabeza, sintió la aguda punzada de la sobriedad. El acre sabor del whisky de la noche anterior y las pocas horas robadas de olvido le pasaban factura esa mañana mientras sus demonios susurraban venganza.

Allí, en la capilla, sin embargo, había la clase de silencio que solo la morada de Dios podía ofrecerle, con la luz filtrándose a través de la vidriera.

¡Cristo crucificado!

Los dedos de Luc apretaron el duro y liso banco de roble, pensando que su propia corona de espinas resultaba mucho menos visible.

—Señor, ayúdame —suplicó, contemplando los azules ojos de un ángel pintado en el techo, de cabello rubio plateado y ropaje blanco cuyos pliegues caían sobre un cercano pecador, al que deslumbraba con su luz.

Un pecador como él, pensó Luc, mientras los últimos efectos del licor se desvanecían y la resaca empezaba a martillearle la cabeza.

Elizabeth. Su esposa.

Había distado mucho de la clase de marido que debería haber sido, pero la verdad de su matrimonio se reveló de manera casi tan inesperada como la muerte de su esposa seis meses atrás. Sus pensamientos de dolor se desenredaban en una cruda ira que a él mismo lo sorprendía. El engaño y las mentiras estaban ocultos en cada palabra.

No debería importarle. Debería arrojar la evidencia de la infidelidad de su esposa al fuego, pero descubrió que no podía porque una incuestionable verdad se estaba infiltrando en su ser.

¡Venganza! Uno de los siete pecados capitales. Ese día, sin embargo, no resultaba todo tan claro. Porque eso significaría volver a Inglaterra. Otra vez.

A su antiguo hogar.

Quizá pudiera volver a hacerlo suyo por un tiempo, porque, aparte de sus tierras, nada lo retenía allí. Además, Hawk y Nathaniel le habían pedido repetidas veces que volviera a Londres, y de repente sentía la necesidad de la compañía de sus más íntimos amigos.

—Ah, Stuart… —susurró el nombre y le gustó su eco. El canalla que había engañado a su tío estaba en Londres, viviendo sin duda de sus ilícitas ganancias.

Daniel Davenport. El nombre estaba grabado en su mente como un hierro al rojo que le hubiera quemado la piel.

¿Pero matarlo? Las moribundas miradas de los otros a los que había despachado al otro mundo asaltaron su recuerdo.

¡Otra vez no! Se recostó en el banco y suspiró profundamente, intentando determinar la exacta dosis de violencia que emplearía para hacer que el amante de Elizabeth se arrepintiera de lo que había hecho.

Uno

Londres, noviembre de 1853

—La señorita Davenport es una joven de la que cualquier madre se sentiría orgullosa, ¿verdad, Sybil?

—Sin duda, dado que nunca da pie a escándalo alguno. Una reputación impecable en todos y cada uno de los aspectos de su vida, un dechado de sensatez, buen gusto y buen comportamiento.

Lillian Davenport escuchaba los cumplidos desde un rincón del tocador de damas, consciente de que las dos damas mayores no tenían ni la menor idea de que ella estaba allí. Pero alertarlas de que las estaba escuchando solo les produciría una gran turbación, así que permaneció sentada, alisando con los dedos las arrugas de la seda blanca de su falda.

—Ojalá mi Jane fuera tan elegante como ella, es lo que le digo siempre a Gerald. Si la hubiéramos instruido adecuadamente en los códigos sociales como hizo Ernest Davenport, quizá habríamos sido bendecidos con una hija muy diferente.

—A veces pienso que eres demasiado dura con tu hija, Sybil. Ella tiene sus virtudes, después de todo, y…

Se estaban ya alejando, fuera del tocador de damas. Lillian oyó cerrarse la puerta y ladeó la cabeza.

Un minuto. Les daría un minuto más antes de abrir la puerta y marcharse.

«Un dechado de sensatez, buen gusto y buen comportamiento».

Una sonrisa empezó a formarse en sus labios, pero la reprimió de golpe. El orgullo era un pecado y ella no quería que la tomaran por vanidosa.

Aun así… era difícil no sentirse complacida por tan inesperado elogio y, aunque sus buenas maneras eran mencionadas con no poca frecuencia, no solía ocurrir todos los días que las palabras fueran tan directas o tan sinceras.

Lavándose las manos, se las sacudió y contempló el reflejo de la luz cenital en el oro blanco de su pulsera, regalo de cumpleaños. Sus veinticinco años, cumplidos el día anterior. Su euforia se marchitó un tanto, aunque ahuyentó la inquietante sensación mientras regresaba al salón de los Lennington para asistir, o mejor dicho, escuchar, una suerte de discusión.

—Creo que habéis hecho trampas, canalla —el tono de su primo Daniel no era en absoluto civilizado, y procedía de un cuarto cercano.

—Entonces desafiadme a duelo. Me encuentro igual de cómodo con espadas que con pistolas.

—¿Y hacer que me matéis?

—Vida o muerte, lord Davenport. Escoged o dejad de lloriquear.

Se oyó el rumor de un forcejeo y los dos discutidores aparecieron de repente ante su vista, con la cabeza de Daniel aprisionada en una llave por el brazo flexionado de un hombre alto y moreno. A su primo le saltaban los ojos por la presión y tenía el húmedo cabello rubio pegado a la frente.

Lillian se quedó muda cuando alzó la mirada hacia el rostro del hombre. Con la chaqueta desabrochada y la corbata torcida, la mandíbula del desconocido estaba sombreada por una oscura barba. Se quedó paralizada por la mirada de aquellos ojos dorados que en ese momento estaban directamente clavados en ella. Implacables. Contumaces. Rabia en estado puro en un hombre con sangre en el labio y el peligro impreso en cada línea de su cuerpo.

Tuvo la sensación de que se ahogaba con aquel contacto, con el corazón martilleando contra sus costillas y dejándola sin aliento. Un calor que nunca antes había experimentado se extendió fluidamente desde su vientre, haciendo que le ardieran hasta las puntas de los dedos, y con ellas alguna innombrable parte de su cuerpo, como el eco de un conocimiento antiguo como el tiempo. Fue una sensación impactante. Apartó la mirada y giró sobre sus talones, pero no antes de que lo viera saludarla con una inclinación de cabeza y lanzarle un desvergonzado y licencioso guiño.

Un grosero, decidió, y americano. Había más de una decena de hombres y mujeres contemplando la escena, de manera que el rumor de la pelea se extendería enseguida, irrefrenable.

Abriendo de nuevo la puerta del tocador de las damas, regresó al mismo lugar que había abandonado hacía apenas unos minutos.

La furia la consumía.

Y el miedo.

¿Quién era él? Alzó una mano y vio que le temblaba antes de apoyarla en su regazo y cerrar los ojos. Un dolor de cabeza había empezado a formarse y, detrás del dolor, acechaba un mucho más salvaje e indómito anhelo.

—Para —se dijo en un susurro, llevándose los fríos dedos a los labios para ahogar el sonido cuando se abrió la puerta y entró otro par de mujeres, esa vez jóvenes, riendo.

—Me encantan estos bailes. Me encanta la música, los colores, los vestidos…

—Y de todos los vestidos, el que más me gusta es el de Lillian Davenport. Me pregunto de dónde sacará esa ropa. Ester Hamilton dice que de Londres, pero yo apostaría por Francia. ¿Una modista de París, quizá, y una sombrerera de Florencia? Con todo el dinero que tiene, podría traérselas de cualquier parte.

—¿Has visto la pulsera tan preciosa que tiene? Su padre se la regaló por su cumpleaños. ¡Su vigésimo quinto cumpleaños!

—¡Veinticinco años! Pobre Lillian —secundó la otra—. ¡Y sin marido ni hijos! Dios mío, si no encuentra novio pronto…

—Oh, yo no iría tan lejos, Harriet. A algunas mujeres les gusta vivir solas.

—A ninguna mujer le gusta vivir sola. ¡Qué simple eres! Además, lord Wilcox-Rice le está dedicando una gran atención esta noche. Quizá ella se enamore de él y tengamos la boda del año para la primavera.

La otra muchacha rio nerviosa mientras las dos abandonaban el tocador, dejando a Lillian sin habla.

¡Pobre Lillian!

¿Pobre Lillian?

De dechado de virtudes a pobre Lillian en cinco minutos, y con un desconocido fuera que le aceleraba el pulso de una manera preocupante.

—¿Mamá? —dijo, y se puso a rezar—. Por favor, Señor, no me dejes ser como mamá —ahuyentó aquel pensamiento. Ella no volvería a ver a aquel rufián de las colonias; más aún, si su comportamiento de aquella noche era representativo, dudaba que volvieran a invitarlo a ninguna casa respetable. El pensamiento la tranquilizó. ¡Después de todo, esa era la única clase de casas que frecuentaba!

Pasándose una mano por la frente, se levantó. Se

sentía ya mejor y más ella misma. Rara vez se ponía nerviosa, casi nunca se ruborizaba y la aceleración de su corazón había sido insólita. Quizá hubiera sido la pelea lo que la había vuelto tan inquieta y confusa, porque no podía recordar una sola ocasión en que hubiera oído a alguien levantar la voz con tanta furia, o visto a hombres peleándose. Y ciertamente no había visto a ninguno en tal estado de desarreglo.

Ridículamente esperó que el desconocido hubiera tenido el buen sentido de arreglarse la corbata y la chaqueta antes de entrar en el salón principal.

¡No! Su mente racional rechazó tal pensamiento. Que lo echaran a la calle y lo expulsaran de la ciudad. Se preguntó por lo que habría sucedido para haber provocado aquella reacción tan fuerte. ¡Naipes, probablemente, y bebida! La había olido en sus ropas y últimamente el comportamiento de su primo había sido cada vez más irresponsable, con su sentido del humor mancillado por una salvaje furia desde que regresó a Inglaterra.

«¡Pobre Lillian!»

No volvería a pensar en eso. Aquellas estúpidas muchachitas no habían sabido de lo que hablaban y ella estaba más que contenta con la vida que llevaba.

Lucas Clairmont apoyó las piernas en el taburete y contempló el fuego que ardía en la chimenea de la casa de Nathaniel Lindsay, en Mayfair.

—Mi cara estará mejor mañana —dijo Lucas levantando su copa para beber un trago de agua helada. La botella se enfriaba en un cubo con hielo, a su lado.

—Davenport siempre ha tenido muy mal genio, así que yo me andaría con cuidado cuando vuelvas a casa por las noches. Sobre todo después de una buena racha en las mesas de juego.

Luc se echó a reír. Ruidosamente.

—Me gustaría ver cómo lo intenta.

—No es un don nadie, Luc. El nombre de su familia le proporciona una posición… muy segura.

—Ya lidiaré con eso, Nat —repuso, alegrándose cuando su amigo asintió con la cabeza.

—Su prima, la señorita Lillian Davenport, por otro lado, es extremadamente bien educada y escrupulosa.

—¿Es la mujer del vestido blanco?

Ya le había preguntado a Nat por su nombre mientras se dirigían al coche que los esperaba y aquella le pareció la ocasión adecuada para averiguar más. Sus ojos azul claro y su cabello rubio le recordaban las flores de lirio que crecían con tanta profusión en Richmond, Virginia.

—¿Está casada?

—No. Es famosa no solo por sus buenas maneras, sino también por su capacidad para rechazar las proposiciones de matrimonio, y créeme que han sido muchas.

Luc se tocó el labio inferior, que todavía le dolía.

—La alta sociedad de Londres te considera un réprobo y una cabeza loca, Luc. Más peleas como la de esta noche y puede que te prohíban la entrada hasta en las casas de juego.

Lucas meneó la cabeza.

—Apenas lo he tocado, y si encajé un puñetazo fue porque no me lo esperaba. ¿Dónde vive Lillian Davenport, por cierto?

—Volvemos otra vez a ella. Dios mío, es tan peligrosa para ti como su primo y bastante más inteligente que él. Una mujer que todos los hombres querrían poseer y que al final no se quedará con ninguno.

Cassandra entró en ese momento en el salón, con un chocolate caliente.

—No hagas caso a mi marido, Lucas. Habla por propia, y pobre, experiencia.

—¿Tú te contaste entre sus pretendientes, Nat?

—Hace ya sus buenos siete años. Era su primera Temporada, de hecho, mucho antes de que yo pusiera los ojos en mi Cassie.

—¿Y ella te rechazó?

—Incondicionalmente. Esperó a que yo le enviara la única carta de amor que he escrito en mi vida y luego me la devolvió.

—Peor habría sido que se la hubiera quedado, imagino.

Él asintió.

—Y aquellas famosas buenas maneras relegaron cualquier asunto personal a la caja de «eso no volverá a mencionarse», algo que encuentro bastante estimulante.

—¿Así que ella no es carne de cotilleos?

—Oh, lejos de ello —Cassie tomó parte en la conversación—. Ella es la última palabra en familia de buena cuna e impecable comportamiento. A cada joven que es presentada en la corte se le recuerda su conducta para que la tome como modelo.

—Suena impresionante.

Cassandra soltó una risita y Nathaniel interrumpió a su esposa cuando iba a añadir algo.

—Dios mío, Cassie, basta ya —la tomó del brazo y la acercó hacia sí—. Luc solo estará en Londres hasta finales de diciembre y tenemos mucho de qué hablar.

—Brindo por eso, Nat —alzando su copa, bebió un trago. Estaba planeando ya una segunda salida con el objetivo de descubrir el verdadero carácter de Daniel Davenport.

Lillian abrió la cama y se acostó con un suspiro. Había dejado las cortinas ligeramente abiertas y la luz de la luna se filtraba entre medias. Una luna llena, cuyos rayos bañaban de plata la habitación.

Se sentía… excitada, y no podía explicarse esa sensación. El sueño, que tanto le habría gustado alcanzar, se le escapaba. Deslizó la mano por su vientre bajo la fina seda de su camisón.

John Wilcox-Rice se había mostrado de lo más atento con ella esa noche, pero era otro rostro el que buscaba. Un semblante más sombrío y peligroso, de ojos dorados de mirada burlona y una voz como de otro mundo. Sus dedos se deslizaban por su piel con dulzura y suavidad, como la caricia de una pluma.

Recogiendo las manos cuando se dio cuenta del lugar donde se habían detenido, cerró los ojos e intentó dormir. Pero la urgencia no se atenuaba, más bien se encrespaba por culpa de la luna de plata y de algo sobre lo que no tenía ningún control. Una solitaria lágrima resbaló por su sien y su pelo. Húmeda. Real. Tenía veinticinco años y estaba esperando… ¿qué?

Aquel desconocido la había saludado con un movimiento de cabeza, con su pelo largo y negro recogido en una coleta como un hombre de otro siglo. ¡Despreocupado de la moda actual!

Evocó sus manos morenas y fuertes, esculpidas por el trabajo. ¿Cómo sería sentir unas manos así tocando su cuerpo? Una manos nada suaves, ni finas. ¡Manos qué habían trabajado la dura tierra o amado bien a una mujer!

Se sonrió ante ese pensamiento. No fue capaz de ahuyentarlo.

—Por favor… —susurró a la noche, pero su propio ruego la sorprendió—. Haz que encuentre a alguien a quien amar, a quien cuidar, y que me ame a su vez a mí.

Y no por su dinero o por el color de su pelo, que tanto admiraban los hombres. No por aquellas cosas.

—Por mí. Solo por mí —las palabras se fundieron con el silencio de la noche mientras el viento de invierno azotaba la casa y la luna llena desaparecía detrás de unos nubarrones de lluvia.

Dos

Su padre estaba desayunando a la mañana siguiente, una costumbre que se estaba volviendo cada vez más rara debido al tiempo que pasaba en sus clubes y a su nueva afición por los caballos, que lo alejaba de Londres por periodos cada vez más largos.

—Buenos días, Lillian —la saludó alegre, con lo que su perplejidad creció aún más—. Sé de buena fuente que lo pasaste espléndidamente en casa de los Lennington anoche…

¿Espléndidamente? No sabía en absoluto a qué se refería.

—Lord Willcox-Rice me visitó ayer por la tarde para preguntarme si podría cortejarte con vistas a comprometerse para finales de este mes, y sé por Patrick que pasaste buena parte de la velada a su lado.

Lillian esbozó una mueca por la manía que tenía su primo de inventarse historias.

—Si estuve con él fue solamente en calidad de amiga.

Pronunció las palabras con furia y su padre alzó las cejas con expresión de asombro.

—¿Wilcox-Rice no te ha dicho nada todavía? Quizá el muchacho sea tímido, o quizá tú no lo hayas animado como habría sido prudente hacer.

—Yo no estoy buscando que se me insinúe. Ni siquiera puedo imaginar…

—Los mejores matrimonios empiezan así. Con una amistad que se convierte en amor y dura toda la vida.

Palabras sin pronunciar flotaron entre ellos. «Al contrario que tu matrimonio. El caso de mamá: una rápida alianza con un hombre inadecuado y luego la muerte. Con arrepentimiento y todo, y sin absolución alguna».

—Lord Wilcox-Rice desea conocerte mejor. Quiere que pases algún tiempo con él en su propiedad de Kent. Con carabina, por supuesto, pero bien lejos de Londres para que así puedas tener la oportunidad de…

—No, papá.

Su padre se quedó paralizado. Posó cuidadosamente el cuchillo sobre el plato, con el jamón todavía por cortar.

—Pienso, Lillian, que hemos llegado a un punto muerto, tú y yo. Tú eres una muchacha de carácter decidido, pero los años pasan y con cada cumpleaños disminuyen tus oportunidades de fundar una familia y un hogar propios.

Lillian odiaba aquella discusión. Los veinticinco años se habían abatido sobre ella con todo el peso de las expectativas y las conjeturas: año inicuo en el que las mujeres dejaban de ser jóvenes y no podían ya agarrarse a la excusa de la difícil elección.

—John Wilcox-Rice pertenece a una buena familia y ha recibido una educación tan ventajosa como la tuya. Se ha fijado en ti y sería un padre admirable, algo que deberías considerar al menos.

—Pero yo no siento nada por él. Nada que pudiera conducir al matrimonio de una manera natural.

Con un rápido chasquear de dedos, su padre despachó a los sirvientes que esperaban a su espalda. Una vez que se quedaron solos, Lillian alcanzó a escuchar el tictac del reloj del abuelo en un rincón de la habitación, conforme se prolongaba el silencio.

Finalmente su padre empezó:

—Estoy cerca de los cincuenta, Lillian, y mi salud ya no es la que era. Necesito saber que estás bien instalada antes de que envejezca mucho más. Necesito nietos y la posibilidad de un heredero para Farley Manor.

—Hablas como si yo tuviera más de treinta, padre, y de salud te veo bastante bien —no le importó el tono áspero de su propia voz.

—Entonces, si no puedes entender el sentido de mis palabras, me preocupas todavía más.

Había alzado la voz, desaparecido su mesurado tono de lógica y buen sentido, y Lillian se acercó a la ventana para contemplar Hyde Park, cuyos senderos recorrían algunos jinetes. Allí era todo como debía ser, mientras que en casa…

—Te daré de plazo hasta Navidad.

—¿Perdón? —se volvió para mirarlo.

—Te daré de plazo hasta Navidad para que encuentres un hombre de tu gusto con el que quieras casarte, y si para entonces no tuvieras otro candidato, debes prometerme que considerarás la opción de Wilcox-Rice sin prejuicio alguno.

Tenía el rostro salpicado de manchas rojas. ¿Padecería alguna afección? Había visto al médico la semana anterior. Quizá había descubierto que tenía algo malo…

La tristeza y el remordimiento la acometieron simultáneamente, pero no le preguntó al respecto. Su padre era un hombre que escondía sus secretos y rara vez divulgaba sus pensamientos. Como ella, supuso, lo que la entristeció aún más.

Estaba acorralada, por la autoridad paternal y por aquella parte de su corazón que quería ver envejecer felizmente a su padre, al precio que fuera.

—No es tan fácil encontrar un hombre que cumpla todas mis expectativas.

—Entonces encuentra uno con el que te conformes, Lillian —fue su rápida réplica—. Con niños, la felicidad vendrá, y Wilcox-Rice es un buen hombre. Al menos concédeme el beneficio de la sabiduría de la edad.

—Muy bien, entonces. Te prometo que reflexionaré sobre tu consejo.

Media hora después se encontraba en el salón de la mañana tomando el té con Anne Weatherby, una vieja amiga, e intentando simular interés por el tópico de los niños y la familia, un tema que generalmente solía ocupar todo el tiempo de su visita. Ese día, sin embargo, tenía otros asuntos que tratar con ella.

—Anoche ocurrió un contratiempo en casa de los Lennington. ¿No te has enterado?

La atención de Lillian se vio inmediatamente atraída.

—Parece que tu primo Daniel y un desconocido de América se pelearon. Yo lo vi cuando abandonaba después el salón. No parecía inglés: llevaba las marcas de los bajos fondos impresas en su ropa, en sus manos, en su cara. Un hombre salvaje y peligroso —empezó a sonreír—. Pero también terriblemente guapo.

—Yo no vi nada.

—Pues corre el rumor de que sí.

—Bueno, vi el final de la escena cuando salía del tocador. Pero no fue más que una riña —intentó parecer aburrida con el tema, esperando que Anne cambiara de tema, pero no tuvo esa suerte.

—Se dice que su reputación en América es poco

recomendable. Virginiano, según me han dicho. Su esposa murió de una manera que… resulta, como poco, sospechosa.

—¿Sospechosa?

—Alice, la condesa de Horsham, no dijo más sobre el asunto, pero me pareció por su tono que el hombre había tenido algo que ver con su fallecimiento —meneó la cabeza antes de continuar—: Aunque el rumor corre ya por toda la ciudad, las jóvenes se enamoran de él y se le entregan con la esperanza de recibir al menos una sonrisa. Tiene un hoyuelo en la mejilla derecha, algo que siempre he encontrado muy atractivo en un hombre —se llevó una mano a la boca y sonrió entre los dedos—. Dios mío, me estoy perdiendo… A mis treinta años debería tener el buen sentido de no dejarme influir por una cara bonita.

Lillian se sirvió otra taza de té, mientras que Anne apenas había probado la suya. Esperó que su amiga no se diera cuenta de que había derramado parte del líquido sobre el blanco mantel de encaje. ¡Así que la esposa del americano había muerto! Estaba pues disponible…

Ningún hombre la había impresionado durante los siete años transcurridos desde su primera Temporada, e imaginar que aquel tuviera incluso la propensión a hacerlo le parecía absurdo. Era evidente que un hombre con el aspecto del americano nunca sería el compañero adecuado para ella, con su rabia, sus maneras groseras y sus peligrosos ojos. La promesa que le había hecho a su padre menos de una hora atrás resurgió de pronto y Lillian ahuyentó aquellos ridículos anhelos.

«¡Prometida para Navidad!», exclamó para sus adentros mientras derivaba la conversación a otros temas. A malas, John Wilcox-Rice era al menos un hombre dócil y ella había pasado ya de los veinticinco…

Aquella tarde Lillian coincidió con John en una fiesta que se celebraba en Belgrave Square y supo que estaba en problemas tan pronto como lo vio. Parecía excitado y nervioso, con una sonrisa protectora y preocupada a la vez. Cuando él le tomó la mano, ella se alegró de llevar guantes y se alegró también de que en aquel momento se encontraran detrás de los maceteros de plantas que había junto a la orquesta. Eso le permitiría escapar a las miradas de curiosidad de los demás mientras intentaba explicárselo todo.

Cuando el volumen de la trompa, el violín y el chelo fue ya excesivo, ella lo sacó a la terraza, donde la luz se estaba ya desvaneciendo.

—Recibiste entonces el mensaje que le envié a tu padre, comentándole mi interés por… —empezó él, pero ella no le dejó hablar más.

—Ciertamente, y te agradezco el cumplido, pero no veo que podamos…

—Tu padre piensa de otra manera —replicó él, y una sospecha empezó a anidar en el pecho de Lillian.

—¿Has visto a mi padre hoy?

—Sí, y me dijo que al menos habías consentido en considerar mi propuesta.

—Pero yo no albergo por ti la clase de sentimientos que tú esperas, y tampoco hay garantía de que pueda albergarlos algún día.

—Lo sé —volvió a tomarle la mano, acariciando esa vez la fina seda del guante, y le besó la muñeca.

Lillian retiró la mano y se la limpió sin querer en la tela de la falda, pensando que quizá aquel lugar de encuentro no hubiera sido el más inteligente, después de todo.

—Solo quiero que por lo menos lo intentes. Quiero la oportunidad de hacerte feliz y creo que los dos podríamos llevarnos muy bien.

—Bueno —repuso ella con tono enérgico—, yo valoro ciertamente tu amistad y detestaría perderla, pero en cuanto el resto…

Él se inclinó ante ella.

—Lo entiendo y estoy dispuesto a darte más tiempo para pensarlo, Lillian, porque, como personas de similar nacimiento y opiniones, estoy convencido de que una unión semejante nos beneficiaría a ambos.

Ella asintió y vio que daba un taconazo y se marchaba. Un hombre alto y delgado, pasablemente atractivo e infinitamente conveniente. Un marido con el que ella podría envejecer perfectamente compartiendo una satisfactoria relación.

Suspirando, se dirigió a la barandilla de la terraza. La misma luna de la noche anterior parecía burlarse de ella, evocándole recuerdos.

—¡Deja de hacerlo! —se recriminó en voz alta.

—Que dejéis de hacer... ¿qué? —le respondió otra voz, y el americano salió de detrás del gran macetero que había a su espalda. Su largo cigarro era lo único que destacaba en lo oscuro de su silueta.

—¿Cuánto tiempo lleváis ahí?

—El suficiente,

—Un caballero se habría retirado.

Él desvió deliberadamente la mirada hacia la barandilla.

—La caída de cinco metros resultaba disuasoria.

—O se habría callado hasta que yo me hubiese marchado —el latido de su corazón era angustiado, errático, violento—. La mayoría de los ingleses se habrían sentido mortificados solo de verse en una situación así... —dejando la frase sin terminar, forzó una carcajada que resonó vibrante en el aire de la noche.

—¿Mortificado? —repitió él—. Hace mucho tiempo desde la última vez que sentí algo así —su acento era esa noche menos acusado y su voz más suave, hasta el punto de que a veces apenas se oía. Una voz diferente de aquella que tanto la había afectado en la casa de los Lennington, con su cadencia de Virginia.

Se alegraba de no poder verle los ojos, sombreados todavía por la vegetación del macetero. Aunque en la posición en que ella se encontraba, él debía de verla perfectamente.

Quizá hubiera orquestado aquella escena…La vista del anillo de oro que llevaba en el anular izquierdo le provocó un sobresalto. ¡Una alianza de matrimonio! Intentó disimular la dirección de su mirada.

—No nos han presentado, señor. Esta situación no es nada correcta. Debéis corregirla en este mismo instante,

Él seguía sin moverse, con el hoyuelo del que le había hablado Anne Weatherby bailando en su mejilla.

—Lucas Clairmont, de Richmond, Virginia —dijo al fin—. Y vos sois la señorita Davenport, una mujer de exquisitas maneras y buen gusto, aunque… no puedo decir lo mismo de vuestra prudencia al elegir a Wilcox-Rice como prometido.

—No es mi prometido. Vos mismo me habréis oído decírselo.

—Vuestro padre y él parecen pensar otra cosa.

En ese momento se situó bajo la luz y los ojos dorados que habían acosado sus sueños la dejaron paralizada. Lillian tragó saliva y pegó las manos a los muslos para evitar que le temblaran. Pero cuando él cortó una ramita del espino de fuego del arbusto del macetero y se la ofreció, ella se estiró para aceptarla.

—Gracias —no se le ocurrió otra cosa que decir. Una espina del tallo se le clavó en la base del pulgar.

—Me alegro de tener esta oportunidad de disculparme por haberos asustado ayer, en casa de los Lennington.

—Disculpa aceptada —por primera vez, parte de la tensión anterior desapareció con el simple razonamiento de que un criminal no solicitaría perdón alguno—. Me doy cuenta de que a veces mi primo Daniel puede resultar agotador.

Los dientes blancos del americano destacaron contra el bronceado de su rostro y Lillian volvió de golpe a la realidad cuando su mirada se oscureció y, por un instante, casi no reconoció su rostro.

Un hombre peligroso. Un hombre que no se dejaría moldear o domesticar por la sociedad.

Y tan diferente de ella… Retrocedió un paso, temerosa en aquel momento de una sensación para la que no tenía nombre, y se preguntó qué le habría hecho su primo para suscitarle semejante inquina.

—No tengáis miedo, señorita Davenport. No lo mataré porque no merece la pena que me cuelguen en Newgate por él.

¿Matarlo? «Dios mío», exclamó para sus adentros.

La suave mediocridad de John Wilcox-Rice había empezado a parecerle mucho más atractiva hasta que Luc Clairmont le tomó la mano. La impresión del contacto la dejó muda, de manera que se vio atraída hacia él contra su voluntad.

¿Contra su voluntad? Eso era difícil de afirmar…

Su dedo delineó las arrugas de su palma y luego las venas que se transparentaban en la blanca piel de su muñeca.

—Una anciana india me leyó una vez la mano, en Richmond. Me dijo que la vida es como un río y que estamos destinados a que la corriente nos lleve siempre al lugar al que tiene que llevarnos.

Sus ojos ambarinos se clavaron en los suyos, recuperado su humor.

—¿Es este vuestro lugar, señorita Davenport?

El tiempo pareció detenerse, congelado en la luz de la luna, en el deseo y en el calor. Cuando ella retiró rápidamente la mano y regresó casi corriendo dentro, pudo haber jurado que era una risa lo que oyó a su espalda, siguiéndola desde la terraza.

Dejó de caminar con la misma rapidez una vez que se encontró entre los demás, encontrando en la multitud una seguridad cuya necesidad nunca había experimentado antes. ¿Volvería el americano para hablar con ella? ¿Montaría un escándalo? El simple pensamiento la hizo sacar el abanico del bolsito, para refrescarse. El aire que se dio la calmó un tanto. Guardó la ramita con las bayas anaranjadas en su bolso de terciopelo, deseosa de desprenderse de ella antes de que alguien le hiciera algún comentario al respecto.

—Estás subida de color, Lillian —le comentó su tía Jean cuando se reunió con ella—. Espero que no vayas a ponerte enferma cuando están tan cerca las Navidades. Mira, la señora Hugh me estaba diciendo el otro día que su hija había contraído una afección bronquial y…

Pero Lillian ya no estaba escuchando, porque Lucas Clairmont acaba de entrar procedente de la terraza: un hombre alto y de anchos hombros, a cuyo lado los otros caballeros parecían mezquinos petimetres. ¡Pero no, no debía pensar eso! Concentrándose en lugar de ello en la marca de su labio, que sugería otra pelea, intentó ignorar la manera en que lo miraran las mujeres a su paso, disimuladamente.

Se marchaba con el conde de Saint Auburn y un hombre al que había reconocido. Lord Stephen Hawkhurst. Hombres bien situados y con el mismo aire amenazador que él. El dato le interesó y se preguntó por el grado de amistad que compartirían.

Cuando ya habían llegado a la puerta, sin embargo, Lucas Clairmont la miró directamente a los ojos y la saludó con una inclinación de cabeza, como ella le había visto hacer en el baile de los Lennington. Detestando la manera en que se le disparó el pulso, Lillian abrió su abanico y escondió el rostro. Había empezado un juego de cuyas reglas no tenía la menor idea.

Una vez en casa, colocó la medio aplastada ramita de espino de fuego en un florero que colocó sobre la mesilla, junto a la cama. Tanto el color como la forma contrastaban con todo lo demás en la habitación. Parecía tan fuera de lugar como el propio Lucas Clairmont, un verdadero intruso en la alta sociedad. Tocó con cuidado las duras espinas que salpicaban su tallo. Una planta intimidante, que se protegía a sí misma. ¡E inesperada con el estallido de color de sus bayas!

Se arrepintió de no haber dejado la ramita de espino en la terraza, o haberla arrojado al suelo, que era lo mismo que debería estar haciendo con los pensamientos del hombre que se la había regalado. Pero no lo había hecho, y allí estaba en ese momento, colocada en un orgulloso lugar de su habitación como si contuviera el aliento de nerviosismo. Recorrió con la mirada las cortinas de la cama, la colcha de punto de color verde lima y la lámpara de la mesilla, con su base blanca coronada por una antigua y cara pantalla bordada del siglo XVIII. La decoración de aquel dormitorio no tenía nada que ver con la moda dominante, con su énfasis en las rayas, los estampados y los tonos rojos y morados. Pero a ella le gustaba.

Todo había sido cuidadosamente escogido y resultaba perfectamente apropiado, como la ropa que llevaba y las amistades que tenía. Como su vida. Nada arriesgada o azarosa. Ni arbitraria ni desorganizada.

Una vez sí que lo había sido, aquella tarde en que su madre volvió a casa para decirles que se marchaba, «en busca de excitación y aventura en los brazos de un hombre apasionante». La palabras exactas que había usado todavía conseguían ponerla ligeramente enferma, por lo mucho que había idolatrado a su madre. Pero ella no había sido «apasionante» y por eso había sido abandonada, hija única que desde entonces se había empeñado en hacer feliz a su padre siendo exactamente la hija que él había deseado. Había destacado en las lecciones y en conducta, y más tarde, cuando se estrenó en la Temporada con dieciocho años, se había convertido en un modelo de comportamiento: su sentido de la elegancia y su callada discreción habían sido imitados por todas las jóvenes damas de la corte.

Por lo general, eso le gustaba. Pero ese día, con las bayas naranjas del espino de fuego destacando y contrastando en la habitación, la sensación de inquietud persistía.

La «pobre» Lillian. John Wilcox-Rice y su proposición eminentemente razonable. Su padre haciéndose cada vez mayor.

Las piezas de su vida no parecían componer ya

un todo coherente, y ella atribuía la sensación directamente a Lucas Clairmont, con su sonrisa fácil y sus ojos de peligroso depredador.

De pie ante la ventana, contempló su rostro reflejado en el cristal. Tan pálido como los colores de su habitación, quizá, apagado incluso. ¿Encontraría ella, como su madre, su propio hombre «excitante e inapropiado»? Apoyó la palma de la mano en el vidrio y, nada más retirarla, escribió en el vaho las iniciales de su madre.

Rebecca Davenport había regresado en el otoño de aquel mismo año: una versión más delgada y más triste de la mujer que los había abandonado, y aunque su padre había vuelto a acogerla en su casa, en su corazón no la había recibido ya. Nadie había sabido de su infidelidad. Su prolongada ausencia de la propiedad norteña de Fairley Manor nunca fue debidamente explicada y, aunque alguno sospechó, la férrea corrección de Ernest Davenport ahogó el menor murmullo.

Quizá eso puso las cosas todavía más difíciles, pensó en ese momento Lillian. La farsa constante y el disimulo de su madre fueron como una enfermedad del alma mientras ella, necesaria intermediaria de sus padres, veía cómo el respeto mutuo que antaño se habían profesado se marchitaba con la llegada del invierno.

Incluso el funeral había sido una impostura. El cadáver de su madre fue enterrado en la cripta de los

Davenport con la debida ceremonia, pero nadie había visitado la tumba desde entonces.

No, el camino que había tomado Rebecca la había alejado de todos, y su hija sería una estúpida si seguía aquellos pasos después de haber visto las consecuencias de una aventura «apasionante».

John Wilcox-Rice era un hombre que nunca le rompería el corazón. Se llevó una mano al pelo y sonrió a su pesar por la excitación que la recorría. Todo le parecía diferente. Más tumultuoso. Más radiante. Volvió a la cama y acarició con un dedo las bayas anaranjadas del espino de fuego, pensando que Lucas Clairmont las había tocado como lo estaba haciendo ella en aquel instante.

Pensamientos estúpidos. Ñoños.

Tenía veinticinco años, por el amor de Dios, y era una mujer que siempre había mirado con recelo a aquellas nerviosas debutantes cuyas emociones parecían gobernarlas. La invitación al baile de los Cholmondeley que descansaba en el banco de la ventana llamó su atención y la recogió. ¿Asistiría el americano a ese evento, previsto para el día siguiente? ¿Le pediría quizá un baile? ¿Volvería a tomarle la mano?

Meneó la cabeza y se giró hacia otro lado cuando una doncella apareció para prepararla para acostarla.

Tres

Luc pasó la mañana con un abogado de la City firmando documentos y odiando cada firma que plasmaba en las numerosas páginas.

La propiedad de Woodruff Abbey en Bedfordshire era un lugar que ni quería ni se merecía. Los lamentos de su esposa enterrada en Charlottesville, Virginia, se oían allí con más fuerza que durante todos los meses transcurridos desde que él la mató.

No quería ni la casa ni los bienes. Quería alejarse de allí y dejar descansar los recuerdos, porque la remembranza tenía la tendencia de reavivar el pasado.

Sobreponiéndose a este estado introspectivo, forzó una sonrisa. Su última coraza frente a los fantasmas que lo acosaban.

—¿Subiréis a ver el lugar, señor?

—Quizá —una respuesta evasiva. Sin compromisos.

—Si quisierais que os acompañara, necesitaría hacer planes.

—No. Eso no será necesario —en caso de que subiera, lo haría solo.

—El servicio, por supuesto, seguirá exigiendo de los arrendatarios la renta de las tierras. Aunque, en verdad, la propiedad ha sido muy descuidada.

—Entiendo —solo quería marcharse. Recoger los documentos y marcharse.

—Las hijas de la hermana de vuestra esposa están instaladas en la casa. Su madre falleció el año pasado y yo os escribí…

Luc alzó la mirada de golpe.

—Yo no recibí esa carta.

El abogado rebuscó entre unos papeles y, sacando uno, se lo tendió.

—¿No es esta vuestra letra, señor? —un ceño nubló su frente.

Enfrentado a su propia firma, Luc no pudo hacer otra cosa que asentir.

—¿Qué edad tienen esos niños?

—Ocho y diez, señor, y ambas son niñas.

—El padre dejó Inglaterra hace bastante y nunca volvió. Era un hombre violento, y no me extrañaría que a estas alturas estuviera enterrado en alguna fosa común para menesterosos. Charity y Hope son, sin embargo, lo que su mismo nombre sugieren. Y tan pronto como alcancen la mayoría de edad perderán su derecho a recibir favor alguno de los fondos de Woodruff Abbey.

Luc volvió a dejar el papel sobre la mesa que tenía

delante. La mezquindad de espíritu suficiente para cumplir con el deber solo hasta cierto punto y luego desentenderse para siempre. Era lo que había visto hacer una y otra vez a su propio padre. Que lo vieran a uno cumplir con su deber era más importante que cualquier beneficio que pudiera reportar a aquellos que estaban activamente envueltos.

Inesperadamente pensó en Lillian Davenport. ¿Seguiría siendo la misma? La noche anterior, cuando deslizó los dedos por la blanca piel de su muñeca, había sentido la aceleración de su pulso y visto el rubor que llegó a cubrir sus mejillas antes de que se diera media vuelta y huyera corriendo de él.

No había sido entonces la reina de hielo, enfrentados sus altos requisitos morales a su deseo físico. Porque él la había deseado, había querido delinear con los dedos los contornos de su rostro, de sus senos y de sus caderas ocultas bajo aquella ropa elegante.

«Dios mío. ¿Tan estúpido soy?», se preguntó para sus adentros. No debería haber discutido con ella, ni haberle tomado la mano ni leído la palma, porque Lillian Davenport era la autodenominada guardiana del mérito y de la moral, y él necesitaba permanecer alejado de ella.

Y sin embargo ella parecía incidir directamente en un lugar de su alma que él había creído muerto hacía mucho tiempo. Las partes de su alma que antes había disfrutado tanto, y que aquellas últimas semanas de sobriedad habían empezado a deshelarse en contacto con la feroz culpa que lo había desgarrado.

Los libros de leyes alineados en la pared del fondo, iluminados por la débil luz del sol, lo devolvieron a la realidad. Horatio Thackeray estaba ultimando en aquel momento el proceso de transferencia del título.

¡Woodruff Abbey era suya! Hizo girar la alianza matrimonial en su dedo anular y se la apretó con fuerza.

Lillian disfrutó de una tarde agradable tomando el té en Regent Street con Anne Weatherby y su marido Allen. El hermano de Allen, Alistair, se les había unido también, un hombre alto y simpático.

—Llevo ya viviendo unos cuantos años en Edimburgo —explicó cuando ella le preguntó cómo podía ser que no se conocieran de antes—. Allí tengo tierras y prefiero un ritmo de vida más tranquilo —al ver a un tendero intentando colocar un árbol navideño en su escaparate, se echó a reír—. Ciertamente la reina Victoria ha puesto de moda estas fiestas. ¿Pensáis decorar un árbol, señorita Davenport?

—Oh, más de uno, señor Weatherby. Suelo poner tres o cuatro en nuestra casa de la capital.

—Y estoy seguro de que lo haréis de manera espléndida, a juzgar por los comentarios de mi cuñada sobre vuestro buen gusto —sonriendo, se le acercó más—. Os estaría muy agradecido si me concedierais permiso para acompañaros a vos y a Anne a ver esos árboles de Navidad en su próxima visita…

Aquel hombre estaba flirteando con ella, pensó de repente Lillian, y desvió la mirada. Al detectar la expresión de Anne, sentada a su lado, comprendió inmediatamente que su amiga estaba implicada en el complot.

Otro hombre que le ponían delante de las narices. Otro pretendiente que aspiraba a conocerla mejor. De repente deseó que todo pudiera ser así de fácil. Una instantánea atracción por un hombre que resultase ser un candidato conveniente. El simple pensamiento la cansaba. Quizá estuviera destinada a no ser nunca ni esposa ni madre.

—Estás muy callada, Lillian —Anne le tomó la mano mientras se dirigían al coche que los esperaba.

—Tengo mucho en que pensar.

—¡Espero que Alistair sea uno de esos pensamientos! —susurró maliciosa, riendo al ver que Lillian no contestaba—. ¿Acaso no sería él tan adecuado como Wilcox-Rice? Su matrimonio es importante y Escocia es un lugar hermoso.

El árbol del escaparate quedó por fin plantado en medio de una algarabía de vítores. Un pequeño recordatorio del ultimátum de su padre de que escogiera novio antes de la fecha de Navidad. Lillian forzó una sonrisa tensa.

—No estoy tan desesperada como para lanzarme a los brazos de cualquier desconocido, Anne, por guapo que sea. Y preferiría que no te inmiscuyeras.

La tarde había perdido su alegría. Detestaba el disgusto que podía ver en los ojos de su amiga, consecuencia de su respuesta. Pero ese día no podía evitarlo. No había estado durmiendo bien, acosada por sueños en los que había aparecido Virginia y el americano moreno. La evocada sensación de su pulgar acariciando el pulso de su muñeca y su última imagen despidiéndose con una inclinación de cabeza antes de abandonar la habitación en compañía de sus amigos.

Comparar a Lucas Clairmont con aquellos otros hombres era como comparar la luz de las luciérnagas con la del sol de mediodía. Un desconocido como él la hacía ser consciente de que era una mujer. Respirando profundamente, se esforzó por mantener la compostura y respondió a la pregunta que Alistair acababa de hacerle con la mejor disposición posible.

Cuatro

El vestido que Lillian llevó al baile de Cholmondeley era uno de sus favoritos, uno de satén blanco
con amplias enaguas con fruncidos de flores de tul.
La cola era de seda muaré, con bellos festones. El
pelo se lo había recogido con una simple banda de
diamantes, a juego con los que llevaba bordados en
el corpiño. Rara vez se adornaba mucho, prefiriendo
como prefería una elegancia sutil, y vestía siempre
de blanco.

El baile se encontraba en su apogeo cuando llegó
con su padre y su tía, poco después de las diez. Las
habitaciones de la planta baja estaban todas abiertas
y los suelos del gran salón brillaban resplandecientes. Sobre un estrado tocaba una orquesta y los invitados sobrepasaban con mucho los cuatrocientos.

—El gusto de James Cholmondeley por las mul-
titudes es legendario —murmuró su padre mientras
entraban—. Esperemos que el champán, al menos,
sea de buena cualidad.

—Debe de aspirar a que le recuerde todo Londres, para lo bueno o para lo malo —la voz de su tía Jean sonó más alta de lo que le habría gustado a Lillian—. Espero que esta multitud no te arrugue el vestido, querida —alzó la mirada mientras hablaba—. Por lo menos han cambiado las velas de los candelabros por lámparas de globo para que no nos quememos.

Lillian había dejado de escuchar la aparentemente interminable lista de quejas de su tía. A ella el salón le parecía hermoso, con sus largos estandartes de color amarillo pálido y sus flores frescas. Las rosas de floración tardía eran singularmente hermosas, pensó mientras recorría el espacio con la mirada.

¿Estaría ya allí Lucas Clairmont? Era más alto que la mayoría de los caballeros presentes, así que no le resultaría difícil localizarlo.

De repente, el brazo de John Wilcox-Rice sobre el suyo la hizo dar un respingo.

—Llevaba rato esperándote, Lillian. Llegué a pensar que habías ido al baile de MacLay, en Mayfair.

—No, fuimos a casa de los Manner, en Belgrave Square.

—Acaricié la idea de acercarme yo también por allí, pero Andrew MacLay es un gran amigo mío y le prometí que iría —la orquesta empezó a afinar sus instrumentos—. El baile de cuadrilla empezará pronto. ¿Tendré el placer de acompañarte?

Se deprimió ante su petición, pero sus buenas maneras la obligaron a sonreír.

—Por supuesto —dijo, apuntando su nombre en el carnet de baile.

Aquel baile de partida le daría la oportunidad de contemplar mejor a los anfitriones, ya que el paso no era rápido y Lucas Clairmont, como extranjero sin título que era, no podría situarse a la cabecera del baile sin escandalizar a todo el mundo.

Su corazón empezó a acelerarse. ¿Conocería él aquellas reglas? ¿Sería consciente de que se ganaría el ostracismo social si se atrevía a saltarse las jerarquías del baile? Esa clase de cosas nunca la habían preocupado hasta esa noche, cuando empezaban a afectar a su compostura.

Aun así seguía sin verlo, si bien suponía que debía de haber una sala de juego en alguna parte. Abrió su abanico y disfrutó del frescor del aire en el rostro, esperando que no volviera a sorprenderla con su presencia.

Casi inmediatamente se anunció la cuadrilla y Lillian se dirigió hacia la cabecera de la sala. Recogiéndose un poco la falda, empezó el *chasser*. El lento tiempo de los pasos facilitaba la conversación.

—¿Piensas pasar en Londres toda la temporada de Navidad? —le preguntó Wilcox-Rice.

—En la primera semana de enero regresaremos a Fairley, y allí nos quedaremos hasta febrero. A papá le gusta ver correr a sus nuevos caballos y ha contratado a un reputado *jockey* para que pueda participar en el derby de Epson, el año que viene. ¿Y tú? —le devolvió la pregunta por pura educación.

—Tu padre me invitó a visitaros después de las fiestas de enero. ¿No te lo ha dicho?

Lillian sacudió la cabeza.

—Si piensas que debí haber declinado la invitación, solo tienes que decírmelo.

Los complicados pasos del baile le ahorraron tener que contestar. El caballero de edad ante el que se encontró de pronto, tras el giro, le sonrió pero permaneció callado. Lillian se alegró de poder disfrutar de un respiro.

Luc observaba a Lillian Davenport desde su puesto al pie de una columna, al otro extremo de la sala. La había visto entrar, había visto al pequeño grupo de caballeros que se apresuró a rodearla para pedirle un baile, y a Wilcox-Rice guiándola del codo para apartarla de ellos. Su padre también estaba allí; Nat se lo había señalado, a él y a una mujer mayor que supuso sería miembro de la familia. La dama parecía quejarse de todo y de todos. Y Lillian estaba como siempre: de una elegancia sin igual. Advirtió el disimulo con que las demás damas admiraban su vestido, un modelo resplandeciente de tonos de blanco que parecían caer en cascada sobre las enaguas de encaje.

Había vestido también de blanco en la única otra ocasión en que la había visto. El color casaba a la perfección con la palidez de su piel y el rubio claro de su pelo. Se sonrió, como divertido por sus propias reflexiones. ¿Cuándo se había fijado antes en lo que llevaba una mujer? La diversión se amustió un tanto cuando pensó en las consecuencias de aquella atracción. Se giró decidido, dando la espalda a la cuadrilla con sus ridículas reglas. La aristocracia inglesa se tomaba a sí misma demasiado en serio; en Virginia, tales códigos sociales no escritos habrían sido motivo de burla, cuando no ignorados. Allí, sin embargo, ni siquiera merecía la pena molestarse. En menos de dos meses estaría a bordo de un barco rumbo a América, donde los bailes absurdos de las clases altas de Londres no eran más que un recuerdo.

El rumor de voces le hizo volverse y Nathaniel le presentó a dos preciosas hermanas. La mayor le mostró su carnet de baile: en un lado aparecían los diferentes bailes, y en el otro una lista de nombres con algunos espacios vacíos.

—Sigo teniendo la polca libre, señor. Deberíais pedírmela…

Nat se echó a reír.

—Llevo protegiéndote del interés de las damas desde que llegaste, Luc. Ten al menos de cortesía de bailar con alguna.

Acorralado, Luc asintió con la cabeza pese a que

había pasado mucho tiempo desde que aprendió los pasos de la polca. Recordaba que era un baile complicado, aunque no tan rápido como el llamado «galope». Lamentó no haber atendido mejor las instrucciones del profesor que había tenido de muchacho, y lamentó también que Lillian Davenport no hubiera sido su pareja.

La hermana más joven también le ofreció su carnet, y Luc se alegró cuando finalmente ambas se volvieron para marcharse.

El tiempo se le estaba acabando y no quería quedarse en Inglaterra más tiempo del estrictamente necesario.

La vista de Lillian llamó su atención cuando había terminado de bailar la cuadrilla y se inclinaba ceremoniosa ante su pareja. Finalmente pareció como si Wilcox-Rice fuera a retirarse, lo que significaba que Luc podría al fin mantener una pequeña conversación con la mujer más bella que había en la sala.

Pero cuando otro hombre la reclamó para bailar el vals, admitió la derrota y pasó al salón contiguo con la idea de cenar algo.

El programa de baile había llegado casi a la mitad y Lillian se encontraba bastante cansada. Deliberadamente había reservado dos valses con iniciales inventadas en caso de que apareciera Luc

Clairmont, pero para la medianoche renunció a la esperanza de verlo allí.

Sir Richard Graham, un hombre que la había pretendido varios años antes y al que ella nunca había dado alas, le había pedido ya el tercer galope y Lillian acababa de ocupar su lugar en el círculo cuando sintió un cosquilleo extraño en la nuca.

Él estaba allí, estaba segura. La impresión de la conexión era tan vívida como lo había sido la primera vez que lo vio cuando salía del tocador, en casa de los Lennington.

Apretando los dientes, avanzó cuatro pasos mientras su pareja tomaba su mano izquierda en la suya y, cuando retrocedió de nuevo, miró discretamente por encima del hombro.

Luc estaba tres o cuatro parejas detrás de ellos, con una preciosa joven a la que Lillian reconoció como la pequeña de las hermanas Parker, y parecía que estaba disfrutando mucho del baile. La muchacha ciertamente lo estaba, ya que tenía el color subido y le brillaban los ojos, luciendo los hoyuelos de sus mejillas.

Quizá se había pasado allí toda la noche y no había hecho ningún esfuerzo por buscarla. Quizá aquella aguda impresión que sentía cuando él estaba cerca de ella no fuera recíproca. Avanzando de nuevo, ganó demasiado terreno a la pareja que tenía delante y Graham le apretó la mano como para advertirla. «Concéntrate», se ordenó. «Concéntrate y finge que

Lucas Clairmont no está aquí, que no te importa ese temerario colonial que solo puede perjudicar tu reputación».

Durante las siguientes figuras del baile sintió que recuperaba la confianza, pero volvió a perderla por completo cuando él le hizo un guiño en un momento en que se cruzaron sus miradas. Ella se volvió rápidamente, sin dignarse responder, y escuchó alguna frase insustancial que le estaba dirigiendo su pareja, intentando proyectar una imagen de mujer libre y despreocupada que no sentía en absoluto. Cuando terminó el baile, ejecutó una reverencia y dejó que Graham la llevara con su tía.

—Pareces acalorada, querida —le dijo Jean mientras apuraba un generoso vaso de limonada, seguido de un bombón de fresa.

Los primeros acordes de un vals flotaron en el aire y Lillian miró su carnet. Las falsas iniciales que había escrito allí parecieron mirarla a su vez.

—Tu pareja de este baile ya se está retrasando —la tía Jean miraba a su alrededor, expectante—. Ah, aquí llega.

Lillian alzó rápidamente la cabeza en el instante en que Luc Clairmont aparecía junto a ellas, y otra vez se vio hipnotizada por sus ojos dorados.

—Señorita Davenport —dijo él antes de volverse hacia su tía—. Madame.

Su tía se había quedado boquiabierta, con la marca del bombón de fresa tiñéndole la lengua.

—Tía Jean, permíteme presentarte al señor Lucas Clairmont, de América. Señor Clairmont, esta es mi tía, lady Taylor-Reid.

De nuevo Luc inclinó la cabeza.

—Encantada de conoceros, *madame*.

Su tía enrojeció de manera extraña.

—¿Cuánto tiempo lleváis en Inglaterra, señor Clairmont?

—Solo unas pocas semanas.

—¿Os gusta?

—Por supuesto que sí —miró directamente a Lillian, con el hoyuelo de la mejilla más marcado que nunca y un brillo de diversión en el oro de sus ojos.

La música se había animado y el baile se prolongaba. Disculpándose, dejó que Lucas la guiara a través de la multitud.

Ya en la pista, él deslizó una mano por su cintura y ella sintió su calor como una quemadura. Lo correcto en Inglaterra era que las parejas se mantuvieran bien separadas, a la distancia de un pie, pero la manera americana debía de ser diferente porque la atrajo hacia sí, apoderándose de sus dedos con su mano libre y apretándoselos con fuerza.

—Creía ya que no tendría oportunidad de bailar un vals contigo, Lillian. ¿Cómo es que tu carnet está vacío con el mejor baile de todos?

Ella ignoró el uso que había hecho de su nombre de pila, y su tuteo, diciéndose que no podía hacerle ningún daño siempre y cuando nadie más lo oyera usarlo.

—Me he confundido con los nombres —repuso mientras giraban sin esfuerzo por el salón. ¡Era un buen bailarín! No le extrañaba que la jovencita Parker se hubiera mostrado tan entusiasmada.

—¿Tienes más confusiones en tu carnet?

Ella se echó a reír, sorprendida por su ingenuidad.

—De hecho, tengo el último vals libre…

—Apúntamelo entonces —repuso, guiándola hacia la esquina más alejada del salón y haciendo volar sus enaguas con cada giro. El movimiento le producía una sensación de euforia cada vez más intensa, que jamás antes había experimentado.

Sensación de seguridad. Fortaleza. Casi podía distinguir el dibujo de sus músculos bajo su negra chaqueta y sentir el duro poder de sus muslos. Era un hombre que no se había criado en los salones de la vida cortesana, sino en algún lugar de trabajo y privaciones. Incluso sus ropas evidenciaban un desinterés por la moda en curso: su chaqueta no presentaba el mejor corte y sus zapatos eran de un negro opaco, apagado. Su vestimenta no ofrecía pretensión alguna de arrogancia o adorno. Se había atado el pañuelo de cuello con un sencillo nudo y se había quitado los guantes.

Lamentó no habérselos quitado ella también para poder sentir el contacto de su piel contra la suya, pero sus siguientes palabras la hicieron olvidarse de ello.

—No tardaré mucho en volver a Virginia. Tengo pasaje en un barco para finales de diciembre y, si la mar es buena, estaré en Hampton para mediados de febrero,

—¿Hampton es tu hogar? —intentó adoptar un tono ligero para disimular su decepción.

—No. Vivo más arriba del río James, cerca de Richmond.

—¿Y tu familia?

Como no respondió y la luz de sus ojos se apagó con sus palabras, cambió de tema.

—Una amiga mía dejó Londres por una casa en Filadelfia. ¿Está cerca de allí?

—Más o menos… —respondió, haciéndola girar una vez más antes de que cesara la música, Inclinándose hacia ella al tiempo que la soltaba, le preguntó—: ¿Puedo escoltarte de vuelta con tu tía? Tu padre no parece muy contento con mi manera de bailar.

Lillian sonrió y no miró a su padre por miedo a que le ordenara que se acercase.

—No. Todavía no he cenado y tengo bastante apetito.

La pausa en la música le proporcionó a Luc la oportunidad de elegir. Podía escabullirse si así lo quería; por el contrario, si deseaba acompañarla al comedor, solo tenía que tomarla del brazo. A Lillian la agradó que se decidiera por lo último, dejándose guiar hacia la sala.

Pero una vez allí no supo qué decirle; la confesión que le había hecho de que se marcharía tan pronto la había dejado desconcertada. Detrás de él, a alguna distancia, descubrió a las hermanas Parker y las sorprendió contemplándolo con atención.

Le dio las gracias cuando le entregó un plato, aunque él no tomó ninguno. En lugar de ello, se sirvió un generoso vaso de limonada.

—¿Estarás en Londres por Navidad? —le preguntó él.

Era la misma pregunta que llevaban haciéndole toda la noche, un tema de conversación insustancial y, cuando se comparaba con la sensación de comunión que acababan de disfrutar, decepcionante.

Lillian asintió con la cabeza.

—Habitualmente nos retiramos a Fairley Manor, nuestra residencia rural en Hertfordshire, en la primera semana de enero.

Cuando él le sonrió, la antigua magia retornó de golpe, como una marea.

—Nathaniel Lindsay dará una fiesta en su residencia de Kent el fin de semana del diecinueve de noviembre. ¿Irás?

—¿El conde de Saint Auburn? No sé si recibiré invitación…

—Yo podría enviarte una.

Una mezcla de sorpresa y deleite recorrió las entretelas de su corazón.

—No sería apropiado.

—¿Pero irás de todas formas?

Él no se acercó más ni levantó la voz, no hizo intento alguno de tomarle la mano ni de rozarle el brazo con el suyo, como tan fácilmente podía hacerlo en aquella sala repleta de gente, donde cada cual se ocupaba de lo suyo. Y por eso mismo su invitación resultó todavía más clandestina. Real. Un medio destinado a transportarla de aquel lugar a otro.

Pero no pudo responder porque los interrumpió la condesa de Horsham. Cuando él se disculpó, Lillian le permitió retirarse, fija la mirada en la insípida galleta de su plato.

Alice, en cambio, se lo quedó mirando.

—Me enteré de que estuviste presente en el incidente de la otra noche. ¿Lo conoces, Lillian? ¿Sabes algo de su familia o de su vida?

—Solo un poco. Es buen amigo del conde de Saint Auburn.

—Desde luego. He oído algunos rumores sobre él. Parece que ha heredado una importante propiedad a la muerte de su esposa. Algunos dicen que ha venido para recoger la herencia y que se marchará de nuevo; más oro para el vicio del juego y dejando sin resolver la discusión con tu primo. Versiones menos amables dicen que asesinó a su esposa para quedarse con sus tierras y que sus muchos hijos nacidos fuera del matrimonio están instalados allí.

—¿Me estáis previniendo contra él, condesa?

—¿Necesito hacerlo, Lillian?

—No —mordió la galleta de limón y alivió su

sequedad con un sorbo de té helado. El sabor combinado resultó tan amargo como el descubrimiento de que estaba siendo vigilada. De cerca.

Por supuesto que no habría podido ir a Kent ni aun habiéndolo querido. Pretextando un dolor de cabeza, se disculpó y fue a buscar a su tía.

Cuando Luc la vio marcharse, todavía faltaba una hora para que terminara el baile y el prometido vals había quedado reducido a nada. El marido de la condesa de Horsham, al que había conocido en las mesas de juego, era un chismoso de primer orden. Seguro que a esas alturas la noticia de su pésima reputación había alcanzado ya a Lillian, y él dudaba que ella pudiera tolerar semejante carencia de moral. Quizá fuera mejor así. Quizá la «gente buena y respetable» tuviera un bendito e innato mecanismo de protección que la protegía de los tipos como él, una especie de salvaguarda celestial que separaba el grano de la paja.

Cuando la mayor de las hermanas Parker se plantó ante él con el pretexto de reclamarlo para su siguiente baile, Luc se obligó a sonreír y escoltó a la muchacha hasta la pista.

Una vez en casa, Lillian revisó las invitaciones de la semana que había en la mesa del vestíbulo. Cuando no encontró ninguna del conde de Saint Auburn, se relajó. No tendría así problema alguno que rumiar, ninguna tentación a la que responder de manera afirmativa y que le rompiera por completo el corazón. Evocó la última imagen que conservaba de Lucas Clairmont: flirteando con la bonita heredera Parker en cuya compañía lo había visto aquella noche, con la misma sonrisa que había lucido con ella dibujándose en sus labios.

Ya en su dormitorio, arrancó el estúpido espino de fuego del florero de la mesilla y lo arrojó al fuego de la chimenea. Unas pocas bayas cayeron con el movimiento. Recogiéndolas, las aplastó furiosa y le gustó la mancha roja que le dejaron en la mano.

Invitaría a Wilcox-Rice a que la visitara al día siguiente y haría un esfuerzo por mostrarse amable. Semejante gesto complacería a su padre y aplacaría los temores de su tía, que durante todo el viaje de vuelta le había regalado los oídos con los males de un matrimonio indecente y de la ruina que ello acarrearía.

Lillian se preguntó cuánto sabría su tía, a través de su padre, su único hermano, sobre la caída de Rebecca Davenport. Se alegraba al menos de que su tía Jean hubiera tenido el buen sentido de no mencionarle a ella esa información. Ciertamente necesitaba recuperar su equilibrio, su ecuanimidad y su sereno comportamiento, y hacer todo lo que fuera necesario para permanecer bien alejada de Lucas Clairmont.

Cinco

Woodruff Abbey, en Bedfordshire, era un antiguo edificio levantado en pleno apogeo de la arquitectura clásica de finales del siglo XVI y principios del XVII. Pero en ese momento tenía un aspecto cansado: las columnas del pórtico estaban desportilladas y numerosas ventanas tapiadas con tablas, como si los cristales estuvieran rotos y no hubieran podido cambiarse. El pensamiento lo dejó perplejo: los ingresos de la propiedad alcanzaban para sufragar los gatos del mantenimiento y la administración diaria según Thackeray, su abogado. ¿Por qué entonces habían dejado que se arruinara?

Se detuvo ante la puerta principal y contempló el jardín que se extendía desde la casa hasta el parque trasero, y el corrompido asunto de Londres se le antojó en aquel momento lejano, distante. Inspirando profundamente, sonrió mientras la tensa furia de los últimos años parecía retroceder un tanto, como si la desvaída elegancia del edificio lo reconfortara con su desaliñada belleza.

La puerta se abrió de golpe y apareció un hombre. Un hombre mayor, con el sombrero calado sobre las cejas y una especie de veladura legañosa en los ojos, como si apenas pudiera ver.

—¿En qué puedo serviros, señor? —el tono refinado de su voz lo sorprendió.

—Soy Lucas Clairmont. Espero que el señor Thackeray le haya mandado recado de mi visita.

—¿El abogado? ¡Clairmont! ¡Señor! ¿Ya estáis aquí?

—Ya estoy aquí —Luc esperó. El hombre no se apartaba del umbral, agarrando con fuerza la puerta como si fuera a caerse.

—¿El señor Clairmont, de América?

—Así es —reprimió una sonrisa. ¿Iba a invitarlo a entrar en su propia casa o no?

—¿Quién anda ahí, Jack? ¿Quién es? Diles que no necesitamos nada.

Una mujer apareció detrás del mayordomo, tan vieja como él, envuelta su delgada figura en un chal, con los lentes en la punta de la nariz.

—Es el señor Clairmont, Lizzie. Señor Clairmont, esta es mi esposa, la señora Poole.

Los ojos de la anciana se desorbitaron detrás de sus lentes y su ceño, que había estado presente desde el principio, se profundizó.

—Recibimos recado, por supuesto, pero no imaginábamos…

Sus palabras se fueron apagando mientras permanecía al lado de su marido. Ambos no dejaban de mirarlo como si no pudieran creer que estuviera allí.

—¿Puedo entrar?

La petición desató un remolino de actividad y abrieron la puerta de par en par mientras se apresuraban a hacerse a un lado.

El amplio vestíbulo se alzaba hasta el tejado del edificio, y los enormes ventanales dejaban entrar una generosa cantidad de luz. Reparó en que los suelos estaban bien limpios y que la balaustrada y la obra de madera estaba abrillantada hasta relucir. No era pues una casa descuidada, sino que estaba atrapada por la escasez de efectivo.

—Somos Jack y Lizzie Poole, señor —dijo la mujer una vez que la puerta quedó nuevamente cerrada— y entre los dos llevamos cerca de un siglo sirviendo en esta casa.

Luc asintió con la cabeza.

—¿Y dónde están los otros sirvientes?

—¿Otros sirvientes, señor? —el asombro se reflejó en sus ceños.

—La cocinera y la institutriz, las doncellas y los mozos de cuadra. ¿Dónde están?

—Solo estamos nosotros, señor. Y desde hace mucho tiempo.

—¿Pero están las niñas, verdad?

Los ojos de ambos se iluminaron.

—Por supuesto. La señorita Charity y la señorita Hope, y bien buenas que son.

—¿Quién les enseña, entonces? ¿Quién se ocupa de sus clases?

—Nadie.

—¿Tengo que entender que los únicos residentes de esta casa son ustedes y las dos niñas, y que esto lleva sucediendo desde hace varios meses?

—¡Casi doce meses, señor, dado que el dinero dejó de llegar y todo el mundo hizo la maleta y se marchó! Nosotros no pudimos soportar ver a las muchachitas sin hogar.

Luc inspiró profundamente y se juró que haría una visita a Thackeray nada más volver a la capital, para investigar a fondo el destino de los dineros.

—¿Dónde están las niñas? ¿Podrían bajármelas?

—¿Bajárselas, señor?

—Del cuarto de juegos.

—Oh, rara vez están allí. Cuando hace buen día bajan al lago, y si llueve se meten en la cabaña cercana al bosque.

Esa vez no pudo menos de reírse. Dos niñas pequeñas, liberadas del peso de los códigos de la sociedad inglesa, prometían constituir un atractivo muy interesante. Su propia infancia había sido muy parecida, con un padre violento al que solo había visto de manera intermitente y una madre que siempre se había encontrado indispuesta. ¡Quizá la presencia de aquellos ancianos había significado un gran progreso!

Un ruido procedente del otro extremo del vestíbulo les hizo volverse. Una niña pálida y delgada, de grandes ojos azules y con el cabello más corto que había visto nunca en una criatura de su edad.

—Charity —dijo la señora Poole cuando la niña se dirigía hacia ellos—. Has regresado temprano. Ven a conocer al señor Clairmont, querida, que acaba de llegar de Londres.

La niña se mordió el labio inferior y su clara mirada se llenó de angustia, pero se dejó llevar por la anciana.

—No habla desde que falleció su madre, señor, pero ciertamente os conocerá.

¿No hablaba? No estaba acostumbrado al trato con los niños y se sentía absolutamente desorientado acerca de cómo tratar a la pequeña. Aun así, se esforzó todo lo que pudo.

—Me gustaría ver tu cabaña algún día.

Ella asintió. Al menos lo entendió sin leerle los labios, ya que tenía la mirada clavada en el suelo.

—Su hermana, Hope, no volverá hasta que haya oscurecido. ¿Os quedaréis, señor?

Se preguntó por lo que haría Hope durante todas las horas del día, pero dado que nadie parecía alarmado, se abstuvo de formular la pregunta.

—No he reservado pasaje de vuelta a Londres hasta mañana y me parece que es bastante lo que hay que hablar sobre esta situación.

Lizzie Poole miró a su marido y Charity apretó con fuerza la mano de la anciana. Luc pensó que aunque no era mucho lo que había en aquella casa en términos de abundancia material, el amor resultaba evidente. Se alegró de eso, al menos.

—Jack os acompañará a vuestra habitación, señor Lucas, mientras yo preparé algo de cenar. Charity me ayudará. ¿Verdad que me ayudarás?

Cuando la niña sonrió, fue como si el sol saliera en la habitación: sendos hoyuelos se dibujaron en sus mejillas y sus ojos azules parecieron bailar de gozo. Una belleza, pensó de repente Luc, y en seguida acudió a su mente Lillian Davenport. Aquella niña poseía una suerte de elegancia intemporal, incluso ataviada como iba con un vestido dos tallas más pequeño y con remiendos por todas partes. Se estaba preguntando cómo sería su hermana mientras seguía a Jack Poole por la sólida escalera de roble.

La cena consistió en dos diminutos platos de lo que supuso sería perdiz, una cazuela de patatas cocidas y un puñado de hojas que le recordaron los berros que se cultivaban en Virginia, junto al río James.

—La tierra nos da y el Señor nos quita —dijo sabiamente la señora Poole cuando se sentaron a cenar en la cocina, con el fuego del horno protegiéndolos del frío.

Hope seguía fuera, ya que su asiento estaba vacío. Charity se había sentado a su lado, con las manos sobre el regazo mientras esperaba la bendición de la mesa. Transcurrieron sus buenos cinco minutos hasta que Lizzie Poole terminó de agradecer todos los dones que habían recibido de Dios: desde su buena salud hasta el calor del hogar y los alimentos. A Luc se le antojaron palabras excesivamente generosas, toda vez que parecía que apenas habían comido nada durante los últimos meses. Aun así, resultaba conmovedor semejante agradecimiento por tan pequeños dones. No pudo evitar preguntarse qué diría la anciana ante las mesas de Londres cargadas de viandas, caso de que llegara a verlas.

Justo cuando habían terminado de cenar, la puerta se abrió de par en par y entró una chiquilla mayor. No se parecía en nada a su hermana, salvo en su complexión delgada; su cabello era una maraña salvaje de rizos de color castaño oscuro y tenía la tez bronceada por el sol.

—Siento llegar tarde, Lizzie —dijo, interrumpiéndose cuando sus ojos verde esmeralda tropezaron con los de Luc.

«Otra belleza», pensó, pero de distinto molde.

—Este es el señor Lucas Clairmont, Hope. Ha venido de Londres hoy mismo para verte a ti y a tu hermana.

Los ojos de Hope buscaron los de Charity y las dos hermanas cruzaron un mensaje. En un tácito lenguaje de percepción y acuerdo.

—Encantada de conoceros, señor —improvisó una reverencia que le recordó a las de otro siglo.

—La señora Poole me ha dicho que pasáis mucho tiempo fuera de casa. ¿Qué cosas hacéis allí?

—A veces pescamos para traer algo a la mesa, y recogemos estos berros. Si tenemos suerte, cazamos liebres o perdices con sacos. Y en primavera robamos huevos de los nidos más bajos de los árboles.

—¿Así que esta cena es obra tuya? —le preguntó, señalando la comida de la mesa.

—Parte sí, señor. El invierno es la temporada más difícil para recolectar algo. Pero con la primavera podemos encontrar toda clase de bayas, setas e incluso tomates silvestres.

—¿Y tu hermana te ayuda?

—Por supuesto —le lanzó una sonrisa, y su hermana asintió con la cabeza.

Charity parecía mucho más preocupada que hacía unas horas, pero Hope se sentó a su lado y entablaron de nuevo aquella comunicación sin palabras que excluía a todos los demás.

—Están muy unidas, señor. Si alguien quisiera separarlas…

—No he venido a separarlas.

—Esta casa es el único hogar que han conocido, y si se vieran expulsadas de ella…

—Tampoco he venido a eso.

—Quizá su madre fuera un poco atolondrada, me doy cuenta de ello. Pero Charity y Hope no nos han causado jamás ni siquiera un momento de preocupación.

Luc bajó los cubiertos y apoyó las manos en la mesa.

—Thackeray me indujo a creer que las niñas estaban siendo cuidadas de la manera en que a mi difunta esposa le habría gustado. Si hubiera tenido alguna noción de las escaseces que ustedes han tenido que soportar durante solo Dios sabe cuántos meses… —se interrumpió cuando vio la mueca que hizo la anciana al escuchar su expresión—, habría venido mucho antes.

—¿Entonces podemos quedarnos? —fue Hope quien hizo la pregunta, esperanzada.

—Por supuesto que sí, y me encargaré de ello tan pronto como vuelva a Londres.

Dejó Woodruff Abbey con todos sus habitantes despidiéndolo en la puerta con un puñado de patatas calientes envueltas en un trapo, cortesía de Charity.

Lo primero que hizo cuando llegó a la ciudad fue informar al anciano Horatio Thackeray de que en adelante prescindiría de sus servicios como abogado, y acto seguido puso a un investigador sobre la pista del dinero que había desaparecido. Como nuevo abogado contrató a un hombre más joven y más compasivo, que se estaba labrando una buena reputación en la City.

—¿De modo que deseáis conservar Woodruff Abbey como un fideicomiso para las niñas? —la voz de David Kennedy destilaba un tono que, en términos sucintos, podría describirse como incrédulo.

—Así es.

—Por supuesto, os daréis cuenta de que una vez firmado el documento, no podréis nunca recuperar la propiedad en caso de que posteriormente cambiarais de idea.

—Por supuesto.

—Y deseáis también que los dineros que rinda la propiedad sean colocados en un fondo que sufrague su funcionamiento, incluido un cierto número de sirvientes a contratar para que ayuden a la pareja de ancianos.

—Eso es.

—Entonces, si estáis seguro de que es eso lo que queréis y habéis comprendido la finalidad de tan generoso gesto, debéis firmar aquí. Para empezar el proceso. Os devolveré el documento en el lapso de un mes, cuando estén redactadas las escrituras.

Una rápida rúbrica y ya estuvo hecho. Luc volvió a dejar la pluma en el tintero y recogió su sombrero.

—Hay una sola condición, señor Kennedy.

El abogado pareció sorprenderse.

—La condición es que no le contará a nadie nada de esto.

—¿No queréis que los demás sepan de vuestro generoso gesto?

—No

—Muy bien, señor. ¿Eso es todo?

—No, hay una cosa más. Voy a transferir fondos de una cuenta que poseo aquí, en Londres, que mantendré abierta en caso de que se produzca algún contratiempo. Deseo que bajo ninguna circunstancia los residentes de Abbey vuelvan a quedar desasistidos. Si surge algún problema, espero que contacte usted conmigo a la máxima rapidez para resolver el asunto.

—Así se hará, señor. Quisiera decirle también lo agradecido que estoy por hacer negocios con vos y...

—Gracias —lo atajó Luc. Tenía una partida de cartas que no podía perderse y que empezaría dentro de dos horas, y necesitaba tomar el ómnibus para Piccadilly.

Lillian guardó su diario en la mesilla que tenía junto a su cama mientras se recordaba que no debía poner por escrito sus pensamientos sobre Luc Clairmont.

Había oído que había estado ausente de Londres durante los cinco últimos días: viajando, según había comentado Cassandra, esposa de Nathaniel Lindsay y hermana de Anne Weatherby. Del lugar no tenía la menor idea. Según Anne, había abandonado sus alojamientos de Londres sin dejar dicho cuándo volvería.

Presumiblemente estaría de vuelta antes de la fiesta que daban los Lindsay el viernes. Se preguntó a quién conocería en Inglaterra para que pudiera retenerlo durante tanto tiempo, y recordó el escandaloso rumor de la condesa de Horsham. Seguro que un hombre de escasos medios y recién llegado de las Américas no tendría los recursos necesarios para mantener a varios niños, y menos aún cuando habían nacido fuera del matrimonio...

Lucas Clairmont era un misterio, reflexionó, con aquel acento suyo que parecía cambiar cada vez que lo veía y aquella oscura amenaza que brillaba en sus ojos dorados. No era un hombre con quien se pudiera jugar, decidió. Y tampoco alguien a quien los demás pudieran convencer fácilmente de que tomara cualquier rumbo de vida que no fuera de su gusto.

Se dirigió a la biblioteca de la planta baja y tomó un libro sobre las Américas que su padre había comprado hacía unos años. Delineó con un dedo Virginia, Hampton y el amplio e irregular perfil de la bahía de Chesapeake, para luego seguir la línea azul del río James a su paso por Richmond. ¿Qué clase de montañas y valles conocería? ¿Qué ciudades al Este y al Oeste habría visitado? Charlottesville. Arlington. Williamsburg y Hopewell. Todos eran nombres de los que no sabía nada, propensos únicamente a la imaginación.

Un golpe en la puerta la sacó de su ensueño.

—Adelante.

—Lord Wilcox-Rice está aquí, *madame*, con su hermana, lady Eleanor. Ha dicho algo sobre una salida de compras.

—¿Qué hora es? —preguntó Lillian, inquieta.

—Las tres y media, señorita.

Levantándose rápidamente, se alegró de no tener que cambiarse el vestido mañanero. Y le complació también ver el cielo despejado que se divisaba por la ventana.

—Por supuesto. ¿Querrá por favor hacerles esperar en el salón azul y avisarlos de que estaré con ellos en seguida, en cuanto recoja mi sombrero y mi abrigo?

Ellie Wilcox-Rice era una de las amistades favoritas de Lillian. De hecho, probablemente era debido a su influencia el que se hubiera dignado a discutir siquiera del tema de su compromiso con su hermano.

Mientras paseaban por Park Lane, Lillian se rio con los comentarios que hizo Ellie sobre el baile al que había asistido el sábado, en Kensington. Un cansino asunto, según parecía.

—Tenía que haberme sumado a esa multitud del baile de James Cholmondely —suspiró Ellie—. Jennifer Parker me dijo que se lo había pasado de maravilla y que había estado bailando con un americano del que se enamoró en el acto.

—Probablemente se trate del señor Lucas Clairmont —dijo John, esperando mientras las jóvenes contemplaban un escaparate bellamente decorado con adornos de la inminente temporada navideña—. Ha conseguido acelerar el corazón a todas las damas, según he oído, y eso que nadie sabe a ciencia cierta quién es realmente.

—¿Te ha acelerado el corazón a ti, Lillian? —le preguntó Ellie con una risa estridente.

—Por supuesto que no —respondió John por ella—. Lillian es demasiado sensata para dejarse impresionar por ese hombre.

—Jennifer piensa que es rico. Que tiene tierras en las Américas que rivalizan en extensión con la finca de Ancaster. Cientos, miles de hectáreas.

—¿Se lo contó él mismo? —Lillian estaba intrigada por aquella novedosa información.

—No. Es que está encaprichada con el personaje del señor Darcy de la novela *Orgullo y prejuicio*, y se imagina que Lucas Clairmont está cortado por el mismo patrón.

—Es una pánfila, entonces, más estúpida de lo que me había imaginado —el estallido de John fue completamente inesperado. Habitualmente solo tenía elogios para los demás.

—Jennifer también me dijo que bailaste un vals con ese hombre, Lillian.

—Sí, y es un competente bailarín, si no recuerdo mal.

—¿Pero no te causó impresión?

Desviando la mirada, Lillian detestó la agitación que estaba sintiendo. Incluso hablar de él allí…

—Vaya, hablando del rey de Roma, creo que es él quien se está acercando hacia nosotras en este momento. Con lord Hawkhurst, ¿verdad?

Ellie puso una mano sobre la de su hermano.

—John, tienes que presentármelo como sea para que pueda formarme una opinión propia.

Los dos caballeros se acercaban a ellas, altos y morenos los dos, pero ese día parecía como si a Luc le costara andar, y solo cuando se acercaron lo suficiente pudo Lillian ver por qué. Tenía el ojo izquierdo morado, cerrado, y un corte en el puente de la nariz. Al bajar la mirada a sus manos, vio que llevaba guantes. Para esconder las heridas de los nudillos, supuso, y frunció el ceño.

—Wilcox-Rice —lord Hawkhurst inclinó la cabeza y empezaron las presentaciones.

Cuando le tocó el turno a Lillian, Luc Clairmont no hizo referencia alguna a la intimidad de sus encuentros anteriores, limitándose a tocarse el ala del sombrero al igual que lo había hecho con Eleanor.

Ese día el brillo de su único ojo se había apagado notablemente; su expresión era casi aburrida. Apenas habló, esperando a que Hawkhurst hubiera terminado de hablar para seguir su camino.

—Bueno —dijo Eleanor cuando ellos ya no podían oírla—, parece que el príncipe de Jennifer ha tenido un accidente.

—Más bien parece que se ha metido en otra pelea —intervino John—. Se rumorea que hubo una riña en casa de los Lennington la otra semana.

—¿De veras? ¿Con quién se peleó?

—Las mesas de juego tienen sus propias complicaciones —se apresuró a responder John—. Por cierto, Lillian, tu primo se cuenta entre aquellos que se llevaron lo suyo.

—¿Daniel? —inquirió Ellie, esbozando una mueca al escuchar el nombre—. Pero si viste demasiado bien para ponerse a pelear…

A pesar de sí misma, Lillian se echó a reír ante lo absurdo del comentario de su amiga mientras se dirigían a Oxford Street.

—Puedo ver por qué Jeniffer Parker está tan encaprichada. ¿Habéis visto alguna vez a un hombre de aspecto tan peligroso?

Viendo que John fruncía ferozmente el ceño, ambas decidieron que lo más prudente era dejar el tema.

Las decoraciones de Navidad aparecían cada vez en más tiendas. Una anciana y un niño vendían ramitas de muérdago en un puesto.

—Dicen que si besas a un hombre bajo un muérdago, encontrarás a tu verdadero amor. ¿No sería eso maravilloso? Quizá podrías besar a mi hermano… Lillian, te compraré un ramito.

Eleanor dio a la anciana algún dinero y recibió dos paquetes de color marrón con sendas ramas de muérdago. Cuando se disponían a marcharse, una joven pareja se acercó al puesto. No iban vestidos de manera elegante ni a la última moda, pero cuando el hombre le ofreció el muérdago a la muchacha, algo brilló en sus ojos que dejó impactada a Lillian.

¡Un calor y una resplandeciente intensidad que resultaban mágicos! Vio el amor en la manera en que se rozaron sus manos cuando él le entregó el paquete, así como en la sonrisa con la que ella lo recompensó por su regalo. Como si estuvieran solos en el mundo, aquel pequeño círculo de gozo y felicidad, porque la maravilla que compartían resultaba tangible para cualquiera que los estuviera viendo.

Un anhelo se apoderó de Lillian. Un anhelo por lo que acababa de ver, el muérdago como recordatorio de lo que nunca había encontrado y que probablemente nunca tendría. Miró a John, que estaba recriminando a su hermana el haber malgastado el dinero en una fruslería, y una oleada de tristeza se abatió sobre ella.

La Navidad, con su esperanza y sus promesas, conseguía siempre minar la racionalidad y la lógica, reemplazándolas por la magia del muérdago y un ansia inmensa por algo completamente inalcanzable.

—Espero que no te hayas dejado influenciar por la estupidez de mi hermana —dijo John.

Meneando la cabeza, Lillian se guardó su paquete en el bolso y apartó la mirada de la joven pareja que en ese momento caminaba al otro lado de la calle.

Seis

Su primo Daniel estaba en la biblioteca al día siguiente cuando ella bajó para consultar de nuevo el libro de las Américas, y no parecía nada contento.

—Lillian. Hace mucho tiempo que no hablamos —su rostro reflejaba la subyacente furia a la que ella ya se había acostumbrado.

Durante los últimos años Daniel había estado fuera de Inglaterra y la fluidez de conversación de antaño había sido reemplazada por la distancia.

—¿Sabe mi padre que estás aquí?

—Sí. Acabo de recuperar un documento que mi madre me había pedido que le buscara.

—Entiendo.

Él hojeó el libro sobre América, que había quedado abierto sobre la mesa que tenía al lado.

—Es una tierra inmensa. Yo estuve en la Costa Este. Washington, principalmente, y Nueva York.

—¿Fue allí donde conociste al señor Clairmont?

Daniel frunció el ceño, hasta que comprendió.

—Ah, nos viste la otra noche en casa de los Lennington.

—Me lo encontré ayer en la calle con Hawkhurst. Parecía que había tenido otra pelea y pensé que quizás…

Pero su primo no la dejó terminar.

—Aléjate de él, Lillian. Es un hombre problemático.

Ella asintió y, aliviada de escuchar los pasos de su padre en el corredor, se disculpó para marcharse.

John Wilcox-Rice llegó solo por la tarde, con un ramo de flores. Flores que Lillian sabía que quedarían muy bien en su habitación, y por ello le dio las gracias.

Ese día vestía una levita azul marino, pantalón marrón y chaleco azul claro. Su gusto era impecable, pensó, con sus botas hesianas tan lustrosas y a la moda.

Después de la conversación que había tenido por la mañana con su primo, estaba de un humor resignado. Pensamientos de niños, de fundar un hogar propio, asaltaban su mente. Quizá una vida con John podría resultar mucho más que tolerable… A su padre le caía bien, a su tía también, y ella se llevaba muy bien con su hermana. Pensó brevemente en la joven pareja del día anterior, pero el tiempo que había transcurrido desde entonces había apagado aquella sensación de anhelo, desaparecida bajo una marea de sensatez.

Cuando él le tomó una mano en la suya, ella no la retiró, sino que saboreó la dulce sensación de calor.

—Nos conocemos desde hace bastante tiempo, Lillian, y creo que si nos diéramos una oportunidad...

Cuando ella asintió, él pareció animarse.

—Le he pedido a tu padre permiso para cortejarte y él me lo ha concedido. Ahora necesito que me otorgues tú ese permiso.

La advertencia que había recibido de Daniel y el rumor de la condesa de Horsham asaltaron su mente.

«Aléjate de Lucas Clairmont. Es un hombre problemático».

—Falta mes y medio para Navidad. Quizá podríamos usar ese tiempo para ver si... —Lillian no pudo terminar. ¿Para ver qué? ¿Para ver si podía sentir pasión, fervor o frenesí por él?

De repente él la hizo levantarse y la atrajo hacia sí. Cuando él le acarició los labios con los suyos, Lillian se esforzó por responder de la misma manera...

¡Pero no sentía nada!

La impresión que eso le produjo fue tan grande que se apartó, sorprendida de ver una extraña sonrisa en el rostro de John.

—Consideraré eso como una promesa, amor mío, y atesoraré su belleza para siempre.

Los pasos de una doncella acercándose con el té le hicieron apartarse y se sentó en una silla frente a ella. Seguía sonriendo.

Era un caballero. Un hombre bueno. Y un hombre cuyos besos no le hacían sentir nada.

Yació despierta esa noche en su cama y lloró. Lloró por su madre, y por ella misma, atrapada como estaba por las reglas, los rituales y las etiquetas.

Las fragantes flores de John estaban sobre la mesa, al lado de la cama, pero echaba de menos el sencillo y solitario espino de fuego. Echaba de menos su vigor, su irreverencia, la crudeza sin disculpas del color de sus bayas. Echaba de menos la compañía del hombre que se lo había regalado.

Él tenía una esposa que había fallecido recientemente, según los rumores. Dios, ¿cómo había podido soportar eso? Mal, según parecía, sobre todo cuando pensaba en su afición al juego y en su evidente falta de fondos.

Cerrando los ojos, se llevó una mano a la boca y se besó el dorso, como había hecho John Wilcox-Rice ese día con sus labios. Había algo raro en el hecho de que no hubiera logrado conmoverla, en la absoluta inmovilidad de la acción, mentís de todo sentimiento que debería haber experimentado.

Nunca en su vida la habían besado y por lo tanto no era ninguna experta, pero una parte de su cerebro se negaba a creer que no hubiera nada más, que eso fuera todo lo que se había dicho y escrito sobre los besos. No, tenía que haber más que lo que había experimentado ese día. Pero con la cercanía de la Navidad y, con ella, la obligación que tenía de honrar la promesa que le había hecho a su padre de encontrar un marido, se le estaba acabando el tiempo de descubrir realmente lo que era.

Un novedoso y mucho más atrevido pensamiento cobró de pronto forma en su mente.

Quizá pudiera averiguarlo… Quizá, si invitaba a Lucas Clairmont a que la visitara, y le ofrecía una suma de dinero a cambio de su servicio y su silencio, podría descubrir lo que todavía no conocía.

¡Comprar un solo beso!

Sonrió, imaginándose un escenario tan osado y peligroso. ¡Por supuesto que no podría hacer eso! Lucas Clairmont no era hombre con quien se pudiera jugar, y cualquier confianza que se le pudiera otorgar podría quedar defraudada. ¿O no? Él había disimulado muy bien en el baile de los Lennington y ella no había escuchado rumor alguno sobre la conversación que habían mantenido en la terraza de Belgrave Square. E indudablemente, cuando el día anterior se lo encontró en la calle, él no había dado muestra alguna de reconocerla. ¿Pero se debería eso a un exquisito cuidado o a una simple indiferencia?

Movió la mano, presionándola contra sus labios. Una leve punzada de deseo hirió su vientre, la cálida promesa que le había hecho recordar al peligroso americano.

Rápidamente se sentó en la cama, pegando la espalda al cabecero y envolviéndose los hombros en la manta para combatir el frío.

Llevaba casi ocho años en sociedad. Aquella era su única oportunidad de descubrirlo. Faltaban solo cuarenta y dos días para que prometiera eterna obediencia y castidad a un hombre cuyos besos... no le habían hecho sentir nada.

Se mordió el labio mientras intentaba imaginarse la conversación previa al experimento. Le parecía muy poco leal contarle su reacción al beso de John y descubrirle la necesidad que sentía de saber si con otros hombres sentiría lo mismo, y sin embargo, si no lo hacía, ella podría tomarla por una lasciva. Pero un nuevo pensamiento se le ocurrió. ¿Podían besar bien los hombres cuando sabían que se les estaba comparando con otros? ¿No enfriaría eso una tendencia natural?

¿Y cuánto debería pagarle? ¿Se ofendería si le ofrecía cincuenta libras o se sentiría agradecido? ¿Querría cien si la besaba dos veces?

El tiempo se le echaba encima, así como el hecho de que Luc Clairmont se marcharía después de Navidad. Pero el pensamiento de las fiestas enfocó sus pensamientos en otra dirección.

¡El muérdago!

Eso era. Si colgaba encima de la puerta el muérdago que Ellie le había comprado el día anterior, y se situaba de tal manera que él quedara justo debajo, ante ella… Solo sería un accidente, un agradable interludio que no significaría nada…

Pero… ¿conocería él aquella tradición inglesa? Quizá ni se diera cuenta.

¿Podría ella mencionarle la costumbre si él no lo hacía? Su mente no dejaba de trabajar en una y otra posibilidad, y el reloj del rincón del dormitorio dio las horas. Lo siguieron los ecos de los demás relojes de la casa.

¿Estaría también despierto Luc en ese momento, escuchando el reloj? ¿Con su ojo hinchado y su pierna herida?

Se bajó de la cama y se acercó a la ventana, retirando las pesadas cortinas de color crema y contemplando la oscuridad.

Park Lane estaba en silencio, con los tristes y oscuros árboles del otro lado de la calle bajo el cielo encapotado. Esa noche la lluvia no mostraba su cara, sino que se mantenía oculta detrás de las nubes bajas y grises que se amontonaban hacia el Oeste.

Un inofensivo beso en una noche bañada por la lluvia y el peso de veinticinco años sobre sus hombros.

Si no aprovechaba aquella única oportunidad, tal vez nunca lo averiguaría, siempre se preguntaría…

Sentándose ante su escritorio, sacó una cuartilla y un sobre. Hundió la pluma en el tintero y empezó a escribir.

La carta había llegado hacía unos minutos y Luc no conseguía encontrarle ningún sentido. Lillian Davenport tenía algo importante que preguntarle y deseaba contar con su compañía a las tres de la tarde del día siguiente. El sirviente que había llevado el mensaje era de Stephen, así que supuso que habría pasado antes por la casa de Hawkhurst. El muchacho parecía estar esperando una respuesta.

Garabateando una respuesta en una nota separada, buscó su sello. Lo hizo por pura costumbre. Al final no lo utilizó, ya que por supuesto no podía hacerlo en esas circunstancias.

—¿Podrías entregar esto a la señorita Davenport?

El joven sirviente asintió y se retiró apresuradamente. Cuando se hubo marchado, Luc acercó la misiva de Lillian a la luz y la leyó de nuevo.

Ella quería hablarle de algo importante. Esperaba que acudiera solo. Tenía una duda sobre las tradiciones navideñas en América y quería saber si el acebo y el muérdago eran plantas con las que estaba familiarizado.

Frunció el ceño. Aunque cultivaba árboles para madera en Virginia, la botánica nunca había sido su fuerte. Sabía que al acebo era una planta espinosa, de bayas rojas, pero el muérdago… ¿No era esa la planta que las jóvenes damas solían colgar en los salones decorados con adornos navideños para robar besos? Un pensamiento de una clase diferente lo asaltó. ¿Cómo sería besar a Lillian Davenport?

Se reprendió la ocurrencia. Lillian mantenía una relación bastante cercana con Wilcox-Rice y él se marcharía de Inglaterra en menos de un mes.

Pero el pensamiento persistía, una tentadora conjetura que se apoyaba en el recuerdo de su mano en la suya y en la sensación de su pulso acelerado. Sospechaba que Lillian Davenport era una mujer cálida y receptiva debajo de su perfecta compostura, una mujer que se mostraría agradablemente sorprendida por las maravillas de la carne.

Pasándose una mano por el pelo, se levantó de golpe y esbozó una mueca de dolor. Tenía un buen bulto en la nuca. Cuatro hombres se le habían echado encima cuando volvió a sus aposentos tres noches atrás, y solo la preparación recibida en el ejército le había permitido defenderse de ellos hasta que llegó la policía.

Se arrepentía de haberse dejado convencer por Hawk de que dieran un paseo el otro día. El mismo paseo en el que se había encontrado cara a cara con Lillian y sus amigos. Maldijo para sus adentros. Había visto en sus ojos la censura que había experimentado en cada uno de sus otros encuentros, y… ¿quién podía culparla por ello?

La farsa que rodeaba su visita a Londres empezaba a pesarle. Le habría gustado decirle a Lillian que él no era ningún malvado, que había servido en el ejército y que poseía grandes extensiones de tierra en Virginia, ricas en madera. Pero no podía porque sabía que había otras cosas sobre él que ella no toleraría.

Aun así, por primera vez en mucho tiempo se sintió vivo y excitado, reemplazada la antigua indolencia de Richmond por un nuevo vigor.

Entró en el pequeño salón amarillo de la planta baja como una de aquellas brillantes panteras negras cuyas estatuas Lillian había visto en una tienda de antigüedades de Regent Street. Todo en él era inquieta energía y amenaza sin frenos. Pero también vio que cojeaba.

—¡Señorita Davenport!

Ese día tenía todavía más negro el ojo hinchado. El moratón había empeorado con el tiempo, pero él ni lo mencionó ni lo escondió. Llevaba su carta en la mano; desde donde estaba, Lillian podía reconocer su cuidada letra. Y su actitud denotaba una pregunta.

—Señor Clairmont.

El silencio se prolongó hasta que ella lo invitó a sentarse. La absurdidad de todo lo que había planeado, ahora que lo tenía allí, parecía gritarle a su conciencia.

¿Cómo empezar? ¿Cómo abordar semejante situación con un mínimo de pudor y de vergüenza?

—Muchas gracias por venir. Sé que debéis de estar muy ocupado…

—Las partidas de cartas suelen celebrarse por las noches —la interrumpió él, y ella creyó distinguir un fugaz brillo de diversión en sus aterciopelados ojos.

—Y vuestra pierna evidentemente os duele —se apresuró a comentar ella.

Ante eso, él se quedó sin habla.

Lillian desvió la mirada hacia la puerta. ¿Se arriesgaría a abordar el tema antes de que entrara la doncella o después? Relajándose, decidió dejarlo para después, razonando que en ese caso podría dejar a la doncella instrucciones de que los dejara solos por unos momentos para poder realizar… su experimento.

Dios, detestaba llamarlo así, pero no sabía qué otro nombre ponerle.

—Espero que Londres os esté tratando bien… —tan pronto como lo dijo, comprendió su error.

—Oh, solo unos cuantos golpes y magulladuras.

—¿Una caída?

La miró ceñudo, como sorprendido de que lo preguntara, y gruñó un «sí».

—Yo tuve un accidente el año pasado en Fairley, la sede de nuestra familia en Hertfordshire.

—¿De veras? —enarcó las cejas.

—Me caí del caballo cuando corría por el parque.

—Confío en que no os rompierais nada.

—¡Solo mi orgullo! El pueblo estaba en plena fiesta, y lo atravesé a la carrera.

—El orgullo es cosa frágil —recuperó su cadencia americana, y Lillian se ruborizó. Removiéndose en su asiento, detestó el calor que la invadió. La inquietaba que su carta le hubiera dicho demasiado. Sus ojos volaron al muérdago que secretamente había colgado del techo, triste recordatorio de un complot que se estaba desarrollando rápidamente.

De repente se le ocurrió una manera de formular su petición.

—Vos me hablasteis una vez de una mujer que os había leído la mano en Richmond —esperó a que él asintiera—. Os dijo que la vida era como un río que siempre nos lleva a donde nos tiene que llevar —alzó el tono y tuvo que hacer un esfuerzo por dominarse—. El caso es, señor Clairmont, que espero que el lugar donde tengáis que estar en este momento sea este, mi salón. Porque voy a haceros una pregunta que podría pareceros, si no creéis de alguna manera en el destino, extraña.

—Sé muy poco sobre las propiedades del acebo o del muérdago —la interrumpió—. Si es de eso de lo que queréis preguntarme.

—¿Perdón?

—Vuestra carta. Mencionasteis algo sobre plantas.

Inesperadamente Lillian empezó a sonreír y meneó la cabeza, obligándose a recuperar el buen humor.

—No, no es eso. He sabido por... otra gente que el estado de vuestras finanzas es algo precario y quería ofreceros una ayuda para aliviar el problema —supo que había cometido un error en cuanto él se levantó, sumergida de repente su anterior actitud cortés bajo una máscara de furia.

El pánico la impulsó a perder la prudencia.

—Quiero compraros un beso —se lo soltó con toda la delicadeza de una niña de diez años.

—¿Que vos...?

—Que quiero compraros un beso —le temblaban las manos mientras rebuscaba en su bolso, intentando sacar los billetes que había sacado del banco esa mañana.

Cuando finalmente lo consiguió, él soltó una maldición, y no precisamente en voz baja.

—Ssssh, podrían oíros.

—¿Quién podría oírme? ¿Vuestro padre? ¿Vuestro primo? Alguien ya me ha atacado esta semana y me disgustaría que volvieran a hacerlo.

—¿Alguien os atacó?

Había perdido el completo control de la conversación y ni siquiera sabía cómo recuperarlo.

Sí que lo sabía. ¡Con sinceridad!

Inspirando profundamente, empezó de nuevo.

—Soy una solterona, señor Clairmont. Una mujer

que solamente ha sido besada una vez, ayer mismo, por lord Wilcox-Rice. Y necesito saber si lo que sentí era… normal.

—¿Qué diantres sentisteis?

Se irguió cuan alta era. Un gesto poco intimidante, ya que incluso con zapatos no llegaba al uno sesenta.

—¡No sentí nada!

Las palabras reverberaron en el silencio, y la furia de Luc se evaporó al instante para ser sustituida por la diversión.

—Me doy cuenta de que a vos este asunto bien puede pareceros una broma, pero…

—No, no es eso, Lilly. No es eso.

Sintió su mano en su mejilla, suave como la caricia de una pluma. Un contacto que la hizo estremecerse y desear, un contacto que la impulsó a acercarse a aquello que ansiaba… para desvanecerse de golpe cuando escuchó un sonido procedente del corredor.

Luc Clairmont también se apartó, dirigiéndose hacia la ventana. Le había dado la espalda mientras se ajustaba el pantalón con una mano. ¿Quizá había vuelto a enfurecerse con ella? ¿Estaría tomando tal vez conciencia de la absoluta desconsideración hacia las convenciones que le imponía su petición?

Ella sonrió lánguidamente mientras la joven doncella entraba en la habitación y le entregaba la bandeja de té para que lo sirviera. Una pregunta bailaba en los ojos de la muchacha y Lillian comprendió que se le estaba acabando el tiempo. No era propio de una dama soltera permanecer encerrada en una habitación con un hombre durante tanto tiempo.

A sus veinticinco años alguna licencia podía permitirse, pero sabía que él tendría que marcharse muy pronto.

Consecuentemente, en cuando la puerta se hubo cerrado detrás de la doncella, se acercó a él.

—No quiero apresuraros, pero…

No la dejó terminar. El duro ardor de sus labios acometió su boca, obligándola a abrirla. Unas manos ásperas acunaron sus mejillas mientras su cuerpo se apretaba entero contra el suyo, exigiendo, necesitando.

Se sintió explotar por dentro: el acelerado pulso de su corazón, el creciente calor de su bajo vientre, el doloroso latido que sentía más abajo… Mientras se apretaba contra él, enterró los dedos en su pelo y los deslizó por su nuca, moviéndose como si no tuviera voluntad propia, con una completa falta de control.

Él no se mostraba tierno ni cuidadoso. Deslizaba los labios por su boca, por su mejilla y por la sensible piel de su cuello como si no pudiera dominarse…

¡Hasta que se detuvo!

Ella intentó seguir, acercando la boca a la de él, pero Luc le apretó la cabeza contra su pecho y la mantuvo allí, contra el acelerado ritmo de su corazón.

—Este no es el lugar, Lilly…

La realidad retornó de golpe, volvió a encontrarse en el salón amarillo, con el rumor de los sirvientes al otro lado de la puerta y el servicio de té sobre la mesa despidiendo una voluta de humo, a la espera de ser servido.

Se apartó. Un nueva sensación de peligro acechaba en la habitación, mucho más potente que la que la había acometido antes.

Antes se había preocupado del proceder de él, pero en ese momento lo que le preocupaba era el suyo, porque aquel beso había desencadenado algo en su interior, una irrefrenable libertad que no podía ser ya contenida.

Lucas Clairmont dejó la carta sobre la mesa y agarró su sombrero.

—Señorita Davenport —dijo, y abandonó la habitación.

«Dios mío», exclamó para sus adentros mientras atravesaba Pall Mall de camino a sus alojamientos. No debió haberla besado, no debió haberse dejado influenciar por su confesión de que no había «sentido nada» con Wilcox-Rice.

¿Y dónde lo dejaba eso a él? Con un anhelo satisfecho por una mujer que lo odiaría.

Debió haberse quedado. Debió al menos haber tenido la decencia de admitir que todo aquello había sido culpa suya antes de abandonar su casa.

Pero ella lo había dejado fascinado, atónito, con

su elegancia y su sinceridad, y con los arrugados billetes que le había ofrecido con mano vacilante.

¿Se le había pasado por la cabeza pagarle?

Un absoluta incredulidad se impuso a la irritación, y a su vez fue reemplazada por algo... más cercano al respeto.

Lillian era el modelo a imitar por todas las damas, la cúspide de conducta y comportamiento impecables, y pedirle lo que le había pedido no había podido resultarle nada fácil. Ella tenía cien veces más que perder que él, con su cercano viaje de regreso a Virginia y su pésima reputación.

¿Por qué, entonces, se lo había pedido? Debía de haber sopesado los peligros de lo que podría hacer él con semejante información, con las presiones de la sociedad machacando cualquier desviación de la norma.

¿Por qué se había arriesgado?

La respuesta era fácil. Lo había hecho porque estaba desesperada, desesperada por descubrir si lo que sentía por Wilcox-Rice era normal, que esperaba que no lo fuera.

Bueno, pensó, recuperado el primer destello de humor. ¡Al menos eso sí que lo había averiguado!

Lillian se dejó caer en la cama, tomando aire por primera vez desde que Lucas Clairmont abandonó la casa.

Se había enfurecido con ella. Agarraba todavía en

el puño los billetes que había intentado darle, como una cruda muestra de su intención y de su fracaso.

¡Doscientas libras! Y si las hubiera aceptado, habría merecido la pena hasta el último penique. Volviéndose, se quedó mirando al techo y revivió cada segundo de aquel beso, con sus dedos buscando los lugares de su cuerpo que él había tocado y bajando más…

¿Y si él no se hubiera detenido? ¿Y si no se hubiera refrenado como lo hizo? ¿Habría recuperado ella la cordura? La sinceridad la obligaba a admitir que no lo habría hecho. Una confesión que le costó mucho.

«Si no llevas cuidado, serás como tu madre, Lillian». La voz de su padre procedente del pasado, la advertencia que le hizo mientras agonizaba su madre, palabras pronunciadas en un arrebato de tristeza y melancolía. En aquel entonces no había tenido más que trece años y la moda femenina ya había empezado a atraerla, con sus oportunidades de experimento y de cambio. Parpadeó asombrada.

¿Habría alterado aquella advertencia a la persona en la que habría podido convertirse? ¿Estaría en ese momento revirtiendo aquel cambio?

Sacudió la cabeza y se quedó inmóvil, cerrando los ojos.

La llamada a la puerta la despertó y por un instante no fue consciente de dónde estaba, porque rara vez se quedaba dormida por la tarde.

Estaba en su dormitorio. Lucas Clairmont. El beso. La realidad surgió a la superficie, en medio de una oleada de miedo.

—Habéis recibido unas flores, señorita.

Una doncella apareció con un gran ramo de flores naranjas. Se quedó sin aliento.

—¿Hay tarjeta?

—Desde luego, señorita —la doncella separó el sobre del hilo que lo mantenía sujeto al ramo.

—Eso es todo, gracias —dijo Lillian, esperando a que se cerrara la puerta antes de extraer la tarjeta.

YO SENTÍ ALGO

Las palabras estaban escritas en mayúsculas, sin firma.

Sin pretenderlo, Lillian se puso a llorar. Con aquellas tres palabras, Luc Clairmont le había devuelto la única cosa que no había creído posible recuperar.

Su orgullo.

Apretando las flores contra su pecho, las lágrimas cayeron libremente sobre los fragantes pétalos naranja.

Siete

—El señor Clairmont, de América, estuvo hoy en el club como huésped de Hawkhurst —el tono de voz de su padre le decía que no estaba nada complacido—. Ese hombre es un bribón y un tahúr. Que continúe recibiendo invitaciones de conocidos nuestros es algo que me deja perplejo.

—Y sin embargo parecía un joven tan agradable cuando te pidió el baile, Lillian, en casa de los Cholmondely… Qué equívocas pueden llegar a ser las primeras impresiones —dijo su tía.

—¿Has bailado con ese americano? —el hosco ceño de su padre la hizo encogerse por dentro.

«He bailado con él. Me ha tocado. Me ha besado», pensó Lillian.

—Así es, padre. Me pidió un vals.

—¿Y no lo rechazaste? Seguro que pudiste darte cuenta de la clase de hombre que era.

—Los hombres como él saltan sobre quien menos se lo espera, Ernest. No tiene sentido reprender a Lillian, porque ella no tiene ninguna culpa.

¿Ninguna culpa?

El ramo de flores naranjas seguía todavía junto a su cama, bien atendido y regado. Pero a Luc no había vuelto a verlo, ni en el parque, ni en las fiestas. Ni en la calle en sus diarios paseos.

—Saint Auburn es muy amigo de Clairmont, ¿verdad?

Jean se encogió de hombros.

—Yo no lo conozco personalmente. Daniel probablemente te contará más sobre él.

Lillian miró a su tía, preguntándose si estaría al tanto del descarriado comportamiento de su hijo y decidiendo, por la sonrisa que ella le devolvió, que probablemente no sabía nada.

—Hago la pregunta —continuó su padre—, porque ayer te llegó una invitación, Lillian, para asistir a la fiesta que dan el conde y lady Saint Auburn en su residencia de Kent, y porque no quiero que asistas si el americano va a estar allí —probó su té mientras jugueteaba con los lentes que sostenía en su mano derecha.

—¿Cuándo se celebrará la fiesta, padre? —intentó mantener el tono más neutral posible.

—De viernes a domingo. Si estuvieras interesada, quizá Wilcox-Rice podría acompañarte.

—Ciertamente —mordió su tostada untada de miel.

—¿Estás diciendo que irás?

—Lady Saint Auburn es amiga mía. Me gustaría verla.

—¿Viajarías tú también, Jean? Lillian no puede presentarse sin carabina.

Su tía soltó un suspiro pero aceptó la responsabilidad, dando la impresión de que habría preferido negarse.

La casa era hermosa, una mansión georgiana con un portal de seis columnas y jardines bien cuidados. Llegaban tarde. Cuando penetraron en el sendero circular de la entrada, vio a toda una multitud de gente en el invernadero que quedaba a la izquierda de la casa. Tan lejos como estaba no pudo distinguir si Lucas Clairmont se encontraba entre ellos, pero John Wilcox-Rice, a su lado, no parecía muy contento.

—Cassandra es la hermana pequeña de la señora Weatherby, John, y yo le tengo mucho cariño.

—Entonces deberías haberla visto en la capital.

—Pero Kent está precioso en esta época del año. Eso al menos tendrás que reconocerlo, ¿no?

Jean se estiró de pronto, desperezándose cuando el carruaje aminoró la velocidad y se detuvo.

—Dios mío. ¿Ya hemos llegado? Las carreteras del sur son cada vez más rápidas. Quizá debería convencer a tu padre de que adquiriéramos una propiedad aquí en vez de Hertfordshire, Lillian, porque está mucho más cerca de Londres —miró el cielo por la ventanilla—. ¿Has visto qué horizonte tan claro, sin esa niebla amarillenta a la vista?

Varios criados se arremolinaron en torno al coche para hacerse cargo del equipaje del grupo. Los más jóvenes empezaron a cargar las maletas, siguiendo instrucciones.

Farley Manor, el solar familiar de los Davenport, asaltó la mente de Lillian mientras veía la precisión y el orden que acompañaba su llegada. El ama de llaves las recibió con una reverencia mientras el mayordomo atendía cualquier necesidad del pequeño grupo.

Wilcox-Rice en particular se mostraba bastante malhumorado, sin agradecer casi los esfuerzos de los sirvientes de Saint Auburn por complacerlos. Ni siquiera quería estar allí, masculló por lo bajo, y Lilly se preguntó por qué no había reparado antes en la naturaleza tan irritable que tenía.

Pero con la caricia del sol en la cara y la promesa de un fin de semana entero ante ella, se sintió henchida de esperanza. Había guardado una de sus flores naranjas dentro de un libro, en su bolso de viaje, para poder enseñársela a Lucas Clairmont. Sobre todo porque sabía que comprar aquellas flores fuera de temporada debía de haberle costado una fortuna que no poseía, y porque quería que supiera, al menos, que había apreciado el gesto.

—¡Lillian!

Se volvió para ver quién la había llamado. Casandra Saint Auburn se dirigía hacia ella, con su resplandeciente caballera roja y la dulzura de su rostro que Lillian tan bien recordaba.

—¡Has venido! Pensé que quizá no lo harías.

—Ciertamente este es un lugar encantador, y detestaría habérmelo perdido. Lady Saint Auburn, este es lord Wilcox-Rice. En mi invitación figuraba que podía traer a un acompañante.

—Sí, por supuesto —Cassie le estrechó la mano y Lillian detectó en ella una cierta inquietud—. Pero yo creía que iba a venir tu tía…

—Aquí estoy, querida. He tardado en bajar del coche, pero es que mis huesos ya no son lo que eran —Jean dio las gracias al criado que la había ayudado a bajar y se volvió hacia la casa—. Yo estuve aquí cuando tenía tu edad, con Leonard Saint Auburn.

—El abuelo de mi esposo. Sigue aquí, aunque ahora pasa la mayor parte del tiempo en la biblioteca.

—Un hombre muy leído, si no recuerdo mal. Muy interesado en el mundo de las plantas.

Cassandra se echó a reír y a Lillian le gustó el sonido. ¡Una muchacha feliz y sin complicaciones! A veces le habría gustado tener ese carácter.

—La mayor parte del grupo está en el invernadero —continuó la joven—. ¿Os reuniréis allí con nosotros una vez os hayáis instalado?

—Eso sería fantástico —respondió Lillian mientras eran invitados a entrar. El rápido latido de su corazón se tranquilizó un tanto mientras subía los escalones.

Veinte minutos después se dirigían hacia el grupo de invitados que se hallaban de pie alrededor de una mesa bien provista de comida y bebida.

Lucas Clairmont no estaba a la vista y Lillian experimentó un punto de irritación por no haber podido citarse allí con él de manera informal. El conde de Saint Auburn, Nathaniel, se acercó para reunirse con su esposa.

Lillian recordaba que antaño la había pretendido, en su primera temporada, aunque había pasado mucho tiempo desde entonces y dudaba de que se acordara.

—¡Señorita Davenport! —sonrió, invitador—. Y lord Wilcox-Rice.

Su tía había elegido no bajar, para estar bien descansada para la hora de la cena.

—Nos sentimos muy complacidos de que hayáis podido venir ambos —continuó él.

Hizo un extraño énfasis en la palabra «ambos» y Lillian advirtió que los Saint Auburn cruzaban una mirada. ¿Pensarían acaso que John y ella estaban juntos?

—Tenéis a muchos invitados aquí. ¿Esperáis

más? —pensó a toda velocidad. ¡Si Lucas Clairmont no iba a presentarse después de haberle transmitido la invitación, nunca se lo perdonaría!

—Algunos de nuestros vecinos vendrán esta noche a cenar y el señor Clairmont traerá a lady Shelby de Londres.

—¿Caroline Shelby? —la voz de John tenía el mismo timbre de apreciación que Lillian había oído en el tono de cada caballero que se había hecho eco de la aparición de la nueva belleza de Londres.

—No podía salir de la capital tan temprano, así que Nat le pidió a su amigo que se esperase para acompañarla.

Lillian sintió que le temblaban las mejillas, de los esfuerzos que tuvo que hacer para mantener su sonrisa.

Si Clairmont la había invitado allí para flirtear con ella delante de todo el mundo... de repente aquel fin de semana se le antojó insoportable y se preguntó cómo podría volver a Londres sin provocar especulaciones.

No. Reforzó su resolución. No se volvería con el rabo entre las piernas.

Llevaba ya cinco días andándose con pies de plomo en cada acto social solo en caso de que llegara a verlo, ensayando las palabras que le dirigiría para saludarlo con indiferencia.

Necesitaba darle las gracias por las flores y seguir adelante con su vida. Porque si la memoria no le fallaba, sabía que partiría para América al cabo de unas pocas semanas.

Luc esperaba mientras la muchacha se envolvía en su chal y caminaba afectadamente hacia el carruaje. La seguía su carabina, una mujer de unos cuarenta y tantos años. Dios, ¿saldrían ya de una vez? Miró su reloj pensando que Lillian Davenport debía de haber llegado ya a Kent.

¿La habría informado Nathaniel del motivo de su retraso?

Caroline Shelby apoyó su mano sobre la suya mientras subía la escalerilla del coche y la mantuvo allí hasta después que estuvo dentro. Soltándole los dedos, Luc pegó las manos a los costados, se sentó frente a las dos mujeres y se puso a mirar por la ventanilla.

—El viaje nos llevará una hora —dijo con el tono más inexpresivo posible.

Caroline soltó una risita.

—Dicen que los Saint Auburn tienen una casa preciosa.

—Ciertamente.

—Se dice también que se tarda un día entero a caballo en recorrer la propiedad de punta a punta.

—Es posible.

Pensó que recorrer su propiedad de Virginia de un extremo a otro le llevaría a él una semana entera.

De repente la echó de menos con una nostalgia que lo dejó sorprendido.

—Me encantaría hacerlo. ¿Vos montáis a caballo?

Luc asintió, esperando que no interpretara su afirmación como una invitación.

—Entonces debemos conseguir unas monturas y dar un paseo —repuso a ella, y él se deprimió al escuchar la frase.

—Tengo algunos asuntos que tratar con el conde… —empezó, pero ella lo interrumpió.

—Seguro que podréis conseguir una hora o dos si os lo pide una dama —cerró una mano sobre la suya y la carabina desvió la mirada.

—Ciertamente —repuso Luc mientras volvía a retirar la mano.

Cuarenta y ocho largos minutos más tarde, la residencia de los Saint Auburn apareció ante ellos y la carabina de lady Shelby pareció estimar que había llegado el momento de resaltar las gracias de su dama.

—Llevas el sombrero torcido, querida —dijo, y le enderezó con dedos hábiles el bonete que se le había ladeado cuando la dama se cayó contra Luc en uno de los numerosos baches de la carretera—. Y deberías cambiarte los guantes.

La vista de la casa mientras recorrían el sendero

circular lo reconfortó. Parecía como si buena parte de los invitados languidecieran todavía en el invernadero, disfrutando de los últimos rayos del sol. Distinguió fácilmente a Lillian, sencilla y elegante con un vestido blanco que favorecía su figura. Ella no lo había visto, pero estaba hablando con Cassandra y a su lado estaba… John Wilcox-Rice.

—Maldita sea —juró por lo bajo, contento por la oportunidad de bajar del carruaje y escapar de la compañía de la irritante lady Shelby y su severa carabina.

Nathaniel lo saludó primero.

—Wilcox-Rice está aquí —le advirtió.

—Ya lo he visto.

—¿Tendré que interponerme entre los dos?

—¿Pata mantener las paces, quieres decir?

—Se rumorea que ha pedido su mano. A juzgar por ese brillo que veo ahora mismo en tus ojos…

—Ten paciencia, Nat. Por mucho que quieras protegerme, de aquí a unas semanas tendrás que renunciar a ello.

—¿Tan seguro estás de que te subirás a ese barco? —una extraña sonrisa iluminó los ojos de su amigo.

—Por supuesto. Tengo reservado y pagado el pasaje. No hay nada que me retenga aquí.

—¿Ni nadie?

Luc se echó a reír de pronto, viendo a dónde quería llegar Nathaniel con aquella pregunta.

—Ya probé el matrimonio una vez —sus palabras sonaron sombrías y odió la tensión que despedían.

—Elizabeth era una mujer que habría empujado a cualquier hombre a la bebida. Solo Dios sabe por qué sigues llevando su maldito anillo.

Luc experimentó una singular punzada de la furia que lo consumía.

—Lo llevo porque me recuerda a ella.

—¿Qué es lo que te recuerda de ella?

—La necesidad de no cometer nunca el mismo error dos veces —recogió de la mesa un vaso de ponche de frutas y se alejó.

Lillian se volvió en el momento en que Lucas apuraba un gran vaso de ponche, de un solo trago, para en seguida servirse otro.

Parecía furioso y ella no podía reconciliar a aquel hombre con el que le había enviado las flores y guardado silencio sobre un escándalo que fácilmente podría arruinarla. El moratón del ojo casi había desaparecido y el terciopelo de su peligrosa mirada la llenaba de dudas y vacilaciones. Caroline Shelby parecía dedicada a seguirlo y, viéndola, Lillian podía entender que la hubieran calificado como la joven más bella de aquella Temporada. A su lado, Wilcox-Rice la tomó del brazo en un singular y posesivo gesto, y vio que Clairmont reparaba en el movimiento.

Atrapada entre las convenciones sociales y las expectativas de los demás, no podía hacer otra cosa que sonreír. El ensayado discurso de agradecimiento que deseaba soltarle permanecía enterrado bajo el peso de un cuidadoso autocontrol.

—Señorita Davenport —cuando ella le dio la mano, él se la estrechó brevemente. El calor de su piel la sobresaltó por el reconocimiento de su contacto.

—Señor Clairmont. Me alegro de volver a verlo.

Él rompió el contacto casi de inmediato.

—¿Os conocéis? —Cassandra estaba asombrada.

—Un poco —dijo ella.

—No muy bien —dijo él.

La risa de Cassandra llamó la atención de Caroline Shelby, que se incorporó al pequeño círculo.

—¡Qué reunión tan encantadora! Debí haber salido antes de Londres. Si no hubiera sido por vos, señor Clairmont, ni siquiera estaría aquí ahora. Espero que no me haya perdido demasiado, porque todos parecen estar de un humor muy festivo.

—Estoy segura de que habéis llegado a tiempo, lady Shelby —repuso Lillian.

—Señorita Davenport. Qué maravilla que estéis aquí. Hace largo tiempo que admiro vuestro estilo y vuestra elegancia, y este vestido... —señaló el vestido blanco de moiré—, vaya, es precioso.

—Gracias.

—Mi amiga Eloise dice que os mandáis hacer la ropa en Inglaterra, pero yo dudo que eso sea cierto, ya que el corte y la tela son demasiado maravillosos, y yo le dije a mi madre el otro día que deberíamos preguntaros el nombre de vuestra costurera para usarla nosotras también porque..

Lillian se preguntó si aquella incesante manera de parlotear se debería a los nervios o si sería así de frívola. Cometió el error de mirar a Lucas Clairmont y casi se rio al ver la cómica expresión de perplejidad de su rostro. Y todavía le quedaba una hora entera de viaje con ella para cuando volvieran a Londres. No le extrañaba que lo hubiera visto casi saltar del carruaje cuando se hubo detenido.

—¿Os gustan las flores, señorita Davenport? —la pregunta de Caroline interrumpió sus reflexiones.

—Ciertamente.

—¿No es precioso este jardín? Todo en tonos de blanco, también. Supongo que con vuestro gusto por los tonos pastel, preferiréis esa misma paleta de colores en las flores.

Lillian sonrió. Esa era una oportunidad que podía aprovechar, y fácilmente.

—Últimamente he descubierto una creciente preferencia por el naranja.

Reparó en la expresión de asombro de Lucas Clairmont, pero con John a su lado, no hizo mayor comentario.

—¿El naranja? —la muchacha casi gritó la palabra—. Oh, no, señorita Davenport. Seguro que estaréis bromeando.

Cuando Cassandra Saint Auburn sugirió a los invitados que se retiraran para vestirse para la cena, Lillian no pudo hacer otra cosa que recogerse las faldas y seguirlos, advirtiendo con disgusto que Lucas Clairmont no se sumaba al grupo.

Ocho

Luc eligió un potro de las cuadras de Saint Auburn y cabalgó hasta Maygate, una aldea situada a unos buenos quince kilómetros de allí. Estaba cansado y, aprovechando los últimos rayos del sol y la salida de la luna para orientarse, galopó hacia el Oeste.

La cena no tendría lugar hasta el cabo de algunas horas y necesitaba desentumecerse y sentir el viento en la cara, experimentar la sensación de libertad.

¡Cómo les gustaban a los ingleses sus largos y complicados tés de las tardes, algo que en Virginia habría sido considerado como una extravagancia!

Virginia y la verde extensión de tierra que se extendía desde el río James al Potomac. ¡Su tierra! Talada a costa de sangre, sudor, lágrimas y duro trabajo. Había sido con los beneficios de la madera de sus primeras hectáreas con lo que había conseguido comprar el resto.

¡Una lenta y trabajosa adquisición!

Se pasó el pulgar por la cicatriz del muslo, palpando las sinuosidades de la grave herida. Un accidente ocurrido cuando el banco de Washington estaba a punto de ejecutar su hipoteca y él no había tenido medios para contratar el transporte de la madera. La había estado transportando él solo en una carreta a lo largo del James, cuando su caballo se encabritó y él se hirió con la aguzada punta de un tronco recién cortado. La herida se le había infectado gravemente, pero aun así había conseguido llegar a Hopewell y al molino que le compró finalmente la carga, escapando así a la avaricia del banco por unos pocos meses más.

Días duros. Solitarios.

No tan solitarios, sin embargo, como cuando llegó Elizabeth, con sus necesidades, sus deseos y su tristeza.

No, no pensaría en nada de eso, no allí, en la dulce campiña de Kent.

«Últimamente he descubierto una creciente preferencia por el naranja». Las palabras le asaltaron de repente, surgiendo de la nada. ¿Se habría referido a las flores que él le había regalado? Meneó la cabeza. Mejor era para Lillian Davenport que se casara con Wilcox-Rice antes que con él.

Se detuvo en un lugar desde el que se divisaba un arroyo. Las sombras de la noche se alargaban mientras se pasaba una mano por el pelo. Semejantes sueños no eran para él. Había sido un estúpido solo de imaginar que podrían serlo. Debería regresar aquella misma noche a Londres, dejando a Lilly con sus labios carnosos y su tentador cuerpo a merced de su imaginación, pero no podía hacerlo. De hecho, ya estaba volviendo su montura para regresar a la finca.

Lillian se sentía de nuevo como si fuera una niña: cuando un vestido no le quedaba bien, resultaba que no le gustaba. Se alegró de contar con la ayuda de la doncella de la señora de la casa, y también de que su tía Jean siguiera acostada. Su dolor de cabeza había derivado en resfriado.

Cuando finalmente encontró un vestido que la convencía, fue a asomarse a la ventana. Los últimos resplandores del sol habían desaparecido, la luna se alzaba rápidamente hacia el Este y las sombras empezaban a envolver los jardines de Saint Auburn. Estaba a punto de volverse cuando un jinete solitario llamó su atención, cabalgando a galope tendido. Ningún jinete de domingo cabalgaba así, con aquel galope tan furioso.

Lucas Clairmont. Sabía que era él, con sus fuertes muslos apretados en torno a su montura y las riendas apenas sujetas mientras el animal, con la cabeza alta, atronaba con sus cascos el sendero de grava de la entrada.

Iluminado por la luz de la luna, con su melena larga casi hasta los hombros y sin chaqueta, parecía la encarnación de un dios griego. Se preguntó cómo sería yacer con un hombre así, sentirlo cerca...

Consternada, se volvió. Las damas no abrigaban tales fantasías y había sido advertida muchas veces sobre la clase de hombre que era. Y, sin embargo, un ligero flirteo con él sería algo inofensivo, y quizá, si tenía suerte, hasta podría robarle un beso clandestino. Pero no iría más allá. Traspasar la línea que separaba la coquetería del más descuidado abandono sería como echar por tierra todo aquello por lo que tanto se había esforzado durante toda su vida. Acercándose al espejo, intentó mirarse objetivamente y contempló los ojos llenos de expectación y la sonrisa que parecía acechar en su fondo, esperando...

¡Esperándolo a él!!

Colocándose la camisola para exhibir un poco más de piel de lo habitual, sonrió, todavía con actitud decente, pero bordeando algo que no lo era. Aquella perversidad que se había infiltrado en su refinada formalidad se estaba liberando de alguna forma, una parte de su personalidad que hasta el momento había permanecido dormida, sin revelarse.

—Oh, Dios mío, por favor, ayúdame —pronunció en el silencio de la habitación, preguntándose exactamente por lo que estaba pidiendo. ¿La absolución de su pecado o la fortaleza necesaria para preservar su virtud, como lo había hecho siempre? Meneando la cabeza, buscó las palabras que pudieran cancelar tan egoísta oración y descubrió que no podía. Después de todo, había una impunidad implícita en pedir ayuda celestial e invocar la providencia. Esa noche iba a necesitar las dos.

Mientras se dirigía al comedor de la mano del conde de Saint Auburn, Lillian se quedó sorprendida cuando Clairmont fue a ocupar uno de los asientos contiguos al suyo. El rango y el estatus eran norma obligada tras el paseo formal y, con mayor asombro, descubrió que a John le era asignado un lugar al otro extremo de la mesa, cosa que pareció desagradarle profundamente. Cassandra Saint Auburn alzó su copa hacia ella en ese momento y Lillian se preguntó por el extraño brillo que asomaba en su mirada. ¿Acaso lo había planeado todo? ¿Se escondería algún tipo de estrategia colectiva detrás del motivo de su invitación? Bien, pensó. La habitual preocupación que sentía ante la disposición de los lugares de mesa había desaparecido por completo y, en ese momento, la carencia de cualquier remordimiento al respecto resultaba en todo caso refrescante.

En las cenas que solía dar en su casa, la disposición de los asientos era lo que más detestaba, por temor a ofender a alguna que otra personalidad de superior estatus.

Decidida a no pensar más en ello, lanzó una rápida mirada al americano. Esa noche llevaba el pelo peinado hacia atrás, todavía húmedo después del rápido baño que habría tomado tras el ejercicio físico.

—Os vi regresar de vuestra cabalgada —habló porque encontraba enervante el silencio que se prolongaba entre ellos.

—Después del viaje en coche, necesitaba animarme un poco —una estridente carcajada de Caroline Shelby, sentada dos sillas más allá, interrumpió sus palabras—. ¿Necesito decir más? —sonrió al ver que parecía sorprendida—. Debe de ser difícil ser siempre tan virtuosa, señorita Davenport.

—Yo no lo soy, señor Clairmont —el beso que habían compartido parecía temblar entre ellos, como un grito silencioso—. Vos deberíais saberlo mejor que nadie.

—Vuestro pequeño experimento de... determinar el grado de emoción de un beso difícilmente entraría en la categoría de pecados de una «mujer caída». No, atribuidlo más bien a una saludable búsqueda de conocimiento.

Con su actitud de indiferencia ante su desliz, se estaba mostrando mucho más generoso de lo necesario, y Lillian se sintió invadida por una gran oleada de alivio. Con manos temblorosas, bebió un pequeño sorbo de vino y entrelazó los dedos con fuerza.

—Os agradezco la benevolencia de vuestro juicio, pero mis actos del otro día no se correspondían en absoluto con lo que habitualmente espero de mí misma.

—Como dudoso consuelo, puedo deciros que la

sabiduría de la edad atenúa una condena tan severa. Cuando tengáis mi edad, os daréis cuenta de la sensación de libertad que produce hacer en cada momento lo que uno desea.

—¿Como pelearse con mi primo en casa de los Lennington?

—O enviar flores a una hermosa mujer.

Se quedó callada; su última respuesta había borrado su sentimiento de culpabilidad. «Una hermosa mujer». ¿Era eso lo que pensaba de ella?

—¿Qué edad tenéis, señor Clairmont? —se odió a sí misma por formular la pregunta teniendo en cuenta todo lo que había pasado entre ellos.

—Treinta y tres, aunque soy más sensato de lo que dice mi edad.

—¿Alguien en esta sala podría llamaros jugador?

—Es lo que soy.

—¿Y tramposo?

—Eso es lo que no soy.

—Circulan incluso rumores de que es posible que hayáis matado a gente.

—¿Más de uno? —enarcó las cejas como parodiando a un actor en el escenario, aunque al ver cómo se retraía, se echó a reír—. «Un hombre puede sonreír una y otra vez y ser un villano», citó, con una nueva malicia ahuyentando su sentimiento de culpa.

—Sois un verdadero enigma, señor Clairmont. Justo cuando creo entender vuestro carácter, me sorprendéis.

—¿Con mi conocimiento de Shakespeare?

Ella meneó la cabeza.

—¡Con vuestro misterio!

—He tenido años de práctica.

—¿Y años de engaño?

Nuevamente él se echó a reír, aunque esa vez el sonido sonó menos fingido.

—Los espejos y el humo no son del dominio exclusivo de los escenarios de teatro, Lilly.

—Señorita Davenport —lo corrigió ella—. ¿Me estáis diciendo entonces que lo que yo veo no es lo que sois?

Él alzó su copa a la luz.

—¿No tiene todo el mundo un lado oculto?

Las conversaciones a su alrededor parecieron disolverse en la nada y de repente fue como si estuvieran solos, solamente ella y él. El reconocimiento del deseo casi logró marearla. Aferrándose a su silla, volvió la cabeza. La habitación daba vueltas de una manera extraña y el corazón le latía demasiado rápido.

La complació ver que le colocaban delante una sopa de faisán, lo cual le proporcionó la oportunidad de fingir concentrarse en algo que no fuera Luc Clairmont. El rodaballo con langosta y salsa holandesa que siguió estaba delicioso.

Lady Hammond, una mujer mayor y de fuerte aspecto que estaba sentada frente a ella, les amenizó la comida con una disertación sobre los méritos de la caza en el condado de Somerset. Para cuando llegó el tercer plato, dorados chorlitos y pato silvestre, el tema de conversación había derivado hacia la riqueza y las ventajas comerciales que ofrecían las colonias.

—¿Qué pensáis vos, señor Clairmont? —le preguntó uno de los invitados de mayor edad—. ¿Cómo veis las oportunidades de negocio en la zona de Baltimore y de la bahía Chesapeake?

—Los hombres con poco dinero y menos escrúpulos pueden desenvolverse muy bien allí. Las tierras de mi tío, por ejemplo, fueron compradas a precio de ganga y vueltas a vender por una fortuna,

—¿Por compatriotas suyos?

—No, por un inglés. Las nuevas industrias son rentables y la competencia abundante.

La frase provocó una corriente de interés en la mesa y John Wilcox-Rice se apresuró a soltar la suya:

—Parece que la fibra de vuestra sociedad está amenazada por una nueva generación de jóvenes sin moral.

El conde de Marling lo secundó.

—La integridad y el honor proceden del nacimiento y las grandes familias son cada vez menos numerosas frente a los hombres que solo tienen dinero y nada más que dinero.

Bajando la mirada a la mano derecha de Luc Clairmont, vio que tenía los nudillos casi blancos mientras se aferraba a su silla. No era tan indiferente como su expresión parecía mostrar.

Estaba distraída mirándolo cuando un estrépito a su espalda la hizo volverse. Lord Paget estaba bebido y su esposa intentaba que se sentara de nuevo en su silla, con el contenido de una copa rota empapando el mantel y salpicando también el regazo de John Wilcox-Rice.

John empujó su silla hacia atrás y se apresuró a limpiarse. Paget, en su estupor, se inclinó para ayudarlo, tocando partes que Wilcox-Rice se sintió más que avergonzado de que tocara. El forcejeo que siguió acabó con parte del mantel arrancado de la mesa, arrasando a la vez con la comida y el vino.

Luc Clairmont se levantó en ese momento y Paget se lanzó hacia Wilcox-Rice.

—Basta —dijo sin más, haciendo retroceder al ofensor y bloqueando el torpe puñetazo que le lanzó—. Estáis bebido. Si os retiráis en este momento con vuestra esposa, el daño hecho será despreciable cuando os despertéis por la mañana.

La esposa de Paget parecía furiosa, tanto con el lamentable comportamiento de su marido como con la intromisión de Luc Clairmont, pero fue él quien tomó represalias.

—Quizá deberíais poner vuestra casa en orden, Clairmont, antes de lanzar calumnias sobre la nuestra. Al fin y al cabo, fuisteis expulsado de Eton y son muchos los que dicen que seguís sin aprender la lección.

—¿Lo dirían ahora? —su tono era frío y amenazador.

—Déjalo, querido. No vale la pena. Si Saint Auburn desea convertirse en el hazmerreír de todos insistiendo en que este americano es un caballero, entonces no hay nada que hacer —lady Paget parecía estar apoyando la estupidez de su marido, sin demostrar el menor agradecimiento por la ayuda que había recibido del hombre al que estaba insultando.

La furia se apoderó de Lillian.

—Yo diría, lady Paget, que vuestras maneras son mucho menos correctas que las de la persona a la que estáis intentando escarnecer. Desde donde yo estoy sentada, me parece que el señor Clairmont solo estaba intentando asegurarse de que la flagrante falta de etiqueta de lord Paget no perjudicara a ninguna de las otras damas presentes. Yo al menos me alegro de su intervención, dado que el comportamiento de vuestro marido ha resultado tan aterrador como innecesario.

Y con expresión altiva barrió la mesa con la mirada, alegrándose cuando los otros comensales asintieron como para apoyar su afirmación. A veces su posición como reina de las buenas maneras era una corona tan persuasiva como fácil de llevar. Sintió que ola de furia se retiraba de Luc Clairmont para cerrarse en torno a los Paget, mientras la esposa se recogía sus pesadas faldas y seguía al esposo, con los presentes escuchando su irritada discusión.

Lillian no miró a Lucas Clairmont ni discutió su silencio. No, ella era una mujer que sabía que si dejaba que la gente pensara demasiado sobre un problema, invariablemente acababa creando uno mayor. En consecuencia, se tragó su ira y abordó un tópico que sabía que seguramente interesaría a las damas presentes.

Sentado junto a ella, Luc odiaba la cólera que le habían despertado los estúpidos comentarios de los Paget. Inglaterra era el único lugar del mundo, en su opinión, en el que los actos del pasado nunca eran olvidados ni perdonados, y donde los antiguos descarríos podían infiltrarse en una conversación incluso veinte años después.

Por el momento, sin embargo, Lilly seguía hablando de manera incesante sobre los vestidos que había visto en París el pasado verano, y si él no hubiera estado tan furioso, habría admirado su capacidad de recordar hasta el detalle una cosa tan insustancial.

Cosa que sí que estaban haciendo las mujeres presentes. Cada de una de ellas parecía beber cada palabra suya mientras los criados recogían los pedazos de porcelana y cristal, reemplazando las piezas rotas como si no hubiera sucedido contratiempo alguno. Cuando llegaron los postres de cerezas en conserva, higos y helados de jengibre, Luc advirtió que todo el mundo se servía una generosa porción.

Un delicioso calor empezó a extenderse por su ser. Lillian Davenport había dado la cara por él delante de todos, había acudido en su ayuda como un ángel vengador, persuadiendo fácilmente a todo el mundo, con su buen sentido y elegante comportamiento, de la lamentable actitud que habían exhibido los Paget.

Ciertamente su intervención había sido letal, un rayo de educación y buenas maneras con la justa dosis de indignación y refinamiento.

Nadie podía criticarla ni censurar su decoro, y era a la luz de esa reflexión cuando el beso que le había ofrecido resultaba todavía más extraordinario. ¿Acaso no se daba cuenta de la facilidad con que podía perderse a sí misma? ¿Del riesgo que corría de sufrir algún percance o de caer en desgracia como alta y digna persona que era?

Se preocupaba por ella, por su bondad y su vulnerabilidad, y por el gran esfuerzo que debía hacer por permanecer en la cumbre.

Aquel fin de semana había sido idea suya, una respuesta a su propia necesidad de verla a solas por encima de cualquier consideración sobre bienestar. Y Lillian había recompensado su egoísmo con dignidad y confianza.

El respeto había competido con el deseo y había

vencido. Así que se prometió a sí mismo que no haría ninguna otra cosa que pudiera perjudicar su reputación.

No había vuelto a acercarse a ella desde que se retiraron los Paget. El té en el salón principal había sido un acto formal y tranquilo, con Lucas Clairmont sentado en el sofá al otro extremo de donde se hallaba.

Indudablemente, después del escándalo, Lillian había esperado que él se mostrara al menos un punto agradecido. Pero Luc no había hecho ningún esfuerzo por conversar con ella, ni siquiera por mirarla, y en lugar de eso había concentrado su atención en Caroline Shelby y en su aturdida acompañante.

A su lado, Nathaniel Saint Auburn se volvió hacia ella para comentarle:

—Entiendo que ya conocíais al señor Clairmont. Es un viejo amigo mío de Eton —añadió al ver su expresión de sorpresa.

—No sabía que había vivido en Inglaterra —la imagen de un Lucas Clairmont mucho más joven la intrigaba—. Parece tan... americano.

Nathaniel rio por lo bajo, pero había algo en su actitud que la intrigó. Decidió insistir.

—¿Lo habéis visitado vos en Virginia?

—Así es.

—¿Y disfrutasteis de vuestra visita?

—¡Por supuesto!

Lillian apretó los dientes, deseando que sus respuestas fueran más largas para así poder conocer mejor la personalidad del hombre que estaba sentado al otro extremo de la habitación.

—El señor Clairmont me contó que su residencia estaba cerca de un río. El río James, creo que me dijo. ¿Tiene familia allí? —esperaba que el interés que ella misma podía escuchar en sus palabras no resultara tan obvio.

—Su esposa era de aquellas tierras, pero falleció en un accidente de carruaje. Un asunto horrible, porque Luc se culpó a sí mismo, como caballero sensible que es.

Lillian suspiró de alivio al saber la inocencia de Luc Clairmont en el deceso de su esposa. Después de todas las conjeturas que corrían por la sociedad, le agradó descubrir que la muerte de su mujer había obedecido a un accidente, aunque tenía la extraña sensación de que Saint Auburn había escogido cuidadosamente sus palabras. ¿A manera de advertencia o de explicación? Lo ignoraba.

—¿Así que lo juzgáis un hombre sensible?

—Por supuesto que sí, aunque puedo ver por vuestro ceño que vos tal vez no.

—He oído cosas...

No la dejó terminar.

—Dadle una oportunidad —le dijo en voz baja, y ella casi dudó haberlo oído antes de que él se volviera.

¡Darle una oportunidad! ¿Una oportunidad de qué? Volvió a sentir el calor de su brazo contra el suyo, pese a que no se habían tocado en la mesa de la cena. Si ella se le hubiera acercado, habría podido sentirlo de verdad, pero no habría sido lo suficientemente valiente como para intentarlo. No allí, no en aquel preciso momento, no con la discreta expresión interrogante que había visto en tantos ojos.

Rara vez acudía a aquellos fines de semana en el campo y solo en ese momento recordó por qué no le gustaba. Estaría atrapada allí hasta el día siguiente. Eran dudosas las posibilidades que tenía de escapar, cargando como tenía que cargar con su tía.

Sentado junto a ella, John interrumpió sus reflexiones para expresarle su desagrado.

—Seguro que te darás cuenta, Lillian, de lo perjudicial de la clase de escándalo que has dado en la cena. Mucho más inteligente habría sido no entrometerse en aquella discusión y haberlos dejado en paz.

—¿Aun considerando injusta aquella crítica? —aquella noche sus escrúpulos sociales le estaban resultando cada vez más irritantes, con cada consejo que le daba.

—Eres una dama cultivada y de buena cuna. No es decoroso que defiendas a un hombre que no lo es.

—Lo que dijo Paget estuvo completamente fuera de lugar.

—Pero a él no le expulsaron de Eton por robo.

—¿Robo? —la palabra la tomó por sorpresa.

—El joven Clairmont robó un reloj del despacho del director y lo escondió entre sus mantas. Cuando se lo encontraron, admitió que era el ladrón y fue expulsado.

Lillian cerró los puños. ¿Por qué nada de lo que se refería a Lucas Clairmont era nunca fácil? ¿Por qué no podía encontrar algo noble o virtuoso en su persona, en lugar de verse acosada por su incesante falta de fibra moral?

¿Y por qué un joven alumno de Eton habría de robar un reloj? ¿Por dinero? No podía imaginarse el motivo, como tampoco el riesgo que había corrido. ¿Por qué no lo había escondido en un lugar donde a nadie se le hubiera ocurrido mirar? Inspiró profundamente. No. No debía disculparlo y ponerse de su lado. ¡Del lado de un ladrón!

Se alegró de que los invitados de mayor edad empezaran a marcharse para así poder seguirlos. John la acompañó hasta su habitación.

—Ha sido un placer estar en tu compañía, Lillian —le dijo él cuando ella estaba abriendo la puerta, y tuvo la inequívoca sensación de que se disponía a besarla.

Para evitarlo fingió estornudar tres veces, llevándose el pañuelo a la boca.

—Dios mío, ¿habré agarrado el resfriado de mi tía?

—¿Quieres que llame al ama de llaves y le pida alguna medicina? —la amorosa expresión de sus ojos quedó completamente empañada por la preocupación.

—No, por favor, no te molestes. Si me acuesto temprano... —se interrumpió para estornudar de nuevo y él se apartó.

—Bueno, supongo que entonces solo me queda desearte las buenas noches —pronunció las palabras con tono incómodo y decepcionado.

—Gracias por acompañarme.

—Ha sido un placer.

Lillian entró y cerró la puerta. Se quedó donde estaba y volvió a guardarse el pañuelo en el bolsillo. ¡Todavía le quedaba otra noche que pasar allí! Al día siguiente se aseguraría de juntarse con las demás damas para no dar pie a los deseos de John de verla a solas.

Nueve

Una excursión a caballo parecía constituir el entretenimiento perfecto para la tarde siguiente. Como buena amazona que era, Lillian ardía en deseos de galopar libre por la campiña inglesa, aunque el cielo estaba encapotado de nubes negras hacia el Este.

Lucas Clairmont se hallaba otra vez lejos; se había llevado un mano al sombrero cuando pasó a su lado, de camino a su caballo, pero no se había detenido a conversar con ella ni se había ofrecido a ayudarla a montar. John, por el contrario, se deshizo en atenciones y a Lillian se le encogió el corazón. Lucas Clairmont regresaría a América para finales de diciembre y no volvería al menos hasta un largo año después, si acaso lo hacía. A ella se le estaba escapando el tiempo: el mes de diciembre estaba casi encima y las exigencias de su padre de que se comprometiera para Navidad la inquietaban cada vez más.

Cerrándose su capa y subiéndose el cuello, espoleó su montura. Una yegua alazana, ni demasiado fina ni demasiado tosca, y también dócil, por lo que podía ver. Un animal muy parecido al hombre que cabalgaba a su lado, pendiente de cada uno de sus caprichos.

Caroline Shelby cabalgaba entre Saint Auburn y Luc, con su risa cantarina que el viento arrastraba hasta la cola del grupo. Completaban la partida tres parejas más, resultando llamativa la ausencia de los Paget; Lillian imaginaba que habrían hecho las maletas y se habrían marchado. Suspiró, esperando que su padre no se encontrara con aquel hombre odioso en el club y tuviera que escuchar su versión sobre la defensa que había hecho ella del señor Clairmont. Lillian rara vez se enemistaba con nadie y eso la preocupaba.

—Lady Saint Auburn no se ha reunido con nosotros esta mañana.

El tono de John reflejaba perplejidad.

—Quizá se incorpore más tarde —aventuró Lillian, aunque ella también se había quedado sorprendida por la ausencia de Cassandra. De hecho, cuando pensaba sobre ello, la sorprendía también la cercanía entre el matrimonio Saint Auburn y Luc Clairmont. Nathaniel le había dicho que lo había visitado en Virginia. ¿Habría ido también Casandra? Esa noche se aseguraría de preguntarle a Cassie por los detalles de aquella visita, así como por la extensión de las tierras de Lucas Clairmont.

Ojalá fuera... ¿Qué? ¿Rico? ¿Bien situado? ¿Conectado con la gente adecuada? Sus reflexiones sugerían una frivolidad que habría aborrecido en otros. Y sin embargo no podía interesarse por un hombre cuya presencia despertaba una condena tan dura en aquellos que lo rodeaban.

Después de todo, los códigos y restricciones que se aplicaban a la vida social de todos los días respondían a una razón, y la protección que proporcionaban resultaba reconfortante. Incluso el carácter excesivamente convencional de John la consolaba en cierta manera, porque al menos ella podía controlarlo.

Lucas Clairmont, en cambio, sería salvaje e ingobernable. Él no retrocedería ante un par de falsos estornudos como John había hecho la noche anterior, ni se dejaría distraer por cualquier frase suya. No se dejaría engatusar, ni dominar ni controlar. Recordaba bien sus besos y su propia descontrolada reacción.

No. No. No.

La seguridad descansaba en el correcto comportamiento, al igual que la ruina acechaba en los estrechos márgenes de error, y ella haría muy bien en recordarlo. Suspirando, alzó la mirada al cielo y decidió que el embelesamiento de Lucas con la heredera Shelby era probablemente lo mejor que podía haber ocurrido. Aunque era otra la sensación que persistía bajo aquel sentido de la decencia: una que hacía que le entraran ganas de sacarle los ojos a lady Shelby. Oh, era una mujer hermosa, no cabía duda sobre eso. Pero también era demasiado descarada, una muchacha que veía a su presa y se lanzaba a por ella, y en ese momento su presa era decididamente Lucas Clairmont.

Resonó un trueno cuando estaban bordeando un arroyo casi en el linde de la propiedad de Saint Auburn, y todo el mundo refrenó sus monturas. Todo el mundo excepto Caroline Shelby, cuyo caballo echó a correr hacia un bosquecillo situado varias decenas de metros más adelante, desbocado. Esa vez sus gritos sonaron verdaderamente alarmantes; su timbre de terror hizo que la propia Lillian espoleara su yegua para salir en su persecución.

Pero Luc Clairmont no tardó en adelantarla, con su semental galopando por delante de su yegua, más pequeña.

—¡Mantened la cabeza baja —le gritó a la aterrada joven— y tirad fuerte de las riendas!

Caroline Shelby, sin embargo, parecía haberse quedado paralizada. Se tambaleaba como si estuviera a punto de desmayarse. Unos metros más y caería al suelo, con el riesgo de que la arrastrara su montura si el estribo se le enredaba en la bota.

—¡Sacad los pies de los estribos! —le estaba gritando Luc.

—No... pu… puedo —al menos lo había oído, aunque se había tendido sobre el caballo en una postura que sugería un terror puro, paralizante.

Lucas había llegado ya a su altura, estirándose

hacia ella desde su caballo en una posición que disparó el pulso de Lillian. Si llegaba a caer al suelo, lo pisotearían los cascos de ambas monturas.

Le gritó que llevara cuidado. Vio que se mantenía en la silla a fuerza de puro músculo, tan desplazado estaba su centro de gravedad mientras intentaba apoderarse sin éxito de las riendas del caballo de lady Shelby.

Sacando las botas de los estribos cuando casi había alcanzado el bosquecillo, Luc saltó de un caballo al otro y se hizo por fin con las riendas, para tirar con fuerza del bocado.

Las verdes ramas de los primeros robles le azotaron el rostro mientras se detenía. Para entonces Caroline Shelby lloraba a voz en grito mientras al tiempo se abrazaba a su cuello, febril, como si no quisiera volver a soltarse nunca.

Lillian detuvo su caballo un segundo o dos después y desmontó.

—¿Estáis herida, lady Shelby? —preguntó angustiada, y se encontró con la dorada mirada de Luc Clairmont.

—No tanto como yo —murmuró y se soltó de los brazos de la mujer, para saltar del caballo.

Sonrió mientras se llevaba una mano a la mejilla ensangrentada, pero tras el terror de los últimos momentos, Lillian se enfureció. A punto estuvo de alzar su fusta y golpearlo con ella.

—¡Pudisteis haberos matado! —no hizo ningún intento de sofocar su grito—. ¡Pudisteis haberos caído, haberos abierto la cabeza contra el suelo o perecer pisoteado por los caballos!

Los azules ojos de Caroline Shelby, del color de la flor del maíz, estaban en ese instante clavados en ella, acallados ya sus aterrados sollozos. «Curioso», pensó Lillian. Se había puesto exactamente a su altura con aquel estallido de palabras. Apretó los labios y volvió, golpeando con su fusta la rama de un árbol.

Estaba temblando. Lo sintió primero en sus manos y luego en el estómago mientras daba otro paso en dirección a su yegua, repentinamente presa de una sensación de mareo, de un terror que resultaba abrumador. Hasta que el suelo cedió de pronto bajo la oscuridad y no pudo evitar caerse al suelo.

Luc la sujetó al ver que se tambaleaba, alzándola como si fuera una pluma, suelta la melena rubia cuando se le cayó el sombrero. Su cabello se derramó como plata líquida cuando la depositó suavemente en el suelo.

—Lilly. Lilly —le dio unos golpecitos en la mejilla y se vio recompensado cuando ella abrió los ojos antes de intentar sentarse.

—Quédate quieta. Te has desmayado.

—Yo... nunca... me desmayo —replicó, aunque su ceño se profundizó cuando se dio cuenta de que efectivamente lo había hecho—. Fue tu estupidez lo que me hizo...

—No estoy herido.

Alzó una mano para tocarle con el pulgar la sangre de la mejilla. Él esquivó el contacto.

—Es de las ramas. Solo un arañazo.

El sudor se le había acumulado sobre el labio y tenía la piel fría y húmeda. Podía ver que Wilcox-Rice no parecía muy contento. Detrás de él acudieron los Hammond. Nat era el último y Luc creyó distinguir una sonrisa en sus labios.

—Quería decirte que yo también sentí algo —Lillian pronunció las palabras en un susurro, justo antes de que John la reclamara y lady Hammond se inclinara junto a ella.

El beso. ¿Era a eso a lo que se había referido? Sabía que sí. Las palabras de la tarjeta que él le había enviado habían dicho lo mismo. Caroline Shelby se hallaba en ese momento de pie detrás de ellos, mirándolos de una manera extraña, con la gratitud mezclada con el asombro. ¿Habría oído a Lillian? ¿Qué diría al respecto? Recogió su sombrero y lo sacudió contra el pantalón.

—Parece que hoy el mundo está lleno de damiselas en apuros —bromeó y se alejó, detestando alejarse de Lilly y de la asustada expresión de su rostro ceniciento y de sus ojos azules.

Todo el mundo se afanó para atenderla, arropándola con las mantas y ahuecándole las almohadas.

La tía Jean, lady Hammond y Caroline Shelby. Incluso Cassandra Saint Auburn, con su melena roja flotando alrededor de su rostro, en ese momento la viva imagen de la buena salud. ¿Por qué no se había reunido antes con sus invitados?

Pero Lillian se alegraba en cierta forma de estar encamada, de verse secuestrada en aquella habitación lejos de la posibilidad de encontrarse nuevamente con Lucas Clairmont. Sobre todo después de su último e imprudente comentario, pronunciado en un susurro: «Quería decirte que yo también sentí algo».

¿En qué había estado pensando? Cerró los ojos, horrorizada, y escuchó la preocupada voz de la tía Jean mientras le sacudía el brazo.

—¿Vuelves a sentirte mal, querida? ¿Mando a avisar a tu padre? —la pregunta fue acompañada de una tos que hizo que Lillian se subiera la sábana hasta el rostro, por miedo a contagiarse.

—No, estoy perfectamente, tía —«y soy una perfecta estúpida», añadió para sus adentros.

¿Podría permanecer allí escondida de todos, pretextando alguna inexplicable enfermedad? ¿Pero entonces cómo volvería a casa? De haber estado en Londres todo habría sido mucho más fácil, pero estaba en una casa de campo a una hora de viaje de la capital, y en estrecha proximidad además con un hombre al que su reacción le había dado muchos motivos para preocuparse.

No podía confiar en sí misma, concluyó, triste.

En ese momento era una mujer inútil e incapaz que no confiaba en su propio juicio y cuya opinión estaba oscilando continuamente entre una idea y la contraria.

¡Amarlo! ¡O no amarlo!

«Un hombre puede sonreír una y otra vez y ser un villano». Lucas le había dicho eso y le había hablado de sus propios espejos y sombras, sugiriendo al mismo tiempo que ella también podía tener sus secretos. Bueno, los tenía. Tenía un secreto que nunca podría contarle a nadie.

Lo... amaba.

Lo había amado desde el primer instante en que puso los ojos en él, cuando salía del tocador en casa de los Lennington. Amaba a un hombre con una sonrisa en los ojos y una voz que contenía la promesa de todas aquellas cosas que ella no era.

Valiente. Libre. Impulsivo. Sin ataduras.

Y ese día, con la amenaza de la muerte rondando su valentía, ella había reconocido ese sentimiento, desgarrado su corazón ante la imposibilidad.

—Oh, Dios mío, ayúdame, por favor...

La oración daba vueltas en su cabeza, otra petición para aniquilar en su alma el horrible reconocimiento de lo que anidaba en ella.

Cassie Saint Auburn estaba en aquel momento sentada en una silla cerca de la cama. Las demás mujeres se habían retirado ya, y sin embargo, ante su reciente revelación, no se atrevía a preguntarle nada sobre Lucas Clairmont. ¿Y si era un villano? ¿Y si era en verdad un habitante de los bajos fondos del crimen y el juego? ¿Y si Cassandra, como amiga que lo conocía bien, la advertía en su contra?

—Me alegro de ver que tienes mejor aspecto, Cassandra —empezó, llenando al menos el silencio con algo.

—Oh, solo tengo náuseas por la mañana. Después de eso, siempre estoy mucho más recuperada.

Lillian no podía imaginarse el motivo de aquellas náuseas.

—Estoy encinta —Cassandra Saint Auburn se echó a reír—. Ya llevo medio camino recorrido.

Una gran punzada de envidia se sobrepuso a su perplejidad. Cassie tenía un marido que la amaba y en ese momento estaba esperando su primer hijo. Todo sonrisas y felicidad, aquella mujer tenía una vida que de repente Lillian se sentía muy lejos de poder alcanzar. Una vida tranquila como hija de su padre, cargada con un leal código de comportamiento que estaba empezando a parecerle levemente absurdo e infinitamente solitario.

—Lord Wilcox-Rice ha estado preguntando por ti prácticamente cada hora —continuó Cassie—, aunque yo le he dejado claro que necesitabas descansar.

—Gracias.

—Nat hizo que el médico examinara también las

heridas del señor Clairmont, pero aparte de una uña desgarrada y de un corte que necesitará algunos puntos en la mejilla, está en perfecta forma. También él se ha interesado por tu salud.

—¿De veras? —intentó fingir indiferencia, pero supo que no había tenido éxito.

—Así es. Se sentía de alguna manera responsable de tu desmayo.

Lillian asintió y desvió la mirada.

—Pensé por un momento que se iba a matar.

—Nataniel dice que Lucas es hombre que sabe cuidar muy bien de sí mismo.

—No lo dudo.

—La herida de la mejilla le da un aspecto todavía más rebelde que lo habitual.

—¿Pero de verdad que no peligra su salud? —Lillian odió el temblor de preocupación que escuchó en sus palabras. Esperaba que Cassie no lo detectara.

—No creo que el médico hubiera podido obligarlo a guardar cama, ni aun el caso de que la herida hubiera sido más grave,

—Tengo entendido que el señor Clairmont volverá a América para finales de diciembre. ¿Es cierto? ¿Ya ha reservado pasaje?

Y eso que se había prometido a sí misma que no intentaría averiguar nada. Pero Cassandra se levantó y miró el reloj de la mesilla de la cama.

—No debo cansarte, ya que el médico te prescribió reposo. Creo que lo prudente sería que intentaras dormir.

Cuando se hubo marchado, Lillian se preguntó extrañada por el motivo de aquella rápida retirada. Su anfitriona no había querido responder a ninguna de sus preguntas sobre Lucas Clairmont. ¿Por qué? ¿Estarían planeando algo? El dolor de cabeza que había estado fingiendo durante la última hora se tornó real y cerró los ojos con fuerza.

Caroline Shelby lo abordó en el salón, después de cenar. De repente Luc lamentó no haber abandonado la habitación junto con los demás caballeros. Parecía bastante nerviosa, con el color subido y los ojos brillantes.

—Me gustaría agradeceros de nuevo vuestra ayuda, señor Clairmont.

Como ya lo había hecho muchas veces antes, él no dijo nada y esperó.

—También me gustaría haceros una pregunta —miró a su alrededor como para asegurarse de que no había nadie detrás, escuchando. Solo continuó cuando vio el panorama despejado, pero en un voz aún más baja—. Quisiera preguntaros por la naturaleza de vuestra relación con Lillian Davenport.

—¿La señorita Davenport? —el corazón empezó a martillearle en el pecho. Ella había escuchado las palabras y la situación era peligrosa. La furia dio paso a la cautela y a la evidente necesidad de cordura.

—La sujeté a tiempo cuando se desmayó. Algo que habría hecho por cualquier mujer.

—¿Cualquier mujer? —lady Shelby pareció aliviada—. ¿Así que no os vincula a ella ningún afecto especial?

—No. Apenas la conozco.

—¿No sería entonces una torpeza por mi parte que os pidiera que me acompañaseis mañana a Londres? Agradecería un acompañante durante el viaje.

—Por supuesto —respondió Luc—. Estaría encantado.

Cuando ella se hubo marchado, se sirvió un gran vaso de agua fría.

Nat lo encontró cuarenta minutos después sentado contemplando la noche a través de las cortinas abiertas.

—¿Todavía levantado?

—Me marcho con Caroline Shelby a primera hora de la mañana.

—¿Cambio de planes, entonces?

—Vino a verme y me insinuó que yo albergaba sentimientos por Lilly Davenport.

—¿Lilly?

—Y no es verdad.

—Por supuesto que no.

—La arruinaría.

—Dios mío, Luc. A veces creo que eres demasiado duro contigo mismo. Y Virginia está muy lejos de aquí.

—Es mi hogar, el único que he conocido.

—Solo porque te negaste a volver.

—No —toda su furia se concentró en la palabra. Una verdadera furia—. Tú no entiendes…

—¡Dios sabe cuánto me gustaría entenderlo, pero tú no me dejas! Hay algo que te resistes a decirme, y la única persona del mundo que te debe un favor está ahora mismo delante de ti. Después de lo de Eton…

—Nada de aquello fue culpa tuya, Nat.

—Fui yo quien robó el reloj, ¿recuerdas? Y tú fuiste quien asumió la culpa —pronunció la confesión con un tono tan ominoso que Luc empezó a reír.

—Dios mío, Nathaniel, en primer lugar el maldito reloj era tuyo y el director no tenía ningún derecho a quitártelo.

—Aun así, no fue ese uno de mis mejores momentos y yo siempre me arrepentí de aquella falta de coraje.

—Tú solo querías recuperar tu propiedad y yo estaba desesperado por marcharme. Los dos conseguimos lo que esperábamos, y lo sabes.

—Si tú te hubieras quedado en Inglaterra, yo habría podido ayudarte.

—Ser expulsado de Eton me salvó, porque con mi madre y mi padre fuera del país, tuve la oportunidad de escapar de ellos y convertirme en un hombre independiente.

—Tenías catorce años.

—Hawk y tú erais los únicos amigos que tenía allí.

—De poco te servimos, me temo. Mira lo que pasó con Paget, sacando a colación el pasado como si hubiera ocurrido ayer.

—Ese hombre todavía tiene mucho de niño.

—Ese es el problema, Luc. La gente de aquí es larga de memoria y corta de perdón, y sin un apellido familiar que te proteja eres presa fácil. Si volviéramos a Londres juntos y te establecieras con nosotros...

—Creo que es más prudente que guardemos las distancias, Nat.

—¿A causa de tu trabajo de inteligencia? Me dijiste que habías terminado con aquello. Que ya no trabajabas para el ejército en cargo alguno.

—Y así es, pero quedan residuos de otras cosas que no desaparecen tan fácilmente.

La luna salió de pronto de detrás de las nubes y, a través de las cortinas abiertas, el paisaje de aquel remoto rincón de Kent quedó bañado por su luz. Acariciándose la reciente cicatriz de la mejilla, Luc se levantó y apuró su vaso.

—Tú ahora eres un hombre de familia, Nat, con la promesa de la llegada de un hijo para el verano. Concéntrate en esas cosas.

En el plateado jardín un búho descendió en picado, atrapó entre sus garras un ratón de campo y ascendió de nuevo al cielo. Una pequeña presa que había estado en el lugar y el momento inadecuados.

Como él mismo de joven, pensó Luc, y desató las cortinas para que cubrieran la escena con su telón de terciopelo color burdeos.

Diez

—El mal anda suelto, Lillian —dijo su padre en voz baja cuando ella estaba colocando la primera de las guirnaldas navideñas de la chimenea, en el salón azul—. Esta mañana han encontrado muerto en su casa a lord Paget.

Lillian terminó de enganchar una rama de pino antes de volverse, en un intento por ganar algo de tiempo.

—Pero si estuvo con nosotros este último fin de semana en la casa de los Saint Auburn...

—Lo que me lleva a la verdadera razón por la cual te lo he mencionado. Hay gente que dice que su muerte es sospechosa, porque según parece allí tuvo una discusión con Clairmont. Han detenido al americano para interrogarlo.

—Pero el señor Clairmont no provocó la discusión. Padre, él intentó detenerla...

—Oh, bueno, no dudo de que el cuerpo de policía llegará al fondo de lo sucedido y ese no es nuestro problema. Por lo que parece, ese hombre es un renegado y la razón de que continúe frecuentando los eventos de la alta sociedad es algo que se me escapa. Lo que es yo, no le daría el menor margen —de pie de detrás de ella, alzó la mano para tocar los adornos—. Este árbol queda muy bien. ¿Colocarás uno más al otro lado?

Lillian asintió, aunque el espíritu navideño ya la había abandonado cuando evocó aquel fin de semana.

Para cuando se levantó el domingo por la mañana, Lucas Clairmont ya se había marchado... ¡acompañando a Caroline Shelby de regreso a Londres! No se había quedado para averiguar más cosas sobre su susurrada promesa de que había sentido «algo», y tampoco había vuelto a ponerse en contacto con ella desde entonces.

¿Sería posible que hubiera asesinado a aquel hombre? ¿Por una ofensa? Su mundo entero quedaba de repente trastocado y no tenía manera alguna de evitarlo.

El montón de decoraciones que había bajado la doncella del ático se hallaba ante ella, un trabajo con el que habitualmente disfrutaba, pero en aquel momento... Miró los soldaditos de latón y los collages barnizados, las cornucopias de papel esperando a ser rellenadas y las velas caseras que con tanto cariño había elaborado el año anterior. Detrás había una pila de alegres tarjetas de Navidad, con las figuras del nacimiento que colocaba cada año bajo el árbol esperando dentro de otra caja. ¡Todo aquello esperándola!

Cuando una doncella entró para decirle que tenía una visita y le entregó la tarjeta de Caroline Shelby, se sintió casi aliviada de postergar aquel esfuerzo.

—Por favor, hazla pasar —instruyó a la muchacha y lady Shelby apareció momentos después.

—¡Señorita Davenport! Lamento interrumpiros, pero vengo por un asunto extremadamente delicado.

Indicándole que tomara asiento, Lillian se sentó frente a ella y esperó a que empezara.

—Es que no sé qué hacer y vos sois tan sensata y parecéis saber exactamente los pasos que hay que dar con todo...

Lillian sonrió, sorprendida, y de repente se sintió mucho mayor que la joven que tenía delante.

—El caso es que me he descubierto cada vez más atraída por el señor Lucas Clairmont de Virginia, y he venido porque os oí hablar con él cuando os estabais recuperando de vuestro desmayo.

—¿Perdón? —de todo lo que Caroline Shelby habría podido decirle, aquello era lo más imprevisto.

—En la finca de los Saint Auburn. Os oí decirle que sentíais algo por él.

Lillian se obligó a sonreír. El peligro que entrañaba el anuncio de la muchacha resultaba alarmante.

—Quizá os equivoquéis, lady Shelby, porque yo estoy prometida con lord Wilcox-Rice.

La joven se mostró vacilante.

—Yo no había oído eso.

—Probablemente porque estabais demasiado ocupada inventando cosas que no son verdad —replicó—. John y yo llevamos prometidos desde hace tres semanas y mi padre nos ha dado su bendición.

Caroline Shelby se levantó, sujetando su bolso.

—Oh, bueno. Entonce no diré más y os suplico encarecidamente que disculpéis mi conducta. Os pediré también que, a la luz de todo lo que ha sido revelado, mantengáis en secreto todo lo que acabamos de hablar. No me gustaría que los demás lo supieran.

—Por supuesto.

Tiró de la campanilla y la doncella acudió inmediatamente.

—Os deseo paséis una buena tarde, lady Shelby —Lillian podía escuchar la frialdad de sus palabras.

—Buenas tardes, señorita Davenport.

Una vez que la joven se hubo marchado, Lillian se dejó caer pesadamente en el sofá. Jamás se había imaginado que aquel día podría empeorar aún más. Se había equivocado.

Media hora después, John Wilcox-Rice se presentó rebosante de alegría.

—Acabo de ver a lady Shelby y ella me ha llevado a crccr que has cambiado de opinión sobre nuestro compromiso.

Lillian lo miro sinceramente por primera vez en semanas. Era un hombre normal y corriente, algunos podrían decir que hasta aburrido, pero no era ni un asesino ni un mentiroso. Ese día le brillaban los ojos de esperanza y sostenía en sus manos un libro que ella le había mencionado que le gustaría leer mientras estuvo en Saint Auburn. Añadió «un hombre muy considerado» a la lista.

—Quizá deberíamos decírselo a mi padre.

Ernest Davenport abrió su mejor botella de champán y sirvió cuatro copas, ya que había mandado llamar a la tía Jean a sus aposentos para compartir con ella la feliz noticia.

—No puedes imaginarte lo contento que estoy con esta noticia, Lillian. John será un perfecto marido y tu patrimonio estará muy bien gestionado.

Su tía Jean, siempre tan pragmática, dio una palmada.

—¿Para cuándo crees que tenderemos boda, Lillian?

—Decidiremos la fecha después de Navidad, tía —respondió, nada deseosa de pensar en aquel momento en el embrollo de organizar la celebración.

—Y un vestido, debemos encontrar el vestido más precioso de todos, querida. Quizá se imponga un viaje a París, ¿verdad, Ernest?

Su padre se echó a reír, un sonido que Lillian no

había oído en muchos meses, con lo que su angustia se atenuó un tanto.

—A mí me parece una muy buena idea, Jean.

John, que se había acercado a ella, le tomó las manos entre las suyas.

—Me has hecho el más feliz de los hombres, querida mía. El más feliz.

«¿Querida mía?». Dios mío, hablaba exactamente como su padre. ¿Con qué calificativo cariñoso lo llamaría ella? Ninguno acudió a su mente mientras se dirigía a la mesa de las bebidas para servirse otra generosa copa de champán. Solamente se volvió cuando la doncella hizo entrar a Eleanor, toda sorprendida.

—Acabo de enterarme de la noticia —dijo—, y he venido inmediatamente. Mamá y papá volverán del campo esta noche, así que el momento no ha podido ser más oportuno —con una sonrisa, envolvió a Lillian en sus brazos—. Y tú, cuñada —pronunció con tono pícaro—, no tenía ni idea de que vosotros fuerais tan íntimos… ¡y ninguno me dijo nada! ¿Fue la rama de muérdago la responsable del milagro? ¿Cuándo tendrá lugar la ceremonia? ¿Ya has elegido a tus damas de honor?

Todo el mundo rio ante el torrente de preguntas, excepto Lillian, que de repente tomó conciencia de lo que había hecho. No solo a sí misma y a John, sino a su familia, a Eleanor y a toda una serie de gente a la que no tenía el menor deseo de herir.

Inspirando profundamente, se ordenó detener

toda introspección y, tras apurar su champán, se abocó a la tarea de responder a las múltiples preguntas con las que la estaba acribillando Ellie.

«Un sensato y prudente marido...»

Aquella frase resonó como un mantra en el doloroso centro de su corazón.

Finalmente se marcharon. Todos. Su padre a su club y su tía a jugar la partida de *bridge* a casa de una antigua amiga. Eleanor y John se habían vuelto a su casa para esperar allí a sus padres.

Cuatro días atrás había creído enamorarse de un hombre, y ese día era como si estuviera casada ya con otro. El simple pensamiento la hizo reír. ¿Sería eso lo que llamaban una reacción histérica?, se preguntó al ver que le resultaba tan difícil contenerse. Siguieron las lágrimas, los ruidosos sollozos, y se alegró del grosor de la puerta y de lo tardío de la hora.

Cuidadosamente se levantó y fue a recoger el libro entre cuyas páginas había guardado la flor naranja. El capullo casi se había confundido con el papel, una versión desecada de lo que antaño había sido. ¿Como ella? Sacudió la cabeza. ¡Todo aquello no era culpa suya, por el amor de Dios! Ella había hecho una elección basándose en hechos, la misma por la que se habría decantado cualquier mujer sensata.

Después de todo, el patrimonio Davenport era un legado que cada generación necesitaba cuidar y mantener. El hombre con el que se casara tendría que tener una reputación incuestionable y ser absolutamente honesto. Nunca podría ser alguien susceptible de ser considerado sospechoso en un caso de asesinato. Además, Luc Clairmont no la había visitado desde que ella le hizo su ridícula confesión, ni intentado expresarle de alguna forma la reciprocidad de sus sentimientos.

Sus dedos se tensaron sobre la flor. Ya no era ninguna jovencita y las propuestas de matrimonio, antaño numerosas, habían menguado durante el último año o dos.

La exuberante juventud de Caroline Shelby era como el símbolo de una nueva ola de muchachas, un grupo que había empezado a inventar sus propias reglas en la manera en que vivían sus vidas.

«Pobre Lillian».

La conversación que había escuchado en el tocador de damas de los Lennington retornó con toda su fuerza.

¡Todo había cambiado tanto entre entonces y ahora! Una lágrima resbaló por su mejilla y se la enjugó. No, no lloraría. Había hecho la elección correcta, la única, y si los besos de John Wilcox-Rice no le aceleraban el corazón de la misma manera que los de Luc

Clairmont, entonces más estúpida sería ella. El matrimonio era mucho más que simple deseo. Era respeto, y honor, y estaba segura de que con el tiempo todas esas cosas ganarían ascendencia en su ánimo.

Sintiéndose mejor, volvió a guardar la flor dentro del libro y colocó de nuevo el volumen en el estante. Un pequeño recuerdo, pensó, de un tiempo en el que había estado a punto de cometer un estúpido error. Se preguntó por qué de repente sentía las manos tan vacías.

El rostro de su padre estaba muy cerca del suyo, rojo de furia, mientras azotaba con la correa sus flacas piernas desnudas. Más allá estaba sentada su madre, con la cabeza inclinada sobre su bordado, sin alzar la vista.

Gritando cuando el silencio no fue ya posible, los azotes de William Clairmont cesaron por fin, aunque el dolor de la traición de sus padres resultaba más abrasador que la mordedura del cuero.

—Otra lección aprendida, hijo mío —le dijo su padre, acariciándole suavemente la mejilla—. No diremos nada de todo esto. Nada de nada. ¿Entendido?

Luc se despertó sudando, forcejeando con las mantas, maldiciendo tanto a la oscuridad como al fantasma de su padre. Si él hubiera estado allí en ese momento, incluso en una forma celestial, le habría propinado una paliza. En aquel hombre, el amor que generalmente los padres profesaban a sus hijos había estado completamente ausente.

Conforme la furia se fue atenuando, la habitación cobró forma y lo mismo los sonidos de la mañana, con las sombras retirándose ante la promesa de la luz del día. Hacía años que no había vuelto a tener aquella pesadilla y se preguntó qué la habría despertado. La mención que había hecho Nat del suceso de Eton, supuso, con los acontecimientos que se habían desencadenado a causa del mismo.

El golpe en la puerta lo dejó paralizado.

—¿Todo bien, Luc? —Stephen Hawkhurst asomó la cabeza por la puerta. El hecho de que siguiera luciendo su traje de noche a un hora tan temprana de la mañana le hizo arquear las cejas de asombro.

—¿No te has acostado en toda la noche?

El aroma de un fino perfume llegó hasta él.

—Te negaste a acompañarme, ¿recuerdas? Nat tenía la excusa de los cálidos brazos de su mujer, ¿pero tú? —entró en la pequeña habitación y se tumbó a los pies de la cama, alzando la mirada hacia él—. Elizabeth lleva muerta meses, y si no dejas de una vez de sentirte culpable, esa culpa te acompañará siempre.

—Gracias, Hawk, pero Nathaniel ya me ha soltado el mismo discurso —no le gustó la frialdad que escuchó en sus propias palabras.

—Y como no nos has escuchado a ninguno de los dos, tengo otra solución. Trasládate a mi casa y daré el mejor baile de toda la Temporada, para asegurarme de que acuda todo el mundo. Convenientemente organizado, eso podría acallar los rumores que corren sobre tu persona para siempre, y como huésped de honor con Nat y conmigo a tu lado, ¿quién se atrevería a cuestionarte? —una sonrisa empezó a dibujarse en los labios de Stephen—. Tú eres amigo de la señorita Davenport. Si podemos conseguir que ella acuda con su prometido, entonces todo los demás los seguirán.

—¿Se ha comprometido con Wilcox-Rice? —Luc intentó disimular su alarma.

—Eso he oído esta tarde, de una buena fuente, y la ceremonia se celebrará después de Navidad…

—¡Que el diablo me lleve! —la maldición de Luc dejó a Hawkhurst a media frase.

—¿Qué es lo que me he perdido?

—Nada, Hawk —repuso Luc—. No te has perdido nada en absoluto. Debí haberlo adivinado.

—¿Te has enamorado de la señorita Davenport? La santa y el pecador, la dama sin estigma y el estigmatizado, el culpable y la inocente… Dios, podría seguir así toda la noche —Hawk parecía encontrarse en su elemento, tamborileando con los dedos sobre la manta mientras rumiaba sus opciones. Luc se sentó y apoyó la espalda en el cabecero, arrepentido de haber abierto la boca.

—Supongo que siempre podrías esperar que Wilcox-Rice la aburriera hasta la muerte.

—Sí, podría —por pasadas experiencias, Luc sabía que siempre era mejor seguir la corriente a su amigo.

—Pero con la boda planeada para principios de año, probablemente no te daría tiempo.

—¿Tan pronto?

—Aparentemente. Davenport es su primo. Lo sabes, ¿verdad? Así que la próxima vez que lo agarres del cuello, será mejor que lo hagas fuera de la vista de tu dama.

—Ella no es mi dama.

—Con una actitud como esa, no conseguirás nada.

—Basta, Stephen. Es muy temprano y estoy cansado.

Su amigo frunció el ceño.

—Nat y yo fuimos lo más cercano a unos hermanos que tuviste nunca, Luc, así que si quieres hablar de algo…

—No quiero.

—¿Pero no te opondrías a mi idea del baile?

—Tú siempre fuiste el solucionador de problemas oficial.

—Ah, y otra cosa. Cuando estuve fuera esta noche, me enteré por un contacto de que la policía había concluido que la causa de la muerte de Paget había sido un suicidio, así que ya sabes lo que eso quiere decir.

—¡Que no me acusarán de asesinato!

—Si dejaras de acosar a Davenport y te alejaras de las mesas de juego, dejarías de ser considerado un sospechoso. Y, desde mi punto de vista, no merece la pena que pierdas el tiempo con Davenport, pese a que lo que te haya hecho te haga pensar lo contrario.

—Mi esposa no habría estado de acuerdo contigo.

—¿Elizabeth lo conoció? —la sorpresa teñía su pregunta.

—Si la carta que Davenport le envió era un indicio de los sentimientos que compartían, entonces lo conocía muy bien.

—¡Diablos!

A Luc le gustó escuchar el tono de consternación de la voz de Hawk, porque ya había empezado a cuestionar sus propias reacciones a todo lo que estaba haciendo.

—Si le matas, te ahorcarán. Mejor acabar con él en alguna noche oscura, lejos de Londres.

—¿Echarle a otro la culpa, quieres decir? —se rio al ver que Hawk asentía. Tuvo la sensación de que era lo mejor que había hecho en meses.

—De todas maneras, no pienso que Elizabeth tuviera toda la culpa. Hacia el final, ella me gustaba tan poco como yo a ella —la sinceridad era una espada de doble filo y Luc deseó poder compartir la mirada tan simple de su amigo sobre el asunto. En blanco y negro, sin matices.

—¿Desde cuándo eres tan ecuánime?

De manera inesperada, el rostro de Lillian asaltó la mente de Luc. Ella había atemperado su furia, su soledad y su desesperación, y reemplazado aquel sentimiento de desorientación por una confianza en la bondad humana que resultaba tan asombrosa como reconfortante.

—Es la edad, creo —sonrió mientras lo decía, y supo que sus palabras eran una competa mentira.

Cuando se escucharon los primeros trinos de los pájaros saludando al amanecer, Stephen se estiró y bostezó,

—Tengo que irme a dormir.

—Que descanses, Hawk.

Cuando su viejo amigo se limitó a hacerse un ovillo a los pies de su cama y no tardó en ponerse a roncar, Lucas sonrió. Definitivamente la vuelta a Inglaterra tenía sus ventajas, y Stephen era una de ellas.

A la mañana siguiente dejó a Stephen todavía dormido en sus alojamientos y dio un paseo por el Támesis. El invierno levantaba en el río olas grises que amenazaban con tragarse el muelle y el paseo. No quería ir a un club ni a una taberna, ni siquiera a la casa de Lindsay en la ciudad, donde siempre era bienvenido. No, ese día se dedicó simplemente a pasear. Pasó por delante del hospital de Chelsea y continuó por la ruta que debió haber tomado el cortejo fúnebre de Wellington durante los funerales de Estado del pasado noviembre. Un millón de personas habían llenado las calles en aquel entonces, según se decía, y volverían a hacerlo en el siguiente funeral, la siguiente celebración, la siguiente función pública que sedujera a una nación.

La vida seguía su curso a pesar de una esposa que lo había traicionado y de un tío que había muerto antes de tiempo.

¡Stuart Clairmont!

Todavía a esas alturas le costaba pronunciar el nombre, y apretó los dientes para resistir la oleada de tristeza que lo anegó al pensar en su tío. Un hombre que había sido para él el padre que nunca había tenido. Un hombre que había querido y criado al desorientado niño recién llegado de Inglaterra, y que le había devuelto la confianza y la fortaleza arrebatadas por el despótico régimen de un padre que había creído en el castigo como factor moldeador del carácter.

Todavía conservaba las cicatrices de aquella brutalidad y todavía odiaba a William Clairmont con toda la pasión del joven que había sido, el joven que nunca había tenido la menor oportunidad.

Se preguntó de repente dónde estaría Lilly; las nuevas sobre su compromiso habían vuelto a enfurecerle. Iba a casarse con un hombre patentemente inadecuado para ella, un hombre que ni sabía besarla ni luchar con una mínima destreza. Recordaba la floja bofetada que Wilcox-Rice había dado a Paget antes de que él interviniera, la manera en que rompió a sudar solo por el esfuerzo que ello le supuso.

Pero enseguida pensó en los puntos flacos de su argumentación. John Wilcox-Rice era un hombre que no tendría enemigos, viviendo como viviría encerrado en los estrechos confines de su impoluta aristocracia. ¿Para qué habría de necesitar iniciarse en las oscuras artes de la supervivencia, en todo aquello que hacía de un hombre un ser distante y desconfiado? ¡Como lo era él mismo!

El número de cosas que lo separaban de Lillian fue creciendo mientras corría para tomar el ómnibus. Y cuando el conductor le entregó un tiquet y entró en el exiguo espacio atiborrado de gente, estuvo seguro de que la capacidad permitida de veintidós pasajeros se acercaba a aquel número.

Once

Nadie estaba hablando con Lucas Clairmont. Eso fue lo que observó Lillian cuando aquella tarde entró en la velada de los Billinghurst y descubrió que estaba dividida en dos bandos bien diferenciados.

Por supuesto, el conde de Saint Auburn y lord Hawkhurst lo flanqueaban apoyados en sendas columnas de la sala, luciendo sonrisas que parecían auténticas, pero nadie más se acercaba a él.

Suponía que ello se debía a la muerte de lord Paget, así como a los rumores que corrían sobre su afición a los juegos de cartas. Esos rumores no lo acusaban abiertamente de hacer trampas, pero poco faltaba.

—Parece que el señor Clairmont inspira fuertes sentimientos en la gente, ¿verdad?

Lillian miró rápidamente a su alrededor, intentando determinar si su amiga Anne Weatherby se estaba incluyendo a sí misma en aquella categoría.

Al otro lado de sala, podía ver que Lucas Clairmont estaba guapísimo, vestido con un traje formal negro en el que no parecía sentirse nada cómodo.

—Si está aquí y no languideciendo en una mazmorra de Londres, supongo que la policía no lo vincula en absoluto con la muerte de lord Paget.

A su lado, Anne se echó a reír.

—Te estás convirtiendo en toda una defensora de ese hombre, Lillian. He oído que fue tu intervención en la casa de campo de los Saint Auburn la que ahuyentó de allí a los Paget.

—Razón por la cual me siento ahora culpable.

—Bueno, tu futuro marido no parece pensar lo mismo. Esta tarde parece verdaderamente radiante.

John atravesó la sala hacia ellos. Con Eleanor del brazo, parecía efectivamente muy contento consigo mismo.

—Sé de buena fuente que Golden Boy va a correr este año en Epsom. Una buena noticia, ya que estoy deseoso de apostar por ese corcel. ¿Está tu padre aquí, Lillian? Debo contárselo.

Eleanor observó cómo su hermano volvía a alejarse y tomó a Lillian del brazo.

—Creo que John quiere a tu padre casi tanto como a ti. Siempre está con que si Ernest Davenport dice eso, que si dice lo otro... Me temo que nuestro padre debe de estar cansándose ya de esas interminables comparaciones, aunque con toda sinceridad ha pasado mucho tiempo desde la última vez que se han visto las caras. La tradicional rivalidad entre generaciones, sospecho. Muchas veces me pregunto si una estancia en la India o en el ejército no habría beneficiado a mi hermano… Lástima que esas opciones no estén ya disponibles.

Lillian intentó imaginarse a John en las selvas del Extremo Oriente y descubrió que no podía. Era un hombre que parecía cortado para la vida fácil de los salones.

Lucas Clairmont, por el contrario, nunca parecía encontrarse cómodo confinado en las estrecheces de la sociedad londinense. Por supuesto, tenía aquella especie de lánguida indiferencia inscrita en su persona mientras conversaba con sus amigos, pero nunca se relajaba, como si rebosara una suerte de animada vitalidad que nunca se extinguiera. Se mantenía apoyado contra la pared, como si estuviera constantemente en guardia. La actitud de un soldado, quizás, o de algo más preocupante. Había leído la biografía de Colquhoun Grant y había algo en la personalidad del jefe del servicio de inteligencia de Wellington que le recordaba a la del hombre que se hallaba al otro lado de la sala.

Como si hubiera percibido su escrutinio, volvió la mirada para encontrarse con la de Lillian. Un brillo de humor asomaba en sus ojos dorados. Ella desvió rápidamente la vista e hizo como que se ajustaba una joya del corpiño. Cuando volvió a alzarla, él ya no la observaba y Lillian luchó contra el ridículo sentimiento de decepción que la asaltó.

Haciendo girar el anillo de compromiso de John en el dedo, intentó con aquel gesto reunir el coraje necesario mientras escuchaba la conversación que mantenían Anne y Eleanor.

—He oído que se impone una felicitación —le dijo él en voz baja cuando coincidieron una hora después, al pie de una de las columnas del desierto comedor—. Vuestro futuro marido debe de haber dado pasos de gigante en el arte de besar a una mujer.

—Efectivamente, señor Clairmont —repuso Lillian—, y aunque puede que no os lo creáis, hay, en verdad, otras cosas que son de mucha mayor importancia.

—¿De veras?

—La reputación de un hombre, por ejemplo, es algo esencial para una novia prudente.

—¿Y tú eres una novia prudente, Lilly?

—Lillian —lo corrigió, ignorando la verdadera intención de su pregunta—. Lo suficientemente prudente como para asegurarme de que John no ha sido nunca, al menos, sospechoso de asesinato.

—¿Porque siempre juega tan seguro como tú?

Ella se volvió, pero él la agarró de un brazo. Con escasa suavidad, con lo que la presión de sus dedos la hizo dar un respingo.

—Quizá podrías haber esperado a que la policía

hiciera públicos sus hallazgos antes de nombrar un culpable.

—¿Por qué? —lo desafió—. Si frecuentas la compañía de jugadores y tahúres, y sueles aparecer cubierto de moratones y golpes propios de un hombre que se pasa la vida peleándose, ¿por qué habría de ser indulgente?

—Porque espero que sepas a estas alturas, Lilly, que no soy tan malvado como me pintas —su acento era suave pero inequívoco, con su cadencia de nuevas tierras.

—¿Estás seguro, Lucas? ¿Y cómo puedo saber yo eso?

Era la primera vez que lo había llamado por su nombre de pila y el cálido brillo que distinguió en sus ojos la alarmó. Había algo más allí, también. Una vulnerabilidad que no había visto antes, una desnuda y expuesta necesidad que la conmovía tanto más por inesperada.

—Casarse con un hombre por las faltas de otro no es la más sabia de las decisiones.

—¿Qué me sugieres entonces?

Él se echó a reír.

—Vente conmigo.

La habitación empezó a girar, y experimentó un doloroso anhelo que la dejó completamente perpleja. Si hubiera hablado en serio… si la risa que había acompañado la invitación no hubiera sonado tan despreocupada… ¡Tan trivial!

—¿Y pasar el resto de mi vida preguntándome cuándo te pondrán un nudo corredizo en el cuello?

—Yo no tuve nada que ver con la muerte de Paget, si es eso lo que estás insinuando.

—Te expulsaron de Eton.

—Era un muchacho…

—Que robó un reloj.

Una vez más soltó una carcajada.

—Qué crimen horrible…

—Yo soy la única heredera de Fairley Manor, señor Clairmont —recuperó el trato formal—, y en Inglaterra protegemos nuestro matrimonio haciendo matrimonios sensatos y cabales.

Él ladeó entonces la cabeza y, a la luz de la habitación, Lillian distinguió el comienzo de una roja cicatriz que nacía en su oreja derecha para perderse bajo el cuello de su camisa.

—Un antiguo accidente —explicó al ver su expresión inquisitiva.

Pero se había quedado paralizada. Aquella no era una simple herida que hubiese tardado un día o dos en curar. Se imaginó tanto el dolor como la tenacidad necesaria para recuperarse de una herida así, y vio al mismo tiempo el ancho y profundo abismo que se interponía entre ellos. ¿Quién lo habría atendido en aquella hora de necesidad, quién habría enjugado el sudor de su frente y dado a beber agua? Había oído que había partido para América siendo un muchacho, pero sin mención de familiar alguno.

—¿Tus padres fueron contigo a las Américas?

Pareció perplejo por su cambio de tema.

—¿Mis padres?

—El conde de Saint Auburn me insinuó que apenas tenías catorce años cuando saliste de Eton y que abandonaste Inglaterra muy poco después.

—Ya tenía a un tío allí.

—¿Así que te embarcaste solo?

—Me gané el pasaje trabajando como marinero de cubierta en el Joanna. Solo tardamos cuarenta días en llegar a Nueva York; el mar y el viento fueron favorables.

Maravillada ante aquella descripción, se imaginó a un muchacho cruzando el mundo de una costa a otra, solo y con el estigma de ser tachado de ladrón. ¿Por qué no lo habían acompañado sus padres? Viéndolo allí, con la luz de las velas arrancando reflejos dorados a su cabello negro como el ébano, supo que no acogería con agrado más preguntas.

—Wilcox-Rice nunca te hará feliz —pronunció las palabras como si se las arrancaran.

—¿Mientras que tú sí?

Sonrió al oír aquello.

—Hay cosas más importantes que saber utilizar bien los cubiertos en una mesa, señorita Davenport.

—¿Y crees que eso me define a mí?

—En parte, sí.

Detectó la verdad en sus palabras y el eco de reconocimiento en su propia mente.

—La suma de mis cualidades debe de resultaros entonces terriblemente irritante, señor Clairmont, al igual que la suma de las vuestras me resulta a mí igualmente difícil. Creo que un beso pasablemente bueno de un hombre que parece rehuir cualquier principio moral no serviría para sustentar una relación ni siquiera durante un mes.

—¿Estás segura? —gruñó él.

Lillian se mantuvo en sus trece.

—Así es, porque ha llegado hasta mis oídos que la amistad y el respeto suelen estar de lo más subestimados en cualquier matrimonio.

—¿Qué clase de novias insatisfechas te han contado esa tontería?

Se tensó, sorprendida.

—Quizá fui una ingenua al esperar que pudieras tener una mente abierta.

—¿Mente abierta? —él se echó a reír—. ¿Cuando la tuya acaba de condenarme como asesino?

—Paget era un hombre al que tú parecías tener mucha razón para odiar.

—Eso te lo concedo. Visto de esa manera mi caso no tiene esperanza, y si un pensamiento fuera tan letal como una bala...

Cuando ella se permitió una leve sonrisa, él aprovechó rápidamente la oportunidad.

—Pasa esta noche conmigo, Lillian. Descubre todo aquello que acabarás perdiéndote si te casas con John Wilcox-Rice.

El asombro que le produjo la pregunta solo fue superado por el punzante deseo de su cuerpo.

—Eso significaría mi ruina...

—Nunca te haría el menor daño. Al menos créete eso de mí.

Vio que miraba a su alrededor como para asegurarse de que no los estaba oyendo nadie, vio la manera en que mantenía las manos hundidas en los bolsillos de su chaqueta mientras la miraba con expresión deliberadamente insulsa. Cualquiera que los hubiera estado observando habría pensado que estaban hablando del tiempo.

—Si por alguna perversa lógica, me atreviera a considerar la posibilidad de una arriesgada aventura contigo, ¿dónde te imaginas que tendría lugar? Al fin y al cabo, no me gustaría perder mis inhibiciones en una pensión barata.

—¿Alguien te ha dado mi dirección?

El hoyuelo de su mejilla se profundizó y Lillian se esforzó por no dejarse intimidar por la belleza de su rostro.

—Ven conmigo —insistió él—. Tengo una casa en Bedfordshire.

—No, yo no podría...

—Sí que pudiste comprarme un beso cuando apenas me conocías. Imagínate que das un paso más allá.

De repente la voz de John Wilcox-Rice sonó detrás de ella.

—Lillian, te he estado buscando —su tono era receloso y desconfiado.

—El señor Clairmont acaba de extendernos una invitación para que lo visitemos en su casa de campo.

—Dudo que sigamos aquí, Clairmont, y además tenía entendido que ibais a marcharos muy pronto.

—No, a no ser que la policía necesite que me quede en Londres.

John se puso a tartamudear. Aquello era un desafío. Una provocación. Un guante de desafío verbal arrojado entre dos adversarios, y John que seguía sin tener idea alguna de aquello por lo que luchaba.

¡Ella!

El pulso de Lillian se aceleró con el repentino descubrimiento de que era ella el trofeo, una situación de la que no había tenido experiencia alguna desde su primera Temporada. El anillo de oro blanco y diamantes que lucía en el anular de la mano izquierda empezó a apretarle, como un sutil mensaje de control que lo constreñía todo.

¿También la oportunidad de otro beso? No, tal posibilidad no existía, sobre todo allí, con su padre y su tía tan cerca y un prometido que no le dejaba un momento de respiro. Ojalá pudiera tomar de la mano a aquel americano y marcharse con él sin más, lejos de todo...

¡Como había hecho su madre!

Sacudió la cabeza y el momento de locura pasó, se diluyó en el sentido del deber. O Lillian o Lilly.

La blanca y prudente promesa de responsabilidad y discreción frente a la salvaje llama anaranjada de la excitación y la euforia.

Las mismas elecciones que tan mal había gestionado Rebecca años atrás, y que la habían llevado a una muerte llena de arrepentimiento y de reproches hacia sí misma.

Se despidió con una inclinación de cabeza mientras permitía que John Wilcox-Rice la tomara del brazo para llevarla de vuelta al salón de baile, donde la música de Strauss alivió sus miedos. Muchos de entre la multitud que los rodeaba les sonreían como admirando la maravilla de su joven amor.

John se le acercó mientras bailaban el vals. El ardor que había intuido en la casa de los Saint Auburn la noche en que la acompañó hasta su habitación estaba resurgiendo.

Sintió sus dedos acariciándole la espalda.

—Este es un baile de amantes, Lillian. Muy apropiado, ¿no te parece?

Necesitó de toda su compostura para no soltarlo y apartarse.

—Si pudieras tomar en consideración la fecha de nuestras nupcias, preferiblemente una en un futuro no muy lejano, me harías el más feliz de los hombres.

Lillian vaciló.

—He estado muy ocupada con todos los preparativos de Navidad.

—¿Y febrero, entonces?

—Había pensado en el verano —repuso.

—No, eso es demasiado tiempo —el tono autoritario de su voz la sorprendió—. Tiene que ser antes.

Asintiendo, se quedó callada. ¿Antes? La simple palabra era como una sentencia de muerte en su corazón.

—Si no la abordas pronto a ella, se acabará la velada, Luc —la voz de Hawkhurst era insistente. Ya el reloj se estaba acercando a las dos.

—Creo que hace cerca de una hora que le he dejado las cosas muy claras a la señorita Davenport, Hawk.

—¿Y ella no ha querido nada de ti?

—Exacto.

—Bueno, eso es un principio. ¿Así que vas a renunciar así sin más?

—Eso es. Ella insinuó que yo había tenido alguna participación en la muerte de Paget.

—Llevas aquí un mes y la vida ha vuelto a ponerse interesante. Según mi punto de vista, Lillian Davenport parece absolutamente desgraciada y el estirado de su prometido tiene pinta de estar desesperado por ella. Hasta el padre de ella parece aburrirse con su conversación, y eso es decir mucho —se interrumpió, y a Luc no le gustó la forma que tuvo de sonreír—. Su tía, en cambio, te contempla con singular interés.

—Probablemente quiera castigarme por lo de su hijo.

—No, la mirada es más bien de calculada curiosidad.

—Entonces quizá sea amiga de Albert Paget y esté intentando discernir cómo le hice desaparecer.

—Bueno, no dudo que descubriremos la verdad dentro de un momento. Parece que se dirige hacia aquí.

—¿Sola?

—Así es.

—Señor Clairmont —la voz de Jean Taylor-Reid llegó hasta ellos. Ignorando completamente a Hawkhurst, abordó directamente el asunto que la preocupaba—. Creo que mi sobrina parece haber asumido vuestra defensa y yo he venido a advertiros. Son muchos los que dicen que los descarríos de vuestra juventud os dificultarán la tarea de haceros un futuro aquí, en Londres.

—¿Es eso lo que dicen, lady Taylor-Reid? —se la quedó mirando fijamente—. Hace mucho tiempo que Inglaterra ha dejado de asustarme con su obsesión por la importancia del nombre y la fortuna familiares.

—Entonces vos mismo os estáis buscando problemas.

—¿Perdón?

Ignorando su perplejidad, la dama continuó:

—La protección que ofrece un nombre familiar es irrefutable, y el de Davenport es uno que anhelo que permanezca sin mácula alguna. Si mi hijo Daniel os ha ofendido en algo…

Se interrumpió, tragándose las lágrimas, y Luc, que ignoraba completamente a dónde quería llegar, se quedó callado.

—… os suplicaría que lo ignorarais —prosiguió ella—. Puede que no sea la persona más fácil del mundo, pero si muriera… —le falló la voz, pero inspiró profundo y añadió con tono más firme—: Yo, por supuesto, os ofrecería algo a cambio. Corren rumores de que estáis más involucrado en la muerte de Paget de lo que dejáis traslucir. Quizá sea esta la ocasión más conveniente de que os volváis a América… con la próxima marea, por así decirlo. Hay un barco que zarpa para Boston por la mañana que tiene una litera pagada —le puso un papel en las manos—. Encontraréis todos los detalles aquí, señor Clairmont, y el capitán está dispuesto a no hacer preguntas.

—¿Y privaros así a vos y a vuestra sobrina de mi persona?

—Creo que los dos nos entendemos perfectamente.

No esperó a ver si aceptaba, sino que se alejó de vuelta con el padre de Lillian, que los miraba sin disimular su furia. Una menuda mujer de cabello gris, ligeramente encorvada pero con una voluntad de hierro a la hora de proteger la reputación de su familia.

—Tal vez Davenport aprendió el arte de salirse con la suya en todo desde que abandonó el seno de su madre. Si es que tuvo alguna.

Luc se echó a reír ante la reflexión de Stephen. Vio que Lilly, al oír su carcajada, desviaba la vista deliberadamente, alzando su aristocrática nariz con un gesto desdeñoso.

Una mujer hermosa. Y prudente. Sabía que debería tomar nota de la advertencia de Jean Taylor-Reid, que debería dejar a Lillian Davenport en manos de los impecables cánones de la alta sociedad y de un prometido que se mostraría siempre prudente y juicioso. Pero no podía, no cuando ella le había susurrado lo que sentía hacia él después de que se hubiera desmayado, cuando había bajado la guardia. No cuando ella le había confesado que su color favorito era el naranja.

Apuró su vaso de limonada y lo dejó en la mesa baja que tenía al lado. Si no actuaba esa noche, al día siguiente podría ser demasiado tarde. La proclividad de su tía a entrometerse era preocupante y sus propios problemas lo estaban empujando a una tierra de nadie donde no podría hacer nada que no fuera esperar y ver.

Nunca había dejado que nadie le llegara tan hondo. Lillian estaba sacando algo de él que había creído perdido hacía mucho tiempo, fosilizado como había estado en los desgraciados años de su juventud y de su matrimonio. Pero no lo estaba ya. Esa noche, mientras la observaba al otro extremo de la sala con su vestido blanco y el reflejo de las velas en su pelo, el duro centro de su corazón había empezado a deshelarse, a esperar, a sentir de nuevo la posibilidad de una vida que era... completa.

Maldiciendo por lo bajo, se apartó de Hawk y salió a una de las terrazas que había cerca de la cabecera de la sala.

Los acordes de Mozart rasgaban el aire, suaves, refinados, un hilo de memoria de una Inglaterra que nunca lo abandonaba. Una gran oleada de anhelo lo anegó. Anhelo de un hogar. Anhelo de Lilly y de su bondad, de su sensatez, su confianza y su honestidad.

Por la ventana de un salón de la planta baja podía distinguir un resplandeciente árbol de Navidad, con las velas de sus ramas prometiendo todo lo que de justo y bueno había en el mundo. Elizabeth nunca se había ocupado de aquellas tradiciones: en lugar de ello, había preferido las interminables rondas de visitas. Una mujer que había encontrado solaz en el ajetreado torbellino de la sociedad.

Se pasó una mano por el pelo. Si era sincero consigo mismo, se había casado con ella por su belleza, una razón frívola de la que había tenido muchas ocasiones para arrepentirse durante su primer año de matrimonio. Pero en aquel entonces no había tenido ni veintisiete años y la tierra que había trabajado con Stuart había ocupado gran parte de su tiempo desde su llegada a América. Cuando ella fue tras él con sus relampagueantes ojos y sus preciosos rizos castaños, se había quedado cautivado.

¡Nunca lo había amado! El simple pensamiento le hizo soltar un juramento, porque ni siquiera en las horas más negras se había hecho aquella confesión a sí mismo. ¿Por qué ahora, entonces? ¿Por qué allí? Supo la respuesta antes siquiera de formular la pregunta. Porque en la sala contigua había una mujer por la que sentía más respeto que por cualquier otra que hubiera conocido en su vida. Una mujer que en aquel momento estaba riendo, bailando, charlando.

«Creo que mi sobrina parece haber asumido vuestra defensa y yo he venido a advertiros».

La voz de la tía de Lillian resonó en su conciencia mientras abría la puerta y escrutaba la sala. Afortunadamente encontró a Lilly separada de su familia y retirada en un rincón. ¿Lo había visto entrar? Lucas no lo sabía. Lo único que sabía era que de repente estaba junto a ella en aquel tranquilo y apartado espacio, y que su calor ahuyentaba su frialdad, con aquella llama ardiendo en sus ojos azul claro. Ya no podía ser cauteloso.

—Tu tía acaba de advertirme que me aleje de ti. Cree que puedo llegar a ser una corruptora influencia.

—¿Y lo eres, Lucas? ¿Es eso lo que eres?

Negó con la cabeza. Quiso decirle más, pero se vio impedido de hacerlo: después de todo, era mucho lo que había hecho en su vida que sabía que a ella no le gustaría oír. Como si pudiera leerle el pensamiento, lo miró directamente.

—No entiendo qué es lo que hay entre nosotros, pero ojalá desapareciera de una vez —se llevó una mano al pecho, y la sensación que crecía en el interior de Lucas se intensificó, peligrosamente completa. No quedaba espacio ni para el compromiso ni para la negociación.

—Te deseo —la prudencia y la lógica lo abandonaron mientras delineaba con el pulgar el contorno de su brazo, con su rubia melena derramándose como niebla sobre la negrura de su ropa.

Frágil. Qué fácil sería arruinarla.

Pero ni siquiera ese pensamiento le hizo apartarse de ella: no esa noche, con la mínima posibilidad que todavía le quedaba. Allí. en ese instante. Solo ese minuto perdido en la suerte de un providencial encuentro y un centenar de razones por las que debería dejarla en paz. Sintió sus dedos buscando su pulgar mientras se reprendía a sí mismo, con sus blancas y delicadas mangas de seda cubriendo su puño como una mortaja.

—Dios —se apartó al tiempo que cerraba los ojos y maldijo entre dientes—. Lilly…

Su nombre. Solo eso. Ni siquiera podía susurrar lo que tanto deseaba, porque el hecho de pronunciarlo ahuyentaría la belleza de la imaginación. Y si aquel recuerdo era todo lo que iba a quedarle, no pensaba estropearlo con una torpe súplica.

Poseía tanto poder como contención. Aquella disparidad le sentaba bien, pensó Lillian, mientras el calor que sentía por dentro destruía toda resistencia y el inefable lapso que separaba la separación y la cercanía se evaporaba. Como un sueño. Fundiéndose sin más mediante el contacto con otro ser. Escuchó el eco de su propio corazón, rápido y fuerte, y sintió el temblor de sus dedos mientras se deslizaban por la seda y encontraban la piel debajo de las mangas de encaje. Se tragó su propio aliento. Aquello era el comienzo de algo contra lo que no podía seguir luchando, ni negarlo con palabras. Estaba harta de negativas y de fingir que todo lo que sentía por él era falso.

Tragó saliva, con los ojos llenos de lágrimas.

—Si me besas aquí, me arruinarás.

No le quedaba elección, porque ya su cuerpo basculaba hacia él con sus senos rozándole la camisa bajo la chaqueta abierta, endurecidos sus pezones de puro y simple deseo. Él era su único punto de conexión en toda la sala, el norte de su sur. Lo deseaba, deseaba que la tocara, que la besara como había hecho antes y le enseñara aquello que podía existir entre un hombre y una mujer cuando todo era exactamente como debería ser.

No se atrevía a seguir luchando contra ello por miedo a perder más de lo que podría soportar. Una solitaria lágrima resbaló por su mejilla y sintió su recorrido como la marca de un hierro candente. No le quedaba voluntad propia. Lo que tuviera que ocurrir entre ellos, ocurriría en aquel apartado rincón de la habitación, a diez metros de su padre y de su prometido y delante de trescientos pares de ojos curiosos.

—Ah, Lilly, si fuera tan fácil…

La voz de Lucas tenía un timbre de resignación mientras le tomaba una mano para besarle el dorso. Lillian sintió su lengua acariciando sus nudillos, cálida y húmeda de promesas. Al ver que se apartaba, intentó retenerlo, recuperar lo que sabía ya estaba perdido. Pero él no se quedó, ni se volvió mientras abandonaba el rincón.

Se había ido.

Una vez sola se echó a temblar, cerrando los puños. Musitó por lo bajo las palabras de una oración de la infancia en un esfuerzo por recuperar la compostura, clavándose las uñas en las palmas.

«La vida es como un río que te lleva siempre al lugar al que te tiene que llevar».

A donde estaba en aquel momento. ¡Sin él!

Contempló la noche, con una miríada de estrellas brillando por encima de las nubes bajas. El tiempo había cambiado con la misma rapidez que ella. Podía sentirlo en su sangre y el creciente gozo que la invadió... cuando reconoció el honor de la actitud de Lucas Clairmont.

El honor que había demostrado al abandonarla a tiempo y dejarla intacta. Inspirando profundamente para recobrar la confianza, se volvió y casi chocó con las hermanas Parker, que la miraron a su vez horrorizadas. Un nudo de miedo le cerró la garganta. Tosiendo, se esforzó por decir algo. ¿Lo habrían visto todo?

—Hace una noche espléndida —incluso a sus propios oídos las palabras sonaban forzadas. El temblor que había en ellas traicionaba todo lo que tanto se esforzaba por ocultar.

Pero ellas no respondieron, ni siquiera sonrieron. Se la quedaron mirando durante un buen rato hasta que la más joven estalló en sollozos y Lillian comprendió que el juego había terminado.

Una mujer que supuestamente era familiar de las jóvenes se acercó a ellas, y la siguió otra, y otra más, curiosas todas.

—La señorita Davenport dejó que el señor Clairmont le besara la mano al tiempo que se acercaba a él. Se acercaba mucho. Ella está prometida con lord Wilcox-Rice, al que estoy segura de que esto no le habría gustado nada.

Los susurros de interés empezaron tímidamente al principio, para luego extenderse por la sala como las olas de una tranquila poza de verano en cuyo centro hubiera caído una piedra. El círculo de curiosidad se fue ampliando cada vez más, con sentimientos que oscilaban entre la fascinación, la furia y la compasión.

El rostro de su padre estaba pálido cuando se acercó a ella. John no lo hizo, sino que se limitó a mirarla con expresivo desagrado. Lillian vio que su tía Jean fruncía el ceño de preocupación mientras la música de la orquesta se disolvía en la nada.

¡Los sonidos de la ruina no eran ensordecedores!

¡Los colores de la ruina no eran estridentes!

Eran más bien pálidos, apagados y suaves como el contacto del brazo de su padre, con sus dedos sobre los suyos, protectores y seguros.

—Vamos, Lillian —le dijo en voz baja—. Te llevaré a casa.

Doce

Luc abandonó la casa de los Billinghurst y se internó en la noche, profundamente sumido en sus reflexiones.

¿Qué habría sucedido si se hubiera quedado? Probablemente la habría besado.

—Que Dios me ayude —respiraba pesadamente cuando enfiló por un oscuro callejón, un rápido atajo hasta sus aposentos.

¿Le habría abofeteado Lillian y exigido una disculpa?

No podía arriesgarse. Aún no. No antes de que ella hubiera tenido la oportunidad de conocer su verdadero carácter y decidir por sí misma si quería algo más con él.

Volvió a jurar. Él siempre había sido un hombre que había planificado cuidadosamente su vida, que había medido siempre muy bien sus movimientos.

Pero esa vez… no sabía lo que había sucedido. ¿Cómo había podido perder el control hasta el punto de arriesgar la reputación de Lillian por un capricho?

Contemplando retrospectivamente lo sucedido, la absoluta estupidez y las consecuencias de sus actos resultaban descaradamente obvias.

Lillian no había parecido muy contenta. No le había agarrado la mano para retenérsela; en lugar de ello, había desviado la mirada hacia su prometido y su padre, con los ojos llenos de lágrimas.

¿Cómo podía haberse equivocado tanto? ¿Por qué diablos lo había arriesgado todo? La furia empezó a crecer en su pecho. Él era un extranjero de las colonias, de dudosa reputación, mientras que ella era una mujer que se hallaba en la cumbre de la buena sociedad y de las buenas maneras, que jamás habría acogido de buen grado sus insinuaciones en un lugar público.

«Si me besas aquí, me arruinarás». ¿Acaso no se lo había dicho ella misma mientras se retraía? Arruinada por su pésima reputación, por su condición de extranjero, arruinada por el hecho de que él nunca había encajado en parte alguna salvo en las tierras salvajes de Virginia, con su trabajo duro y honesto y sus infinitas extensiones vacías.

Dios, había perdido a una esposa en los brazos de otro hombre porque nunca había llegado a comprender bien lo que significaba estar casado. El compromiso. Quedarse en un mismo lugar. El tiempo. Alimentar una relación y mantenerla incluso en los momentos en los que nada era fácil. El ejemplo del matrimonio de sus padres no había sido un modelo y su tío nunca había llegado a tomar esposa.

Nunca había entendido lo que hacía que la gente, una pareja, estuviera unida en los buenos y malos momentos.

Indudablemente, la incomprensión seguía siendo el sentimiento dominante que había sobrevivido a sus cinco años de su matrimonio.

De repente un ruido le hizo volverse y se encontró ante tres hombres vestidos de negro. Lanzó el brazo para conectar el puño con la cara del primero, pero fue demasiado tarde. Una pesada porra de madera lo golpeó en una sien y cayó al suelo, debilitado.

Mientras caía, alcanzó a distinguir un carruaje esperando al final del callejón, y lo reconoció como el de los Davenport. Por un segundo se animó con el pensamiento de que quizá estuvieran allí para salvarlo, pero sus esperanzas quedaron truncadas cuando le cubrieron la cabeza con un pesado saco de lona.

—La mujer dijo que lo lleváramos a los muelles, y que un hombre nos estaría esperando allí.

¿La mujer?

¿Ella?

¿Lillian?

Mientras se agudizaba la mareante sensación de irrealidad, acogió de buen grado el remolino de negrura que acabó tragándoselo, porque al menos le privó del explosivo dolor que estallaba en su cabeza.

Lucas Clairmont no acudió a verla como Lillian había pensado que haría. No la visitó ni la primera mañana ni la segunda. Para entonces habían transcurrido cinco días y cada esfuerzo que había hecho su padre para localizarlo había sido inútil. Un hombre que había desaparecido del baile para evaporarse en la nada, dejando un verdadero desastre detrás.

No estaba en sus aposentos de Londres, y ni lord Hawkhurst ni los Saint Auburn tenían idea alguna de dónde podía estar. Lo sabía porque su padre había ido a verla a su habitación, antes de la cena, para explicarle todos los infructuosos esfuerzos que había hecho para localizar al americano.

—Todo esto es culpa mía —le dijo con tono solemne, pasándose los dedos por el poco cabello que le quedaba—. Yo te empujé a hacer algo insostenible y perdiste la cabeza.

Aquella melodramática frase fue la primera cosa que hizo sonreír a Lilly desde que abandonaron el baile de los Billinghurst.

—Creo que lo más probable es que mi reputación esté perdida para siempre, padre.

Ernest Davenport se levantó, con todo el peso del mundo sobre sus hombros, acentuadas de preocupación las profundas arrugas de su rostro.

—No creo que Wilcox-Rice te perdone. Incluso su hermana se está dedicando a difundir la noticia de tu desliz.

—Yo no quería perjudicarlos.

—Pero lo hiciste.

Negarlo no haría que se sintiera mejor. Esbozó una mueca al imaginarse la percepción que tendría la familia de Wilcox-Rice de todo aquel asunto.

—Y lo peor de todo es que no has sacado nada de ello. Yo ya no sé, hija, si te casarás alguna vez. No sé qué posibilidades se te ofrecerán después de todo esto.

—Pero tú me apoyarás… —el miedo se filtraba en el hueco tono de su voz.

—Jean dice que no debería hacerlo. Dice que eres como tu madre y que tu sensual naturaleza ha quedado al descubierto.

—No. Eso no es cierto, padre.

—Todo el mundo está hablando de nosotros. Todo el mundo está recordando a Rebecca de una manera que yo había creído olvidada. Somos universalmente compadecidos, hija. Una familia maldita en sus relaciones y caída en desgracia.

—¿Todo por un beso en el dorso de mi mano?

—Ah, hay mucho más que eso, creo. Al menos aquí, en esta habitación, entre nosotros, te agradecería que no me mintieras.

Ella permaneció callada mientras él inclinaba la cabeza en agradecimiento, una leve panacea contra todo lo que habían perdido

—Creo que se impone un viaje al Norte.

—¿A Fairley Manor? —el mismo lugar al que había sido desterrada su madre.

El rostro de su padre se crispó mientras subía las manos para esconder el dolor que no quería que viera, y con aquel único gesto Lillian comprendió la enormidad de su ruina y de la locura que se derivaba de ella.

—Si pudieras encontrar a Lucas Clairmont, estoy segura…

Ernest dejó caer las manos, irritado.

—¿Segura de qué? ¿De que se casará contigo? ¿Segura de que esto se olvidará? ¿Segura de que la sociedad perdonará esta falta de buen juicio en alguien al que contemplaba como modelo de comportamiento para cualquier joven dama? ¿No lo entiendes, verdad? Si se hubiera tratado de otra mujer menos admirada, el asunto habría podido quedar en el olvido. Pero durante toda tu vida adulta has sido elogiada por tus maneras y tu buen comportamiento. ¡Lillian Davenport dice esto! ¡Lillian Davenport dice lo otro! Esa posición te creó enemistades entre aquellas damas que no eran tan admiradas, y ahora esas mujeres están hablando, hija, y en voz muy alta.

Ella permaneció callada.

—Cerraremos esta casa y nos retiraremos a Farley. Al menos allí podremos recuperarnos. Por supuesto, Jean, Patrick y Daniel nos acompañarán con las fiestas de Navidad casi encima.

El corazón se Lillian se encogió de nuevo.

—Luego ya veremos lo que haremos. Quizá podríamos hacer un viaje a alguna parte.

Así que no la abandonaría, después de todo. Le tomó una mano.

—Gracias, padre.

Él se llevó su mano a los labios y le besó el dorso, un gesto que ella no le había visto hacer desde antes de que su madre los abandonara, y la simbólica lealtad que contenía le desgarró el corazón.

Cuando su padre se hubo marchado, Lillian abrió un cajón de su escritorio y sacó una hoja de papel. No podía marcharse con aquel silencio entre ella y John y Eleanor Wilcox-Rice. Con mano temblorosa, empezó disculpándose por todo el daño que les había causado; al terminar, dejó el elegante anillo de oro blanco y diamantes en su caja, junto a la nota. Lo haría entregar todo por la mañana. Al menos, en el remolino de tanta desgracia, se vería libre de aquella pretensión.

Lucas Clairmont se había marchado. ¿De vuelta a América, quizá, en un barco que en aquel momento se dirigiría a su hogar? No se había puesto en contacto con ella, ni intentado de manera alguna enmendar la situación entre ellos.

¡Arruinada para nada!

El mantra resonaba una y otra vez en su cabeza, como solemne y constante recordatorio del castigo que recibían aquellos que no seguían las convenciones sociales.

Apenas podía creer que aquella fuera la situación en la que se encontraba en ese momento… ¿para siempre? Hasta su doncella, cuando entró en su habitación, rehuyó su mirada. Su rígida censura resultaba aparente en cada uno de sus movimientos.

La comida de aquel día se hizo interminable. Cada uno se esforzó por evitar el delicado tema con especial cuidado.

Inesperadamente su primo más joven, Patrick, fue el que más amable se mostró con ella, relatándole todos los *faux pas* que había cometido a lo largo de los años con extraordinaria sinceridad.

—Este es un mundo injusto, Lillian, en el que las mujeres son desprestigiadas por las acciones de un canalla. Si Luc Clairmont entrara ahora mismo por esa puerta, le aplastaría la cabeza.

—Por favor, Patrick —las protestas de Jean cayeron en oídos sordos.

—Y luego exigiría retribución, aunque solo Dios sabe en qué forma llegaría, dado lo ligero de su bolsa…

—Creo que tu madre preferiría no oír más —dijo el padre de Lillian con tono autoritario y Patrick se interrumpió.

El ruidoso tictac del reloj del rincón era el único sonido de la sala.

—La condesa de Horsham es de la opinión de que ningún americano es de fiar —continuó su tía al cabo de un rato. Alzó su pañuelo y se secó los ojos húmedos por las lágrimas—. Y ahora no tendremos viaje a París. Para comprar el vestido de novia —precisó al advertir la perplejidad de los demás.

—Yo pensaba que la anulación de una excursión de compras era la última de nuestras preocupaciones —dijo Ernest, esperando a que el criado que tenía detrás se llevara su plato vacío—. Pero si tenemos alguna esperanza de capear este desastre, necesitaremos superar el pasado y mirar hacia delante.

—¿Cómo? —se apresuró a replicar Jean—. ¿Cómo vamos a poder hacer eso?

—Mediante el sencillo método de no volver a mencionar a Lucas Clairmont.

Su tía estuvo de acuerdo, y lo mismo Patrick.

—¿Y tú, Lillian? —inquirió su padre al ver que su hija se quedaba callada—. ¿Qué piensas tú?

—A mí también me gustaría olvidar el asunto —respondió, consciente de que ni en un millón de años sería capaz de hacerlo.

Pero conforme habían transcurrido los días y la condena se había hecho pública, incluso entre aquellos que no habían tenido razón alguna para no ser generosos con él, la furia había terminado por imponerse al dolor.

¿Por qué la había seguido hasta la intimidad de aquel rincón, si durante todo el tiempo había tenido intención de abandonarla? Seguro que su acto no había podido ser tan canallesco…

«Lilly». La manera en que había pronunciado su nombre había estado teñida de la emoción de un hombre que había perdido el control, y cuyo contacto había acabado con años de contención, dejándola vulnerable. Expuesta.

La voz de su padre interrumpió sus reflexiones.

—Partiremos para Fairley por la mañana y cerraremos esta casa hasta finales de enero. Se quedarán algunos criados para supervisar el proceso antes de reunirse con nosotros. Con un poco de suerte, puede que este… incidente no se haya difundido fuera de Londres y quizá incluso podamos celebrar algún acto social a pequeña escala. Espero, Patrick, que tú en particular no encuentres la estancia demasiado aburrida.

Lillian apretó los dientes, aunque difícilmente estaba en posición de recordarle a su padre su propia necesidad de contar con alguna compañía. El invierno se le antojaba interminable: Navidad, Año Nuevo, Noche de Reyes y la Epifanía. Todas ellas fiestas en las que no participaría, con los vestidos adquiridos recientemente abandonados en el armario.

Cuando la horrible realidad de su situación la acometió de nuevo, empujó su plato y se disculpó para levantarse de la mesa. Sus familiares evitaron mirarla, otra señal de lo mucho que les había perjudicado su error, porque las bandejas del vestíbulo que otrora habían estado llenas de invitaciones se hallaban en ese momento vacías.

Sus familiares también se habían convertido en *personae non gratae*, y ella no había puesto un pie fuera de casa en cinco días. Incluso las ventanas que daban al parque habían sido cerradas, ya que a menudo había visto a curiosos mirando hacia allí y señalándola.

«Pobre Lillian Davenport. Arruinada».

De repente se dio cuenta de que no le importaba. No podía permanecer escondida para siempre. Al fin y al cabo, tenía veinticinco años, y no era precisamente una mujer que hubiera sido sorprendida en flagrante *déshabillé*.

Recogiendo su pesado abrigo de invierno, su sombrero y sus guantes, llamó a su doncella y pidió que le prepararan el carruaje.

—No estoy segura de que el señor... —la muchacha se interrumpió al ver su expresión—. Ahora mismo, señorita.

Poco después estaba con su modista probándose un vestido que había encargado muchas semanas atrás. *Madame* Berenger fue lo suficientemente educada como para no hacerle ninguna pregunta personal, prefiriendo concentrarse en el vestido.

—Os queda precioso, señorita Davenport. Me

gusta particularmente la espalda, con la franja que cruza el corpiño.

Volviéndose hacia el espejo, Lillian fingió por el vestido mayor interés del que sentía porque un grupo de damas conocidas suyas acababa de entrar en la tienda.

Se hizo un incómodo silencio, seguido de unos cuchicheos.

—Es ella.

—¿Nos ha visto?

Lillian intentó no reaccionar, aunque las manos de la modista habían dejado de hilvanar el dobladillo como esperando a lo que iba a ocurrir a continuación.

—Quizá este no sea un buen momento para estar aquí —dijo en voz alta Christine Greenley, pero la joven ayudante que se había apresurado a atender a las recién llegadas le aseguró que había varias costureras dispuestas a ayudarlas.

—Tal vez, pero... ¿la señorita Davenport tendrá para mucho tiempo? —lady Susan Fraser no fue tan educada—. No desearía tener que hablar con ella.

No hubo más fingimientos y se hizo el silencio. El ruido que hizo un alfiler al caer al suelo de madera resultó atronador.

Lillian dio las gracias a la mujer que seguía arrodillada ante ella y se recogió la falda del vestido para evitar que se le descosiera el dobladillo.

—Por favor, no os marchéis por mi culpa, lady

Fraser, porque yo ya he terminado —la distancia que tenía que recorrer hasta el vestuario le pareció muy larga, pero sus bien arraigados modales le proporcionaron el recurso de la falsa sonrisa.

Detrás de las cortinas de terciopelo, las manos le temblaban tanto que apenas pudo quitarse el vestido. Cuando se miró en el espejo, fue como ver a una desconocida: ojos enormes por el mucho peso que había perdido y mejillas hundidas. Inspirando profundamente tres veces, rezó para poder resistir la situación. La tímida llamada de la doncella al otro lado de la cortina contribuyó a animarla.

—¿Puedo ayudaros con el corsé, señorita Davenport? —preguntó, y la miró con preocupación cuando Lillian la hizo entrar. Con la mayor delicadeza le colocó el corsé y le ató los lazos.

Cuando salieron del vestuario, el grupo seguía allí. La dama de mayor edad se cruzó en su camino cuando ella se disponía a marcharse.

—Lamento el apuro en que os encontráis, señorita Davenport.

El apuro. ¿Qué podía contestar a eso?

—Gracias —la palabra sonó a absurda parodia de buenas maneras. ¡Hasta arruinada, la dama tenía que mostrarse elegante!

—Pero, a vuestros veinticinco años, deberíais haber sido más cauta.

—Indudablemente que sí —otra necedad.

—Si pudiera ofreceros algún consejo, ¡os diría

que fuerais a buscar a Wilcox-Rice con la cabeza en la mano y le suplicarais perdón! Con un poco de suerte y un buen montón de sinceras disculpas, quizá esta situación pudiera remediarse en beneficio de todos los afectados.

—Quizá.

«Y quizá deberíais ocuparos de vuestros propios asuntos. Quizá deberíais saber que vuestro hijo me ha hecho varias proposiciones de manera grosera e indecente».

Capas.

Capas de verdad. Una encima de la otra, y todas dependientes de la que yacía por debajo de todas.

Y Luc Clairmont. ¿Cuál era su verdad?, se preguntó mientras salía a la calle, evitando cuidadosamente las miradas de los demás mientras entraba en el carruaje que la esperaba, contenta de volver a casa.

Lucas se despertó al sonido del agua, la profundidad de las olas del mar, el eco hueco del océano golpeando la madera y el viento hinchando las velas de lona. ¡Estaba en el casco de un barco! Intentó tragar saliva y descubrió que no podía, debido a la sequedad de su garganta.

Al otro lado, un anciano se hallaba sentado ante una mesa, observándolo.

—Seguro que tendrás sed.

Luc se sintió aliviado cuando el hombre se levantó y le ofreció algo de beber. ¡Un agua salobre! Cuando alzó las manos para seguir bebiendo, se alegró de que a sus captores no se les hubiera ocurrido atarlo. El tintineo de las cadenas, sin embargo, defraudó ese pensamiento al tiempo que bajaba la mirada a los pesados grilletes que llevaba en los tobillos.

—¿Dónde estamos? —tenía la voz áspera, pero al menos podía hablar.

—Tengo órdenes de no decirte nada —respondió el hombre con marcado acento escocés.

Lucas intentó echar mano de su reloj de bolsillo, pero descubrió que había desaparecido. Al igual que su chaqueta y su corbata. Miró por la escotilla del otro extremo del camarote y vio que todavía era de noche.

¿Solamente habían transcurrido unas pocas horas desde que lo secuestraron? ¿O un día entero? No tenía manera alguna de saberlo. Le dolía terriblemente la cabeza.

—¿Vienes de Escocia? —intentó formular la pregunta de la manera más natural posible, para hacerle hablar.

—Sí, de Edimburgo. Y antes de Inverness.

—Yo siempre quise viajar al Norte. Se dice que es una tierra muy hermosa.

—Sí que lo es. Al lado de aquello, esto en cambio… —hizo un gesto, abarcando lo que lo rodeaba—. Tengo intención de volver. Para vivir allí, quiero decir.

—Si me ayudas a salir de este barco, yo podría darte dinero suficiente para que te compraras tu propia tierra.

El otro frunció el ceño.

—¿Eres rico, entonces?

—Mucho.

El escocés lo miró detenidamente como sopesando sus opciones. Luc sentía que el pulso de la garganta se le aceleraba a cada segundo. La taimada mirada de incertidumbre de aquel hombre resultaba prometedora.

—¿Sabes juzgar bien a las personas? —le preguntó Luc en voz baja.

—Creo que sí.

—Si te dijera entonces que soy un hombre inocente que no ha hecho nada malo, ¿me creerías?

—Cualquier asesino se presentaría como inocente si su vida dependiera de ello. Pero todavía tengo que conocer al hombre al que encierran en un barco en mitad de la noche y no haya flirteado con el lado oscuro de la ley.

Luc se sonrió.

—Yo no esperaría de ti más que miraras para otra parte durante cinco minutos, después de liberarme de estas cadenas —señaló los grilletes de sus tobillos.

—Sería hombre muerto si lo hiciera.

—Entonces arrójalas al mar después de que yo me zambulla, y diles que salté encadenado.

—Solo un loco intentaría nadar encadenado.

—¿Un loco o un hombre desesperado?

Se hizo un silencio en el pequeño camarote.

—¿Cuándo?

¡Una simple palabra, y tan cargada de esperanza!

Luc respondió a su pregunta con otra.

—¿Adónde nos dirigimos?

—A Lisboa.

—¿Por el Golfo de Vizcaya?

—Ya hemos surcado esas aguas y ahora enfilamos hacia el Sur.

—¿Por las corrientes cálidas, entonces, de la costa de Portugal? Si saltara al mar aquí, tendría una oportunidad.

—¿Y mi dinero?

Luc escuchó de buen grado aquel tono de avaricia.

—Lo dejaré en el Banco de Inglaterra de Threadneedle Street, Londres, a mi nombre.

—¿Que es...?

—Clairmont. Lucas Clairmont. Podrás reclamarlo cuando vuelvas a Inglaterra, y partir luego a tu patria.

—Si mueres durante esta loca escapada, yo no veré ese dinero.

—Ve a ver a lord Stephen Hawkhurst y cuéntale la historia —Luc se sacó la alianza del anular y la dejó en el suelo delante de él. El rayo de luz de luna que entraba por la escotilla arrancó un reflejo al oro macizo, pesado—. Te juro por la tumba de mi abuela que él te pagará tus quinientas buenas libras por tus molestias, al margen de lo que a mí me suceda.

Cuando el hombre soltó un torrente de palabrotas, Luc comprendió que lo tenía. Aun así, era mucho lo que le quedaba por averiguar.

—¿Quién me trajo a este barco?

—Tres tipos que pagaron al capitán por tu pasaje. Hablaron de una mujer que te quería fuera de Inglaterra, si la memoria no me falla.

Cerrando los ojos contra la mirada del otro, intentó concentrarse y recuperar las fuerzas mientras agradecía al río James las lecciones de natación que había tomado allí, de tantas veces como había atravesado sus orillas.

Esperaba que no hubiera habido de por medio dinero de los Davenport. Que no hubiera sido Lillian, arrepentida de la intimidad que habían compartido en aquel rincón en el baile de los Billinghurst, y decidida a deshacerse de un peligroso extranjero que habría podido amenazarla. ¡Unas pocas libras y listos! No, era incapaz de imaginarse a Lillian orquestando un acción ilegal, por muy apurada que hubiera sido su situación. ¿Su tía Jean, entonces? Dios, eso tenía mucho más sentido. Quizás estuviera en el mismo barco para el que le había comprado un pasaje...

Ya el hombre había recogido la llave de la mesa y

lo había liberado de los grilletes. Las cadenas cayeron alrededor de sus tobillos mientras se erguía cuán alto era, mucho más que su captor.

—¿Qué suele pasar con aquellos a los que encerráis en el barco, al amparo de la oscuridad?

—Por lo general, yo diría que Lisboa es el último lugar que ven en vida.

La decisión estaba tomada. Luc se quitó la camisa y se la ató a la cintura. Le entraron ganas de levantar la silla que estaba junto a la mesa y hacerla pedazos, para utilizar el más grande como lastre. Pero no se atrevió a hacerlo, por miedo a que el ruido atrajera a otros que no se mostraran tan dispuestos a dejarse sobornar.

—¿Cómo abandono el barco?

—Si me sigues, te lo enseñaré —levantando las cadenas, el escocés ahogó su tintineo en los pliegues de su chaqueta mientras Luc lo seguía fuera del camarote, a lo oscuro.

Trece

El bordado de Lillian estaba casi terminado, un precioso diseño de peces y de aves en tonos grises y cremas. Completar tardíamente labores pendientes como aquella había sido una de las cosas que la habían ayudado en su forzado encierro, y otras a medio hacer esperaban en la canastilla que tenía a sus pies.

Dos semanas habían pasado ya y seguía sin recibir noticia alguna de Lucas Clairmont. Catorce días desde que su vida había sido trastocada completamente por un hombre que nunca había querido otra cosa que jugar con ella. Lo odiaba por ello, y odiaba también la absoluta inutilidad del ejercicio de aborrecerlo, la depresión de espíritu que le quedaba tras la maravilla que había experimentado. Del amor al odio en catorce días, un instantáneo viaje a la ruina que apenas todavía podía comprender.

Las lágrimas anegaban sus ojos y el bordado que tenía delante se desdibujaba en tristeza. Pero un alboroto procedente de la puerta de la calle la hizo levantarse: unas voces gritando, y entre ellas las furiosas de su padre y de su primo. Y otra voz, más baja, familiar, y un rumor de pasos corriendo.

—¿Lucas? —su nombre escapó de sus labios en un susurro mientras corría por el salón azul y entraba en el vestíbulo, arrastrando detrás hilos de color gris y crema.

El rostro de Lucas Clairmont estaba lleno de sangre. En la nariz y en los ojos cerrados de lo hinchados que estaban, bajo los puños de su primo y de un amigo de este. Y él que no luchaba, que no se resistía. Oyó el crujido de su cabeza cuando cayó de bruces en el suelo de mármol y quedó aturdido.

—¿Qué está pasando aquí? —exigió saber, alzando la voz en el silencio que siguió.

—Se lo merecía —fue la explicación de Patrick. Le sangraban los nudillos, que se limpió en la camisa blanca.

¿Se lo merecía realmente? La pregunta relampagueó en sus ojos mientras se situaba entre su padre y su primo. Por la puerta abierta de la casa se asomaban los sirvientes que trabajaban los jardines, y entraba también la humedad procedente del fuerte aguacero que estaba cayendo. Pero no se agachó para atender a Lucas. No podía. La culpa la tenían las dos semanas de furia y dolor que se interponían entre ellos, la sofocante distancia que los había separado cada vez más.

Cuando Lucas tosió y la mirada de sus ojos ambarinos se endureció antes de apartarse de ella, Lillian comprendió que había perdido la oportunidad de la expiación. Los sentimientos que habían nacido entre ellos se habían marchitado en lo desconocido: dos extraños que habían llegado a coincidir en un mismo lugar por circunstancias que en aquel momento se le antojaban casi increíbles.

No entendía a aquel hombre, nunca había entendido quién era ni lo que quería, un forastero que se había infiltrado en su vida con el único propósito de desbaratarla. ¡Y todavía seguía haciéndolo!

La consternación de su padre se añadía a la suya y, con un sollozo, Lillian se volvió para marcharse. El silencio que oyó detrás resultó suficientemente revelador. Lucas Clairmont no la llamó ni intentó detenerla. El rumor de sus propios pies en el suelo de mármol fue el único sonido, a excepción del frenético latido de su corazón.

Una hora después, su padre llamó a la puerta. Se había cambiado de ropa. Llevaba otra camisa y su chaqueta y corbata estaban en perfecto orden.

Muy formal para una velada en el campo, cuando no esperaban invitados. Lillian empezó a sospechar.

—A Lucas Clairmont le gustaría hablar contigo.

—No creo que...

—Está en el salón azul y le he dicho que bajarías inmediatamente.

Lo miró, pero no pudo adivinar nada en su expresión.

—No veo ningún sentido a prolongar el que ambos sabemos será el resultado de cualquier encuentro que tengamos, padre.

—Necesitas escuchar lo que tiene que decirte, hija. Yo le he dicho que después de hablar contigo tendrá que marcharse, y él me ha dado su palabra de que lo hará.

¡Otra espina en su corazón! Un último encuentro. Una despedida final. Alzó los brazos para recogerse los mechones que habían escapado de su moño y se atusó el cabello.

—Muy bien. Bajaré en cinco minutos.

El alivio que demostró su padre ante su decisión resultó levemente irritante. Decidió que no se cambiaría de ropa ni se arreglaría. No se dejaría despachar sin más mientras lo miraba con el corazón en carne viva, y con el peso de su arruinada reputación entre ellos. Todo aquello era tan culpa de Lucas como suya, y ella sería la primera en decírselo.

Parecía tener peor aspecto que hacía una hora. Tenía nuevas heridas en la mejilla izquierda y sangre reseca en las uñas de la mano que podía ver.

—Lillian.

Aquello era una señal, porque rara vez antes la había llamado así. Había una rotunda furia en su mirada.

—Tu padre me ha explicado las circunstancias que ha traído a tu familia hasta aquí, y quiero decirte que lo lamento...

No le dejó terminar.

—No hay absolutamente nada que lamentar, señor —decidió adoptar un tono formal—. Erramos ambos y lo pagaremos. Las reglas de la sociedad son de lo más explícito en ese aspecto, y cualquier disculpa que deseéis presentarme llega ya demasiado tarde —la enérgica distancia que escuchaba en su propia voz la reconfortaba, le daba nuevas fuerzas.

—Quizá para ti ese precio a pagar sea demasiado oneroso, y por eso me gustaría ofrecerte...

—Oh, por favor... Si se trata de algo más permanente de lo que en este momento os sentís obligado a proponerme, sabed que nunca lo aceptaré.

Él frunció el ceño y permaneció callado, con las manos firmemente hundidas en los bolsillos de la chaqueta que le había prestado su padre. Reconocía el corte y el color. Le quedaba demasiado pequeña, tensas las costuras de los costados. Su silencio reforzó su decisión.

—Apenas nos conocemos, y lo poco que nos hemos conocido ha resultado en desastre. ¡Mi reputación está tan arruinada como vuestro rostro!

—¿Te rendirás tan fácilmente?

Su pregunta acabó con la cortés contención que Lillian tanto se estaba esforzando por mantener.

—¿Rendirme a qué, señor? Sois un misterio para

mí. Un hombre que flirtea con los asuntos del corazón sin comprender verdaderamente todo lo que eso significa. Yo confiaba en vos, señor Clairmont. Pensaba que habíais apreciado lo que de manera tan insensata yo os había ofrecido, pero no fue así y solo entonces vi la luz. Sois un jugador, un mentiroso y un estafador. Lo nuestro nunca habría podido funcionar, jamás, porque yo, al contrario que vos, siento una determinada responsabilidad hacia el título que he heredado y hacia las reglas y normas que gobiernan esta tierra.

—De manera que me estás diciendo que no soy lo suficientemente rico para ti. Que no soy de tan buena cuna como habrías debido esperar. Bien, ¿y eso qué importa?

La hinchazón de sus labios le hacía arrastrar las palabras. Una pequeña vulnerabilidad que ella lamentó advertir.

—Os estoy diciendo que os vayáis de aquí. Que debemos reconocer todo esta locura como lo que es, algo...

—¿Insostenible?

—Exacto —pero la confianza de Lillian se rompió cuando él la miró y la palabra tembló suspendida entre el pasado y el presente.

Porque antes había existido una esperanza, y ahora no.

—¿No tienes ninguna curiosidad por conocer el motivo por el cual he estado alejado de Londres durante estas últimas semanas?

—No. Ha pasado el tiempo de las excusas y de las explicaciones. Nada de lo que dijerais podría convencerme de que no sabíais que yo ya estaba gravemente comprometida para cuando abandonasteis el baile de los Billinghurst.

—¿Nada? —formuló la pregunta de una manera que ella no acertó a comprender—. Entiendo.

—Me alegro de que lo entendáis —meneó la cabeza e intentó combatir un creciente dolor. Eso era. Él se marcharía odiándola. Mordiéndose el labio, giró sobre sus talones y se dirigió hacia la puerta. Ignoró su súplica de que se detuviera mientras corría escaleras arriba.

Ernest Davenport leyó los documentos que estaban desplegados sobre el escritorio de su biblioteca, con el abogado David Kennedy sentado al otro lado y observándolo con interés.

—¿Así que me está usted diciendo que el hombre en cuestión, lejos de ser pobre, posee extensas tierras en Virginia y suficiente dinero para comprar cinco veces mi patrimonio?

—Ese puede ser un cálculo más bien conservador.

—Y también está diciendo que esta proposición de matrimonio se presenta con la incuestionable condición de que mi hija no sepa nada de esto, caso de que yo decida aceptarla.

—Bueno, nos vos personalmente, como comprenderéis. No estamos en la Edad Media, donde las hijas eran arrastradas chillando hasta el altar, después de todo. Pero sí que os señalo que la reputación de vuestra hija se ha visto... empañada, y que esta es la manera más rápida y beneficiosa de asegurar que vuelva a ser aceptada en sociedad. Os diría también que mi cliente está deseoso de que la dama se case con él pero no por dinero, de ahí el secretismo.

—¿Por qué habría de hacer algo así? ¿Por qué Lucas Clairmont querría comprometerse con una mujer que tiene tantos motivos para odiarlo?

—Las motivaciones de los clientes son algo que, en los quince años que llevo trabajando en el bufete, nunca he llegado a comprender del todo, señor. Yo no soy más que el mensajero, el simple emisario de noticias y procedimientos.

—También estará usted comprometido con un contrato, imagino.

—Así es, pero yo nunca acepto a un cliente del que me quepa alguna duda sobre su honorabilidad.

—¿Así que está diciendo que no es un charlatán?

—Eso es, señor. Y también le diría, como padre que soy, que yo sería muy cauto a la hora de rechazar semejante fortuna.

—Ciertamente.

—Mi cliente desea también proceder rápido a esta unión.

—¿Cuánto de rápido?

—Mi cliente espera que la señorita Davenport se convierta en su esposa para principios de la semana que viene. Para ese efecto se ha procurado una licencia especial que permite que el matrimonio pueda tener lugar en cualquier sitio y en cualquier momento.

Ernest levantó su pluma, con la punta entintada.

—Dígale que ella consiente. Que la boda tendrá lugar en la capilla de Fairley Manor. Y que si vuelve a hacerle daño, lo perseguiré y lo mataré.

—La transmitiré cada palabra vuestra, señor.

—Hágalo, señor Kennedy.

—¿Que has hecho qué?

—He aceptado de tu parte la proposición de matrimonio del señor Clairmont, Lillian, porque creo como padre que es la única solución sabia y decente.

—¿Decente? ¿Sabia? Es un hombre pobre y mentiroso, y jugador además. ¿Me estás diciendo que estás contento con poner el futuro de Fairley en manos de alguien que lleva en la sangre la posibilidad de desangrarlo hasta la ruina?

—Así es.

—Estás loco, padre. No es posible que quieras hacer esto, vincular nuestra fortuna a un hombre que se ha demostrado tan indigno de confianza.

—Creo, Lillian, que te apresuras a enlodar su persona. Creo que podrías contemplar esta unión como algo que indudablemente redundaría en beneficio de los dos...

—¡No!

—La licencia ya está tramitada y la fecha fijada para la boda es el lunes.

—No puedo creerlo. ¿Es que te está chantajeando o amenazando de alguna forma? —la horrible revelación hacía que le entraran ganas de desmayarse. Aquel no era su padre. Aquel no era el atento y prudente padre que se habría cortado el brazo derecho antes que dejar la propiedad de Fairley Manor en manos de un yerno poco o nada satisfactorio.

—Si él estuviera aquí, te ordenaría que lo rechazases.

—¿Y si lo hago de todas formas?

—Entonces nos quedaremos para siempre aquí, en Hertfordshire, sin formar parte ni de la alta sociedad ni la de la vida del pueblo, por culpa de tu descuidado error.

¡Su error! O el sacrificio de ella misma, o el de su familia.

—Si me obligas a esta parodia, padre, nunca te lo perdonaré y nunca lo entenderé.

—Permíteme que disienta, hija, porque sinceramente creo que lo harás con el tiempo.

No se esmeró para nada con el vestido de novia. De hecho, en el último momento, escogió llevar uno de organza color crema, de la última temporada, porque el nuevo que le sugirió *madame* Berenger implicaba un esfuerzo que se sintió muy lejos de hacer. Eligió, sin embargo, llevar un ramito de flores de dafne del invernadero de Fairley porque su sentido del buen gusto era más fuerte que ella.

Lucas Clairmont la esperaba al pie del altar, observándola. No había vuelto a verlo desde que lo despachó y los moratones de la cara se habían tornado de un verde amarillento, con su ojo izquierdo todavía hinchado. La manera que tenía de apoyar la mano izquierda en sus costillas sugería que aún estaba dolorido. Su vida entera parecía saltar de una pelea a otra, pensó Lillian, como si nunca pudiera alcanzar la tranquila y cómoda existencia de un caballero normal.

Las lágrimas que durante toda la semana había estado a punto de derramar volvieron a acumularse en sus ojos. Las diferencias entre ellos amenazaban cualquier futuro que pudieran tener.

Los invitados de su familia se apretujaban en los bancos de una mitad de la capilla, llenos todos. En los de la otra mitad, los que corrían de cuenta de Lucas, solo estaban sentadas dos parejas. Los Saint Auburn y lord Stephen Hawkhurst acompañado de un hombre muy anciano.

Concentrando la mirada en el jarrón de flores que había sobre una mesa, detrás de la fuente, advirtió que se trataba de claveles blancos, algo viejos: el torpe toque de algún pariente, evidente asimismo en las recargadas decoraciones de papel que engalanaban los bancos. Le entraron ganas de rasgarlas mientras avanzaba, pero su vestido ocupaba toda su atención, ya que la amplia falda le exigía caminar de manera que no se le enganchara con los salientes de los bancos.

Cuando la música cesó, ella se detuvo también, al lado de su futuro esposo. Vio que llevaba un traje sorprendentemente bien cortado. ¿Le habría prestado lord Hawkhurst una de sus levitas?, se preguntó, y en seguida desterró ese pensamiento. No importaba lo que llevara o qué aspecto presentara. No importaba que ese día hubiera hecho un esfuerzo con su indumentaria que no le había visto hacer antes. Quizá, a la vista del dinero caído del cielo que para él iba a suponer su dote, había sentido la necesidad de cuidar aquellos detalles, para no desentonar. Y, sin embargo, cuando le echó un rápido vistazo, no le pareció que estuviera siquiera mínimamente impresionado por la reunión de tanta gente que le superaba en rango, posición y capital.

Incluso con aquellos cortes y moratones, parecía… confiado. ¡Un hombre que estaba justo en el lugar donde quería estar!

El sacerdote levantó su biblia.

—Estamos hoy aquí para casar a Lucas Morgan Clairmont y a Lillian Jewell Davenport.

¡Lillian Clairmont! Mientras continuaba la ceremonia, las palabras que el sacerdote esperaba que dijera le resultaban cada vez más difíciles de pronunciar.

—… para amarnos y venerarnos, de este día en adelante y hasta que la muerte nos separe.

¡Qué promesa tan vacía! Se preguntó por qué Dios omnipotente no destruía la iglesia con un terremoto o con una tormenta de granizo, o embaucaba al menos a ese hombre para cuestionar sus propósitos. Pero el sacerdote continuaba con su letanía como si no fuera la primera vez que hubiera casado a una novia tan poco feliz.

Nada en aquella boda era como había imaginado que sería; cuando Lucas Clairmont tomó su mano y le puso el anillo en el dedo, fue como otra prolongación de un día horrible.

La alianza consistía en un anillo de oro amarillo chillón con un grueso rubí engastado, que parecía sugerir la premisa de que cuanto más grande, mejor. No era una pieza barata, pero estaba diseñada básicamente para impresionar.

¿Lo habría robado? ¿Lo habría ganado en un juego de cartas? Escondió la mano en los pliegues de su falda, lamentando tener que lucir algo tan llamativo. En contraste, la alianza que le había regalado ella era de un oro discreto, clásico, con sus iniciales y la fecha grabadas.

Cuando el sacerdote les dio permiso para besarse, Lucas se limitó a desechar la sugerencia con un gesto y a volverse hacia la puerta, dejando que lo siguiera mientras ella procuraba no mirar a ninguno de los presentes de su lado de la iglesia. El vestido de novia casi se le enredó entre las piernas de tanto como tuvo que apresurarse para seguirle el paso.

Dios, ¿cuándo acabaría aquel infierno?, se preguntó Luc mientras se esforzaba por conservar una tranquilidad de espíritu que no había sentido desde que regresó a Inglaterra.

Se había zambullido en el mar con un sobresalto de miedo, a quince kilómetros de una costa que no conocía y con la negrura del océano extendiéndose inmensa ante él. Fue solo por Lillian por lo que había continuado nadando, brazada tras brazada a través de las corrientes y las interminables olas, con el agua en los ojos, la nariz y la garganta. ¿Y ahora? Ahora su esposa parecía como si lo odiara, mientras que su tía Jean Taylor-Reid, situada detrás de ella, lo miraba como si fuera un fantasma que hubiera regresado del mundo de los muertos.

Suspiró, deseando poder confrontar algún día a la tía de Lillian con sus acusaciones y sabiendo al mismo tiempo que no podría hacerlo.

Dios, ¿qué estaba haciendo? Había cometido el error de casarse mal una vez antes, y la primera reacción de euforia cuando Lilly consintió en casarse con él se estaba disolviendo en otra de aprensión.

Odiaba las bodas, odiaba la vacía promesa que entrañaban y la forzada alegría que casi siempre se acompañaba de un buen toque de incertidumbre.

Al menos en su primera boda, la novia había lucido un vestido que le había permitido acercarse a ella, y las palabras que había pronunciado habían estado impregnadas de esperanza, no de furia.

Lillian, en cambio, apenas lo había mirado y había retirado la mano tan pronto como él le hubo puesto el anillo. De repente, la licencia especial que había tramitado se le antojaba una enorme imprudencia.

Quizá habría sido mejor asumir el desdén que ella parecía profesarle y zarpar para América, donde sus tierras y sus casas le esperaban y donde la vida era fácil.

¿Fácil? No habría dicho eso tres meses atrás, paralizado por el sentimiento de culpa por la muerte de Elizabeth y por sus problemas con la bebida.

Lilly, con su carácter bondadoso, parecía haberlo curado, había hecho posible lo que era imposible. Era una mujer a la que quería y respetaba. No, no podía marcharse sin más.

—Pareces pensativo, Luc.

Hawk le ofreció un vaso de limonada, que él aceptó.

—Estaba pensando que mi novia no parece particularmente contenta...

—Nat me dijo que Cassie se sintió igual de triste el día de su boda.

—Huyó de él al día siguiente, ¿recuerdas?

Stephen se sonrió.

—Me había olvidado de eso.

Un pequeño tumulto en un lado de la sala les hizo volverse.

—Parece que Alfred se ha dado a conocer a tu nueva esposa. ¿Cuánto tiempo crees que tardará en darse cuenta de que mi tío está mal de la cabeza?

—Acaba de hacerlo, creo —dijo Luc—. Parece que está intentando quitarle la alianza del dedo. Quizá tú podrías convencerlo de que no lo hiciera, Hawk.

Pero antes de que cualquiera de los dos pudiera acercarse, Lillian había resuelto completamente el problema. Tranquilamente se quitó el anillo y se lo entregó al anciano, viendo cómo lo acercaba a la ventana para poder contemplar mejor la joya.

—Bueno —dijo Hawk—, esto es un principio. Habitualmente huyen chillando de él.

—Pero tampoco se ha esperado a que se lo devolviera —añadió Luc cuando la vio alejarse— ¿Crees que tiene alguna idea de lo mucho que vale?

—Es una dama con gusto, Lucas. Por supuesto que lo sabe, hasta el último penique.

—¿Entonces por qué ha dejado que se lo quede tu tío?

—Tu abuela nunca se caracterizó por su sentido de la estética.

—Ella recibió el anillo de la amante del duque de Gloucester.

—¡Precisamente!

Ante eso, Lucas experimentó la primera punzada de incertidumbre.

—Le compraré otro, entonces.

—Creo que el anillo es la menor de tus preocupaciones, Luc. Tu novia parece verdaderamente desgraciada.

—Piensa que la abandoné deliberadamente.

—¿No le contaste lo de tu secuestro? ¿Por qué diablos no se lo dijiste?

Al ver que se quedaba callado, Stephen maldijo entre dientes.

—Dios. Llegaste a pensar que ella había tenido algo que ver en ello…

—No —pronunció la palabra en voz tan alta que varios invitados se volvieron. Recordaba bien las mentiras que le había contado Elizabeth. Pequeñas mentiras al principio, y luego más grandes, mientras él hacía esfuerzos por entender su furia y sus cambios de humor. De Lillian sí que no podía soportar mentiras.

Cuando Nathaniel interrumpió la conversación dándole una palmada en la espalda y anunciándole que los parlamentos estaban a punto de empezar, Luc se sintió aliviado. Atemperada un tanto su preocupación, se dirigió a la cabecera de la sala para situarse junto a Lilly.

Su flamante esposo había estado conversando tranquilamente con sus amigos mientras ella se esforzaba por mantener una mínima compostura. La sensación de absurdo de su matrimonio seguía en aumento. Él estaba disfrutando y ella no, mientras que la horrible alianza de matrimonio seguía en las manos de aquel anciano solterón.

Se trataba del tío de Stephen Hawkhurst, según supo cuando ella le preguntó por su identidad, un hombre bastante simple para los años que tenía. Le dolía cada vez más la cabeza y se llevó una mano a la sien cuando anunciaron el momento que tanto temía, el de los parlamentos. ¿Qué diría Lucas Clairmont? ¿Y su padre?

¿Sería entonces cuando todo aquel asunto se revelaría como la farsa que era en realidad? Discretamente miró a su alrededor para localizar a su primo Daniel y se alegró de no verlo. ¡Un motivo menos de preocupación! Patrick, sin embargo, parecía acechar cada uno de sus movimientos. Fuera, la lluvia repiqueteaba contra el tejado.

Su padre dio comienzo a los brindis, alzando su copa y pidiendo silencio.

—Por la novia y por el novio —dijo cuando al fin el salón se quedó callado, posando la mirada en ella—. ¡Que disfruten de una larga y gozosa vida juntos!

—Y fructífera —gritó alguien, y un rumor de risas recorrió la habitación.

El crudo recordatorio de lo que le depararía aquella noche asaltó de pronto la mente de Lillian. ¿Espararía Lucas Clairmont que ella le diera hijos, después de lo que había hecho? ¿Podría exigirle, en conciencia, que cumpliera lo que hacía menos de una hora ella misma había prometido ante un hombre de Dios, sabiendo lo que pensaba de aquella farsa?

«… para amarnos y venerarnos…».

Palabras demasiado ligeras para lo que significaban.

«Dios mío», exclamó para sus adentros, fijando la mirada en el suelo mientras el nudo de terror que sentía en su garganta se congelaba… «Si él espera que yo…». Lanzó unja rápida mirada a su marido y la leve sonrisa con que respondió él de poco sirvió para reconfortarla. Sirvió de hecho para todo lo contrario, porque en sus ojos ambarinos acertó a distinguir un brillo de deseo, de comprensión masculina del entero significado de una noche de bodas.

Se estremeció de miedo. De manera inesperada, Lucas se le acercó. La ligera lana de su levita azul hizo contacto con las capas de seda y organza que cubrían su brazo. ¿Como gesto de consuelo? Esperaba que esa hubiera sido su intención, pero lo dudaba. Anne Weatherby y Cassandra Saint Auburn se hallaban juntas al otro lado de la habitación, sonriéndole ambas, pero con un punto de inquietud en sus miradas. Lillian deseó que Eleanor Wilcox-Rice hubiera asistido también, pero por supuesto no había podido hacerlo en las actuales circunstancias: la seca nota que había recibido en respuesta a la que ella le había enviado insinuaba el deseo de no volver a mantener correspondencia. Se alisó los pliegues del vestido mientras volvía a concentrar la atención en su esposo, y la sensación de alarma le aceleró el pulso de manera preocupante cuando se dio cuenta de que le había llegado el turno de decir algo.

«Por favor, Dios mío, haz que hable con autoridad y honor», rezó.

Lucas se quedó callado como si estuviera pensando en lo que quería decir. Cuando empezó a hablar, no pareció en absoluto nervioso.

—Ernest Davenport me ha dado el placer de recibir la mano de su única hija en matrimonio y me gustaría agradecerle su generosidad.

Lillian se preguntó por qué su padre desviaba la mirada, ruborizado. ¿Habría algo importante que ella no sabía?

—Conozco a Lillian —continuó, pero se interrumpió en seguida, como si quizá hubiese preferido referirse a ella como Lilly, pero en el último momento hubiera cambiado de idea—. Conozco a Lillian desde hace poco, pero en ese tiempo he llegado a darme cuenta de que ella reúne todas las cualidades de una admirable esposa. Así que es con un gran orgullo con lo que comparezco ante vosotros como su esposo, y os agradezco vuestra presencia aquí.

¡Ni una sola mención al amor, al respeto o incluso a la amistad! Lillian se mordió el labio inferior mientras él proseguía:

—Por favor, levantad vuestras copas y brindad por mi esposa.

Cuando su nombre resonó en la sala, Lillian inclinó la cabeza en señal de agradecimiento y abrió mucho los ojos cuando el tío de Stephen Hawkhurst se levantó de la silla en la que había estado sentado.

—Tu anillo ha sido bendecido, ¿lo sabías? —empezó—. Las hadas llegaron antes y bendijeron vuestra unión. Eso no suele ocurrir a menudo. De hecho, yo no las había vuelto a ver desde hacía años, cuando vinieron para la boda de mi hermano en marzo de 1816...

Para entonces lord Hawkhurst había tomado a su tío del brazo para llevárselo de allí. Lillian reparó en la delicadeza con que lo hacía, pero el anciano no había terminado aún.

—El vuestro será un largo y próspero matrimonio. Estoy convencido de ello... —pero su voz sonaba ya distante, un mero eco en el tenso silencio de la habitación.

Lucas, sin embargo, no pareció contentarse con guardar silencio cuando la multitud comenzó a mostrarse incómoda.

—Lord Alfred Hawkhurst fue un soldado que recibió una bala por su país en la segunda campaña de la guerra peninsular, a las órdenes de Wellington. En aquella ocasión, salvó a veinte soldados de su regimiento de una muerte segura y, como héroe, se merece al menos nuestra compasión.

Los comentarios de desdén cesaron.

¡Un antiguo héroe disfrazado de loco! ¡Su boda disfrazada de fiesta! ¡Su marido disfrazado de alguien que hablaba de honor en vez de elegir el camino más fácil de quedarse callado!

Por primera vez en semanas, volvía a gustarle Lucas Morgan Clairmont.

El pensamiento la animó.

Catorce

Eran casi las cuatro y Lucas sabía que había llegado el momento de llevarse a su novia a su casa de Woodruff Abbey, a una hora y media de carruaje por la carretera del Norte.

Había acariciado la idea de pagar una habitación en la posada del Alce y el Jabalí, a medio camino, pero a la vista de la expresión de indiferencia de Lillian había decidido que encerrarse juntos en un espacio tan pequeño no sería una medida muy prudente.

Hasta se había preguntado por la conveniencia del viaje en coche y deseado que Hawk y su tío hubieran hecho planes para quedarse en Woodruff hasta el día siguiente. Tan desesperado pensamiento le hizo sonreír y, mientras lo hacía, sorprendió a su esposa mirándolo.

—Si estás lista para marcharnos, creo que podríamos salir ya —le dijo él.

—¿Adónde? —su perplejidad le dio la impresión de que había esperado quedarse en Fairley Manor.

—Mi casa está en Bedfordshire. Un lugar llamado Woodruff Abbey.

—¿Y es tuya?

No pudo dejar de detectar el tono de sorpresa de su voz.

—Hace muy poco que la heredé.

El interés que había vislumbrado en sus ojos quedó atemperado por la incredulidad. Esperaba que Lillian no detestara Woodruff Abbey, ni exigiera de la mansión la misma perfección de Fairley, ni alzara desdeñosa la nariz ante la destartalada belleza de una casa que había llegado a significar tanto para él.

«¡Por favor, Señor, que le guste!», rezó para sus adentros.

Se le hizo un nudo en la garganta solo de recordar la inanidad de sus últimos años. Si aquel matrimonio se revelaba tan desastroso como el primero, sabía que no podría sobrevivir a la experiencia.

Ernest Davenport, viendo la intención que tenían de marcharse, se acercó para hablar con ellos. Tenía los ojos un tanto húmedos cuando tomó la mano de su hija.

—Iré a verte por Navidad, Lillian.

Lucas advirtió que los dedos de Lillian se cerraban con fuerza sobre los de su padre, como si no quisiera soltarlo.

—Ojalá pudieras subir antes... —empezó, pero Davenport la interrumpió.

—No, las primeras semanas de un matrimonio

exigen intimidad para la pareja. ¿Pero podría hablar un momento con tu marido, a solas?

Lillian se despidió y Luc se acercó a la ventana con su padre.

—El gesto poco convencional de haberle ocultado a mi hija el estado de vuestras finanzas durará solamente hasta que vuelva a veros dentro de quince días. ¿Comprendido?

Lucas asintió. Davenport había guardado su palabra hasta el momento y él le estaba agradecido por ello, pero a falta de menos de dos semanas para la llegada de la Navidad, sabía que se le estaba acabando el tiempo.

—Y si me entero de que ha sucedido algo indecoroso o inapropiado…

—Yo jamás haría el menor daño a vuestra hija.

—¿Vuestro abogado os entregó mi mensaje, entonces?

—Sí, señor —Lucas recordó el poco halagador resumen que le había hecho Kennedy de las palabras de despedida de Ernest Davenport.

—Veo que ella no lleva su alianza de matrimonio.

—No, la tengo yo aquí, en el bolsillo —la había recuperado del tío de Hawk, una vez que el anciano perdió el interés por ella.

—No parece un anillo con el que mi hija vaya a encariñarse mucho. Si me permitís un consejo, cambiarlo por otro sería una medida prudente.

¿El padre de Lilly y Hawk eran de la misma opinión?

Luc experimentó una extraña corriente de simpatía hacia el hombre que tenía delante. Era, después de todo, un padre que solamente deseaba lo mejor para su hija.

—Os aseguro que lo haré, señor.

Lillian se removió en su asiento cuando el carruaje empezó a circular con mayor lentitud casi dos horas después, abandonando la carretera para trasponer una adornada verja de hierro forjado. El trayecto hasta Woodruff Abbey había transcurrido en silencio, con dos de sus doncellas compartiendo el espacio con ellos.

La falta de intimidad había imposibilitado cualquier comentario de índole personal, en medio de un silencio interrumpido solamente por el ruido de la lluvia. Cuando llegaron por fin, Lillian vio que la casa que se alzaba ante ellos era verdaderamente la reliquia de otra época.

—Necesita mucho trabajo —comentó Luc mientras se estiraba en su asiento para mirarla, y ella creyó detectar en su voz un punto de disculpa.

En medio de la creciente oscuridad, solo acertó a distinguir el césped recién saneado y montones de ramas podadas al pie de un pabellón contiguo. ¿Habría sido allí donde había estado su marido durante las últimas semanas? ¿Intentando invertir en algo la dote que le había caído del cielo?

—El diseño del edificio es hermoso —dolida como estaba, la vista la reconfortó y se vio recompensada por la sonrisa que le lanzó el criado que desplegó la escalerilla. Lucas se apresuró a ayudarla.

Nada más entrar, se quedó sorprendida por la desnudez del lugar, aunque había una inequívoca belleza en las antiguas alfombras y las escasas piezas de mobiliario que podían verse. Un perro se levantó de debajo de una mesa y se estiró, antes de acercarse a saludar a los recién llegados, mientras tres gatos de pelo largo los observaban desde un pequeño sofá situado junto al arranque de la escalera.

—Este es Royce —dijo su esposo mientras se inclinaba para acariciar al perro, que le lamió la palma con un fuerte lametón.

Para Lillian, poco habituada a la presencia de animales dentro de casa, aquella abundancia de mascotas resultaba alarmante.

—Tiene por lo menos quince años, aunque Hope cree que todavía es más viejo —añadió él.

«Dios mío», pensó. La historia que había oído de sus hijos escondidos en alguna casa adquiría de repente una aterradora realidad.

—Mañana la conocerás a ella y a su hermana.

Antes de que pudiera responder apareció un anciano, seguido de una mujer de edad similar con un gastado delantal.

—Señor Lucas —dijo ella mientras le tomaba del brazo, toda contenta—. ¿Ya estáis aquí? —miró a los dos—. ¿Y con vuestra señora esposa?

—Lillian Clairmont, estos son el señor y la señora Poole, mi mayordomo y mi ama de llaves.

La presentación pareció agradar a la pareja mayor y Lillian se quedó sorprendida por el hecho de que su marido mantuviera una relación tan cercana y cordial con el servicio. Los americanos eran muy raros en aquellas cosas, reflexionó mientras lanzaba a la anciana una amable pero reservada sonrisa.

—Bueno, tengo ya lista vuestra habitación, señor, y el edredón que he estado cosiendo yo misma durante los meses de invierno lo he acabado esta misma semana, así que no dudo de que estaréis bien calientes y abrigados.

¿Bien calientes y abrigados? Esas palabras insinuaban justamente lo que Lillian no deseaba escuchar, aunque el discreto apretón que su marido le dio en el brazo la obligó a guardar silencio.

—Estoy seguro de que todo estará perfectamente dispuesto. Como estamos cansados, ¿sería posible que nos subieran una bandeja con algo de comida?

Dios mío, en Inglaterra nadie se dirigía así a los sirvientes. Como nuevo terrateniente y patrono que era, Lucas Clairmont tenía mucho que aprender. La insidiosa sensación de que bien podían estar estafándolo sus sirvientes acudió también a su mente, aunque la pareja que tenía delante no parecía en absoluto sospechosa de deshonestidad. Simplemente parecían algo extraños, y seniles.

El mismo dolor de cabeza que la había estado acosando durante todo el día empezó a castigarla y, a pesar de todo, se alegró de que su marido la acompañara escaleras arriba al dormitorio del primer piso.

Nunca había entrado en una cámara así, con cortinas de un naranja intenso en las ventanas y un edredón rojo y morado destacando orgulloso en una cama que apenas era mayor que una individual.

En una mesa había un ramito de flores silvestres, colocadas en una vulgar jarra de mermelada, y al lado una pila de dibujos. Dibujos de niños que representaban a una familia en la puerta de una casa, con dos chiquillas ataviadas con vestiditos rosas junto a una pareja que se tomaba de la mano.

—A Charity le gusta dibujar —le explicó su marido, hojeando los pliegos—. Yo creo que tiene mucho talento.

Le enseñó otro, también en blanco y negro, en el que aparecía el mismo perro de color blanco y negro de la planta baja, solo que en esa ocasión Royce estaba sentado en un campo de flores silvestres, bajo un radiante sol amarillo. Aunque no tenía la menor idea de los estadios de desarrollo de la capacidad artística, Lillian tuvo que admitir que parecía bastante bien realizado. La artista había reflejado exactamente la bocaza babeante y el pelaje enmarañado del animal, aunque el ángel que aparecía ante él, con halo y todo, representaba una extravagante adición.

—Charity siempre acaba dibujando a su madre —le explicó Lucas.

—¿Su madre fue tu primera esposa?

—No, su madre era la hermana de mi mujer.

Lillian se sentó en la cama. De golpe.

—¿Tuviste una aventura con la hermana de tu mujer?

—¿Una aventura? —sus ojos ambarinos recorrieron su rostro, sorprendidos—. Yo no llegué a conocerla.

—Yo creía... dicen que tú eres el padre de las niñas. ¿Cómo pudiste no haberla conocido? —inquirió Lillian despreocupada ya de su tono, con la perplejidad presente en cada una de sus palabras.

Una vibrante risa fue su única respuesta. La primera vez que le había oído reír desde... ¿cuándo? Desde que la abrazó en el salón de su casa de Londres y ella débilmente le propuso que la besara. La habitación pareció bascular a su alrededor, con la furia rivalizando con el horror cuando se dio cuenta de que estaba casada con un hombre que parecía carecer de fibra moral alguna. ¡Y de que todavía lo deseaba!

—Las niñas son mis pupilas. Yo no soy su padre, sino su tutor.

—Oh —fue lo único que pudo decir. Un rubor

de vergüenza por su estúpida deducción se extendió por su rostro mientras lo veía cruzar la habitación para servirse un vaso de agua de una jarra.

—¿Quieres uno? —le preguntó una vez que hubo bebido y, al ver que asentía, rellenó el mismo vaso y se lo tendió.

Los matrimonios compartían camas, casas y vasos de agua, reflexionó, y el pensamiento le arrancó una súbita carcajada. Un extraño sonido que no era ni de alegría ni de tristeza. Pensó que si hubiera podido ver la expresión de su propio rostro, se habría parecido un tanto al perplejo ángel de los dibujos de Charity: una mujer que se descubría a sí misma en una situación que no entendía.

Inesperadamente una lágrima resbaló por su mejilla. Lucas se acercó a ella, delineando aquel húmedo sendero con el calor de su pulgar.

—Sé que todo esto es muy distinto para ti y que la casa no es como quizá habías esperado que sería, pero...

Ella meneó la cabeza.

—No se trata de la casa.

—¿De mí, entonces?

—Sí. En realidad no te conozco —se negó a mirarlo mientras lo decía, pero se negó también a detenerse allí—. Y ahora esta habitación, con una única cama para los dos...

—No, es tuya. Esta noche yo dormiré en otra parte.

El alivio que sintió al escuchar aquella frase fue inmenso, y se tragó más lágrimas. Nunca lloraba, nunca se ruborizaba, nunca sentía aquella horrible ambivalencia que la dejaba tan perdida y desorientada, pero aquella noche y en aquel lugar ni siquiera se reconocía a sí misma. Una mujer temblorosa que durante el día de su boda apenas se había esforzado por complacer a nadie y que, en aquel preciso momento, se encontraba en una habitación que parecía como salida de un colorido cuento infantil.

Y sin embargo, en el fondo de todo, no deseaba volver a su pálida y ordenada vida, y fue sobre todo ese pensamiento lo que la mantuvo muda.

Parecía como si fuera a desmoronarse con solo que se atreviera a tocarla. Parecía una mujer al borde de una crisis, y el hecho de que se hubiera mojado levemente el corpiño crema de su vestido al beberse el vaso sin haberse dado cuenta de ello, daba mayor credibilidad a sus observaciones.

Su nueva esposa era muy bella, tenía un rubor en las mejillas que jamás había visto antes y se había recogido las faldas de una forma que le permitía vislumbrar sus pantorrillas, las medias que cubrían unos tobillos perfectos que sugerían que el resto de sus piernas eran igual de invitadoras...

Pero ese rumbo de pensamientos lo preocupaba y, para distraer su mente de tales consideraciones, se sacó la alianza de matrimonio que llevaba en el bolsillo.

—La recuperé de lord Alfred.

Ella permaneció callada.

—Aunque me han comentado que quizá no sea de tu gusto...

Una expresión de auténtica vergüenza se reflejó en su rostro.

—No, es perfecta.

Otra vez las buenas maneras, pensó Lucas. Estuvo a punto de insistir en lo contrario cuando ella se levantó y le tendió la mano.

—Discúlpame por lo descuidada que fui con tu anillo.

No le había dicho que no le gustaba, advirtió mientras le tomaba la mano. Tenía los dedos fríos y las uñas sorprendentemente mordidas.

En la punta de su dedo índice descubrió una profunda cicatriz curva, como de herida de cuchillo, pero no dijo nada por temor a estropear el momento mientras le deslizaba la alianza en el anular.

Que se hubiera dejado poner de nuevo la alianza, ¿era una señal de que las cosas podían ir bien o un grillete que la mantendría encadenado a él a pesar de sus otras diferencias?

—¿Qué edad tenía tu esposa cuando murió?

La pregunta lo inquietó, pero se obligó a contestarla.

—Veinticuatro. Se llamaba Elizabeth.

—¿Y la conociste en Virginia?

—Era la hija de un general del ejército que estuvo destinado cerca de Boston.

—Nathaniel me dijo que falleció en un accidente.

La oleada de furia que sintió fue súbita, y explotó pese a que se esforzó por tragarse las palabras.

—No, la mató mi propia despreocupación. Hacía una noche lluviosa y el camino era demasiado accidentado para un carruaje.

—¿Querías que ella muriera? —la voz de Lilly era mesurada, pragmática dentro de su encanto.

—No, por supuesto que no.

—Entonces, en mi opinión, fue un accidente.

Sus ojos azul claro lo miraban sin piedad alguna. Solo un accidente. Desde su punto de vista. ¿Estaría quizá en lo cierto? Esa esperanza ahuyentó su habitual sentimiento de culpa y conmiseración. Suspiró profundamente.

—¿Siempre estás tan segura de todo? —aquel era un aspecto de su persona que no había visto antes.

El brillo de perplejidad que asomó a sus ojos le recordó la ocasión en que la había besado en Londres, cuando tuvo que hundir las manos en los bolsillos para no volver a hacerlo.

No ahora. Todavía no. No cuando era tan evidente que estaba aterrorizada ante él.

—¿Segura? Antes solía pensar que lo era, pero últimamente…

Las sombras de la última semana habían erosionado su humor y, debido a ello, Lucas intentó explicarle al menos un pequeña parte de todo lo que no habían hablado todavía.

—Cuando abandoné Londres la misma noche del baile, no tenía la menor idea de que alguien nos había visto, y debería explicarte lo que sucedió a continuación…

Se interrumpió cuando ella desechó sus palabras.

—Mi ruina fue tanto culpa mía como tuya. Más mía, quizá, porque tú al menos tuviste la previsión de no pasar de un beso.

—¿Querías que siguiera?

El simple pensamiento hizo que se le acumulara la sangre en lugares que sabía quedarían en evidencia, así que se volvió. De repente anhelaba todas las promesas de una noche de bodas, todos los susurros, las palabras suaves y las caricias, el abrasador placer del desahogo y la euforia.

—No sé… Quizá…

Era una muestra de sinceridad por su parte. La oleada de alivio que sintió lo dejó mareado. Pensó que ella no era en absoluto como Elizabeth, que rara vez había sido sincera y solo cuando le había convenido.

Un golpe en la puerta anunció la llegada de dos jóvenes doncellas que dejaron sendas bandejas de comida sobre la mesa. Después de dejar también una botella de agua, se marcharon.

—¿No bebes vino? —le preguntó ella cuando se sentaron a cenar.

—Después del accidente de carruaje, estuve bebiendo demasiado…

—¿Fue luego cuando conociste a mi primo, que parece que te cae tan mal?

Luc sintió que se tensaba. ¿Cómo podía decirle nada a una mujer que se había criado en un ambiente tan delicado y refinado? Podía verlo en su cutis, en la suavidad de sus manos, en el brillo de preocupación de sus ojos y en el temblor de su voz. Al fin y al cabo, aquella era su noche de novios y Lillian no debía escuchar algo tan sórdido. Forzando una sonrisa, alzó su copa hacia ella.

—Mi vida ha sido bastante más difícil que la tuya, y hay cosas que he hecho de las que ahora me lamento.

—¿Qué cosas?

Él se echó a reír, de pura incomodidad, y detestó la manera en que su sonrisa abandonó sus ojos.

—Cosas de las que ahora no estoy orgulloso, pero que en su momento fueron necesarias.

—¿Para sobrevivir?

Asintió con la cabeza.

—La supervivencia aquí es un proceso sencillo. En Inglaterra rompes las reglas y te destierran. En Virginia, romperlas significa tener que luchar por tu vida a partir de ese momento.

—¿Como tuviste que hacerlo tú?

Sus ojos recorrieron deliberadamente la cicatriz de su cuello. Luc leyó el miedo en ellos y se apoderó de su mano, deslizando los dedos por su palma abierta, acariciándola inquisitivo.

Lo que le estaba pidiendo era una oportunidad, una segunda oportunidad. La suavidad de su piel contra la suya fue solo un pequeño recordatorio de todo aquello que les diferenciaba.

Lilly cerró los ojos y se dedicó a sentir. Solo en aquel momento tan específico del día de su boda estaba sintiendo todo aquello que las demás novias debían de sentir. La caricia de sus dedos provocaba una conmoción en su interior que solamente había conocido una vez antes. Con él.

¿Era eso una respuesta?

Un fácil final para todo aquello que los diferenciaba. Un novio y una novia unidos no por el amor, sino por el escándalo que había arruinado su reputación.

No sabía nada de su vida ni de sus creencias, nada sobre su familia o sobre su país, o sobre las cosas que consideraba justas o injustas. Si hacían el amor allí, en aquel preciso momento, sería solo eso: cuerpos tocándose allí donde las mentes nunca podrían unirse, un frívolo conocimiento del deseo que no tendría nada que ver con el amor.

Cuando ella se apartó, él la soltó y se quedó de

pie con las manos a los costados, mirándola. Discreto y contenido como un hombre de honor, pero con una pregunta evidente en sus ojos.

¿Si no era ahora, entonces cuándo?

El fuego de su apetito resultaba fácil de interpretar. ¡Qué simplicidad tan masculina! Por un segundo la sinceridad de la misma la dejó asombrada; no había pretensión ni artificio en ella.

No había amor, pero sí necesidad. El cuerpo de un hombre encrespándose con algo que ella no podía comprender todavía, pero que conocía lo suficiente como para recelar.

—Si pudieras ser paciente…

Él asintió, tenso. De repente, la pura y absoluta maravilla de compartir una cena con un hombre, a solas con él, se le antojó de lo más excitante.

Ya no era una mujer soltera. Estaba casada.

La sola idea llenaba su cuerpo de un inesperado calor, como si el recuerdo del único beso que él le había dado despertara una especie de poder en lo más profundo de su interior. Aquello la abrumaba, la novedad que significaba estar allí, y apenas podía respirar, toda ruborizada como estaba solo de pensar en lo que él podría hacerle. Todo aquello era demasiado crudo. Demasiado rápido después del día que había tenido. Una gota de sudor resbaló entre sus senos y la tela de color crema no era lo suficientemente gruesa como para esconder lo que estaba apareciendo a la luz, según pudo descubrir horrorizada.

Sus pezones presionaban orgullosos contra la seda. ¿Era eso lo que un marido le hacía a su esposa en el lecho matrimonial, bajo las sábanas y al amparo de la oscuridad?

No lo sabía. Nunca lo había sabido. Hasta ahora. Hasta que un conocimiento tan antiguo como el tiempo empezó a desenredarse en una dolorosa expectación, con el latido de su feminidad haciéndola sentirse lánguida, laxa…

Si él lo vio no dijo nada, un hombre que se había pasado el día haciendo malabarismos con su infelicidad, con la furia de su primo y con la incertidumbre de su padre como si fueran pelotas de trapo, mientras intentaba sobrellevar una boda que él tampoco podía desear.

Evocó las palabras del tío de lord Hawkhurst. «¿Un largo y próspero matrimonio?». Lamentó de pronto no ser lo suficientemente valiente como para preguntarle por sus movimientos durante las últimas semanas y por las esperanzas de su futuro, pero no quería hacerlo en caso de que sus respuestas no fueran las que deseaba escuchar.

El anhelo de su cuerpo fue reemplazado por un rígido temor a todo. Dos desconocidos compartiendo una comida sin la menor idea de quién era el otro, con sus alianzas y sus vestimentas de matrimonio convertidas en una absurda parodia.

Silencio.

Hasta que se oyó una voz.

—¡Señor Lucas! ¡Señor Lucas! —era una voz infantil. La puerta de la habitación se abrió de repente y entró corriendo una niña pequeña, de cabello oscuro, que se detuvo al reparar en la presencia de Lillian—. La señora Poole nos dijo que debíamos esperar hasta mañana, pero…

—¿Debíais? —él miró a su alrededor y, al pie de la puerta, apareció una niña más tímida, de cabello rubio tan claro que parecía de plata y enormes ojos azules.

—Charity quería que la esperara, pero es tan lenta que no pude resistirme.

La otra niña se adelantó, con una tímida sonrisa de alegría asomando a sus labios.

—Charity y Hope, os presento a Lillian Clairmont.

Hope le sonrió, pero su hermanita desvió la mirada.

—Nos hemos casado hoy, en su casa de Fairley —explicó él.

—¿Este es su anillo? —Hope acarició con un dedo la alianza de oro que relucía en la mano de Lucas.

—Así es.

—Mira, Charity. ¿No es precioso? —exclamó la niña de pelo oscuro, y la más pequeña asintió.

—¿Y la dama llevó ese vestido?

Lillian detectó en sus ojos un destello de algo cercano a la decepción, aunque Lucas no pareció advertir ninguna crítica.

—Sí, y estaba preciosa.

—Yo llevaré seda y brocado cuando me case, y una diadema, y flores en el pelo.

La aparición de la preocupada ama de llaves en la puerta puso fin a la diversión.

—Lo siento mucho, señor. Les dije a las niñas que se quedaran en su habitación y pensaba que era allí donde estaban hasta que escuché las carreras.

—¿Por favor, podría venir a arroparnos? Por favor, señor Lucas…

Miró su reloj.

—Si no te importa, Lillian, es tarde y las niñas…

—Por supuesto —respondió ella, intentando adoptar un tono ligero—. Obviamente a las niñas les gusta que las arropes y yo estoy muy cansada.

Él pareció vacilar, como si hubiera querido decir algo y se lo hubiera pensado mejor.

—Entonces te deseo pases una buena noche.

—Buenas noches —repitió Hope, y se fueron todos.

Lillian se quedó mirando la puerta cerrada con perplejidad creciente. «Dios mío», pensó, y se volvió para recoger el llamativo edredón morado y echárselo sobre los hombros. El cosido de los retales llamó su atención por la delicadeza de sus detalles.

Un movimiento en un rincón de la habitación la sobresaltó de pronto. Era un gran gato gris y blanco, que avanzaba hacia ella.

—¡Fuera! —dijo, pero la palabra no hizo variar

la dirección del animal ni un milímetro, hasta que se encaramó en la cama, ronroneando. Ella estiró luego tentativamente la mano y la deslizó por su espeso pelaje. Una serena sensación de placer la envolvió.

Dejó que el gato se le sentara en el regazo. El calor de su cuerpo la reconfortaba del frío de la noche. Sentía las almohadillas de sus patas empujando contra sus muslos, hundiéndose en las capas de seda y organza. Casi haciéndole cosquillas.

El día entero había sido un tobogán de emociones. Arriba y abajo. Por aquí, por allá. Contacto y luego distancia. Y todo ello sin dirección alguna. Cerró los ojos e inspiró profundamente. El feo anillo de su dedo parecía hacerle guiños con su rojo intenso.

«Maldita sea, maldita sea, maldita sea», exclamaba Luc para sus adentros una vez que hubo acostado a las niñas y se retiró a su habitación. El sordo dolor de su cuerpo estaba tan fuera de lugar allí como su desesperado intento por ignorar el duro relieve de los pezones de Lillian presionando contra la seda.

«Tómatelo con tranquilidad», se ordenó. «¡Dale el tiempo que necesite!».

Evocó sus palabras: «si pudieras ser paciente…».

Pero incluso en ese momento quería volver, quería la promesa de lo que podría ser, quería ver la belleza que se escondía detrás de su vestido, sus pezones endurecidos de anhelo. Pero no podía.

«Cuidado», se dijo. «Mucho cuidado». La razón que se escondía detrás de la dura prueba sufrida en el mar todavía lo preocupaba y la verdad no era todavía un camino fácil de seguir.

Se había casado con Lilly para salvar su reputación, y cualquier otro sentimiento que existiera de por medio seguía sin desentrañar en un lugar que no tenía ningún deseo de explorar. ¿Había tenido Lillian alguna participación en su secuestro? ¿Había actuado sola Jean Taylor-Reid? ¿Tenía la mujer alguna idea del peligro que le había hecho correr? Quizá pensaba ingenuamente que le había comprado sin más un pasaje para las Américas, como fácil manera de lidiar con un problema que se había vuelto cada vez más complejo.

El enigma de todo ello le hizo jurar en voz alta y a punto estuvo de abrir la botella de brandy que tenía sobre el escritorio. Pero no lo hizo.

Necesitaba confiar en Lilly y ella necesitaba confiar en él.

Si la desfloraba disfrazado de un hombre que no era exactamente como le había prometido que era, sabía que ella nunca se lo perdonaría.

«Maldita sea», masculló de nuevo cuando el conocimiento de lo que podía haberse perdido le pesó en el estómago como una piedra.

Después de servirse un vaso de la limonada recién hecha de la señora Poole, se sentó a leer el final de la novela *Casa desolada*, de Dickens. Un título apropiado para lo que estaba sintiendo aquella noche.

Quince

—Esta colina ofrece la mejor vista de la finca —explicó Lucas cuando se detuvieron en lo alto de un cerro—. Creo que antaño debió de ser el lecho de un río, porque el agua ha ido excavando la roca arenisca. Mira, ahí quedan todavía restos de un pequeño arroyo.

Lillian miró adonde él le señalaba.

—Tienes un buen conocimiento de la geografía.

Él meneó la cabeza.

—Los ríos son los mismos en todas partes. Circulan por la tierra a su capricho y los hombres simplemente seguimos su curso.

—¿Como ese río que está cerca de donde tú vives? El James, ¿verdad?

—Tienes buena memoria —se volvió antes de espolear su caballo e indicarle que lo siguiera.

Habían pasado la mañana recorriendo las extensas tierras de Woodruff Abbey, en un intento, según sospechaba ella, de tenerla ocupada y de generar la suficiente distancia como para que estuviera cómoda. No había contacto, ni complicadas conjeturas: solo la tierra y la posibilidad de seguir avanzando cuando la conversación flaqueaba.

Y sin embargo estaba disfrutando de la salida, de la caricia del sol de invierno en la cara y de la exploración de una finca que era magnífica en su diversidad. Las cuevas en las que en ese momento se detuvieron estaban cubiertas de líquenes y de inscripciones en la roca.

Esa vez él desmontó y se acercó para ayudarla. No quedándole otro recurso que aceptar, Lillian esperó a que le rodeara la cintura con las manos y se deslizó con todo su cuerpo rozando el suyo hasta que tocó con los pies en el suelo.

Apartándose tan pronto como pudo tenerse de pie, se fijó en la manera en que la chaqueta de montar resaltaba la anchura de sus hombros. Ese día no era el Lucas Clairmont que la había besado en Londres, ni tampoco el hombre peligroso de Fairley, el de la sangre en la cara y la furia en los ojos. El Lucas Clairmont del día anterior también había desaparecido, con su confianza y seguridad en sí mismo. Aquel hombre, en cambio, era más amable, mas considerado. ¡Un hombre paciente y contenido que había pasado la noche de novios solo!

De repente echó de menos al hombre capaz de seducir y despertar su espontaneidad, como si ese día se estuviera esforzando por presentarle su mejor comportamiento.

El corazón se le aceleró de golpe. ¿Era eso lo que él estaba haciendo? ¿Alimentando su paciencia?

«Si pudieras ser paciente…». Se lo había pedido ella misma el día anterior. ¿Se había resignado a intentarlo? El calor empezó a templar la fría furia que le había provocado la boda, alentando la posibilidad de algo muy diferente.

—Jack Poole dice que esas inscripciones llevan aquí siglos —su voz era tensa, y los datos suministrados con rígida corrección.

—¿Entonces no se sabe quién las hizo? —sentándose en la roca más cercana, se recogió las faldas para que no se le mancharan de barro.

—Dicen que viajeros vikingos, de principios del siglo XVIII. Gentes que atravesaron esta zona de Inglaterra para luchar ferozmente contra los guerreros sajones que defendían las últimas tierras de Wessex.

Su voz se fue apagando cuando sus miradas se encontraron. Los desnudos datos de la historia se tornaron irrelevantes en el creciente silencio. Por primera vez desde que lo conoció, Lillian sintió que estaba al mando, que tenía poder sobre él. Vio que apretaba con fuerza el puño, con su alianza de oro brillando el sol.

—Una vieja historia, entonces.

Él se limitó a asentir. ¡Un hombre que probablemente había llegado al límite de su paciencia!

—¿En qué parte de Inglaterra viviste de niño?

—En el Nordeste —contestó sin precisar. Aquello era como no decir nada.

—Rara vez respondes a las preguntas sobre ti mismo. Lo he notado.

Ante eso se echó a reír, pero el sonido fue duro, frío.

—Pregúntame lo que quieras.

Lillian reflexionó por un momento.

—¿Por qué robaste aquel reloj en Eton?

—Cualquier cosa menos eso.

—¡Muy bien entonces! ¿Cómo conociste a Nathaniel Auburn y a Stephen Hawkhurst?

—En la escuela. Coincidimos en el mismo curso cuando nos enviaron allí con once años y yo me quedé un buen tiempo. Las vacaciones solía pasarlas en Saint Auburn o en el castillo de Hawthorne, el solar familiar de Hawk en Dorset.

—¿Y tu hogar? ¿Tus padres?

—Mis padres rara vez estaban en casa, y cuando ese era el caso, yo me alejaba todo lo posible de ellos

Lillian alzó la mirada. Aquella respuesta no era como las otras, tenía un desesperado timbre de verdad y de furia. Pero él no la miró, sino que paseó la vista por el ancho valle, apenas salpicado de flores silvestres en aquella época del año, como cautivado por el paso de las estaciones y la arribada del invierno. Todo era tan débil, tan temporal... Ella conocía perfectamente la sensación.

—¿Eras hijo único?

Asintió, pero la sinceridad de hacía apenas unos segundos había desaparecido. Probablemente se estaría arrepintiendo de su confesión, a juzgar por el músculo que latía en su mandíbula.

—¿Y ellos no te siguieron a América?

—No.

—¿Y entonces con quién viviste cuando fuiste allí?

—Con un tío. Hermano de mi madre. Un hombre bueno llamado Stuart Clairmont —sacudió la cabeza cuando ella se disponía a decir algo más—. ¿Siempre eres tan curiosa?

—Eres mi marido. Los esposos deben demostrar curiosidad por la vida del otro.

—Muy bien —repuso él—. Cuéntame entonces algo de ti que nadie más sepa.

Lucas vio que apretaba los labios. Sus ojos claros buscaban algo en su rostro... ¿qué? ¿La certeza de que lo que quería decirle sería bien interpretado? Conocía aquella expresión, la había visto en su propio rostro en el espejo, de niño, cuando su madre le había advertido que no contara a nadie lo que sucedía dentro de su familia.

—Una vez leí la biblia al revés —empezó ella—. Fue después de que mi madre abandonara a mi padre por un amante que la mató... —alzó la mirada—. No físicamente, entiéndeme. Hay otras formas de matar a la gente.

¿Otras maneras? Hay maneras lentas y rápidas. Corazones que se rompen pedazo a pedazo, hasta que no queda nada.

—Su amante era un hombre como tú... enigmático, oscuro... —se le quebró la voz en medio de la confesión.

Dios. ¡Como él! Y, en muchos aspectos, bastante más de lo que se imaginaba.

—Si mi padre se entera de que te he contado esto...

—No se enterará —vio que cerraba los puños.

—¿Me lo prometes?

—Te lo juro por mi vida —le aseguró. Era una expresión que había utilizado con Nat y Hawk de muchachos, cuando intercambiaban secretos.

—No había tenido intención de decirlo, es solo que... —Lillian se interrumpió.

—¿Que yo había sacado mi esqueleto del armario y tú te sentiste obligada a hacer lo mismo?

Se alegró de que sonriera.

—Eso mismo.

A lo lejos, el perfil de Woodruff Abbey se recortaba contra la oscura fila de árboles, encajado en el ancho y fértil valle. Un par de figuras jugaban en el prado del jardín y en el sendero circular de entrada.

—¿Cuánto tiempo llevas ejerciendo de tutor de las niñas?

—Desde que les dejé Woodruff en fideicomiso, a su nombre.

—¿El lugar no es tuyo?

—Es mío para usarlo, pero la propiedad es de ellas.

—Un regalo muy caro.

—Las niñas necesitan criarse en un hogar seguro y estable.

—Un hogar como el que tú nunca tuviste. ¿Qué le pasó a la casa de tus padres? Nunca la has mencionado.

—La vendieron cuando abandonaron Inglaterra. El viaje era caro y mi padre nunca fue muy responsable con la conservación de su patrimonio.

—Por lo que dices, debía de ser un hombre egoísta.

Como él no respondió, Lillian intentó otra táctica.

—Las pequeñas parecen muy encariñadas contigo.

Esa vez, cuando él se echó a reír, ella sintió el calor de aquella risa y le gustó el sonido. Le gustó la manera que tuvo de echar la cabeza hacia atrás, le gustaron las pequeñas arrugas que se le formaron alrededor de los ojos. No era un dandi ni un petimetre. No, su esposo era un hombre cuyo musculoso cuerpo había sido esculpido por la vida al aire libre. A veces, el color bronce claro de sus ojos llegaba a contrastar con su piel atezada. Como en ese momento, recortada su figura contra la amplitud del cielo; un hombre que podría haber sido uno de aquellos salvajes tancs daneses que recorrieron aquellas tierras siglos atrás. Eso era lo que era, exactamente. Él no encajaba en Inglaterra, con sus ritmos suaves y su débil y húmeda luz.

Y él era suyo. Para toda la vida. Aquel hombre al que no comprendía, pero al que quería comprender; aquel hombre cuyo cuerpo la atraía como no lo había hecho ningún otro cuerpo masculino. Y se había quedado conmovida por su confesión sobre el fideicomiso Woodruff, lo suficiente como para ofrecerle su dinero y sus condolencias por su falta de propiedades.

—Fairley Manor es una finca grande. Mi dote debería bastarte.

—Yo nunca impugnaría tus derechos sobre Fairley, Lilly. Te lo juro. Si quisieras, podría hacer que mi abogado redactara un documento donde hiciera constar eso.

Lillian se quedó sin saber qué decir ante su sinceridad. ¿Cuántas veces a lo largo de su vida había sido pretendida por admiradores que anteponían el valor de las tierras de los Davenport al valor de tomarla por esposa? Y sin embargo allí había un hombre sin recursos que estaba dispuesto a devolvérselo todo.

—Fairley es tu heredad y, al igual que Hope y Charity, tú necesitas un hogar.

La comprensión que traslucía su respuesta era exactamente lo que necesitaba, con lo que la atracción se intensificó. «¡Tócame!», anheló pedirle. Que la tocara él primero, porque ella no podía hacerlo, no después de las palabras que le había dirigido acerca de que era un jugador, un despilfarrador, y de que tuviera paciencia.

Pero él simplemente estiró una mano para alejar un insecto que se acercaba a su cabeza, y ella dio un respingo.

—Le gusta la luz de tu cabello. ¿Cómo es de largo cuando te lo dejas suelto?

—¿Mi pelo? —enrojeció visiblemente—. Probablemente demasiado. Debería cortármelo, pero...

—No —frunció el ceño.

A modo de respuesta, Lillian simplemente se desató la redecilla que sujetaba su moño. Le gustó la sensación de sus rizos cayendo en cascada sobre su espalda. Su belleza parecía reflejarse en el brillo de deseo que veía en sus ojos.

—Es paciencia lo que te pedí —susurró en voz baja—, no distancia.

—Ah, Lilly. Ten cuidado con lo que dices, porque un esposo podría tomarse eso como una invitación.

Ella seguía sin moverse.

—Y lo es. Quizá un poco... —se humedeció con la punta de la lengua la repentina sequedad de sus labios.

—¿Un poco?

Su voz era ronca mientras se inclinaba hacia delante y la atraía hacia sí.

Cuando lo hizo, Lillian sintió los duros ángulos de su cuerpo y la calidez de su aliento.

—¿Es esto un poco? —le preguntó él mientras bajaba la cabeza para apoderarse de sus labios. Retiró una mano de su cintura para enterrarla en su pelo, a la vez que le alzaba suavemente la barbilla con la otra como desafiándola a que se apartara.

No lo hizo. Sabía exactamente tal como recordaba de sus incontables sueños, lo que constituía una invitación a probarlo más. Le estaba acariciando la lengua con la suya, mezclados sus alientos.

El viento jugueteaba con su pelo mientras esquirlas de deseo empezaban a acribillar su vientre, sus senos, y aquel lugar entre sus piernas que ningún hombre había tocado.

De repente no sabía dónde terminaba su cuerpo y dónde empezaba el de él. En verdad que no podía impedirle que hiciera todo lo que quisiera con ella. El brutal azote de deseo que sentía en su interior era tan desesperado como el que sentía en el de Luc. Solo placer, rozando el júbilo; solo el ligero y flotante alivio de lo que suponía ser una mujer. Una sensación que, a sus veinticinco años, llegaba ya con retraso.

Cuando finalmente Luc interrumpió el beso, ella se apretó contra él. Pero él la refrenó, con la respiración acelerada y la voz ronca.

—La lluvia está cerca, y «poco» nunca es suficiente.

Podía sentir su corazón latiendo al mismo ritmo que el suyo mientras sus manos se cerraban sobre la tela de su chaqueta, temblando por lo que acababa de suceder. Sin control pero sin arrepentimientos: el corazón de su más íntimo ser latía más vivo que nunca.

Aquello no tenía nada que ver con las expectativas de los demás, porque nada del mundo exterior podía tocar aquella ardiente y liberadora verdad que mantenía todas las normales preocupaciones a distancia.

¿Y si ella no lo hubiera inhibido con aquel «un poco»? ¿Y si le hubiera dado permiso para que le hiciera todo aquello en lo que parecía tan bueno, allí mismo, en lo alto de la montaña y sin ningún ser viviente en kilómetros a la redonda?

Siempre poniendo límites, las ataduras de su vida se reflejaban hasta en su forma de amar. El pensamiento le hizo fruncir el ceño mientras volvía a recogerse el cabello, sintiéndose como una princesa de cuento que acabara de salirse del mismo por un instante.

«La princesa Lillian». ¿Cuántas veces la habían llamado así otros niños, despectivamente, durante su infancia? ¡La niña que lo tenía todo!

Excepto una madre, y la rígida moralidad de su padre como piedra de toque de su afecto.

Inspiró profundamente y se apartó, evitando la mirada de su marido, aunque no pudo dejar de advertir la sonrisa que asomaba a sus ojos.

—Para una mujer a la que apenas han besado nunca, has hecho extraordinarios progresos.

No era una crítica. Reforzada su confianza, lo miró.

—He tenido un buen maestro.

—Que tiene mucho más que enseñarte.

La risa de Lillian flotó en el aire y su capa ondeó al viento como si incluso sus ropas buscaran un contacto más estrecho con él. Tanto la fortaleza como el misterio de aquel hombre resultaban evidentes en la manera que tenía de mirarla, como si aquel «solo un poco» nunca fuera a ser suficiente.

Dieciséis

Durante toda la mañana siguiente no vio a Lucas en el desayuno, un hecho que Lillian encontró extraño. Para el mediodía empezó a preguntarse dónde había podido meterse, porque se había despedido de ella la tarde anterior, a primera hora, y ya entonces le había parecido que estaba bastante distraído. Se había alegrado cuando él le comentó que necesitaba ausentarse de Woodruff por unas horas, porque los efectos del beso que él le había dado todavía persistían, nublando cada razonable argumento que se había dado a sí misma para no ir más lejos.

Sus fantasías eran vívidas, cargadas de pasión. No existía freno para su imaginación después de lo que había sucedido el día anterior. En aquel momento su mente seguía otros rumbos, rumbos libres y atolondrados que no entendían de límites y que casaban mal con un matrimonio puramente nominal.

El vestido que llevaba ese día parecía reflejar

todos sus pensamientos. El encaje que rodeaba su escote apenas escondía lugares que siempre había mantenido bien ocultos. Se lo había puesto con la esperanza de que Lucas volviera para verlo, pero hacia el mediodía había renunciado a toda esperanza para dedicarse, en lugar de ello, a explorar Woodruff Abbey.

Al cabo de media hora encontró una habitación en un extremo de la casa que contenía una biblioteca, cuyos libros daban la impresión de no haber vuelto a ser ordenados desde que el primer miembro cultivado de la familia se estableció allí. Sentada en una silla, estaba hojeando un libro con varias litografías de Bath cuando fue consciente de un rumor detrás de ella. La orden de silencio que escuchó a continuación, apenas susurrada, vino a decirle que se trataba de las niñas que había conocido dos noches atrás.

Hope y Charity.

Mientras se preguntaba qué madre en su sano juicio les había puesto aquellos nombres, una pequeña rosa blanca la golpeó en la mano. Y luego otra.

Prestándose al juego, se levantó para recogerlas del suelo.

—¡Vaya! Están lloviendo flores...

El susurro cesó y se hizo un silencio.

—Las hadas hacen llover flores para recordar a los niños sus buenas maneras —miró a su alrededor, evitando mirar en la dirección de la antigua mesa detrás de la cual sabía que debían de estar escondidas.

De repente se oyó una risita medio contenida.

—Pero no es así como se ríen las hadas... —quiso seguir el juego, pero entonces Hope asomó su carita.

—Somos nosotras —dijo sin más, como una niña que no tuviera demasiada experiencia sobre los juegos de fingir y simular—. Cortamos las flores del jardín ayer, antes de que lloviera —precisó, mirando por los grandes ventanales de la habitación. Las gotas resbalaban por el cristal, desdibujando el gris paisaje invernal.

Charity salió de detrás de ella. Las dos llevaban idénticos delantales.

—¿Habéis estado estudiando vuestras lecciones?

Hope esbozó una mueca.

—No teníamos que hacer nada hasta hace un mes, cuando el señor Lucas dijo que teníamos que estudiar y nos buscó una institutriz.

—Aprender es una buena cosa —replicó Lillian, señalando el libro que sostenía en la mano—. Leer puede daros muchas horas de felicidad.

Las niñas no respondieron, sino que se la quedaron mirando con expresión vacilante. Intentando encontrar algún tema que pudiera ser de mayor interés, Lillian recurrió al de la Navidad.

—¿Habéis hecho decoraciones con vuestra institutriz?

Ambas negaron con la cabeza.

—La señora Wilson dice que ya somos demasiado mayores para la Navidad.

—¿Demasiado mayores para la Navidad? —de repente se enfureció con semejante institutriz, capaz de soltar aquella mentira a dos niñas huérfanas—. Nadie es demasiado mayor para la Navidad. Eso es un hecho.

Hope se le acercó.

—El año pasado metimos un árbol en la casa. La señora Poole nos dejó trenzar papel para decorarlo y preparó comidas estupendas, como el pudin de ciruelas. Pero este año es diferente. La señora Wilson solo nos hace estudiar porque dice que hemos perdido mucho el tiempo.

Charity asintió detrás de ella, dando a Lillian la impresión de que escuchaba cada palabra que decía su hermana. ¡De manera que no era sorda!

De repente, la falta de adornos navideños de aquella sala se le antojó exasperante.

—Si yo pudiera encontrar papeles, pinturas, tijeras y pegamento, ¿seríais capaces de ayudarme a decorar esta habitación?

—¿Ahora?

—Solo falta una semana para Navidad y no tenemos tiempo que perder.

Charity asintió varias veces con la cabeza, vivaz. Era la primera vez que Lillian la había visto decidir algo antes que su hermana; por un momento, incluso abrió la boca como si quisiera hablar, pero no llegó a hacerlo. De pronto, con aquellos ojos azules y aquel cabello rubio que tenía, casi blanco de puro claro, le recordó a alguien.

¡A ella misma de niña! Siempre deseosa de agradar. Aprensiva. Sin madre. Se tragó el nudo de tristeza que le subió por la garganta, la ola de dolor que la tomó desprevenida. No había llorado cuando su madre la abandonó porque su padre había necesitado de su fortaleza, y tampoco había llorado la muerte de Rebecca porque para entonces había adquirido el hábito de sufrir callada. De resignarse.

¡Resignarse!

Qué bien se le había dado eso.

—Tenemos un poco de cinta de papel de plata y piñas pequeñitas en nuestra habitación, Lilly. Servirían, ¿no crees?

—Por supuesto que sí —Lillian volvió a dejar el libro en el estante y extendió las manos hacia las niñas. Cuando las niñas se agarraron a cada mano, se le ocurrió de pronto que nunca antes había tocado a un niño, ni se había acercado a uno. Y cuando entrelazó aquellos deditos con los suyos, se dio cuenta también de lo mucho que había echado de menos aquella sensación.

Luc volvió al atardecer, cuando el diluvio que había estado cayendo durante todo el día se había convertido en una lluvia constante, con sus gotas recogiendo los últimos restos de luz.

Woodruff se alzaba bajo un arco iris, recortada contra un cielo plomizo. Como un tesoro que lo estuviera esperando al final: Lilly, Charity y Hope.

Guardó la pistola que portaba en la silla de su caballo y sacó el cuchillo que llevaba oculto en la bota, para encajarlo al lado del arma. Se bajó también la manga de la camisa. El profundo corte de su antebrazo resultaba una herida tan evidente de arma blanca que no quería que nadie lo viera.

Daniel Davenport acababa de sentarse a beber en una taberna cerca de Fairley cuando Lucas lo sorprendió. A él y a los otros dos compinches que estaban bebiendo en su compañía, y que le habían resultado familiares. Pero ese día sus manos habían estado empuñando jarras de cerveza y no los bastones con los que lo habían apaleado en las calles de la capital.

Davenport había huido a toda prisa, y Luc maldijo entre dientes al evocar la escena. Había sido un día oscuro pese a que apenas había entrado la tarde, y lúgubre también, a pesar de la cercanía de la Navidad. Quizá había sido precisamente la proximidad de una fiesta tan entrañable la que había explicado la indulgencia que demostró hacia las vidas de aquellos dos tipos, ya que se había conformado con entregarles a la policía local antes de emprender el regreso a Woodruff. Apenas mes y medio atrás no habría tenido escrúpulo alguno en matarlos, pero la bondadosa influencia de Lilly parecía haber ejercido su efecto hasta en su necesidad de venganza.

—Maldita sea —masculló cuando una rama le azotó la cara. El dolor del rostro se sumó al de la herida de su brazo, producida cuando uno de aquellos tipos lo sorprendió al sacar el cuchillo que había llevado oculto. Las luces de la casa estaban ya a la vista y hasta él llegaba el rumor de una música.

Música navideña, reconoció cuando se estaba acercando.

Cantan los coros de ángeles,
Cantan gozosos,
Cantan todos los habitantes del cielo para abajo.

El primer azote de una lluvia más intensa le hizo esbozar una mueca mientras dirigía su caballo hacia las cuadras y se disponía a desmontar.

Habían trabajado durante toda la tarde en la biblioteca, destapando un viejo pianoforte e instalándolo cerca del árbol que el señor Poole había cortado para ellas, y que en ese momento estaba adornado caprichosamente de colores rojo y verde, oro y plata. Estrellas, corazones y tiras de papel enrolladas decoraban cada rama, con cadenas trenzadas que partían del ángel que lo coronaba. Un ángel improvisado a partir de una antigua muñeca de Hope. Un gran fuego ardía en la chimenea, ahuyentando las frías sombras de la habitación.

Radiante y festivo, el espíritu de la Navidad flotaba en el aire. Las castañas crepitaban sobre la plancha que habían puesto al fuego.

Allí, con la institutriz tocando el pianoforte, la señora Poole cantando con sentimiento a su lado y las niñas en camisón arrebujadas junto a ella, Lillian experimentaba una insólita sensación de paz y serenidad. Nunca antes había cantado villancicos así, despreocupada del tono y la melodía. Nunca antes había cenado en una bandeja con los cubiertos cambiados y una flor empapada al lado del plato. Pero era la flor que Charity había cortado del jardín, entre chaparrón y chaparrón, y que le había entregado tímidamente. Lillian la había aceptado emocionada, con su llamativo color rojo que tanto le recordaba el gusto de Lucas con las flores. Mientras tanto, Hope no dejó de acariciar su alianza de matrimonio hasta que la canción tocó a su fin, con uno de los gatos intentando lamer el azúcar de sus dedos.

—No me gusta mucho tu anillo, Lilly. Cuando yo me case, tendré un anillo más fino con un único diamante.

Lillian se echó a reír ante aquel comentario tan ingenuamente sincero, y justo en aquel momento Lucas entró en la habitación.

Ella estaba riendo, con las niñas junto a ella en una biblioteca que había cambiado completamente.

Había cosas colgando por todas partes. Adornos navideños, todos de factura casera, con un árbol donde antes había estado una silla.

Su biblioteca. Desaparecida. Sustituida por una especie de gruta de luz y música, con vasos de chocolate sobre las mesas y un pianoforte que no había sabido que existía.

Le dolía el brazo y los rostros de aquellos a los que había perseguido durante todo aquel día parecían bailar una danza macabra ante él.

Se yuxtaponían a los de sus seres queridos.

Su vida siempre había estado plagada de yuxtaposiciones. Pero allí, esa noche, persistía como un recordatorio de la injusticia siempre al acecho, un grito procedente de los desiertos que habitaba y de la gente que hacía del mundo un lugar inhóspito, peligroso.

Intentó sonreír, intentó sentir el calor, intentó abrirse a todo aquello que sabía que echaba de menos. Sus ropas empapadas le provocaron un inesperado escalofrío.

—Lucas —la voz de Lilly era suave. Al verlo, las niñas se apartaron de su regazo.

—Estoy empapado. Si me disculpáis, subiré a cambiarme.

Se volvió antes de que alguien pudiera decir algo porque el temblor empezaba a apoderarse de él, fuerte e intenso. Sospechaba que se debía a la hemorragia del brazo, combinada con el frío que había pasado durante la larga cabalgada de regreso a casa.

—Ahora bajo —pronunció por encima de su hombro, alegrándose de que la música volviera a sonar.

Gloria a Dios
en las alturas.
Venid a adorar...

Algo no marchaba bien. Se notaba en la trabajosa manera que tenía de andar y en el timbre de sus palabras. Un oculto sonido que conocía bien, el de su propia voz a lo largo de los años.

«No, estoy bien, padre. Ahora mismo bajo».

Ojalá su padre no la hubiera creído en aquellos momentos. Ojalá hubiera entrado en su habitación para abrazarla y ahuyentar así los demonios, los arrepentimientos y la culpa que había sentido a raíz de todo lo relacionado con su madre. Pero no lo había hecho y ella había perfeccionado cada vez más su capacidad para ocultar todo aquello que no quería que los demás vieran. ¡Como Lucas esa noche!

Después de acomodar a las niñas en los almohadones y de disculparse, subió las escaleras hasta el primer piso.

La puerta de la habitación de Lucas estaba cerrada, un dormitorio que había descubierto ese mismo día mientras buscaba materiales que usar para las decoraciones. No se oía ningún sonido.

Decidió no llamar. Giró el picaporte y entró sin más.

Lucas yacía en la cama completamente vestido, con una mano sobre el rostro. Temblaba violentamente.

—En seguida bajo, Lillian.

No retiró la mano, no intentó sentarse ni seguir hablando.

La piel que alcanzaba a distinguir alrededor de sus labios estaba azul. La acometió un escalofrío de terror.

—¿Estás enfermo?

—No, tengo fri-frío. Márchate, por favor.

Un ojo dorado apareció entre sus dedos cuando ella no se marchó.

—¿Podrías acercarme las ma-mantas?

El agotamiento se reflejaba en sus ojos, un desesperado agotamiento que no procedía únicamente de la falta de sueño y que le hacía tartamudear. Lillian reparó en que su brazo izquierdo colgaba inerte a su lado, con una mancha de sangre asomando en su muñeca.

¡Sangre! Acercándose apresurada, le tomó la mano. Estaba helada.

—Voy a llamar a un médico.

Él negó con la cabeza y la sensación de terror resecó la garganta de Lilly. ¡No se trataba entonces de

265

un simple accidente, si lo que pretendía él era esconderlo! Cuidadosamente le subió la manga y la visión de la larga herida le robó el aliento,

—¿Quién te ha hecho esto?

Se hizo un silencio y Lillian tuvo la impresión de que contenía el aliento hasta que pudo hablar, pese al dolor.

—La culpa fue mía —dijo al fin.

—Parece una herida profunda.

—¿Eres buena co-cosiendo?

—Bordados. Tapices. Sé coser el dobladillo de un vestido si tengo que hacerlo... —de repente comprendió lo que había querido decir y le falló la voz.

Vio que se curvaban las comisuras de sus labios.

—Estoy seguro entonces de que no-no tendrás ninguna dificultad con esto. Pero te-tendrás que limpiar primero la herida.

—¿Con qué? —inquirió Lillian, apretando los dientes de preocupación.

Jamás había tenido práctica alguna en ese tipo de cosas. Ciertamente había lidiado con dolores de cabeza y alguna herida superficial que otra, pero un emplaste de rosas rojas y manzanas podridas a partes iguales, envuelto en una fina tela de lino, no parecía ser la solución en aquel caso.

—Alcohol. Cuanto más fuerte mejor, y agua hirviendo. Si vas a buscar a la señora Poole, ella sabrá lo que hay que hacer.

De repente Lillian sintió náuseas.

—¿Esto te ha sucedido alguna vez antes?

En aquel momento solo era un hombre luchando contra el dolor de su brazo, que no estaba en condiciones de contarle la verdad. Lillian dio un respingo de terror cuando de pronto no vio otra cosa que el blanco de sus ojos.

Pero se repuso rápidamente y volvieron a asomar sus ardientes ojos ambarinos.

—Si te mueres, Lucas Clairmont, dos días después de haberme casado contigo, te juro que te estrangularé con mis propias manos.

Sus palabras no fueron ya tiernas y cuidadosas; el grito que anidaba en ellas los sorprendió a ambos.

Aquello no tenía ningún sentido, pero ella ya no estaba para delicadezas, ni siquiera para decidir lo que era justo o injusto. Si ese día él había matado a alguien, entonces la condena de su alma tendría que esperar. Lo que tenía que hacer en aquel momento era curarlo.

Calentada la habitación por un buen fuego, y libre ya de la camisa empapada, el temblor de Lucas cedió al fin.

La señora Poole llevó agua hirviendo y unas afiladas tijeras. Sus movimientos daban la impresión de una mujer que había visto esas cosas antes.

—Estuve con las tropas de Wellington, querida —explicó cuando Lillian le preguntó al respecto—. Marché al ritmo del tambor, como quien dice. Fue así como conocí al señor Poole, porque mi primer marido murió en España y las viudas no tardaban en casarse.

—¿Y llegó a ver usted heridas como esta?

—Muchas veces.

—¿Y sobrevivían... —susurró— aquellos que sufrían esta clase de lesiones?

—Por supuesto que sí. Solo me preocupaba cuando contraían fiebres después. Es una pena que él no haya querido beberse un vaso de brandy, porque eso le aliviaría mucho el dolor —le entregó aguja e hilo a Lillian—. Pequeñas puntadas y no muy profundas—. ¿Estáis segura de que no queréis beber antes un poquito de brandy, querida?

Ya había rechazado antes la invitación y negó con la cabeza. Necesitaría de toda su concentración para la tarea que tenía entre manos y lamentó por enésima vez que la señora Poole no hubiera tenido una mejor vista.

—Ya me han dado puntos antes —le dijo Lucas mientras ella se aprestaba a la labor—. No suelo ponerme a llorar.

La leve sonrisa de sus labios le dijo que estaba intentando aminorar de algún modo la tensión del momento, pero el sudor que se le acumulaba sobre el labio superior le contaba una historia distinta. ¡No era tan indiferente a su dolor como habría querido hacerle creer! El corazón le latía con tanta violencia que su corpiño subía y bajaba visiblemente, y se aceleró aun más cuando descubrió que su piel era mucho más dura que cualquier tela que estuviera acostumbrada a atravesar con la aguja.

—Lo siento mucho... —susurró al ver que hacía una mueca y desviaba la vista del chorro de sangre que brotó de golpe y que la señora Poole se apresuró a limpiar. Siguiendo la dirección de su mirada, vio que fuera seguía lloviendo y que un relámpago iluminaba por un momento la oscura tierra.

—Se acerca una tormenta —dijo él, y la señora Poole comentó:

—Dicen que va a nevar, señor. Quizá tengamos unas Navidades blancas después de todo.

El tiempo se convirtió en oportuno tema de conversación mientras la aguja se hundía una y otra vez en la carne, con limpios y perfectos puntos que dejaron bien unida la piel lacerada hasta formar una única y delgada línea roja.

Una vez que hubo terminado, Lillian dejó a un lado la aguja y se levantó. La magnitud de lo que acababa de hacer la anegó en una marea de estupor.

—Gracias —al resplandor de las llamas, sus ojos ambarinos tenían una expresión de agradecimiento. Destilaban fatiga y algo más.

Vergüenza.

Cuando la señora Poole abandonó la habitación en busca de una pomada, Lillian también se sintió... tímida. Secándose las manos en la falda, la enormidad de lo sucedido acabó por abrumarla.

—Si estás en problemas, quizá yo pueda ayudarte. Mi padre tiene dinero e influencia. Si hablara con él y le pidiera...

—No, Lillian —esbozó una mueca al cambiar de posición en la cama. La azulada palidez de su rostro la alarmó.

Que hubiera utilizado su nombre de pila completo la sorprendió tanto como el tono que había usado, el más serio que le había oído nunca, con un acento casi inglés.

—Cuando te dejé en el baile de los Billinghurst, al volver a mis aposentos... caí en una trampa.

—¿Una trampa? —no entendía lo que le estaba diciendo.

—Tres hombres se abalanzaron sobre mí y lo siguiente que supe fue que estaba prisionero en un barco, rumbo a Lisboa. Creo que el dinero de los Davenport fue utilizado para hacerme... desaparecer.

Lillian se llevó una mano a la boca para intentar detener el horror que sentía crecer en su pecho.

—Yo nunca...

—Tu no —su sonrisa fue tierna, reconfortante.

—¿Mi padre? —el horror de su confesión era absoluto. Dios, si había sido su padre…

—No, él tampoco.

—¿Daniel, entonces?

—Y su madre. Una mujer hizo entrega del dinero, y el carruaje de los Davenport estaba esperando al final del callejón donde me atacaron.

—¿Tía Jean? No puedo creer que mi tía pagara por hacer algo tan... horrible.

Un asomo de sonrisa cruzó por su rostro, aunque había algo que él seguía sin decirle, algo que puso en sus ojos una mirada de precaución mientras se quedaba callado.

—Cuando no volviste, yo pensé que quizá estuvieras escondiéndote. Como si no quisieras comprometerte a la fuerza conmigo.

Él negó con la cabeza.

—Hice que mi abogado le transmitiera a tu padre mi proposición de matrimonio tan pronto como me enteré de... de lo que te había pasado.

—Y cuando mi padre aceptó, yo no pude entender cómo era que habías logrado persuadirlo.

Los párpados se cerraron de golpe sobre sus ojos ambarinos. Los secretos que había entre ellos volvían a hacer su aparición al cabo de unos breves momentos de sinceridad. Ese pensamiento la entristeció mientras se ocupaba de arreglarle las sábanas.

—Hay cosas que necesitamos contarnos, Lilly, pero no así, estando como estoy. Para eso necesito al menos estar de pie —esbozó una débil sonrisa.

—¿Una explicación de tus heridas, quizá? —señaló su brazo e inesperadamente él le tomó una mano. La fuerza de sus dedos parecía desmentir el dolor que sentía.

—Eso también —añadió mientras acariciaba con el pulgar las azuladas venas de su muñeca.

¡Una pequeña caricia! Una caricia regalada en silencio mientras la distante tormenta se acercaba por momentos. Un relámpago iluminó de amarillo la habitación, con el trueno haciendo temblar los cristales a manera de celestial recordatorio de la insignificancia de los trabajos de los hombres.

Cuando él le apretó los dedos, ella no retiró la mano. Le gustó su calor y su cercanía mientras contemplaba el salvaje azote del viento en los árboles del jardín.

Se quedó dormido antes de que ella se diera cuenta, con su rostro sereno tan diferente de su recelosa reserva cuando estaba despierto. Como tenía ladeada la cabeza, la cicatriz de su cuello resultaba visible en toda su impresionante longitud.

Un niño que había marchado sin sus padres a lejanas tierras al otro lado del mar. ¿Qué le había sucedido entre aquel entonces y ahora? ¿Qué excusa podría darle para las constantes escaramuzas en las que había estado implicado?

—Por favor, Dios mío que no sea un hombre... malvado —rezó a la divinidad omnipotente en la que creía, y acto seguido se sonrió por aquella ridícula descripción de la personalidad de Lucas.

¿Malvado?

¿Desde qué punto de vista?

Nunca antes se había cuestionado nada. Ni las reglas. Ni las normas. Ni las creencias. Todo ello la había convertido en una persona temerosa de que la más ligera de las desviaciones pudiera conducir al caos.

Pero en ese momento estaba allí, y el calor de sus dedos contra los suyos y el rumor de su respiración no los sentía como caóticos.

No, sentía aquel calor como algo real, justo y adecuado. Algo que mantenía a raya el mundo exterior, por una promesa mucho más importante que el miedo.

—Amor —susurró quedamente en la oscuridad, con la palabra desenredando su verdad y su particular libertad, justo cuando la señora Poole volvía con una bandeja llena de pomadas.

Diecisiete

Lucas se reunió con ellas para desayunar. Esa mañana el tiempo estaba más sereno que lo que lo había estado durante la noche. Ese día, Lillian casi podía sentir el sol queriendo abrirse paso a través del manto de nubes. Una gruesa manta de hojas y ramas rotas quedaba todavía en la parte de jardín visible desde el comedor.

Hope parloteaba a su lado sobre la tormenta y sobre las decoraciones que habían elaborado juntas el día anterior. Era como un torrente de pensamientos vertidos en voz alta, tan diferente de su hermana, que desayunaba en silencio sus gachas de avena.

—Si vuestra institutriz pudiera dejaros el día libre a la hora de comer, pensé que podríamos salir a recoger piñas y bayas para la fogata de Navidad. Era algo que hacía cuando era pequeña.

—¿En Fairley? —quiso saber Luc.

Asintió con la cabeza.

—Con mi madre… —se quedó asombrada. No

podía recordar la última vez que había hablado de su madre con alguien, pero cuando vio las inquisitivas miradas de las niñas se esforzó por aparentar tranquilidad—… Murió cuando yo tenía trece años y me pongo triste cuando pienso en ella. Sobre todo en Navidad.

Inesperadamente sintió la cálida manita de Charity dentro de la suya. La sinceridad del gesto resultó conmovedora. «No estás sola», venía a decirle. «Yo estoy aquí».

Lillian miró a Luc, consciente de que había advertido el gesto, y vio que asentía levemente con la cabeza.

Aquella mañana la blancura de su camisa cubría su aparatoso vendaje. Había recuperado el color. Un hombre muy viril con algo más que simple humor en su sonrisa, porque la sensualidad y el apetito estaban también presentes. Sabía, por la reacción de su propio cuerpo, que no transcurriría mucho tiempo antes de que el deseo se abriera paso en sus vidas.

Desviando la mirada, se sirvió huevos revueltos y una tostada de mantequilla. Huevos tan revueltos como sus pensamientos. El calor de sus mejillas le hizo bajar la vista para que su marido no viera su rubor, para que no supiera que la resistencia que había mantenido hasta el momento se estaba desmoronando a marchas forzadas.

—Tengo algo en mi habitación para ti, Lilly.

Cuando termines de desayunar y las niñas suban a tomar sus lecciones, me gustaría dártelo.

Su habitación estaba más ordenada que la última vez. La ropa estaba guardada y las decenas de libros y papeles apilados sobre su escritorio en dos montones.

Un hombre cultivado, pensó, e intentó asociar esa imagen con la de alguien que apostaba y se peleaba. A menudo.

Advirtió que había muchos libros sobre barcos y, en un estante a la espalda de Luc, vio la maqueta de uno, con toda su arboladura.

—Es el *Rainbow* —dijo cuando la sorprendió mirándolo—, uno de los más bellos clippers construidos por Donald McKay. Lo vi una vez en la bahía de Massachusetts antes de que zarpara a mar abierto con su larga y esbelta proa. Como ves, fue diseñado para cortar limpiamente las olas más que para romperlas.

—¿Compraste este modelo aquí?

—Sí, en Londres. Lo embarcaré para la casa de mi tío en Richmond, a la vuelta de las Navidades.

—¿A él también le gustan los barcos?

—Le gustaban. Murió.

—¿Te visitaron alguna vez tus padres en América?

—No, gracias a Dios —al ver que fruncía el

ceño, suavizó su tono crítico—. Mis padres estaban más interesados en ellos mismos que en mí. Mi padre tenía casi cuarenta años cuando yo nací y tanto uno como otra no supieron qué hacer con un chiquillo al que no comprendían. Fue un alivio cuando delegaron mi crianza en Stuart.

—Pero volverías a verlos cuando dejaste Inglaterra, ¿no?

Él negó con la cabeza.

—Murieron pocos años después de mi marcha, de resultas de una gripe. En Italia.

No detecté tristeza alguna en sus ojos. Solo la constatación de un hecho y distancia. Los vínculos que habitualmente unían a un hijo con sus padres habían quedado rotos por la incomprensión.

—De modo que viviste con tu tío.

Al ver que vacilaba, entendió que no había sido así.

—Viví en las tierras que tenía junto al James y me dediqué a trabajarlas.

—¿Solo?

—Al principio tuve algunos contratiempos, pero no tardé en acostumbrarme y Stuart me ayudó.

—¿Fue uno de esos contratiempos lo que te dejó la cicatriz que tienes en el cuello?

En un gesto automático, se subió el cuello de la camisa. El movimiento hizo que Lillian le pusiera una mano sobre el brazo.

—No era una crítica —le dijo con tono suave,

—Tengo otras cicatrices —repuso, y el aire entre ellos pareció cambiar.

Otras cicatrices, en otros lugares de su cuerpo… ¿Donde ella no podía verlas? Bajo su ropa, ocultas. Una singular visión de sus cuerpos desnudos y abrazados la asaltó de pronto, envueltos en el grueso edredón burdeos de su cama.

—No soy un hombre sin mácula, Lillian —continuó Luc—. Yo no soy como tú —añadió, con su ronco acento americano más pronunciado que nunca—. Y no puedo evitar advertir que raras veces te pones mi anillo.

Le alzó la mano y la desnudez de su dedo anular le hizo fruncir el ceño.

—Me lo quité ayer, cuando estuve pintando con las niñas.

Él se inclinó para abrir el cajón de su mesilla.

—Lo sé. La señora Poole lo encontró y lo mandó limpiar.

El gran rubí parecía hacerle guiños. No sabía por qué, pero se descubrió pensando que no era tan feo. Cuando se lo puso en el dedo, sonrió.

A modo de repuesta, él le acarició el brazo con un dedo, desde la muñeca hasta el codo, y aún más arriba, al ver que ella no lo rechazaba.

—Quiero que este matrimonio sea algo más que una farsa, algo más que dos camas separadas. Tú me hablaste de paciencia y limitaciones, pero creo que se me han acabado las dos.

—Entiendo —lo dijo con una sonrisa.

—Así que, si pensabas detenerme, yo te diría que es este el momento adecuado para hacerlo…

Sus dedos se apoderaron de su seno a través del terciopelo de su vestido. Su ardiente mirada la mantenía cautiva.

La sensación era exquisita. Una punzada de necesidad, con un espasmo en el vientre que la hizo gemir en voz alta.

—¿Lucas?

Susurró su nombre entre olas de ansia y calor, mientras sentía su pierna presionando contra su monte de Venus.

—Me gustaría enseñarte algo más que un beso bajo una rama de muérdago, Lilly.

Podía sentir su aliento en la cara. La puerta estaba cerrada y disponían de horas de sobra.

Sintió a continuación sus dedos moviéndose por la tela de su vestido, atrayéndola hacia así. Sus cuerpos entraron en contacto, encajándose perfectamente.

Cuando alzó la cabeza, él bajó la suya para saborear su boca.

Ardor. Esperanza. Esclavitud.

El pulso se le aceleró, consciente de lo escaso de su experiencia y sin embargo desesperadamente deseosa de lo que él le había ofrecido una vez. Su fortaleza, el núcleo de su masculinidad.

Hasta que sintió su vacilación.

—¿Por qué? —sacudió la cabeza. Estaban en pleno día. No estaba oscuro. No sería un emparejamiento oculto, clandestino.

—Si vamos más lejos, no podré garantizarte que me detenga.

—¿Detenerte? —el simple pensamiento la hacía estremecerse—. No es un beso lo que quiero esta vez.

Lillian sintió que le ardía el rostro de vergüenza, pese a que su sonrisa era tierna.

—Yo jamás querría hacerte daño —dijo él.

—¿Hacerme daño? —inquirió ella con los ojos muy abiertos, como si la realidad hubiera irrumpido de golpe en sus fantasías.

—Cuando un hombre y una mujer se emparejan, la primera vez no siempre es fácil.

Sus palabras fueron pronunciadas en un susurro, con el reloj de su escritorio marcando el paso del silencio. La caricia de su aliento en la mejilla la hizo volverse hacia Luc justo cuando él se disponía a hablar de nuevo.

—¿Tienes alguna idea de lo que sucede?

Lillian tragó saliva.

—Se forma un bebé de la semilla que tú depositas en mi vientre.

Anne Weatherby se lo había contado en cierta ocasión, después de haberse bebido una copa de vino especialmente grande.

—Bueno, no exactamente, corazón.

«¿Corazón?». La palabra resonó en su mente. No era una palabra poco cariñosa viniendo de un hombre como él.

Lucas había bajado las manos, acariciándole las caderas, y la punzada de deseo que le atravesó el vientre la instó a pegarse a él, en un impulso. Pidiéndole más sin saber siquiera lo que entrañaba ese «más».

Él empezó a moverse también, a mecerse contra su cuerpo al igual que ella. ¡Dar y tomar! El silencioso lenguaje de los amantes a través de los siglos. Cada vez más rápido y más fuerte hasta que le arañó la piel de los brazos con las uñas, incluso mientras intentaba comprender qué era lo que le estaba pidiendo. Solo eso. Solo ellos.

—¿Luc? —la pregunta fue casi un gruñido.

Él la tomó de la barbilla y le hizo levantar la cara para abrasarle los ojos con los suyos al tiempo que bajaba la otra mano.

La fue bajando cada vez más hasta que le alzó la falda. Se le hizo extraño sentir la frialdad del aire invernal en contraste con el calor de sus dedos, y cuando él alcanzó lo que estaba oculto, intentó desviar la mirada. Pero Luc no se lo permitió, sino que la obligó a que lo mirara mientras exploraba aquello que estaba buscando con un dedo y lo introducía en su interior.

La corriente de deseo que la invadió fue elemental, primaria y justa. Abrió algo más las piernas y recibió a cambio una caricia más intensa. Sus dedos parecían obrar magia.

La erguida dureza que sentía contra su vientre la sorprendió. ¿Era la necesidad de un hombre tan grande como la suya, solo que mucho más evidente? Se sonrió al pensarlo.

—Como una funda, Lilly —dijo mientras frotaba la nariz contra su cuello—. Te prometo que te acomodarás a mí como una funda.

¿Tan cerca? ¿Tan hondo?

Nuevamente él se apoderó de su boca, usando la lengua de la misma manera en que antes se había servido de los dedos, penetrándola para explorarla a fondo. El tiempo pareció detenerse mientras el día se disolvía en una única sensación, un mordisqueo de la suave piel de sus labios, con su mano retirando la ropa que cubría sus senos para acunar uno y encontrar el pezón. Y mientras tanto, la zona que la otra mano estaba acariciando se bañaba en humedad.

El aire entre ellos temblaba con todo lo que él le estaba haciendo, el sudor se acumulaba en su piel y olas de necesidad parecían crecer y crecer… hasta que se retiraron cuando él se apartó.

—¡No!

Él rio ante su vehemencia, aunque su voz sonaba ronca, diferente.

—No tan rápido. No tan rápido.

Tras despojarla de las medias, la recostó contra

la pared. Hizo de almohada su vestido de terciopelo, enrollado a la cintura. Estaba desnuda. Expuesta. Esperando. La excitación aumentaba a ritmo constante, rivalizando con la impaciencia cuando él se desabrochó los pantalones y se los bajó. La blancura de su larga camisa de algodón contrastaba con el bronceado de su piel, de sus músculos fuertes y bien dibujados.

¡Un hombre hermoso de ojos dorados, pelo negro como la noche y suficiente experiencia para hacerlo todo tan fácil! Un mareante delirio la urgía a continuar, con sus manos buscando la abundancia de su sexo hasta… que lo sintió. Suave, cálido. Necesitaba todo lo que estaba a punto de suceder. Sin control. Sin límites. ¡Solo todas las horas que se extendían ante ellos y aquella dolorosa y anhelante necesidad!

Él le tomó una mano para guiarla hacia su sexo. Lillian sintió una humedad corriendo entre sus muslos y frunció el ceño.

—Es tu cuerpo, corazón, diciéndome que me deseas —y la levantó en vilo.

—¡Luc! —gritó cuando sintió los primeros dolores, ya con su miembro tenso y duro enterrado en ella.

Él se detuvo de inmediato, con el aliento acelerado y una expresión suplicante en los ojos.

—Si de verdad quieres que me detenga…

—No —susurró ella esa vez, porque detrás del

dolor podía detectar otro deseo, como una pregunta de la carne mientras él volvía a moverse.

Enredándole las piernas en torno a su cintura, Luc cambió de posición para soportar su peso mientras le mordía la sensible piel del cuello.

Sus profundos embates aceleraron el ritmo, cada vez más rápido, al tiempo que le sujetaba las nalgas con una mano.

El crescendo del anhelo hizo que Lillian echara la cabeza hacia atrás y se limitara a sentir aquel latido de calor, de luz, de amor. Y de sonidos. Su propia voz, nada contenida, ni suave, sino cruda y potente.

¡Nada había oculto ni disimulado! No había nada a resguardo mientras el ritmo de su respiración volvía a tranquilizarse y el mundo se configuraba de nuevo.

—¿Es esto lo que sienten todos los casados…? —tenía que preguntarlo.

—Solo aquellos lo suficientemente afortunados —repuso él y la alzó en brazos para depositarla sobre la cama.

Una vez allí, se quedó sentada mientras él la despojaba del vestido y del corsé, revelando a la luz del día sus secretos.

—Dios mío, eres tan bella… —pronunció lentamente mientras le soltaba el cabello—. Mucho más que con ropa, que ya es bastante.

La cascada de rizos le llegaba hasta la cintura.

Lucas enterró los dedos en sus mechones dorados y los acercó a la luz.

—Tantos matices diferentes del rubio, Lilly... —nunca había visto a nadie con aquel color de pelo, una especie de caleidoscopio cambiante de maíz, trigo y plata, con su cutis como reflejo de tanta exquisitez. Cuidadosamente se despojó de la camisa, descubriendo a la luz del día todas las otras cicatrices que había mantenido ocultas.

Los dedos de Lillian delinearon la de su muslo y luego una más pequeña en el costado izquierdo.

—Una bala que no pude evitar —explicó al ver que clavaba la mirada en ella.

El cuerpo de Lillian resplandecía en su gloria intacta: las largas piernas, la redondez de su trasero y la perfecta belleza de sus senos. Solo uno de sus dedos conservaba la herida de algún accidente. Encontró la mano y separó el dedo de los demás.

—Me corté con un cuchillo el año pasado, cuando estaba troceando la primera manzana del verano.

Él se echó a reír. Incluso sus accidentes eran atractivos. El anillo de rubí le hizo un guiño cuando le volvió la mano.

—¿Sigues queriendo cambiarlo?

Ella negó con la cabeza.

—Me he acostumbrado a él, y creo que él se ha acostumbrado a mí.

—Era de mi abuela, la única posesión que me

llevé de Inglaterra. Lo llevé colgado de una cadena al cuello, para que no me lo robaran cuando estuve trabajando para pagarme el pasaje. Nunca se lo entregué a mi primera esposa y ahora entiendo por qué. Te estaba esperando a ti.

Lillian cerró el puño y él se inclinó para besarle los nudillos, lamiendo la piel que los separaba.

Su marido. Un hombre forjado por las privaciones, la soledad y la ausencia de una familia, que había conformado toda su vida.

Y ahora… ¿qué era ahora? ¿Qué era precisamente en aquel momento, cuando ambos estaban desnudos frente a frente, a la luz del día?

¿Eran amantes? ¿Amigos? ¿Las dos mitades de un único ser? El comienzo de una vida nueva que relucía en la roja piedra de su dedo, tentadoramente cercana.

—Ámame, Lucas —susurró.

—Sí —respondió y, en respuesta, se apoderó de su boca.

Lucas se había marchado cuando ella se despertó, con su huella en el lado de la cama donde había yacido, fría y vacía.

Alisó con una mano las arrugas de la sábana y se quedó acostada mirando por la ventana, con una sonrisa de tímida incredulidad en los labios.

—Dios mío —musitó, recordando. Siempre había

sido tan controlada, tan contenida, tan correcta, tan precavida y tan formal...

¡Pero no esa mañana! Las horas pasadas con Luc la habían vacunado de volver a ser formal, con sus caricias prodigadas en lugares de su cuerpo con las que jamás había soñado, caricias de un hombre que le había mostrado cosas que nunca había imaginado. Estirándose, se sintió eufórica. En ese momento sí que era una esposa de verdad, conocedora ya de los secretos del lecho matrimonial.

Pero una minúscula duda persistía mientras pensaba en las cicatrices que surcaban su cuerpo. No eran de sencillos accidentes o de pequeños cortes. La cicatriz de la pierna le corría desde la ingle hasta la rodilla, y la del cuello le llegaba hasta un omóplato. Y eso sin contar la larga y reciente herida que ocultaba su vendaje. Frunció el ceño. El hombre que había abandonado Inglaterra de muchacho tenía enemigos, eso era seguro. Seguía teniendo enemigos, se corrigió.

¿Podría preguntarle al respecto? ¿Le contestaría él? Su padre rara vez le había contado a su madre nada de importancia. Lo sabía porque Rebecca se había quejado de ello muchas veces cuando pensaba que Lillian no estaba escuchando.

¿Era así como funcionaba un matrimonio? Meneó la cabeza y se puso a juguetear con su anillo. A la luz del sol, la piedra brillaba roja contra las sábanas, y en el engaste amarillo ya lustrado descubrió unas letras. Quitándoselo, se lo acercó a los ojos y leyó la inscripción: *A donde quiera que tú vayas...*

Y terminó la cita de memoria:

—... «iré yo, y dondequiera que vivas, viviré».

Se sentó en la cama. La declaración de amor del Libro de Ruth la dejó sobrecogida. ¿Sabría Lucas que el anillo llevaba esas palabras? ¿Habría querido dedicárselas a ella? El anillo era de oro, probablemente del siglo anterior, de valor considerable. Las palabras, ¿habrían sido grabadas recientemente o se trataba de una antigua prenda de compromiso entre amantes? Había pertenecido a su abuela, según él, y era por tanto el único recuerdo terrenal que conservaba de su familia perdida. Se lo volvió a poner y cerró el puño. El valor del oro y de la piedra preciosa no era nada comparado con el valor de aquellas palabras.

Un relámpago de esperanza atravesó su corazón como un beso robado bajo la magia del muérdago. ¡Nuevo! ¡Excitante! ¡Cargado de promesas!

Apartando las sábanas, se levantó para ponerse un camisón que había sobre el aparador de roble, junto a la cama. La prenda, que le llegaba hasta los pies, conservaba el aroma de Lucas. Se envolvió luego en el edredón para protegerse de las curiosas miradas de las doncellas y esperó a que le llenaran el baño.

Había dos hombres en la biblioteca con su marido cuando fue a buscarlo pocas horas después. Dos hombres que no tenían nada de refinados aristócratas del campo ni de caballeros de ciudad.

Peligrosos.

La palabra surgió de la nada y la hizo detenerse. El miedo se impuso a todo lo que había estado sintiendo antes, y la expresión de Lucas la acobardó todavía más.

—Lillian —su tono era distante pero cortés mientras cruzaba por delante de los invitados, ocultándolos a su mirada—. Ahora estoy ocupado. Si pudieras esperar hasta después…

—¿Seguro? —no pudo evitar preguntárselo.

Mirando detrás, a su escritorio, vio un montón de billetes de banco y al lado una pistola. No del tipo elegante de una pistola de duelo, sino más bien una tosca herramienta de matar. El pequeño árbol de Navidad que Charity había adornado como regalo para Lucas se alzaba cerca, con sus estrellas rojas y plateadas como preciosos recordatorios de unas fiestas de paz y buena voluntad.

¡No allí!

¡No en aquella habitación!

No con hombres que parecían piratas o ladrones, que además rehuían su mirada. Cruzó una mano sobre otra, tocándose el anillo.

—Te esperaré en el salón azul —añadió con tono helado. Aceptó que su marido le abriera la puerta y abandonó la habitación, con el rumor de sus faldas rompiendo el tenso silencio.

Una vez fuera, se detuvo y repasó lo que había observado. Lucas no llevaba el brazo herido en el cabestrillo que la señora Poole le había conseguido y lucía vestimenta de montar. ¿Habría estado fuera?

Faltaban ocho días para Navidad y su casa estaba llena ya de armas, dinero ensangrentado y gentes de aspecto rufianesco. Para no hablar del fugaz destello de furia que había descubierto en los ojos de su marido antes de que se apresurara a ocultarlo.

Inspiró profundamente tres veces y escuchó de pronto un chillido procedente de las escaleras.

Rodeando la esquina, vio a Hope y a Charity jugando con un cachorro de una raza que no se parecía a ninguna otra que hubiera visto. Hope estaba llamando al perrillo, que había saltado detrás de una pelota.

Lillian se acercó a ellas.

—¿De dónde ha salido este cachorro?

—La señora Poole lo trajo temprano esta mañana y el señor Lucas dijo que podíamos quedárnoslo porque Royce se está haciendo muy viejo. ¿Podemos, Lilly?

Aquella súplica, dada la promesa que ya había hecho su marido, era tan inesperada que no pudo hacer más que asentir, Charity también estaba asintiendo enérgicamente con la cabeza, y Lillian pensó incluso por un momento que iba a hablar.

Era imposible que aquella mañana pudiera deparar más sorpresas. Un marido secuestrado por hombres con aspecto de piratas y un cachorro de una raza nunca vista, con aquella piel entre rosada y blanca llena de arrugas.

Pero cuando Stephen Hawkhurst entró de repente por la puerta principal, sin llamar y ataviado con vestimenta de montar, tuvo que revisar su opinión.

Dieciocho

—¡Necesito hablar con Lucas! —gritó. La furia de sus palabras hizo que las niñas y hasta el cachorro se escondieran detrás de ella.

Lillian reparó entonces en la espada que llevaba al cinto y en la cartuchera en la que portaba una pistola.

—¿Pero qué…?

—Lillian, me he estado alojando en la posada del pueblo en caso de que surgieran problemas. Dime dónde está Luc, porque los otros me pisan los talones y son muchos.

La angustia de su tono era inequívoca. Acababa de hablar cuando Luc entró en la habitación.

—¿Qué diablos está pasando aquí?

Stephen lo miró con ojos desorbitados de alivio.

—Están aquí, Luc.

—¿Los has visto?

—¡Desde la colina que hay detrás del pueblo! Un grupo de seis se dirige hacia aquí. Llegarán en unos minutos.

Atravesando el salón en tres zancadas, Lucas se llevó a Lillian y a las niñas hacia las escaleras. Al nervioso cachorro lo dejó en brazos de Hope.

—Sube a tu habitación, Lilly, y cierra con llave. Hay un arma en el cajón de mi escritorio. ¿Sabes usar un arma?

Negó con la cabeza.

—Entonces simula que sabes —replicó él—. Si alguien entra en la habitación, apúntala a su pecho y gana tiempo.

—Tiempo —repitió. La simple idea hizo que se pusiera a temblar, pero ya Lucas había dado media vuelta y los hombres que antes había visto en la biblioteca estaban aprestando sus armas—. Vamos, niñas —dijo en un tono que esperaba sonara reconfortante—. Tenemos muchas decoraciones de Navidad que hacer.

Cuando vio que su esposo le sonreía, el calor que sintió en su corazón batalló con la horrible posibilidad de que ella, Lillian Davenport, se hubiera casado con un irredento asesino cuya alma se encontrara en absoluto y mortal peligro.

Lucas suspiró mientras veía a su esposa marcharse. Su ridículo comentario sobre las decoraciones de Navidad lo había llenado de incredulidad y de respeto, la capacidad de una mujer parta proteger a los niños como intrínseca virtud femenina.

¡La virtud!

¿Cuándo la virtud había desertado de su vida? A los catorce años, quizá, cuando tuvo que trabajar duro para ganarse su pasaje a América y aprendió cosas que ningún joven debería conocer. ¿A los veinte, cuando la tierra que estaba trabajando demandaba el sudor de un hombre de dos veces su tamaño y cuando el banco se despreocupó de una herida que estuvo a punto de matarlo? ¿O cuando Elizabeth murió cuando la llevaba a todo correr en su carruaje con la comadrona de Hampton, estando de parto del hijo de Daniel Davenport?

Sacó el reloj de su tío y miró la hora. No pudo evitar pensar que hacía mucho tiempo que Stuart Clairmont había dejado de necesitarlo.

Iba a vengarse. De repente lanzó una moneda al aire.

—Si sale cara, voy a la verja de entrada.

Stephen sonrió.

—Cruz y te quedas la puerta principal.

Cuando el florín mostró la efigie de la reina Victoria, Luc abandonó el edificio a la carrera con la mano sobre la pistola.

El latido de su corazón y el rumor de su respiración eran los únicos sonidos que podía escuchar, aparte del viento en los árboles del otro extremo del jardín, mientras corría por el sendero. Los frutos naranjas de los rosales silvestres brillaban como piedras preciosas. Si salía de aquello, los recogería a la vuelta y se los llevaría a su mujer. Y luego le diría exactamente quién era.

Lillian encargó a las niñas que elaboraran una lista con los juegos de Navidad que les gustaría practicar. A Hope le pidió que redactara las reglas y a Charity que dibujara una ilustración de cada uno.

—El señor Lucas estará bien, ¿verdad, Lilly?

¡Era la voz de Charity! Palabras perfectamente formadas con una voz que sonaba ligeramente ronca.

Lilly se arrodilló frente a la niña. Las lágrimas bañaban sus ojos.

—¿Puedes hablar, Charity?

—Oh, conmigo siempre ha hablado — intervino Hope, como quitando importancia a un momento tan solemne—. Pero también te quiere a ti, y por eso ha escogido hablar. Dejó de hacerlo cuando murió nuestra madre, pero contigo aquí, como si fueras nuestra mamá…

Lilly alzó una mano hacia la carita de la niña, acariciando con la punta de los dedos su fina y cremosa mejilla.

—Gracias, Charity. ¿Hablarás también con el señor Lucas?

Un tímido asentimiento le confirmó que lo haría y Lillian la estrechó en sus brazos. Como una madre habría abrazado a su hija. Sus niñas. Lucas y ella con Hope y Charity. Cuando la niña se separó al cabo de un momento para volver con sus dibujos, Lilly se acercó al escritorio de Lucas mientras se enjugaba disimuladamente las lágrimas de alegría.

El cajón de su escritorio estaba lleno de lápices y plumas, y en un rincón reconoció el sello rojo de los Davenport estampado en una carta.

¿Por qué tendría esa carta? No se atrevía a romper el sello en caso de que no pudiera volver a juntarlo. La escritura del dorso era la de Daniel. Dejando a un lado la carta, siguió rebuscando en el cajón y sacó un juego de medallas militares, todas mezcladas y grabadas con la misma inscripción: *Teniente Lucas Clairmont del quinto regimiento de infantería de la milicia de Nueva York*. Destacaba una fecha: 1844. Haciendo la cuenta, calculó que debía de haber tenido unos veinticuatro años cuando las recibió.

A un lado de su escritorio había una hoja de papel en la que vio el nombre de su primo Daniel debajo de otro más. Elizabeth Clairmont, la primera esposa de Lucas. ¿Se habrían conocido en América? ¿Podría ser esa la razón de su disputa y de que aquella carta llevara el sello de los Davenport?

No entendía nada.

¿Había hecho el amor con un hombre que le escondería siempre la verdad de su vida, los secretos más inconfesables? En cualquier caso, esperaría a hablar con él.

Cuando escuchó unas voces furiosas justo debajo de la ventana, ordenó a las niñas que se tumbaran en el suelo y se asomó precavida.

¡Justo en ese momento, un hombre disparó contra Lucas a muy escasa distancia!

—Maldita sea —juró Lucas cuando la bala erró afortunadamente su cabeza por muy poco—. Debiste haber apuntado al cuerpo —el soldado que había en él reprendió a su atacante, aunque este ya estaba amartillando de nuevo su pistola y no había tiempo que perder.

Su tiro sí que resultó acertado y el hombre cayó al suelo. Fue entonces cuando se escuchó una voz al otro lado del sendero de entrada.

—Si no sales ahora mismo, dispararé a tu amigo.

¡Era la voz de Daniel Davenport, y luego la de Stephen!

—No lo hagas, Luc. Me disparará de todas formas.

La voz de Hawk se interrumpió de golpe. No fue un disparo, sin embargo. No llegó a oír bien el sonido. ¿Quizá un golpe dado con la culata de un arma o el tajo de una espada? Por el bien de Stephen, rezó para que fuera lo primero.

Tras rodear la casa por el otro lado, consiguió

tener una buena vista de Davenport, con Stephen tendido en el suelo a sus pies Se alegró de ver que el primo de Lillian no tenía la menor idea de dónde estaba.

—Diez segundos o morirá. Nueve... ocho... siete...

A la cuenta de seis, Luc disparó. El hombre que estaba a la izquierda de Davenport, otro de sus compinches, cayó fulminado.

—Maldición —masculló mientras corría a buscar la protección del tronco de un tejo.

¿Cuántos hombres más habría llevado Davenport? ¿Y seguiría vivo Stephen?

Mirando a su alrededor, descubrió un tupido espino blanco a menos de veinte metros de distancia. Si podía llegar hasta allí, el arbusto le proporcionaría un excelente escondrijo desde que el que podría dominar aquel lateral del edificio.

Lillian adivinó la intención que tenía Lucas de abandonar su refugio para alcanzar otro que le permitiera ver exactamente dónde se encontraba lord Hawkhurst. Sabía que, si lo intentaba, jamás lo conseguiría, porque los esbirros que mantenían prisionero a Hawkhurst dispararían antes de que pudiera llegar hasta ellos. Si eso sucedía, acto seguido aquella gente penetraría en la casa y eran muy pocos los recursos de que ella disponía para proteger a las niñas.

¿Podría levantar la ventana un poco más y arriesgarse a gritarle a Lucas las posiciones de aquella gente? ¿Y si lanzaba algo fuera para distraer a los hombres, para desviar sus tiros hacia ella mientras Lucas echaba a correr? La mesita de madera que tenía al lado, por ejemplo. Midió la amplitud del cristal y, después de comprobar que cabía bien, ordenó a Hope y a Charity que se escondieran detrás del sofá del otro lado de la habitación.

Luego lanzó el mueble contra la ventana con todas sus fuerzas.

Los tiros sonaron casi al instante: toda una ronda alcanzó la ventana, acribillando el marco, aunque uno logró entrar.

Sintió como un pinchazo, un pequeño y molesto dolor que fue creciendo por momentos, conforme el círculo rojo se extendía por el blanco de su vestido. Sintió un mareo y tuvo que sentarse de lo mucho que le flaqueaban las piernas.

Oyó los gritos de las niñas en medio de su aturdimiento e intentó tomarles las manos, reconfortarlas, pedirles que permanecieran escondidas detrás del sofá para que no sufrieran daño alguno.

Pero no podía, porque una oscuridad cada vez más densa parecía estar apagando la luz del mundo.

Luc estaba corriendo. Más allá del espino blanco y detrás de la esquina distinguió varios fogonazos de disparo: dos hombres cayeron y otro se dio a la fuga. Volvió sobre sus pasos.

Daniel Davenport. Ese día no se parecía en nada al frecuentador de los salones de Londres, y menos aún al lord inglés que había seducido a Elizabeth. No, ese día el miedo de sus ojos lo abarcaba todo cuando se le encasquilló el arma con la que estaba apuntando a Luc.

El amante de su esposa.

El verdugo de Stuart.

Venganza.

Si apretaba en ese momento el gatillo, todo acabaría. Pero no podía. No a sangre fría. No con un hombre que le estaba mirando a los ojos.

—¡Mátalo! —las palabras de Stephen, que seguía tendido en el suelo, destilaban furia y dolor.

Lucas meneó la cabeza cuando Davenport le escupió con la intención de provocarlo, para recibir un final fácil y rápido. Sonrió.

—Para un hombre como tú, la ruina puede ser peor que la muerte. Cuando la sociedad se entere de que has entrado al asalto en la casa de una familia respetable, nunca más volverá a recibirte.

El rostro enrojecido del primo de Lillian se volvió blanco, pero Luc tenía asuntos mucho más urgentes que atender. Después de entregar su arma a Stephen, ordenó a los sirvientes de Woodruff que encerraran a Daniel en el almacén y corrió a la casa en busca de Lilly. Rezaba a cada paso para que no hubiera resultado alcanzada por una bala perdida, aunque el griterío asustado de las niñas sugería lo contrario...

¿Lilly?

La llamada le llegaba de lejos, un túnel de color borroso y un rostro cercano.

—Lilly —la llamó de nuevo y esa vez Lucas se cernió sobre ella, vestido con la misma ropa que había llevado... ¿cuando ella se había quedado dormida? No podía ser. Era de noche, las cortinas estaban cerradas y había una lámpara encendida.

—Tengo sed —apenas pudo pronunciar la palabra. Cuando le acercaron agua a los labios quiso beberla a grandes tragos, pero él se la retiró.

—El médico dijo que bebieras poco pero a menudo —dejó el vaso sobre la mesilla.

—¿Las niñas?

—Se durmieron después de que les prometiera que podrían venir a verte por la mañana. Charity habla ahora por los codos, más que Hope. Te envía «un millar de besos».

—¿Y lord Hawkhurst?

—Stephen está en la habitación contigua, con la cabeza vendada y dos muelas de menos.

Lillian asintió. Era demasiado pronto para contemplar la enormidad de todo lo que había sucedido. Lucas no la tocaba, no le tomaba la mano, no se sentaba en la silla vacía que había al lado de la cama ni le ahuecaba las almohadas. Parecía furioso, distraído y preocupado, todo a la vez.

Tragó saliva. La sequedad de su boca se había atenuado algo gracias al agua, pero no quería saber lo que había pasado hasta que estuviese mejor. En condiciones de aceptarlo.

Cerrando los ojos, se durmió.

Él seguía allí la siguiente vez que se despertó. Estaba dormido en una silla, con un pie apoyado en un escabel de cuero. Tenía las manos cruzadas sobre el estómago, visible su alianza de oro, el mentón oscurecido por una sombra de barba.

Como si se hubiera dado cuenta de que lo estaba observando, abrió los ojos. Al principio con expresión soñolienta, luego con gran alarma.

—¿Lilly? —alzó la voz con un tono de desesperado horror, y después de alivio, cuando la vio parpadear varias veces—. Creía que estabas…

No terminó la frase, pero ella supo exactamente lo que quería decir.

—¿Tan mal estoy?

Se inclinó sobre ella. Estaba a contraluz de la lámpara, de modo que Lillian no podía distinguir su rostro.

—¿Cuánto tiempo he estado dormida?

Él miró su reloj.

—Doce horas.

Movió los dedos de las manos y los pies e intentó alzar la cabeza.

—¿Me dispararon?

—La bala te atravesó la carne de un costado. Un par de centímetros más y… —no terminó la frase.

—Descubrí el nombre de Daniel debajo del de tu esposa en una carta… —cerró los ojos con fuerza. Las lágrimas que quería reprimir empezaron a correr por sus mejillas—. ¿Lo arriesgaste todo para vengarte?

La expresión de Lucas era tensa y cansada. La culpa asomaba a sus ojos dorados, tan clara como el día. Al ver que vacilaba, hundió la cabeza en la almohada. No quería escuchar nada más.

Hope y Charity fueron a verla con la señora Wilson esa mañana. El humeante plato de gachas y el pan recién horneado que llevaban consiguieron abrirle el apetito cuando ya creía que no iba a volver a recuperarlo nunca.

Podía comer, podía sonreír, podía apretar las manos de las niñas y hasta asegurarles que toda la violencia y el horror del día anterior no habían sido más que una aventura.

No preguntó dónde estaba su marido o su primo. No quiso pensar en lo que les había sucedido a los tipos que se habían presentado en Woodruff con Daniel, o en que cuando Lucas les había apuntado con su pistola, no lo había hecho con la intención de herirlos sin más. ¡Él era un soldado entrenado para matar!

Un hombre peligroso, un extraño, un marido que había arriesgado su propio hogar por algo que ella no entendía. No se lo perdonaría. Jamás.

Abrió el puño cuando vio que Charity estaba mirando sus nudillos blancos y sonrió.

Tenía que abandonar aquel lugar ahora mismo, aunque fuera con el costado dolorido y vencida por el cansancio.

—¿Os importaría a las dos acompañarme a ver mi casa hoy? Mi habitación tiene un montón de juguetes que seguro que os gustarían.

La institutriz de las niñas frunció el ceño, pero no se opuso y Lilly se sintió agradecida por ello.

Las rápidas sonrisas de las niñas y su expresión de entusiasmo eran algo mucho más fácil con lo que lidiar.

Llegaron a Fairley Manor para la hora de comer. Su padre estaba esperando la llegada del carruaje con la tía Jean.

—Lillian —le dio un largo abrazo. Su familiar fortaleza y honestidad la reconfortaron.

Al cabo de un momento se apartó para presentar a las niñas, y se alegró de que su padre ordenara a uno de los sirvientes que se las llevara a las cocinas para darles unos dulces.

Una vez en la biblioteca, cerró la puerta y la ayudó a sentarse. Cuando Lillian se miró de reojo en el espejo, se quedó asombrada de su palidez. Y su padre parecía tan preocupado como se sentía.

El orgullo le impidió decir nada. Un ridículo orgullo, dado que a esas alturas debía de conocer la historia todo el país, aunque su padre no parecía haber oído el rumor. Algo de lo cual se alegraba.

—¿Podemos quedarnos aquí, padre? —se aventuró a preguntarle, y vio que su ceño de preocupación se acentuaba.

—¿Esta noche? —parecía estar tanteando el terreno.

—Para siempre —repuso, y estalló en copiosas lágrimas.

Se sintió mejor después de una copa de brandy y un pedazo de tarta de Navidad. La alegría de las fiestas consiguió de alguna manera anestesiar sus problemas.

—Nunca debí haberte obligado a este matrimonio… desde entonces no ha habido más que problemas. Debería añadir, en mi descargo, que me dejé seducir por Lucas Clairmont.

Ella se sonrió. Era su primera sonrisa desde que estuvo convaleciente, con su marido envuelto en aquel aire de reserva. Ahuyentó ese pensamiento.

—Entonces nos parecemos en eso.

—¿Y si solicitamos el divorcio en el colegio de abogados alegando demencia y acudimos luego a la Casa de los Lores con una denuncia? Aunque entonces, claro está, necesitaríamos una ley parlamentaria que te capacitara para casarte de nuevo.

Lillian frunció el ceño. «Dios mío», exclamó para sus adentros. Casarse fue tan fácil, pero divorciarse…

No podía pensar en ello, no en aquel momento. Necesitaba recuperar primero las fuerzas y hacer acopio del coraje necesario.

Tomó la mano de su padre. La tristeza la embargaba: por él, por ella misma y por lo incierto de su futuro.

—¿Las niñas son suyas?

—No. Él es su tutor. Son hijas de la hermana de su esposa.

—¿Y las has traído aquí? ¿Lo sabe él?

Negó con la cabeza.

—No se lo dije, pero las niñas necesitan un hogar sin violencias. Necesitan amor, cariño y protección. Y yo puedo dárselos.

Su padre sonrió.

—Claro que sí, hija mía. Bienvenida a casa.

Lillian acechó el sendero de entrada durante aquella noche y a lo largo del día siguiente, pero

Lucas no apareció. Ni tampoco Daniel. Se preguntó si debería hablarle a su tía de la participación de su primo en el horrible suceso y al final decidió no hacerlo, porque… ¿qué podría decirle?

«Tu hijo es un asesino, al igual que mi marido».

Faltaban solo cuatro días para Navidad y la casa estaba alegremente adornada en beneficio de las niñas, que corrían de un árbol a otro ajenas a las preocupaciones de los adultos. El placer que les producía envolver los regalos, modelar los muñecos de pan de jengibre y las golosinas de mazapán era como un maravilloso juego. Luces parpadeantes colgaban de las fragantes ramas del pino recién talado que se alzaba junto a la chimenea, obra de las niñas.

Hasta que Lucas apareció por fin al atardecer del segundo día.

Lillian lo recibió en los escalones de la entrada, aliviada de que su padre hubiera salido a hablar con el gerente de algún problema relacionado con la propiedad. Así al menos no tendría que preocuparse de sus reacciones.

Indicando a su marido que la siguiera escaleras arriba, lo llevó a su dormitorio.

—¿Me mentiste en todo?

Tuvo la deferencia de parecer desconcertado.

—No te lo conté todo porque no deseaba involucrarte…

Lo interrumpió con un grito tal que se resintió su garganta dolorida:

—¿Involucrarme? Vi a lord Hawkhurst yaciendo en un charco de sangre mientras tú disparabas como un poseso contra mi primo. ¿Y qué pasa con Hope y Charity? Dos niñas pequeñas expuestas a peleas y tiroteos. ¿Es que no debería preocuparme por eso, no debería involucrarme?

Una expresión de dolor cruzó por el rostro de Lucas.

—¿Están las niñas bien?

Cuando Lillian asintió, pareció tan aliviado que la furia que ella sentía por dentro remitió un tanto.

—Ni siquiera puedo imaginar la razón que empujaría a un hombre a venir de América a Inglaterra con el propósito expreso de matar a otro.

—Mi esposa tuvo una aventura con tu primo. Creo que el hijo que ella llevaba en sus entrañas era de él.

—¿Un hijo? —la pregunta brotó de sus labios. Sintió que el pulso se le aceleraba en la sensible piel del cuello.

—Si tu primo se hubiera arrepentido, creo que habría podido entenderlo, perdonado incluso. Pero no fue así —se pasó una mano por el pelo—. Antaño fui soldado.

Lillian se preguntó por qué se resistía tanto a hablarle de una profesión que, al fin y al cabo, no tenía nada de innoble.

—En mi tercer año fui asignado a misiones de inteligencia y aprendí a hacer cosas que no figuraban en ninguna regla castrense —continuó él—. Una vez que aprendes a matar y lo haces, cruzas una línea. Tanto si lo haces por el rey o por tu país, traspasas una línea y ya no hay camino de retorno. A partir de ese momento eres diferente, te sientes… aislado. Y las decisiones que son fáciles para cualquier otra persona no lo son ya para ti.

—¿Mataste a gente en América?

El horror que destilaba su voz le confirmó que lo había hecho.

—No por diversión ni por deseo de gloria. No por eso, pero he matado gente. Gente que murió porque creía en cosas en las que no creía el ejército, y a veces gente buena…—volvió a interrumpirse.

—¿Mataste a Daniel en Woodruff?

—No.

Lillian sintió un enorme alivio hasta que él prosiguió:

—Quería hacerlo, sin embargo. Vine aquí justamente para eso, pero descubrí que no podía. Cuando murió mi tío, el de tu primo fue el último nombre que pronunciaron sus labios. Él le había estafado unas tierras, y ganado una fortuna aprovechándose de la debilidad de Stuart. Paget jugó también un papel en aquella estafa.

—Así que cuando tú mencionaste el tema aquella noche en la cena…

—Él sabía que yo lo sabía.

Venganza. Retribución. Represalias. Las palabras

reverberaron en el aire entre ellos, duras palabras puestas en práctica por un hombre endurecido, habituado a la sangre y al peligro. Una vida por una vida. Esperó a que continuara.

—Lo más extraño de todo es que no fue la venganza lo que al fin me salvó, Lillian. Fuiste tú.

—¿Yo?

—Me casé una vez con una mujer que no podía ser feliz, ni conmigo, ni con la vida, ni con nada. La noche en que murió su hijo cuando estaba intentando nacer… —el temblor de su voz fue dominado a fuerza de pura voluntad—. Ella no se quedó en la casa porque creía que la comadrona no era de confianza.

—¿Así que te la llevaste contigo?

—Sí, y ella hizo volcar el carruaje cuando abrió la puerta y amenazó con saltar mientras gritaba el nombre de tu primo. En aquel momento no supe cómo interpretar eso, aunque lo supe después, por supuesto… —sacudió la cabeza—. Murió cuando yo intentaba alcanzarla.

—¡Dios mío! ¿Qué te pasó?

—Esta cicatriz… —se tocó la que nacía de su oreja para perderse bajo el cuello de su camisa.

No había sido una herida pequeña. Él tampoco había salido indemne. Y con una esposa y un niño muertos por culpa de una traición.

—Cuando me recuperé y regresé a la granja, empecé a beber mucho. Para olvidar.

¡Agua! Desde que lo conocía, no lo había visto beber otra cosa. Las pequeñas piezas del puzzle encajaban en su lugar. La explicación de la complejidad de aquel hombre. Ninguna elección de las que había tomado había sido fácil.

La verdad. La cruda verdad. Sin concesiones. La entera verdad. Había belleza en un hombre que no intentaba esconderla mediante engaños.

El silencio se prolongaba entre ellos, y fue Lucas quien lo rompió primero.

—Cuando te vi en casa de los Lennington, me di cuenta de que eras… perfecta. Perfecta en todos aquellos aspectos en los que yo no lo era, nunca lo había sido.

—¿Perfecta? —meneó la cabeza—. Nadie puede serlo.

—¿No? —su mirada se había suavizado. No tenía ya el duro brillo de antes. Su furia se había atemperado a fuerza de sinceridad y alivio—. En el techo de la capilla de mi hogar hay un ángel pintado con unos ojos y un cabello exactamente igual que los tuyos. Debajo hay un pecador que está siendo… salvado, supongo. ¡Salvado como tú me has salvado a mí!

Había violencia en sus palabras, desesperación en la manera en que sus dedos se cerraron sobre la piel desnuda de su brazo.

—Yo no soy un malvado, Lilly, y tc ncccsito. Tc necesito a mi lado para que puedas hacerme entender este mundo y conformar el mío —tomándole la barbilla, la obligó a alzar la cabeza para que pudiera mirarlo directamente a los ojos. No fue un gesto tierno, como tampoco lo era su petición—. Yo jamás te haría el menor daño, Lillian. Solo te amaría.

No eran palabras tiernas. Pero lo significaban todo.

Amor.

La necesidad y el miedo, abrumadores, se fundieron con la expectación.

De repente fue como si solo existieran ellos dos en aquella fría tarde de invierno cargada de fuego, cuando faltaban tres noches para Navidad, comprometidos en solemne promesa para siempre. Arropados por el silencio de la casa.

Esperando solamente un gesto. Un movimiento.

Se deslizó simplemente dentro del círculo de sus brazos, con las lágrimas empapándole la chaqueta de botones viejos y disparejos, remendadas las coderas con cuero.

Él también era perfecto para ella.

Permanecieron así de pie, abrazados, durante un buen rato. Escuchando el latido de sus corazones y sintiendo su calor, sin atreverse a moverse hacia la cama por miedo a que su padre llamara a la puerta y los sorprendiera. No, no deseaban ver arruinado de nuevo un momento así por la violencia y la hostilidad.

Finalmente volvió su padre. Escucharon el sonido de sus pasos en el corredor y luego un golpe en la puerta. Entró sigilosamente y esperó a que separaran, aunque seguían tomándose de las manos.

—Me han contado lo sucedido —se encontró con la mirada de Lillian—. ¿Te encuentras bien?

—Sí.

Una sonrisa se dibujó en sus labios.

—Y él acaba de revelarte sus secretos.

—No todos —dijo Luc, al tiempo que apretaba la mano de su esposa—. Soy un hombre rico, Lilly. Tengo numerosas propiedades en Virginia, dedicadas al lucrativo negocio de la madera.

—¿Más rico que mi padre?

—Me temo que sí.

—¿Entonces no te arruinaste comprándome las flores?

—¿Perdón?

—¡Tu ramo de flores! En su momento pensé que debían de haberte costado una pequeña fortuna, así que guardé una y la sequé para enseñártela.

Lucas meneó la cabeza.

—Podría permitirme comprarte una habitación llena, si tú quisieras.

—Pero no quiero —dijo solemnemente, acercándose a los brazos que la esperaban—. Lo único que quiero eres tú.

Sonaron las campanas del pueblo cercano a Woodruff, con un tañido que evocaba la alegría de la Navidad, aunque quedaron apagadas por la nieve que había caído durante todo el día.

Habían comido, cantado y bailado, y los dulces aromas de la canela y las especias flotaban todavía en el aire cuando el último invitado de Fairley se marchó. La jornada entera había sido tan ruidosa y festiva como maravillosa. Nada que ver con las silenciosas Navidades pasadas, salpicada como había estado por los gritos de alborozo de Hope y de Charity.

Era tanto lo que había cambiado en aquellas últimas semanas… Porque ya no podía volver a imaginarse una Navidad mustia y formal, ni un hogar con tan pocos huéspedes como siempre había tenido y cultivado.

Charity y Hope se habían inventado nuevos juegos, Stephen había organizado representaciones teatrales y Patrick había acosado a Lucas durante todo el día con preguntas sobre Virginia y sus riquezas.

Su padre había mantenido una tranquila conversación con ella a primera hora de la tarde, a solas. Había querido entregarle su presente: las perlas que ella sabía que habían pertenecido a su madre.

—Ella fue una persona que tomó una mala decisión, Lillian. Pero antes de eso las había tomado buenas. Como tú, por ejemplo —y la había besado en la punta de la nariz.

Era la primera vez que le había oído hablar de Rebecca desde su muerte, y aquel regalo fue tan importante para ella como el doble collar de perlas del que siempre se había acordado.

—Una vez me dijiste, padre, que debía estarte agradecida por este matrimonio, y ahora lo estoy.

—Lucas le ha permitido a Daniel abandonar el país, así que su villanía no significará la ruina del buen nombre de los Davenport, después de todo. Creo que incluso Jean valora la generosidad del gesto de Lucas y ha elegido acompañar a su hijo.

Lillian sonrió ante el alivio de su padre. Era un hombre que siempre había soportado con gusto y diligencia la carga de la reputación familiar.

—Hacía tiempo que no tenías tan buen aspecto, padre.

Él sonrió.

—Creo que si estoy tan bien es por lo muy feliz que eres tú, cariño mío.

Mucho después, cuando la luna colgaba alta en el cielo, Lillian sonrió de nuevo cuando Lucas depositó un beso en su vientre, allí donde la luz de las velas jugueteaba con su piel.

—Quiero muchos más hijos, Lilly. Hermanas y hermanas para Hope y para Charity.

La luz arrancó un reflejo al rubí de su anillo cuando Lillian le apartó el largo pelo de la cara.

—Quería preguntarte por la inscripción de este anillo.

—La hice grabar en Londres para ti.

—¡Pero yo ni siquiera sabía entonces que terminaría casándome contigo!

—«A dondequiera que tú vayas, iré yo». Lo supe después de nuestro primer beso, en el salón de tu casa.

—¿Pensaste siempre en nosotros, desde entonces?

—Solo en nosotros —musitó él y, sacando una ramita de muérdago del cajón de la mesilla, la alzó sobre sus cabezas con una sonrisa maliciosa en sus brillantes ojos ambarinos.

JULIET LANDON
La falsa amante

Humillada y traicionada por los hombres, lady Annemarie vio la oportunidad de vengarse de todos los malos maridos: descubrió unas cartas íntimas que podrían difamar el nombre del príncipe regente.

Pero lord Jacques Verne se interponía en su camino. Trabajaba para el príncipe y tenía órdenes de recuperar las cartas a cualquier precio..., aunque tuviera que seducir a Annemarie.

SOPHIA JAMES
Mágico encuentro

Modelo de virtudes, la señorita Lillian Davenport poseía una reputación sin igual. Entonces, ¿por qué se ofreció a pagar a Lucas Clairmont, el peligroso americano, por un simple beso?

Lucas se negaba a dejarse moldear por la sociedad y a menudo bordeaba el lado oscuro de la justicia, pero la bondad y vida impecable de Lillian lo fascinaban, e intuía que detrás de aquellos exquisitos modales se ocultaba una mujer de extraordinaria sensualidad.

No. 89

¡YA EN TU PUNTO DE VENTA!

DESEO

MICHELLE CELMER

LA PRINCESA INOCENTE

Para Garrett Sutherland, ser el terrateniente más adinerado de Thomas Isle no era suficiente. Se había pasado toda la vida amasando su inmensa fortuna… y su fama sensacionalista.

Pero quería ser recordado, sobre todo, por seducir a la princesa Louisa, conocida como la princesa virgen.

Lo había planeado todo al detalle: entraría poco a poco en el corazón de Louisa y, luego, en su cama. Y, cuando se hiciera público, le propondría matrimonio. Pero el millonario de duro corazón no había previsto que arrastrar a Louisa a aquella unión podía costarle más de lo que estaba dispuesto a pagar.

N.º 572

EL CORAZÓN DE LA PRINCESA

Había bailado con ella como parte de un reto, pero Samuel Baldwin había seducido a la princesa Anne para saciar su propio deseo. Vencer la frialdad de Anne había sido puro placer… hasta que descubrió que en su noche de pasión se había quedado embarazada.

Estaba destinado a ser el próximo primer ministro, pero casarse con un miembro de la realeza pondría fin a su carrera. Sin embargo, Sam tenía un gran sentido del honor, así que la boda se celebraría. Después de que él hiciera tal sacrificio, ¿conseguiría Anne su corazón?

JAZMÍN™

TERESA CARPENTER
NO SOLO PROMESAS

El director de instituto Alex Sullivan tenía muy claro que la nueva enfermera de la escuela estaba completamente fuera de su alcance. Pero cuando la bella rubia se presentó en su casa con aquel bebé empeñada en demostrar que él era el padre, Alex supo que tenía un problema.

Después de la muerte de su hermana, Samantha Dell se había encargado de criar a su sobrino como si fuera su propio hijo. Y aunque el pequeño necesitaba un padre, ella no había esperado que Alex quisiera serlo a tiempo completo... y menos que también quisiera casarse con ella.

LUCY GORDON
GANAR UNA ESPOSA

Rinaldo Farnese y su hermano Gino acababan de descubrir que una inglesa llamada Alexandra había heredado parte de sus propiedades. Parecía haber sólo una solución para no perder la tierra: lanzarían una moneda al aire y el ganador se casaría con Alexandra.

Gino era un hombre encantador, pero sólo salían chispas cuando Alex y Rinaldo se miraban... Él parecía odiarla, pero tampoco podía negar la atracción que había entre ellos.

N.º 591

BARBARA HANNAY
PRINCESA A LA FUGA

Isabella Martineau estaba harta de ser princesa y creía que había llegado el momento de escapar y vivir la vida a su manera. La libertad la llamaba desde el desierto australiano, donde el duro Jack Kingsley-Laird enseguida descubrió que, bajo su delicada apariencia, había una mujer salvaje y aventurera. ¿Sería suficiente una increíble pasión para salvar la enorme distancia que existía entre sus mundos?

BIANCA™

ABBY GREEN

LEYENDA DE PASIÓN

El primer encuentro entre Gracie O'Brien y Rocco de Marco,
multimillonario y soltero de oro, fue memorable; él la vio robando
canapés. Pero el segundo fue inolvidable… La inesperada visita
de Gracie a su despacho era demasiado sospechosa… Él no
podía creer en su inocencia y la experiencia le había enseñado
que era mejor tener a los enemigos
cerca, hasta averiguar la verdad.

Sin embargo, era muy difícil seguir eno-
jado con la fascinante pelirroja… Ella
le hacía sentir emociones que Rocco
creía haber enterrado para siempre.

UNA SOLA NOCHE CONTIGO

Entre los espectaculares viñedos de
Argentina, Nicolás de Rojas y Magda-
lena Vázquez tuvieron un romance secreto… hasta que Magda descubrió un
devastador secreto sobre Nic, y huyó
sin tan siquiera despedirse.

N.º 508

Magda volvió al heredar una propiedad deteriorada, y se encontró a merced de Nic… precisamente donde quería tenerla.
Él poseía una de las bodegas más prestigiosas de Argentina y
ella necesitaba su ayuda desesperadamente. Pero no estaba
segura de poder aceptar la condición que Nic le imponía: pasar
una noche con él… para acabar lo que habían empezado ocho
años atrás.

¡YA EN TU PUNTO DE VENTA!